詐欺師——假面芝居の物語——

ハーマン・メルヴィル

ミシシッピー河の蒸氣船

目次

E. Boehl, Phot. 514 Wash. Ave.

1850 年のセントルイスの埠頭

第一章

ミシシッピー河に浮ぶ蒸氣船に啞が乗る

四月一日[一]の日の出の頃、クリーム色の衣裳を纏《まと》つた一人の男が、その昔チチカカ湖に出現したマンコ・カパク[二]さながらに、セント・ルイス[三]の河岸に突如姿を現した。頰の色は白く、顎には產毛が生えてゐて、頭髪は亞麻《あま》色、長いふはふはした羊毛の毳《けば》のついた白い毛皮の帽子を被つてゐる。トランクもスーツケースもカーペットバッグ[四]も手荷物も携へてゐない。赤帽も從へてゐないし、友人達に伴はれてもゐない。群衆が肩をすくめ、くすくす笑ひをして囁《ささや》き合ひ、怪訝《けげん》さうな顔で眺めやつてゐる處《ところ》から見て、この男、語の最も嚴密な意味に於て、異邦人である事は明らかだつた。[五]

彼は姿を現すや、今しもニューオルリンズに向けて出航せんとしつつある人氣蒸氣船フィデール（Fidèle）[六]號《がう》に乗り込んだ。じろじろ見詰められるばかりで、誰からも挨拶されなかつたが、人々の注目を求めるでもなければ、避けるでもなく、人里離れた處であれ都會の雜踏の中であれ、己が責務の道を心平らかに辿《たど》る迄だといふやうな樣子で下甲板を歩み、掲示板が掲げられようとしてゐる船長室の傍にやつて來た。掲示板には、最近東部からこの地に至つたと思《おぼ》しき摩訶《まか》不思議な詐欺師を捕へた者には賞金が提供されると書いてある。いかにも獨創的な天才詐欺師らしかつたが、獨創性が奈邊《なへん》に存するかについては明確に記されてゐる

一　**四月一日**：所謂「四月馬鹿」の日。萬愚節。

二　**マンコ・カパク**：インカ帝國の傳說上の創始者。十一世紀にペルーを統一。父なる太陽神によつて地上（チチカカ湖）に送られたと傳へられる。

三　**セント・ルイス**：市中をミシシッピー河が流れるミズーリ州の州都。ニューオーリンズに向ふ船の出發する港がある。

四　**カーペットバッグ**：絨毯地で作るボストンバッグに似た旅行鞄。

五　このパラグラフ（及び第一章全體）に關聯して、舊約聖書イザヤ書五三・七に、「彼はくるしめらるれどもみづから謙《へりくだ》りて口をひらかず屠場《はふりば》にひかるゝ羔羊《こひつじ》の如く毛をきらるる者のまへにもだす羊の如くしてその口をひらかざりき」とある。

なほ、以下、聖書から引用する場合には、基本的に文語譯聖書を用ゐた。

六　**フィデール（Fidèle）**：Fidèle は佛語で、「神に忠實な信者」の意。

なかつた。が、容貌に關しては、その詳細な説明と稱《しよう》する一文が末尾に附されてゐた。

　劇場のプログラムの掲示を見ようとでもするかのやうに、多くの人々が掲示板のまはりに群がつてゐたが、その中には掏摸《すり》の連中も紛れ込んでゐて、同じく視線を掲示板の大きな文字に向けてゐた。と云はうか、彼等と掲示板とを隔《へだ》てる澤山《たくさん》の上衣の背後から熱心に文字を見ようと努める素振りを示してはゐたものの、その指の方は隱されてゐて、云はば闇の帳《とばり》に包まれてゐた。尤も、時にこれら掏摸どもの一人がその手を幾分明るみに出して、胴巻財布の行商人として表向きは振舞つてゐる別の掏摸から、掏摸仲間に人氣のあるこの盗難防止用の胴巻を買ひ求めてゐた。また、もう一人の行商人は、これまた實は多藝多才な掏摸だつたが、人込《ひとごみ》のただ中で、オハイオの無法者ミーサン[七]だの、ミシシッピー河の盗賊マレル[八]だの、ケンタッキーはグリーン・リヴァー郡の惡漢ハープ兄弟[九]だのといつた面々の生涯を描く讀物を賣り歩いてゐた――この面々は他の同類の連中と同じく、當時は一人殘らず退治されてをり、しかも大抵は同じ地域で根絶された狼どもと同様、跡繼《あとつぎ》を殆ど殘してゐなかつた。その事自體《じたい》は心から慶賀して然るべき事柄と思へようし、事實、さうではあるのだが、ただ、狼が根絶やしにされて新しく開かれた地域では、狐の數《かず》が増えつつあると考へる人々にとつては必ずしもさうではない。

　件《くだん》の異邦人はこの場所に來て立ち止ると、人込の間を縫《ぬ》つてなんとか前方に歩を進め、たうとう掲示板の眞横に身を置くや、小さな石板を取り出して、そこに數語の言葉を書き込み、それを身體《からだ》の前の、掲示板と同じぐらゐの高さの處に掲げたから、掲示板を讀む者は勢ひ石

七　**ミーサン**：サミュエル・ミーサン。オハイオ河で海賊を働き、手下のハープ兄弟に殺される。一七五〇―一八〇三

八　**マレル**：ジョン・マレル。千人に上る盗賊團の首領で、主として黑人奴隷を盗んだ。一八〇四―一八四四

九　**ハープ兄弟**：兄マイケイヤ、弟ウィリーの兄弟。西部きつての慘忍な盗賊として知られた。

版も讀む恰好になつた。石板にはかう記されてゐた。

愛は人の惡を念《おも》はず[十]

彼がその場所に身を置くためには、執拗、とまでは云はずとも、穩やかで溫和な物腰ながら或る程度の粘り強さがどうしても避けられなかつたから、さういふ風にして無理に割り込まうとするやうな態度を示したのを人々はあまり快く思はなかつた。それに、もつとよく注意して觀察してみると、この男は嚴《いか》めしい權威の標《しるし》など何一つ身に帶びてゐなかつたし、それどころか、寧《むし》ろ正反對の樣子——竝外《なみはづ》れて天眞爛漫な樣子——を示してゐたから、さういふ樣子が何やら時と場所とにふさはしくないと人々は思つたし、石板に記された言葉も、やはり場違ひのものと思ひがちだつた。要するに、人々は彼の事を、何やら得體《えたい》の知れぬ阿呆で、獨《ひと》りで大人しくしてゐれば無害だが、出過ぎた振舞をすれば不快に感じられなくもない、そんな風な男と見て——邪魔だとばかりに、躊躇《ちうちよ》なく脇に押しのけた。すると、人々の中でも特に意地惡で、おどけ者でもある一人の男が、誰にも氣づかれる事無く素早く腕を振つて、異邦人のふはふはした羊毛の帽子を頭の上でものの見事に凹《へこ》ませた。だが、異邦人は帽子の形を直すでもなく、穩やかに向き直ると、新たに石板に何かを書いて、再びそれを揭げた——

愛は寛容にして慈悲あり[十一]

十　愛は人の惡を念はず：新約聖書「コリント人への前の書」一三・五。

十一　愛は寛容にして慈悲あり：新約聖書「コリント人への前の書」一三・四。

しつこい奴だと不愉快に思つて、人々はまたもや彼を脇の方に突きのけた。罵《ののし》つたり、手や拳《こぶし》を使つたりする奴等もゐたが、異邦人は憤慨するやうな様子を全く見せなかつた。だが、明らかに無抵抗な自分がかくも好戰的な連中に己が存在を押し付けようなどといふのは餘りに無謀な振舞であつたと、たうとう諦める氣になつたのか、ゆつくりとその場を離れようとし始めた。けれども、立ち去る前に石板の文字を次のやうに書き變へた。

愛[十二]はおほよそ事耐ふるなり

石板を楯[十三]のやうに胸の前に掲げて、凝視や嘲罵を浴びながら、その前をゆつくり行きつ戻りつしてゐたが、方向を轉じる時、またもや石板の言葉をかう變へた。——

愛[十四]はおほよそ事信ず

そして更に——

愛[十五]は長久《いつ》までも絶ゆることなし

十二　愛はおほよそ事耐ふるなり：新約聖書「コリント人への前の書」一三・七。

十三　盾のやうに胸の前に：新約聖書「エペソ人への書」六・一四に、「正義《ただしき》を胸當《むねあて》として」とある。

十四　愛はおほよそ事信ず：新約聖書「コリント人への前の書」一三・七。

十五　愛は長久《いつ》までも絶ゆることなし：新約聖書「コリント人への前の書」一三・八。

愛といふ言葉は最初に記された儘《まま》、一度も消されずに殘されてゐた。あたかも、日附を示す數字が日記帳の左側に印刷され、右側は書き込むのに便利なやうに空白になつてゐる、そんな類の日記帳のやうな感じだつた。

この異邦人の醸《かも》し出す、氣違ひ染みた印象、とまでは云はずとも、いかにも特異な印象は、彼が一言も言葉を發しない事によつてなほさら強められてゐるやうに感じた者も、この場の觀察者の中にはゐた。それにまた、恐らくは彼の行動といかにも對照的な船の床屋の行動が――實はそれは全くの習慣に基くもので、いとも實際的な行動だつたのだが――、さういふ特異な印象を強める結果になつたのかもしれない。理髪店は喫煙室の下手《しもて》、酒舗《しゆほ》の眞向ひにあつて、船長室から二つ扉を隔《へだ》てた處《ところ》にあつた。有蓋《いうがい》の下甲板は長くて幅が廣《ひろ》く、兩側には商店によく見受けられる形の窓を扉に嵌《は》め込んである店舗が立ち竝《なら》んでゐたから、あたかもコンスタンティノープルのアーケード街、もしくはバザールの如き景觀を呈してゐた。そこでは複數の商賣が營まれてゐて、件《くだん》の河の床屋は前掛をつけ、スリッパを履いてはゐたが、起きがけだつたせいか、やや無愛想な表情をしながら、その日の營業のために店を開け、店の外觀を然るべく整へようとした。なかなかてきぱきとした仕事振りで、がたがた音を立てながら鎧戶を開き、理髪店を示す裝飾模樣のついた小さな棒狀の標識を、棕櫚《しゆろ》の立木の樣な角度に傾けて鐵具《てつぐ》に固定し、しかもそれらの作業を船客達の肘《ひぢ》や爪先《つまさき》などには殆どお構《かま》ひなしにやつてのけ、締め括りとして船客達にもつと脇に寄つてくれるやう賴んでから、腰掛に跳び乘つて、けばけばしく彩色された揭示の厚紙を扉の上の掛釘に吊した。揭示は床屋自らが巧みに拵《こしら》へたもので、折りたたみ式の西洋剃刀《かみそり》が剃る時の角度に開かれた繪《ゑ》が描いてあつて、それと共に、顧客の便宜のために、陸上では理髪店以外の店でもよく見受けられる次の文字が記されてあつた。

信用貸お斷《ことは》り（NO TRUST）[十六]

この文句は或る意味では、件《くだん》の異邦人の掲《かか》げたいかにも對照的な文句に負けず劣らず、随分押し附けがましいものだつたが、うち見たところ、船客達はそれを見ても前みたいに蔑《さげす》みも驚きも、ましてや憤りなんぞも感じさせられてはゐないやうだつた。それどころか、この文句を記した者を間抜けと看做すやうな様子は全く無かつた。

一方、石版を持つ異邦人は、行きつ戻りつしながらゆつくり歩を運び續《つづ》けてゐたが、眺める者達の中にはあざ笑ふ者も出て來て、擧句《あげく》の果には、異邦人をこづいたり、パンチをくらはしたりする者さへゐた。そして、異邦人が歩く向きを變《か》へようとすると、突然、大きなトランクを運んで來た二人の赤帽に背後から呼びかけられた。その聲《こゑ》は大きかつたが、反應《はんおう》が無いので、赤帽達は、故意にか偶然にか、荷物を異邦人に向つて振り動かした。その勢ひで、異邦人はあはや押し倒されさうになつた。突然の事にびつくりして、譯《わけ》の分らぬ異様な呻《うめ》き聲を擧《あ》げ、手の指を動かして何かを哀れげに傳《つた》へようとして、思はず知らず、自分が口が利けぬばかりか、耳も聞えぬ身である事を示したのであつた。

十六　信用貸お斷はり（NO TRUST）：NO TRUSTには、この意味の他に、「一切信用（信頼）すべからず」の意味もある。

やがて彼はこれまでの船客達の仕打に落膽《らくたん》でもしたのか、船首の方向に歩いて行つて、船首樓《ろう》の人目につかぬ場所に腰を下ろした。そこは上甲板に通じる階段の昇り口で、水夫達が職務を果すために時折階段を昇つたり降りたりしてゐた。

かうして目立たぬ場所に身を置いた處から見て、異邦人は一見愚鈍なやうに見えはしたものの、甲板船客卽ち三等船客としての己れの立場を全然辨《わきま》へてゐないのでない事は明らかだつた。尤《もつと》も、彼が甲板船客として乘船したのは、便宜のためといふ事もあつたのかもしれない。と云ふのも、荷物を一つも携《たづさ》へてゐなかつた處から見て、行先は二三時間の船路の先の小さな船著場だつたのかもしれないからだ。しかし、この先さして遠方へ行く譯ではなかつたにせよ、既にこれまで隨分遠い道のりを辿《たど》つて來たやうな様子ではあつた。

彼のクリーム色の衣服は汚れてもをらず、だらしなくもなかつたが、傷《いた》み方は激しく、殆どぼろぼろになつてゐた。彼はまるで草原の彼方のどこか遠い國《くに》から夜となく晝《ひる》となく旅をして來て、寢床の安らぎなど久しく味はつてゐないやうだつた。顏貌《がんばう》は氣品を感じさせると同時に、ひどく疲れて見えた。そして、坐り込んだ瞬間から、疲勞の餘《あま》り茫然として夢見るやうな様子を益々募《つの》らせて行つた。彼は次第に眠氣に屈し、亞麻色の髪の毛は垂れ下がり、仔羊《こひつじ》のやうな全身はぐつたりとなり、階段の昇り口に半ば凭《もた》れかかるやうにして、つひに全く靜かになつた。それはあたかも、三月の粉雪が夜通しひつそりと降り積つて、明け方に戸口から顏を出した日燒け顏の農夫をびつくりさせる、一面の白い靜寂の光景さながらの様子であつた。[十七]

十七　このパラグラフに關聯して、新約聖書「默示錄」一・四に、「その頭と頭髪とは白き毛のごとく雪のごとく白し」云々とある。

第二章

各人各説といふ事

「變な奴！」

「氣の毒な男だ！」

「一體《いつたい》何者なんだ？」

「カスパー・ハウザーさ」[一]

「おやおや全く！」

「珍しい顔附だ」

「ユタから來た、世間知らずの預言者だな」[二]

「ペテン師さ！」

「無類のお人好しだ」

「腹の中に何かが」

「降靈術者」

「低能」

「可哀想に」

「氣を惹かうとしてゐるのさ」

一　カスパー・ハウザー：一八二八年、ドイツのニュールンベルグで發見された「野生兒」（一八一二？―一八三三）の事。王族による捨子ではないかと大評判になつた。他に「野生兒」として、第二十一章に「狼少年ピーター」が、第二十六章に「毛深きオースン」が言及される。

二　ユタから來た……預言者：モルモン教徒の事。ユタ州を本據とする。

「用心しろよ」
「こんな處で眠り込んでゐる。間違ひない、船の掏摸《すり》だ」
「晝間《ひるま》のエンディミオン[三]よろしくだ」
「逃げ隱れするのにくたびれた脱獄囚だ」
「ルズで夢見るヤコブ[四]だ」

これら互ひに相容《あひい》れぬ碑文めいた評言は、種々雜多な船客が各人各樣に口に出したり考へ出したりしたものだが、彼等は近くの上甲板の最前部に張り出したバルコニーの上に集つてゐたから、先般來の出來事を目の邊《あた》りにしてはゐなかつた。

一方、かの聾啞者《ろうあしゃ》の異邦人は、蒸氣船が出航した今も依然として靜かに眠り續けてゐた。あたかも、魔法で魂を奪はれた男が、どんな噂話も、碑文のやうに石板に刻まれたものであらうと、口であれこれ喋られたものであらうと、めでたく忘れ果てて、墓の中に横たはつてゐるやうな樣子であつた。

ミシシッピー河は處々《ところどころ》でかの「華《はな》の王國」支那のヴィン・キン・チン大運河[五]さながらの廣大《くわうだい》な景觀を呈しながら、曳舟《ひきぶね》道のやうに平坦で蔦の絡《から》まる低い兩岸の土手の間をゆつたりと流れてをり、その流れに乘つて、壯麗な支那の平底帆船よろしく内部をけばけばしく塗りたてられた巨大な蒸氣船がよろめき加減に進んでゐた。

だが、喫水線より遙かに高く、巨大な白い船腹に沿つて、銃眼のやうな小窓が二列に竝《なら》ん

三　**晝間《ひる》のエンディミオン**：ギリシャ神話中の人物。美男だが魔法にかけられ晝も夜も眠り込んでゐる。

四　**ルズで夢見るヤコブ**：舊約聖書「創世記」二八・一一—一五參照。ヤコブはユダヤ人の始祖アブラハムの孫で、イスラエル十二支族の祖となる十二人の子の父。パレスティナのルズの地で、天に達する梯子を天使が上下する夢をヤコブが見る有名な話がある。

五　**ヴィン・キン・チン大運河**：中國大陸を縦斷するユン・ホー大運河の事か。「ヴィン・キン・チン」はメルヴィルによる架空の名稱。

でをり、その光景をフィデール號を知らぬ者が遠くから眺めたならば、浮島に築かれた白亞の要塞とでも思つたかもしれない。

甲板上で騒がしく喋つてゐる船客達は取引の最中の商人達のやうだつたが、その一方、蜜蜂が蜂の巣の中で立てるやうなざわめきの音がどこからともなく聞えて來た。洒落《しやれ》た遊歩道、丸天井の社交室、長い歩廊、陽當りのよいバルコニー、隱れた通路、婚禮《こんれい》の間、鳩の巣箱のやうに仕切られた數多《かず》くの特別室、書物机の祕密の抽斗《ひきだし》さながらの祕密の避難所等々、それらは私的な營《いとな》みのためにも、公々然たる事業のためにも、等しく便宜を提供してくれるものなのであつて、競賣人《きやうばいにん》であれ贋金《にせがね》作りであれ、これらの中のどこかしらを利用すれば、誰でも易々《やすやす》と商賣に勵《はげ》む事が出來るのであらう。

フィデール號の千二百マイルの船旅は、林檎《りんご》園からオレンジ園へと、一つの氣候帶から別の氣候帶へと進んで行く。けれども、右岸や左岸に進路を轉《てん》じたり、船著場に著く度に下船する船客と入れ替はりに新しい船客を迎へ入れたりする點では、どんなに小さな聯絡《れんらく》船とも一向に變りはない。さういふ次第で、船は新來の船客達でいつも一杯になり、途絶える事なく少しづつ更なる新來の者達で船客を增し加へて行く事になる。コルコヴァド山系[六]を水源となすリオ・ジャネイロの噴水が想起される。いつも新しく注がれる水で溢れてゐるが、噴水の中に以前と同じ水は一滴たりとも含まれてはゐないのだ。

既に述べ來《きた》つたやうに、クリーム色の衣服を纏《まと》つた男はそれまで全然觀察の對象にされない譯ではなかつたが、人目につかぬ場所に潛り込んで、そこで眠り込み、眠り續ける事によ

六　コルコヴァド山系：ブラジルのリオにある高さ四百米の岩山、コルコヴァド山の事。頂上に大キリスト像が立つ。

つて、どうやら人々の忘却《ばうきやく》を招く結果となつたやうだつた。かくも謙虚な態度で願望を口にする彼のやうな人間にとつては、少からざる恩恵が與《あた》へられたと云つてよい。岸邊《べ》で船を見詰めてゐた群衆は今や遙か後方に取り殘され、軒先の燕よろしく群がり集《つど》ふ姿がぼんやりと見えた。他方、船客達の關心は、眼前を飛ぶやうに過ぎて行くミズーリの岸邊の切り立つ絶壁や彈丸製造塔とか、甲板上に群がる斷崖《だんがい》さながらに險しい容貌のミズーリの男達や聳《そび》え立つケンタッキーの男達とかの方に急速に向けられて行つた。

さうかうする裡に――通常の航路を外れて二三度船が停止し、眠り込む男に關するかすかな記憶もすつかり消え去り、恐らく男自身とつくに目を醒まして下船して仕舞つてゐる裡に――船客達の大集團はいつものやうに様々な塊《かたま》りや少人數のグループに分散し始め、時にはそれらが今度は四人、三人、二人づつになつたかと思ふと、つひには一人だけになつたりして、時の經過《けいくわ》につれて集團に對してと同じく構成員に對しても等しく消滅を命じるといふ、かの自然の法則に思はず知らず從つてゐた譯である。

チョーサーの「カンタベリー物語」[七]に出る巡禮者達や、祝祭月に紅海を渡つてメッカに向ふ東方の巡禮者達さながらに、船上には實《じつ》に種々様々な人間達が集つてゐた。あらゆる種類のアメリカ人に異國人、商用の客に行樂客、優男《やさをとこ》に無骨者。農地を求める者に名聲を求める者、遺産相續人の女を求める者に金を求める者、野牛を求める者、蜜蜂を求める者、幸福を求める者、眞實《しんじつ》を求める者、そしてこれら全ての者達を更に拔け目なく追ひ求めるハンター達。室內履きを履いた上品な淑女達に[八]モカシンを履いたインディアン女、北部の投機家達に東部

七 「カンタベリー物語」：英國はジェフリー・チョーサー（一三四〇―一四〇〇）の作。聖地カンタベリーに赴く巡禮者達の姿を描いた。

八 モカシン：北米インディアンの履いた踵《かかと》の無いしなやかな靴。

の哲人。イギリス人、アイルランド人、ドイツ人、スコットランド人、デンマーク人。縞模《しま》様の毛布を羽織る[九]サンタフェの商人、金絲《きんし》が織り込まれたネクタイを締めたブロードウェイの洒落男《しやれをとこ》、こざつぱりした身形《みなり》のケンタッキーの水夫、日本人みたいな顔附のミシシッピーの綿花栽培人、全身くすんだ色の衣服を纏ふ[十]クエーカー教徒、軍服に身を固めた合衆國軍兵士、黒人奴隷、白黒混血兒の奴隷、四分の一白黒混血兒の奴隷、粋《いき》なスペイン系[十一]クレオールの若者、古風なフランス系ユダヤ人、モルモン教徒にローマ教皇禮讃《らいさん》者、[十二]富者と貧しきラザロ、お道化《どけ》る者に悲嘆にくれる者、禁酒主義者に大酒飲み、カトリックの助祭にプロのいかさま賭博師、頑固な[十三]バプティストに[十四]粘土食ひ、にやつく黒人、高僧さながらに嚴肅《げんしゆく》な顔附のスー族酋長。要するに、いともごたまぜの集團、人間といふ、かのあらゆる種類の種々雑多な巡禮者の種族よりなる[十五]アナカーシス・クローツの議會に他ならない。

松、橅《ぶな》、樺、秦皮《とねりこ》、落葉松《からまつ》、栂《つげ》、蝦夷《えぞ》松、科《しな》の木、楓などが大自然の森林の中で枝葉を絡《から》み合はせてゐるのと同様に、これら種々雑多な人間達が様々な顔貌と衣裳とを混然と混ぜ合はせてゐた譯だ。タタール人の如き奇態、ある種の異教的な捨て鉢と不遜とでも云はうか、激しい活力に溢れて一切を融合せんとする大西部の精神がここには横溢《わういつ》してゐた。ミシシッピー河それ自體がその典型である。互ひに距離が極めて遠く、風土もまるで異る各地域から流れ出る水流を一つに纏《まと》め、いとも急速かつ混沌たる有様ながら、一本のコスモポリタン的な堂々たる流れとなつて全てを押し流して行くのである。

九　サンタフェ：米國ニュー・メキシコ州の州都。

十　クエーカー教徒：十七世紀中頃に英國に起り、米國に渡つて普及したプロテスタントの一派。信仰に基く人道主義を强調し、戰爭を否定する。

十一　クレオール：米國南部のメキシコ灣沿ひの州に住むスペイン系移民の子孫達。

十二　富者と貧しきラザロ：新約聖書「ルカ傳」一・一九―三一參照。富者と貧者とをめぐる有名な譬話を含む。

十三　バプティスト：プロテスタントの一派。信仰告白後の成人にのみ浸禮を與へる。

十四　粘土食ひ：米國南部の貧乏白人の事。赤土を食べて飢ゑを凌《しの》いだためにかく呼ばれた。

十五　アナカーシス・クローツ：フランスの政治家。全人類による佛革命支持を表明すべく、種々雑多な人種を集めて代表團を結成して、國民議會に乗り込んだ。「モービー・ディック」（一八五一）、「ビリー・バッド」（一八九一）に於ても言及される。一七五五―一七九四

第三章

様々な人々が姿を現す

船の前方の部分で、暫しの間かなりの人目を惹いたのは醜怪な黒人の不具者であつた。粗い亞麻布の衣服を纏ひ、古ぼけた石炭篩《ふるひ》みたいなタンバリンを手に持つてゐたが、兩脚《あし》に何か疾患《しつくわん》があつて、背丈は事實上[一]ニューファウンドランド犬竝《なみ》の高さしかなかつた。彼がゐざりながらあちこちと移動する時、その黒い羊毛のやうな縮れ毛の頭と善良で正直さうな黒い顏面とが人々の太腿《ふともも》の上部をこすり、しかも樂器を鳴らしながらお粗末なものとは云へ音樂を奏《かな》でるものだから、どんなに氣難《きむづか》しい者達でも思はず顏を綻《ほころ》ばさずにはをられなかつた。不具の身で、家も持たぬ貧しい己が身の上をかくも陽氣に堪へ忍んでゐる他ならぬ彼の姿が、財布も家庭の暖爐《だんろ》も愛情も健康な四肢をも含む一切を幸ひにも所有する身でありながら、陽氣になれぬ者達の胸中に朗《ほが》らかな氣分を喚起するのは、見るだにいかにも不可思議な光景だつた。

「おい、名前は何といふんだ」と、青みがかつた赭《あか》ら顏の家畜商人が不具者の黒い縮れ毛の上に顏と同じ色の大きな手を置きながら云つた。あたかも黒い仔牛の額の縮れ毛とでも思つてゐるかのやうだ。

「ブラック・ギニーと呼ばれてますだ、檀那《だんな》様」。

一　**ニューファウンドランド犬**：カナダ東部のニューファウンドランド島原産の大型犬。毛は密生して滑らかで、通例黒色。

「で、御主人様は誰なんだい、ギニー」。

「何の、御主人なぞゐない犬ころで」。

「野良犬といふ譯か。そりや氣の毒にな、ギニー。主のゐない犬ころぢや暮しも樂ではなからうさ」。

「全くで、檀那、全くその通りで。でも、ほら、こんな脚《あし》でせうが。こんな脚の犬ころを、誰が飼ひたいと思ひなさるかね？」

「でも、何處《どこ》に住んでゐるんだい？」

「川岸の色んな處に。今は兄弟に會ひに船著場に行くんですがね。でも、普通は町にゐるんで」。

「セントルイスかい？　夜は町の何處で寝るんだ？」

「親切なパン屋さんのパン焼き釜の中の床《ゆか》の上で」。

「パン焼き釜の中？　誰のだつて？　どこのパン屋が、釜の中で、素敵な白いパンと一緒に、こんな黒いパンを焼くといふんだい？　そんなにも慈悲深いパン屋は、一體、誰なんだい？」

「あそこにゐる御方で」と、にやりと笑つて、黒人はタンバリンを頭上高く差し上げた。

「太陽がパン屋といふ譯か？」

「その通りで。あの親切なパン屋さんが、この黒の老いぼれのために石疊《いしだたみ》をあたためてくれるもんでな、夜でも舗道の上で眠る事が出來るといふ譯で」。

「しかし、それは夏だけの話だらう。凍えたコサック兵が騒々しく鈴を鳴らしてやつて來る冬《ここ》にはどうするんだい？　冬には一體、どうする？」

「その時は、この哀れな黑の老いぼれは、もうがたがた震へるしかねえ。おう、どうか冬の話なんかしねえで下せえ」、黑人はさう云ひながら、冬の寒さを思ひ出したやうな様子で、群衆が一番密集してゐる邊《あた》りにいざり寄つて行つた。あたかも半ば凍えた黑い羊が居心地のよい宿を求めて、白い羊の群の眞ん中に近づいて行くやうな様子にも似てゐた。

それ迄はそんなに多くのペニー銅貨が彼に與《あた》へられてはゐなかつた。そして、邊《あた》りにゐた些か親切心に乏しい船客達は黑人の奇妙な様子にも慣れて來て、彼を好奇心の對象として眺める氣も失せ始めてゐた。と、突如、黑人は人々の最初の頃の關心を掻き立てる以上の事をやつてのけた。故意にか偶然にか、人々の心を「氣晴らし」と慈善との雙方《さうはう》に同時に誘ふ妙策を用ゐたのだ。尤も、その結果、不具者どころか、犬ころ同然の立場に立つ事になつた。詰り、犬の如き外見を呈してゐるのにふさはしく、今や犬同然にあしらはれるのを愉快な態度で受け止め始めたのである。なほも群衆の間を這《は》ひ回りながら、時々動きを止めては頭を後ろに反《そ》らし、動物園の象が放り込まれた林檎を捉へようとする時みたいに、口を大きく開けた。すると、人々は黑人の前に空間を作り、その口を標的及び財布として、奇妙な銅貨投げ競技をやり出した。黑人は口で見事に銅貨を受け止める度に、それを祝つてタンバリンで調子外れの音を鳴らした。施しの對象になるといふのは辛いものだが、さういふ辛い試練の下でも愉快な態度を示さねばならぬと思ふのは、一層辛いものであるに相違ない。だが、黑人の祕められた感情がどんなものであつたにせよ、彼はそれをぐつと堪《こら》へて、銅貨を受け止める度に口內に溜め込んだ。その間殆ど笑みを絶やす事が無かつたが、一度か二度、顏をひきつらせた。いたづら好きな慈善家の投げた銅貨が、拙《まづ》い事に、黒人の齒《は》の近くに中《あた》つたのだ。しかも投げた銅貨が實は釦《ボタン》であつたといふ事實が、その場の不愉快な印象を更に募《つの》らせる結果となつた。

この慈善の遊戲《いうぎ》が未だ酣《たけなは》だつた頃、目附が鋭く氣難しい顔附の蹇《あしなへ》の男が——多分、どこぞの税關を馘《くび》にでもなつたのであらう、突然便利な活計の手段を奪はれて、何もかも、誰も彼も、憎み且つ疑ひ、生ある限り己れを悲慘たらしめる事によつて、政府や人類に復讐してやらずに措くものかと心に決めたやうな男だつたが——この淺はかで不幸な男は、陰鬱《いんうつ》な顔で黒人をためつすがめつ眺めた後、此奴《こやつ》め、不具者だなんて噓つぱちさ、金目當てにその振りをしてゐるだけさと、大きな嗄《しやが》れ聲《ごゑ》で喋り出したので、銅貨投げに興じてゐた連中の陽氣な慈善行爲は忽《たちま》ち水を差されざるを得なかつた。

だが、さういふ疑念が、自ら義足をつけて脚《あし》を引き摺る男の口から發せられたといふ事實については、その場の誰も驚きを感じてはゐないやうだつた。不具者同士は他の誰にもまして睦《むつ》み合はねばならぬ、或はせめてもの事、仲間の不具者を傷つけるのは避けねばならぬ、詰り、共通の不幸に對して互ひに何がしかの同情心を持たねばならぬ、といふやうな考へなどは、誰の心にもさつぱり浮かんで來ないやうだつた。

その裡に、それまでは忍耐と溫順の權化《ごんげ》のやうだつた黒人の表情が、何とも痛ましくも痛苦に滿ちた、憂鬱この上無い表情に變《かは》つた。そのニューファウンドランド犬さながらの顔面が物語つてゐたのは、己れが肉體的に耐へられる限度を超えて辱《はづかし》められたために、もはや絶望を嘆き訴へるしか術《すべ》は無い、との悲痛な思ひであつた。あたかも彼は、より高級な知性がいかなる氣紛れに支配されようとも、とどの詰り、それは善惡正邪とはさして關係が無いのだといふ事を、本能によつて教へ込まれてでもゐるかのやうだつた。

だが、本能とは、賢明なものではあるにせよ、教師としては理性の下位に位置するものなのであつて、二かの喜劇に登場するライサンダーが、パックの魔法によつて賢者にされた後、次の如くに重々しく宣《のたま》ふ通りなのである。

「人間の意慾は理性に左右される」。

従つて、人々の態度が突如變化《へんくわ》する事があるとしても、人間といふ存在の性格上、ライサンダーの場合のやうに、もしくは現在の場合のやうに、彼等を動かすものが必ずしも氣紛《きまぐ》れとは限らず、より研《と》ぎ澄《す》まされた批判力といふ場合だつてあり得るのだ。

さやう、今や船客達は黒人を非常な好奇の目を以て詮索し始めた。木の義足の男は己れの言葉がかくも效果を發揮したのに勇氣づけられ、義足を引き摺りつつ黒人に近づき、詐欺行爲の疑惑をその場で立證すべく、刑吏《けいり》さながら、今にも衣服を剝《は》ぎ取つて追ひ拂《はら》はんばかりの劍幕《けんまく》を示したが、群衆の叫聲《けうせい》に阻《はば》まれた。群衆は今しがた彼等の殆ど全ての心を一つの方向に導いた當《たう》の人物に逆らつて、今度は件《くだん》の哀れな男の味方をするに至つたのだ。さういふ次第で、木の義足の男は撤退を餘儀なくされたが、他方、他の者達は自らが現下の事件に於

二　かの喜劇：シェイクスピアの「夏の夜の夢」（一六〇〇）二・二・一一五參照。

ける唯一の裁判官になつた結果、その役割を演ずる好機を逸《いっ》してなるものかといふ氣持になつた。今や不幸な黑人は明らかに窮境に立たされた。だが、群衆がさういふ氣持になつたのは、黑人のやうな立場にある者を裁く事に樂しみを覺える人間的弱點ゆゑにではない。さうではない。また、人としての同胞感情を刺戟されたためでもない、寧ろ彼等は、現下の事件に於て突如見て、自分達が傍觀者の立場にゐて、犯罪の容疑者が裁判官に嚴しく扱はれる有樣を自らが裁判官になつた時、人としての知覺力を妙に研ぎ澄ますに至つたのだ。かつてアーカンソー州でこんな事があつた。ある男が法律によつて殺人罪の判決を下された。處《ところ》が、人々は法廷の判決を不當と看做し、男を助け出して、自分達で裁判をやり直す事にした。然るにその結果、男は法廷が下した判決よりも罪狀が重い事が判明し、ただちに死刑が執行された。かくて絞首臺は、同胞の手によつて首を絞められた男の、世の戒《いまし》めとなる光景を呈する次第となつたのである。

とは云へ、この場の船客達が、そんな極端な行爲、もしくはそれに類する行爲を爲すに至つたといふ譯ではない。彼等は差し當つて、公正かつ愼重に黑人を問ひ質《ただ》してみる事で滿足した。取分け、彼がいかさま師でない事を證《あか》す書類とか、簡單な書附の如きものとかを所持してゐないかと尋ねた。

「いんや、持つてねえです。この黑のおいらが、そんな大事な書附なんか持つてる譯はねえ」、さう云つて、泣き喚《わめ》いた。

「しかし、誰か辯護《べんご》してくれる人はゐないのかい?」と、船の別の場所からやつて來たばかりの男が云つた。英國國教會の若い牧師で、身體にぴつたりした黑い長衣を纏《まと》つてゐた。背丈は低かつたが、いかにも男性的で、正直な顏附と青い目をしてゐて、純眞、溫和、健全な良識が三拍子揃つてその雰圍氣《ふんゐき》を形作つてゐた。

「おお、ゐますとも、ゐますともさ、檀那方」と、黑人が勢ひ込んで云つた。あたかも、冷酷な仕打を受けて急激に凍《こほ》りついた記憶が、初めて優しい言葉をかけられて、同じく急激に溶け始め流動體にでも化したかのやうだつた。「ゐますとも。ゐますともさ。黑い喪章を著けた、とても親切で立派な檀那がこの船に乘つてゐるし、灰色の上衣を著て白いネクタイを締めた檀那だつて、何でもおいらの事を知つてゐる。分厚い本を持つた檀那も、藥草醫の檀那もゐる。黃色いチョッキを著た檀那に、眞鍮《しんちゆう》の勳章をつけた檀那、菫《すみれ》色の服の檀那に、軍人さんみたいな檀那、他にもそれはもう澤山《たくさん》の、おいらの事を知つてゐる、立派で、親切で、全《まつた》うな檀那方が乘つてゐて、おいらの爲に辯護して下さるだよ、ありがてえ話だ。さうともよ、この黑の老いぼれが自分の事を自分で知つてゐるのと同じくらゐ、よく知つてゐて下さるだよ。全くありがてえ。さうだ、早く見つけて貰ひてえもんだよ」と、彼は熱心に附け加へた。「そして、ここに來て、ここの檀那方に云つて貰ひてえ、この黑の老いぼれが、檀那方が心から信用してちつとも構はねえ男なんだと云ふ事を」。

「しかし、こんなに大勢の船客の中から、一體全體どうやつてさういふ人達を見つけたらいいんだい?」と、手に傘を持つた一人が訊ねた。中年男で、見た處《ところ》田舍の商人らしく、人の善い生れ附きではあつたが、かの御拂《はら》ひ箱になつた稅官吏の、尋常ならざる惡意に感化されて、少しく用心深くなつてゐたらしい。

「どこで見つけたらいいかだつて?」と、國教會の牧師が半ば咎《とが》めるやうな口調で云ひ返して、「まづ私が探しに行かう」と急いで附け加へると、その言に違《たが》はず、速やかに立ち去つた。

「見つかるもんかい!」と、義足の男が嗄《しやが》れ聲で云つた。またもや近くに寄つて來てゐたのだ。「たつた一人だつて乘つてるもんかね。そんなに澤山の御立派な御友人が、乞食なんぞにゐる筈があるかい? こいつはその氣になつたら隨分速く歩けるんだ、俺なんかよりずつと速くな。だが、歩くよりも遙かに素早く噓がつける。こいつは白人のペテン師で、人を騙《だま》すため躄《いざり》になつて、身體中を黑く塗りたくつてゐるだけの事だ。こいつにしても、こいつの御友人達にしても、みんな如何樣《いかさま》師よ」。

「君には慈悲の心といふものが無いのかね」と、努めて抑制するやうな口調で、[三]メソディスト派の牧師が近寄つて來て云つた。抑制してゐる風のまるで無い、見るからに頑強な體軀《たいく》とは際立つて對照的な口調だ。長身で、筋骨は隆々、いかにも好戰的な顏附で、テネシー州に生れ、[四]メキシコ戰爭では志願兵からなるライフル聯隊に從軍牧師として志願した男である。

「慈悲は慈悲、眞實は眞實だ」と、義足の男が云ひ返した。「こいつはごろつきなんだつて」。

「しかしね、君、君はどうしてこの哀れな男に對して、なるべく優しく解釋《かいしやく》してやれないのかね?」と、いかにも軍人らしい風采のメソディスト派の牧師は云つたものの、平和的な態度を維持するのが段々難しくなつて來た。尤も、そんな態度を示すにも及ばない程、相手はいかにも邪慳《じやけん》な態度を示してゐたのだが。「外見は、正直さうぢやないかね?」

三 **メソディスト派**:英國の神學者ジョン・ウェスレイ(一七〇三―一七九一)の指導による信仰復興運動から起つたプロテスタントの一派。個人的社會的道德を强調する。

四 **メキシコ戰爭**:メキシコに對する米國の干渉戰爭(一八四六―一八四八)。メキシコが敗北して、領土の北半分を失ふ。

メキシコ戰爭 ブエナ ビスタ戰

「外見は外見、事實は事實だ」と、相手が意地惡く撥《は》ねつけた。「それに、解釋と仰有るが、ごろつきだと云ふ以外に、ごろつきに對してどんな解釋をすればいいのかね？」

「そんな薊《あざみ》みたいに刺《とげ》のある云ひ方をするもんぢやない」と、前よりも忍耐を失つて、牧師が強い口調で云つた。「愛の心だよ、君、愛の心」。

「あんたの云ふ愛の心なんぞは、それにふさはしい場所がある！　天國にもつて行きやい い！」と、憎々しげにこちらが再びかみついた。「この地上ではな、本當の愛の心なんぞはくたばつて仕舞つて、まやかしの愛の心が盛んに生み増やされてゐるんだ。愛に滿ち溢れた阿呆どもは、接吻して阿呆を裏切る奴らがみんな自分を愛してゐてくれるものだと、實に愛に滿ち溢れた信じ方をするし、證人席に坐る愛に滿ち溢れた惡黨《あくたう》は、被告席に坐る仲間のためにこれみよがしに愛に滿ち溢れた供述をする、それが世の中つてもんだ」。

「しかし、友よ」と、高邁《かうまい》なるメソディストはいや增す怒りを必死に抑へながら、かう反駁《はんばく》した――「しかし、控へ目に云つても、君は自分自身の事を忘れてゐる。自分自身に當てはめて、よくよく考へてみるがいい」。牧師は外面こそ平靜を裝《よそほ》つてゐたが、內面は爆發せんばかりの怒りに打ち震へてゐた。「いいかね、君の口から漏れた言葉によつて、私が君の人格を、何ら慈愛を交へずに判斷するとしよう。さうしたら、君がどんな類の、陋劣《ろうれつ》で、無慈悲な男だと、私が考へる事になると思ふかね？」

「そりやきつと」――にやりと笑つて――「正直な心を無くした競馬の騎手みたいに、慈悲の心を無くした無慈悲な男だとでも」。

「友よ、それは一體どういふ意味かね?」、おのが内なる罪深い本性をなほもひたすら抑制しつつ、さう牧師は云つた。闘犬の首根つこを摑《つか》まへて、やつとの事で押へつけてゐるやうな感じだ。

「別に大した意味はありませんさ」――こちらはあざ笑ひながらから應《おう》じた、「ただ、全ての人間が親切な譯ぢやないし、同様に、全ての馬が正直な譯ぢやない。そして、誰にしても、お互ひに密接に附き合ふ機會が増えると、容易に感化されて仕舞ふものさ。あんたが俺の事を正直な騎手と思つてくれるんだつたら、俺はあんたの事を慈悲深く賢い人間と思ふ事にしよう」。

「何が云ひたい」。

「それが分らないやうぢや、益々阿呆だ」。

「外道《げだう》め!」と牧師が叫んだ。今や怒りで煮えくり返つてゐた。「罰當《ばちあた》りの外道め! 慈愛の心がわしの怒りを抑へてくれなかつたら、貴様にふさはしい罵詈雑言《ばりざふごん》の限りを盡《つく》す處だ」。

「本當にそんな事が出來ますかね、ええ?」と、いかにも嘲笑するやうな横柄《わうへい》な態度で。

「出來るとも。慈愛の何たるかを、今、すぐに教へてやる」と、怒り狂ふメソジストの牧師は叫ぶや、突然、この忌々《いまいま》しい相手のくたびれた外套の襟をひつつかみ、その木の義足が九[五]柱戯の木柱みたいに甲板上でガタガタ音を立てる迄搖さぶつて、云つた。「貴様は俺を平和主義者とでも思つたらう?――この汚《きたな》らしい臆病者め、キリスト教徒を侮辱して無事で濟《す》むと思つたか。思ひ知れ」――さう云ふと、再び思ひつ切り搖さぶつた。

五　九柱戯：九本のピンを使ふボウリング。

「よくぞ云つた、でかしたぞ、教會の戰士よ！」と叫ぶ聲《こゑ》がした。「白ネクタイ（聖職者）と俗世間との戰ひだ！」と別の聲が叫んだ。

「いいぞ、やれやれ！」と、斷乎たる牧師の肩を持つて、同じく熱烈に多くの聲が一齊《いつせい》に叫んだ。

「この阿呆どもめが！」と、木の義足の男が身をよぢらせて牧師の手から逃れると、怒りで眞つ赤になつた顔を群衆に向けて叫んだ。「阿呆どもに、阿呆の親玉に、阿呆の船、お前らはそれだ！」

さう叫ぶと、正義の裁きを正當に下されたこの男は、己れを諫《いさ》めた牧師に無駄な脅しの言葉を浴びせかけ、もはやこれ以上衆愚どもと議論する値打は無いとでも云ふかのやうに、義足を引きずりながら立ち去つた。だが、嘲笑的言動への報いとして、人々は後ろ姿に罵聲《ばせい》を浴びせた。勇敢なるメソジストの牧師は男に浴びせられた批難に滿足したので――より深い理由について説明するのは差し控へるが――、寛大な氣分になつて、自ら罵聲に加はりはしなかつた。ただ、去りゆく反抗者を指差して、かう云つた。「御覽なさい、一本足でよろめいて去つて行くあの男を。いかにも一面的な人間觀を象徴してゐる」。

「せいぜい黑塗りのペテン師を信用するんだな」と、男は振り向いて不具の黑人を指さすと、さう云ひ返した。「さうすりや、俺も仕返しが出來るつてもんだ」。

「俺たちはこいつを信用する積りなんかないぞ！」と、叫び返す聲が聞えた。

「そいつは益々結構だ」と、こちらは嘲《あざけ》るやうに云ひ返し、急に立ち止ると、かう附け加へた。

「いいか、おい。俺の事を棘《とげ》のある薊《あざみ》だと云つたな。結構だ。それも種のぎつしり詰つた奴なら、益々結構。しかもそれを、あんたらの中に思ひつ切り振り撒《ま》いてやつたんだから、こいつが何より結構な事だ。幾つかの種は確實に振り落されたぜ。やがて芽を出すんぢやないか？　そして、芽を出したら、若い薊を刈り倒してやるがいい。さうすりや、益々芽を出すんぢやないか？　うまく發育を促す事になるからな。さて、そこでだ、あんたらの農場が俺の薊で一杯になつたら、さあその時は——農場を逃げ出すしか手はなくなるといふ寸法《すんぱふ》さ！」

「あいつ、一體何が云ひたいのかね？」と、男を見詰めながら田舎の商人が云つた。

「何でもありはしない。打ちのめされた狼が去り際に遠吠えをしてゐるだけの事だ」と、メソジストの牧師が云つた。「怨恨、非常なる怨恨ですな。詰りは、あの男の不信仰といふ邪惡な心の産み落した不具の子供といふ譯です。それが彼奴《きやつ》を狂はせた。生れながらの背徳者ではあるまいか。おう、友よ」と、說教壇に立つてゐるかのやうに両腕を振り上げて牧師は云つた。「おう、愛する人達よ、かかる狂人の憂鬱なる光景は、我々に如何なる教訓を示してゐるのか。その教訓に學ぶ事にしよう。それはかういふ事ではないのか。神意への不信に次いで、我々が抵抗すべく祈らねばならぬものがあるとすれば、それは同胞への不信に他ならない。私は鬱々《うつうつ》として塞《ふさ》ぎ込む慘めな患者で一杯の癲狂院《てんきやういん》を訪れた事がある。そこで人間不信の極限を見た。狂はんばかりに不機嫌な様子で部屋の隅でぶつぶつ云つてゐる拗《す》ね者だ。何年も漫然とそこに居坐つてゐる。丸坊主になつて、自分の唇を嚙《か》んでゐるばかり、己れ自身を食ひ荒らす禿鷹《はげたか》だ。そして部屋の反對側の隅の方から、白癡《はくち》が時折發作的にそやつに向つて顰《しか》め面をしたものです」。

「何といふ喩《たと》へ話だ」と、一人が呟《つぶや》いた。

「[六]タイモンですら二の足を踏むかも」、と誰かが應じた。

「おう、おう、檀那方、檀那方はこの哀れな黒の老いぼれを信用しなさらねえだか?」と、それまでの遣取りに恐れをなして脇の方に避難してゐた黒人が、ここで戻つて來て、悲しげに叫んだ。

「お前を信用するだつて?」と、今しがた呟いた男が急に顔附を變へたかと思ふと、突然顔を背《そむ》けて云つた、「まだ分らんよ」。

「おい、黒いの、よく聞けよ」と、呟いた男に應じた男が、やはり口調を變へて、「あの禮儀知らずは」と、遠くにゐる義足の男を指差しながら、「確かに不埒《ふらち》な奴だ。俺だつて彼奴《あいつ》のやうになりたくはない。しかし、だからと云つて、お前が黒いペテン師の[七]ジェレミー・ディドラーぢやないといふ事にはならんのだ」。

「それぢや、この哀れな黒の老いぼれを信用なさらねえといふ譯で?」

「お前を信用する前に」と、三番目の男が云つた、「あの親切な人の報告を待たうぢやないか。お前のために辯護してくれるといふ、お前の友人を探しに行つてくれたのだから」。

「さうするとなると、きつと」と四番目の男が云つた、「クリスマスが來るまで、ここで待ち續ける事になりませうな。我々があの親切な人に再び會へない事になつても、別に驚きはしない。あの人は暫く虚《むな》しい努力をした末に、誑《たぶら》かされたと分つたら、恥づかしくて戻つて來る氣にはならんでせう。實を云へば、私自身、この黒人について些か不快な氣持になり始

六　**タイモン**:シェイクスピアの「アセンズのタイモン」(一六〇六―一六〇七)の主人公。友人達の背信に遭つて極端な人間嫌ひとなり、ギリシャのアセンズ(アテネ)郊外の森に隠れ住み、世を呪つて死ぬ。厭世家の典型としてメルヴィルが屢々《しばしば》言及する人物。

七　**ジェレミー・ディドラー**:英國の劇作家ジェイムズ・ケニー(一七八〇―一八四九)の喜劇「風を起す」の主人公のペテン師。一八〇三年、大評判となる。

めてゐます。どうもいんちき臭い處がある、確かに」。

再び黑人は泣き聲を擧《あ》げ、絶望して最後の話し手に背を向けると、哀願するやうにメソディストの牧師の上衣の裾《すそ》をつかんだ。處が、ついさつき迄はかくも激しつつも執成《とりな》し役を勤めてゐた牧師にも、今や何やら變化が生じてゐた。躊躇《ためら》ふやうでもあり、戸惑ふやうでもある樣子を見せながら、哀願する相手を默つて見詰めた。本能の如きものによつて導かれでもしたのか、最初に覺えた不信の念が今や漠然と蘇《よみがへ》つて來て、どちらかと云へば强さを増しつつあつたのだ。

「この哀れな黑の老いぼれを信用されねえだか」と、黑人は再び泣き叫ぶと、牧師の上衣の裾を離して、訴へるやうな目つきで周圍《しうゐ》を見回した。

「いや、そんな事はない、可哀想にな、この私は信用するぞ」と、ここで先ほどの田舍の商人が叫んだ。人々が冷やかな態度を示した直後に、黑人がかくも哀れげに訴へたので、味方をしてやらねばなるまいと、遂に人情味のある決心をしたもののやうだつた。「さあ、これが信用してゐる事の證據《しようこ》だ」と云ふと、傘を腋《わき》の下にかかへ、手をポケットに突つ込んで財布を取り出した。と、偶然、名刺も一緒に財布から飛び出し、誰の目にも觸《ふ》れずに甲板に落下した。「さあ、お取り、可哀想な奴」と續けながら、五十セント銀貨を差し出した。

銀貨に、といふよりも、寧《むし》ろ親切に感謝して、不具者の顏は磨き上げられた銅のシチュー鍋さながらに照り輝いた。そして一歩傍にいざり寄ると、片方の手を差し伸べて施し物を受け取る一方、何氣無い樣子で足先を前に伸ばして、足の底を包む革の部分を名刺の上に被《かぶ》せた。

群衆全體の感情に逆らつて敢行された、商人のかかる麗《うるは》しき行爲は反撥《はんぱつ》を招かずには措《お》かなかつたらしい。といふのも、自分達への一種の批難と群衆は受け取つたからだ。またしても、しかも以前よりも執拗《しつえう》に、黑人を批難する叫び聲《こゑ》があがり、またもや黑人は泣き叫んで嘆きかつ訴へた。取分け、以前名前を擧げた友人達が喜んで辯じてくれる筈だから、誰か友人達を探しに行つてくれないかと、繰り返し訴へた。

「自分で探しに行けばいいぢやないか」と、水夫がぶつきらぼうに云つた。

「どうやつて行けるだね？　この足の惡い、哀れな黑の老いぼれには、友達の方からやつて來てくれるもんだ。ああ、あの親切な檀那はどこにゐるだ？　喪章をつけたあの親切な檀那は？」

丁度この時、船の旅客係が鈴を鳴らしながらやつて來て、チケットをまだ入手してゐない乘客は全員船長室へ行くやうにと告げた。それを聞くと、黑人の周りにゐた乘客の數は忽ち少くなつた。黑人自身もまもなく悄然《せうぜん》と姿を消した。他の乘客達と同じやうな用件があつたのかもしれない。

第四章

舊交を温める

「今日は、ロバーツさん」。

「えつ?」

「おや、私を御存知ない?」

「存じませんな」。

船長室の周邊《しうへん》にゐた人々がその裡にゐなくなると、船尾の展望臺で以上の遣取りが交された。洒落《しやれ》た仕立といふ程でもないが、清潔できちんとした喪服を著て、帽子に長い喪章をつけた一人の男が、昔馴染みらしい親しげな態度で、先述の田舍の商人に話し掛けたのである。「これはたまげた」と、喪章の男が續けて云つた、「私の顔を御見忘れですか? 私の方は、ほんの三十分前に御會ひしたばかりのやうに、御尊顔をはつきり覺えてをりますがね。尤《もつと》も、この前御會ひしてから隨分時間が經《た》ちましたけれど。思ひ出せませんか? もつとしつかり御覽なさい」。「いや、誓つて――本當に――御言葉ですが」と、商人は心底狼狽して、「確かに、存じ上げない――嘘ぢやない、本當です。でも、ちよつと、その儘《まま》、その儘」と急いで附け加へると、見知らぬ相手の帽子の喪章に何やら嬉しげに目をやつて、「その儘――やつぱりさうだ――、私思ふに、貴方を個人的に存じ上げてはをりませんが、少くとも御噂を耳にした事があるのは確かです、それも今しがた、つい今しがたの事で。この船に乘つてゐる哀れな黑人が、貴方の事を、自分を辯護してくれる方達の一人だと申してゐました」。

「ああ、あの足の惡い、哀れな奴。よく知つてゐます。連中、私を探しに來ました。で、あいつの爲に云へるだけの事は云つてやりました。連中の不信は和《やはら》いだと思ひます。もつとちやんと助けてやれたらとは思ひますがね。處で、それはさうと」と附け加へて、「ふと思ひ附いたので、お訊ねしたいのですが、一人の如何にも卑小な男が、もう一人の如何にも不幸な男に自分の代辯者になつて貰ひたいと思ふとしたら、さういふ狀況は、その不幸な男の人間としての價値を、多少は證明する事になりやしませんかね」。

善良な商人は困惑の體《てい》だつた。

「まだ私の顏が思ひ出せませんか？」

「どんなに努力しても、思ひ出せない、としか申しやうがありません」と、商人は氣の進まぬ樣子ながら、率直に答へた。

「私、そんなに變りましたかね？　しつかり見て下さい。それとも、勘違ひかしらん？——貴方はヴァージニア州フィーリングで運送業を營んでゐる、ヘンリー・ロバーツさんぢやありませんか？　さうだ、ねえ、貴方、營業に名刺を使つてをられて、今お持ちだつたら、それを見て、御自分が私の思ふ通りの御方かどうか、確かめてみてくれませんか」。

「これはどうも」と、多分、少しく氣に障《さは》つて、「自分の事ぐらゐ、自分で分つてゐたいものですが」と商人。

「けれども、自己認識といふものは、さう簡單ではないと云ふ人もゐます。ひよつとして、貴方が一時的に御自分を誰か他の人間と取り違へてゐる、といふ事だつて、或は無いとは限らないのでは？　世の中にはもつと不思議な事だつて起つてゐます」。

　善良な商人は目を丸くして相手を見た。

「詳しく申し上げませう。かれこれ六年ほど昔、確かブレイド兄弟商會の事務所で、貴方にお目に掛りました。その頃、私はフィラデルフィアのさる會社の商品を賣つて歩いてゐました。兄の方のブレイドが我々を引合せてくれた事は覺えておいでですかな。その折、暫らく商賣の話をしてから、貴方は御自宅での御茶に强引に招いて下さり、御宅で樂しく御茶を頂戴しました。例の壺の事とか、[一]ヴェルテルのシャーロッテについて私が申し上げた事とか、バター附きのパンや、大きなパンの塊《かたま》りについての貴方の卓拔な御話とか、御忘れですか。あれから何度もその話を思ひ出しては笑つたものです。せめて私の名前ぐらゐは思ひ出して下さらねば——、リングマン、ジョン・リングマンです」。

「パンの大きな塊り？　貴方を御茶に招いた？　リングマン？　リングマン？　リング？　リング？」

「これはまた」と、悲しげに微笑みながら、「そんなリングリングと鐘でも鳴らすみたいに。どうも、貴方の記憶はあんまり當《あて》にならないやうですな、ロバーツさん。でも、私の記憶は大丈夫、信用して下さい」。

「いやあ、實は正直な處、事柄によつては記憶力がそんなに確かとは云へないやうではあり

一　ヴェルテルのシャーロッテ：ゲーテ（一七四九—一八三二）の「若きヴェルテルの悩み」に出る女性。主人公ヴェルテルはシャーロッテが六人の弟妹にパンを切つてやる姿を見て失戀する。

ますが」といふのが、商人の正直な返答だつた。「でも、それでも」と、困惑げに附け加へた、「それでも私は――」

「おう、さうですか、それなら私の申し上げた通りといふ事にして置かうぢやありませんか。疑ひなく、我々は昔馴染みなのですから」。

「でも――でも、どうしても思ひ出せないといふのが、どうにも氣に入らない。私は――」

「しかし、御認めになつたぢやありませんか、事柄によつては、記憶が些か當てにならない場合もあると。然らば、記憶が餘り當てにならない人間は、記憶が當てにならない事がより少い人間に、何がしかの信頼を置くべきではありませんか？」

「しかし、その樂しい御茶と御喋りの時間とについて、私にはこれつぽつちも――」

「分ります。分りますとも。黑板から完全に拭き消されて仕舞つたといふ譯ですな。處で」と、突然何かが閃《ひらめ》いたかのやうに、「約六年前、頭に何か怪我をするやうな事はありませんでしたか。さういふ原因から驚くべき結果が生じ得るものです。怪我の直後の一定期間の出來事について意識を喪失するだけでなく、それに加へて――妙な話ですが――怪我の直前の一定期間の出來事についても、完全かつ治癒《ちゆ》不可能な記憶喪失が生じる。卽ち、その時、精神は完璧に出來事を理解して記憶に留める能力も十分に有してゐるにも拘らず、一切は空白になつて仕舞ふ。と云ふのも、怪我によつて、一切の記憶が抹消されて仕舞ふからです」。

最初は驚いた樣子だつたが、やがて商人は竝々《なみなみ》ならぬ興味を以て聽き入つた。相手は續けた。

「子供の時分、私は馬に蹴られた事があつて、暫く意識を無くして横たはつてゐました。意識が戻るや、何たる空白狀態！　どうやつて馬に近づいたのか、何の馬だつたのか、馬がどこにゐたのか、私をそんな目に遭はせたのはそもそも馬だつたのか、それらの事柄について記憶のかけらも無いのです。それら個々の事柄について知る事が出來たのは、專ら友人達の御蔭です。申す迄もなく、友人達の言葉に私は絕對の信賴を置いてゐます。と申しますのも、ある種の個々の出來事が生じたに違ひはない譯ですが、それらについてどうして彼等が私を欺《あざむ》く必要がありませうか。よろしいか。精神といふものは實に柔軟なものなのです。けれども、精神が柔軟に受け入れた諸々のイメージは、それらが印象の中でしつかり燒き固まるためにはある程度の時間の經過が必要です。さういふ時間が與《あた》へられないと、私が語つてゐるやうな事故は忽ちにしてそれらのイメージを消し去つて仕舞ふ。あたかも存在すらしなかつたかのやうにね。[二]我々人間はただの粘土、燒物《やきもの》師の扱ふ粘土に過ぎません。聖書の云ふ通り、脆弱《ぜいじやく》で、すぐに意の儘になる粘土でしかないのです。しかし、哲學者ぶるのはよしませう。いかがです、私が語つてゐる時期に、貴方が腦に強い衝擊を受けられた事はありませんか？　もしあるとしたら、我々が御近附きになつた時の狀況をより詳細に物語る事によつて、貴方の記憶の空白部分を喜んで埋めて差し上げたいと思ひますが」。

　商人は次第に興味を唆《そそ》られて、相手が話し續けてゐる間もそれが弱まる事はなかつた。幾分躊躇《ちうちよ》した後、實際、それは躊躇以上のものだつたが、商人はかう告白した。腦に損傷を受けるやうな事はなかつたものの、ほぼ該當《がいたう》する時期に腦炎を患《わづら》つた事が實際にあつて、相當

二　我々人間はただの粘土、燒物師の扱ふ粘土：舊約聖書「イザヤ書」六四・八に、「われらは泥塊《つちくれ》にしてなんぢは陶工《すゑつくり》なり」、とある。

期間、完全に意識を失つた事があるといふのだ。その話を更に續けようとすると、相手が頗る元氣づいて、かう叫んだ。

「ほうら、御覽なさい、やはり間違つてゐなかつた。その腦炎が全てを説明してくれます」。

「いや、しかし――」

「失禮ながら、ロバーツさん」と、鄭重に遮《さへぎ》つて、「時間が餘《あま》りありません。それに、個人的な事で折り入つて貴方に申し上げたい事があるのです。よろしいでせうか」。

　ロバーツ氏は何しろ溫良な人間だつたから、默つて從ふしかなかつた。そして二人が默つて餘り人目につかない場所に歩いて行くと、この喪章をつけた男の樣子が突如として悲痛なまでの深刻味を帶びるに至つた。顏面に、あたかも苦悶にのたうつ樣な表情が浮かんだ。胸に祕めた恐るべき言葉、逃れ得ない言葉と格鬪してゐるやうにも見えた。一二度、語り出さうと試みた、が、どうしても言葉が出ない。商人の方は驚き呆れながらも氣の毒さうな樣子で、どうなる事やらと思ひつつ立ち盡《つく》してゐた。喪章の男はたうとう己れの感情をなんとか制して、かなり落著いた口調でかう云つた。

「ロバーツさん、私の記憶が正しければ、貴方はフリーメイソン[三]の會員でしたよね？」

「ええ、さうです」。

　再び襲つて來た動搖から立ち直らうとでもするかのやうに、喪章の男は一瞬顏を背《そむ》けると、相手の手を握つて云つた、「それぢや、會員の同胞が金に困つてゐるとしたら、一シリング貸し與《あた》へて下さるのではありませんか？」

三　フリーメイソン：會員の相互扶助や友愛促進を目的とする國際祕密結社。

商人は驚いた様子で、殆ど後退りしようとした。

「おう、ロバーツさん、貴方は困つてゐる人間とは關《かか》はりを持つまいとするやうな、そんな商賣人ではありませんよね。どうか行つて仕舞はないで下さい。實は、私、心に悩みがあるのです――心にね。私は眞に嘆かはしい狀態にあつて、しかも見知らぬ人達の中に、全く見ず知らずの人達の中に放り込まれてゐるのです。私は心を打ち明けられる友人がほしい。ロバーツさん、貴方は、ここ何週間もの間に殆ど初めて出會へた知り合ひなのです」。

一方がかうして餘りにも唐突《たうとつ》に胸中の思ひを激しく訴へたものだから、二人の對話の様子は周りの光景とは著しい對照を爲すに至つたが、商人の方は元々そんなに不用心な性格ではなかつたものの、全然人情味に缺《か》けるやうな人間でもなかつたから、少しも心を動かされずにゐる譯には行かなかつた。

相手の方はなほも取り亂《みだ》しながら、から續けた。

「申し上げるまでもなく、私、實に慙愧《ざんき》の至りです、折角打ち解けた御挨拶をした後で、今のやうな事を申し上げねばならなかつたのですから。きつと、をかしな奴だと思はれた事でせう。でも、已《や》むを得なかつたのです。背に腹は代へられない、といふ譯で。どうしても蠻勇《ばんゆう》を揮《ふる》ふしかなかつた。ねえ、貴方、我々は確かにフリーメイソン會員ですよね。もう一歩こちらへ寄つて頂けませんか。私の話を申し上げます」。

半ば押し殺したやうな低い聲で、彼は話し始めた。聽き手の表情から察するに、それは如何なる誠實、如何なる先見、如何なる精力、如何なる天才、如何なる敬虔を以てしても防ぎ得ぬ類の諸々の不幸に纏《まつ》はる、特異な興味を有する話のやうに思はれた。
打ち明け話の一つ一つを聴く毎に、聴き手の同情は募《つの》つて行つた。感傷的な憐憫《れんびん》の情などでは全く無かつた。話が續けられて行く裡に、商人は財布から一枚の紙幣を取り出した。が、やがて一層不幸な話を聽くと、それを別の紙幣と、恐らくはもつと高額の紙幣と取り換へた。そして、話が終ると、施《ほどこ》しを與《あた》へるやうな印象を避けるべく細心の注意を拂《はら》ひつつ、それを喪章の男の兩手の中に押し込んだ。こちらの方は、施しを受けたやうな印象を避けるべく細心の注意を拂ひつつ、ポケットにしまひ込んだ。四
かうして援助を受け取つて仕舞ふと、喪章の男は現下の狀況を考慮すれば殆ど冷淡にさへ思へるやうな、性質に於ても程度に於ても等しく儀禮的な態度を示した。そして、過度に情緒的といふのでもなければ、嚴密に云つて不適切といふのでもない、幾つかの言葉を口にした後、何かしら形容し難い、洗練された獨立心の發露とでも云へるやうな印象を與へる御辭儀をして立ち去つた。どんなに辛い不幸も紳士の自尊心を破壞する事はなく、どんなに深い感謝も彼を卑屈にする事はなかつたのだ。
姿が見えなくなる程遠ざからない裡に、彼は考へ込みでもするかのやうに立ち止り、しかる後、急ぎ足で商人の許に戻つて來て、かう云つた。「たつた今、思ひ出したのですが、ブラック・ラピッズ石炭會社の社長がたまたまこの船に乘り合はせてゐましてね、奴さんは會社の株取引の代理人でもあるのですが、今ケンタッキーで訴訟沙汰になつてゐる株式事件に證人として召喚されてゐるので、株主臺帳を携へて來てゐるのです。實は一箇月前、狡賢《ずるがしこ》くて人

四　このパラグラフはベンジャミン・フランクリン（一七〇六—一七九〇）の「自傳」（一七九一）の一場面を念頭に置いたものか。メルヴィルは前作「イズリアル・ポッター」（一八五五）に於て、フランクリンを痛烈に風刺してゐる。

騒がせな連中が株式恐慌を企み、騙《だま》され易い株主達がそれにまんまと引つ掛つて、會社の持ち株を全部賣り拂つて仕舞ふといふ事があつたのですが、會社の方では企みを前以て知らされてゐたので、それを阻止すべく、賣り出された株を全部買ひ取つて仕舞ひました。まやかしの恐慌でしかないのだから、恐慌の元凶たる連中がそんな事で儲ける事の無いやうに、斷乎たる對應《たいおう》をした譯です。聞く處によると、今、會社としては、買ひ取つた株を再び賣りに出す用意をしてゐるが、急ぐ積りはないらしい。恐慌を起される以前にはかなりの高値だつたけれども、かなりの安値で買ひ取つたので、元々の額面價格で賣りに出す積りらしいのです。でも、會社がその積りでゐる事は一般には知られてゐません。何しろ、會社名義の株主臺帳の記載はまだ元の儘ですからね。手許に資金のある人にとつては又とない投資のチャンスといふ譯です。と云ひますのも、恐慌は日を追つて沈靜化しつつありますから、それにつれて原因も知れ渡つて來る事になるでせうし、さうなると信用を取り戻すどころではない、株價の反發が起る事は必定、下落した株價が下落以前の高値以上に上昇する事になる。[五]株主達は自信を深めて、再度の暴落を懸念しなくなりますからね」。

　商人は當初は好奇の眼差で話を聽いてゐたが、遂に興味を唆《そそ》られて、あらましこんな風に反應《はんおう》した。自分は以前その會社と關係のある友人を通じて會社の話を耳にしてゐたが、業績は良好だといふ話だつた。でも、株價に變動があつたとは知らなかつた。但し、自分は投機家ではないし、これまでどんな種類の株にも手を出すのは避けて來たが、今の御話については何かしら興味を惹きつけられるやうな氣がする。さう云つた上で、商人はから結んだ。「ど

五　株主達は自信を深めて、再度の暴落を懸念しなくなりますからね：英國の詩人ジョン・ミルトン（一六〇八—一六七四）の「失樂園」（一六六七）二・一四—一七參照。メルヴィルは聖書、シェイクスピアと共に、ミルトンから極めて大きな影響を受けた。

んなものでせう、狀況によつては、その株式取引人とこの船の上で取引する事が出來るものでせうかな？　その御仁を御存じで？」

「個人的には知りません。この船に乘つてゐるといふ話をたまたま耳にしただけです。取引の件に關しては、幾分略式といふ恰好にはなるでせうが、その御仁が船上に於けるなにがしかの取引に異議を唱へる事はありますまい。御存知の通り、ミシシッピー河一帶に於ては、商取引は東部に於けるほど格式ばつてはゐませんからね」。

「全くですな」と商人は答へると、しばし俯《うつむ》いて考へ込んだ後、素早く顏を上げると、普段の彼らしい優しげな口調とは違ふ口調で云つた、「滅多に無い機會のやうだが、その話を最初に聞いた時、あなたはどうして飛びつかなかつたのですか？　御自分がたんまり儲《まう》かる話ぢやないですか！」

「私が？――それが出來るものだつたらねえ！」

この言葉には何がしかの感情が籠《こも》つてゐなくもなかつた。そして、それに對する相手の返答には何がしかの困惑が含まれてゐなくもなかつた。「ああ、さうでしたな。うつかりしてゐました」。

これを聞いて、喪章の男はやや眞面目な目附で相手を見た。商人は少からず狼狽した。しかも、その目附には、何やら優越者らしい氣配のみならず、批難者としてのそれも含まれてゐたから、なほさらだつた。さういふ態度は、恩惠を受けた方が授けた方に示すものとしては隨分奇妙だつた。それにも拘らず、恩惠を受けた者としてまるで相應《ふさは》しくないといふ譯でもなかつた。と云ふのも、横柄《わうへい》な様子は少しも見えなかつたし、ある種痛ましい程の良心の潔癖《けつぺき》も示されてゐたからだ。あたかも、自らが爲すべき事柄への正しい感覺のみに從つて、自分は己れを律してゐるのだ、とでも云ふかのやうな態度である。つひに彼が口を開いた。

「無一文の人間が金儲けの投資の機會を利用しなかつたからとて、迂闊《うくわつ》を咎《とが》められる――いやいや、これは貴方の物忘れのなせる業《わざ》だ。そしてこれも、慈愛の心をもつて云ふなら、かの不幸なる腦炎の後遺症の所爲《せゐ》といふ事にして置きませう。その腦炎こそは、六年前の出來事について、ロバーツ氏の記憶を一層甚しく攪亂《かくらん》したものでした」。

「その事についてですが」と、商人は元氣を取り戻して云つた。「私は決して――」

「しかし、失禮ながら、貴方は御認めにならなくてはいけない、つひ今しがた、漠然たるものとは云へ、忌《いま》はしい不信の念を懷かれたといふ事をね。いや全く、いかに表面的なものであつても、疑惑といふものはなんと微妙な力を持つものなのでせう、時に人間の心の最も慈悲深い部分、頭腦の最も賢明な部分をも侵蝕《しんしよく》し得るのですから。ですが、これ以上は申しますまい。株の事を御教へしたのは、貴方の善意に謝意を表するためです。私はただ感謝したいと思つてゐるだけの事。御教へした情報が無駄になつても、私の意圖した處は決して御忘れにならぬやうに」。

喪章の男は一禮して立ち去つた。殘されたロバーツ氏の心には、自責の念が無くもなかつた。ほんの一瞬の事とは云ふものの、相手を傷つけるやうな想念が胸中に萌《きざ》したからだ。しかも、その種の想念を懷くのを己が心に禁じるやうな、鞏固《きやうこ》な自尊の念を有する相手に對して。

MINNESOTA
WISCONSIN
St. Paul
Minneapolis
Wabasha
La Crosse
IOWA
Prairie du Chien
Dubuque
Galena
ILLINOIS
Davenport
The Upper Mississippi
Burlington
MISSOURI
Hannibal
St. Louis
Ste. Genevieve
Cape Girardeau
Cairo
KEN-TUCKY
©1986 Jerry White

第五章

喪章の男は偉大なる聖者なりや、大いなる阿呆なりや

「實に、この世には悲哀があるが、善もある。そして、無邪氣ならざる善、悲哀に他ならぬ善もある。ああ、いとしき善人。悲しくも高鳴る心よ！」

それは喪章の男であつた。商人の許《もと》を立ち去つてまもなく、心臓を患ふ人間のやうに、胸に手をあてて獨《ひと》り呟いてゐたのだ。

自分が受けた親切についてあれこれ考へてゐる裡に、心は幾分和《やは》らげられたやうだつた。しかも、不埒《ふらち》な自尊心の表白《へうはく》とも受け取られかねない尋常ならざる自尊心を、窮境にある時にも恩恵を受けた時にもあらはに示すやうな質《たち》の男としては、これは意外とも云へる反應だつた。自尊の念といふものは、如何なる場合であれ、過度に感情に溺《おぼ》れる有様を表面に示したがるものではないからだ。しかし、眞相は多分かういふ事だつたのだらう。自尊心なる惡徳に汚される事の最も少い人々は、善意が發現される有様に心動かされる事が無くは無いにしても、己れが恩恵を受けるやうな立場に立たされた場合、忘恩の振舞に出ると迄は云はずとも、禮節の感覺ゆゑに、傍《はた》からは冷たく見えるやうな態度を執る事も間々あるものなのだ。といふのも、さういふ場合、情緒的で熱烈な言葉だの、心底からの御禮の言葉だのばかりを口にするのは卻《かへ》つてみつともないものだし、みつともない眞似くらゐ、育ちのよい人間が嫌

ふものは無いからだ。こんな事を云ふと、世間といふものが熱烈な態度を好まぬもののやうに思ふかも知れないが、さうではない。世間といふものはそれ自體熱烈なものであり、熱烈な光景も、熱烈な人間も大好きである。が、それは相應《ふさは》しい場所——芝居の舞臺の上に於てのみの話だ。考へてもみるがいい、そんな事すらも辨《わきま》へずに、アイルランド人的熱情及びアイルランド人的率直を以て、恩人に感謝感激の思ひを雨霰《あめあられ》と浴びせかけるやうな眞似をしたら、どんなに慘澹《さんたん》たる結果になるであらうか。恩人の方にした處で、親切心のみならず良識や名望を具へた人ならば、必ずや辟易《へきえき》せざるを得ないであらう。恩人が時たま見受けられるやうな神経質な迄に氣難しい人であるならば、感謝の念によつて己れにかく迄も苦痛を與へた相手に好意を懷く事はまづあるまい。單に無思慮であるだけでなく、忘恩の所業とさへ思ふかもしれない。しかし、恩惠を蒙《かうむ》つた側がもつと思慮深い者であるならば、無分別な者に勝るとも劣らぬ感謝の念を胸中に懷きはしても、そんな類の苦痛を恩人に與へはしまいし、そんな結果を齎《もたら》す危險を冒す氣にもなりはしまい。そしてさういふ思慮深い人々こそが賢明に振舞ふ譯であつて、それが世の多數派といふ事になる。以上の事によつて知れるのは、誇大な感謝の表現が世間に缺如《けつじよ》してゐるからと云つて、感謝の念の不足について不平を洩らす人々が如何に淺はかであるか、といふ事である。實は、謙讓《けんじやう》の念と同程度に感謝の念も存在するといふのが眞實なのだ。けれども、それらはいづれも大抵は暗がりの世界に忠實な感情だから、人目につかない事が多いのである。

こんな話を始めたのは、喪章の男の樣子の變化を、必要とあればだが、讀者に説明せんがために他ならない。彼は禮節の冷たい衣裳を密かに投げ捨て、おのが眞實の心情に思ふ存分身を委《ゆだ》ねたのだが、さういふ彼はあたかも別人と化したかのやうだつた。心の優しさがかくの如く穏やかに抑制された様子はまた、憂愁の念によつて、覆ひ隠されぬ憂愁の念によつても彩《いろど》られてゐた。それは禮節といかにそぐはぬものであつたにせよ、尚の事、彼の眞摯《しんし》を證《あか》してゐた。といふのも、なぜかは知らぬが、眞摯の存在する處には、同時に、憂愁も存在するといふやうな事態が時に生じるものだからである。

この時、喪章の男は舷側の手摺りに凭《もた》れかかつて、憂ひに沈んでゐたものだから、もう一人の憂はしげな人物が近くにゐるのに氣づかなかつた――白い項《うなじ》が優美な感じの若い紳士で、婦人が身につけるやうな大きく襟の開いた襯衣《シャツ》を著て、襟の處を黒いリボンで結んでゐた。凝《こ》つたギリシャ文字を銘板に刻んだ四角いブローチをつけてゐる處を見ると、大學生――[一]恐らくは二年生（sophomore）――が旅行中の様子にも見えた。最初の旅行ででもあつたか。[二]ローマ風の上質の羊皮紙で製本された小さな本を片手に持つてゐた。

傍で何事か呟く聲が聞えたので、若者は喪章の男を關心を以てと迄は云はずとも、多少の驚きを以て眺めた。だが、大學生にしては珍しく、いかにも內氣さうな若者だつたから、口を開きはしなかつた。すると、喪章の男は人なつこさと悲壯感とが妙な具合に交り合ふやうな調子で、獨白《どくはく》から對話形式に口調を變へて、若者の內氣を更に一層助長した。

「これはしたり、どなたかな？　まさか、私の獨り言を聞きはしなかつたでせうな、お若い方？　おや、君もなんだか悲しさうだ。私の憂愁が感染《うつ》つたのでなければいいが！」

一　恐らくは二年生（sophomore）：sophomoreには「知的な氣取り・自惚れ・自信過剰」など、大學二年生らしき未熟な性格を持つ者、の意味がある。

二　ローマ風の上質の羊皮紙：金や銀で裝飾を凝らした革表紙。

「いや、そ、その」と、若者が吃《ども》つて云つた。

「時に、ねえ」と、こちらは何やら悲しみを親しげに示しつつ、手摺をゆつくりと滑るやうに移動しながら、「ねえ、お若い方、何の本をお持ちなのかな？　見せて下さい」と、その本を優しく取り上げて、「タキトゥスか！」[三]と云ふと、頁を適當に捲《めく》つて、讀み上げた。「總[四]じて暗黑にして恥辱に滿てる時代が我が眼前に横たはつてゐる」。然る後、警告するやうに若者の腕に觸《ふ》れると彼は云つた。「お若い方、この本は讀んぢやいけない。毒ですよ、道德心を毒します。タキトゥスに眞理が存在するにしても、虛僞と同じ働きをする類の眞理でしかない、だから、やはり有毒です、道德的に有害です。このタキトゥスなる男の事は、知り過ぎるくらゐ知つてゐます。大學生の頃、奴の御蔭で私は人生に幻滅して、すんでの處でシニシズムに陷りかねなかつた。いや全く、私は上衣の襟を折り返し、世の中を輕蔑するやうな暗い表情で歩き回り始めたものです」。

「あ、あの、わ——わたしは——」

「噓ぢやないです。處で、お若い方、多分君はタキトゥスが私と同じく、憂鬱なだけだと思ふかもしれない。しかし、それのみにとどまらない——彼は醜惡です。とんでもない違ひですよ、お若い方、憂鬱な物の見方と、醜惡なそれとではね。前者によれば、世界は未だ美しいものであり得るが、後者によればさうではない。前者は慈悲心と兩立し得るが、後者は違ふ。前者は識見を深め得るが、後者は淺薄たらしめる。タキトゥスなんぞ、やめ給へ。骨相學的には、君はよく發達した大きい頭腦を持つてゐるやうだ。が、かの醜惡な物の見方、卽

三　タキトゥス：西暦一・二世紀頃のローマの歴史家・雄辯家・政治家。暗鬱な人生觀で知られる。
四　「總じて暗黑にして……」：タキトゥスからのものと思はれるが、出典は不明。

ちタキトゥス的なそれに閉ぢ込められて、折角の大きな頭腦が、狹い牧場の中の大きな雄牛さながらに、益々痩《や》せ細つて行くしかない。それに、時々學生がやる事だけれど、醜惡な物の見方をする事によつて、さうする事によつてのみ深みのある書物のより深い意味合ひが自分に明かされる事になる、などとは夢にも考へてはいけない。タキトゥスなんぞお止めなさい。彼の鋭敏は僞りです。その鋭敏極まる人間性の分析に於て、彼には聖書のかういふ言葉がぴつたりと當て嵌《はま》る――『鋭敏な輩《やから》がゐる。欺かれてゐる者達である』[五]。タキトゥスなんぞ止め給へ。さあ、ほら、その本、船の外に投げ捨ててあげませう」。

「あの、わ――わたしは――」

「何も云はなくてよろしい。云ひたい事は分つてゐます。正に私が云はうとしてゐる事でもある。さうですとも、よくお聞きなさい、人の世の悲哀は大きいが、人の世の邪惡――詰り、その醜惡――は小さいのです。人間を憐れむ根據《こんきよ》は澤山《たくさん》ある。が、人間に不信を懷く根據は殆どない。私自身、不幸な目に遭つて來ました。今も遭つてゐます。けれども、さればとて私がシニックになりますか？　いや、なりはしない。傷み易いのは弱いビールだ。私は隣人達の御蔭で諸々の慰めを得てゐます。ですから、どんな目に遭はうとも、人間への信頼は深められるばかりなのです。さあ、それでは」（愛嬌《あいきやう》たつぷりに）、「この本――よろしいかな、投げ捨てて仕舞つても？」

「いや、あの――わたしは――」

「分ります、分りますとも。でも、勿論君はタキトゥスを讀んで、人間性の理解に役立てよ

五「鋭敏な輩がゐる。欺かれてゐる者達である」：舊約聖書外典「集會の書」一九參照。

うとしてゐる譯だ――まるで、誹謗《ひばう》中傷によつて眞理に到達し得るとでも云ふかの樣にね。お若い方、人間性を知るのが目的ならば、タキトゥスを讀むのは止めて、北部のオーバーン[六]やグリーンウッドの墓地に行つて見給へ」。

「本當に、わ――わたし――」

「いやいや、仰有りたい事は分つてゐます。けれども、君はタキトゥスを、かの淺薄なるタキトゥスを携へてゐる。が、かく云ふ私は何を携へてゐるか？ 御覽なさい」――とポケット版の書物を取り出して――「エイケンサイド[七]です――彼の『想像力の樂しみ』。そのうちに君もこの本の事を知るやうになるでせう。我々の運命がいかなるものであらうとも、我々は愛と信賴の念を搔《か》き立ててくれるやうな、晴朗にして活力を齎《もたら》す本を讀むべきなのです。しかし、よりによつてタキトゥスとは！ これらの古典といふ奴は大學の破滅の基だと、私は久しくさう信じてゐます。なんとなれば――オヴィディウス[八]、ホラティウス、アナクレオンその他諸々の有する悖德性《はいとく》や、アイスキュロス[九]その他諸々の說く危險な神學は云ふに及ばず――トゥキディデス、ユヴェナリス、ルキリウス、就中《なかんづく》タキトゥスに於けるほど、人間性にとつて有害な物の見方が他に見出だせるものでせうか。學問の復興以來、これらの古典が何世代にも亙つて學者や學問好きな人々の愛讀書であつたと思ふと、考へるだに身震ひがする、だつて、あらゆる重大問題に關してかくも大量の異端的見解が怪しまれる事もなく、數世紀に亙つてキリスト教世界の中心部に於てぐつぐつと沸騰《ふつとう》してゐたのに、誰もそれを知らなかつたのですからね。しかしタキトゥスとは――異端の中の最も竝外《なみはづ》れた一例です。あの

六　**オーバーンやグリーンウッドの墓地**：オーバーン墓地はマサチューセッツ州ケンブリッジに、グリーンウッド墓地はニューヨーク州ブルックリンにあり、共に景勝の地として有名。この發言から、喪章の男と、英國十八世紀の墓場派詩人ロバート・ブレア（一六九九―一七四六）、エドワード・ヤング（一六八三―一七六五）等の感傷的憂悶との結び附きが連想される。

七　**エイケンサイド**：マーク・エイケンサイド：英國の詩人。「想像力の樂しみ」は一七七四年刊行。人生の「美しさ」の鑑賞を薦める書。眞、善、美、知によつて秩序立てられた惠み深い宇宙の存在を論じた。一七二一―一七七〇

八　**オヴィディウス、ホラティウス、アナクレオン**：前二者は紀元前一世紀頃のローマの人、アナクレオンは紀元前三世紀頃のギリシャの詩人で、いづれも男女の愛、ワイン、酒宴等、官能の喜びを歌つた。

九　**アイスキュロス**：ギリシャの悲劇詩人。紀元前五二五―四五六。

十　**トゥキディデス、ユヴェナリス、ルキリウス**：トゥキディデスは紀元前五世紀頃のギリシャの歴史家。ユヴェナリスは紀元二

輩には信頼の念のかけらもない。さういふ奴原《やつばら》が名高い賢者と持て囃《はや》され、トゥキディデスが政治家の手引として重んじられるなどとは、何たるお笑ひ草でせうか！　しかしタキトゥスとは――私はタキトゥスを憎む、神の教へに背く憎しみによつてではなく、正當なる憎しみによつてです。タキトゥスは、己れ自身が信頼の念を持ち合はせてゐないものだから、全ての讀者の胸中のそれを破壊して仕舞ふのだ。使はずに藏《しま》つて置ける程も世間に殘つてゐない信頼の念、人たる者として持つべき信頼の念を破壊して仕舞ふのです。だつて、御若い方、君は比較的經驗に乏《とぼ》しいけれど、信頼の念といふものがどんなに少いか、如何に寥々《れうれう》たるものでしかないか、一度も觀察した事はありませんか？　人と人との――殊に他人同士の信頼の念の事です。この悲しい世界に於ても何よりも悲しい事實です。信頼の念！　時々私は、信頼の念なんぞはこの世から消え失せて仕舞つたのではないかと訝《いぶか》しむ事さへあります。信頼の念とは現代のアストリア神[十一]の如きもので――別の世界に移住して――見えなくなつて――消滅して仕舞つたのだと」。さう云ふと、男はこれ以上は無い程ゆつたりした態度で、なめらかに滑るやうにゆつくり近附いて來たかと思ふと、身を震はせて頭を下に向け、しかる後上向きに持ち上げて、かう云つた、「處で、御若い方、この際、物は試し、一つこの私を信頼してみてはくれませんか？」

大學二年の學生はそもそもの始めから、心中、募《つの》る一方の困惑の念と鬪つてゐた。見知らぬ男のかくも奇怪な言辭――しかも執拗な長廣舌《ちやうくわうぜつ》がその原因であつたらう。學生は呪縛を破るべく、抗辯しようか、別れの言葉を發しようかと一度ならず試みたが、無駄だつた。全く

世紀頃のローマの、ルキリウスは紀元二世紀頃の諷刺作家で、共に犬儒派で冷笑家。

十一　アストリア神：ギリシャ神話。ゼウスとテミスとの間の娘。黄金時代には人間と共にあるが、人間が堕落すると天に逃げる。

無駄であつた。なぜか見知らぬ男に魅了されて仕舞つたのだ。してみれば、相手から訴へかけられて、殆ど口を利く事が出來なかつたのも怪しむに足りない。が、既に示唆したやうに、彼はとても内氣な性格だつたので、いきなりその場から立ち去つて仕舞つた。取り殘された方はいかにも殘念さうな顔をして、學生とは反對の方向にゆつくりと歩み去つた。

第六章

本章冒頭で何人かの船客が慈愛の呼びかけに耳を閉ざす

――「おい――なんだこいつは！　こんな物乞《ものご》ひ野郎を船長はどうして船に乗せて置くんだ？」

以上は、灰色の服にルビー色のビロードのチョッキを著、頬もルビー色で、白いネクタイを締めた男に向けて發せられた強い憤懣《ふんまん》の言葉である。灰色の服のこの男は、最前紹介した出來事があつて間もなく、一人の紳士に近づいて、セミノール族[一]の間で最近設立された未亡人及び兒童保護施設の爲に寄附を募らうとしてゐたのだ。一寸見《ちよつとみ》では、この男は喪章の男と同じく、不運な境遇ゆゑにある程度醇化《じゆんくわ》された者達の一人らしくも見えたが、よく見てみると、その表情は清淨な趣を多分に示す一方、悲哀の色は殆ど示してゐなかつた。

語りかけられた裕福さうな紳士は強い不快感を示す言葉を更に二言三言口にしてから、そそくさと立ち去つた。しかし、さうして邪慳《じやけん》に撥《は》ねつけられても、灰色の服の男は批難する譯でもなく、取り殘された冷え冷えとした孤獨の裡に暫くは辛抱強く佇んでゐた。だが、その顔には、抑制的ではあるが醇化された確信が示されてゐなくもなかつた。

そのうちに、やや大柄の老紳士が近づいて來ると、男は紳士にも寄附を請ふた。

「おい、きさま」と云つて、紳士は急に歩みを止めて男を睨みつけた。「おい、きさま」と、

一　セミノール族：フロリダに居住してゐたインディアン。一八一〇年代、アンドルー・ジャクソン将軍（後に米國第七代大統領。一七六七―一八四五）の掃討作戦により潰滅する。

セミノール戰争

大きな圖體《づうたい》をさらに一層膨《ふく》らまし、風船よろしく身體を搖り動かしながら、「おい、きさま、他人のために金をくれといふんだな。きさま、俺の腕程にも長い顔をしてゐるなあ。いいか、よつく聽け。物事には然るべき態度といふものがある。死刑判決を受けた惡黨《あくたう》ならば、その態度に嘘はあるまいよ。が、長い顔をしてゐる奴となると、三種類しかゐない。食ふためにあくせくする哀れな奴か、頬がこけて顎が突き出た奴か、ペテン師か、だ。どれに當てはまるか、きさまが一番よく知つてゐる筈だ」。

「どうかもう少し慈悲の心を頂けまいか」。

「どうかもう少し僞善を少くして貰ひたい」。

さう云ふと、冷酷無情な老紳士はさつさと立ち去つて行つた。

殘された男がなほもぽつねんと佇んでゐると、先述の若い牧師が通りかかり、男の姿に氣附くや、突然何事かを思ひ出したやうな表情をした。そして、一瞬躊躇した後、急いで近附いて來て云つた、「失禮ですが、少し前から貴方を探し回つてゐました」。

「私を?」と、かくも取るに足らぬ自分をわざわざ探すなんて驚いたとでも云ふかのやうに、男は云つた。

「さうです、貴方を。ちよつと伺ひたいのですが、この船に乘つてゐる、見た目には足の惡い黑人の事を、何か御存知ですか? 見かけ通りの男なのか、さうでないのか?」

「ああ、可哀想なギニー! 信じて貰へなかつたのか? お前の云ひ分の正しさの生ける證據《しようこ》を、自然が身體に書き込んでくれてゐるといふのに!」

「それなら、彼を本當に御存知なのですね、そして、決して好い加減な人間なんかではないと？　それを伺つて安心しました――いや、實に安心しました。さあ、彼を探しに行きませう、何かやつてやれる事があるかもしれない」。

「信頼の念が到來するのが、またしても遲過ぎたやうですな。殘念ながら、一つ前の船著場で――あいつが舷門の處にゐるのをたまたま見つけたものですから――この私が手助けして下船させてやつたばかりです。手助けしてやつただけで、話をする時間はありませんでした。貴方には云はなかつたかもしれませんが、あの船著場の近くに兄弟が住んでゐるのです」。

「あのまま行つて仕舞つたとは、甚だ殘念です。ぜひもう一度會ひたかつた。恐らく貴方が思はれる以上に、殘念に思ひます。實は、セントルイスを出發してまもなく、彼は船首樓《ろう》の甲板にゐたのですが、そこで私も他の多くの人達と一緒に彼の姿を見て、信頼の念を懷きました。それで彼に請はれて、信用出來ないと云ふ人達を納得させるために、貴方を探しに出かける事になつたといふ譯です。喜んで辯護してくれる人が何人かゐると彼は云つてゐて、その人達の風采についてある程度説明してくれたのですが、貴方もその何人かの一人でした。しかし、隨分熱心に探しても、貴方がみつけられず、貴方以外の人達の誰にも出會へず、やうやく諸々の疑念が生じて來ました。でも、それらの疑念は、先に別の男が無情かつ露骨に表明した不信の念から間接的に生じたものとしか、私には考へられません。とは云へ、確かに、私は猜疑《さいぎ》の念を持ち始めました」。

「うふつ、うふつ、うふつ、うふつ！」

笑ふといふよりは寧ろ呻《うめ》くやうな聲がした。しかし、とにかく笑ひの積りで發せられたもののやうだつた。

二人が一緒に振り向くと、若い牧師が驚いた事には、すぐ後ろに例の木の義足の男がゐた。男はあたかも刑事法廷の裁判官が背中に辛子《からし》軟膏を貼りつけられでもしたかのやうな、陰鬱で嚴《いか》めしい顏附をしてゐた。今の場合、辛子軟膏とは、最前の痛烈な拒絶と屈辱との記憶だつたのかもしれない。

「まさかこの俺様が笑つたなんて、思ふまいな？」

「でも、誰を笑つた、といふか、笑ふ積りだつたのですか？」と、若い牧師が怒りで顏を赤くして問ひ質した。

「私を？」

「あんたをでも、あんたの千マイル四方にゐる誰をでもないさ。だが、信じてはくれまいがな」。

「疑ひ深い人間ならば、信じないかもしれませんな」と、灰色の服の男が穩やかに口を挾《はさ》んだ。

「疑ひ深い人間の愚かしさの一例ですが、他人がただなんといふ氣もなく、自分に向つてふと思ひがけず微笑んだり、身振り手振りをしたりするのを見ると、密かに笑ひものにしてゐやがるな、などと思つて仕舞ふのです。疑ひ深い人間が通りを歩くと、氣分次第では、通り全體の動きがパントマイムさながら自分をあからさまに嘲弄《てうろう》してゐるやうに思はれる事さへある。要するに、疑ひ深い人間は、己れの足で己れを蹴りつけてゐるといふ譯です」。

「そんな事が出來る奴がゐたら、そいつの他の奴らの革靴の底は、間違ひなく磨《す》り減らずに済む事にならうさ」と、おどける積りで、男はぶつきらぼうに云つた。だが、にたにたと笑みを浮べ、胴を捻《ひね》つて、若い牧師に身體を眞つ直ぐに向けると、かう云つた。「俺がたつた今笑つたのは、あんたの事だと、まだ思つてゐるな。思ひ違ひだといふ事を證明するために、俺が實は何を笑つてゐたか、敎へてやらう。丁度ある話を思ひ出してな、それを笑つてゐたのさ」。

さう云ふと男は、いかにも彼らしい棘《とげ》のある云ひ方で、ここに繰り返すのも不愉快なほど、細部に至るまで辛辣《しんらつ》な皮肉をたつぷり利かせながら、ある物語を語つた。好意的に理解してやるならば、それはあらまし以下のやうな話といふ事にならう。

ニューオーリンズに或るフランス人がゐたが、この御仁、身體附きほどに財布の方は痩せ細つてゐない年寄りで、或る晩、たまたま芝居見物に出かけ、迫眞的に演じられた貞淑な妻の役柄にすつかり魅せられ、さういう貞淑な女とこそ結婚せねばならぬと心に思ひ、その思ひをどうしても振り棄てる事が出來なかつた。さうして彼は結婚した。相手はテネシー生れの美しい娘だつたが、物に囚《とら》はれぬ自由奔放な性格が魅力だつた。親戚達も彼女の自由な教養や性向を褒《ほ》め稱《たた》へた。非常な褒めやうだつたが、結局の處、褒め過ぎといふ譯でもなかつた事が判つた。といふのも、とんでもなく自由奔放な女だといふ噂が、やがて世間に廣《ひろ》く知られるに至つたからだ。處が、久しく獨身を通してから若妻を娶《めと》つた大抵の男から見るならば、ほぼ決定的と看做され得る様々な状況について、老フランス人は友人達から十分話を聞かされたにも拘らず、一切信じようとしなかつた。妻への信頼はそれ程搖るがざるものだつたのだ。しかるに、或る晩、たまたま旅先から不意に歸宅して、家に入るや、見知らぬ男が寢室から飛び出して來た。「こん畜生め！」と老人は叫んだ、「さあて、こいつはどうも怪しいて」。

話し終へると、木の義足の男は頭をぐいと反《そ》らして、長く、喘《あへ》ぐやうな、耳障りな嘲りの聲を發した。高壓蒸氣機關車の噴出する蒸氣さながら、實に聽くに耐へない聲音だつた。それから、さも滿足げに義足を引き摺つて立ち去つた。

「あの皮肉屋は誰ですか？」と、灰色の服の男が共感しなくもないやうな口振りで云つた。「誰なんです？　ああいふ話し方だと、幾ら眞實を口にしても、虚僞同然に忌《いま》はしく思はれて仕舞ひかねない。誰なんです、一體？」

「お話したでせう、例の黒人への疑惑を得々《とくとく》と口にした男ですよ」と、若い牧師が動搖から立ち直つたやうな樣子で答へた。「詰り、私が不信を懷くそもそもの原因を作つた男です。ギニーが實は白人の惡黨で、わざと足を捻《ね》ぢ曲げ、全身を黒く塗りたくつて、人々をおびき寄せようとしてゐるのだと、さう云ひ張つてね。實際、その通りの言葉遣ひをしてゐたと思ひます」。

「あり得ない！　そんな氣違ひ染みた事を云ふなんて。お願ひです、あの男を呼び戻して、本氣でそんな事を云つたのか、尋ねさせてくれませんか？」

牧師は承諾した。そして、隨分不愉快な抵抗には遭つたものの、片足の男を何とか說得して、引き返して來させる事が出來た。すると、灰色の服の男はこんな風に語りかけた。「この牧師さんの話によると、例の不具者、かの哀れな黑人が、實は狡猾極まる詐欺師だとお考へのやうですな。處で、世間にはそんな風な考へ方をしたがる連中もゐるといふ事を、私も知らないではありません。詰り、自分の賢さを證明するためのより良い證據が示せないものだから、他人に冷酷な疑ひをかけ、他人の中に明敏にも讀み取つたと思ふものを見せびらかして、異様な喜びを覺えるといつた連中です。そんな連中の仲間で無い事を望みます。要するに、かの黑人に關して提出された御意見は、ただの冗談ではなかつたのかどうか、いかがでせう、どうぞ御親切に教へて頂けませんか」。

「御免だね、親切に教へる氣はない、殘酷に教へてやらう」。

「どうぞお好きな樣に」。

「よし來た、彼奴《きやつ》は俺の云つた通りの奴だ」。

「黑人の扮裝をしてゐる白人だと？」

「その通り」。

灰色の服の男は若い牧師にちらりと目をやり、「この人の事をとても疑ひ深い人のやうに述べてをられたと思ふが、なんだか珍しいほど信じ易い處がある人のやうですな」と靜かに囁《ささや》くと、義足の男にかう云つた、「さて、お伺ひしたいが、白人があんなにも黑人らしく見えるやうになるなんて、そんな事が可能だと本當にお思ひですか？　もしもさうなら、大した演技と云ふしかないと、私なら思ひますが」。

「あの程度の演技なら、殆どの人間がやつてゐるさ」。

「何ですつて？　この世は芝居の舞臺だと仰有る？　例へばこの私も、俳優だと？　或は、こちらの牧師さんも、役者だと？」

「さうともよ。二人とも、演技をしてゐないかね？　行ふ事は、演じる事だ。だから、行ふ者は、全て役者なのだ」。

「ふざけた事を。――もう一度訊きます、本當は白人だとすると、どうしてあんなに黒人らしく見せられるのですか？」

「ミンストレル・ショー[三]を一度も觀た事がないらしいな？」

「ありますとも。でも、あれは黒さを強調し過ぎる。昔の諺に云ふでせう、適切でもあり、思ひ遣り深くもある諺に曰く、『惡魔は決して、世間が描き出すほど黒くはない』。しかし、彼の足ですがね、惡くないとすると、どうやつてあんなに折り曲げられるのでせうか？」

「他のいかさま乞食どもはどうやつて己れらの足を折り曲げてゐる？　足を引張り上げて縛つてゐる事くらゐ、見れば誰にでも分る」。

「それぢや、いんちきは紛れもないと？」

「見る目がある者にはな」、さう云ふと、木の義足の男は刺すやうな鋭い眼光を不氣味な程一層鋭くした。

「それはさうと、ギニーはどこに？」と、灰色の服の男が云つた、「さうだ、彼はどこに？今すぐ彼を探し出して、この惡意に滿ちた臆說を木端微塵《こつぱみぢん》に粉碎してやりませう」。

「やるがいい」と、片足の男が叫んだ。「丁度、俺も今、やつを見つけ出して、あの黒く塗

三　ミンストレル・ショー：白人が黒人に扮して黒人の歌曲や舞踏を披露する演藝。一九世紀初期から中期にかけて米國で廣まる。

りたくつた身體に、この手の指ではつきり筋をつけてやりたい氣分なんだ。ライオンがカフィ[四]ル族の皮膚に爪を立てて筋をつけるみたいにさ。なにしろ、さつきは連中、やつに觸《さは》らせてくれなかつたからな。いいとも、やつを探し出すんだ。あいつの縮れ毛を吹き飛ばし、その後で、あいつを追ひ拂《はら》つてやる」。

「お忘れですよ」と、ここで若い牧師が灰色の服の男に云つた、「あなたが御自身で、あの可哀想なギニーが船を降りるのを手傳つておやりになつたんでせう」。

「ああ、さうでした、さうでした。これは何とも殘念。しかしですね」と、今度は義足の男に向つて、「身の證しを立てられる本人がゐなくても、あんたの誤りを證明出來ると思ふ。だつて、さうぢやないですか、あんたの云ふやうな役割を演じられるだけの頭のある人間が、あんなに面倒な事をやつて、あんな危險を冒して、その目的が僅かな小錢を稼ぐだけだなんて、どうにも理解に苦しむぢやありませんか。實際、彼が苦勞して儲けたのは、事實それが苦勞だつたとしての話ですが、本當にそれだけだつたと云ひますよ」。

「反駁の餘地無き申し分です」と、片足の男に挑《いど》みかけるやうな視線を向けて、若い牧師が云つた。

「この間拔けどもめが！　この世で人が苦勞をしたり危險を冒したり、他人を騙《だま》したり極惡《ごくあく》な所業に耽つたりしたくなるのは、金錢のためでしかないと思つてゐるのか。惡魔はイヴを騙して、一體幾ら稼いだといふのか？」

さう云ふと、男はまたしても例の聽くに耐えない嘲りの聲を發し、義足を引き摺つて立ち

四　カフィル族：南アフリカのバンツー族の事。アラブ語で「不信者」の意。一般に背が高く筋骨たくましい。一八四六年、米國の興行師にしてサーカス王P・T・バーナム（一八一〇―一八九一）がカフィル族の雙子を展示した。

去つた。

灰色の服の男は立ち去る姿を暫し默つて眺めてゐてから、連れの方を向いて云つた。「惡黨、危險人物。どこのキリスト教社會に於ても、口を利かせてはならない手合です。――あの男があなたに不信の念を植ゑつけた譯ですね？　いや全く、我々は不信の聲に對しては耳を閉ざさねばならない、その反對の聲に對してのみ、耳を開いて置くべきです」。

「あなたの說かれる考へ方に基いて、今朝、行動してゐたならば、今感じてゐるやうな事を感じなくて濟んだでせう。――たつた一人の、それも片足の男が、あんなにも邪惡な力を授けられてゐようとは。あの男のひねくれた一言が、以前は十分優しかつた筈の多くの船客の性質に影響を及ぼして、同樣のひねくれた性質に變へて仕舞つた（私の知る處では、それが事實でした）。しかし、それとなく申しましたやうに、あの惡意に滿ちた言葉も、あの時の私にはまるで效き目がありませんでした。今もありません。ただあの時の場合、暫く經つてから、何かしら效き目が感じられた。正直、それが不可解です」。

「何も不可解な事はありませんさ。不信の念といふやつは、心立ての優しい人にはある種の藥劑のやうな働きをするものです。さういふ人の心に入り込むと、長かれ短かかれ、暫くはそこに靜かに潛んでゐるものなのですが、それだけに、遂に活動を始めるや、ひどく嘆かはしい結果を齎しかねない」。

「不安を唆られるお答へですね。あの毒のある男が、たつた今、新たな毒の一滴を私に滴《したた》り落したといふ事になると、毒の影響を免れてゐる現在の私の狀況が何時までも持續し得ると、どうして信じられませうか？」

「信じる事は出來ますまい、でも、毒と戰ふ事は出來ます」。

「どのやうにして？」

「不信の念のどんなに些細な徴候であれ、壓殺《あつさつ》して仕舞ふ事によつてです。今後、どんな刺戟が貴方の心の中にどんな不信の念を生じさせようとも、さうしなくてはならない」。

「さうしませう」。さう答へた後、牧師は獨り言のやうにから附け加へた、「いやはや全く、あの片足の男の影響の下に置かれてゐて抵抗もせずにゐるなんて、批難されても仕方が無い。ひどく良心が咎《とが》める。――あの哀れな黑人ですが、貴方は時々お會ひになるのでせうね？」

「いいえ、しよつちゆうではありません。尤も、二三日の裡に、あの男の現在の住ひの近くを仕事でたまたま訪れる事になつてゐますがね。正直者のギニーは感謝を忘れない男ですから、きつと會ひに來る事でせう」。

「それぢや貴方は彼の恩人なんですね？」

「恩人ですつて？　別にさういふ意味ではありません。知り合ひといふだけの事です」。

「これ、僅かですが、受け取つて下さい。ギニーに會つたら、渡して欲しいのです。彼の正直な心を心の底から信じてゐる男からだと、さう云つて渡して頂きたい。それからまたその男は、如何に一時の事とは云へ、正反對の考へを懷いて仕舞つたのを心から申し譯無く思つてゐるとも」。

「必ずさう云つて渡しませう。ところで、こんなにも慈悲深い心をお持ちの貴方の事ですから、セミノール族の寡婦及び孤兒の施設の爲の呼びかけを拒絶されるやうな事はありますまいね？」

「そんな慈善團體《だんたい》は初耳ですが」。

「つい最近、設立されたばかりです」。

やや間を置いてから、牧師は躊躇《ためら》ひがちにポケットに片手を突つ込みかけると、相手の表情の中の何かに氣附いて、詮索するやうな、殆ど不安げな視線を相手に投じた。

「ああ、なるほどね」と、相手は氣落ちしたやうな微笑を浮べて、「今しがた我々が話してゐた例の微妙な毒が早くも効き目を發揮し始めてゐるのだとすると、お願ひしても無駄といふ譯ですな。それぢや失敬」。

「いや」と、牧師は動搖せずにゐられずに、「それはひどい。私は現在の疑惑に身を委《ゆだ》ねるくらゐなら、以前の疑惑への償ひをしたいと思ひます。さあ、これを、あなたの施設の爲にどうぞ。澤山ではありません。でも、僅かでも何かの役には立つでせう。奉加帳は、勿論、お持ちでせうね？」

「勿論です」、と云つて、相手はメモ帳と鉛筆とを取り出すと、から續けた。「御名前と頂戴した金額とを書かせて下さい。御名前は公表致します。さあ、それでは、我々の施設の細やかな歴史と、天の配劑《はいざい》によつてそれが開始せられた經緯《けいゐ》について、お話する事に致しませう」。

第七章

金のカフス・ボタンの紳士

その話が興味深い山場に差掛り、取分け山場の部分について聽き手が非常な興味を示し、實際、どうしても質《ただ》さずにはゐられない、とでもいふかのやうな切迫した面持ちで質問をしかけた丁度その時、話し手の方が一人の紳士の姿を認めて、山場の部分からも話自體からも、心を引き離させられて仕舞つた。最初から紳士はこちら側から見える位置に立つてゐたのだが、こちらはその時まで存在に氣づかなかつたものらしい。

「ちよつと失敬」、と灰色の服の男は立ち上りながら云つた、「あそこに寄附をしてくれさうな人がゐます。しかもたんまりとね。失禮しなければなりませんが、どうぞ御氣を惡くなさらないやうに」。

「お行きなさい。何よりも大事なお勤めです」、といふのが牧師の生眞面目な返答だつた。

見知らぬ紳士はいかにも人を惹きつけずには置かぬ魅力的な風采の人物だつた。獨りだけ離れて靜かに佇んでゐたのだが、それなのにその樣子だけで灰色の服の男を惹きつけて、話から引き離して仕舞つたのだ。それはあたかも、眞晝時《まひるどき》、牧草地にぽつんと立つ葉の繁茂《はんも》した楡《にれ》の樹に草刈り人が惹きつけられて、樹陰の恩惠に急いで與《あづか》らうとして、刈り取つたばかりの草の束を放り捨てる樣子にも似てゐた。

しかし、善良といふ特性が人間の間でさして稀ではない事を考へると——善良といふ名詞は世間でよく知られてゐるし、いかなる言語でもありふれたものだ——かくも紳士を際立たせしめて群衆の間に紛れ込んだ異國人のやうにも見えさせてゐるのが（多少非現實的に見えさせてゐると思ふ人もゐよう）、かくも廣範《くわうはん》に存在する特性が表面化したものでしかなかつたといふのは奇妙であつた。紳士は善良なる天性を持ち合はせてゐて、それに加ふるに大いなる幸運の持主でもあつたから、その個人的經驗《けいけん》に關する限り、肉體的と精神的とを問はず、不幸を知る事などはまづ不可能であつたらう。そして、精神的不幸を甚だ深刻な程度に迄（彼にそんな程度の不幸があつたとして）、觀察もしくは思策によつて認識し知覺するといふ段になると、なにせ不幸とはまるで隔絶《かくぜつ》した性質の御仁だつたから、甚だ適性に缺《か》けてゐたし、そんな事柄とはおよそ縁無き衆生と云つてよかつた。他の點について云ふならば、紳士の年齢は五十五歳、いや六十歳くらゐだつたかもしれない。背は高く、血色が良く、肥滿とは行かぬ迄もふつくらとして肉づきよく、生氣潑剌《はつらつ》として幸福感を發散してをり、衣服はと云へば、時と場所とを考へると——年齢の事はさて措いて——、妙に華やかで優雅な仕立のものを纏《まと》つてゐた。上衣の裾の裏地には白い繻子《しゆす》が使はれてゐた。それは云はば何かの象徴——例へば、彼についてかくも善良なる印象を與へるのは啻《ただ》に外觀だけでなく、素晴しい外觀の內側に更に素晴しい裏地があるのだといふ事を何氣なく象徴するもののやうにも見えた。さもなければ、白繻子の裏地を使つた仕立方なんぞは時と場所とにいかにもそぐはぬ印象を與へたかもしれない。彼は片方の手に白い仔山羊の革の手袋をはめてゐたが、別の方の手は手袋をはめてゐないのに、手袋とほぼ同じくらゐ白く見えた。處で、フィデール號は大抵の蒸氣船と同じく甲板上のあちこちが少しく煤《すす》けてゐて、特に手摺の邊《あた》りの煤け方が甚しかつたが、そんな狀況にあつたにも拘らず、彼の兩の手が全然汚れてゐないのは驚嘆に値する事實であつた。だが、暫らく觀察してゐれば、それらの手が物に觸《ふ》れるのを避けてゐたといふ事が分る筈だ。要するに、恐らくは粉屋が白衣を纏ふのと同じやうな目的の爲に、母なる自然によつて手を黑く染められた黑人の從僕が、その兩の手で主人の仕事の殆どを主人に代つてやつてくれてゐたのであらう。詰り主人の爲に、しかも主人の不爲《ふため》にはならぬやうに、汚れ仕事をせねばならなかつたといふ譯だ。しかし、紳士たるものが何ともけしからぬ話ではないか、己れ自身には汚れた結果が齎されないやうな恰好にして、代理人を通して罪を犯す事が出來るとは！　あつてはならぬ事だ。よしんばあつたとしても、良識あり道德を重んずる人間ならば、吹聽《ふいちやう》しようと思ふやうな事ではなからう。

それゆゑ、事の有り樣は以下の如くであつたのかもしれない。件《くだん》の紳士はかのローマ人[一]のユダヤ總督よろしく、己が兩の手を汚さずに置く術を心得てゐて、道を急ぐペンキ屋や煙突掃除人に突然ぶち當られたりした事が人生に於て一度も無い御仁であつた。一言で云ふなら、頗るつきの善人である事が大いなる幸運であるやうな人物であつた。

彼があたかもウィルバーフォース[二]の如き人物のやうに見えた、といふのではない。そんなにも卓越した長所は多分有してゐなかつた。彼の物腰には義人たる事を物語るやうな要素は何一つなく、善人たる事を示す要素があるのみだつた。そして、善人たる事は義人たる事よ

一　**ローマ人のユダヤ總督**：ポンティウス・ピラト。西暦紀元一世紀頃のローマの政治家。ピラトはユダヤ人達の要求に應じてイエスの處刑を命じるが、手を水で洗つて淨める事によつて、自らの潔白を示さうとした。新約聖書「マタイ傳」二七・一一―二六參照。

二　**ウィルバーフォース**：ウィリアム・ウィルバーフォース。英國の博愛主義者。奴隸廢止運動に盡力。英國の良心と仰がれる。一七五九―一八三三

りも遙かに劣るし、兩者の間には逕庭《けいてい》があるが、それでもこの兩者が、義人は善人たり得ない、といふ程に相容れぬ仲ではないのを望みたいものである。尤も、それに反して、教會の説教壇に於ては、單なる善人、即ち、單に生れながらにして善なる人間は生れながらにして義なる人間とは遙かに遠く懸け離れてをり、善人を義人たらしめ得る爲には全面的な變化及び改心無くして不可能なのだと、非常な說得力を以て主張されてはゐる。そしてその事は、義なるものの歴史に通曉《つうげう》する正直な心を持つ者ならばなんぴとも敢へて否定しようとはしないであらう。が、それにも拘らず、聖パウロその人が、教會の結論の出し方と必ずしも同じではないにせよ、教會の區別の仕方に或る意味では同意すると同時に、これら二つの特質のいづれを使徒として好ましく思ふか、それをかなり明白に示唆してゐるのだ。然り、聖パウロその人が、かくも意味深長にも、「三それ義人のために死ぬるもの殆どなし、善人のためには死ぬることを厭《いと》はぬ者もやあらん」と云つてをり、さうである以上、吾々がかくいふ紳士についていて、彼は善人でしかないと繰り返す時、彼の手厳しい批判者達が他のいかなる批判を浴びせかけるにせよ、彼の善良が少くとも彼の内なる犯罪的性向と看做される事のないやうにと願つて然るべきであらう。いづれにせよ、なんぴとも、義なる人ですらも、この紳士の犯罪的性格が如何に尋常ならざるものと思つても、さればとて彼を牢獄に投じて然るべきだとは考へないであらう。取分け、一切が知られるに至る迄は、紳士がその無邪氣な人柄にふさはしく、犯罪に汚されてをらぬ可能性も殘されてゐる以上、なほさらの事である。

この善良なる人間が、義なる人間、即ち、社會的地位に於てではなくとも、背丈に於て明

三　「それ義人のために死ぬるもの殆どなし……」：新約聖書「ローマ人への手紙」五・七。

らかに劣る、灰色の服の男の挨拶を受け止める様子を目にするのは心地よいものだつた。先程も言及した恵み深い楡の大樹のやうに、この善良なる人間は己が善良の樹木の枝葉の作る天蓋《てんがい》を、かの懇願者の上に差掛けてゐるやうに見えた。それもわざとらしい遜《へりくだ》りの態度によつてではなく、誰に對しても極く自然に親切たり得る、かの眞の威嚴の具へる優雅な態度すら示しつつ。

セミノール族の寡婦及び孤兒達のための募金の呼びかけに對し、件《くだん》の紳士は一二の質問に的確な返答が得られた後、懷中《くわいちゆう》から大型の財布を取り出した。いかにもお金がたつぷり入りさうな、古き良き時代に流行した類の財布で、綠色の上等のモロッコ革にフランス風の細工が施され、同じ色の絹の紐で結び留められてゐた。銀行から下ろしたばかりの、けちん坊共の手垢で汚されてゐない、手の切れさうな新しいお札の事も忘れる譯には行かない。それらの紙幣は利欲の齎したものだつたかもしれないが、未だ世間の汚れから遠ざけられてゐたから、汚れを帶びてはゐなかつた。紳士はそれらの新札を三枚相手に手渡すと、少い額だが勘辨《かんべん》してほしいと云つた。彼の云ふ處では、姪の結婚式が祝ひの支度を整へた森の中で午後に催される事になつてをり、參列すべく目下河を下つてゐる身なので、餘り持ち合はせがないのだといふ。紳士の身拵《みごしら》への理由も、それでやうやく判明した譯だ。

灰色の服の男が禮を云はうとすると、紳士はいかにも氣持のよい態度で、感謝しなければならぬのはこちらの方です、と云つて、それを制した。彼の曰く、自分にとつて慈善の行爲は、或る意味では努力ではなくて、贅澤《ぜいたく》なので、あんまり贅澤に耽らぬやうにと、剽輕《へうきん》者の従僕から時々忠告されるのだといふ。

それに續いて、慈善行爲の組織的形態に關する一般的な會話の中で、紳士は以下の如き意見を開陳《かいちん》した。即ち、かくも多くの慈善團體《だんたい》があるのに、遺憾ながら國内のあちこちに孤立して存在してゐて、それぞれの團體の中の構成員たる個々人が從來のやり方をばらばらに行つてゐるだけで、一致して纏《まとま》つて行動してゐないのが實狀だが、これが一致團結の行動がなし得るやうになれば、その結果として、より大きな規模で、より有益な成果を生み出す事になるのではあるまいか。實際、さういふ聯合形態が可能となつたら、[四]アメリカの各州の聯合が政治的に有益な成果を擧げてゐるのと同樣の、見事な成果を擧げる事になるのではあるまいか。

以上の意見は、これ迄極く穩和な態度を示してゐた相手の上に、[五]魂の和合と稱せられる、かの一種ソクラテス的な概念の例證ともなるやうな效果を齎した。あたかも、フルートの吹き鳴らす音が（調性の違ひに拘りなく）、その音の聞える場所に置かれたよく調整されたハープの弦と共鳴して弦を響かせるのにも似て、今や彼の内なる弦が共鳴したのだ、それも頗る活發に。

處で、そのやうな活發な反應は、灰色の服の男が最初に登場した時の不活發な樣子を考へると、多少そぐはぬものに思へるかもしれない。だが、冷靜にして抑制的な態度といふものが、ある種の性格の人間に於ては内面の空虛の證《あか》しであるどころか、内面に祕められた何ものかの、それもたつぷりと祕められた何ものかの存在の證しに他ならず、しかも普段浪費されて

四　**アメリカの各州の聯合が……**：米國南北各州の對立が激化しつつあつた、南北戰争前夜たる一八五十年代後半にこれが書かれたといふ事實に注意。

五　**魂の和合と稱せられる、かの一種ソクラテス的な概念**：ソクラテスの高弟プラトンの、「國家」、「パイドン」、「プロタゴラス」等を參照。

ゐないだけに、機會が提供された曉《あかつき》にはより効果的に發揮される場合もあり得るのであつて、その事の證據《しようこ》を、實は彼は最初の登場の後の會話の中である程度は示してゐたのだ。これより以降灰色の服の男をめぐつて起る事は、今述べた事柄の眞實性、もしくは眞實性らしきものを、更に一層、恐らくはかなり顯著《けんちよ》に例證する事になるであらう。

「失禮ながら」、と灰色の服の男が勢ひ込んで云つた、「私は貴方の一歩先を行つてをります。實は、貴方の仰有るのと相違の無いやうな企劃《きくわく》を、[六]ロンドンの萬國《ばんこく》博覽會で提案致しました」。

「萬國博覽會？　貴方がそこに？　で、どんな樣子でした？」

「まづ、申し上げたいのは――」

「いや、貴方がどうして博覽會に行かれたのか、まづはそれを聞かせて下さい」。

「私が發明した不具者用の安樂椅子を展示するために行つたのです」。

「すると貴方は、慈善事業ばかりをやつてをられる譯ではないのですね？」

「人の苦しみを緩和するのは慈善の行爲ぢやありませんか？　貴方の仰有る慈善事業なるものに、私はこれ迄もずつと携はつて來たし、これから先も携はる積りです。しかし慈善はピンを造るのとは違ふ。一人がピンの頭部を、もう一人がピンのとがつた先端を造るやうな具合にはゆかない。慈善といふものは、腕のよい職人ならば、そのあらゆる部門で存分に腕が揮へるやうな仕事なのです。私は食事と睡眠の時間を盜んで、合間に[七]プロテウス式安樂椅子を發明しました」。

「プロテウス式安樂椅子？　一體どんなものです」。

六　ロンドンの萬國博覽會：一八五一年にロンドンのハイド・パークで開催された。

七　プロテウス：ギリシャ神話。姿形を自由自在に變化し得る海神。

「私のプロテウス式安樂椅子は、あらゆる部分に繼《つ》ぎ手と蝶番《てふつがひ》と緩衝《くわんしよう》バネとが使つてあるので、彈力性があつて伸縮自在、ちよつと觸《さは》つただけでも頗《すこぶ》る柔軟に反應します。ですから、その限りなく自由に形態を變へる背凭《もた》れ、座部、足置き、腕置きの上に、疲れ切つた肉體、苦しみ苛《さいな》まれた肉體、それどころか、苦しみ苛まれた良心さへも、と附け加へたいくらゐですが、それらをその上に休めさへすれば、ともかくも安らぎを見出だせるに相違ありません。かくの如き椅子の存在を出來得る限り世に知らしめる事が、苦しめる人類への責務と信じて、なけなしの財産を掻き集め、椅子を携へて、私は萬國博覽會に赴いたのです」。

「それはよい事をなさつた。ですが、貴方の仰有つた企劃の事だが、どうやつて思ひつかれたのですか?」

「お話しようと思つてゐた處でした。私の發明品がちやんとカタログに記載され、展示されるのを見屆けた後、私は周圍の有樣を丹念に吟味してみました。光輝かんばかりの技術の展示の壯觀、各民族が一つ處に集合した感動的な光景、それらをつくづく打ち眺め、世界の誇りとするものがここ水晶宮[八]の中で榮譽《えいよ》に照り映《は》えてゐるのだと思つた時、私はこの世の榮華の儚《はかな》さの感に心の底から打たれたのです。そして私はひとりごちました、この虛榮《きよえい》の祭典が當初《たうしよ》の意圖《いと》を超えて世の爲になるやうにする手懸りを、この自分が提供出來ないものかどうか、よくよく考へてみるとしよう、と。世界的規模の善をして世界的規模の目的に仕へしめよ、といふ譯です。要するに、私はその光景に觸發《しよくはつ》されて、四日目の日、萬國博覽會に於て、世界慈善協會の計畫《けいくわく》を發表したのです」。

八　**水晶宮**：ロンドン萬國博は「クリスタル宮殿」と呼ばれる巨大なガラス張りの建物の中で開催された。

水晶宮

「大した御考へだ。どうか、もつと詳しく説明して下さい」。

「世界慈善協會は、現存のあらゆる慈善及び傳道團體《でんだうだんたい》の代表者によつて會員が構成され、世界の慈善行爲を組織化して統一する事を唯一の目的とするものであります。その目的の爲に、現在の自發的にして雜多な獻金《けんきん》システムは廢棄《はいき》され、全人類に課せられる大規模な慈善税なるものを毎年徴收する權限が各國政府によつて協會に與《あた》へられる事になります。[九]アウグストゥス・シーザーの時代に於ける様に、全世界が課税される事になる譯です。仕組としてはイギリスの所得税のやうなものになり、そしてまた、ただ今示唆致しましたやうに、あらゆる考へ得る慈善税を統合した税のやうなものになります。ここアメリカに於て、州税、郡税、町税、人頭税が課税額査定官によつて一つの税に纏《まと》め上げられてゐるやうなものです。この税は、私の見積りに從つて愼重に計算してみた結果、八億弗《ドル》をほぼ下回らない資金を毎年募《つの》る事が豫想され、この資金は、様々な慈善及び傳道團體がそれらの代表の集《つど》ふ總會《そうくわい》に於て決定した目的のために、そしてまた決定した方式に從つて用ゐられる事になるのです。さうする事によつて、私の見積りでは、十四年間に百十二億弗《ドル》が慈善行爲に充《あ》てられる事になる。そしてそれが實現した曉《あかつき》には、協會は解散されます。資金が賢明に使用されれば、世界中に乞食も異教徒も存在出來なくなる筈ですからね」。

「百十二億弗ですと！　それも云ふならば帽子を回してやるだけの事で」。

「さうです。私は[十]フーリエとは違ひます。不可能な計畫を案出するやうな眞似は致しません。實行可能な慈善事業及び融資事業を提案する慈善家であり、融資家なのです」。

九　アウグストゥス・シーザー：ローマ帝國初代皇帝。紀元前六三―紀元一四

十　フーリエ：シャルル・フーリエ。フランスのユートピア的社會主義者で、理想郷の建設計畫を考案。十九世紀アメリカにも影響を與へ、ニュー・イングランドには「ブルック・ファーム」なる理想郷の建設に夢中になる改革者達も少くなかつた。一七七二―一八三七

「實行可能と仰有る？」

「さうです。百十二億弗と申しましたが、それを聞いてぎよつとするのは、しみつたれの慈善家だけでせう。十四年間の總額を一年割りにしたら、たつたの八億弗でしかないぢやありませんか。處で、八億弗といふ事ですが――これを地球の人口に均分《きんぶん》すれば、一人頭僅かに一弗でしかありません。麗《うるは》しき慈善のために、誰が一體、僅か一弗の金を出し惜しみするでせうか、トルコ人やダヤク族[十一]ですら、そんな事はやりますまい？　八億弗ですよ！　それを上回る金額が、毎年人類によつて、虚榮心を滿たすためのみならず、不幸な條件の下に費消されてゐます。かの血に塗《まみ》れた浪費、戰爭の事を考へてみてご覽なさい。かうして筋道を立てて説明しても己れの所業を改める事無く、世界に災厄ではなく祝福を齎《もたら》すための餘分なお金を捧げる事すらやらない程に、人類は愚劣で邪惡な存在なのでせうか？　八億弗ですよ！　それをこれからわざわざ拵《こしら》へる必要はないのです。既に持ち合はせてゐるのですから。それをただ、惡から善の方向へと向きを變へてやりさへすればよいのです。そしてそのために自分の氣持を抑へる必要なども殆どありはしません。實際、そのために人類が全體として一セントたりとも貧しくなる事はないでせう。それどころか、確實に皆がより良く、幸福になるでせう。さうは思ひませんか？　ともあれ、人類は狂つてをらず、私の計畫は實行可能なのだといふ事だけは、どうしてもお認め頂かなくては。なぜと云つて、善であれ惡であれ、我が身にはね返つて來る事が火を見るよりも明らかな時、狂人でもなくて一體誰が、惡よりも寧《むし》ろ善を選び取らうとしないでせうか」。

十一　**ダヤク族**：ボルネオ島の奥地に住むマライ系種族。

「貴方のなさつてゐるやうな御議論は」と、善良なる紳士は金のカフス・ボタンを弄《いぢく》り回しながら、云つた、「いかにも理に適《かな》つてゐるやうに思へるが、人類には通じますまい」。

「とすると、道理が通じないのなら、人類は理性的な存在ではないといふ事になる」。

「それはちと問題が違ひませう。ところで、地球の人口についてのさきほどの仰有り様では、貴方の全世界的規模の計畫に從つた場合、大富豪と同じく乞食も貧困の救濟に貢獻する事になるし、キリスト教徒と同じく異教徒も異教の改宗に貢獻する事になる。その邊《あた》りはどんなものですかな？」

「いや、それは——失禮ながら——揚足取《あげあし》りといふもので。博愛家といふものは、揚足取りで反對されるやうな事は好みません」。

「なるほど、それでは揚足を取るやうな眞似は致しますまい。しかし、とどの詰り、私が貴方の計畫を理解してゐるとするならば、現在實施されてゐる仕組を擴大するといふ以外には、殊更目新しい點は殆ど見當らないやうに思ひますが」。

「擴大しかつ活潑化するのです。一つには、私は傳道團體の活動を徹底的に改革しようと思つてゐます。[十二]ウォール街精神で活氣づけようといふ譯です」。

「ウォール街精神ですと？」

「さうです。といふのも、もしもある種の宗教的な目的が、世俗的手段の補助的な力を借りてのみ達成され得る事が明らかであるとするならば、さういふ宗教的な目的の達成をより確實ならしむるためにも、宗教計畫者たるもの、世俗的計畫に於ける世俗的方策の手本を輕視

十二　ウォール街：ニューヨーク市にある米國金融市場の中心地。資本主義の中心地。

1867年のウオール街

すべきではないからです。要するに、異教徒の改宗は、少くとも人間の努力でなし得る限りに於ては、世界慈善協會が請け負つて行ふ事になるのです。入札によつて、インドの改宗のためには幾ら、ボルネオの改宗のためには幾ら、アフリカの改宗のためには幾らと、請け負ふ金額が決定される譯です。かうして競争が許されると、刺戟が與へられる事になる。獨占狀態による無氣力は消えて無くなります。布教所も教育施設も要らなくなる。ああいふ施設は事務處理のやり方が税關の如きものに墮して仕舞つてゐると中傷する者もをりますが、それにはある程度の妥當性があります。しかし肝腎なのは、アルキメデス[十三]の梃子《てこ》よろしく、金錢の力を効果的に行使する事です」。

「例の八億弗の事ですな？」

「左樣。よろしいですか、世界に對してちびちびと善を行ふ今のやうなやり方では何の驗《げん》もありはしない。私は世界に對して本氣になつて善を行ひたいのです。ここを先途《せんど》と精一杯善を行ひ、それで綺麗にけりをつけて仕舞ひたい。中國で異教徒達が大小の群衆の渦巻を作つてゐる有樣を考へても御覧なさい。この地では誰もちつともそんな事を考へてはゐませんがね。霜でも降りさうな香港の寒い朝、異教徒の乞食達が貯藏庫の中で傷んで駄目になつた無數の豆粒さながらに、路上で倒れて死んで行くのです。神によつて不滅の存在とされる者[十四]も、中國では吹雪の中の一つの雪片ほどにも光輝ある價値を持たない。さういふ人々に對して、二十人や四十人くらゐの傳道師が一體何の意味がありませうか。クラーケン[十五]に嗅《か》ぎ煙草を一服吸はせる程度の事でしかない。私は一萬人の大傳道師團を中國に派遣して、上陸ののち六

十三　アルキメデス：古代ギリシャの數學者。梃子による強大な力の發見者。紀元前二八七？—二一二

十四　神によつて不滅の存在とされる者：ラザロの事。新約聖書「ルカ傳」一六參照。

十五　クラーケン：ノルウェー沖合で大渦巻を起すと云はれる傳説上の海の怪物。

箇月以内に中國人を一齊《いっせい》に改宗させて仕舞はうと思ふ。さすれば事は一擧《いっきょ》に片附きますから、あとは何か他の事に心を向ける事にします」。

「ちと情熱的過ぎやしませんかね」。

「博愛家は必然的に情熱家です。情熱なくして、平凡な事以外に何が成し遂げられたでせうか？　しかし、話を戻しますが、ロンドンの貧民の事を考へて御覽なさい。あの悲慘な貧民の集團に對して、こちらで肉片を一つ、あちらでパンの塊《かたまり》を一つ、といふ具合に與《あた》へてやつた處で、一體何になるでせうか？　私としては、まづは彼等に二萬頭の去勢牛と十萬バレルの小麥粉を供與《きょうよ》する事を提案します。それで一息つけるでせうし、當分ロンドンの貧民の間に飢餓はもはや存在しなくなるでせう。さういふ状況が至る處で發生する事になるのです」。

「貴方の全般的計畫の性質には共感しますが、私の見る處、實際に起り得る奇蹟といふよりは、寧ろ、起つてほしいと願ふ奇蹟の一例といふ事になるやうですな」。

「それでは、奇蹟の時代は過ぎ去つたと仰有る？　世界は年を取り過ぎたとでも？　何も生み出す事が出來なくなつて仕舞つたとでも？　でも、[十六]サラの事をお考へ下さい」。

「してみると、この私は[十七]天使を誇《そし》るアブラハムといふ事になりますかな（微笑みつつ）。しかし、それでも、貴方の計畫全體はちと無鐵砲《むてっぽう》のやうに思ふ」。

「でも、計畫が無鐵砲だとしても、實施の際にそれ相應の愼重な配慮が加味されるとしたら、どうでせうか？」

「ほほう、貴方の世界慈善協會とやらが實際に活動する事があると、貴方は本當に信じてゐ

十六　サラ：イスラエル民族の始祖アブラハムの妻。九十歳を過ぎて息子イサクを生む。舊約聖書「創世記」二一・二参照。

十七　**天使を誇《そし》るアブラハム**：舊約聖書「創世記」一七・一七に、「アブラハム俯伏《ふし》て哂《わら》ひ其心に謂《いひ》けるは百歳の人に豈《いか》で子の生るゝことあらんや又サラは九十歳なれば豈《いか》で產《うむ》ことをなさんやと」、とある。

るのですか？」

「信じてゐます」。

「しかし、過度に信じてゐる嫌ひはありませんか？」

「キリスト教徒がそんな事を仰有るとは！」

「しかし、樣々な障礙《しやうがい》の事もお考へにならないと！」

「障礙ですつて？　[十八]山ほどの障礙があつても、除去出來ると信じてゐます。さうですとも、それ程迄にも世界慈善協會の事を信じてゐるものですから、私は暫定的にこの自分を會計係に任命して、寄附の申込みを受附けてゐるくらゐです。他にもつとふさはしい人で、やつてもいいと申し出てくれる人がゐないものですからね。差し當つて、目論見書《もくろみ》を百萬部印刷する作業にもう沒頭してゐる處です」。

　會話は續いた。かうして灰色の服の男は己が慈悲の精神を開陳した。至福千年の到來の約束を信じて、彼の精神は地球上の全ての國々を遍《あまね》く覆《おほ》つてゐたのである。あたかもその樣子は、勤勉な農夫が來たるべき種撒《ま》きの時期の豫想に胸を彈《はづ》ませ、三月の爐邊《ろべ》で物思ひに耽りつつ、己が農場の全域に思ひを馳せる樣子にも似てゐた。灰色の服の男の心の琴線は既にしつかりと觸《ふ》れられてゐて、それが振動を停止する事は決して無いやうに思はれた。それに、彼はなかなか立派な辯舌《べんぜつ》を有してゐたし、しかも彼に勝る辯舌を授けられたかの[十九]五旬節の折の人々さながらの仕草を交へて語つたので、その說得力たるや、御影石《みかげいし》のやうに堅固な巖《いはほ》をもこなごなに粉碎して仕舞ひかねまじき迫力であつた。

十八　**山ほどの障礙**：新約聖書「コリント人への前の書」一三・二に、「また山を移すほどの大なる信仰ありとも、愛なくば數ふるに足らず」、とある。

十九　**五旬節**：ペンテコステ（聖靈降臨祭）。復活祭後七回目の日曜日に祝はれる祭で、聖靈が使徒達の上に降臨したのを祝ふ。新約聖書「使徒行傳」二・一―一一參照。

然るに、かかる雄辯が、それに耳を傾けてゐた、一見頗る善良さうに見える紳士の心を少しも動かさなかつたのは奇妙であつた。尤も、紳士が灰色の服の男の歎願にまるで耳を貸さなかつたといふのではない。彼は疑はしげに、それでゐて氣持ちのよい態度で暫く話を聽いた後、やがて船が彼の目的地に接岸すると、半ば愉快さうな、半ば憐れむやうな表情をしながら、もう一枚の紙幣を相手の手に渡した。夢想の情熱に對するものでしかなかつたにせよ、紳士は最後まで慈悲深く振舞つた譯である。

第八章

慈悲深い婦人

素面《しらふ》の時の醉《よ》つ拂《ぱら》ひが人間の中で一番面白みの無い奴だとするならば、思慮分別を取り戻した時の情熱家は人間の中で一番意氣消沈した奴である。とは云へ、思慮分別の恢復が彼の知性を鋭敏たらしめる障礙《しやうがい》となつて作用する譯ではない。といふのも、情熱家の高揚が彼の狂氣の絶頂だとするならば、意氣消沈こそは彼の正氣の極限に他ならないからだ。どこから見ても、今や灰色の服の男はそんな風な落ち込んだ狀態にあつた。社交は彼を刺戟したが、孤獨は彼を無氣力にした。孤獨は五千キロも彼方の虛空《こくう》から吹き來る海風の如きもので、久しく隱遁生活を送つてゐる者にとつては外界からの快い刺隙ともなり得るが、彼にとつては元氣の種とはならなかつた。要するに、獨り切りになつて、潛伏性の無氣力を取り除いてくれる者がゐなくなると、思はず知らず彼は物悲しげな謙虛と殊勝との入り交つた、本來の不活潑な様子に立ち戻るのであつた。

やがて彼はのろのろとした足取りで婦人用談話室に赴《おもむ》いた。氣乘りのしない様子で誰かを探してゐるらしい。が、失望した様子で周圍《しうゐ》を見回した後、疲勞と落膽《らくたん》の混じる陰鬱な雰圍氣を漂はせつつ、ソファーの端《はし》に腰を下ろした。

ソファーの別の端に、丸々と太つて感じのよい婦人が坐つてゐた。彼女に何か弱點《じやくてん》があるとすれば、多分それは彼女の卓越した心の中とは別の何處《どこ》かにあるに違ひない、そんな風な印象を與《あた》へるやうな外觀を呈してゐた。拂曉《ふつげう》とも宵闇《よひやみ》とも違ふ、黄昏《たそがれ》の色の衣裳を纏《まと》つてゐる處《ところ》から推して、明らかに彼女は今にも服喪の期間を終へようとする寡婦《くわふ》であつた。金緣の小型の聖書を片手に持つて、丁度それを讀んでゐる處だつたが、今は半ば讀むのを止め、聖書を手に持つた儘《まま》、瞑想に耽つてゐる。「コリント人への第一の手紙」第十三章の上に人差指が置かれてゐる。恐らくは、例の啞が戒めの言葉を石版で示した場面を目擊して、その章に注意を向けさせられてゐたのであらう。

聖なる頁を彼女の眼はもはや見てはゐない。が、夕暮時など、太陽が沈んで仕舞つてゐても、西の方にある山々が暫し輝き續けるのと同じやうに、彼女の思慮深い顏容《がんよう》は、かの聖なる書物の師の存在が忘れられて仕舞つてゐても、その優しさを失はずにゐた。

さうかうする裡に、灰色の服の男は婦人が注意を向けざるを得ないやうな表情をした。だが、彼女は何の反應《はんおう》も示さない。が、やがて幾分好奇の目で彼を見やると、その手から聖書が落ちた。男がそれを拾つてやつた。わざとらしい親切ごかし、といつた氣味のまるでない、飾り氣の少しもない親切そのものの行爲であつた。婦人の兩の眼が煌《きら》めいた。明らかに、今や彼女は男に好ましからざる印象を懷《いだ》いてはゐなかつた。程なく男は前屈《まへかが》みになり、いかにも恭《うやうや》しげな、低い、物悲しげな口調で云つた、「どうか御無禮《ぶれい》をお許し下さい。ただ、御顏を拜見してゐると、何やら妙に惹きつけられるやうな氣がしたものですから。教會に仕へられる御方では？」

「えつ――いえ――あの――」

相手の當惑《たうわく》ぶりに驚いて、男は急いで、それでゐてわざとらしくなく、相手を安心させようとした。金襴《きんらん》の裏地の豪華な衣裳を身に纏ふ華《はな》やかな婦人達に目をやりながら、彼はかう云つた、「私のやうに教會に仕へる身にとつては、ここはとても心細い處です。心から附き合へる人が誰もゐない。私が間違つてゐるのかもしれません――それはよく分つてゐます――でも、私は世間の人々とどうしても氣樂《きらく》に附き合へないのです。よしんば物云はぬ相手であらうとも、教會に仕へる然るべき立場の人達の方が好ましい。處で、貴女は信頼の心をお持ちですか？」

「いえ――あの――實は――あたくし――」

「例へば、この私を信用して頂けませうか？」

「ええ――ある程度は――つまり、その、知らない方、それも、全くの他人の方に、信頼を寄せても愚かしくない程度には」と婦人が答へた。安んじて愛想のよい態度を示せる心境にはまだなつてゐなかつたから、身體《からだ》は少しくこちら向きにしたものの、同時に、心は反對方向に向けられてゐたのかもしれない。慈悲心と分別との自然な葛藤である。

「全くの他人！」と、男は溜息をついて云つた。「ああ、一體《いつたい》誰が他人などといふものになりたいでせうか？　私は徒らに彷徨《さまよ》つてゐるのです。誰も私を信用しようとしないのですから」。

「面白い方ね」と、輕《かる》く驚きながら、善良な婦人が云つた、「お友達として、何かして差し上げられる事がありますかしら?」

「それは不可能です、信頼の心を持つてゐない方にはね」。

「でも、あたくしは――あたくしは持つてゐます――少くともある程度は――本當《ほんたう》です――」

「いやいや、貴女は持つてゐません――全然。失禮ながら、私には分ります。信頼の心は無い。ああ、私は馬鹿だ、大馬鹿だ、そんなものを求めるなんて!」

「ちよつと偏《かたよ》つてゐると思ひます」と、善良な婦人は更に興味を唆《そそ》られながら云つた。「でも、何か理《り》不盡《ふじん》な事を經驗《けいけん》なさつて、過度に偏つた考へ方をされるやうになつたのかもしれませんわね。お咎《とが》めしようといふのではありません。本當ですよ、あたくし――ええ、さう、さうですとも――あの――あの――」

「私を信用すると? それならどうかその證《あか》しを。二十弗《ドル》頂戴したい」。

「二十弗ですつて!」

「ほら、云つた通りでせう、私を信用してはをられない」。

婦人は極度に當惑して仕舞つた。どちらに身體を向けたらよいのかも分らず、苛立ち苦悶しつつ坐つてゐた。二十通りもの違つた云ひ分を口にしようとしたが、それぞれの最初の一語を發《はつ》しただけで止めて仕舞つた。たうとう、破れかぶれになつて、詰問《きつもん》するやうな口調で云つた、「何のために二十弗がほしいのですか?」

「云ひませんでしたつけ――」と、相手の半喪服[一]の衣裳を一瞥《いちべつ》しつつ、こちらは云つた、「未亡人と父無し子のためです。私は、最近セミノール族の間に設立された、寡婦及び孤兒の保

一　半喪服：第二期の服喪中に著用する服。完全喪服より黑さが薄い。

護施設の代理人として旅をしてをります」。

「それならどうして貴方の目的を最初に仰有らなかつたのですか?」少からず安堵《あんど》した様子だ。「可哀想な人達――インディアン達もね――酷《ひど》い扱ひ方をされてゐるのですもの。さあ、どうぞ、これを。どうして躊躇《ためら》ふ事が出來ませうか? これしか差し上げられなくて、御免なさい」。

「氣になさる事はありません」と、立ち上つて紙幣を折り疊《たた》みながら、男は云つた。「確かに、取るに足らない金額です。しかし」と鉛筆と帳面とを取出しながら、「これに私は金額を記入するだけですが、別に帳面があつて、それには獻金《けんきん》の動機を記入します。では、さやうなら。貴女は信頼の心をお持ちです。實際、パウロがコリント人達に云つたやうに、私にから仰有つて下さつて構ひません、『[二]われ全ての事に於て汝らを信頼するを喜ぶ』、と」。

二「われ全ての事に於て……」:新約聖書「コリント人への後の書」七・一六に、「われ凡ての事に汝らに就きて心強きを喜ぶ」(文語譯)とあるが、King James Version には、I rejoice (therefore) that I have confidence in you in all things. とあつて、メルヴィルはこれをこの儘引いてゐる。

第九章

二人の實業家が細やかな取引をする

――「お尋ねしますが、この邊《あた》りで喪章を著けた紳士を見かけませんでしたか？　なにやら悲しげな顔附の紳士ですが。全くどこに行つて仕舞つたのか。話を交してから、二十分と經《た》つてゐないんですがね」。

先に紹介した大學生にこんな風に話しかけたのは、飾《かざ》り房のついた旅行用帽子を被り、帳簿らしき大型本を脇に抱へた、活潑《かつぱつ》さうで血色の良い男である。前述のやうに、大學生は舷側の手摺りの近くから一旦は立ち去つたのだが、間もなくまた戻つて來て、佇《たたず》んでゐた處《ところ》を突然話しかけられたのだ。

「見かけませんでしたか？」

大學生は見るからに内氣さうな若者だつたが、見知らぬ男のいかにも陽氣で輕快な物腰に刺戟されてか、いつになく機敏に反應して、から答へた、「見ましたよ、喪章を著けた人なら、つい先程までここにゐました」。

「悲しげな感じでしたか？」

「ええ、それに、ちよつと氣《き》が觸《ふ》れてゐるやうな感じもしました」。「彼です。不幸な目に遭つて、腦《なう》に變調《へんてう》でも來たしたのでせう。で、どちらの方に行きました？」

「丁度貴方が來られた方向に、あちらの舷門の方にです」。

「あちらに？　それなら、今しがた會つたばかりの灰色の服の人が云つた通り、下船して仕舞つたんだ。これは殘念！」

さう云つて、男は頰髭《ほほひげ》の邊《あた》り迄垂れてゐる帽子の飾り房を苛立たしげに引つ張ると、かう續けた、「まことに殘念です。實は、渡すものがあつたのです」。――それから相手に近寄つて、「と云ふのも、苦境から救つてほしいと、私に賴み込んで來たものですからね。いや、さう云つたのでは彼に不當だ。そんな直接的な云ひ方ではなく、さういふ思ひをそれとなく知らせて來たのだと、さう御理解下さい。處が、なにしろ折惡しくやけに忙しかつたものですから、斷《ことは》つて仕舞ひました。それも、とても亂暴《らんばう》に。無愛想で、冷たい、實に無情な斷り方だつたと思ひます。いづれにせよ、斷つてからものの三分も經たない裡に、自責の念が湧き起つて、あの不幸な男の手に十弗紙幣を渡してやらねばならないといふ、有無《うむ》を云はさぬ、一種の命令の如きものに私は責め立てられたのです。笑つてをられる。いかにも、迷妄《めいまう》のなせる業《わざ》かもしれません。でも、どう仕樣もありません。私にも弱點がありましてね、いやはや、です。それにまた」と、彼は早口で續けた、「我々は最近仕事が極めて順調でしてね――我々、といふのは、ブラック・ラピッズ石炭會社の事です――ですから、實際の處、會社と私との餘剩《よじよう》の利益の中から、少しく慈善にお金を使ふといふのは妥當《だたう》な事だと、さうは思はれませんか？」

「すると」と、大學生が少しの當惑の色も示さずに云つた、「貴方はブラック・ラピッズ石炭會社と正式に關係《くわんけい》のある方なんですか？」

「ええ、社長と株式取引代理人とを兼務してをります」。

「貴方が？」

「さうです。それが何か？　まさか投資をなさりたいなんて？」

「では、株を賣つてをられる？」

「多分、お買ひになれる株も幾らかは。でも、どうしてそんな事を？　まさか投資をなさりたいなんて？」

「でも、もしも僕が投資をやりたいとしたら」と、落著き拂《はら》つた冷靜な態度で大學生は云つた、「話を決めて貰へますか、ここで？」

「これはたまげた」と、驚いて相手を見詰めながら、「大した實業家ですね、全く。なんだか貴方が本當に怖くなつて來ましたよ」。

「そんな、大仰《おほぎやう》な――で、株は幾らかは賣つて頂けるのですね？」

「分りません、分らないのです。確かに、特殊な狀況の下で我が社が買ひ戻した株は幾らかあります。けれども、この船を會社の執務室に變《か》へて仕舞ふといふのは、餘り適切とは思へません。投資は先延ばしされた方がいいと思ひます。で」と、無頓著な様子で、「私の云つた不幸な男を見られたのでしたね？」

「その不幸な男の事なんか、拋《はふ》つて御置きなさい。――貴方が持つてをられる、その大きな本は何ですか？」

「株式取引臺帳です。これを持つて法廷に出頭するやう召喚されてゐるのです」。

「ブラック・ラピッズ石炭會社か」と、大學生は帳簿の金の背文字を横目で見て云つた、「よく耳にしてゐます。御社の業務狀況の報告書のやうなものを、何かお持ち合はせではありませんか?」

「最近刊行されたものがあります」。

「濟《す》みません、生れつき好奇心が強い質《たち》なものですから。一部、今お持ちですか?」

「さつきも申しましたが、この船を會社の執務室に變へるのは適切でないと思ひます。——かの不幸な男の事ですが、少しは救つてやつて頂けましたか?」

「不幸な人には、自分で自分を救はせればよろしいのです。——さあ、報告書を見せて下さい」。

「いやはや、大した實業家でいらつしやる。斷はれませんな。さあ、どうぞ」と云つて、男は小册子を渡した。

若者は注意深く頁を捲《めく》つた。

「疑ぐり深い人間は嫌ひですが」と、その樣子を觀察しながら、こちらは云つた、「正直、用心深い人間を見るのは好きです」。

「その點《てん》では、御期待に沿へさうです」と、學生は氣乘りなさげに册子を返しながら、から續けた、「と云ひますのも、今申しましたやうに、僕は生れつき好奇心が強いのですが、愼重な質《たち》でもあります。どんな見かけにも騙《だま》されません。この報告書には隨分うまい話が書いてあります。しかし、御社の株はちよつと以前には少し値下がりしてゐませんでしたか?

下落氣味ではなかつたですか？　株主達が御社の株の話題で盛り上がるやうな事はなかつたのでは？」

「ええ、下落してゐました。でも、どうしてさうなつたのか？　誰が仕組んだのか？　所謂《いはゆる》『弱氣筋《よわきすぢ》』の連中です。我が社の株の下落は偏《ひと》へに、弱氣筋の悲鳴、いかさまの悲鳴のせゐでした」。

「どういふ譯で、いかさまとは？」

「それはですね、全ての如何様《いかさま》師の中で最もたちの惡いのが、あの弱氣筋の連中だからです。彼等は事實をひつくり返して仕舞ふいかさまをやる。事態は明るいのに、暗澹《あんたん》たるものであるかのやうに裝《よそほ》ふいかさま師ども。不景氣それ自體《じたい》よりも、不景氣の虚構の上に榮《さか》へるいかさま師ども。不景氣を捏造《ねつざう》する邪《よこしま》な手管《てくだ》にたけた徒輩。まやかしのエレミヤ[一]達。乞食達に交はる僞物《にせもの》のラザロ[二]のやうに、陰鬱《いんうつ》な一日が終ると家に戻つて、惱《なや》める振りを裝ひながら　せしめた利益に浮かれ騒ぐ僞のヘラクレイトス[三]の手合――とんでもない惡黨《あくたう》どもです、あの弱氣筋といふ連中は！」

「弱氣筋に隨分腹を立ててをられる？」

「ええ、でも、それは、我が社の株に對《たい》する彼等の策略が忘れられないからといふよりも、彼等信頼の破壞《はくわい》者達、株式市場の陰鬱なる哲學者達が、實は虚僞そのものであるにも拘《かかは》らず、今や世界中に跋扈《ばつこ》する、殆どの信頼の破壞者達、陰鬱な哲學者達の眞の典型であるとの確信を懷《いだ》くがゆゑに他なりません。連中は、株、政治、パンにする穀物、道徳、哲學、宗教――

一　エレミヤ：舊約聖書に出る預言者エレミヤ。一般に、世相を憂へて泣言に耽る者を云ふ。

二　ラザロ：新約聖書「ルカ傳」一六・一九―三六參照。

三　ヘラクレイトス：ギリシャの哲學者。エレミヤ同様、陰鬱な人間觀の持主。紀元前五四〇―四七五何でも構ひませんが――何についても、本來穩《おだや》やかで明るいものの中に、徒《いたづ》らに暗黑の恐怖をでつち上げる輩《やから》です。かかる陰鬱な哲學者がこれぞとばかりにひけらかす、かの悲慘なる屍《しかばね》こそは、正に世に云ふ、『[四]嘘でも役立つモーガンの屍體《したい》』以外の何物でもありません」。

「うまい事を仰有る」と、大學生が小賢《こざか》しげに、ゆつくりした口調で云つた。「その手の陰鬱な連中を嫌ふ事にかけて、僕は人後に落ちません。夕食にシャンパンを娯《たの》しんだ後、ソファーに坐つて本場ものの葉巻をくゆらせてゐる時に、陰氣な奴がやつて來たとしたら――うんざりも良い處だ！」

「つまらん話をするな、と云つてやればいいのでは？」

「不自然だと云つてやります。さう、かう云つてやりませう。君は十分幸福で、その事を知つてゐる。他の誰かれも君と同じくらゐ幸福で、君はその事も知つてゐる。そして、吾々はみな、死んだ後にも幸福だし、君はその事も知つてゐる。けれども、それなのに、不機嫌でゐなければ氣が濟《す》まないんだ、とね」。

「で、さういふ手合がどこから不機嫌を仕入れて來るか、君は知つてゐますか？　實人生からではありません。だつて、連中、餘りに世間から懸け離れてゐるか、さもなくば、餘りに若すぎて、人生の事など少しも經驗《けいけん》してゐないのですから。實人生からではなく、舞臺で觀た古臭い芝居とか、屋根裏部屋で見つけ出した古本などから仕入れるのです。十中八九、競賣《きやうばい》で手に入れた黴《かび》臭いセネカ[五]の古本を持ち歸《かへ》つて、下らぬがらくたを腹一杯詰め込むのです。そしてその結果、悲觀的な事を口にするのが賢く重々しく見えると考へ、かつまた自分

四「嘘でも役立つモーガンの屍體」：一八二〇年代後半の大統領選擧の際、ウィリアム・モーガンといふフリーメーソンでジャーナリストの不慮の死と、ナイアガラで發見された身許不明の屍體とを強引に結び附けて、反フリーメーソン派の政治勢力がフリーメーソンの大統領候補アンドリュー・ジャクソンを打倒すべく、政爭の具に利用した事があつた。

五　セネカ：ローマの哲學者、悲劇作者。悲觀的人生觀の持主。紀元前三？―紀元六五

が同輩より上位にゐると考へる譯です」。

「正にその通りです」と若者は云つた。「僕はある程度人生を經驗しました。そして、不吉な受け賣りをしたがる鴉どもも澤山《たくさん》見かけました。處で、貴方がお探しの喪章を著けた人の事ですが、妙な事に、僕がただ大人しくしてゐると、それだけで僕を甘い感傷家と思ひ込んで仕舞つたやうです。それから、僕がタキトゥスの本を持つてゐるのを見て、陰鬱な哲學に關心《くわんしん》があつて讀んでゐるのだと考へたやうです。僕はただ、彼のお喋りを面白がつてゐただけなんですがね。でも、あの人には好きなやうに喋らせて置きました。實際、僕の態度を見て、確信を強めてゐたやうです」。

「それはちよつとよくないな。あの不幸な男をかなり虛假《こけ》にした譯《わけ》ですね」。

「さうだとしても、自業自得ですよ。僕は成功してゐる人間、氣持ちのよい人間が好きなんです。貴方みたいに、氣持ちよく、成功者らしく語る方がね。さういふ人達はたいてい正直なものです。處で、申し上げますが、ポケットに餘分《よぶん》な金がありましてね、で、これで――」

「――かの不幸な男の兄弟になつてやりたいと?」

「その不幸な人は自分で自分の兄弟になつてゐればいいのです。どうしていつもその人の話を持ち出すのですか？　貴方は株券の名義書き換へも株の賣却《ばいきやく》もやりたがらない――何か他の事に氣持が向いてゐるやうな印象です。いいですか、僕は投資がやりたいのです」。

「待つた、待つた。騷々《さうざう》しい連中がやつて來ます――さあ、こちらへ、こちらへ」。

さう云ふと、帳簿を抱へた男は急いで、それでゐて鄭重《ていちよう》に、若者を外部の彌增《いやま》す喧騷《けんさう》から隔離された祕密の小さな避難所へと導いて行つた。

　取引が終了すると、二人は姿を現して、甲板を歩いた。

「處《ところ》で、ちよつと伺ひたいのですが」と、帳簿を抱へた男が云つた、「どうして貴方のやうな若い御方、一見落ち著いて見える學生さんが、株のやうなものに手を出したりなさるのですか？」

「世間には大學生について幾つかの淺薄《せんぱく》な誤解があります」と、學生は襯衣《シャツ》の襟《えり》をゆつくり直しながら、のろのろとした口調で云つた、「中でも一際《ひときは》大きな誤解は、現代の學生の氣質、及び、現代の學生の落著きの本質についての、一般的な考へ方です」。

「なるほど、なるほど。いや、實際、私の經驗の中の、まるで新しい一頁となる御指摘です」。

「經驗こそは」と、學生が斷乎たる確信を以て云つた、「唯一の教師なのです」。

「となると、私は貴方の生徒といふ事になる。といふのも、經驗が物を語る時だけ、私は思索の言葉に耳を傾ける辛抱が出來るからです」。

「僕の思索はですね」と、學生は胸を張つて、投げやりな調子で云つた、「專《もつぱ》らベーコン卿[六]の箴言《しんげん》から教へられたものです。僕は自分の商賣及び心情にぴつたり來る哲學に從つて思索するのです――それはさうと、他に何か良い株を御存知ですか？」

「ニュー・エルサレム[七]には關心を持たれませんか？」

「ニュー・エルサレム？」

「ええ、さういふ名で呼ばれてゐる、繁榮《はんえい》してゐる新しい都市の事で、ミネソタ州北部にあ

六　ベーコン卿：フランシス・ベーコン。英國の思想家。實利主義を强調。嚴密な推理に基く科學的アプローチを說く。著書「學問の進步」が一六〇五年に出版された。一五六一―一六二六

七　ニュー・エルサレム：新約聖書「ヨハネの默示錄」二一―二二に、「新しきエルサレム」と稱される「聖なる都」が描かれてゐる。一方、「詐欺師」が執筆されてゐた頃のアメリカでは、土地開發をめぐつて投機が活發になされるとか、存在しない土地が賣りに出されるとかの、不動産に纏るいかがはしい行爲が頻發した。

ります。元來、迫害から逃れたモルモン教徒によつて創建されたために、さういふ名前が附けられました。ミシシッピー河沿ひにあります。ほら、ここに地圖が」と、一巻《ひとまき》の紙を取り出して、「ほら――そこに、公共の建物が――ここが船著場――そこが公園――その向うが植物園――そしてほら、この小さな點《てん》が、水の盡《つ》きせぬ泉です。お分りですね？　星印が二十あるのが見えます。教育施設です。ガイヤック樹で作られた講義机が備へられてゐます」。

「で、それらの建物は現在全て立つてゐるのですか？」

「立つてゐます――正眞正銘の話です」。

「端の方の幾つかの四角い區劃《くくわく》は、建築用地に水が溜つてゐるのですか？」

「水が溜つてゐるつて？　ニュー・エルサレムに？　どこもかしこも乾いた堅い土地ですよ――」

「法律専攻の學生がよく口にする云ひ種《ぐさ》ではないですが、おのが權利を明確に讀み上げる氣にはなれませんね」と、あくびをしながら學生が云つた。

どうやら投資をなさる氣はないやうですな？」

「愼重ですな――實に愼重な方だ。さればとて、あながち間違つてゐるとも思へない。いづれにせよ、私ならば、こちらの株を二つ買ふよりは、あなたのお持ちの石炭株を一つ買ふでせうな。それでもなほ、そもそもこの町が、河の向う岸から裸で泳いで渡つて來た二人の逃亡者によつて開拓された事を思ふと――驚嘆すべき場所と云ふしかない。實に、正眞正銘。――ですが、これはしたり、もう行かなくては。ところで、ひよつとして、かの不幸な男にお會ひになる事があつたら――」

「――その時には」と、學生は苛《いら》つきながら、いつもののろのろした口調で云つた、「旅客係を呼んで、その人とその人の不幸とやらを一緒くたに河の中に放り込ませてやりませう」。

「はつはつはつ！――今ここに、人間性といふ株の評價を失墜《しつつい》させる機會を虎視眈々《こしたんたん》と窺《うかが》つてゐる、陰鬱な哲學者とか、神學の弱氣筋とかがゐるとするなら（實は、さういふ手合は、ア[八]リマニウスの崇拜者達が與《あた》へてくれる、旨味《うまみ》のある聖職を密かに狙つてゐるのですがね）、貴方のさういふ云ひ種は、心の硬化と頭の軟化の徴候と評するでせう。いかにも、それが彼等の暗澹《あんたん》たる結論といふ事になるでせうな。なに、ちよつと脱線して、氣の利いたユーモアの積りで云つた迄です――氣が利いてはゐるが、面白くも何ともない。認めます。では、失禮《しつれい》」。

八　アリマニウス：アリアミウスが正しい。ゾロアスター教（拜火教）の惡の神。

第十章

船室にて

一人用腰掛、中型ソファー、長椅子、安樂椅子、オットマン等が竝《なら》べてある船室に、澤山《たくさん》の人々が集つてゐる。老いも若きも、賢者も愚者もゐて、彼等の手にはダイヤ、スペード、クラブ、ハートの模様のトランプカードが握られてゐる。人氣があるのはホイスト、クリベッジ、そしてブラグといふトランプ遊びだ。比較的少數の者達は肘掛椅子にゆつたり寄り掛つたり、大理石のテーブルの間をぶらついたりしながら、室内の光景を樂しんでゐる。彼等は手をゲームに使ふよりは、大抵は自分のポケットの中に收めてゐる。哲學者なのかもしれない。が、妙な表情を浮べながら、作者不明の詩が印刷された小さなびらの様なものに目を通してゐる者もあちこちにゐる。詩には次のやうな隨分冗長な題が付けられてゐる。

一「頌歌《しょうか》‥人間の信頼を得んがための眞摯《しんし》な努力が、繰返し拒否される事から不本意ながらも推定される、人間不信の暗示」

床にはそのびらが一杯散らばつてゐて、氣球からひらひら舞ひ落ちて來たもののみたいだ。どうしてそんな狀態になつたのか。實はクエーカー教徒の衣裳を纏《まと》ふやや年配の人物が、ま

一「頌歌‥人間の信頼を得んがための……」‥英國の詩人ウィリアム・ワーズワース（一七七〇—一八五〇）の「頌歌‥幼児期の回想からの不死の暗示」（一八〇四）のパロディ。

るで鐵道《てつだう》の車内行商人が本の發賣前に豫告《よこく》の宣傳《せんでん》びらを自ら或は人を使つて配布するやうなやり方で、船室内を靜かに通り過ぎながら無言で詩のびらを配つて歩いた處《ところ》、大抵はざつと一瞥《いちべつ》された後弊履《へいり》の如くに投げ捨てられて仕舞つたのだ。どこぞの彷徨《さまよ》へる吟遊詩人の錯亂《さくらん》の產物とでも思はれたのに相違無い。

程無くして、旅行帽を被つた赭《あか》ら顏の男が本を小脇に輕《かろ》やかな足取りで船室に入つて來た。あちらこちらと敏捷《びんせふ》に歩き回り、周圍《しうゐ》を元氣よく見回してゐる。いかにも社交好きらしく、親しさと人戀《こひ》しさとの入り混じつた、氣持のよい心からの思ひが見るからに顏面に現れてゐる。まるで、「やあ、君たち、君たちの誰も彼もと、仲良く附き合ひたいものだ。だつて、ここは、みんなと樂しく附き合へる、とても樂しい世界だものね。全く、僕らはみんな何て幸せな奴らなんだ！」とでも云つてゐるかのやうだつた。

そして、さういふ思ひを實際に口に出してでもゐるかのやうに、知りもしない船室内の誰かれに親しげに近寄つては、さも樂しげに言葉を交はすのだ。

「もし、何をお持ちで？」と、彼は新たに話しかけた相手に訊ねた。小柄で、干《ひ》からびて、まるで食事を攝《と》つてゐないみたいな風體《ふうてい》の男だ。

「ちよつとした詩です、それも妙な詩でね」といふのが答へだつた、「床に散らばつてゐるのと同じやつですよ」。

「氣附きませんでした。どれどれ」と云ひながら、こちらは一枚拾ひ上げると、ざつと目を通した。「ほほう、なかなかのもんだ。悲哀の念に滿ちてゐる。特にこの冒頭——

『おお、哀れなるかな、人たる者よ、
悦《よろこ》ばしき信頼と確信とに乏《とぼ》しき者よ』

――この通りならば、いかにも、哀れなるかな、人たる者よ、と云ふしかない。實に流麗な筆致ですな。悲哀の念の表現のし方たるや、見事なものです。しかしかういふ情感は正當《せいたう》と御考へですか?」

「その點《てん》についてですが」と、小柄で干からびた男が云つた、「全く奇妙な代物《しろもの》だとは思ひます。でも、恥づかしながら附け加へさせて頂くと、この詩には本當に考へ込まされて仕舞ひました。強く感じさせられもしました。たつた今、思つたのですが、どういふものか、この詩が信頼の念と悦ばしい氣持に充ち滿ちてゐるやうな氣がするのです。こんな心持になつた事はこれ迄に一度もありません。何しろ生れつき感受性が鈍《にぶ》い質《たち》なものですからね。でも、この詩は鈍感な私にも、それなりに御説教みたいに働き掛けて來ます。諸々の罪ゆゑに死して横たはる私の事を歎き悲しみ、善き行ひの裡に潑剌《はつらつ》として生きてあれと、鼓舞《こぶ》してくれてゐるやうなのです」。

「それを伺つて嬉しいです。醫者《いしや》がよく云ふやうに、これからもどうぞ御大事に、と申し上げたい。處で、誰がこの詩をばらまいたのでせうか?」

「知りません。私もさつき來たばかりですから」。

「まさか天使といふ譯ぢや？　ねえ、悅ばしい氣持になつたと仰有いましたよね、どうです、他の人達みたいに、トランプをやりませうよ」。

「有難う。でも、私、トランプはやりません」。

「ワインなんぞは？」

「有難う。ワインは飲みません」。

「葉巻はどうです？」

「有難う。葉巻はやりません」。

「物語の語り合ひつこでもしませうか？」

「正直申して、語るに足るやうな物語は殆ど知らないのです」。

「してみると、貴方が心の中に覺醒《かくせい》させられたと仰有る悅ばしい氣持なるものは、私思ふに、水車小屋の無い土地に存在する水力のやうなものですな。さあ、悅ばしい氣持を持つて、トランプでもしませうよ。手始めに、貴方が望まれる程度の小さな金額でやりませう。丁度興《きよう》が乘る程度の金額でね」。

「本當に御勘辨《かんべん》を。トランプになんとなく信頼が置けないんです」。

「おやおや、トランプに信頼が置けない？　悅ばしく樂しいトランプ遊びが？　さういふ事なら、今度だけは、我らが憂《うれ》ひ顏の小夜啼鳥《ナイチンゲール》に贊同せざるを得ないやうだ――

『おお、哀れなるかな、人たる者よ、

悅ばしき信頼と確信とに乏しき者よ』

では、さやうなら！」

本を小脇にした男は、またもやあちこちをぶらついてお喋りを交はしてゐたが、たうとう草臥《くたび》れたらしく、邊《あた》りを見回して坐る場所を探し、側壁に沿つて置いてあるソファーに坐れる場所があるのを見つけて、腰を下ろした。やがて彼はそこで隣り合はせた人間（たまたまそれは先述の善良な商人だつた）と同じやうに、眼前に展開する光景に少からず興味を懷《いだ》くに至つた。男達がホイストをやつてゐたのだが、一方の側にはクリーム色の顏色の輕薄《けいはく》さうで野暮《やぼ》つたい二人の若者がゐて、一人は赤いスカーフを、もう一人は綠のそれを首に卷いてゐた。反對側には穩和で重々しく端正《たんせい》で落著きのある二人の中年紳士がゐて、職業柄であらう、黑い服を上品に著こなしてをり、法曹界の著名な博士達のやうな風采《ふうさい》をしてゐた。

やがて件《くだん》の善良な商人は隣りに坐つた新參者《しんざんもの》を豫《あらかじ》め檢分《けんぶん》した後、橫樣《よこざま》に身體《からだ》を傾けると、手に持つくしやくしやになつた例の詩のビラで口を隱《かく》しながら囁《ささや》いた。「ねえ、あの二人の樣子、どうも氣に入りませんな」。

「同感です」と、こちらも小聲《こごゑ》で答へた。「あの色物のスカーフ、どうも好い趣味とは云ひかねます。少くとも私にはね。尤も、私の趣味が全ての人に當《あ》て嵌《は》まるべきだと云ふ積りはありませんが」。

「違ひますよ。別の二人の事です。それに、服裝の事ではなく、顏附の事を云つてゐるのです。正直、ああいふ上流階級の人達については、新聞などで讀む以外の事は餘《あま》り知りませんが——でも、あの二人——いかさま賭博師ぢやないですかね？」と商人。

「咎《とが》め立てや粗探《あらさが》しはあんまり感心しませんな」。

「同感です。でも、私は粗探しをしようといふのではないのです。そんな積りは毛頭ない。ただ、どう控へ目に云つても、あの二人の若者は確かに腕の良い賭博師とは云へないが、反對側《はんたい》の二人については、とてもそんな事は云へないかもしれない」。

「色物のスカーフの連中は負けて當然な程下手糞だし、黑つぽいスカーフの連中は相手をペテンにかけられるくらゐ上手だなどと仰有りたいのではありますまいね？——ひねくれたお考へですよ。捨ててお仕舞ひなさい。折角あの詩を讀まれたのに、なんにもならなかつたやうですね。歳月と經驗から教訓を學んでをられないのでせう。囚はれない大《おほ》らかな解釋をするならば、あの四人の人達が——實際、この船室全體でトランプをしてゐる人達が——皆が皆正々堂々とゲームを樂しんでゐて、負ける者など一人もゐないと、そんな風に見えて來なくてはいけません」と旅行帽の男。

「そんな、まさか本氣でそんな事を。だつて、みんなが勝つゲームなんて、未だに作られた例しがありませんよ」と商人。

「いや、もうよしませう」と、旅行帽の男はいかにもくつろいだ樣子で椅子の背に凭《もた》れ掛り、トランプをやつてゐる者達にのんびりと視線を送りながら、「船賃は全額支拂《はら》つてあるし、胃の消化の具合もいいし、心配、苦勞、貧乏、悲嘆なんぞとは緣が無い。ソファーに凭れて、腰のベルトを緩《ゆる》め、己が運命に心地よく身を委《ゆだ》ねてゐればそれでいい。この世の幸ひなる運命について氣難しい顔で粗探しをするなんて、止めやうぢやありませんか？」

これを聞いて、善良な商人は暫し相手をじつと見詰め、自分の額を擦《こす》つて、物思ひに耽つた。最初は不安げな樣子だつたが、やうやく氣持も落著いて、とどの詰り、もう一度相手に話しかけた。「何と云ふか、心の中の思ひを時に外に出して云つてみるのもいいものですな。どういふ譯か、理由は分りませんが、どうもある種の漠然たる疑惑の念は、特定の人々や特定の物事に關《くわん》する個人的な考へと切離す事が出來ないやうです。しかし、さういふ漠然たる考へは、ひと度《たび》外に出して他の人達の考へと觸《ふ》れさせてみるだけで、消えて仕舞ふか、少くとも變化を被る事になるやうです」。

「とすると、私が何らかのお役に立つたとお考へで？　多分、お役に立つたのでせう。でも、感謝などしないで下さい。決してね。社交の機會に何氣なく發《はっ》した言葉によつて、私が誰彼のお役に立つ事があつたとしても、それは無意識の效果に過ぎません——ニセアカシアの樹の下に生える草が甘味を帶びるやうなものです。何の手柄でもありません。有益なる性質の、有益なる偶發《ぐうはつ》事に過ぎません。——お分りか？」

善良な商人は再度相手の顔を見詰めた。そして再び二人は默《だま》り込んだ。

相手の方は、膝の上に置いてゐた本が幾分煩《わづら》はしくなつて、自分と隣人との間のソファーの背凭れの部分に、背表紙が上になるやうな具合に立てかけた。その結果、背表紙の文字——「ブラック・ラピッズ石炭會社」——がたまたま見えるやうになつたのだが、善良な商人は潔癖《けっぺき》過ぎるほど實直《じつちょく》な人間だつたので、讀むまいとして苦心慘憺《さんたん》せざるを得なかつた。さうやつて意識的に讀まない努力をしなかつたならば、その文字は忽《たちま》ち彼の目の中に飛び込んで來た事であつたらう。と、突然、何かを思ひ出したかのやうに、本の持主が立ち上り、立ち去つた。急ぐ餘りに本を置き忘れて行つた。商人はそれと氣づくと、すぐに本を取上げて後を追ひかけ、鄭重に持主に返した。その際、文字の一部が視野に入つて來るのを避ける事が出來なかつた。

「これはどうも。恐れ入ります」と、本を受け取りながら相手は云つて、再び歩み去らうとすると、商人が口を開いた。「失禮ですが、貴方は何かあの――あの評判の石炭會社と關係してをられるのではないですか？」

「評判になつてゐる石炭會社は一つだけぢやありませんよ」と、相手は微笑んで云ふと、何やらひどく苛立たしげな顏をして歩みを止めたが、冷静に己れを制した。

「でも、特に一つの會社と――『ブラック・ラピッズ』と關係がおありになるのでは？」

「どうしてお分りになりましたか？」

「實は、御社について耳寄りな情報を聞いてゐるのですがね」。

「ほう、誰から？」と少しく冷ややかな口調で。

「そ――その、リングマンといふ名前の人からです」。

「存じませんね。でも、弊社の事を知る人は間違ひなく澤山ゐます。弊社の方では知らなくてもね。誰かがある人を知つてゐても、その人の方からは知られてゐない場合があるのと同じです。――そのリングマンといふ人とは長い御知合ひなのですか？　古い御友人とか。――でも、失禮、もう行かないと」。

「ちよつとお待ちを。株――株の事ですが」。

「株？」

「ええ、ちと變則的とは思ひますが、でも――」

「おやおや。まさか株の取引をしようなどといふのでは？　私には貴方と取引する職務上の權限がありません。この株主臺帳ですが」と、背文字がはつきり見えるやうに手に持つて、「これがいんちきではないと、どうして分ります？　それに私は、貴方にとつては個人的に見ず知らずの人間ですが、どうしてその私を信頼する事が出來るのですか？」

「なぜなら」と、善良な商人は心得顔に微笑んで云つた、「もしも貴方が私の信頼するやうな方でないならば、そんな風にわざわざ不信の念を懷かせるやうな物の云ひ方をなさる筈がないからです」。

「しかし、貴方はまだ私の臺帳をちやんと調べてゐませんよ」。

「そんな必要はありません。背表紙に書かれてゐる通りの本だと、既に信じてゐるのですから」。

「でも、お調べになつた方がいい。疑ひが湧いて來るかもしれませんよ」。

「さうかも知れません。しかし、それで私が知識を得る事にはならない。なぜつて、その本を調べたからと云つて、私が今知つてゐる以上の何を知る事になると云ふのでせうか？　それが本物の臺帳ならば、私は既にさうだと考へてゐる譯ですし、本物でないとしても、私はなにしろ本物を見た事が無く、本物がどんなものなのかも知らないのですから」。

「貴方の論理を批判は致しますまい。しかし、貴方の信頼の念は賞賛するものです。それも、心の底から。それを引出すために私の取つた方法はふざけたものでした。十分に分りました。あちらのテーブルに御一緒しませう。そして、私が個人的に、もしくは職務上の權限に基いて、お助け出來る事が何かあるなら、どうぞそれを仰有つて下さい」。

第十一章

たつた一頁かそこいら

取引は終了し、二人は尙も腰を下ろした儘《まま》、氣樂な會話《くわいわ》を交してゐたが、その裡に段々と、かの親密で氣心の知れた者同士の沈默に浸るに至つた。お互ひへの眞實《しんじつ》の好意といふ、洗練と贅澤《ぜいたく》との至高の境地だ。眞實の友人たるためには絶えず親密な言葉を取り交してをらねばならぬと考へるのは、常時友人らしく行動してをらねばならぬと考へるのと同じく、一種の社會生活上の臆斷《おくだん》でしかない。[一]眞の友人關係といふものは、眞の宗教信仰と同じく、行爲とは獨立して存在するやうな類のものだからである。

善良な商人は附近の賑《にぎ》やかな卓子《テーブル》を何やら考へ事でもするかのやうな樣子で眺めてゐたが、遂に沈默を破つて口を開き、かうして目の前の光景ばかりを眺めてゐたのでは、船の中の別の場所でどんな風な出來事が起つてゐるかなんて、想像する事も出來ないでせうな、と云つた。ほんの一二時間前、商人はたまたま老いさらばへた皺《しわ》くちやの吝嗇漢《りんしよくかん》に出遭つたのだといふ。老人はやはり皺くちやの古ぼけたモールスキン[二]の服を纏《まと》ひ、病氣のために移民用の部屋で裸の板の上に横たはり、生命と金錢とに必死にしがみついてゐる樣子であつた。尤《もつと》も、生命は出口を求めて喘《あへ》いでゐたし、金錢についても、老人はひどい苦悶に苛《さいな》まれてゐた。死の手もしくは惡辣《あくらつ》な掏摸《すり》の手によつて、それらが失はれて仕舞ふのではないかと怖れ戰《をのの》い

一　眞の友人關係といふものは……行爲とは獨立して存在する：一方、新約聖書「マタイ傳」七・二〇には、「然《さ》らば、その果《み》によりて彼らを知るべし」とのイエスの言葉が記されてゐる。

二　モールスキン：ビロード狀の丈夫な綾織綿布。

てゐたからだ。肺臓も財布も、共にこの先どれ程保ち得るかは甚だ覺束《おぼつか》ない次第であつたが、それら二つのもの以外について老人は何も知る事がなく、また求めようとする氣もなかつた。と云ふのも、彼の精神は土塊《つちくれ》以上に高められた事は一度たりとも無かつたし、今や殆ど朽《く》ち果てようとしてもゐたからだ。實際、彼が物事に對して懐く不信の念たるや大層なもので、所有してゐる羊皮紙の債券にすらも信を置かず、時間の侵蝕《しんしょく》から少しでも守るべく、しつかり丸めて、ブランデーに漬《つ》けた桃みたいに、アルコールを入れた錫《すず》の罐《くわん》の中に保存してゐた。

有徳な紳士たる商人は、以上の如く意氣粗相するやうな話を詳細に、かつ長々と語り續けた。耳を傾けてゐた陽氣な連れの方は、信頼の念の缺如《けつじょ》のかかる極端な症例が、人間らしい心の持主に對して、食後のワインやオリーヴと同じく芳《かんば》しからざる影響を及ぼしかねないといふ考へ方を、必ずしも否定しようとはしなかつた。しかし、別の考へ方も持ち合はせてゐて、全體としては穩やかで遠回しの云ひ方で、商人のやや偏見に基く感傷的な考へ方を窘《たしな》めた上で、から附言した、[三]シェイクスピアに、自然は粉と糠《ぬか》とを作る、といふ言葉がある通り、正しく考へるならば、糠は糠なりに、非難さるべきものではないのです、と。

商人はシェイクスピアの考への正しさに異議を申し立てようとは思はなかつたが、この場合にそれを適用するのが適切だと認める氣にはどうしてもなれなかつた。ましてや、相手の評言についてをや。そこで二人は、件《くだん》の憐れむべき吝嗇漢《りんしょくかん》について更に穩やかに議論を交へた後、全面的に意見の一致を見る事は出來ないと分つたので、商人はもう一つの事例、即ち不具の黑人の話をした。しかし相手は、云ふ處《ところ》のその不幸な人間の所謂《いはゆる》苦しみなるものは、

三　シェイクスピアに、自然は粉と糠とを作る、といふ言葉がある：シェイクスピアの「シンベリーン」（一六〇九?）四・二・二六―二七參照。

當人《たうにん》の經驗《けいけん》の裡にといふよりは、寧ろそれを傍《はた》から見る者の憐憫《れんびん》の念の裡の方にこそ、より多く存在してゐるのではあるまいかと云ひ、から續けた。自分はその黒人について何も知らないし、會つた事もないが、敢へて推測してみよう。卽ち、もしも彼の心の眞の狀態を知る事が出來さへすれば、彼はこの自分と同じくらゐ完璧に仕合せとまでは云はずとも、大抵の人間と同じくらゐ仕合せなのではあるまいか。更に附け加へて云ふならば、黒人といふのは生來特別陽氣な人種で、アフリカ生れのツィンメルマン[四]やトルケマダ[五]のやうな人間の事なんぞ誰も聞いた例しがないし、連中は宗教からさへ一切の暗さを追放してをり、云ふならば、いつもお祭り騒ぎの宗教儀式の中で踊つてゐて、ピジョン・ウィングのダンス[六]に興じてゐるやうなものなのだ。だから、黒人が運命によつていかに歩行の不自由な狀態に置かれてゐても、陽氣な哲學を信じて歩き回るのをやめて仕舞ふ事など、およそ考へられない。

またもや擊退《げきたい》された恰好だが、善良な商人は引き下らうとせず、三番目の事例、卽ち喪章の男の物語を持ち出さうとした。その物語といふのは、喪章の男自身によつて語られたもので、商人が後に出會つた灰色の上衣の男の證言によつて確證され補足されたものだつた。商人は今その物語を語らうとした。しかも、後に與《あた》へられた情報によつて明るみに出された詳細についても、手控へる事無く。だが、それらは、かの喪章を著けた不幸な男自身は愼み深さゆゑに觸《ふ》れまいとした事どもであつた。

とは云へ、善良な商人の事だから、喪章の男をその物語自體以上に立派に語りかねない懸念があるので、以下、商人の用ひたのとは別の言葉を用ひて、勿論本質は全く變へずに、そ

四　ツィンメルマン：ヨハン・フォン・ツィンメルマン。スイスの哲學者。感傷的で孤獨な人生觀を展開した。一七二八―一七九五

五　トルケマダ：トマス・ド・トルケマダ。スペインの異端審問裁判官。多くの異端者を火刑に處す。一四二〇―一四九八

六　ピジョン・ウィングのダンス：鳩が翼を廣げた時のやうな線を描く舞踏。

の物語を紹介する事にしよう。

第十二章

不幸な男の物語。彼が不幸な男と稱《しよう》せられるのは正當か否か

その不幸な男は途轍《とてつ》もなく邪惡な性質の女を妻としたやうであつた。さういふ邪惡な輩《やから》を前にすると、空想的に人類を愛する者達としては、次の如き諸々の疑念に導かれかねまい。即ち、人間の形態を有する事があらゆる場合に人間たる所以を決定的に證《あか》し立てる事なのか。もしくは、人間の形態なるものは時として當《あ》てにならぬし取るにも足らぬ一種の假《かり》の宿りなのではあるまいか。更には、「惡を憎む者は人間をも憎む」とのかのトラセア[一]の言（トラセア自身がかくも善良な人間だつた事を考へると、不可解な言と云ふしかないが）を斷乎粉碎するためには、善人以外はなんぴとも人間でないとするのが、人間の自己防衛のためにも、理にかなつた警句とされるべきではあるまいか、等々。

ゴネリル[二]は若く、身體《からだ》つきはしなやかで、姿勢はまつすぐだつた。實際、女としてはまつすぐ過ぎるほどだつた。顏色は生れつき薔薇《ばら》色で、磁器の釉藥《いうやく》の色彩のやうな、ある種の生硬で乾いた感じがなかつたならば、極めて魅力的であつたらう。髮は濃く豐《ゆた》かな栗色で、短く刈つてカールした髮が頭部の全體を覆《おほ》つてゐた。そのインディアンの女としての體格《たいかく》は、胸部に幾分芳《かんば》しからざる痕《あと》を殘してゐた。口許《くちもと》はと云へば、口髭の痕跡が無かつたならば愛らしかつたらう。概して云ふならば、化粧に助けられて、遠くから見れば容貌は醜くはなく、

一 トラセア：パエトゥス・トラセア。古代ローマの元老院議員、ストア派。皇帝ネロの惡德を彈劾して、處刑される。？—紀元六六

二 ゴネリル：シェイクスピアの「リア王」（一六〇五—一六〇六）の登場人物の名。リア王の三人の娘の一人。頗る無慈悲で邪惡なる忘恩の徒。

どちらかと云へば美しい方だと思ふ者もゐたであらう。尤も、その美しさは風變りなもので、何やらサボテンを思はせるやうな美しさではあつたが。

ゴネリルのより顯著《けんちょ》な特徴が容貌よりも氣質と嗜好《しかう》とに現れてゐたといふ事は、彼女にとつて幸運であつた。說明の言葉に窮《きゆう》する事だが、彼女は鷄の胸肉やカスタードや桃や葡萄などは生來毛嫌ひする一方、固いクラッカーと鹽《しほ》漬けハムとを好んで、こつそり獨りの晝食《ちうしょく》を樂しんでゐた。また、レモンの他、青い乾燥粘土の小さな棒狀の菓子のみを好んで、ポケットに隱し持つてゐた。それらを食べて、インディアン女らしい强靭《きやうじん》にして堅實《けんじつ》な健康を保ち、同じく確乎たる精神力と決斷力とを身に附けてゐたのだ。同樣に、他の幾つかの特徴も、いかにも未開人の女にふさはしいものだつた。敏捷《びんせふ》な體軀《たいく》を有してはゐたが、不精《ぶしやう》を好んだ。が、時にはストア派哲學者さながらに、我慢强い事もあつた。寡默《くわもく》でもあつた。早朝から午後の三時頃までは殆ど口を利かなかつた――心がなごんで人と言葉を交はせるやうになるだけのためにも、どうしてもそれだけの時間が必要だつた。その間、彼女はただ目を見開いて、金屬《きんぞく》のやうな光澤《くわうたく》の、大きな目で只管《ひたすら》周圍を眺めてゐた。彼女に敵對する者達は、烏賊《いか》の目のやうに冷たい目だと云つた。しかし、ゴネリル自身はガゼルの目のやうだと思つて愛してゐた。彼女にも虛榮《きよえい》心が無い譯《わけ》では無かつたからだ。彼女を一番よく知つてゐると思ふ者達は、周圍の人間に苦痛を與《あた》へるだけで容易に得られる幸福感は別として、彼女のやうな人間が人生に如何なる幸福を得られるのかと、屢々《しばしば》訝《いぶか》しんだ。ゴネリルの異常な性格によつて被害を被《かうむ》つた者達ならば、憤慨してゐる者達によく見られる誇張表現を用ゐて、彼女の事を蝦蟇《がま》みたいにいけ好かない奴だと云つたかもしれない。しかし、彼女の事を最も惡《あ》し様《ざま》に罵《ののし》る者達にしても、彼女の事をいけ好かない諂《へつら》ひ者だと云つて、眞顔で批判したりは出來なかつたらう。ゴネリルは廣《ひろ》い意味で、精神の獨立といふ美德を有してゐたからだ。彼女はその場にゐない者についてすら、賞讃を意味するやうな言葉を暗々裡にでも口にするのは、たとひ正當な場合であつても、諂ひと看做した。だが、人々の缺點《けつてん》と目《もく》されるものを取り上げて、人々を面罵《めんば》するのは正直な事だと考へた。人々はそれを惡意によるものと看做した。確かにそれは情熱によるものではなかつた。情熱は人間的なものである。が、短劍さながらの鋭い氷柱《つらら》のやうに、彼女は突き刺す瞬間に凍《こほ》りつくのだ。少くとも人々はさう云つた。そして、やはり同じ人々の信頼すべき情報によると、彼女は率直で純眞な相手が彼女の魅力の下に押さへつけられ、悲しげで不安げな表情になつたりすると、内心悦《えつ》に入りながら青い粘土棒を齧《かじ》つた。くすくす笑ふ様子も見えたといふ。さういふ性癖は奇妙で不愉快なものだつた。が、また別の性癖、實に不可解な性癖についても語られてゐた。人々と一緒にゐる時、彼女は偶然のやうにして、器量のよい若者の手や腕に觸《さは》る妙な癖があつた。さうやつて隱微《いんび》な喜びを得てゐたやうなのだ。だが、それが云ふ處の「邪《よこ》しまな接觸《せつしよく》」を與《あた》へたが故の人間らしい滿足感から生じたものなのか、それとも、彼女の内部の、同じく不可思議な、けれども洵《まこと》に歎《なげ》かはしい他の何ものかから生じたものなのか、それは謎の儘《まま》だつた。

　かの不幸な男が人々と會話を交はしてゐる裡に、ゴネリルが謎の接觸をしてゐるのに突然氣づいて、どんなに惱《なや》ましい思ひをしたか、それは言を俟《ま》たない。取分け、觸れられた若者が事態の異様を察知したらしいのに、育ちの良い生れつきだつたので、その場でその謎を一座の話題とするのは控へただけに、悩ましさは尚更《なほさら》であつた。また、そんな折に不幸な男は、觸られた若い紳士の顔を眺めるだけの事にさへ耐え難い思ひをした。相手の顔の中に、事情を知つてゐるぞとでも云ふやうな、多少皮肉な表情を見出だして被《かうむ》る屈辱を怖れたのだ。彼は身震ひしながらその若い紳士を避けた。かうしてゴネリルの接觸は、異教徒のタブー（禁忌）さながらの恐るべき作用を夫に對して及ぼす事となつた。だが、ゴネリルは窘《たしな》められて我慢するやうな女ではなかつた。そこで彼は二人切りの好機を見はからつて、相手を傷つけないやうな用心深いやり方で、彼女の不審な性癖について遠回しに言及しようとした。彼女は夫の心を見抜いた。しかし、いかにも彼女らしい冷たく可愛げのない態度でから云つた。自分自身の妄想を、特に愚劣な妄想をさうして口にするなんて、馬鹿げてゐる、でも、貴方がそんな妄想をそんな風に樂しむ事に夫婦の喜びを見出だしたいと思ふのならば、さうやつて幾らでも夫婦生活を樂しめばいい、と。以上の全ては悲しむべき事――痛切に悲しむべき事――であつた。だが、恐らく、この全てを不幸な男は耐へ忍んだのであらう――慈悲深い天が彼に彼女を託してゐる限り――良かれ惡しかれ――愛《いと》しいゴネリルを愛し慈《いつく》しまねばならぬといふ己が誓ひを彼は忠實に守らうとしたのだ――しかし、色々あつた末、嫉妬の惡魔が彼女の心に入り込んだ。落著き拂《はら》つて、粘土みたいに柔らかく、頭の空つぽな惡魔だ。そんな惡魔ででもなかつたらば、彼女に取り憑《つ》く事など出來なかつたらう。そしてその狂つた嫉妬の對象は、彼女自身の子供、父親の慰めであり御氣に入りでもある、七歳の小さな女兒であつた。ゴネリルが無邪氣な子供を巧妙に責め苛《さいな》み、それをいかにも母親らしい振舞ひと見せ掛けようとしてゐるのを目の邊《あた》りにした時、不幸な男の久しきに亙る忍耐も苦惱もつひに限界に達さざるを得なかつた。妻は白狀も改心もすまいし、狀況は恐らく益々惡化するだらうと見定めて、彼は子供を妻から引き離すのが父親としての責務だと考へた。だが、子供を愛してゐたので、子供と一緒に自ら家を出る事によつてしか、それを果す事は出來なかつた。困難な事だつたが、實行した。すると、それまでゴネリル夫人に殆ど敬意を拂ふ事もなかつた隣近所の奧方達が、夫たる彼に向けて擧《こぞ》つて怒りをぶつけるやうになつた。さしたる理由も無いのに愛妻を故意に見捨て、子供を手許に置く慰めを剝奪《はくだつ》し、妻に甚《はなは》だしい苦痛を與へてゐるのは許し難い、といふのだ。それに對して不幸な男は、自尊心とゴネリルへのキリスト教的な慈愛ゆゑに、已《や》むにやまれぬ氣持になつて、沈默を守つた。守り續けてゐた方がよかつたらう。と云ふのも、事の眞相についてある程度の事を仄《ほの》めかしても、誰一人信じようとしなかつたからだ。一方、ゴネリルはと云へば、夫の云ふ事は全て惡意に滿ちた作り話だと云ひ張つた。やがて、女權擴張《くわくちやう》を唱へる女達に勸《すす》められて、傷つけられた妻は訴訟を起した。そして、有能な辯護士と好都合な證言との御蔭で、子供の保護監督權を取り戻したのみならず、離婚に際して不幸な男を無一文にして仕舞ふ（さう辯護士は證言した）やうな判決を勝ち取つた。加ふるに、法曹關係者の同情を取り附ける事によつて、彼の個人的評判に司法による叱責《しつせき》が加へられる事になつた。そればかりではない、事態を更に遺憾たらしむる事があつた。不幸な男は法廷に於ける方策として、最もキリスト教的であると共に事の眞相に背馳《はいち》せず、しかも最も賢明である方策は、ゴネリルの精神錯亂《さくらん》の申立てをする事であり、それをやれば、自分に餘り屈辱を與《あた》へずに、しかもゴネリルにも大して汚名を著せずに、結婚の喜びから己れを引き離すに至つた諸々の奇癖を己が辯護《べんご》のために暴露し得ると考へたのだが、その揚句、精神錯亂の申立てが卻《かへ》つて己れ自身に致命傷として振りかかるのを防ぐべく大變な苦勞をさせられる羽目となつた——就中《なかんづく》、彼女の謎の接觸について申立てた時には、尚更だつた。彼の辯護人は、件の精神錯亂がとにかくも存在したとした場合、實際上どんな點《てん》に存在したのかを證明すべく奮闘した。そして、ゴネリルの精神錯亂を否定するのは、卽ち彼女のやうな女が正氣だと云ひ張るのは、女性一般への侮辱と解されざるを得なくなると主張したが、徒勞でしかなかつた。侮辱なら侮辱で結構、といふ事になつたからだ。そして、引き續いて、ゴネリルが夫を狂人として終身收監させようと目論《もくろ》んでゐるといふ噂が不幸な男の耳に入るや、全ては終つた。卽座に彼は逃亡し、今や無實の逃亡者となつて、ミシシッピー河の廣大な流域を一人侘《わび》しく彷徨《さまよ》ひ歩いた。帽子には、死んだゴネリルのために喪章をつけて。と云ふのも、彼は先ごろ彼女の死を新聞で知つて、さういふ場合の世間の習《なら》はしに従ふのが適切だと思つたからだ。子供の許《もと》に戻れるに足るだけの金の工面に數日かけて努力して、不十分な旅費で出發したばかりの處《ところ》であつた。

さて、善良な商人としては、以上の一部始終について、不幸な男にとつては隨分ひどい話だと思はざるを得なかつた。

第十三章

旅行帽の男が大きな仁愛を示す、それも、彼が最も論理的な樂天主義者たる事を示すと思へるやうなやり方で

數年前、ロンドンを訪れた眞面目なアメリカ人學者が、夜會の席上、或る氣障《きざ》な男（と學者は思つた）に出遭つた。上衣の襟に巫山戲《ふざけ》たリボンを著け、洒落《しやれ》た輕口《かるくち》を叩きながら、足早に歩き回つてゐたのだが、そんな手合を崇拜したがる連中からそれなりの崇拜を集めてゐる樣子だつた。學者は大いに輕蔑《けいべつ》した。が、ややあつて、學者はたまたまこの氣障《きざ》男と會場の片隅で一緒になつたので、氣障男の機知に對して心の準備が整はぬ儘《まま》に會話を交はす事になつたのだが、その後友人から、件《くだん》の氣障男が殆ど彼に劣らぬくらゐの大學者で、誰あらう、[一]ハンフリー・デイヴィ卿その人だと耳打ちされて、肝《きも》を潰《つぶ》したのであつた。

以上の逸話をここに紹介したのは他でもない、旅行帽の男のこれまでの態度に概《おほむ》ね示されてゐた活潑《かつぱつ》で浮《うは》ついた印象、もしくはさう受け取られたであらう印象ゆゑに、彼について多少性急な判斷を下す氣になつたかもしれぬ讀者に對して、先回りして注意を喚起しようといふのだ。詰り、それらの讀者達が、これは間もなく經驗《けいけん》する事になる譯《わけ》だが、この同じ男が哲學的及び人道主義的な議論を展開し得るのを見て――それも、これまで時折口にされた何氣ない短い發言によつてではなく、纏《まと》まつた時間のほぼ全體に亙つてその種の議論を著實に

一 ハンフリー・デイヴィ卿：英國の化學者。十二個もの化學元素を發見。一七七八―一八二九

持續し得る有様を見て、讀者達がかのアメリカ人學者のやうに、自らの最初の觀察に基く尤《もつと》も至極な意見とは相容れぬからとて、仰天《ぎやうてん》する事がないやうにしようといふのである。

商人の話が終ると、それが幾分か心に沁《し》み入る話だつたといふ事を相手は否定しなかつた。その不幸な男への然るべき同情の念に自分が缺《か》ける事の無いやう望みたいものだとも云つた。だが、彼はかう附け加へた。その男は云ふ處の災厄に如何なる心で耐へたのか、自分はそれを切に知りたい。彼は失意落膽《らくたん》の裡にあつたのか、それとも信頼の念の裡にあつたのか？

商人は質問の最後の部分の正確な意味は測りかねてゐるやうだつたが、こんな風に答へた。不幸な男が苦難に苛《さいな》まれながらも次第に諦念の境地に至つたか否《いな》かといふのが質問の主旨ならば、彼は諦念の境地に至つた、それも模範的な程度までに、と彼に代つて自分は云ふ事が出來る。といふのも、自分の知り得る限り、彼は人間の善性および人間の義心について、一面的な意見を述べるのを差し控へたのみならず、醇化《じゆんか》された信頼の念と、時折は適度の晴朗な氣分とが、彼の裡に存在するのを自分は觀察する事が出來たからだ。

それに對して相手はかう應《おう》じた。不幸な男が經驗したと云はれるものが、在るが儘《まま》の人間性よりも善きものとして人間性を捉へる考へ方と調和するとは到底考へられないにも拘らず、彼がどうみても人間愛を育《はぐく》むとは思へぬ境遇に置かれながら、激する餘《あま》り心を歪《ゆが》ませ人間嫌ひの仲間に入るやうな事にならなかつたといふのは、彼の敬神の念のみならず、偏《かたよ》らぬ精神性を大いに證《あか》すものである。また、かういふ人間に關しては、經驗といふものがどの詰りは完全に有益な方向に作用して、同胞への信頼の念を動搖せしむるどころか、寧《むし》ろそれを確證して鞏固《きやうこ》たらしむる事を自分は少しも疑はない。もしも彼（この不幸な男）がゴネリルに對して、惑亂《わくらん》の餘り、時に妥當《だたう》ならざる態度を執る事があつたとつひに自覺するやうになるとすれば（遲かれ早かれ、さういふ事にならうが）、なほさらそれは確實に云へる事だ。いづれにせよ、かの婦人の爲人《ひととなり》については、キリスト教精神の見地からすると、多少話が誇張されてをり、かなり不當なものと看做さざるを得ない。眞相は恐らく、彼女が何がしかの缺點《けつてん》と何がしかの美點とを交々《こもごも》有する妻であつたといふ事であらう。處《ところ》が、缺點が表面化すると、夫の方は女の性《さが》をよく知らないものだから、理屈で相手を抑へ込まうとして仕舞つて、より說得力のある方法を用ゐようとしなかつたのだらう。そんな譯で、納得させる事にも改心させる事にも失敗したのだ。二人が置かれてゐた狀況の下で、夫が妻から身を引き離すやうな擧《きよ》に出たのは餘りにも唐突だつたやうに思はれる。要するに、恐らくはどちらの側にも小さな瑕瑾《かきん》はあつたのだが、大きな德によつて互ひの均衡を獲得する努力がなされなかつたといふ迄の事であつて、餘り性急に判斷を下してはならぬゆゑんである。

妙な事に、商人はしかく穩當《をんたう》かつ公平な意見にも異を唱へた上で、不幸な男の境遇を再びかなり熱烈に歎き悲しんだ。すると連れは眞劍味が無くもない態度で相手を制し、さういふ考へは決して好ましいものではないと窘《たしな》めて、かう語つた。この上なく例外的な場合であつたとしても、不當としか云へぬ不幸の存在を認める事、取分け邪惡な人間が術策を恣《ほしいまま》にした結果としてのそれを認める事は、控へ目に云つても、分別のある態度とは云へない。なぜなら、そんな事を認めて仕舞ふと、自らの最も重要な信念に望ましからざる影響を與《あた》へられる者も出て來かねないからだ。さういふ信念はそんな影響に左右される事があつてはならない。と云ふのも、人生に於ける通常の出來事は、本來の性質からして、貿易風の中をはためく旗のやうに、常に一定の方向を向いて一つの物語のみを語る事は決して無いのだから、例へばもしも神意に纏《まつ》はる信念の如きが毎日の出來事のやうに變《かは》り易いものに左右されるとなると、信念の强弱の度合は、あれこれ考へるやうな人間の場合、長期に亙つて先行きの分らぬ戰時中の株價の變動にも似た變動にさらされる事になつて仕舞ふ。ここで彼は脇に置いた株取引臺帳に目をやり、一瞬話を中斷してから、から續けた。神的なるものについての正しい信念の本質は、經驗よりも直觀に基いてをり、各氣候帶の變化を超越してゐる。神的なるものについてだけではない、人間的なるものについての正しい信念も同様である。

今や商人が心底から以上の見解に同意した時（敬神の念篤《あつ》き人間であると同時に、分別のある人間でもあつたから、さうせざるを得なかつたのだ）、連れの方は、この種の話題に不信の念を懷きがちなこんな時節に、かくも健全にして崇高な信頼の念を殆ど完璧なまでに分ち合へる人間に今なほ出遭ふ事が出來たのは、まことに慶賀に耐へないと云つた。

とは云へ、適度に抑制された哲學は許容されて然るべきであつて、そんな事まで否定するやうな偏狹《へんけふ》な考へ方を持合はせてゐる譯では決してないと彼は云つて、から續けた。ただ自分は、件《くだん》の不幸な男について主張されてゐるやうな事柄が哲學的議論の對象とされる場合には、せめてもの事、眞實の光の恩惠に浴してゐない人々からとやかく云はれる口實を提供しない形で論じられるのが望ましいと思ふのだ。と云ふのは、さういふ事柄については謎めいた要素が存在するものなのだと認めるやうな事をしただけで、その種の人々はそれを暗默裡の疑問の抛棄《はうき》と看做し兼ねないからである。それに、惡人が善人に對して一時的に恣《ほしいまま》に振舞つた（不幸な男に對するゴネリルの振舞ひについてさういふ意味合ひの事が云はれた譯だが）といふ事に關してだが、現在罰を免《まぬが》れてゐる狀態について辯《べん》じようとして、未來の應報《おうほう》といふやうな考へ方に議論の力點《りきてん》を置き過ぎるのは餘り賢明な事ではあるまい。なぜなら、實際、さういふ考へ方は心の全《まつた》うな人々にとつては眞實《しんじつ》のものであり、十分慰めが與《あた》へられるものだが、心のひねくれた者達にとつては、それを議論の俎上《そじやう》に載せるだけで、神意は現在のものではなくて未來のものだといふ事を肯定するにも等しいとする、輕薄《けいはく》で有害な考へ方を惹き起す切掛となるかもしれないからだ。要するに、あらゆる種類の揚足《あげあし》取りをしたがる連中がゐる譯だから、さういふ連中にとつても、そしてまた誰にとつても一番善いのは、眞實の光を有する人々は誰であらうと、野戰に打つて出て危險を孕《はら》む理性の小競《こぜ》り合ひを演じるが如き誘惑に屈する事なく、マラコフ要塞[二]さながらの難攻不落の信念の砦にしつかり立て籠る事なのだ。それゆゑ、獨り切りで物思ふ時であれ、氣心《きごころ》の知れた相手と會話を交はす時であれ、餘りにも自由な哲學的思索に耽つたり、同情心を發揮したりするのは、善良な人間には勸《すす》められない事だと自分は思ふ。と云ふのも、さういふ事をやつてゐると、思ひも設《まう》けぬ折に不意に己れの足を掬《すく》ふやうな、思考や感情の無分別な習慣を身につける怖れがあるからだ。實際、公私の別なく、善良な人間が何よりも警戒せねばならないのは、ある種の話題に關して、

二　マラコフ要塞：クリミヤ戰爭（一八五二―一八五八）に於て難攻不落を誇つた要塞。クリミヤ半島の南端、セヴァストポルにある。

生來の心情を情緒的に奔出《ほんしゆつ》させる事だ。なんとなれば、生來の心情なるものがおよそ思ひも寄らぬ方向に走りかねないといふ事は、古來、斷々乎《だんだんこ》として警告されて來た事だからである。

だが、何やら話が面白くなつて來たやうだと、ここで商人の連れは云つた。

商人の方は、何しろ氣立ての善い人間だから、いやいやさうは思はない、毎日こんな實《み》のある話で活力を與《あた》へて貰つたら喜ばしいと云つた。說教壇の下に坐つて圓熟《ゑんじゆく》した說教を聽いてゐるやうなもので、熟した桃の樹の下に坐つてゐるよりよつぽど良いといふのである。

相手はかう應《おう》じた。懸念してゐたやうに、面白みの無い話をしてゐた譯ではないと知つて嬉しいが、自分を說教師のやうに堅苦しく考へないで貰ひたい、これまでと同樣、むしろ對等の、氣の合ふ連れと考へてほしいと云つて、そのやうに考へて貰ふべく一層愛想のよい態度を示しながら、かの不幸な男の話にもう一度立ち戻つてから云つた。あの件について最惡の場合を考へてみて、ゴネリルが實際、かのシェイクスピアのゴネリルさながらの女だつたとして、かかるゴネリルとやうやく死別も出來、法律上も別れられたのは大いなる幸運ではないか。もしも自分がその不幸な男と知り合つたら、同情するどころか、祝福してやるだらう。君は大いなる幸運を手にしたのだ、とどの詰り、君は運が良いんだ、さう云つてやるだらう。

これに對して商人は、さうであつてほしいと切に願ふし、とにかく自分は、不幸な男が現世で幸福でなくても、少くとも來世では幸福になると信じて、一所懸命自分を慰めようとしてゐるのだと答へた。

連れの方は、不幸な男が現世でも來世でも幸福になる事を疑はないと云つた上で、シャンパンを註文し、不幸な男について不愉快な想ひが頭に浮んで來ても、そんなものはシャンパンの泡もろとも忽《たちま》ち消えて仕舞ひますさ、とおどけた口調で云ひながら、商人に相伴《しやうばん》を勸めた。

二人は默つて物思ひに耽りながら、間を置きつつゆつくりと盃を重ねた。その裡に商人の表情に富む顏面は赤味を帶び、兩眼は涙で輝き、唇は想像力豊かな女性的感受性で打ち震へた。ワインは彼の頭腦に少しも血を送らずに、心の臟を狙ひ撃ちにして、そこで警告を發し始めたかのやうだつた。「ああ」と、グラスを押しやりながら彼は叫んだ。「ああ、ワインはよきもの、信頼もよきものです。でも、ワインや信頼は、冷徹な思考の全岩層を沁《し》み通つて、暖かく赤味を帶びた狀態のまま、眞實《しんじつ》といふ冷え冷えとした洞窟の中に滴《したた》り落ちたりなど出來るものでせうか。眞實といふものは慰めを與へられるやうなものではないのです。美しい慈悲心に導かれ、快い希望にいざなはれて、甘い空想がそんな藝當《げいたう》をやつてのけようとする。が、無駄な事だ。ただの夢想であり、理想でしかない、手に持つてゐると爆發《ばくはつ》して、あとには燒け焦げしか殘らない！」

「おやおや、これはこれは！」と、商人の感情の激發に驚いて、連れが云つた。「驚きましたな、[三]『酒中に眞あり』が眞實の言葉だとするならば、今の今、貴方が立派な信頼を表明されたにも拘《かかは》らず、不信が、深い不信の念がその根柢に潛んでゐるといふ事になる。そして、かのア[四]イルランドの叛亂《はんらん》のやうに、一萬人もの大勢力となつて、今や貴方の裡にどつとばかりに出現して來たのです。このワインが、よきものたるワインが、まさかそんな事をやつてのける

三「酒中に眞あり」：古代ローマの博物學者、政治家、軍人ガイウス・プリニウス（紀元二三—七九）の著作「博物誌」四・一四一より。一般に、大プリニウスと呼ばれる。

四 アイルランドの叛亂：T・W・トーン（一七六三—一七九八）が一七九八年に起した叛亂。

とは！　よろしいか」と、半ば眞面目に、半ばユーモアを籠めて、ワインの壜を手許に確保しながら、「これ以上飮んではいけない。ワインは心を喜ばせるためのもので、悲しませるためのものではありません。信頼を上向きにするためのもので、下向きにするためのものではありません」。

からかひ半分とは云へ、こんな狀況の下にしてはこの上なく手嚴しい叱責《しつせき》を受けて、商人はすつかり醉ひも覺め、恥入り、殆ど狼狽の體《てい》となつて、邊《あた》りを見廻してから顏附を改め、口ごもりながら、自分の口から漏れ出た言葉に貴方に劣らず驚いてゐる次第だと告白した。自分でも理解出來ないし、あんな熱狂的な言葉がどうしてひとりでに飛び出して來たのか、何とも說明のしようもない。シャンパンのせゐとは思へない。頭腦は何ら影響を受けてゐないやうな氣がするからだ。實際、どちらかと云ふと、珈琲に卵白を入れて飮んだ時のやうな作用を頭腦に及ぼして、頭の中をすつきりと光輝く感じにしてくれてゐる。

「光輝くですつて？　なるほど光輝いてゐるかもしれないが、それは珈琲の中の卵白の輝きといふよりは、ストーヴの光澤《くわうたく》──詰り黑光りのする輝きでせうな。眞面目な話、私はシャンパンを持つて來させたのを悔《く》いてゐます。貴方のやうな氣質の方には、シャンパンは勸められない。それはさうと、正氣に戻られましたか？　信頼の念は元に戻りましたか？」

「さうあつてほしいです。多分、戻つたと思ひます。それにしても、隨分長い時間、お話をしましたね。そろそろ退散しようと思ひます」。

さう云ふと、商人は立ち上つて、挨拶をして卓子《テーブル》を離れた。その樣子たるや、己が正直で善良な性《さが》に誘はれて、生來の心情に潛む不可思議にして名狀し難い氣紛れな氣分を――他人に對しても自分に對しても――うかと暴露して仕舞ふが如き氣違ひ沙汰に及んだ事に、何とも暗澹《あんたん》たる思ひを禁じ得ない、といふやうな雰圍氣《ふんゐき》を漂はせてゐた。

第十四章

考察の價値を見出だせる人々にとつての、考察に値する章

前章は先々述べる事に注意を喚起して話を始めた。本章[一]では、既に述べた事に注意を向けて貫はねばならない。

突發的に發作的衝動に驅《か》られる迄は、商人のやうに信頼の念にかくも満ち溢れ、それを終始一貫示してゐた人物が、あんな時のやうに、突如かくも深刻な不滿をさらけ出すといふのは些か驚かざる得ない事だと、さう思ふ讀者もゐよう。商人は矛楯してゐるとも思ふかもしれない。實際、矛楯してゐるのだ。だが、その爲に作者が咎《とが》めらるべきであらうか？　なるほど、作中人物の描寫《べうしや》に於て、一貫性の維持といふのは、虚構の作品の作者が何よりも愼重に配慮すべき事であり、良識ある讀者が何よりも細心に待ち設《まう》ける事だと云へるであらう。が、この事は一見尤《もつと》もな事のやうに思へるかもしれないが、よくよく考へてみると、それほど尤もな事ではないのかも知れないのだ。と云ふのも、その事ともう一つの必要條件――等しく强調されるものであらうが――とが如何にして結びつくのか。卽ち、全ての虚構には拵《こしら》へ事の創意工夫が認められる反面、事實に基礎を置く虚構は事實と決して矛楯してはならないといふのが必要條件とされる譯だが、實人生に於ては一貫した性格の人物は極めて稀だといふのが眞實ではないか。さうだとすれば、一貫性の無い作中人物に讀者が感じる反撥《はんぱつ》は、

一　メルヴィルの「ピエール」（一八五二）（第七の書）に、この章の中心的な考へ方の概略が示されてゐる。

その人物が眞實らしくない、といふ印象から生じるものではまづあり得なくて、寧《むし》ろその人物を理解出來ないといふ困惑から生じるものなのかも知れないのだ。しかし、この上なく鋭敏な賢者ですら、生身の人間の性格を理解するのに甚だ困卻《こんきやく》するのが屢々《しばしば》であるとするならば、賢者ならざる者に對して、人物の性格を走りながらも速やかに看取する[二]などといふ藝當《げいたう》がどうして期待できようか。作中人物の性格なんぞといふものは、壁面に沿つて這《は》つて行く影のやうなもので、頁を捲《めく》ると共に走り過ぎて仕舞ふ體《てい》の、唯の幻影に過ぎぬものでしかないといふのに？　あらゆる作中人物がその一貫性ゆゑに一目で理解し得るやうな虚構の作品などといふものは、作中人物の各部分のみを提示して、それが讀者にそれぞれの全體《ぜんたい》として見えるやうな描き方をしてゐるか、さもなくば、現實に對してまるで不誠實であるかのどちらかでしかない。他方、一般の讀者から見ると異る段階毎に自己矛楯を呈してゐるやうな人物を描く作者は、芋虫とその變態《へんたい》たる蝶々とが段階毎に異るのと同じく、部分部分を見ればむささびの肢體《したい》みたいに不調和を呈《てい》してゐるとしても、さういふ描き方をする事によつて事實を僞《いつは》つてゐるのではなくして、實は事實に忠實なのかもしれないのである。

　落著いて考へてみれば、これまで如何なる作家と雖《いへど》も、母なる自然それ自體ほどまでにも、矛楯せる作中人物を作り出した者はゐなかつた。作り話に於ける一貫性の缺如《けつじよ》と實人生に於けるそれとを小說中に過《あやま》たず識別するためには、讀者に少からざる明察が要求されねばならない。他の場合と同樣、ここでも經驗が唯一の道標である。だが、なんぴとの經驗と雖《いへど》も、あるが儘《まま》の現實と同じ規模の廣《ひろ》がりを有する事は不可能な以上、あらゆる場合に經驗に依存

二　走りながらも速やかに看取する：新約聖書「ハバクク書」二・二に、「……此の默示を書《かき》しるして……奔《はし》りながらも之を讀《よむ》べからしめよ」、とある。

するのは賢明な事とは云へまい。オーストラリアのカモノハシが剝製《はくせい》にされて初めてイギリスに持ち込まれた時、博物學者達は自らの分類法に訴へて、かくの如き生物は現實世界に存在しないと主張した。標本の嘴《くちばし》は何らかの方法で人爲的に取りつけられたものだとしか、どうしても考へられないと云ふのであつた。

だが、自然がカモノハシを拵《こしら》へて博物學者を困惑させるのは構はぬとしても、群小の作家風情《ふぜい》にカモノハシ的な作中人物を拵へて讀者を惑《まど》はせる權利などありはしない、と主張する者もゐるかもしれない。作家たるもの、曖昧模糊《もこ》の裡にではなく、常に透明性の裡に人間性を表現すべきだといふ譯《わけ》であり、實際、それこそが殆どの小説家が實踐《じつせん》してゐる處《ところ》であつて、なぜかそれが小説家たるものの名譽の如きものと見做されてゐる場合もあるらしい。しかし、人間性なる湖水がしかく容易に見透《みとほ》し得るものであるならば、それはひどく澄んでゐるか、ひどく淺《あさ》いかのどちらかだとも考へられよう。してみると、讀者を惑はせないやうに表現するのが名譽な事なのか否かについては、疑問を呈して然るべき事なのかもしれない。神性は矛楯してゐるといふ觀點《くわんてん》から、神性なるものについて、それは理解を超えてゐると語るのと同樣に、人間性は矛楯してゐるといふ觀點から人間性について語らうとする者は、人間性を明快な光の中で表現して人間性の全體を明確に認識してゐるとの印象を暗に讀者に與《あた》へようとする者よりも、實は人間性についてのよりよき理解を示してゐるものなのだと、大體《だいたい》の處《ところ》、さう考へてもよいのかもしれないのである。

けれども、よし矛楯する作中人物への反感の如きものが存在するとした處で、當初は矛楯と見えたものが、讀み進んで行く裡に作者の技倆よろしきによつて、いかにもその作中人物にふさはしい事が判明すると、反感は好感に變《かは》るものだ。大作家と云はれる人々は、實にこの點に於て何よりも卓越してゐる。彼らはまづ蜘蛛の巣みたいにもつれたある種の性格を描いて讀者の驚きを喚起し、しかる後、それを見事に解きほぐして、更に一層大きな賞贊の驚きを呼び起す。かくして、時には女學生にすらも理解し得るやうなやり方で、「畏るべく奇《くす》しくつくられた」[三]ものとして造物主の認め給ふた、かの精神の決定的な複雑をも明るみにさらけ出す事になるのである。

少くとも、かくの如きが一部の心理小説家について主張されてゐる事であつて、さういふ主張についてここで異を唱へる積りはない。けれども、この點に關聯《くわんれん》する事だが、それら獨創的な精神の成果は、確乎たる原理原則に基く人間性の開示を目的としてゐるにも拘らず、手相見、觀相術、骨相學、心理學といふが如き科學の諸分野からは、最良の專門家達によつてすらも輕蔑的に排除されてゐるといふ事實は、示唆に富むと云ふべきかもしれない。同様に、實際の處、あらゆる時代に於て、この上なく卓越した精神によつてすらも、人間性について頗《すこぶ》る相反する見解が示されて來たといふ事實は、他の問題に關してと同様、人間性についての相當一般的かつ徹底的な無知の可能性を示唆してゐるやうにも思はれる。勤勉な若者が、人間性の描寫を誇る極上の小説を熟讀《じゆくどく》して後、實際に世に出てみたら、餘りにも頻繁に困惑する目に遭ひかねないといふ事情を考へると、それはなほさら確かな事のやうにも思へよう。他方、彼が眞實を描寫したものを與へられてゐたならば、地圖《ちづ》を片手にボストンの街

三「畏《おそ》るべく奇《くす》しくつくられた」：舊約聖書「詩篇」一三九・一四。

に入る旅人の場合と同じやうな狀況に置かれる事になるであらう。街路は曲折してゐるから屢々《しばしば》立ち止まらざるを得ないかもしれないが、眞實の地圖の御蔭で道に迷つてお手上げになる事はない。この喩《たと》へについては、街路の曲折は常に變らないが、人間性のそれは變化を被《かうむ》るではないか、と云ふのは適切な反論とはなり得ない。重要かつ主要な點に於て、人間性は千年前も今日もちつとも變つてゐないからだ。唯一變化し得るのは人間性の表現の仕方に於てであつて、その本質に於てではない。

しかし、少からざる支障があるやうに見えるにも拘らず、經度《けいど》の決定の嚴密な方法を發見する希望を今なほ捨てぬ數學者よろしく、既往の諸々の挫折に直面しても、人間心理を絕對確實に發見する何らかの方法について、なほも期待を懷く熱心な心理學者もゐるかもしれない。

だが、かの商人の爲人《ひととなり》の、不適切もしくは曖昧に見えたかもしれぬ點についての辯明《べんめい》は、以上、十分になされたものと思ふ。それゆゑ、今は我らが喜劇に立ち戻ればよい、といふか、思索の喜劇から行動の喜劇に移つて行けばよいのである。

第十五章

老いたる吝嗇漢《りんしょく》がまんまと吝嗇に附け込まれて、投資に手を出す事になる

商人が姿を消した後、連れの方はしばし一人で坐つてゐた。その樣子は、誰か素晴しい人と對話を交した後で、その人が漏らした言葉（それが知的には如何に劣れるものであつても）から齎《もたら》される利益を少しも失ふ事のないやうに、愼重に吟味してゐる者のやうな感じだつた。自分が耳にした正直な言葉が、美德に關する自分の考へ方を確證してくれるだけでなく、有《う》德《とく》なる行爲の道標として役立つやうな、何らかの手懸りとなつてくれたら嬉しいと、そんな風な事を思つてゐるやうな樣子であつた。

やがて、今やそのやうな手懸りが得られたかのやうに、彼の目が輝いた。彼は帳簿を手にして立ち上り、船室を出、廊下のやうな處に歩を進めた。そこは狹くて薄暗く、それまでゐた船室よりも地味で陰氣な奥の部屋、卽ち、移民部屋に至る通路だ。だが、目下蒸氣船は河を下流に向つて航行してゐるのだから、明らかに移民部屋は比較的空いてゐる狀態なのだらう。舷窓を外側から何かが塞《ふさ》いでゐるので、部屋の中全體は薄暗く陰鬱な感じがする。全體的にそんな印象がとても強い。天窓の軒蛇腹《のきじゃばら》から細く氣紛れに差し込む空の光が發作的にあちこちを荒つぽく照し出すが、この部屋は晝間《ちうかん》より夜間をより多く過す爲に作られてゐるので、光を取り立てて必要とはしないのだらう。要するに、寢具類が備へられてゐない、節く

れだつた松材の寢臺を竝《なら》べた、荒寥《くわうれう》たる松林さながらの共同寢室なのである。ペンギンとペリカンとが共同で作る、幾何學的に配置された生息地の巢の有様さながらに、移民部屋の寢臺はフィラデルフィアの町竝《まちなみ》よろしく整然たる秩序を以て配置されてゐた。が、それらの寢臺はカウライウグイスの搖籠みたいに天井からぶら下つてをり、その上、云はば三階建ての搖籠みたいな恰好になつてゐた。その一つについて説明すれば、全體を理解するのに十分だらう。

天井にしつかり留められた四本のロープが、三枚の荒削りの板の四隅の錐穴《きりあな》のそれぞれに通されてゐる。三枚の板は、四本のロープに等間隔に作られた結び目の上に載つてゐる。一番下の板は、床上僅か一二インチの高さにあつて、全體の様子は大掛りなロープ式書棚に似てゐた。ただ、壁に沿つて動かないやうに吊り下げられてゐるのではなく、僅かに搖らしただけであちこちに大きく搖れ動いた。取分け派手に大きく搖れたのは、新參の移民が寢臺に身體《からだ》を投げ出して、そこに横たはらうといふやうな動きをした時で、新參者は反動を喰らつて、あはや寢臺から床に放り出されんばかりになる事もあつた。さういふ次第で、未經驗の移民が下の寢臺を選んだりすると、一番上の寢臺で睡眠を試みようとしてゐる未經驗といふ譯でもない移民が、とんでもない迷惑を被《かうむ》る事態に立ち至る結果となつた。時折、哀れな移民の一群が、夜、突然降り出した雨の中を、これらカウライウグイスの巢を求めてやつて來て——寢臺の特異な性質を知らないために——寢臺なる木工品をとんでもなく搖り動かし、しかも大聲《おほごゑ》で騷ぎ立てるものだから、その有様たるや、あたかも運の惡い船が岩礁に突入して、乗組員もろとも粉々に砕け散らんとでもしてゐるかのやうにも思はれた。これらの寝臺は哀れな旅行者をせせら笑ふ敵對者達の手によつて作られたもので、まどろみに伴ふ靜寂のみならず、それに先立つべき靜寂すらをも旅行者たちから剝奪《はくだつ》するものであつて——その硬くざらざらした板の上で、貧しく實直な者達が身悶えしつつ、なほも眠りを求めてゐるのに、それに應《こた》へるのは責苦《せめく》のみといふ、[一]プロクルステスさながらの寝臺なのであつた。ああ、こんな寝臺を自分の爲に誰かに作つて貰ふのではなく、自分自身で作るのならば、それもよからう。だが、その上で寝ろ、と人間に命じるとは、何と殘酷《ざんこく》な事だらうか！

が、煉獄《れんごく》さながらのその場所に、商人の連れの株主臺帳を持つた男は入つて行つた。そして、[二]冥府《めいふ》タルタロスに樂しげに下降して行くオルフェウスよろしく、オペラの歌詞の一節を輕《かろ》やかに口ずさんだ。

と、突然、衣擦《きぬず》れの音が聞え、それから何かが軋《きし》むやうな音がして、搖籠《ゆりかご》の一つが薄暗い部屋の隅から搖れ出て來た。そしてそこから、衰弱し切つたペンギンの翼のやうな手が哀願するやうに突き出され、[三]貧者ラザロに哀願する富者の叫びのやうな聲《こゑ》が聞えて來た——「水をくれ、水を！」

それは商人が語つてゐた吝嗇漢《りんしよくかん》だつた。

あたかも慈悲深い修道女のやうな素早さで、臺帳の男は吝嗇漢の上に屈《かが》み込んだ——

「可愛さうに、どうなさつた？　どうしてほしいのです？」

「うつ、ううつ——水を！」

一　**プロクルステス**：古代ギリシャの傳説上の人物。巨人の泥棒で、人間を捕へて鐵製の寝臺に寝かせ、足を切つたり、伸ばしたりして、寝臺の寸法に無理矢理合はせるやうな事をした。

二　**冥府タルタロスに樂しげに下降して行くオルフェウス**：ギリシャ神話。琴の名手オルフェウスは死せる戀人エウリュディケをたづね求めて、地獄の庭にある冥府タルタロスに降りて行く。

三　**貧者ラザロに哀願する富者の叫び**：新約聖書「ルカ傳」一六・一九—二四參照。

臺帳の男は外に飛び出して行つて、コップを手に入れ、水を入れて戻つて來ると、苦しむ男の唇にあてがひ、飲む間頭を支へてやつた。「こんなに喉が乾いて苦しんでゐるのに、ここに寝かされた儘《まま》だつたのですか？」

吝嗇漢は痩《や》せこけた老人で、鹽《しほ》漬けの鱈《たら》みたいな身體をしてゐて、すぐにも燃え上つて仕舞ひさうなほど乾燥して干からびてゐた。頭は阿呆が木の瘤《こぶ》から下手糞に削り取つたやうな形をしてゐて、禿鷹《はげたか》みたいな恰好の鼻と顎との間に平らで薄つぺらい唇が挾《はさ》まれてゐた。その表情はけちん坊と間抜けとの間を――時に應《おう》じて行つたり來たりしつつ――飛び交つてゐたが、こちらの言葉には何の反應も示さなかつた。目は閉ぢられてをり、片方の頬を、頭の下に丸めて置かれた古びた白いモールスキンの衣服の上に載せてゐた。まるで汚らしい雪の土堤の上に捨てられた萎《しな》びた林檎《りんご》のやうだつた。

やうやく元氣を取り戻すと、老人は己が奉仕者の方に向き直り、ひどく咳き込みながら云つた、「慘《みじ》めな老いぼれの、靴紐一本の値打もない、哀れな乞食でして――どうやつたら御禮が出來ますかしらん？」

「あなたの信頼を下されればよろしい」。

「信頼ですと！」と、これまでとは様子が變つて、老人は甲高い聲を發して、粗末な寝臺を揺らしながら、「この歳では殆ど殘つてをらんが、黴《かび》の生えた殘り滓《かす》でよければ、どうぞお取り下され」。

「殘り滓でも、下さる、といふ。大いに結構。それでは、百弗《ドル》下さい」。

さう云はれて、吝嗇漢は恐慌狀態に陷つた。兩手で腰の邊《あた》りをまさぐつたかと思ふと、突如、モールスキンの枕の方に手を伸ばし、何か目に見えぬものを握りしめた儘《まま》、じつと動かなくなつた。その間、譯《わけ》の分らぬ言葉を呟いてゐた――「信賴だと？　御託《ごたく》だ、戲言《たはごと》だ！　信賴だと？　ペテンだ、いんちきだ！――信賴だと？　騙《かた》りだ、詐欺だ！――百弗だと？――百人の惡魔にでもくれてやる！」

ぐつたりして、彼は暫し默つて橫になつてゐた。それから弱々しく身を起すと、皮肉めいた事を云ふために一時だけ聲を勵《はげ》まして、「百弗ですと？　信賴につける値段としては隨分高い。しかし、かうやつて硬い板の上で死にかけてゐる、哀れな老いぼれの鼠《ねずみ》野郎が見えませんかな？　あんたには助けて貰つた。でも、こんな慘めな老いぼれだもの、咳をして感謝を示すしかやれはしない、――げほ、げほ、げほん！」

この時の咳はとても激しく、發作が寢臺の板に傳《つた》はつて、投石器から放たれんとする石のやうに、彼の身體を激しく振り動かした。

「げほ、げほ、げほん！」

「何ともひどい咳だ。友人の藥草醫《やくさうゐ》がここにゐてくれたらいいのだが。彼の萬能鎭痛精力强壯恢復劑を一箱分服用すれば、よくなるんですがね」。

「げほ、げほ、げほん！」

「ぜひとも彼を探しに行かねば。船のどこかにゐるのです。奴《やつこ》さんの丈の長い、嗅《か》ぎ煙草色のフロックコートを見ましたからね。本當ですよ、彼の藥は天下一品、拔群の效き目です」。

「げほ、げほ、げほん！」

「おお、これはどうも、御氣の毒に」。

「全くな」と、相手はまた甲高い聲で云つた。「でも、行つて下され。あんたの慈悲心は甲板に持つて行つて下され。甲板では、太つた見榮《みえ》つ張りどもがこれ見よがしに闊歩《くわつぽ》してゐる。この哀れな老いぼれのやうに、こんな侘《わび》しく暗い場所で咳なんかしてゐない。見てくれ、このなんとも情けない乞食のざまを。しつこい咳に苦しめられて、今にも死にかけてゐる爲體《ていたらく》だ。げほ、げほ、げほん！」

「繰り返しになりますが、本當に御氣の毒です。咳の事だけではなく、貧しくおいでになる事もね。それにしても、滅多にないチャンスなのに、生かせられないとは。さつき申し上げた金額のお金を持つていらつしやりさへすれば、貴方のために投資して差し上げる事が出來るのですが。三倍の利益にはなりますよ。でも、信頼が必要です——貴方が貴重なお金をお持ちだとしても、私の申し上げるもつと貴重な信頼の念を、殘念ながらお持ちではないやうだ」。

「げほ、げほ、げほん！」、と咳き込みながら、がばと跳《は》ね起きて老人が云つた、「なんですと？　なに、なにを仰有る？　それぢや、あんた、自分のためにその金がほしいといふんぢやないのかい？」

「これはしたり、そんな事をやりますか、そんな非常識で身勝手な申し出をするなんて？　全く見ず知らずの人に、自分の利益のために、いきなり百弗をせびるなんて？　私は氣違ひぢやありませんよ、御老人」。

「な、なんと?」と、なほも當惑《たうわく》しながら、老人は云つた、「してみると、あんたは他人のために他人の金を投資しようといふ譯で、見返りも求めずに、世の中を歩き回つてゐるといふのかね?」

「憚《はばか》りながら、それが私の仕事です。私は自分のために生きてゐるのではありません。でも、世間は信頼してくれようとしない。[四]信頼してくれたら、大した利益が得られるのですが」。

「でも、でも」と、こちらは目がくらくらしながら、「一體《いつたい》何を――あんたは、やつてゐるんだ――他人の金で? げほ、げほん! どうやつて利益を得てゐるんだ?」

「それを云つたら、私はお仕舞ひです。それが知られるやうになつたら、みんなが私の仕事をやり出す事になるから、過剰にやり過ぎて仕舞ふ事にもなりかねない。それは祕密、謎にして置きませう――貴方から信頼を受け取る事、それだけがやつて差し上げればいい事なのだし、時が來たら、私に信頼を與《あた》へて下さつた見返りを受け取る事、詰り、三倍の利益を三回に分けて受け取る事、それだけが貴方がなされればいい事なのです」。

「なに、なんだつて?」と、またもや惚《ほう》けたやうになつて、「でも、保證《ほしよう》は、それを保證するものは?」と、突然、再び吝嗇漢の本領を發揮して云つた。

「正直の最上の保證は、正直な御面體《めんてい》しかありません」。

「でも、あんたの御面體が見えないんだ」と、暗がりの中で相手の顏に目を凝《こ》らしながら、老人は云つた。

四　信頼してくれたら、大した利益が……：新約聖書「テモテへの前の書」六・六に、「足ることを知りて敬虔を守る者は、大《おほい》なる利益を得るなり」、とある。

かうして理性の光がちらちらと最後の煌《きら》めきを示しはしたが、やがて吝嗇漢は口から唾を飛ばしながら、元のやうに譯の分らぬ言葉を呟き始めた。が、今度はそれが算術計算の性格を帯びるに至つた――

「百は、百――二百は、二百――三百は、三百」。

老人は目を開けると、弱々しく相手を見詰め、更に一層弱々しくかう云つた――

「ここはちよつと薄暗いやうだね。げほ、げほん！　でも、この老いぼれの目に見える限り、あんたは正直さうだ」。

「さう仰有つて頂くと嬉しいです」。

「もしも――もしも、今、わしが假《か》りに、その」――さう云つて身體を起さうとしたが、駄目だつた。興奮したせゐで疲勞困憊《こんぱい》してゐたのだ――「もしも、もしも今、わしが假りに、その、その――」

「もしも、は止めて下さい。心からの信頼か、さもなくば無か。中途半端な信頼なんぞ、ぜひとも願ひ下げにして頂きたい」。

こちらは冷淡かつ超然たる態度でさう云ふと、立ち去らうとするかに見えた。

「どうか、どうか行かないでくれ。怒らんでほしい。歳を取ると疑ぐり深くなるものだ。歳のせゐだ、仕方ないんだ。げほ、げほ、げほん！　おお、わしはひどい年寄りだし、情けない有様なんだ。保護者が要るんだ。ところで、もしも――」

「もしも？　もう澤山《たくさん》です！」

「行かんでくれ！　どのくらゐ待てば――げほ、げほん！――金が三倍になるんだ？　どのくらゐ？」

「信頼してくださらないやうだ。さやうなら！」

「待つた、待つてくれ」と、今や駄々《だだ》を捏《こ》ねる幼兒みたいに仰向けに倒れて、「信頼する、[五]信頼する、どうかわしの疑ぐり深い心を救つて下され」。

老人は震へる手で古ぼけたバックスキンの財布を取り出し、色褪《あ》せて古い角製の釦《ボタン》みたいになつた十枚の祕藏の十弗金貨を撮《つま》み出すと、半ば熱意をこめて、半ば不承不承の體《てい》で差し出した。

「こんな好い加減な信頼を受け入れてよいものでせうかな」と、金貨を受け取りながら、相手は冷たく云つた、「結局は、土壇場《どたんば》の信頼、病床の信頼、調子の狂つた、死の床の信頼でしかない。健全な知性を具へた、健全な人間の健全な信頼がほしいものです。が、まあ大目に見るとしませう。結構です。では、さやうなら！」。

「いや、待て、待つてくれ――領收書、わしの領收書を！　げほ、げほ、げほん！　あんたは何者なんだ？　わしは何を仕出《しで》かしたんだ？　どこへ行く？　わしの金貨、わしの金貨を！　げほ、げほ、げほん！」

だが、不幸にして、かかる理性の光の最後の煌《きら》めきにも拘らず、臺帳の男はもはや聲の屆かぬ處に行つて仕舞つた。それに、老人のひどく弱々しい呼び聲が聞える邊《あた》りには、他には誰もゐなかつた。

五　信頼する、信頼する……：新約聖書「マルコ傳」九・二四に、「われ信ず、信仰なき我を助け給へ」、とある。

第十六章

病める男が幾らか抵抗した後で、患者になるやう仕向けられる

空は次第に青色に變《へん》じ、斷崖は一面花盛りとなる。ミシシッピーの急流は幅が大きく廣《ひろ》がり、至る處《ところ》で渦をなして、きらきらと煌《きら》めき且《か》つ轟音《がうおん》を發しながら流れて行く。まるで七十四砲門艦の航跡が大規模になつたやうな有樣だ。太陽が姿を現はす。云はば天幕から姿を現した金色の槍騎兵だ。兜《かぶと》が地上に煌めく。萬物《ばんぶつ》がかかる景觀に活氣づけられ、勢ひよく跳びはねる。精緻《せいち》巧妙に作り上げられた蒸氣船は夢のやうに疾走《しつそう》する。

だが、片隅に引き籠つて、獨《ひと》りを好む男がショールに包《くる》まつて坐つてゐる。日差は屆いてゐるのだが、それに暖められてはゐない——周りでは蕾《つぼみ》が開き、種が芽吹いてゐるのに、枯れかけた植物のやうだ。彼の左側にある椅子の上に、一人の男が坐つてゐる。嗅ぎ煙草色の上衣の襟を立て、說得するやうな仕草で手を振り動かし、目は希望に輝いてゐる。しかし、慢性的な不平不滿ゆゑに久しく絕望的心理狀態に陷つてゐる人間が、希望に目醒めさせられるのは容易な事ではないやうだ。

病める男が相手の何かの發言に對して、言葉もしくは表情によつて苛立ちと不滿とを込めた返答をしたらしい。すると、相手は辯解《べんかい》するやうな調子で、かう續けた。

「いやいや、私が他人の治療法を扱《こ》き下ろして、自分のそれを持ち上げようとしてゐるなど

と思はれては困ります。でも、眞理は自分の側にあつて、他人の側にはないと確信してゐる時、人が慈愛の心を懷《いだ》くのはそんなに容易《たやす》い事ではありません。氣分が心に逆らふのではなく、確信が逆らふからです。といふのも、御承知の通り、慈愛は寛容を生みますが、寛容は一種の暗々裡の容認であつて、事實上、一種の贊成であります。そして、贊成されたら、物事はそれだけ推進される事になる。が、虚僞が推進されてよいものでせうか？ とは申しましても、世界の幸福のために、私はこれら無機物を藥に用ゐる醫者《ゐしや》達の主張を推進するのは拒絶する一方、彼らを故意に惡を行ふ者としてではなく、過失を犯してゐる善きサマリア人[一]と看做したいと思つてゐます。かういふのは——あなたにお訊ねしたいのですが——傲慢な商賣仇《しやうばいがたき》たる私の、僞善的な考へ方でしかないのでせうか？」

　病める男は體力《たいりよく》が消耗して、今や殆ど盡《つ》き果ててゐたので、聲《こゑ》や仕草によつては答へず、弱々しい無言の表情でかう語つてゐるやうに見えた、「どうか放つて置いてくれ。お喋りで病氣が直る奴がゐるか？」

　しかし相手はこの種の意氣消沈をあしらふのには慣れてゐなくもないらしく、次のやうに語り續けた、それも優しく、けれども斷乎として。

「貴方のお話だと、貴方はルイヴィル[二]の有名な生理學者の助言に從つて、鐵《てつ》チンキ劑《ざい》を服用したとの事ですね。何のために？ 無論失はれた精力を恢復するためにです。では、なぜ恢復される事になるのでせうか？ 健康な人間の場合、生來、鐵分《てつぶん》は血液中に含まれてをり、鐵の棒と云へば强力なものであります。即ち、鐵分は動物的な活力の源に他なりません。處

一　善きサマリア人：新約聖書「ルカ傳」一〇・三〇—三七參照。

二　ルイヴィル：ケンタッキー州の都市。オハイオ河沿ひにある。

が貴方は甚だ活力に乏しいから、鐵分の不足こそが原因だといふ事になる。さすれば、鐵を貴方の體內に入れなければならない。そこでチンキ劑を、といふ事になる譯です。さて、かかる理論については私は口を噤《つぐ》みたい。ですが、謙虚な氣持になつて、それが眞なるものだと假定《かてい》しませう。しかる後、その理論が實際に適用されてゐる狀態を觀察するごく普通の人間として、私はその有名な生理學者の先生に、謹んでから質問したいのです、『先生、自然の過程によつて榮養分として攝取《せつしゅ》された無機物は生命體の一部となります。しかし、無機物はいかなる狀況に於ても、無機物としてのあらゆる特質を變《か》へない儘《まま》に、有機物に變ずる事は可能なのでありませうか？　先生、同化による以外に、何物といへども生命體と一體化される事は不可能だとするならば、そしてもしもそれが一つの物が別の物に變化する事を意味してゐるのだとするならば（ランプの中で油が炎に變化するやうに）、さういふ考へ方に從ふと、かのカルヴィン・エドスン[三]は脂肪を食べる事によつて身體《からだ》が太る事になる譯なのでせうか？　卽ち、食卓上の脂肪が骨格上の脂肪になるといふ譯なのでせうか？　先生、しかりとすれば、藥壜の中で鐵分であるものは、とどの詰りは血管の中の鐵分になる、さういふ事になる譯ですね』。しかし、小生、この結論はちと大膽《だいたん》に過ぎるやうに思ひます」。

　だが、病める男は、次のやうな事が云ひたいとでも云ふかのやうな、だんまり芝居の表情をまたもやこちらに向けた、「どうか、放つて置いてくれ。この身體の苦痛がてひどく證明《しようめい》してゐるといふのに、どうしてそんなひどい言葉で、鐵チンキ劑の無益をほのめかさうなどとするのか？」

三　カルヴィン・エドスン：「生ける骸骨」と稱された、骨と皮だけの人物。背丈は一七〇センチあるのに、體重は二十二キログらいしかなかつた。一八三〇―四〇年代に、自ら見世物となつて各地を巡回した。

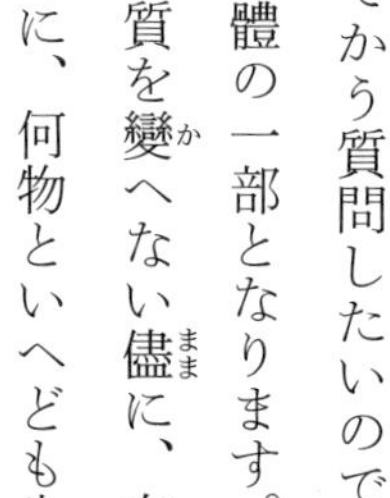

カルヴィン・エドスンの廣告

けれども相手は、病める男の訴へるやうな表情には氣附かぬかのやうに言葉を續けた。「しかし、科學が肉體に對して農夫の役割を演じ、肉體をして好むが儘に生ける土壤と成し得るといふ、この種の考へ方は、かの他の奇拔な考へ方ほど奇妙なものではないやうです――それは詰り、科學は今や極めて高度の水準に達してをり、貴方のやうに、肺病を病む人々の場合には、ある種の蒸氣の吸入を指示する事によつて、殆ど生命の無い塵《ちり》のやうな肉體に生命の息吹を吹き込んで、崇高この上なしの、萬能の行爲を爲し遂げ得るのだといふ考へ方です。貴方だつて、貴方は仰有いませんでしたか、ボルティモアの偉大な化學者の指示によつて、貴方は三週間もの間、呼吸器を裝著しないと外出させられなかつたし、毎日の一定時間、一種のガス・タンクの中に背中を支へられた姿勢で坐り續け、藥物を燃燒させて發生したガスを吸入したと？　まるで、人間の拵《こしら》へたガスが、神の作り給ふた空氣といふ毒物に對する解毒劑ででもあるかのやうな話です。おお、科學は無神論的であるといふ、かの昔からの科學への非難を、誰が奇妙不思議に思ひませうか？　そして、正にこの點《てん》にこそ、かくも多くの發明を追ひ求めて來た、あれら科學の專門家に反對する私の主たる理由が存するのです。何となれば、彼らの發明が示すのは、その質及び程度に於て、人間の技術に對する高慢なる自尊の念以外の何物でもなく、天上の御力《みちから》に寄り縋《すが》る敬虔な態度とは殆ど相容れぬやうにしか思へぬものではありませんか？　心から幾ら振り拂《はら》はうとしても、私には、チンキ劑だのガスだの金屬の火鉢だの超自然的な呪文だのに賴るあれら科學の專門家達は、天の御心を粉碎せんとする、かの四ファラオの無用の魔術師のやうに思へてなりません。夜となく晝《ひる》となく、私は

四　ファラオの無用の魔術師：舊約聖書「出エジプト記」七・一一―一二、二二參照。

ありつたけの慈愛の心を以て、彼らのために取りなしてやるのです、どうか天が、天自らの御言葉によつて、彼らの發明に怒りを發する氣になる事などのないやうに、と。彼らの發明に罰を下される事などのないやうに、と。貴方があれらエジプト人達の意の儘《まま》になつてゐるのは、殘念至極としか申しやうがありません」。

だが、またしても、だんまり芝居の表情が返つて來ただけだつた、それはかう云つてゐるかのやうだつた、「どうか放つて置いてくれ。いかさま醫者も、いかさま醫者への憤《いきどほ》りも、どちらも虚《むな》しい」。

しかし、再び、相手は言葉を續けた、「吾々藥草醫は何と異る事でせうか！　何も主張せず、何も發明せず、手に杖を持つて、自然の中の、森の空き地や丘の斜面を歩きまはり、謙虚な心で、自然の藥劑を探し求めるのです。藥草の名稱に詳しくはなくとも、精髓をなすものには精通してゐます。眞のインディアンの醫者であり——賢者ソロモンの後繼《こうけい》者であつて、[五]レバノンのヒマラヤスギから、石壁のヒソップに至るまで、ありとある植物を知つてゐるのです。しかり、ソロモンこそは最初の藥草醫でした。それに、藥草の價値は、更に古い時代の人々によつても尊ばれてゐなくはなかつた。かう書かれてゐるではありませんか、ある月夜の晩に、

[六]ミディアは魔法の藥草を集め、
それが老いたるイーソンを甦《よみが》へらせた

五　レバノンのヒマラヤ杉から石壁のヒソップに至るまで：舊約聖書「列王記略」四・三三參照。ヒソップは藥草で、薄荷の一種。ユダヤ人が宗教儀式に用ゐた。

六　ミディアは魔法の……：シェイクスピアの「ヴェニスの商人」（一五九四—一五九七）五・一・一五—一八　參照。

と。ああ、信頼の心を持つて下さりさへすれば、貴方は新たなイーソンとなつて、私は貴方のミディアになるのです。私の萬能鎭痛精力强壯恢復劑を二三壜飲んで下されば、貴方の體力が恢復するのは間違ひつこありません」。

これを聞くと、憤怒と嫌惡の感情が病める男の心を滿たし、恢復劑が約束するのと同じ效果を過剩なまでに發揮したやうだつた。久しきに亙る無氣力にして無感情の狀態から覺醒させられ、屍《しかばね》同然の男が急に元氣づいて、壞《こは》れた蜂の巢の迷路の中を空氣が轟音《がうおん》を響かせて疾驅《しつく》するやうな聲《こゑ》で叫んだ、「消え失せろ！　お前らはみな同じだ。醫者の肩書も、助けたいといふ夢も、嘘の皮だ。何年もの間、俺はお前ら實驗者どもが實驗の藥を流し込む藥壺《くすりつぼ》でしかなかつた。そして今はこんな青黑い皮膚になつて、俺の體內の性質が身體に現れて仕舞つてゐるのだ。消え失せろ！　面もみたくない」。

「どうも殘酷な事を申しました。裏切り者の醫者達との辛い經驗から生じた信頼の缺如《けつじょ》に對して、無禮な事を申したのかもしれません。でも、私にも感情といふものが無い譯ではないので、どうか差支へなければ――」

「消え失せろ！　丁度そんな風な聲であいつは俺に云つたんだ、水治療法をやるドイツ人の醫者がな、あれから六箇月も經《た》つてゐない。丁度俺はその治療から戻つた處だ、六箇月、それに六十箇所ものひどい痛み、その分だけ墓穴に近づいたんだ」。

「水治療法ですつて？　おお、善意のプライスニッツ[七]の致命的な錯覺《さくかく》だ！――どうか私を信じて下さい――」

七　プライスニッツ：ヴィンセンツ・プライスニッツ。シレジア（現在のポーランドの一部）の醫者で、水治療の權威。十九世紀中頃、水を用ゐる治療法が流行した。一七九九―一八五一

「消え失せろ！」

「いいえ、病人がいつもいつも思ひ通りにしてよい譯ではありません。ああ、どうかよく考へてみて下さい、貴方のやうな方を蝕《むしば》むこの不信の念といふ奴が、いかに時機を誤つたものであるかを。貴方は如何に衰弱してゐるか。そして、衰弱の時こそは信頼の念にふさはしい時機なのではありませんか？　さうです、衰弱してゐると、何もかもが絶望的に思へるものです。その時こそ、[八]信頼の念によつて力を獲得せねばなりません」。

病める男は少し態度を和《やは》らげて、懇願するやうな眼差をしばし相手に投げかけた。それはから云つてゐるやうだつた、「信頼と共に希望も訪れねばならないが、どうやつたら希望が可能なのか？」

藥草醫は自分の上衣のポケットから封をした紙の箱を取り出し、相手に差し出して、重々しい口調で云つた、「よく御覽なさい。健康を欲するならば、これが最後の機會かもしれません。しつかり考へて。灰の中からでも信頼の念を呼び起すのです。刺戟を與《あた》へ、一所懸命、目覺めさせてやつて、信頼の念を呼び起しなさい」。

相手は身體を震はせたが、默つた儘だつた。しかる後、少しく己れを制しつつ、藥の成分を訊ねた。

「藥草です」。

「どんな藥草なんだ？　それにその性質は？　それから、くれる理由は？」

「申し上げられません」。

八　信頼の念によつて力を……：舊約聖書「イザヤ書」三〇・一五に、「平穏《おだやか》にして依《より》頼まば力をうべし」、とある。

「それなら、あんたなんかに用はない」。

藥草醫は眼前のひからびて陰氣な男を靜かに觀察しながら、しばし口を噤《つぐ》んでゐた。それからから云つた――「諦めませう」。

「どうして？」

「あなたは病人だし、哲學者でもあるからです」

「違ふ、そんなんぢやない――哲學者だなんて」。

「でも、成分を問ひ質《ただ》したり、藥を與へる理由を訊ねたりするのは哲學者の證《あか》しです。反對に、愚者は結果だけを求める。病める哲學者は治癒不可能です」。

「なぜ？」

「信頼の念を持ち合はせないからです」。

「それがどうして治癒不可能といふ事に？」

「なぜなら、藥をはねつけるか、飲んだとしても效き目が出ない、そのどちらかだからです。似たやうな境遇の田舍者に同じ藥を與《あた》へると、魔法のやうに效果が出るんですがね。私は唯物論者ではありません。が、精神は肉體に強く作用するものであつて、精神が信頼の念を持たないと、肉體だつて持ちはしないのです」。

再び、病める男は心を動かされなくもないやうに見えた。相手の云ひ分に對して、自分のざつくばらんな氣持としてどんな事が云へるか、それを考へてゐるやうだつた。その擧句《あげく》に、から述べた、「あんたは信頼の念の事を云ふ。それぢや訊くが、藥草醫さんとやらは、他人の病氣の爲に處方《しよはう》する時は自信たつぷりだが、自分が病氣になると、いかにも自信なさげになつて仕舞ふ。自分自身の爲といふ事になると、自分への信頼をなくして仕舞ふものなのかね？」

「しかし、藥草醫は、自分が病氣の時に來て貰ふ仲間の醫者に對しては、信頼の念を懷いてゐます。仲間を呼びよせるやうな事をやつたとしても、それは不名譽にはならない。なぜなら、肉體が伏せつてゐる時には精神もまつすぐに立つてはゐないのを、よく知つてゐるからです。さうなのです、そのやうな時、藥草醫は自分に信頼を懷きません、でも、自分の技能に對しては違ひます」。

以上の意見を反駁するに足るだけの知識を病める男は持ち合はせてゐなかつた。だが、その事を殘念がつてゐるやうではなく、寧ろ己れの望む方向に沿つて論駁《ろんばく》された事を喜んでゐる様子だつた。

「では、俺は希望を持つてもいいと？」 彼の落ち窪《くぼ》んだ目が相手を見上げた。

「希望は信頼の念に比例します。どれだけ私を信頼して下さるかに應《おう》じて、貴方に希望を差し上げる。これに關して云ふと」、さう云ふと、藥草醫は藥の箱を高く揭《かか》げて、「もしも一切がこれ次第なら、私は何もしなくてよいのです。これは純然たる自然そのものです」。

「自然だつて！」

「どうしてそんなに驚くのですか？」

「どうしてかな」と、輕く身を震はせて、「でも、『病氣の自然』[九] といふ題の本の事を最近耳

九「病氣の自然」：米國の醫者にして植物學者ジェイコブ・ビゲロウ（一七八七—一八七九）が一八五四年に著した本の名。病氣の自然治癒の有効性を主張したものだが、ここでは自然が病んでゐるといふ意味に解されてゐる。

にしたものだから」。
「贊成致しかねる題ですな。怪しげな科學の臭ひがします。自然が、神聖なる自然が、あたかも健康とは無縁ででもあるかのやうな題名だ。病氣が自然の定める處ででもあるかのやうな題名ではないですか！　しかし、前に私は科學といふ、かの禁斷《きんだん》の樹木の傾向についてお話しませんでしたか？　その本の題名を思ひ出したために氣持が暗くなつてゐるのなら、そんなものは忘れてお仕舞ひなさい。よろしいか、[十]自然は健康です。何となれば、健康は善であつて、自然は惡を爲す事は出來ないからです。過《あやま》つ事も殆どあり得ません。自然に身をお任せなさい、さうすれば健康になります。處で、繰り返しますが、この藥は純然たる自然そのものなのです」。

　またしても病める男は、その乏しい知識によつては相手の云ひ分を心の底から否定する事は出來なかつた。それにまた、前と同じく、敢へて否定したいといふ氣もないやうだつた。と云ふのも、そんな事をすれば、暗々裡に無宗教者の如き觀を呈する事にもなりかねないと、敏感な心の裡に思つてゐたので、なほさらだつた。それゆゑ、無宗教とは反對の精神が藥草醫の希望に滿ちた言葉の全てに行き渡つてゐる以上、彼は希望に對する醫學的な保證のみならず、宗教的なそれも與《あた》へられてゐる事に感謝の念を懷かぬ譯ではなかつたのだ。

「それぢやあんたは本當に」、と興奮しつつ、「俺がこの藥を飲んだら」、と機械的に藥に手を伸ばして、「健康を取り戻す、といふんだな」。

「僞《いつは》りの希望を與《あた》へたりは致しません」と、藥の箱を相手に渡しながら藥草醫は云つた、「率

十　自然は健康です……：ロマン主義の自然觀を作者が暗に諷してゐる。

直に申し上げませう。率直は必ずしも鉱物専門醫の好む處《ところ》ではないやうですが、藥草醫は率直でなければならないし、さもなければ何の價値もありません。處で、貴方の場合ですが、根本的な治療——詰り、貴方を元氣潑剌《はつらつ》たる狀態にするやうな治療ですが——さういふ治療を私は御約束しないし、出來もしません」。

「おお、そんな必要はない！　他人にとつては手間のかかる厄介者、己れにとつてはのらくらするだけの歎きの種、そんな現狀と違ふ生き方が出來る力を恢復してくれればいい。この病弱の悲慘から救つてくれるだけでいい。日差の中を步き回れるやうに、蠅が立ち上る腐臭に誘はれて纏《まつ》はりついて來る事のないやうにしてくれたらいい。それだけでいい——本當にそれだけだ」。

「多くを求めてをられない。賢明な方だ。苦しみは無駄ではなかつたと見えます。貴方の求められるものは叶へられると思ひます。でも、覺えてゐて下さい、一日とか一週間とか、恐らくは一箇月かかつても叶へられはしますまいが、その裡には必ず。いつか、といふ事は正確には申し上げ兼ねます。私は預言者でもぺてん師でもありません。それでも、その藥箱の中の處方箋《しょはうせん》に從つて、服用をやめる將來の特定の日を定めるやうな眞似をしないで、藥を規則通りに服用なされば、最終的な良き結果を心安らかに期待してよいのです。でも、繰り返しますが、貴方は信頼の念を懷かねばなりません」。

病める男は熱に浮かされたやうに、自分は今やそれを持つてゐると確信してゐるし、それが增大する事を絶えず心に祈つてゐると云つた。と、突然、ある種の病人特有の妙な氣紛れに陥つて、から附け加へた、「でも、自分のやうな病人には、それは實に、實に難しい事なんだ。最も信頼を寄せてゐた希望にも、もう何度も裏切られて來たし、もう二度と、決して、そんなものを信じはしないと、何度も誓つて來たんだ。ああ」、と弱々しく両手を握り合はせながら、「あんたには分らん。分らんのだ」。

「これだけは分つてゐます、正しい信頼の念が無駄になるやうな事は決してない、といふ事は。しかし、もう時間がありません。治療薬は貴方の手の中にある、お持ちになつてゐたいのか、拒《こば》まれるのか」。

「持つてゐたい」と、こちらはしつかり握り締めて、「で、どれだけ必要なんだ?」

「貴方の心と、天とに呼びかけて、ふさはしいと思はれるだけ、でよいのです」。

「何だつて?――それは薬の値段の事か?」

「信頼の念の事を仰有つてゐるのだと思ひました。どのくらゐ多くの信頼の念が必要になるのかと。薬の値段ですが、――一壜につき五十セントです。箱の中には壜が六つ入つてゐます」。

代金が支拂《はら》はれた。

「さて、處で」と薬草醫が云つた、「仕事があるのでお暇《いとま》しなければなりません。二度と再びお會ひする事はありますまいが、もしも――」

すると、病める男の面上《めんじやう》に當惑《たうわく》の色が浮んだので、薬草醫は口を噤《つぐ》んだ。

「お許しを」と、彼は叫んだ、「『二度と再びお會ひしない』などと、迂闊《うくわつ》な云ひ方をして仕舞ひました。自分の都合だけを考へてゐて、さう申し上げたのです。しかし、貴方の感じ易さの事をすつかり失念してゐました。それぢや、かう云ひ直しませう。吾々が近い裡に再びお會ひする譯には行かないと思ふので、今後、私の藥が新たに必要になつても、藥店で購入するしか手は無くなるかもしれません。さうなると、餘り健康によくない混《ま》ぜ物をつかまされる恐れなしとしません。萬能鎭痛精力强壯恢復劑の人氣はそれだけ凄いので――單純な人々の信じ易さゆゑにではなく、賢明な人々の信頼ゆゑに成功してゐるのです――それで一儲けを企む手合もゐる譯です。尤も、連中が一般大衆に齎《もたら》す悲しむべき結果を承知の上で、そんな事をやつてゐると、性急に斷定する積りは私にはありませんが。彼らの事を殺人犯だ、人殺しだとまで云ふ人もゐます。私はそんな事は申しません。と申しますのも、殺人（萬一そんな犯罪が起り得るとして）は心に由來するものですが、連中の動機は財布に由來するものだからです。金に困つてゐなければ、そんな事はやらないでせう。けれども、一般大衆の利益を考へれば、生きるための金目當《めあ》ての企てなんぞを成功させる譯には參りません。そこで、私は豫防《よぼう》手段を講じました。私の藥壜の包み紙を剝《は》がして光に翳《かざ》してみると、大文字の『信頼』といふ言葉が透《す》かし模樣として入れてあるのが分ります。それがこの藥の合言葉といふ譯です。世界中の合言葉となつてほしいものです。私の藥の包み紙にはその模樣が入つてゐて、入つてゐなければその藥は僞物です。しかし、それでもまだ疑ひが殘る場合には、包み紙を同封してこの宛先に送つて下さい」、さう云つて名刺を渡しながら、「折り返し便で御答へ致しませう」。

最初の裡、病める男は甚《いた》く興味を唆《そそ》られた様子で耳を傾けてゐたが、相手が尚も喋つてゐる間に、またしても妙な氣紛れに襲はれて、失意のどん底の表情を浮かべた。

「今度はどうなさいました？」と藥草醫が云つた。

「あんたは信頼を懐けと云つた。信頼は絶對《ぜつたい》不可缺だと云つた。それが今度は、不信を説く。ああ、[十一]眞實は必ず現れる！」

「確かに私は申しました、貴方は信頼を懐かねばならない、無條件の信頼を懐かねばならないと。それは、本物の藥、本物の私に對する信頼、といふ意味で云つたのです」。

「しかし、あんたがゐない時に、あんたのものだと云はれてゐる藥壜を買つて、それを無條件に信頼する事は俺には出來ない」。

「[十二]全ての壜を吟味なさい。そして、僞物でないものを信じるのです」。

「しかし、疑ひ、怪しみ、吟味する――そんなくたびれるばかりの事をやり續けるなんて――何と信頼に反する事か。そんなのは惡だ！」

「惡から善が生じるのです。不信は信頼への第一歩です。吾々が話し合つてゐる裡にさうなつたぢやありませんか？　ですが、御聲がかすれて來ましたね。あんまり澤山お喋りをさせて仕舞ひました。藥をお持ちですね。もうお暇します。でも、ちよつと待つて――貴方が健康になられたと聞いても、私の知る誰かさんのやうに、私は徒《いたづ》らに自慢するやうな眞似は致しません。榮光は、全ての榮光が歸すべき場所に歸せられればよいのです。かの敬虔なる藥草醫、[十三]ヴェルギリウスの詩の中に出るイアーピュクスは、目には見えないが治療の力を持つ

十一　**眞實は必ず現れる！**：シェイクスピアの「ヴェニスの商人」二・二・七三參照。

十二　**全ての壜を吟味なさい。そして僞物でないものを信じるのです**：新約聖書「テサロニケ人への前の文」五・二一に、「凡てのこと試みて善きものを守り」云々、とあつて、この一句はニュー・イングランドの超絶主義者達のモットーの如きものだつたといふ。

十三　**ヴェルギリウスの詩の中に出るイアーピュクス**：ローマの詩人ヴェルギリウス（紀元前七〇―一九）の「アエネイス」（紀元前二九―一九）一二・四一〇―四三〇參照。メルヴィルは英國の詩人ジョン・ドライデン（一六三一―一七〇〇）の英譯文から引用した。

ヴィーナスを前にして、アエネアスの傷を藥草で直した時、かう云ひましたが、私もそれに倣《なら》ひませう——

これは人たる者の業《わざ》にあらず、わが治療の所爲《せゐ》にもあらず、醫術の力にもあらず。ただ天與《てんよ》の力のなせしもの。

第十七章

この章の末尾附近で、藥草醫は己れへの侮辱を宥《ゆる》す

一等船室の控への間のやうな部屋に、乘船したばかりの、立派な身なりの男女の乘客が坐つてゐた。短い距離だけ利用する連中だが、何だかつまらなさうな顏をして、お互ひに極り惡げに默りこくつてゐる。

藥草醫が小さな四角い壜を高く揭げて、乘客の間をゆつくりと步く。壜には楕圓形《だゑんけい》のラベルが貼つてあつて、そこにはローマ・カトリック風の聖母マリアの顏と思《おぼ》しき、柔和で慈愛に滿ちた銅版畫の肖像が描かれてゐる。物柔らかな洗練された態度で、藥草醫はあちこちに身體《からだ》を向けながら語る——

「紳士淑女の皆樣、私は今この手に『善きサマリア人の鎭痛劑』を持つてをります。御覽のこの肖像の物語る、私心なき人類の友による頗る喜ばしい發明品です。純然たる植物のエキスであります。この上なく激烈な苦痛ですら、ものの十分もたたぬ裡に取り除いて仕舞ふ事を保證します。效かなかつた場合には、違約金として五百弗《ドル》お支拂ひ致します。取分け心臟病や顏面神經痛に效驗がございます。この固く誓ひを立てた、人類の友の表情を御覽下さい。お値段はたつた五十セント」。

徒勞であつた。最初は漫然と眺めてゐたが、乘客達は——至つて健康さうに見えた——藥

草醫の慇懃《いんぎん》な物腰を見て激勵《げきれい》しようとするどころか、どちらかと云ふと、寧ろ苛立ちを感じてゐる様子だつた。そして、恐らくはただの氣遲れのせゐで、もしくは藥草醫の感情に幾らか氣兼ねをして、口に出してはそれを云はなかつたのだ。だが、乘客の冷淡に氣づかないでか、もしくは大様《おほやう》に目を瞑《つむ》つてか、藥草醫は前以上に熱心に訴へ始めた。「私なりのちよつとした考へを述べさせて頂いてもよろしいでせうか？　お許し頂けますか、皆さん？」

　この控へ目な訴へに對しても、冷淡にも、誰も一言も答へなかつた。

「さてと」、と彼は匙《さじ》を投げたかのやうに云つた、「沈默は必ずしも拒絶とは限らない。承諾でもあり得ます。で、私の考へとはかうです。ここにいらつしやる御婦人方の中に、脊髓の病氣で寢た切りの御友人を故郷にお持ちの方がをられるとしませう。もしもさういふ事があつたとして、その御病人にとつては、この鎭痛劑の上品な小壜ほどにもふさはしい贈り物がまたとあるものでせうか？」

　再び彼は周りを見回したが、反應は以前と全く同じだつた。共感にも驚愕にも等しく無縁の、それらの顔の表情は辛抱強くかう語つてゐるやうに思はれた、「吾々は旅行者であり、さうである以上、澤山《たくさん》の風變《ふうがは》りな愚か者だの、それより多くの風變りないかさま師だのに遭遇するくらゐの事は覺悟してゐる、そんな奴等には默つて耐へ忍ぶしかないのだ」。

「紳士淑女の皆様」（と藥草醫はなほも慇懃《いんぎん》に、己れに自足してゐるやうな乘客達の表情を見据ゑながら）、「御許しが頂戴出來るならば、もう一つ、私なりのちよつとした考へを述べさせて頂けませんか？　それはかうです。今日のこの眞晝時《まひるどき》に、ベッドで悶《もだ》え苦しむ病人にした處で、かつては十分に健康かつ幸福に暮してゐなかつたやうな人々は實は殆どゐないのです。生きとし生けるものは誰だつて、いつ何時——誰に分りませうか？——藥の御世話になる身の上にならないとも限りません、『善きサマリア人の鎮痛劑』こそは、さういふ時のための唯一の慰めなのです——おう、私の右側にをられる仕合せな方々、おう、左側にをられる安心し切つてゐる方々、天の思《おぼ》し召《め》しを賢明に敬つて、それに備へるのが叡智といふものだとは思はれませんか？——備へよ！」（壜を高くかざして。）

かかる訴へが如何なる直接的な效果（それがあつたとして）を齎《もたら》したかは不明である。と云ふのも、丁度その時、船が家影の一つも見えない船著場に著岸したのだ。その船著場は、以前に地滑りでもあつたのか、黑々とした森林の一部が大きく抉《ゑぐ》り取られて作られてゐた。森林を通つて奥の方に道が一本だけ通じてゐたが、幅の狭い道で、しかも幾重にも重なる鬱蒼《うつさう》たる樹々の葉が生い茂つて道の兩側に壁を作つてゐたから、幽靈が出沒すると云はれるロンドン[一]のコック通りさながらに、都會の街中を洞窟狀に通る太古の峡谷のやうな趣を呈してゐた。その道から一人の毛むくぢやらの男が出て來て、船著場を渡り、身を屈めて舷門をくぐり、船室の控への間に入つて來た。ポケットに鉛の彈丸でも詰め込んでゐるみたいに、足取りが大變重く、手織りの布地の衣服を纏ふ大男の傷病兵のやうな風體《ふうてい》だつた。顎鬚はカロライナ苔のやうに黑々と垂れ下がり、滴り落ちる糸杉の露で濕《しめ》つてゐた。顏色は曇天の日の鐵鉱石地帯の光景のやうに、黃ばんで暗鬱な感じだつた。一方の手に沼地に生える樫の木で作つた重たい杖を持ち、他方の手で小さく弱々しげな女兒の手を引いてゐた。女の子は鹿革の

一　**ロンドンのコック通り**：ロンドンのスミスフィールドにある街路。ここに幽靈が出るとの噂が一七六二年頃に立つたが、サミュエル・ジョンソン（一七〇九―一七八四）を含む委員會による調査の結果、惡ふざけである事が暴露された。

靴を履いて歩いてをり、どう見ても男の子みたいに見えたが、母親は明らかに異人種で、恐らくはクレオールか、ひよつとするとコマンチの女かもしれなかつた。瞳は大人の女としても大きいくらゐで、山の松林の中の滝壺の水さながらに、黒々とした色をしてゐた。ビーズの房飾りに縁取られた、オレンジ色のインディアンの毛布を纏《まと》つてゐて、その日の朝の激しい驟《しう》雨《う》をそれで防いだのでもあつたらう。四肢を震はせてをり、不安に戰《をのの》く小さなカサンドラ[二]のやうだつた。

藥草醫は二人の姿を目にするや、客をもてなす主人みたいに兩腕を大きく差し伸べ、上機嫌な様子で進み出て、いやがる子供の手を取ると、朗らかな聲《こゑ》で云つた、「やあ、これは可愛い五月の女王様、御旅行ですかな？　お會ひ出來て嬉しいです。可愛い鹿革の靴ですね。ダンスにもつて來いだ」。しかる後、半ばふざけて飛び跳ねながら、かう歌つた――

「『へーい、ディドル、ディドル、猫とフィドル、
　牝牛が月を飛び越えた[三]』。
そら、チュッチュッ、チュッチュッ、可愛い駒鳥さん！」

こんなにおどけて歓迎してやつたのに、女兒から樂しげな反應は全くなく、父親が喜んだり氣を和《やは》らげたりする樣子も皆無だつた。それどころか、寧ろ父親のどこまでも重苦しい表

二　カサンドラ：ギリシャ神話。トロイ王プリアムの娘。アポロンに愛されて豫言能力を與へられるが、その求愛を拒んだため、誰にも豫言が信じて貰へなくなり、常に苛立つてゐる。

三　へーい、ディドル、ディドル、猫とフィドル……：童謠集「マザー・グース」より。「ディドル、ディドル」は「そらそら」、といふやうな囃《はや》し子言葉だが、「ディドル(diddle)」には「だます、ごまかす、ペテンにかける」の意味もある。「フィドル(fiddle)」はヴァイオリン等の各種弓奏弦樂器。

情の中を、いかにも鬱屈《うつくつ》した輕蔑の笑みがよぎつた。

　藥草醫は今度は眞面目な顏附になつて、この見知らぬ男に毅然たる事務的な口調で語りかけた――かかる態度の變化は幾分唐突にも思へようが、不自然な感じはなく、寧ろ、今しがたのおどけ方は輕薄な性格の現はれではなく、優しい心根ゆゑにわざと浮れた樣子を見せたといふ事實を證《あか》してゐた。

「失禮ですが」と藥草醫が云つた、「私の間違ひでなければ、先日、貴方とお話しした事がありますよね――確かケンタッキーの船の上で？」

「いいや、決して」、と相手は答へた。廢坑の坑道の奥底から響いて來るかのやうな、深く孤獨な聲だ。

「おお、さうでしたか！――ですが、また間違つてゐるかもしれませんが、（樫の木の杖に目をやりながら）ちよつとお御足が御不自由で？」

「そんな事などない」。

「おや、さうですか？　實際に拜見した譯ではないのですが、ちよつと足を引きずつてをられるやうな氣がしたものですから――その方面の事柄に少しく經驗《けいけん》がありましてね――足に障《さは》りが生じる隱れた原因が分つたやうに思つたのです――彈丸が身體に入つた儘《まま》になつてゐるとか――そんな狀態でメキシコ戰爭から除隊して戻つて來た竜騎兵[四]もゐるみたいですね――過酷な運命だ！」　藥草醫は溜息をついた。「それなのに、殆ど誰にも同情されない、だつて、そんなもの、誰にも見えませんものね？――おや、何か落しましたか？」

四　竜騎兵：近世ヨーロッパに於ける兵科の一つ。一般には火器で武装した騎兵を指すが、詳しい定義は國や時代によつて異る。

なぜかは分らぬが、見知らぬ男は前に屈《かが》み込んでゐた。彼が中途半端な姿勢で屈むのを止め、しばしその儘の姿勢でゐなかつたら、何かを拾はうとして屈み込んだのだと思へたらう。背の高い身體を前に傾けたその姿は、疾風《しつぷう》に屈して撓《たわ》む大檣帆《だいしやうはん》のやうにも、雷鳴[五]を恐れて身を屈めるアダムのやうにも見えた。

女兒が彼の上衣を引つ張つた。電流でも走つたかのやうに、男はぐいと背筋を伸ばし、一瞬、藥草醫の方を見た。だが、何か強く感じる事があつたのか、或は嫌惡の念からか、もしくはその兩方ゆゑにか、何も云はずに視線を逸《そ》らせた。やがて、またもや身を屈めると、座席に腰を下ろし、子供を兩膝の間に引き寄せた。大きな兩の手は震へてゐて、視線は藥草醫の顏から背《そむ》けられた儘《まま》だつた。一方、子供の方は藥草醫の同情心溢れる表情に向つて、反感に滿ちた暗い視線をじつと注いでゐた。

藥草醫は二人を注意深く觀察しながら、しばし佇んでゐてから、かう云つた。

「確かに貴方は、痛みを、強い痛みをどこかに持つておいでだ。體格《たいかく》ががつしりしてゐると、痛みもとても強いものです。さあ、試して御覽なさい、私の特效藥を」（それを高く掲げながら）、「この人類の友の顏を、どうか御覽あれ。信じて下さい、この世のどんな痛みをも確實に治してくれます。御覽になりませんか？」

「いいや」と、男は絞《しぼ》り出すやうな聲で云つた。

「分りました。それぢや、ごきげんよう、可愛い五月の女王さん」。

さう云ふと藥草醫は自分の藥を誰にも押し附ける積りは毛頭ないとでも云ふかのやうに、

五　**雷鳴を恐れて身を屈めるアダム**：出典不明だが、ミルトンの「失樂園」一〇・七七九のアダムの言葉「神の恐ろしい聲が耳もとで雷のやうに響く」（平井正穗譯）がメルヴィルの念頭にあつたか。

氣持のよい態度でその場を離れ、自分の商品を宣傳して歩いてまはつた。すると今度は、ややうやく成果があつた。岸邊の方からではなく、船の別の場所からやつて來た新顔の乘客で、病弱な感じのする若者だつたが、二三質問した後、壜を買ひ求めてくれたのだ。それを見て、一座の乘客達も、云はばやや目を覺し始めた。[六]無關心や偏見の鱗《うろこ》が彼らの目から剝《は》がれ落ちた。今ややうやく、何やら好ましからざる譯でもないものが賣りに出されてゐて、金を出せば手に入れられるといふ事に、彼らもうすうす氣づいたらしかつた。

　しかし、藥草醫が以前より十倍も活潑《くわつぱつ》に且つ愛想よく、己が善意の商賣に邁進《まいしん》して、商品が賣れる度に更なる賞贊の言葉で商品を褒《ほ》めちぎつてゐると、突然、少し離れた處に坐つてゐた先程の陰鬱な大男が、思ひがけず大聲を張り上げて云つた——

「さつきお前は何と云つた？」

　この質問は明確な口調で、しかも鳴り響く大音聲《だいおんじやう》で發《はつ》せられた。大きな時の鐘が——人を驚かして警告を發する類だ——一打ち鐘を鳴らすと、たつたの一打ちなのに、音が檣樓《しやうろう》から四邊に鳴り渡る時のやうだつた。

　全ての動きがぱたりと停止した。特效藥を求めて差し出された手が引つ込められ、乘客の視線は質問が發せられた方向に一齊《いつせい》に向けられた。しかるに、藥草醫は少しも狼狽《らうばい》する事なく、いつも以上の沈著ぶりさへ示しつつ、聲を勵《はげ》ましてから應じた——

「御所望ですから、喜んで繰り返しませう、私はかう申しました、この手に持つ『善きサマリア人の鎭痛劑』は、服用して十分以内に、どんな痛みをも治し、もしくは和《やは》らげますと」。

六　**無關心や偏見の鱗が彼らの目からはがれ落ちた**：新約聖書「使徒行傳」九・一八に、「直ちに彼の目より鱗のごときもの落ちて見ることを得」、とある。

「感覺を痲痺させるのか？」

「決して。この藥の小さからざる長所は、阿片劑ではない、といふ事です。感覺を殺す事なく、痛みを殺すのです」。

「噓を云ふな！　感覺を痲痺させなければ和らげられない痛みもあるし、死なねば治らぬ痛みもあるんだ」。

陰鬱な大男はそれ以上何も云はなかつた。それに、他人の商賣を邪魔するのに、そんなに澤山《たくさん》云ふ必要もないやうだつた。一座の者達はこの無作法な語り手を賞賛と驚愕《きやうがく》との入り混つた表情でひとしきり眺めた後、不本意ながらも納得せざるを得ないといふやうな共感し合ふ表情を互ひに默つて取り交はしてゐた。既に藥を買つて仕舞つた者達は、ばつが惡さうな、恥ぢ入るやうな顏をしてゐた。冷笑的な顏附の小男が、まばらな顎鬚《あごひげ》を垂らし、今にもにやりと笑ひ出しさうな表情を浮べて、全體の光景が見渡せる部屋の隅に一人坐つてゐたが、この男、今は顏の前に古びた帽子を掲げてゐた。

けれども、藥草醫はかの如何にも威壓《ゐあつ》的な抗辯《かうべん》など意に介する風もなく、またもや藥の賞贊を開始した。それも、以前よりも確信に滿ちた口調で、彼の特效藥は肉體的苦痛の症例に對するとほぼ同程度に、精神的苦痛にも有效であり得るとまで云ひ募《つの》るのであつた。と云ふか、より正確に云ふならば、それら二種類の苦痛が交感作用により相互に作用し合つて、雙方《さうはう》の苦痛の頂點に至つた時――さういふ時にこそ、件《くだん》の特效藥は頗る效果的だといふのだ。彼は一つの例を引いた。あるルイジアナの未亡人（暗くした部屋の中で三週間不眠に苦しんでゐたといふ）は、薬を三壜、忠實に服用しただけで、不眠が完治して仕舞つたといふ。彼女は先達《せんだつ》ての流行病で一夜にして夫と子供とを失ひ、神經を病むほど悲歎に打ちのめされてゐたらしい。藥草醫はこの話の證《あか》しとして、署名入りの印刷された陳述書を取り出した。

彼がそれを讀み上げてゐると、突然脇腹に一撃をくらひ、すんでの處《ところ》で轉倒《てんたう》しさうになつた。

大男の仕業だつた。癲癇《てんかん》持ちのやうな青黑い顔に、狂的なヒポコンデリーの症狀を露《あら》はに示しながら、彼は叫んだ――

「人の心の機微《きび》につけこむ、罰當《ばちあた》りな詐欺師め！　蛇め！」

これに加へて、彼はもつと叫ばうとしたが、餘りに激昂《げきかう》して、叶はなかつた。そこで、もう何も云はず、ついて來てゐた子供の手を引つ張つて、身體を大きく搖さぶりながら船室を出て行つた。

「何たる禮儀知らずだ、人間性のかけらもない！」と、平靜をなんとか取り戻さうとしながら、藥草醫は叫んだ。それから、暫時《ざんじ》、自分が打たれた場所を調べて、忘れずに件《くだん》の特效藥を皮膚につけると、何がしかの效きめがあつたらしい。が、その後《ご》、悲しげに獨り言ちた。

「いや、いや、俺は賠償なんぞ要求せんぞ。俺は惡意なき心で應じるだけだ。しかし」と、今度は一座の全員に向つて、「あの男の怒りの一撃によつても、私が怒りに驅《か》りやられる事がないとするならば、彼の忌《いま》はしい不信の念によつて貴方達が不信の念に驅られるなどといふ事があつてよいものでせうか。私は心底から希望します」と、誇らかに聲を張り上げ、腕を振り上げて叫んだ、「人間の名譽のために——かかる卑劣な攻撃にも拘らず、、私の言葉を聽かれる全ての人々の『善きサマリア人の鎭痛劑』への信頼が、搖るぎなきものたらん事を切望する次第です」。

しかし、彼は傷心《しやうしん》の思ひでゐたし、我慢强く耐へてもゐたが、なぜか彼の雄辯が興奮を掻き立てる事もなければ、彼の訴へが共感を呼ぶ事も殆どなかつた。それでも、人々の冷淡な反應にも拘らず、彼はどこまでも悲壯な訴へをやめないでゐた。が、突如、室外からの至急の呼びかけに答へるかのやうに、藥草醫は中途で語るのを止め、「いま、行きます、行きます」と急いで云ふと、いかにも急用に急《せ》き立てられてゐるやうな樣子で船室から出て行つた。

第十八章

薬草醫の眞の爲人《ひととなり》を究明する

「あの慌《あわ》てた男に御目にかかる事は二度とないでせうな」と、鳶《とび》色の髪の紳士が隣りの鉤鼻《かぎばな》の紳士に云つた。「あんなに完璧に化《ば》けの皮をひんむかれた詐欺師は見た事がない」。

「しかし、あんな風にして詐欺師の化けの皮を剝《は》がすのはフェアですかな?」

「フェアですかつて? 正當な事ですよ」。

「パリの株式取引所で取引が眞つ最中の時に、アスモデウス[一]が闖入《ちんにふ》して來て、ビラを配つて、そこにゐる全ての投機師達の本當の考へや企てを暴《あば》いたとしたら――アスモデウスはフェアと云へるでせうか? ハムレット[二]が云ふやうに、『ちと穿鑿が過ぎるのでは』といふ事にもなるのでは?」と鉤鼻の紳士。

「そんな議論に立ち入る積りはございません。でも、貴方もあいつが惡漢だと認めてをられる以上――」と鳶色の髪の紳士。

「認めてはをりません。認めるやうな事を云つたとしたなら、撤回します。とどの詰り、彼が惡漢なんぞではなかつたといふ事になつても、或は、惡漢だつたとしても小物でしかないといふ事になつても、私はちつとも驚きません。一體、惡漢だと貴方は證明出來ますか?」

「人々を騙《だま》してゐるといふ事は證明出來ます」。

一　アスモデウス:フランスの作家アラン・ルサージュ(一六六八―一七四七)の小説「松葉杖をついた惡魔」(一七〇七)に出る惡魔。人々の家の屋根を剝して、屋内の様子を暴露する。　また、「アスモデウス」は、舊約聖書外典「トビト書」に出る惡魔の名でもある。「松葉杖をついた惡魔」は戯曲化されて、一八三〇―四〇年代にニューヨークで上演された。

二　ハムレットが云ふやうに……:シェイクスピアの「ハムレット」(一六〇一頃)五・一・二〇七參照。なほ、「ちと穿鑿が過ぎるのでは」はハムレットではなく、ホレイショーの臺詞。

「多くの尊敬されてゐる人達も同じ事をやつてゐます。そして、全くの悪漢でない多くの人々も同じ事をやつてゐます」。

「どういふ意味です？」

「あの男は全くの悪漢の心を持つてゐる譯ではないし、騙された者達の中にはあの男自身も含まれてゐると思ひます。あの僞醫者君、自分の僞の藥を自分のために使つてゐる處を見ませんでしたか？　狂信的な僞醫者です。事實上は悪漢であつても、本質はどこまでも阿呆です」。

鳶色の髪の紳士は屈み込んで、膝の間から床を見下ろしつつ、考へ込みながら床に杖で何やら書いてゐたが、やがて相手を見上げてから云つた。

「あの男を一體どうして阿呆と思はれるのか、私には分りませんな。あの話の仕方――流暢《りうちやう》だし、達者だし、見事なものでしたよ」。

「頭の良い阿呆は常に上手に喋るものです。頭の良い阿呆でないと、滑《なめ》らかな舌は持てないのです」。

同じやうな調子で議論が續いた――鉤鼻の紳士は、頭の良い阿呆は常にあんな風に喋るものだといふ事を論證すべく、詳細かつ巧妙に語つた。やがて、彼の語り方が效を奏して、相手を殆ど納得させる迄に至つた。

程なくして、もう戻つて來る事はあるまいと鳶色の髪の紳士が豫言した人物が戻つて來た。戸口に堂々と姿を現すと、彼ははつきりした聲で云つた、「セミノール未亡人及び孤兒施設の代理人の方はここにおいでですか？」

　誰も答へなかつた。

「何らかの慈善團體《だんたい》の代理人もしくは會員の方はここにおいでですか？」

　答へるに適當な人間は誰もゐないやうだつた。或は、答へる値打ちのある質問だとは誰も思はなかつた。

「今伺つたやうな方がいらしたら、私が手にしてゐる二弗《ドル》を受け取つてほしいのです」。

　幾分關心が示された。

「わたくし、あんまり急いで呼び立てられたものですから、果さねばならない義務の一つを忘れて仕舞つてゐたのです。善きサマリア人鎭痛劑の販賣を許されてゐる者は、賣上げ高の半分を、慈善の目的の爲に、ただちにその場で捧げるべしと定められてをります。ここでは八本の壜が賣れました。從つて、慈善の目的のために二弗捧げられる事になります。どなたか、代理人として、このお金を受け取る方はをられませんか？」

　一二の者の足が何やらむず痒《がゆ》さうに床の上を擦《こす》つたが、誰も立ち上らなかつた。

「遠慮なさつて本來の任務を忘れておいでなのでせうか？　申し上げます、男性でも女性でも、どこかの慈善團體と何らかの關係のある方がいらつしやつたら、どうぞ前に進み出て下さい。關係を證明するものを今御手許にお持ちでなくても構ひません。わたくし、幸ひ、疑ひ深い性格ではありませんので、お金を受け取る事を申し出られた方はどなたでも信用致します」。

ここで、皺《しわ》が寄つてかなり派手目な服を著た、取り澄《すま》した婦人が帽子のヴェールを大きく引き下げて立ち上つた。が、衆目《しゆうもく》が注がれてゐるのに氣づくと、結局は、もう一度坐つた方が賢明だと考へた。

「してみると、ここにをられるキリスト教徒の皆さん方の中には、慈善の愛を示される方は一人もいらつしやらないと、さう考へてよろしいのでせうか？　即ち、慈善行爲に關《かか》はりを持つ方はおいでにならないと？　それなら、慈善の目的のためにお金を捧げる必要はここにはない、といふ事になりますか？」

するど、きちんとしてはゐるが、ひどく著古された喪服のやうなものを纏《まと》つた不幸せな顔附の女が、慘《みじ》めたらしい包みの後ろに顔を隱して、啜《すす》り上げる音が聞えた。一方、藥草醫は彼女が見えなかつたのか、音が聞えなかつたのか、再び口を開いて、何やら感情を込めなくもないやうな調子でから語つた。

「ここには、助けが必要だと感じてゐる方はをられませんか？　そしてまた、自分達は助けを受入れて與《あた》へられたり施《ほどこ》されたりするよりもつと多くを、かつては人に與へたり施したりしたものだと、そんな風に感じられる方はをられませんか？　男性でも女性でも、そのやうな方は誰かここにをられませんか？」

件の女の啜《すす》り泣きの聲は、隨分抑へようと努めてはゐたものの、よりはつきり聞えるやうになつた。殆ど誰もが彼女に關心を向けてゐると、日雇ひ勞務者風の男が足を引き摺るやうにして立ち上つた――白い包帶を顔面に眞横に巻いて鼻の脇の部分を隱し、涼を取るべく赤いフランネルのシャツ姿で坐つてゐて、上衣は肩にかけ、その繕《つくろ》はれた袖口は背中の方に垂れ下つてゐた――そして、囚人の隊列行進を今も忘れられないでゐる、といつた風な歩き方で、金を受け取る十分の資格がある者として、藥草醫に歩み寄つた。

「お氣の毒に、負傷した竜騎兵の方ですな！」と、藥草醫は溜息混りに云つて、男が差し出した開いた貝殼みたいな恰好の掌《てのひら》の中に金を落して、踵《きびす》を返して立ち去つた。

金を受け取つた男が後に續かうとすると、鳶色の髪の紳士が呼び止めて云つた。「怯《おび》えなくていいよ。ただ、そのお金を見せて貰ひたくてね。ふむ、ふむ。混ざり氣なしの、立派な銀だ。さあ、あんたのもんだ。今度こんな事をやる時は、鼻の他の部分も何かで隠すといいぜ。分るかい？　身體全體が鼻の傷だと思ふ事にする譯さ。さあ、失《う》せるがいい」。

男は生來融和的な性質だつたのか、それとも餘りに興奮して聲を擧《あ》げる氣にもなれなかつたのか、何も云はずに、けれども幾分慌《あわ》てた氣配も無くはない様子で、立ち去つた。

「妙ですな」と、鳶色の髪の紳士が鉤鼻の紳士の處に戻つて來て云つた、「あのお金は本物でした」。

「ははあ。で、かの御立派な惡漢は、今何處に？　儲けた金の半分を慈善のために捧げる惡漢といふ譯ですな？　再度云はせて貰ひますが、奴は阿呆ですよ」。

「獨創的な天才だと云ふ人もゐるかもしれません」。

「さやう。その阿呆振りに於て獨創的だ。天才ですつて？　奴の天才はひび割れた腦天《なうてん》の產物です。それに、今の御時世を考へると、そんなに獨創性があるとも思へません」。

「同時に惡漢でもあり、阿呆でもあり、天才でもある、とは云へませんか?」

「失禮《しつれい》ですが」と、これまで耳を傾けてゐた三人目の男が口を挾《はさ》んだ。お喋り好きの顏附をしてゐる。「なんだかあの男の正體《しやうたい》が摑《つか》めないやうですな。無理もないと思ひますよ」。

「彼の事、何か御存知ですか?」と、鉤鼻の紳士が訊ねた。

「いいえ。でも、彼にはちよつと疑念を懷いてゐます」。

「疑念ね。我々がほしいのは知識です」。

「さうですな、まづ疑つて、次に知るといふ順序です。眞の知識は疑念及び事實の暴露なくしては得られない。それが私の原理原則です」。

「けれども」と、鳶色の髮の紳士が云つた、「賢い人間ならば、たとへ確實な事實であつても、ある程度は自分の胸の中に藏《をさ》めて置くものです。ましてや疑はしい事實となつたら尚更《なほさら》だ。いづれにせよ、それらが熟してはつきりした知識になるまで口に出す事はしますまい」。

「どうです、賢い人間とはさういふものださうですが?」と鉤鼻の男は新參者に向つて云ふと、かう續けた。「處で、貴方はかの人物にどんな疑念を懷いてをられるのですか?」

「私は彼についてこんな穿《うが》つた見方をしてゐます」と、こちらは勢ひ込んで云つた、「國中を徘徊《はいくわい》してゐるイエズス會[三]の密使の一人ではあるまいかと。祕密の計畫《けいくわく》をより巧妙に實行すべく、時に彼らは甚だ特異な變裝《へんさう》をすると聞いてをります。その變裝たるや、實に馬鹿げたものである事もあるさうです」。

かかる見解を耳にして、鉤鼻の紳士はなぜか顏におどけた微笑を浮べたが、とまれ議論に

三 **イエズス會**:ローマ・カソリック教の一派。十九世紀當時、米國にはイエズス會派を過激派として恐れ、社會への脅威とみなして警戒するパラノイアの風潮が存在した。また、この語には「陰謀家」の意味もある。

第三の視點が附け加へられる事になつた譯で、云はば三つ巴《ともゑ》の決鬪の如き様相を呈したが、結局は三者三様の結論に達して終りを告げた。

第十九章

冒險軍人

「メキシコですね？　モリーノ[一]・デル・レイ戰？　それとも、レサーカ・デラ・パールマ戰？」

「レサーカ・デラ・トゥームズ[二]戰さ！」

藥草醫は大體が物事に頓著《とんちやく》する質《たち》ではなかつたし、論議の的にされてゐるなどとは一向に知らなかつたから、己れの評判の事などはうつちやつて置いた儘《まま》、船の前部の方にぶらぶらと歩いて行くと、そこで妙な人物を發見した。古ぼけて汚れた聯隊服《れんたいふく》を纏《まと》ひ、深い皺を刻んだ險《けは》しい顏附をして、氷柱《つらら》みたいに强張《こはば》つて痲痺した兩脚《りやうあし》を絡《から》み合はせて二本の粗末な松葉杖の間にぶら下げてゐる。一方、男の硬直した全身は、船のジンバル[三]に吊す丈長《たけなが》の氣壓《きあつ》計さながらに、船の動きに機械的に忠實に從つてあちらこちらに搖れ動いてゐた。さうして搖れ動きながら、視線を下の方に向けてゐたので、男は何やら物思ひに耽つてゐるやうな樣子に見えた。

藥草醫はこの光景に甚《いた》く心を動かされ、メキシコの戰場で打ちのめされて歸還した英雄に相違ないと思つて、今みたいに同情を示しながら語りかけて、今みたいに何やら謎めいた返事を返されたのであつた。男は半ば不機嫌さうに、半ばぶつきらぼうに返事をしたが、その時、思はず身體《からだ》をぐいと動かして、苛立たしげに身體の搖れ方を大きくしたので（それが感情に

一　モリーノ・デル・ルイ、レサーカ・デラ・パールマ：何れもアメリカとメキシコの戰つたメキシコ戰爭（一八四六—一八四八）に於ける激戰地の名。

二　トゥームズ（Tombs）：「墓穴」の意味。當時ニューヨーク市にあつた刑務所がかく呼ばれてゐた。メルヴィルの「バートルビー」（一八五三）の主人公が果てるとされる場所でもある。

ニューヨーク市刑務所

三　ジンバル：羅針盤などを、支柱が傾いても常に水平に保つための吊り装置。

動かされた時の癖だつた）、突風か何かが突然船を搖さぶつて、その勢ひで氣壓計も搖れ動いたやうな恰好になつた。

「トゥームズ（墓場）ですつて？」と藥草醫がやや驚いて叫んだ。「でも、冥土《めいど》に行つた譯《わけ》ぢやないぢやありませんか？　てつきり戰鬪で傷つかれた方だと思ひました。戰爭の氣高い子供達の一人、祖國のための榮《は》へある殉難者《じゆんなん》だとね。しかし、どうやらラザロ[四]ではいらつしやるやうだ」。

「さうよ、腫物《はれもの》[五]のある奴だがな」。

「ああ、そちらの方のラザロね。でも、どちらのラザロにしても、軍隊にゐたといふ話は聞いた事がありませんな」と云ひながら、藥草醫はぼろぼろの聯隊服をちらりと見た。

「もういい。冗談は澤山《たくさん》だ」。

「いやいや、友よ」、と窘《たしな》めるやうな口調で藥草醫は云つた、「思ひ違ひをしないで下さい。私はいつも恵まれない人達には何かしら樂しい言葉をかけてあげて、氣持を惱《なや》み事から出來るだけ他の方向に向けて差し上げるやうにしてゐるのです。賢くて思ひやりのある醫者は無條件で患者に同情するやうな眞似は致しません。でも、私は藥草醫だし、加ふるに、生れつき骨接《つ》ぎの才能を授かつてをりましてね。樂觀的《らくくわん》かもしれませんが、貴方のために何かして差し上げられるのではないかと。さ、お顏を上げて。お身の上を聞かせて下さい。治療を始める前に、惱み事の詳しい說明が欲しいのです」。

「あんたになんか、何も出來んさ」と、男は突慳貪《つつけんどん》に云つた、「あつちへ行つてくれ」。

四　ラザロ：イエスが死人の中から甦へらせた人物の名。新約聖書「ヨハネ傳」一二參照。
五　腫れ物のある奴：既出。第二章の註（十二）及び、第九章の註（二）參照。

「御様子では、随分不足してをられて――」

「いや、金に不足なんかしてゐない。少くとも今日は、船賃を拂《はら》ふだけの金は持つてゐる」。

「生れついての骨接ぎとしては、實際、それを伺つて嬉しいです。でも、早まらないで頂きたい。私が遺憾《ゐかん》に思つたのは、お金の不足ではなく、信頼の不足です。この生れついての骨接ぎには、貴方を助ける力は無いと思つてをられる。結構です。でも、よし助ける力はないとしても、貴方の身の上を話して下さる事に、どんな御異存があるといふのですか？　友よ、貴方は極めて獨特《どくとく》の形で不幸を經驗《けいけん》して來られた。それなら、私個人のためにといふ事で結構ですから、貴方がどうやつて、かの高貴なる不具者、[六]エピクテトスの助けも借りずに、彼の到達した如き、不幸の只中の英雄的な平靜に至り得たのか、どうかそれを教へて下さい」。

以上の言葉を聞きながら、男は逆境に鍛《きた》へられてふてぶてしくなつた人間の、險《けは》しくも皮肉な視線を相手の上にひたと据《す》ゑ、然る後、人喰鬼《ひとくひ》のやうな髭《ひげ》だらけの顏を相手に向けて、にたりと笑つた。

「ささ、可愛げのあるお顏をなさい――人間らしい顏を。そんな顏をしてはいけない。氣が滅入《めい》つて仕舞ひます」。

「多分」と、こちらは冷笑を浮べて云つた、「あんたが、前から噂に聞く奴――幸福な人間――といふ奴だな」。

「幸福ですつて？　ええ、少くともこの私はさうあつて然るべきです。良心は安らかだし、全ての人々に信頼を懷いてゐるし、取るに足らぬ仕事とは云へ、世の中のために細やかなが

六　エピクテトス：古代ギリシャのストア派哲學者。奴隷として生れ、不具者であり、忍從と諦念の精神を説いた。西暦六〇―一四〇頃

ら善い事を行つてゐると確信してをります。ええ、この私が幸福な人間——幸福な骨接ぎだといふ御意見に、謙虚な氣持で同意させて頂きたいと思ひます」。

「それなら、俺の話を聞くがいい。俺はな、その幸福な人間といふ奴をとつ捕まへて、身體に穴を開け、爆薬をそこに詰めて、丁度よい時に爆發《ばくはつ》させてやりたいものだと、何箇月もの間、願ひ續けて來たのさ」。

「惡魔に取り憑《つ》かれてゐるのか、何と不幸な人間だ」と、藥草醫は後ずさりしながら叫んだ、

「正に地獄にしかゐない手合だ！」

「おい、待て」とこちらは叫んで、どたどたと音を立てながら相手を追ひかけ、角《つの》の様に硬い手で相手の角製の釦《ボタン》をつかんで、「俺の名前はトマス・フライだ。俺は——」

——「何かフライ[七]夫人と御關係が？」とこちらは遮《さへぎ》つた。「刑務所の問題で、私はあの素晴しい御婦人と今も文通してゐます。どうなんです、わがフライ婦人と何か御關係がおありですか？」

「フライ夫人なんぞ糞喰《くそくら》へだ！　あんなセンチメンタルな手合に、刑務所だの他の陰々滅々《いんいんめつめつ》たる事柄だのの何が分る？　俺がお前に刑務所の話をしてやらうか。へつ、へつ」。

藥草醫は縮《ちぢ》み上つた。無理もない、男の笑ひ方には異様に人を怖氣《おぢけ》づかせるものがあつた。

「友よ、お願ひだから」と彼は云つた、「そんな態度はよして下さい。もう我慢出來ない。私は御乳のやうな心の優しさを持つてゐたいと思ひます。でも、そんな風に人を威《おど》しつけるやうな眞似をされたのでは、御乳も腐つて仕舞ひます」。

七　フライ婦人：エリザベス・G・フライ。クエーカー教徒の博愛主義者。イギリスの刑務所制度の改善に努力した。一七八〇—一八四五

「まてよ。御乳が腐るやうな話は、まだやつてゐないぞ。俺の名前はトマス・フライだ。二十三歳になるまで、俺はハッピー・トムといふ渾名《あだな》で呼ばれてゐた――仕合せだつた譯さ――へつ、へつ。いいか、ハッピー・トムと呼ばれてゐたんだ。なぜかといふと、俺は氣立てがよくて、いつも笑つてゐたからだ、丁度今の俺みたいにな――へつ、へつ」。

これを聞いて、藥草醫は逃げ出さうとしたが、またしてもハイエナに捕まへられた。が、やがて男は落著いて、話を續けた。

「さてと、俺はニューヨークで生れた。で、そこで眞面目に一所懸命働いた。仕事は桶屋だつた。ある晩、市廳舍前公園の政治集會に出掛けた――何しろ、その頃は熱烈な愛國者だつたもんでな。處が運惡く、近くで揉《も》め事が起つた。酒の入つてゐた紳士と、しらふの舗裝工との間の揉め事だ。舗裝工は嚙《か》煙草を嚙んでゐたんだが、紳士はそれが汚らしいと云つて、舗裝工を押しのけて席を奪はうとした。舗裝工は嚙むのを止めようとせず、押し返した。處が紳士は仕込《しこみ》杖を持つてゐて、舗裝工はすぐに倒された――串刺しにされてな」。

「どうしてまたそんな事に?」

「舗裝工が身の程知らずの事をやらうとしたからさ」。

「それぢや、相手はサムソンみたいに强かつたのでせう。俗に、『舗裝工みたいに强い』と云ふぢやありませんか」。

「實際、さうだつたんだ。そして、紳士の方は身體つきはかなりひ弱な感じだつた。しかるに、それにも拘らずだ、もう一度云ふが、舗裝工は身の程知らずの事をやらうとしたんだ」。

「仰有る事の意味がどうも。舗装工は自分の權利を守らうとしたのでは?」

「その通りだ。しかし、それにも拘らずだ、もう一度云ふが、奴は身の程知らずの事をやらうとしたんだ」。

「分りませんな。でも、續けて下さい」。

「その紳士や他の證人達と一緒に、俺は『墓場』の刑務所に引つ張つて行かれた。取り調べを受けて、後日出廷するために、紳士と證人全員が保釋《ほしやく》金を納めた――俺一人を除いてな」。

「どうして納めなかつたのです?」

「金が作れなかつた」。

「貴方は眞面目で一所懸命働く桶屋さんだつた。それなのにどうして保釋金が作れなかつたのですか?」

「眞面目で一所懸命働く桶屋には友達がゐなかつたのさ。と云ふ譯で、俺はじめじめした獨房《どくばう》にばしやりとばかりに飛び込んだ。運河の閘門《かふもん》に水を撥《は》ね散らかして進入する運河船よろしくな。その窮地《きゆうち》たるや、漬物汁の中に閉ぢ込められでもしたかのやうな爲體《ていたらく》。さうやつて裁判の時に備へたといふ譯さ」。

「でも、貴方は何をしたといふのです?」

「だからさ、友達がゐなかつたのさ。殺人よりも非道《ひど》い犯罪ださうだ。まあ、聽いてくれ」。

「殺人ですつて? それぢや、怪我人は死んだのですか?」

「三日目の晩にくたばつた」。

「それぢや、紳士の拂《はら》つた保釋金は無駄になつた譯だ。今は刑務所に入れられてゐるのですね？」

「奴には友達がわんさとゐてな。入れられてゐない。刑務所に入れられたのは、かくいふ俺様といふ事に相成《あひな》つた。――話の續きだがな。晝間《ひるま》は獨房を出されて、廊下を歩かせて貰つたが、夜は獨房に逆戻りだ。そこのじめついたひどい濕氣《しつけ》が骨身に堪《こた》へた。治療はしてくれたが、何の役にも立たなかつた。裁判の日が來て、俺は後ろから支へて貰つて、證言した」。

「何と云つたのです？」

「劍が相手に向つて行つて、突き刺さるのを見た、と云つた」。

「それで紳士は首に繩《なは》をかけられた」。

「金鎖をかけられたよ！　奴の友達が市廳舍前公園で集會を開き、無罪放免のお祝ひとして、鎖のついた金の懷中時計を贈つたのさ」。

「無罪放免ですつて？」

「奴には友達がゐたと云はなかつたか？」

暫く沈默があつたが、やがて藥草醫がそれを破つて云つた、「まあ、何事にも明るい面はある。正義を稱《たた》へる話としては旨《うま》くないが、友情を稱へる話としてはロマンティックだ！が、話を續けて下さい」。

「證言が終ると、行つてよろしいと云はれた。助けて貰はないと行けないと俺は云つた。警吏達が助けてくれたが、どこに行くんだと訊くから、『墓場』に行きたいと云つた。他に知つてゐる場所が無かつたからな。『でも、友達がゐるだらう？』と云ふから、『ゐない』と答へた。すると連中、俺を日除けのついた手押車に乗せて、波止場まで運んで行き、小船に乗せて、[八]ブラックウェルズ島の刑務所病院に送り込んだ。そこで身體は益々ひどくなつた——殆ど御覧の通りの有様になつた。治療不可能といふ譯だ。それから三年といふもの、盗人どもが呻《うめ》き聲《ごゑ》を立て、强盗どもがくたばりかけてゐる、そんな奴らと竝《なら》んで、鐵格子《てつかうし》の中の寢臺に寢てゐるのにはつくづくうんざりしたぜ。五枚の銀貨と、この松葉杖を貰つて、俺は足を引きずりながら病院を後にした。俺には一人だけ兄貴がゐて、兄貴は何年も前にインディアナに行つてゐた。會ひに行く金を拵《こしら》へるために、乞食をして回つた。やつとインディアナに辿《たど》り著いたら、兄貴の墓へ行く道を教へられた。墓は大平原の中の、棒杭の柵に圍《かこ》まれた丸太造りの教會の中庭にあつて、枯れた灰色の木の根が大鹿の角のやうにあらゆる方向に突き出てゐた。棺が墓穴にかぶせて置いてあつた。墓穴は掘られたばかりで、棺は生木の樫材で造つたものだつたが、樹皮がくつついたままになつてゐて、綠の小枝が生え出てゐた。誰かが土を盛つた處に一束の菫《すみれ》を植えてくれてゐた。でも、土が痩せてゐたので（墓地にはいつだつて痩せた土地を選ぶものさ）、菫は乾き切つて、火口《ほくち》みたいに干からびてゐた。俺は棺の上に腰を降ろして一服して、天國にゐる兄貴の事を考へようとしたら、棺もろとも崩れ落ちた。棺の脚《あし》は釘で輕《かる》く留めてあるだけだつたんだ。で、俺は墓地を掘り荒してゐる豚どもを追ひ拂つてから、その場を立ち去つた。そして、手短かに云ふと、敗殘の身の御多分にもれず、流れ流れて、ここにかうしてゐるといふ譯さ」。

八　ブラックウェルズ島：ニューヨーク市のイースト・リヴァーにある。現在のウエルフェー島。

　藥草醫は考へに耽りながら、暫らく默つてゐたが、やうやく顏を上げて、かう云つた、「貴方のお話を最初から最後まで考へてゐました。そして、私の信じる、物事のあるべき全體の秩序の證《あか》しとなるお話かどうかといふ觀點《くわんてん》から、よくよく考へて見ました。しかし、それとはどうしても齟齬《そご》を來たして仕舞ふ、餘りにも全體と矛楯するのです。從つて、正直に申し上げたい、御容赦下さい、貴方の話は信じられません」。

「別に驚きやしないさ」。

「どうして？」

「俺の話を信じる奴なんて殆どゐないからよ、だから、大抵の奴には違つた話をするのさ」。

「それはまた、どういふ事です？」

「ここで待つてゐな、見せてやるよ」。

　さう云ふと、不具の男はくたびれた帽子を脱ぎ、ぼろの聯隊服を出來るだけきちんと整へ、甲板の隣接する場所に屯《たむろ》する乘客の間にどたどたと歩いて行つて、陽氣な調子でかう云つた、「檀那《だんな》様、ブエナ・ビスタ[九]で戰つたハッピー・トムに一シリングのお惠みを。奥様、スコット將軍の部下に何がしかのお惠みを。コントレイラス戰で兩脚《りやうあし》をやられた兵士です」。

　處で、男にはそれと知られずに、鹿爪《しかつめ》らしい顏附の見知らぬ男が、二人の遣りとりの一部を最前からたまたま立ち聞きしてゐた。この人物、男が物乞ひをやり出したのを見て、藥草醫の方に顏を向け、憤懣《ふんまん》遣《や》る方《かた》ない面持ちでかう云つた、「あの惡黨、あんな噓をついて、酷《ひど》すぎやしませんか？」

九　ブエナ・ヴィスタ、コントレイラス：共にメキシコ戰争に於ける一八四七年の激戰地。ブエナ・ヴィスタ戰ではテイラー將軍（後の第十二代大統領。一七八四―一八五〇）が、コントレイラス戰ではスコット將軍（メキシコ戰争時の米軍總司令官。七八六―一八六六）が指揮した。

「愛[十]はいつまでも絶ゆる事なし」、がその答へだつた。「あの不幸な男の不品行は許されて然るべきです。よろしいか、惡意があつて嘘をついてゐるのではありません」。

「惡意があつてではないと仰有る。あんな惡意のある嘘を私は聞いた事がありません。貴方に對して如何にも本當らしい話をしたかと思ふと、舌の根も乾かぬ裡に、あちらではまるで違つた話をする」。

「それにも拘らず、惡意があつて嘘をついてゐるのではないと、再度申し上げます。奴さんは苦難の時代の大ソルボンヌ[十一]で修業した、老熟せる哲學者よろしく、お金を出させるため他人に苦勞話をする時には、體裁《ていさい》を繕《つくろ》ふのが一番だと考へてゐるのです。じめじめする土牢で膝の皿を破傷風でやられるといふ不名譽な話の方が、榮《は》へあるコントレイラス戰で不具になるといふ話よりも遙かに悲慘ですが、輕い僞りの不幸の方が人を惹きつけ、重い本物のそれは人を嫌がらせると信じてゐるのです」。

「馬鹿々々しい。あいつは惡魔の聯隊の輩《やから》です。何とか正體《しやうたい》を暴《あば》いてやりたいものだ」。

「恥をお知りなさい。あんなにも不幸で可哀想な人の正體を暴くだなんて、何とまあ——そんな事、決してやつてはいけません」。

相手の態度に何事かを察知して、こちらは抗辯《かうべん》するよりは退散した方が賢明だと考へた。やがて不具者が戻つて來た。大きな收穫があつたとて、意氣揚々《いきやうやう》の體《てい》だつた。

「どうだい」、と笑つて彼は云つた、「俺がどんな類《たぐひ》の兵士なのか、分つたらう」。

「ええ、愚かなメキシコ人と戰ふ兵士ではなくて、貴方の戰法にふさはしい敵——運試しの

十　愛はいつまでも絶ゆる事なし：新約聖書「ヘブル人への手紙」一二・六參照。

十一　ソルボンヌ：メルヴィルは一八四九年一二月にソルボンヌを訪れた。また、ソルボンヌ批判で知られるフランソワ・ラブレーの諸作品を、一八四八年一・二月に友人の出版者で傳記作者のエヴァート・ダイキンク（一八一六—一八七八）から借りてをり、ラブレーから少からざる影響を受けた。なほ、「大ソルボンヌで修行した、老熟せる哲學者」については不明。

冒險《ぼうけん》――と戰ふ兵士、詰り世に云ふ冒險軍人[十二]だといふ事がね」。

「ヒヤヒヤ！」と、安劇場の平土間客みたいに、男はけたたましく叫んだ、「あんたの云ふ事はよく分らんが、商賣はうまく行つたぜ」。

さう云つたと思ふと、彼は忽《たちま》ち表情を變へて、人喰ひ鬼さながらの險惡《けんあく》な形相《ぎやうさう》になつた。優しい質問に優しい返事を返す事などまるで無かつた。「自由なアメリカ」を嘲弄《てうろう》し、祖國を聞き苦しい言葉で罵《ののし》つた。それを聞いて藥草醫は當惑《たうわく》し、苦痛を感じたらしく、暫く考へ込んだ末に、重々しい口調で次のやうに語り掛けた。

「貴方がその下で生き且《か》つ苦しんでゐる政府についての非難のお言葉を伺ひましたが、些か懸念を懷かざるを得ません。愛國心はどうなさいましたか？　感謝の念は？　なるほど、思ひ遣りのある人間ならば、貴方の說明なさつた御事情に同情の餘地《よち》を見出だして、今の貴方の言葉をある程度斟酌《しんしやく》して聞く事もあるでせう。けれども、事情はどうあれ、貴方の非難は是認しかねます。差し當つて、仰有つた通りの經驗《けいけん》をなさつたと致しませう。さうして、貴方の經驗に於ける好ましからざるものと思はれる事柄について、政府が多少なりとも何らかの關係を有してゐると考へられると、認めると致しませう。しかしながら、決して忘れてならないのは、人間の政府なるものは、神的なそれに從屬《じゆうぞく》するものであり、それゆゑ、神的なそれの特徵をそれなりにどうしても共有せねばならぬといふ事であります。卽ち、この世の法といふものは、一般的には幸福を齎《もたら》すものである一方、理性の眼からすると、不平等に働いてゐると見える場合もあるのです。丁度、人間の不完全な眼からすると、天の法が不平等

十二　冒險軍人：金や冒險のためなら誰にでも雇はれて兵士になる者を云ふ。

に働いてゐると見える場合もあるのと同様です。それにも拘《かかは》らず、正しい信賴の念を有してゐる人間にとつては、どんな場合に於ても、人間の法の下であれ、天の法の下であれ、最終的な善意は疑問の餘地無きものなのです。今、この點《てん》についてやや詳しく説明させて頂いたのも、他でもありません、かういふ考へ方を十分に咀嚼《そしやく》なされば、信賴の念を損なふ事なく、今直面してをられる災厄《さいやく》を耐へ忍ぶ事が出來るやうになるからです」。

「何だ一體《いつたい》、その譯《わけ》の分らん御託《ごたく》は?」と男が叫んだ。語り掛けられてゐる間中、彼は無《む》學者《がくしや》の頑《かたく》なな態度をさらけ出してゐた。そして、怒りに震える顔附をしながら、再び身體を搖すり始めた。

この發作《ほつさ》が收まるまで、藥草醫は視線を逸《そ》らしてゐたが、やがて言葉を續けた。

「なかなか確信を持てないでいらつしやるとしても、慈愛の心は驚きません。明らかに貴方は、世間にひどい目に遭はされたと信じてゐるのですからね。でも、忘れてはなりません、[十三]主は愛する者を懲《こ》らしめられるのです」。

「でも、懲らしめ過ぎちやいけねえ、あんまり澤山《たくさん》、あんまり長くぢやな。それぢやそいつの皮膚も心臟も硬くなつて、痛くもくすぐつたくも感じなくなつて仕舞ふ」。

「純然たる理性的見地からするならば、確かに、貴方の事例は氣の毒なものに思へます。しかし、斷じて落膽《らくたん》してはなりません。澤山の物が――素晴しいものが――まだまだ殘つてゐます。貴方はこのたつぷりとある空氣を吸ひ、この惠み溢れる太陽によつて暖められてゐます。いかにも貧しいし友人もゐないし、若い頃のやうに敏捷《びんせふ》でもない。けれども、日毎に森

十三　主は愛する者を懲らしめられる：新約聖書「ヘブル人への手紙」一二・六、及び「ヨハネの默字錄」三・一九參照。

を彷徨《さまよ》ひ、輝く苔や花々を摘んで歩くのは、何と樂しい事でせう。その裡に孤獨それ自體が大いなる愉悅《ゆえつ》となり、貴方は汚れなき獨立心を懷きつつ、喜びに飛び跳ねる事になる」。

「そいつは結構な見物だ、この馬繋《つな》ぎの杭《くひ》で飛び跳ねろつてか――へつ、へつ！」

「失禮。松葉杖の事を忘れてゐました。私の醫術の恩惠を受けた後の御姿を心に描いてをりましたので、目の前に立つ御姿を見落してゐました」。

「あんたの醫術だと？　あんた、骨接ぎだと云つたな――天性の骨接ぎだと、さう云つたよな？　それなら、まづはこの歪《ゆが》んだ世の中の骨を接ぎ直しに行つて、然る後に、歪んだ俺樣の骨を接ぎ直しに來て貰ひたいもんだ」。

「いや、友よ、有難う、よくぞ私の元々の目的を思ひ出させて下さつた。ちよつとお御足を拜見」と云つて屈み込んで、「ああ、なるほど、なるほど。あの黑人と殆ど同じ症狀ですな。彼に會ひましたか？　いやいや、そんな譯はない。貴方が乘船されたのは、後になつてからでした。それはともかく、彼の症狀は貴方のそれとよく似てゐました。治療法を敎へてやりましたが、彼がごく短い期間に私とほぼ同じくらゐにちやんと歩けるやうになつたとしても、ちつとも驚くものではありません。さて、それでも私の醫術に何ら信賴を持たれませんか？」

「へつ、へつ！」

藥草醫は目を逸《そ》らした。が、下卑《げび》た笑ひ聲が靜まると、再び語り始めた。

「信賴を無理强《むりじ》ひする積りはありません。ただ、友人として振舞はせて頂きたいだけです。さあ、この箱を受け取つて下さい。この中の塗藥を、朝晩、關節に擦り込むだけでよろしい。

お取りなさい。代金は要りません。では、御機嫌よう。さやうなら」。

「ちよつと待つた」と、こちらは身體を搖するのを止め、餘《あま》りに思ひがけぬ相手の行爲に動かされなくもない樣子で、態度も改め、目を輝しながら、「待つてくれ――ありがとよ――でも、本當に效くのかい？　誓へるのか、本當に效くと？　哀れな男を騙《だま》すなよ」。

「試してみて下さい。さやうなら」。

「待て、待つてくれ！　間違ひなく、效くんだな？」

「多分、多分ね。試してみても害はないです。さやうなら」。

「待て、待つてくれ。もう三箱頼む。ほら、代金だ」。

「友よ」と、藥草醫は悲しくも滿足げな樣子で戻つて來ると、「信頼と希望とが貴方の中に芽生えた事を嬉しく思ひます。信頼と希望とは、脚《あし》が自分を支へてくれない時でも、貴方の松葉杖のやうに、必ずや人間を久しく支へてくれるものです。ですから、信頼と希望とにしつかりとしがみついて下さい。不具者が松葉杖を放り捨てるなんて、愚かし過ぎるぢやありませんか。塗藥をもう三箱ほしいと仰有る。幸ひ、その數《かず》だけ手許に殘つてゐます。一箱につき、五十セント頂戴してゐます。でも、貴方からは一文も頂きません。さあ、どうぞ。それでは、もう一度、御機嫌よう。さやうなら」。

「待つてくれ」と、聲《こゑ》を震はせ、身體を搖すりながら、男は云つた、「頼む、待つてくれ！あんたは俺をましな人間にしてくれた。善きキリスト教徒らしく俺に我慢し、語りかけてくれた。塗藥の箱を惠んでくれなくても、それだけでもう十分だ。さあ、金だ。拒《こば》まないでくれ。ほら、取つてくれ。あんたに神様の御恵みがあるやうにな」。

薬草醫が立ち去つて行くと、男の激しい身體の搖れは次第に穩やかなそれへと靜まつて行つた。恐らくは、心中の思ひを映し出してゐたのであらう。

第二十章

讀者の記憶にあるであらう人物が再び登場する

藥草醫がそれほど遠くへ行かない裡に、行手のこんな光景が目に入つた。十二歳の少年くらゐの背丈の干からびた老人が、氣の觸《ふ》れた人間みたいにふらつきながら歩き回つてゐたのだ。古びたモールスキンの服が皺《しわ》くちやになつてゐる處《ところ》を見ると、今しがたまで寢具に包《くる》まつてゐたのであらう。鼬《いたち》みたいに赤味がかつた兩の眼を、雪のやうに白い船に降り注ぐ日差の中で瞬《また》きつつ、時折咳をしながら、附添人《つきそひ》を慌《あわ》てて探し回つてでもゐるかのやうに、必死の面持ちであちこちをきよろきよろ見廻してゐた。云はば寢た切りの男が大火事にでも見舞はれて、動轉《どうてん》の餘《あま》り思はず寢床の外に歩き出したかのやうな様子だつた。

「誰かを探しておいでかな」と、藥草醫が老人に話しかけた。「御手傳《てつだ》ひしませうか?」

「ぜひ、ぜひ、賴みます。こんな年寄りで、情けない有様なのでな」と、咳込みながら老人は云つた、「どこにゐる、あの人は? あの人を見つけるために、寢床から起き上がらうと、隨分時間をかけて頑張つてみたが、知合ひもゐないものだから、今までどうしても起き上れなかつた。あの人はどこに?」

「誰の事です?」と、藥草醫はかくも弱り果てた人間がさらに彷徨《さまよ》ひ出ようとするのを止めようとして、近寄りながら云つた。

「あつ、あつ、あつ」と、相手の服裝に目を留めて、老人は云つた、「あつ、あんた、さう、あんただ——あんた、あんた——げほ、げほ、げほん！」

「私？」

「げほ、げほ、げほん！——あんただ、あの人が云つてゐたのは。あの人は誰です？」

「いや、全く、私もそれが知りたいものです」。

「いやはや、參つた」と、困惑して、咳き込みながら老人は云つた、「あの人に會つてからといふもの、もう頭がひどくくらくらしてな。附添人がゐないとどうにもならん。これはあんたの嗅《かぎ》煙草色の上衣ですな？　なぜか自分の感覺が信頼出來なくなつて仕舞つてな、あの人を信頼してからずつとさうなんだ——げほ、げほ、げほん！」

「おお、してみると誰かを信頼なさつた譯ですな？　それを伺つて嬉しいです。どんな例であれ、人を信頼するお話を伺ふのは嬉しいものです。人たるものの性格をよく映し出してくれるからです。處で、これが嗅煙草色の上衣かとお訊ねでしたね。その通りです。附け加へて申し上げると、藥草醫がそれを著てをります」。

これを聞くと、老人はとぎれとぎれに、その人（詰り藥草醫）が自分の探し求めてゐる人——未だ正體の分らぬもう一人の人物の語つた人だと答へた。それから彼は、その正體不明の男が誰なのか、どこにゐるのか、金を預けたら三倍にしてくれるといふ男の話が信頼出來るものなのかどうか、それらを氣が觸《ふ》れたみたいに闇雲《やみくも》に知りたがつた。

「ははあ、やつと分つて來ました。九分九釐《りん》、私の立派な友人の事を仰有つてゐる。彼は純粋な親切心から、人々の爲に財産を――諺にも云ふ、所謂《いはゆる》永續的な財産を――拵《こしら》へてあげようとしてゐて、しかも手數《てすう》料として極《ご》く細やかな信頼の念を請求するだけなのです。はあ、なるほど、私の友人に資金を委《ゆだ》ねる前に、人柄を知つて置きたいといふ譯ですな。洵《まこと》に御尤もです――が、決して御心配には及びません、何も躊躇《ちうちよ》する事はありません。もう金輪際《こんりんざい》、これつぽつちもありません。正眞正銘《しやうしんしやうめい》、ありませんとも。先達《せんだつ》ても、私のために百弗《ドル》を忽《たちま》ち千弗にしてくれました」。

「本當に？　あの人が？　でも、今何處《どこ》に？　會ひに連れて行つて下され」。

「さあ、私の腕につかまつて！　こんな廣《ひろ》い船ですよ！　それこそ探索をしないと！　行きませう！　あつ、あれ、彼かな？」

「どこ？　どこに？」

「ああ、違つた。あの上衣の裾《すそ》が彼のだと思つた。でも、違ひます。私の友人だつたらあんな風に逃げて行く譯はない。あつ！――」

「どこ？　どこに？」

「また違つた。びつくりするぐらゐ似てゐますけれど。あそこにゐる牧師さんを見間違へて仕舞つた。さ、行きませう！」

結局、最初に探してゐた邊《あた》りでは見つからなかつたので、二人は船の別の部分に移動して探し回つてゐると、船が船著場に横附けになつた。二人が開いてゐる出入口のデッキの手摺の傍を通りかかると、藥草醫が突然、下船する乘客の群に向つて驅《か》け出して、から叫んだ、「トルーマンさん、トルーマンさん！　ほら、あそこにゐる——あの人ですよ。トルーマンさん、トルーマンさん！——ええい、氣笛がうるさい！　トルーマンさん！　聞えてくれ、トルーマンさん！——駄目、駄目だ。——ああ、渡り板がしまはれる——遲過《おそ》ぎた——船が出る」。

それと共に、巨大な船はセイウチみたいに船體を力強く大きく搖り動かしながら離岸して、再び前進し始めた。

「何とも忌々《いまいま》しい！」と、戻つて來ながら藥草醫が叫んだ、「もう一瞬早かつたらねえ。——ほら、あそこを歩いてゐます、向うのホテルに向つて、後ろの赤帽に荷物を持たせて。見えますよね？」

「どこ？　どこに？」

「もう見えません。船の操舵室の向う側に隱れて仕舞つた。いや、實に殘念。貴方のお金を百弗ほど、彼に預けさせたいと思つたのに。きつと滿足なさる事になつたと思ひますよ」。

「いやいや、もう幾らか預けてある」と、老人が唸《うな》るやうな聲《こゑ》で云つた。

「本當に？　それはそれは」と、この吝嗇漢《りんしよくかん》の兩手を自分の兩手で握り締め、思ひつ切り振り動かしながら、藥草醫は云つた、「それはそれは目出度い事です。いや本當に」。

「げほ、げほん！　いや、さうでもあるまいよ」と、老人がまた唸つた。あの人の名前はトルーマンと云つたね？」

「ジョン・トルーマンです」。

「どこに住んでゐる？」

「セント・ルイスに」。

「事務所の住所は?」

「ええつと。ジョンズ街、番地は百と――いや、いや――とにかく、ジョンズ街のその邊りの二階です」。

「番地を思ひ出せないのかね? さあ、思ひ出してみて下され」。

「百と――二百と――三百と――」

「おお、俺の百弗! あれが、百弗のままか、二百弗、三百弗になつてくれるのか! げほ、げほん! 番地は思ひ出せないかね?」

「ええ、前はよく憶えてゐたのですが、すつかり忘れて仕舞ひました。不思議です。でも大丈夫。セント・ルイスに行けばすぐ分ります。あそこでは有名な人ですから」。

「でも、わしは領収書を持つてゐない――げほ、げほん! 證據《しようこ》が無いんだ――一體、今何處《どこ》にゐるんだ?――わしには保護者が要るんだ――げほ、げほん! さつぱり分らん。げほ、げほん!」

「でも、貴方があの人を信頼された事、それは分つてゐますね?」

「ああ、分つてゐる」。

「それなら、何を?」

「しかし、な、何を――ど、どうやつて――げほ、げほん!」

「へえ、彼は何も云ひませんでしたか?」

「いや」。

「えゝつ！　それは祕密だと、謎だと、云ひませんでしたか？」

「ああ――云つた」。

「それなら、何を？」

「でも、わしは證書《しようしよ》を持つてゐない」。

「トルーマンさんの場合は、そんなもの要りませんよ。トルーマンさんの言葉が彼の證書ですから」。

「でも、どうやつたらわしは儲《まう》けを手に入れられるんだ？――げほ、げほん！――わしの金を取り戻せるんだ？　さつぱり分らん。げほ、げほん！」

「いけません、信頼の念を懷かなくては」。

「その言葉を二度と口にしないでくれ。頭がくらくらして來る。ああ、こんなにも老いぼれて情けない有樣なのに、誰も氣に懸けてくれない、みんながわしから金をふんだくる、頭がひどくくらくらする――げほ、げほん！――それにこの咳、苦しくてたまらん。また云ふがな、わしには保護者がどうしても要るんだ」。

「勿論、さうです。そして、貴方はトルーマンさんに投資したのですから、彼が貴方の保護者といふ事になる。ついさつき、彼を見失つたのは殘念でした。でも、いづれ聯絡《れんらく》がありますよ。大丈夫。しかし、こんな風に身體を風に當ててゐるのはよろしくない。さあ、寢棚まで連れて行つて差し上げませう」。

老いたる吝嗇漢は實に悄然《せうぜん》たる様子で、のろのろと足を運んだ。だが、階段を下りる最中に激しい咳の發作に襲はれて、歩みを止めざるを得なかつた。

「どうもひどい咳ですな」。

「墓場行きさ――げほ、げほん！――墓場行きの咳さ――げほん！」

「治療を試みてみましたか？」

「うんざりするくらゐな。何をやつても效かん――げほん！　げほん！『マンモス洞窟』一だつて試してみたが、駄目だつた。げほん！　げほん！　六箇月、入つてゐたが、咳があんまりひどくなつて、他の患者が――げほん！　げほん！――わしを除《の》け者にしおつてな。げほ、げほん！　何をやつても效き目がない」。

「でも、萬能鎮痛精力强壮恢復劑は試してみられましたか？」

「それはあのトルーマンが――げほ、げほん！――飲めと云つた奴だな。藥草の藥だとか。あんたもその藥草醫かい？」

「さうです。どうでせう、私のこの藥を試して御覧になつては。私の知つてゐるトルーマンさんは、優れた效き目を心の底から確信しない限り、たとひ友人のためであつても、どんな藥も勸めるやうな方ではありません」。

「げほん！――値段は？」

「一箱につき、たつたの二弗《ドル》です」。

「二弗だ？　二百萬弗とでも云つたらどうだ？　げほ、げほん！　二弗、つて事は、二百セ

一　マンモス洞窟：一八四三年、ケンタッキー州に於て、肺病患者の治療に用ゐられた洞窟。效驗は無かつた。

ントつて事。八百ファージング[二]、二千ミル[三]つて事だ。藥草の藥のちつぽけな箱一個の代金がな。ああ、頭が、頭が！――この頭のためにどうしても保護者が要るんだ。げほ、げほ、げほ、げほん！」

「では、一箱に二弗では高過ぎるといふのなら、二十弗で一ダースといふのは如何でせう。[四]二箱分お得な計算になりますよ。その二箱があれば貴方の治療には十分ですから、殘りの二十箱は高くお賣りになるといい、さうすれば、咳は治るし、お金を儲ける事にもなるし。さあ、さうなさい。即金です。品物は一兩日中に註文しませう。さあ、これです」と云つて箱を取り出しながら、「純粋な藥草です」。

その刹那《せつな》、吝嗇漢はまたもや咳の發作に襲はれて、咳の途切れる合間に、半ば疑はしげな、半ば希望ありげな視線を、これ見よがしに翳《かざ》された箱に向けた。「確かに――げほん！　確かに全部自然のものだな？　混ざりものなしの藥草だな？　純粋混じり氣なしの天然自然の藥だと思へさへすれば――全部藥草だけの――げほ、げほん！――ああ、この咳、この咳が――げほ、げほん！――全身に響く。げほ、げほ、げほん！」

「後生だから、私の藥を一箱だけでも試してみて下さい。間違ひなく、純粋な天然自然の藥です。トルーマンさんの處に行つて訊いてみて御覽なさい」。

「番地が分らん――げほ、げほ、げほ、げほん！　ああ、この咳。でも、彼は確かにこの藥の事を褒《ほ》めてゐた。わしには效き目があると、眞面目な顔で云つてゐた――げほ、げほ、げほ、げほ！――一弗まけてくれ。さうしたら一箱買はう」。

二　ファージング：英國の舊硬貨。四分の一ペニー。

三　ミル：米國の貨幣計算單位。セントの十分の一。

四　**二箱分お得な計算**：原文は「四箱分の得」となつてゐるが、一箱二弗で十二箱は二十四弗だから、「四箱分」は計算間違ひで、四弗の得、もしくは二箱分の得のどちらかでなければならない。

「出來ません。無理です」。

「一弗五十セントでどうだ？　げほん！」

「駄目です。私は固定價格制度の遵守《じゅんしゅ》を誓つてゐます。これが唯一の全うな價格です」。

「一シリングまけてくれ――げほ、げほん！」

「駄目です」。

「げほ、げほ、げほ――買はう――ほら、金だ」。

老人は不承不承《ふしょうぶしょう》二十五セント銀貨を八枚渡さうとしたが、それがまだ掌《てのひら》の中にある間に咳き込んで、銀貨は甲板にこぼれ落ちた。

藥草醫は一つ一つ拾ひ上げ、檢分《けんぶん》しながら云つた、「二十五セント銀貨ではなく、ペセタ[五]銀貨ですな。それに削り傷があるし、汚れてゐる」。

「あんまりけちけちするもんぢやない――げほ、げほん！――けちん坊になるくらゐなら、むしろ野獸になれと云ふぞ――げほ、げほん！」

「まあ、いい事にしませう。その咳が治らないと思ふよりはましですからね。それに、貴方が實際よりも咳がひどい振りを裝《よそほ》つて、專ら同情心といふ私の弱點につけ込んで、藥を安く手に入れようなどとなさつたのではない事を、人たる者の名譽のためにも、私は望みたいと思ひます。處で、夜になるまで藥は呑まないやうに、注意して下さい。服用する時間は就寝する直前です。さあ、もう一人で行けますね？　もつと附添つてゐて差し上げたいが、まもなく下船しますから、荷物を取りに行かないと」。

五　ペセタ銀貨：十八世紀にアメリカや西インド諸島で使はれた銀貨。

第二十一章

面倒な事例

「藥草、藥草だと、天然、自然だと、この老いぼれの戯《たは》けめ！　あいつはそんなペテンで貴様を騙《だま》したんだ、違ふか？　藥草と天然自然のお蔭で、どうしやうもない咳が治るとでも思つてゐるんだらう」。

さう云つたのは、幾分風變りな風采の人物だつた。[一]何處か熊に似てゐて、ベアスキンと稱《しよう》されるけば立つジャケットを纏《まと》ひ、天邊《てつぺん》の高いアライグマの皮の帽子を被《かぶ》り、長いふさふさした尾を背中で振り動かし、生皮の脚絆《きやはん》を脛《すね》に巻いてゐた。無精髭を生やした顎は斷乎としてゐて、かてて加へて、二連發銃を持つてゐた——スパルタ人さながらの閑暇《かんか》と資産とを有し、同じくスパルタ人さながらの態度と感情とを併《あは》せ持つてゐるといふ、ミズーリの獨身者か、それともインディアナの無骨者でもあつたらうか。しかも、以下に示される通り、この御仁、獨特のスパルタ的流儀で、狩獵《しゆれふ》とライフル銃とに負けず劣らず、哲學と書物とにも精通してゐたのである。

彼は吝嗇漢と藥草醫との間で交された對話の幾許《いくばく》かを立ち聞きしてゐたに相違ない。といふのも、藥草醫が立ち去ると、その直後、吝嗇漢に——今は階段の底にゐて手摺に凭《もた》れてゐた——上のやうな言葉を浴びせたからだ。

一　**何處か熊に似てゐて**：「モービー・ディック」のエイハブ、「白ジャケツ」（一八五〇）のプライミング等、反樂天主義的な作中人物は何度か「熊」に擬へられてゐる。

「わしの咳が治ると思つてゐるかつて？」と、吝嗇漢は咳き込みながら應《おう》じた、「勿論だとも。なにしろ天然自然の藥草、それも純粋な奴だからな。藥草はきつと治してくれる」。

「天然自然のものだから、效き目があるに違ひないと思つてゐる譯だ。だがな、お前に咳をくれたのは一體誰なんだ？　自然だらう、違ふか？」

「自然が、母なる自然が身體を害すると、考へてゐる譯ぢやあるまいな？」

「自然はわれらが善なる女王さ。しかし、コレラは誰のせゐで發生するんだ？」

「でも、藥草は、藥草は善いものだらう？」

「ベラドンナ[二]は何だ？　藥草ぢやないのか？」

「おお、キリスト教徒が自然と藥草との惡口を云ふのか——げほ、げほん！——病人は田舎に、自然と草原の中に送られるんぢやないのか？」

「さうだ。そして詩人は病める魂を緑なす牧場に送る、ちょうど足の惡い馬を、蹄鐵《ていてつ》を外して芝生に放つて蹄《ひづめ》を恢復させてやるやうにな。詩人もそれなりに一種の藥草醫なのだから、病める肺臟にとつてと同じく、病める心にとつては、自然は素晴しい良藥だと云ひ立てる譯だ。けれども、俺の御者を平原で凍《こご》え死にさせたのは一體誰だ？　狼少年ピーター[三]をあんな白癡《はくち》にしたのは一體誰だ？」

「するとあんたは藥草醫を信用しないのか？」

「藥草醫だと？　昔、モウビール[四]の町の病院のベッドに、痩《や》せこけた藥草醫が寢てゐたのを憶えてゐるよ。回診に來た醫者の一人が寢てゐる藥草醫を見て、專門醫の誇りを示しながら

二　ベラドンナ：茄子屬《なすぞく》の植物。有毒。葉や根から喘息、腹痛などに效能のある藥劑が作られる。
三　狼少年ピーター：森の中で獸同然に生きてゐた少年で、ドイツのハメルンで一七二五年に發見された。その成長過程について多くの推測がなされた。一七一二—一七八五
四　モウビール：アラバマ州南西部の都市。モウビール灣に面す。

云つたね、『おや、グリーン先生、あんたの藥草ぢや效き目が無いみたいだね。我々の處に水銀劑を貰ひに來ないと駄目ですよ、グリーン先生』となーー自然だと！　藥草だと！」

「藥草及び藥草醫について、今何か云はれましたか？」と、笛を吹くやうな聲《こゑ》が近づいて來た。

藥草醫その人で、旅行鞄《かばん》を手に偶々《たまたま》歩いて戻つて來た處だつた。

「失禮ながら」と、彼はミズーリの男に語りかけた、「聞き間違へてゐないとすると、貴方は自然に對して殆ど信頼の念を懷いてをられないやうだ。實際、私から見ると、度を越えるくらゐ不信の念を懷いてをられるやうですな」。

「これはまた如何なる高邁《かうまい》な御同胞であらうかな？」と云つて、ミズーリの男はこちらに急に振り向くと、ライフルの引金をカチリと鳴らした。やや眞面目を疑はせるほど異樣なまでに誇張された顏の表情がなかつたならば、彼の態度は隨分冷笑的にも、また亂暴《らんばう》にも思へたらう。

「自然を信頼し、人間を信頼し、しかしてまた己れ自身に愼《つつま》しやかな信頼を懷いてゐる者です」。

「それがあんたの信仰告白といふ譯か？　人間を信頼してゐるだつて？　それぢや訊くがな、惡黨《あくたう》と阿呆とどちらが數《かず》が多いと思ふ？」

「どちらにも殆どもしくは全然會つた事がないので、お答へする資格が無いと思ひます」。

「代つて答へてやらう。阿呆が多いのさ」。

「どうしてさう思ふのです？」

「カラス麦《むぎ》の方が馬より數が多いと思ふのと同じ理由さ。馬がカラス麥を貪《むさぼ》り食ふやうに、惡黨は阿呆を貪り食ふぢやないか？」

「こりやをかしい。剽輕《へうきん》な方ですね。私、冗談は大好きです——ははは！」

「眞面目に云つてゐるんだ」。

「それがをかしいと云ふのです、眞面目くさつて途方もない冗談を飛ばす——馬がカラス麥を食ふやうに惡黨が阿呆を食ふ、ですか——正直、こいつは本當にをかしいや、ははは！　今、貴方といふ方が分りましたよ。自然を信頼しないなどと云つて冗談を云はれた時も、眞面目に受け取るなんて實に愚かでした。本當は、私と同じくらゐ自然を信頼しておいでだ」。

「[五]この俺が自然を信頼してゐるだと？　この俺が？　もう一度云ふがな、俺は自然ほど疑はしいと思ふものは無いんだ。俺は自然のせゐで一萬弗《ドル》無くした事がある。自然がそれだけの金を横領しやがつたんだ。一萬弗の財産を持ち逃げしやがつたんだ。河が増水して突然河岸の位置がずれて仕舞つて、河岸にあつた農園が綺麗に流されちまつた。一萬弗の値打のある沖積地がすつかり水にさらはれたのさ」。

「しかし、何れ河岸が逆にずれて、[六]何日も經《た》つて土地がまた戻つて來るとは信じられませんかね？——やあ、わが御老體《らうたい》の友人がここに」と、老いたる吝嗇漢《りんしよくかん》の姿を認めて藥草醫が云つた、「寢棚にはまだ？　どうしても歩いてゐたいのなら、手摺になんか凭《もた》れてゐないで、私の腕をお取りなさい」。

老人は云はれた通りにした。二人が竝《なら》んで立つた。同胞としての信頼を示しつつ、老いた

五　この俺が自然を信頼してゐるだと？：「モービー・ディック」を始め、自然の底に潜む冷酷にして殘忍な「虎の心」について、メルヴィルは屢々言及してゐる。

六　何日も經つて……：舊約聖書「傳道の書」一一・一に、「多くの日の後に汝ふたゝび之を得ん」、とある。

る吝嗇漢が藥草醫に凭れかかる樣子は、あたかもシャム雙生兒《さうせい》の力劣れる一方が他方にいつも寄りかかるのにも似てゐた。

ミズーリの男は二人を默つて眺めてゐた。藥草醫が沈默を破つて云つた。

「驚いてをられるやうですね。このやうな人物を公然と庇護《ひご》するからですか？　私は率直な振舞を決して恥ぢたりはしません、どんな服を著てゐるかなど問題ではありません」。

「おい」と、暫し相手をじろじろ眺めてから、ミズーリの男が云つた、「あんたは隨分妙な奴だな。あんたをどう理解したらよいのか、よく分らん。でも、全體として見ると、あんたはなんだか、俺の農園に最後までゐた若い奴を思ひ出させる」。

「善良で信頼出來る若者だつたのでは？」

「ああ、全くもつてな！　俺は今、若い連中に代つて仕事が出來る機械を作つて貰ふために、かうして旅をしてゐるのさ」。

「してみると、若い連中を雇ふのは止めになさつた？」

「大人の連中もな」。

「となると、それはまたしても信頼の缺如《けつじよ》の證《あか》しといふ事にはなりませんか？――（御老人、少しまつすぐ立つてゐて下さい、ほんの僅かでいいですから、ちよつと寄り掛り過ぎです。）――若者も信頼しない、大人も信頼しない、自然も信頼しない。貴方は一體誰を、また何を信頼なさるのですか？」

「不信を信頼してゐる。特に、あんたや、あんたの藥草に對する不信をな」。

「ほう」と、寛大に微笑みながら藥草醫は云つた、「率直に仰有いましたな。でも、私の藥草を疑ふ事は自然をも疑ふ事になる、それをどうぞお忘れなきやうに」。

「俺は自然を疑つてゐると、前に云はなかつたか？」

「まあ、いいでせう。眞面目に仰有つてゐると思ふ事にしませう、議論を進めるためにね。處で、自然を疑つてをられる貴方は、その當《たう》の自然が親切にも貴方をこの世に生み落してくれたばかりか、今みたいに元氣で獨り立ち出來るやうになるまで忠實に育て上げてくれた事をも否定なさるのでせうか？　貴方が自然を貶《おとし》めるべくかくも見苦しく發揮してをられる精神の活力は、自然によつて惠まれたものではないのですか？　自然を批判するその兩の眼は、貴方が自然に負ふてゐるものではないのですか？」

「違ふ！　視力の恩惠は、俺は眼科醫に負ふてゐる。俺が十歳の時、フィラデルフィアで手術をしてくれた。自然は俺から視力を奪つた。奪はれた儘《まま》でゐたかもしれない。が、眼科醫が自然の裏をかいてくれたのだ」。

「しかし、貴方の肌色から判斷すると、野外の生活を送つてをられるやうだ。それと知らずに、貴方は自然が好きなんだ。萬物《ばんぶつ》の母親たる自然の懷《ふところ》に飛び込んで行く人なんだ」。

「こりやまた、母親と來たね！　いいかい、自然が怒りを爆發させる時、鳥達は自然を逃れて俺の處へ飛び込んで來るんだ、こんなに亂暴な俺なのにな。さうさ、嵐の時には、ここが避難所になるんだ」、さう云つて男はベアスキンの上衣の襞《ひだ》の處を叩いた。「嘘ぢやない、紛れも無い事實だ。おいおい、お喋り屋さんよ、あんた、隨分尤もらしい事を仰有るが、雨が降つて寒い晩にも、自然を絶對に閉め出す事はないのかい？　閂《かんぬき》かけて、錠をさして、隙間に詰物をして、自然に閉め出しを食はせたりしないかい？」

「その事については」と、藥草醫が穏かに云つた、「幾らでも申し上げられます」。

「それなら、云つてみろ」と、髪を振り亂《みだ》して男が云つた。「云へやしない、云へるもんか」。

然る後、芝居がかつた口調で、から續けた、「自然よ、よおつく聽け！　汝のクローバーは芳香《はうかう》を放ち、タンポポはライオンのやうに唸《うな》りはしない、それを俺は否定はしない。が、俺の窓を叩き割つたのは、誰が降らした霰《あられ》なんだ？」

「あの」、と温和な物腰を少しも損なはれずに、藥草醫が云つた、「自然が危険なものだと考へる方に御會ひするのは殘念です。貴方の態度は洗練されておいでだが、聲がひどい。要するに、喉を痛めておいでのやうだ。誹謗《ひばう》された自然の名譽恢復のために、この箱を差し上げます。御老體の友人も同じやうな箱を持つてゐますが、貴方にはただで差し上げませう。自然の公認の代理人を通じて（かくいふ私もその一人ですが）、自然の惡口を云ふ方々に自然は喜んで利益を供與《きようよ》するのです。さあ、お取りなさい」。

「あつちへやれ！　そんなに近づけるな。きつと爆藥でも入つてゐるんだらう。前にもそんな事があつた。雑誌の編輯者がさうやつて殺された。あつちへやれ、と云つてゐるんだ」。

「おやおや、貴方はなんといふ――」

「あんたの箱なんか要らないと云つてゐるんだ」、さう云ふと男はライフルの撃鐵《げきてつ》をカチリと鳴らした。

「いいから、貰ふがいい——げほ、げほん！　どうでも貰ふがいいんだ」、と老いたる吝嗇漢が口を挾《はさ》んだ、「わしもただで一つ貰ひたいもんだ」。

「心細くなつたんだ、さうだろ」と、急に老人の方を振り返つて、ミズーリの男が云つた、「自分がまんまとかつがれたもんだから、同類がほしくなつたんだろ」。

「どうして心細くなんかなりますか」と、藥草醫が應《おう》じて、「どうして同類を欲しくなんかなりますか、この方が信頼する私が、かく云ふ私が傍についてゐるといふのに？　かつがれたと仰有いますが、この可哀想な御老人にそんな事を仰有るのが人情味のある態度と云へるでせうか？　よしんばこの方が私の藥に頼るのが無駄な事でしかないとしても、想像の世界に於てだけでも、正にそれ以上ではないとしても、何とか希望を持つて病氣と附き合つて行く力を與《あた》へるものを剝奪《はくだつ》して仕舞ふといふのは、親切な事と云へるでせうか？　貴方の場合は、信頼の念を持ち合はせてゐなくても、生れながらの健康のお蔭でなんとかうまくやつて行けるのですから、少くとも私の藥に信頼する必要なんぞありはしない。けれども、この苦しめる方に對しては、何と殘酷な議論のなさりやうでせうか。それはあたかも、屈強な拳鬪家が、酷寒の十二月だといふのに、身體を赤くほてらせて病院に飛び込み、暖爐の火を消して仕舞ふやうなものです。自分が人工の火を必要としないものだから、寒さに震へる患者も火など要らない、といふ譯でね。どうか、よくよく考へてみて下さい、さうすれば、お認めになるでせう、この苦しめる方の信頼の念がいかなる性質のものであれ、貴方はそれに反對する事によつて、頭腦《づなう》に於ける錯誤か、心情に於ける過失か、そのいづれかを曝《さら》け出してゐるのだ、といふ事を。さあ、仰有つて下さい、貴方は情け知らずではないですよね？」「いかにも、哀れな奴だ」と、ミズーリの男は深刻な面持ちで老人を見遣つて云つた――「いかにも、俺のやうな男が貴様のやうな奴にあんまり率直に話すのは、情け知らずの振舞であるのは間違ひない。貴様は夜更かしをして人生を過してゐるんだ。普通に床に就く時間はとつくの昔に過ぎてゐる。そして、眞實といふものは、健全な朝食として咀嚼《そしやく》する者もゐるが、一般には榮養のあり過ぎる重たい夕食となるものだ。重たい夕食を夜遲くなつてから食べると、きつと惡夢を見るものだ」。

「一體全體《いつたいぜんたい》――げほ、げほん！――この人は何を云つてゐるんだ？」と、老いたる吝嗇漢は藥草醫を見上げて訊ねた。

「幸ひなるかな！」とミズーリの男が叫んだ。

「行かれとる、違ふかい？」と、老いたる吝嗇漢が再び藥草醫に訴へた。

「あの、貴方」と、藥草醫がミズーリの男に云つた、「今、どうして幸ひなるかな、などと仰有つたのですか？」

「それはな、人によつては眞實といふものが、結局の處、そんなに殘酷なものでもない場合があるからさ。野蠻人達が見つけた實彈《じつだん》入りのピストルのやうなものだ。連中、恐怖よりも奇異の念を覺えるだらう――下手に取扱つて暴發でもしない限り、その威力は推し量れない譯だからな」。

「仰有る事はまるつきり分りません」と、暫し間を置いて藥草醫が云つた。その間、彼はミズーリの男を苦痛と好奇心との入り混つた、一種困惑した表情で眺めてゐた。相手の精神狀態を嘆《なげか》はしいと思ふと同時に、何が彼をしてそんな精神狀態に追ひやつたのか、訝《いぶか》しんでゐるかのやうだつた。「しかし」と、彼は附け加へて、「これだけは分ります、貴方の物の考へ方の一般的傾向は、控へ目に云つても、不幸なものとしか云へません。力強さはあります。でも、その力強さの源泉は肉體的な性質のものですから、いづれ衰へるしかありません。しかし、貴方はいづれ撤回する事になるでせう」。

「撤回するだと？」

「ええ、さうです。この老人の場合と同じやうに、貴方にも不愉快な衰弱の歳月が訪れ、白髮頭で部屋に閉ぢ籠るやうになつたら、貴方もかの物語に云ふ土牢[七]に閉ぢ込められた老いたるイタリア人よろしく、感じ易い青春の日々の賜物《たまもの》たる信頼の念に戀《こ》ひ焦《こ》がれ、老齢の日々にそれを取り戻すやうな事にでもなつたら、云ふに云はれぬ喜びを味はふ事になるでせう」。

「また乳母の胸に戻る、といふのか？　第二の子供時代、といふ譯だな。戲《たは》けた事を」。

「何だ、一體！」と老いたる吝嗇漢が叫んだ、「何の話だ！――げほ、げほん！　あんたら、わしに分る話をしてくれ。あんたは」、とミズーリの男に、「藥を買ふ氣はないのか？」

「御老體、賴むから」、と藥草醫が背中をまつすぐにしようとしながら、「そんなに強く寄り掛らないで下さい。腕が痺《しび》れて來ました。どうぞ、ほんのちよつと力を緩《ゆる》めて」。

「おい」とミズーリの男が云つた、「爺さんよ、自分で立てないのなら、墓場に行つて横になるがいい。他人に寄り掛る者にとつては、過酷な世の中だ」。

七　**土牢に閉ぢ込められた老いたるイタリア人**：アレクサンドル・デュマ（一八〇二―一八七〇）の「モンテ・クリスト伯」（一八四四―一八四五）に出る、ドイツの城の地下牢に閉ぢ込められたファリア法師の事か。「モンテ・クリスト伯」は一八四六年に英譯された。

「墓場といふ事ですが」と藥草醫が云つた、「御老人が私の藥をちゃんと飲みさへすれば、それはまだまだ先の話です」。

「げほ、げほ、げほん！――その通りだ。何の、わしは――げほん！　まだ死なん――げほ、げほ、げほん！　まだまだ何年も生きるぞ、げほ、げほ、げほん！」

「貴方の信頼の念はご立派です」と藥草醫が云つた、「でも、その咳は身體にも惡いし、私にも辛いです。さあ、寢棚まで連れて行かせて下さい。貴方には寢棚が一番。こちらの方は、私が戻るまで、きつと待つてゐて下さるでせうから」。

　さう云ふと、藥草醫は老いたる吝嗇漢を連れて行き、戻つて來ると、ミズーリの男との對話を再開した。

「さて」と、藥草醫は幾許かの威嚴とより多くの感情とを籠めて云つた、「吾等の病める友人が退去した今、彼が聽いてゐる時に貴方の口から漏れ出た言葉について、私が考へる處を存分に述べさせて下さい。私が間違つてゐなければ、それらの言葉の幾つかは、かの病人の心に嘆かはしい不信の念を植えつけるべく目論《もくろ》まれてゐたばかりか、私、卽ち彼の主治醫に對する不愉快な告發としても考へられてゐたもののやうに、私には思はれました」。

「だつたらどうだといふんだ？」と、威嚇《ゐかく》するやうな調子でこちらは應じた。

「ほほう、それなら――なるほど、さういふ事なら」と、藥草醫は慇懃《いんぎん》に引き下がりながら、「貴方が全般的に剽輕《へうきん》な態度を持してをられるといふ、前に申し上げた私の考へ方に立ち戻る事に致します。私はユーモアのお好きな方――所謂《いはゆる》[八]剽輕者（wag）と御一緒してゐるといふ幸

八　剽輕者（wag）：wagには、「剽輕者」の意と、「尻尾を振り回す」の意とがある。續く件りでは、後者の意味で使はれてゐる。

運に浴《よく》してゐる譯ですな」。

「立ち戻つた方がいいぞ。實際、剽輕者なんだからな」と、ミズーリの男は叫びながら相手に詰め寄り、藥草醫の顏に觸《ふ》れんばかりにアライグマの尻尾を振り回し（wag）て、「おい、見ろ！」と云つた。

「何を！」

「このアライグマをさ。貴樣のやうな狐に、これが捕まへられるか？」

「もしも貴方が仰有つてゐるのが」と、藥草醫が冷靜を失ふ事なく應じた、「私が貴方を騙したり、貴方に附け込んだり、本當の自分でもない者になりすまして貴方をまんまと欺いたりする力を持つてゐると、いい氣になつて考へてゐるのだといふ事であるならば、正直な人間として、私はかうお答へします、そんな類の事をやる氣持も能力もありませんとね」。

「正直な人間だと？　寧《むし》ろ臆病者のやうに語つてゐると、俺には思へるがな」。

「喧嘩をふつかけようとしても、侮辱して怒らせようとしても無駄な事です。我が内なる無《む》心《しん》が私を癒《いや》してくれますから」。

「あんたの特效藥みたいに癒してくれるといふ譯か。それにしても、あんたは變梃《へんてこ》な人間だ――變梃で胡散《うさん》臭い。あんたみたいに變梃で胡散臭い人間には、これまで出遭つた事がない」。

さう云ひながらじろじろ見詰められると、藥草醫の愼み深い性格からして、なにやら有難からざる狀況になつたらしい。そこで彼は話頭《わとう》を轉《てん》じるためもあつたらうし、決して憤慨してゐる譯ではないと證明したい氣持もあつてか、いかにも親しみのこもつた樣子を裝ひながら、から云つた、「で、貴方の御仕事に役立てるために、何かの機械を作らせようとしていらつしやる？　人道主義が邪魔をして、ニューオーリンズくんだりまで奴隷を買ひに行く氣にはなれない、といふ譯ですな」。

「奴隷だつて？」、とこちらは忽《たちま》ち不機嫌になつて、「そんなもの要るか！　白人どもが人氣が欲しくてへいこらしたり、愛想笑ひをしたりするのを見てゐるだけで澤山《たくさん》だ。おまけに慘《みじ》めたらしい黑人どもが玉蜀黍《たうもろこし》をせびつてぺこぺこしやがると來る。尤《もつと》も、俺にしてみりや、黑人の方がよつぽど自由に思へるがな。あんたは奴隷制廢止論者だな、違ふか？」

「それは、卽座にお答へは致し兼ねます。奴隷制廢止論者なるものによつて、狂信的な人々[九]の事を仰有つてゐるのなら、私は違ひます。でも、貴方が仰有るのが、同じ人間として奴隷を含めあらゆる人間に同情し、しかもまた、何ぴとの利益にも反對せず、それゆゑ何ぴとの敵意をも搔《か》き立てず、合法的な行動によつて、肌の色に關《かか》はりなく人類の間から苦しみ（それが程度の差こそあれ存在するものとして）を除去しようとする者の謂《い》ひであるなら、私は仰有る通りの者です」。

「實に御立派で、熟慮された考へ方だ。あんたは穩健派だな、惡黨《あくたう》どもの貴重この上ない下僕といふ譯だ。あんたのやうな穩健な人間といふ奴が不正のために利用される、が、正義のためには何の役にも立ちはしない」。

「仰有る事から察するに」と、藥草醫がなほも寛大な調子で云つた、「貴方はミズーリの御方といふ事ですが、奴隷州[十]にお住まひなのに、奴隷的な氣質は持ち合はせてをられないやう

九　**狂信的な人々の事を**：十九世紀中庸のアメリカでは、ジョン・ブラウン（一八〇〇―一八五九）を代表とする過激な奴隷制廢止論者が活發に活動してゐた。メルヴィル自身の奴隷制度に對する考へ方については「マーディ」（一八四九）第五十八章「ヴィヴェンザ南部を訪れる」を參照の事。

過激な奴隷制廢止論者達
左より
F. ダグラス、W.L. ギャリソン、
A. グリムケ、J. ブラウン、H.B. ストウ

十　**奴隷州**：奴隷制度を有する十四州。その裡十一州が南部聯合國に參加した。

だ」。

「さうさ。でも、あんたはどうなんだ？　氣迫がさつぱり感じられないくらゐに我慢強くて柔順な、さういふあんたの態度は奴隷の態度そのものぢやないのか？　あんたの主人は誰なんだ？　それとも、あんたは會社に雇はれてゐるのか？」

「この私の主人ですつて？」

「ああ、さうだ。北部のメインだか南部のジョージアだか知らないが、いづれにせよあんたは奴隷州の、奴隷小屋の出身だ。さういふ處ではな、食ふための勤めから社長の椅子に至る迄、あらゆる仕事の價値に應《おう》じて最上の品種が賣り買ひされてゐるんだ。ふざけちやいけない、奴隷廢止論なんていふものはな、會社の奴隷の奴らが黑人奴隷に向けて同胞感情を表明してゐるに過ぎん」。

「邊地《へんち》に住んでをられるせゐでせうか、なんだか奇矯《きけう》な考へをお持ちのやうに思はれます」と、今度は優越感を慇懃《いんぎん》に示しつつ、それでゐてどんなに男らしくない攻撃にも男らしく耐え忍ぶ不敵な逞《たくま》しさをも示しつつ、藥草醫は微笑みながら云つた、「が、話を戻しませう。貴方の御仕事の目的のためには、大人も子供も、奴隷も自由人も要らないといふ事になると、殘るのは機械の類《たぐひ》だけ、といふ事になりますね。御成功を心からお祈りする次第です――おや！」と岸邊の方に目をやりながら、「[十一]ケープ・ジラードだ。お別れしなければなりません」。

十一　ケープ・ジラード：オハイオ河とミシシッピー河との合流點附近にある、ミズーリ州南東部の町。

第二十二章

「タスキュラム論争」[一]の禮儀正しき精神によつて

「『哲學的職業斡旋所』[二]か——何とも奇抜だ！ でも、そんな馬鹿げた代物《しろもの》に俺が興味を持つなんて、お前さん、どうしてそんな夢みたいな事を考へたんだ？」

ケープ・ジラードを後にしてほぼ二十分後に、ミズーリの男が以上の言葉を、偶々《たまたま》自分に聲をかけて來た一人の見知らぬ男に向けて發した。男は猫背で、ガニ股で、五弗で買へる安物の服を著、「哲學的職業斡旋所」のイニシャルＰ・Ｉ・Ｏが彫られた小さな眞鍮《しんちゆう》板をネックレスみたいに頸《くび》から下げてゐた。そして、ミズーリの男の斜め後ろから、犬が飼主に哀願するみたいにこそこそとついて來てゐたのだ。

「そんなものに俺が興味を持つなんて、どうしてそんな夢みたいな事を考へたんだ、ええ？」

「おお、檀那《だんな》」と、男は一歩近づいて腰をかがめ、哀れつぽい聲を出し、見窄《みすぼ》らしい上衣の裾《すそ》を振り動かすやうな仕草を見せながら、如何にも媚《こ》びへつらふやうな態度で云つた、「おお、檀那、何しろ長い經驗がありますもんで、一目見れば分るのでございますよ、どなたが私どもの細やかな御手傳ひを必要としてをられる方なのか、といふ事が」。

「でも、俺が少年を——世間でよく冗談に良い子と呼んでゐる奴らを——求めてゐるとしてだ、お前のその馬鹿げた事務所がどうやつて俺の手傳ひが出來るんだ？——『哲學的職業斡

一 **タスキュラム論爭**：ローマの哲學者キケロ（紀元前一〇六—八三）作。タスキュラムはローマの近くにあつた古代都市の名。全體的に友好的で禮儀正しい論爭の仕方。プラトンの「メノン」に於けるソクラテス的精神に倣《なら》つたものとも云はれる。

二 **哲學的職業斡旋所**：ナサニエル・ホーソン（一八〇四—一八六四）に「職業斡旋所」（一八四四）と題する作品があつて、メルヴィルは有名なホーソン論「ホーソンとその苔」（一八五〇）に於てそれに言及してゐる。

ナサニエル・ホーソン

旋所』と云つたつけ？」

「左様で。檀那。嚴密な哲學的生理學的基盤に基いて設立された――」

「おい、いいか――こつちへ來い――哲學でも生理學でもかまはんが、良い子といふ奴を、註文に應《おう》じてどうやつて拵《こしら》へるんだ？　こつちへ來いつてば。そんなんぢや、俺が頸《くび》の筋を違へて仕舞ふ。ほら、來いよ、こつち、こつち」、と獵犬《れふけん》にでも呼びかけるやうに云つて、「さあ、教へてくれ、どうやつて必要なちやんとした性質を集めて良い子を拵へるんだ、色んな挽肉《ひきにく》を集めてパイを拵へるみたいにさ？」

「檀那、私どもの斡旋所は――」

「斡旋所の事ばかり云つてるな。どこにあるんだ？　この船の上か？」

「いえいえ。私はたつた今乘船したばかりで。私どもの斡旋所は――」

「あのさつきの船著場で乘船したつて？　おい、あそこにゐた藥草醫を知つてゐるか？　嗅煙草色の外套を御著用の、やけに愛想のいい碌《ろく》でなし野郎だ」。

「いやあ、檀那、私はケープ・ジラードは旅の途中に通つただけなもんで。でも、嗅煙草色の外套といふ御話ですが、確か乘船する時に、仰有るやうな方が下船して行くのを見たと思ひます。それに、前にその方に何處《どこ》かで會つたやうな氣もします。とても穩やかなキリスト教徒といつた感じの人ですな。御存じの方で？」

「よくは知らん。が、お前さんよりはよく知つてゐるやうだ。さあ、商賣をやれ」。

男は許しが出たのに感謝するかのやうに、腰を低く屈め、いかにも卑屈な姿勢でお辭儀をして口を開いた、「私どもの斡旋所は――」

「おい、貴様」と、ミズーリの獨身男が怒つて云つた、「お前、背骨でも惡いのか？　なんでそんなに低くかがんで、這《は》ひつくばつたりするんだ？　ちやんとしてゐろ。斡旋所は何處にあるつて？」

「私が代表を務めてをります支部はオールトン[三]に置かれてゐます。今通過してゐる自由州の町ですな」（と河岸をやや誇らしげに指さしながら）。

「自由だ、へえ？　お前は自由人で、それを得意がつてゐるといふ譯か？　あんな風に上衣の裾を振り動かして、背骨が惡くなるくらゐ這ひつくばつてか？　自由だと？　己れの御主人様が誰なのか、一度心の中でちやんと考へてみたらどうなんだ？」

「おお、いやはや何とも！　何のお話をしていらつしやるのやら――本當に――全くの話。でもね、檀那、前に申し上げた通り、私どもの斡旋所は完全に新しい原則に基いて設立されてをりまして――」

「貴様の原則なんか知つた事か！　人が原則なんて事を云ひ出す時には、碌な事がない。おい、待て。戻れ。戻れよ。おい、戻れつたら！　もう俺の欲しい少年の事など云はん。本當だぞ、俺は一度決めた事は變へない、メデアとペルシャの律法《おきて》[四]みたいなものさ。俺はな、森の中の俺の家で、リスだの、イタチだの、シマリスだの、スカンクだのにもうたつぷり惱《なや》まされてゐるんだ。野生の害獸《がいじゅう》どもなんぞもう澤山《たくさん》だ。苛々《いらいら》させられるだけだし、無駄に金もかかる。少年の事なんかもう云ふな。澤山だ。少年なんて、災ひの種だ、霜焼《しもやけ》みたいに煩《わづら》は

三　オールトン：奴隷制度を有さない「自由州」であつたイリノイ州南西部の町。ミシシッピー河沿ひにある。

四　メデアとペルシャの律法：舊約聖書「ダニエル書」六・一二參照。變更し難い制度や慣習の事を云ふ。

しいだけだ！　職業斡旋所の事だがな、東部に住んでゐたから、よく知つてゐる。上邊《うはべ》は媚《こ》びへつらひながら、ひねくれた恨みを人類にぶちまけようとする、生れの卑しいひねくれ者どものやつてゐるペテンさ。貴様はその恰好の見本だ」。

「おう、なんと、途方もない！」

「途方もない？　その通りだ。貴様の少年なんか、三倍もの途方もない値段で賣りつけられる事になるだらうよ。貴様の少年なんぞ、糞喰らへだ！」

「でも、ねえ、檀那、少年が要らないと仰有るのなら、私どもに細やかな御手傳ひをさせて頂いて、大人の人間をお世話させて頂けませんかな？」

「世話するだ？　願はくば親友も一人世話して貰ひたいもんだな、どうだい？　世話する！實に恩著せがましい言葉だ。當節《たうせつ》、世話證文《しようもん》なるものがあるが、誰かから金錢の世話をして貰つて、すぐにそれを返濟《へんさい》しないと、足に鎖を世話されて仕舞ふ羽目になる。世話するだ！誰が世話なんかして貰ふもんか。金輪際《こんりんざい》御免蒙《かうむ》る。おい、いいか、お前の從兄弟みたいな奴、あの藥草醫に云つてやつたやうにだな、俺は今、俺の仕事をやつてくれる機械を作つて貰はうとしてゐるんだ。俺のための機械をな。俺の林檎搾《しぼ》り機——そいつが俺の林檎汁を盗むか？俺の芝刈り機——そいつが朝寢をするか？　俺の玉蜀黍《たうもろこし》皮剝《む》き機——そいつが俺に無禮《ぶれい》を働くか？　そんな事、やりやせん。林檎搾《しぼ》り機、芝刈り機、玉蜀黍皮剝き機——そいつらはみんな忠實に仕事に精を出すぞ。無欲でもあるしな。食費もかからんし、賃金も要らん。それなのに、生涯、役に立つてくれる。德行はそれ自らが報いなり、の輝ける御手本だ——機械は俺の知る唯一の有用なるキリスト教徒だ」。

「何と、いやはや、これはまた、とんでもない事を！」

「さうともよ——少年だ？　ぶちまけて云はせて貰ふがな、道徳的見地から見て、玉蜀黍皮剝き機と少年との間にどれだけ大きな違ひがあるか！　いいか、玉蜀黍皮剝き機は辛抱強く[五]善行をやり續ける以上、天國に行くのにふさはしくないなどとは云へんだらう？　少年が行くと思ふか？」

「玉蜀黍皮剝き機が天國に（目を白黒させて）！　檀那、どうも天國がワシントンの特許局博物館でもあるかのやうな仰有りやうだ——いやはや、何ともはや！——ただの作業用の機械や人形が天國に行くかのやうに——いやはや、何ともはや！　自由意志も持てない物でしかないのに、善行に對する永遠の報酬を受けるですつて——いやはや、何ともはや！」

「やい、お前、[六]プレイズ・ゴッド・ベアボーンみたいに、敬虔ぶるんぢゃない、何を溜息ばかりついてゐるんだ？　お前が云つてゐるやうな事を、何か俺が云つたか？　お前は随分話がうまいが、人のちよつとした言葉をすぐに捻《ね》ぢ曲げるやうだな。さもなければ、議論をふつかけたいやうだな」。

「さうかも知れないし、さうでないかも知れませんな、檀那」と、こちらは今度は素氣《そつけ》なく答へた。「でも、もしもさうだとすれば、それは、面目を失つた軍人がすぐに侮辱を感じがちなのと同様に、信仰を失つたキリスト教徒がすぐに、恐らくは餘りにもすぐに、異端を嗅《か》ぎつけるものだからです」。

五　辛抱強く善行をやり續ける以上……：新約聖書「ローマ人への手紙」二・七、「耐忍びて善をおこなひ」云々とある。

六　プレイズ・ゴッド・ベアボーン：ロンドンの毛皮商人の名。オリヴァー・クロムウェル（一五九九—一六五八）の配下で、再洗禮派の牧師。「ベアボーンの議會」を結成。「プレイズ・ゴッド（Praise-God）」は、「神を贊美する」の意。一五九六—一六七九

「へえ」と、驚いて暫し間を置いて、「妙な二人組だがな、お前とあの藥草醫とは、似合ひの取り合はせだぜ」。

さう云ひながら、ミズーリの獨身男が相手をかなり鋭い目で見据ゑると、眞鍮板を頸から下げた男の方は、自分は農場の働き手の事について話をもつと伺ひたくてたまらないのだと、相手が喜ばなくもないやうな事をそれとなく仄《ほの》めかして、議論を元に戻した。

「その件についてだがな」と、獨身男は發射されたロケット彈みたいに忽ち反應して、勢ひ込んでから云つた、「當節、物の分つた連中の誰もが擧《こぞ》つて到達しつつある結論がある――世々代々の大いなる經驗から導き出されたものだ――ホラティウス[七]その他の古典古代の先人達が奴隷について述べてゐる見解を考へてみるがいい――詰りだな、人間といふ動物は、少年であれ大人であれ、勞働の目的のためには殆ど成功の見込みのない代物《しろもの》だといふ結論だ。信頼出來ないのさ。牛なんぞよりも信頼に値しない。良心的に働くかとなると、ターンスピッツ[八]にも劣る。さういふ次第で、數々《かずかず》の新しい發明が生み出されて來た譯だ――毛を梳《す》く機械、蹄鐵《ていてつ》を取り付ける機械、トンネルを掘る機械、刈り取り機、林檎の皮剝き機、靴磨き機、ミシン、髭剃り機、使ひ走りをする機械、食品・食器用エレベーター、その他諸々の機械だが、それら全てが告知してゐるのは、かの手に負へぬ動物、即ち勞働や奉仕のための人間が、もはや過去の遺物、無用の化石でしかない時代が到來するであらうといふ事だ。さういふ榮光の時代が到來する直前に、あたかもあの惡戲《いたづら》好きのオポッサムに値段が附けられるのにも似て、人間の皮に、取分け少年の皮に値段が附けられる日がやつて來るであらう事を、俺は何

七　ホラティウスその他の……：古代ローマの詩人ホラティウス（紀元前六五―八）の著作には、奴隷への不信に纏る多くの記述がある。

八　ターンスピッツ：肉を回轉させる燒串の事。これを回轉させる踏み車に犬を入れて作業をさせた。

ら疑はない。さうともよ（ライフルを机にぶつけて打ち鳴らしながら）、俺は嬉しくてたまらなくなる、ちやんと法律によつて認められて、俺がこの銃を肩にかついで、少年狩りに出かける日が近い事を思ふとな」。

「おう、何といふ事を！　おう、いやはや、なんともはや！——しかし、私どもの斡旋所はですな、檀那、さきほど申し上げようと致しました通り、その設立は——」

「云ふな」、と、こちらはアライグマの毛皮に無精髭の生えた顎をぐいぐい押し附けながら云つた。「俺をたぶらかさうとするんぢやない。藥草醫がそれをやらうとしたがな。三十五人の少年どもとの一連の經驗から云ふと——流涎症《りうぜん》の患者が涎《よだれ》を垂れ流すより延々と續いた經驗だつたぜ——その經驗によると、少年時代といふのは、惡黨《あくたう》根性が自然の狀態である時代だな」。

「そんな、ひどい、ひどすぎる！」

「さうなんだつて。本當さ。俺の名前はピッチだ。云つた事は決して變へん。十五年に及ぶ經驗から云つてゐるんだ。三十五人の少年だぞ。アメリカ人、アイルランド人、イギリス人、ドイツ人、アフリカ人、白黑の混血兒もゐた。俺がひどく困つてゐるのを知つた男が、カリフォルニアから送つてくれた中國人の少年もゐたし、ボンベイから來た印度人水夫の少年もゐた。あの惡黨め！　どいつもこいつも、俺の孵化《ふか》卵から雛《ひな》の命を吸ひ飲みやがつた惡黨ばかりだ。白色人種も黃色人種も變りやしない。子供の本性の中にありとある類の惡黨根性が潛んでゐるのは驚くばかりだ。忘れもしない、二十九人の少年を次々にお拂《はら》ひ箱にしてやつたんだが——連中、一人一人がそれぞれに獨特の、まるで豫測《よそく》も出來ない類の惡徳に耽りやがつた——その時俺はかう呟いたもんだ、さあ、これで惡徳のリストも最後に至つたらう、きつともう種切れに違ひない、俺はあと一人少年を手に入れさへすればいい、これまでの二十九人と違ふ奴なら誰でもいい、必ずやそいつは久しく探し求めた徳高き少年といふ事になるだらう。處がだ、たまげるぢやないか！　この三十番目の少年がだ——序でに云ふがな、その時分、俺はお前さん達の職業斡旋所なんぞにはとつくに見切りをつけてゐたから、移民局に頼んで、はるばるニューヨークからそいつを送つて貰つたんだ。そいつは移民局の説明によると、イースト・リヴァー島の兵舎に一時的に滯在してゐた常備軍兵士、それも諸國民の精華たる八百人の少年達の中から、俺の特別の要請に應じて、注意深く選拔された少年だつたさうだ——で、この三十番目の少年、風采は見苦しくなかつた。死んだ母親は貴婦人の侍女か何かだつたらしい。行儀作法は、さうさな、庶民風ではあるが、完璧なチェスターフィールド[九]風だつた。頭も實によかつた——閃光《せんくわう》みたいにひらめくんだ。それでゐて、物腰の柔らかな事と來たら！『はい、濟《す》みません、檀那樣！』と、いつも御辭儀をして云ふんだ、『濟みません、檀那樣』とな。また、なんだか實に妙な具合に、子供つぽい愛情と使用人としての敬意とを一つに結びつけてゐたものさ。俺に關聯《くわんれん》する事柄には熱心かつ異常な迄の關心を示した。家族の一員と——養子か何かと思つて貰ひたかつたんだらう。朝なんかに俺が馬小屋に向つたりすると、いかにも子供らしく無邪氣な態度で、俺の老いぼれ馬を驅《か》け出させて、云つたものさ、『濟みません、檀那樣、この馬、どんどん肉がついて行きますね』。『しかし、

九　チェスターフィールド：英國の政治家、文人。洗練、上品、優雅の代名詞。息子に宛てた處世訓で有名。一六九四―一七七三

あんまり綺麗に見えないんぢやないか？』と俺は云つた、そんなにも情の深い少年にあからさまに嚴しい事を云ひたくなかつたんでな。『それに、尻の肉がちよつと凹《へこ》んでゐるやうに見えないか？　いやなに、今朝は俺がはつきり見えないだけなのかしれないが』。『おや、濟みません、檀那樣、その尻の處にこそ肉がついて來たやうに思ふんですけど、濟みません』。慇懃《いんぎん》なゴロツキめ！　すぐに分つたよ、あいつはあの哀れな老いぼれ馬に夜の餌のオート麥《むぎ》を一度も與《あた》へてゐなかつたんだ。ちやんと寢藁《ねわら》を敷いてやる事もしなかつた。女中がやるやうなそんな仕事はちやんちやらをかしいといふ譯さ。奴の故意の怠慢には際限がなかつた。しかし、俺を裏切るやうな事をやればやるほど、態度が慇懃になりやがつた」。

「いや、さう仰有いますが、何か少年を誤解なさつたのでは」。

「ちつとも誤解なんかしてゐない。それにな、あいつはチェスターフィールド風の外見の下に、强力で破壞的な性癖を隱蔽《いんぺい》してゐたんだ。俺の馬の革の毛布を勝手に切り取るやうな事もやつてくれたよ、自分の收納箱の蝶番《てふつがひ》に使ふ革の切れ端が欲しかつたんだ。無論、奴は頭から否定したさ。が、奴が辭《や》めて出て行つた後、奴の寢床の下から革の切れ端が出て來たよ。鍬《くは》を使ふ仕事から逃げ出したかつたものだから、鍬の把手《とつて》をわざとこつそり折つて仕舞つた事もあつた。作業のために力を入れ過ぎた失敗だと云つて、實に潔《いさぎよ》い後悔振りを示したもんだ。償ひをしますと申し出て、鍬を直して貰ふために、一番近くの開拓地まで樂しい散歩に出掛けた――途中はずうつと、サクランボが一杯に實る櫻の竝木といふ譯さ。實に慇懃な態度で、俺の梨、ペニー銅貨、シリング硬貨、ドル銀貨、それに胡桃《くるみ》を盜んでくれた。冬に備へて餌を溜め込む栗鼠《リス》みたいに、實に几帳面にやつてくれた。だが、何の證據《しようこ》もあげられなかつた。俺の疑惑を奴にぶつけたよ。こんな具合に、實に穏やかにな、『慇懃《いんぎん》なのはもうちよつと少くして、もう少し正直にやつてくれた方が、俺にとつてはいいんだがね』。奴は烈火の如く怒つたね。名譽毀損《めいよきそん》で訴へると脅かしやがつた。その後、奴はオハイオ州で、鐵道線路にこつそり角材を置いてゐる處を見つけられた。機關士から惡黨《あくたう》呼ばはりされたのでやつたんださうだが、その事について俺は何も云ふ積りはない。もう十分だ。少年が慇懃であれ、生意氣であれ、白人であれ黑人であれ、悧發《りはつ》であれ、怠惰であれ、コーカサス人種であれ、モンゴル人種であれ――奴らはみんな惡黨だ」。

「ひどい、ひど過ぎる！」と、相手は擦り切れたネクタイの端《はし》を上衣の中に神經質さうにたくし込みながら、「檀那、あなたは間違ひなく、いとも嘆かはしい妄想に悩み苦しんでおいでなのです。さうぢやないですか、またもや失禮な事を申し上げますが、貴方は少年達にほんのこれつぽつちも信頼の念を抱いてゐないやうだ。なるほど、少年達が、少くともその一部の者達が、ちよつとした愚かしい缺點《けつてん》に傾きがちだといふ事は私も認めます。けれども、自然の法則に従つて、彼らがさういふ缺點から結局は脱卻《だつきやく》し、しかも完全に脱卻し果《おほ》せたとしたら、どうでせう？」

　眞鍮板の男は、今までは犬が鼻を鳴らしたり呻《うめ》いたりするのと似たやうな、哀れげな態度で反對意見を表明してゐたが、今やより斷乎たる對決を試みるべく、勇氣を奮ひ起し始めたやうだつた。しかし、その最初の試みに對して、相手は餘り勵《はげ》ましとなるやうな對應《たいおう》を示さなかつた。といふのも、對話はすぐ次のやうな調子で續いたからだ。

「少年達が自分達の惡い傾向を脱却するだと？　惡黨の餓鬼から善良な大人に成長する、といふのか？　『[十]子供は大人の父親』と云ふぜ。從つて、全ての少年が惡黨なのだから、全ての大人も右に同じ、といふ事になる。だがな、驚いたね、お前さんは俺なんかよりずつとよく知つてゐなくちやならんぢやないか。職業斡旋所をやつてゐるんだらう。人間研究の特別の機會が嫌でも與へられる職場ぢやないか。おい、こつちへ來い。白狀しろよ。本當は、こんな事はちやんと知つてゐるんだろ。大人はみんな惡黨で、少年もみんなさうだと、お前さん、知つてゐるんぢやないのか？」

「檀那」と、相手は心の動搖を覺えながらも、勇氣を掻き立てようするかのやうに（とは云へ、無分別な程度にではなく）、「檀那、いやはや全く、檀那の仰有る事がさつぱり、それこそ何一つ、分りません。なるほど」と、考へ深げに續けて、「仲間と一緒に職業斡旋所をやつてゐて、今度の十月を迎へると、十年間、何やかやこの仕事に携はつてゐる事になります。シンシナチのやうな大都市でも、かなりの期間仕事をしました。そしてさういふ長い間に、仰有る通り、人間研究に多少は好都合な機會に惠まれたに相違ありません——職業柄、男女を問はず、色々な國籍の、何千もの人間の顏をしげしげと眺めるだけでなく、生活振りを隈《くま》なく探る譯ですからね。雇ひ人も雇はれ人もゐるし、家柄のよい人間もさうでない人間もゐるし、教育のある人間もさうでない人間もゐる。けれども、——勿論、例外の存在は率直に認めますが、これまでの處、私の細やかな觀察に從ふ限り、人間を云はば家庭的な環境の下に置い

十　子供は大人の父親：ウィリアム・ワーズワース（一七七〇—一八五〇）の詩「虹」（一八〇二）より。「我が心は高鳴る」の題でも知られる。

ワーズワース

た形で、詰り親密な狀態に於て觀察すると、彼らは概して――人間の不完全性については然るべき斟酌《しんしやく》をするとして――純潔この上ない天使が望み得る限りの、純潔な道德的光景を呈する事を知つたのです。私はね、檀那、自信を以てさう申し上げたい」。

「出鱈目《でたらめ》だ！　お前は本氣でそんな事云つてやしない。本氣だとするならば、お前は海の上にゐるのに海の事などこれつぽつちも知らない陸《をか》人種みたいなもんだ。それこそ、お前の目の前をひつきりなしに動いてゐる曳綱《ひきづな》の事なんかも、まるで知らないのだ。曳綱は蛇みたいにするすると滑るやうに動きまはつてゐるが、お前達には滑車の巧妙な仕組なんかもさつぱり分らないだらう。要するに、この船全體が謎なのさ。お前達みたいな世間知らずには、この船が航海に適さない船かどうかも分らない。それにも拘らずだ、お前達は腕を組んで左右の手の親指を脇の下に突つ込んで、腐つた甲板の上を行つたり來たりしてゐるんだ。狡賢《ずるがしこ》い船主がたつぷり保險金をかけて自分の船を難破の航海に送り出し、お前の青臭い口の中に突つ込んだ歌の文句を莫迦《ばか》みたいに繰り返して歌ひながらな――

十一『波しぶきに濡れる帆よ、滑らかな海面よ！』――

てな譯だ。今、ふと思ひついたんだが、お前のお喋りは何から何まで、濡れる帆と、滑らかな海面と、背後から吹いて來るのどかな風に過ぎない。俺の云つてゐる話とは、それこそ正反對もいい處だ」。

十一　波しぶきに濡れる帆よ、滑らかな海面よ：英國の詩人アラン・カニンガム（一七八四―一八四二）の詩集「スコットランドの歌―古き歌と新しき歌」（一八二五）に収められた「濡れた帆と流れる海」より。

「檀那」と、眞鍮板の男が叫んだ。今やだいぶ辛抱し切れなくなつて來たらしい。「失敬ながら、貴方の仰有つた事には、言葉遣ひにやや無分別な處が幾分かあるやうに見受けられます、とまあ、そんな風に私どもはお客様に申し上げる譯ですよ。お客様が事務所に入つて來て、私どもが派遣したかもしれない立派な少年のために——一時的に全く誤解されて仕舞つた少年のために——罵倒の限りを盡《つく》したりする時にはね。さう、そこで、失敬ながら、云はせて頂きますが、私はちつぽけな人間ですが、ちつぽけな人間なりに感情を具へてゐるのだといふ事を、どうやら貴方は十分に考へておいでにならないやうだ」。

「それはそれは、どうも。お前さんの感情を傷つける積りなんぞ、俺には金輪際《こんりんざい》なかつたさ。それに、仰《おほ》せの通り、お前さんにもちつぽけな、實にちつぽけな感情がある。いや、濟《す》まん、濟まん。しかし、眞實は脱穀機のやうなものでな。劍呑《けんのん》だからひ弱な感受性なんぞが近寄つちやならんのだ。分つてくれるか。お前さんを傷つける積りはない。俺が云ひたいのはただ一つ、最初に俺が云つた事だ、ただそれを今は斷言するぞ、少年はどいつもこいつも惡黨だ」。

「檀那」と、こちらは法廷で立往生してゐる老いたる辯護士のやうに、もしくは惡戲《いたづら》者達の嘲弄《てうろう》の的にされてゐるお人好しの阿呆のやうに、なほも辛抱しながら、靜かな聲でかう應じた、「檀那がその問題に立ち戻られるからには、私のちつぽけで、穩やかな流儀で、目下の問題について、ある種のちつぽけで、穩やかな見解を提示させて頂けませんか？」

「おう、いいとも！」と、相手は顎をこすり、あらぬ方に眼をやりながら、人を莫迦《ばか》にするやうな無頓著な態度で云つた、「おう、いいともよ、云つてみな」。

「それならば、檀那」と、ひどい仕立の皺くちやで安物の背廣に許される限りの上品な態度を保ちながら、「それならば申し上げますが、私どもの獨自の原則、云はば嚴密に哲學的な原則は」と、爪先立つてゆつくりと姿勢を伸ばし、ゆつくりと威嚴を高めつつ、「私どもの斡旋所の設立の基盤を成してゐる譯でございますが、それらの原則は綿密にして穩健なやり方で、私や私の同僚達を細心にして分析的な人間研究へと導きました。そしてその人間研究は、私どもの穩健な理論に基いて、全く私ども獨自の控へ目な目的を以て實施されたものであります。その理論について、今ここで詳細に説明する積りはございません。ですが、お許し頂けるならば、それにより齎《もたら》された幾つかの發見について、極く手短かに申し上げたいと存じます。卽ち、科學的考察に基く少年時代の状況に關聯《くわんれん》する發見について、であります」。

「すると、その事を研究した事があるんだな？　わざわざ少年の研究を？　どうして前にその事を云はなかつたんだ？」

「檀那、こんな細やかな商賣ではありますが、私は多くの雇ひ主の方々、詰り紳士の方々と、無駄に會話を交はして來た譯ではありません。この世には人間に序列が存在するやうに、見解を述べるに際しても、後先《あとさき》の順番があると教はつてをります。御親切にも貴方が先に御見解を語つて下さつたのですから、今度は私が、謹んで卑見《ひけん》を述べさせて頂かうといふ譯です」。

「追従《ついしょう》を云ふんぢやない――續けろ」。

「第一に、私どもの理論は、私どもがアナロジー卽ち類比の方法[十二]によつて、物質的次元から精神的次元へと話を進めて行く事を教へます。その點《てん》についてはよろしいでせうか？　さて、

十二　アナロジー卽ち類比の方法：ソクラテスが好んで用ゐた對話の方法。アナロギア。

それでは、一人の幼い少年、といふか、男の幼兒、卽ち男兒を例に取る事に致しませう――で、謹んで伺ひますが、まづ最初に貴方はどんな事に氣づかれますか？」

「惡黨《あくたう》さ！　現在も將來も、惡黨だ！」

「感情が入り込んで來ると、必然的に科學は立ち退かねばなりません。話を進めてもよろしいでせうか？　では、しからば、偏《かたよ》らない見方をした時、件《くだん》の男の赤ん坊もしくは男兒を見て、貴方はまづどんな事に氣づかれますか？」

獨身男は獨りでぶつぶつ云つてゐたが、槪して云ふなら、今度は前よりも自制してゐた。とは云へ、敢へて明確な返答を與《あた》へるのが賢明だと考へるほどでもなかつた。

「どんな事に氣づかれますか？　再度お訊ねさせて頂きます」。だが、答へはなく、大樹のうろに潛む熊の發するやうな、半ば押し殺した、低くぶつぶつ云ふ聲が聞えるばかりだつたので、こちらは言葉を續けた。「それでは、貴方に代つて愚見を申し上げるのをお許し下さい。まづ貴方が氣づかれるのは、初期段階の被造物の存在であります。ざつと描かれた素描《そべう》のごときもの、紙の切れ端に記されたちよつとした豫備《よび》的なスケッチ、詰りは、云はば人間の無造作《むざうさ》な下圖《したづ》であります。觀念は存在します。が、未だ、肉附けされてはゐない。要するに、件《くだん》の男兒は、目下の處、あらゆる點で取るに足らぬ存在でしかない。それを否定する積りはありません。ですが、同時に、前途には望みがある、違ひますか？　私はさう思ひます。前途は大いに有望である、とね（背は低いが立派な若者について、發育不全だからとて難癖をつけるお客に對しても、私どもはそんな風に申し上げるのです）。けれども、もう一歩話を進めたいと思ひます」と云ひながら、擦り切れたズボンを穿《は》いた脚《あし》を一歩踏み出し、相手に近寄つて、「今や我々は紙の切れ端に記された下圖でしかない男兒像を棄てて、園藝《ゑんげい》の王國から比喩を——差し當り必要なものとして御容赦頂きたい——借りて來なければなりません。例へば、蕾《つぼみ》、百合の蕾などは如何でせう。さて、生まれたばかりの男兒が所有するやうな諸々の特徴は——未だ望まれ得る全てではない、といふのは勿論です——それなりのものとして、ちやんと存在してゐる譯であり、成人のそれらと同樣、はつきりと知覺出來るものでもあります。ですが、吾々はここで立ち止つてはなりません」と云ひながら、男はもう一歩前に進んだ。「件の男兒は、細やかなものとは云へ、それらの特徴を現在所有してゐるのみならず、同樣に——ここで吾等の園藝の比喩が登場する譯ですが——百合の蕾よろしく、他の隱された特徴の萌芽をも所有してゐる。卽ち、現在は目に見えない特徴、未だ發達してゐない美的なる或るものを持ち合はせてゐるのであります」。

「おい、おい、園藝だの美的なるものだのの方に、あんまり傾き過ぎた話だぞ。手短かに云へ、手短かに！」

「檀那」と、年輩の下士官みたいに、古臭い軍人風の所作をしながら、「重要な議論の前衛部隊を議論の戰場に展開させようとする場合、取分け、云はば少年に關する新たなる哲學の中樞《ちゆうすう》をなす大軍勢を展開させようとする場合、現下の作戰行動がそれ自體では細やかで取るに足らぬものでしかないとしても、それに必要なだけの自由行動の餘地はどうか御與《あた》へ頂ければ有難い。この儘《まま》話を續けても、無駄といふ事はありませんか、檀那？」

「無駄ぢやないさ、卑屈な云ひ方はやめて、話を續けろ」。

かうして勇氣づけられて、眞鍮《しんちゆう》板を垂らした哲學者は再び話し續けた。

「もしも御立派な紳士が（使用人を求めて申込まれた方、詰り偶々《たまたま》私どもが御客樣として御目にかかつた方を、そんな風にお呼びしてゐるのですが）、もしもそのアダムといふ名の御立派な紳士が、牧場の仔牛さながらにエデンの園に一夜にして產み落されたと致しませう。もしもそんな事があつたとして——顎に產毛を生やしたそんなちつぽけで無邪氣な生き物が、とどの詰りは顎鬚《あごひげ》を生やした山羊と張り合ふやうになるなどとは、かの博識なる蛇の奴めですらもどうして豫見する事が出來たでせうか？　如何にも蛇は賢い奴でしたが、そんな可能性なんぞは彼の智慧の全く及ぶ處ではなかつたでありませう」。

「そんな事は知らん。惡魔は實に悧巧だからな。事態の成行きから判斷すると、惡魔は人間を作つた御方よりも遙かに人間を理解してゐたやうだ」。

「何といふ事を、そんな事を仰有つてはいけません！　本題に戻ります。かの男兒は、その顎鬚の狀態に於て、長老にも負けぬくらゐの堂々たる美髯《びぜん》を將來の可能性として所有してゐるのだといふ事を、否定して宜しいものでせうか？　その見事な顎鬚について、たとへ搖籠の中の男兒に對してすら、寬大な期待を籠めて、褒《ほ》めてやつて然るべきではないでせうか？違ひますでせうか？　謹んでお伺ひ致します」。

「褒めてやるがいいさ、顎鬚が生えて來たら、すぐに藜《アカザ》みたいに刈り取つて仕舞つたらな」と、こちらは無精髭の生えた顎をアライグマの皮の上衣に豚みたいに擦《こす》りつけながら云つた。

「さきほど既に類比の方法の事を申しましたが」と、こちらは相手の脱線を平然と無視して、「さあ、一つそれを應用《おうよう》してみませう。ある少年が今何ら立派な特質を示してゐないとします。さういふ場合、彼が將來示すであらう特質を理由として、寛大にその少年を褒めてやる事にするのです。お分りになりませんか？　私どものお客様が役立たずだからとて少年を戻して來ようとしたら、こんな具合にお客様に申し上げるのです、『奥様、もしくは檀那様（場合による譯ですが）、この少年は顎鬚を生やしてゐますか？』『いいえ』。『謹んでお伺ひしますが、これまでに何か立派な特質を示してゐますか？』『いいえ、ちつとも』。『それならば、奥様、もしくは檀那様、連れ歸つて頂きますやう、伏してお願ひ申し上げます。そして、立派な特質が現れて來るまで雇つて置いて頂けませんか。なぜなら、どうぞ信頼して頂きたいのですが、顎鬚と同じやうに、その立派な特質もまた彼の内部に潛んでゐるのですから』。」

「御立派な御說だよ」と、獨身男は蔑《さげす》むやうに叫んだ。しかし、實は内心密かに、少年の件に關するかかる新奇な見解に全く心を亂《みだ》されぬ譯ではなかつたらしい。「しかし、そんな御託に信頼が置けるかい？」

「ええ、完璧な確信を以てね。話を續けます。どうかもう一度、かの男兒の事を考へてみて下さい」。

「待つた！」と、獨身男はアライグマ皮の上衣の腕を獸の足みたいに突き出しながら、「その男兒なるものを、そんなに何度も押しつけるんぢやない。パンの嫌ひな者はパンの捏《こ》ね粉も好きになれないものだ。その男兒といふ奴を、お前の論理の展開に必要なだけの最小限に限定するんだ」。

「では、改めて男兒の事を」と、眞鍮板を垂らした男は勇氣を奮ひ起して云つた、「彼の成長の過程といふ觀點《くわんてん》から考へてみませう。最初は男兒には齒《は》がありません。ですが、六箇月ぐらゐで――それで正しいでせうか？」

「そんな事は何も知らん」。

「では、續けます。最初は齒がありませんが、六箇月ぐらゐで、男兒は齒を生やし始めます。その小さくて華奢《きやしや》な齒は何とも可愛らしいものです」。

「全くな。でも、忽《たちま》ち拔け落ちて仕舞ふんだから、どうでもいいものさ」。

「確かに。そして、さればこそ私どもは、善き點《てん》が缺《か》けてゐるのみならず、惡しき點が多すぎるからとて、少年を送り返さうとするお客樣にかう申し上げるのです、『奧樣、もしくは檀那樣、この子が大層墮落した性格を示してゐるといふのでせうか？』『際限も無い程にね』。『しかし、どうか信じて下さい、際限はあるのですから。だつて、奧樣、この子が幼兒期の頃に生やしてゐた脆弱《ぜいじやく》な乳齒《にゆうし》は、現在の健全で釣り合ひの取れた、美しい永久齒に取つて代られませんでしたか？　乳齒が問題を起すやうになればなるほど、奧樣、謹んで申し上げますが、それらが現在の健全で釣り合ひの取れた、美しい永久齒に速やかに取つて代られる事を、益々以て期待して宜しいのではないでせうか？』『いかにも、仰有る通り、それは否定出來ません』。『しからば、奧樣、謹んでお願ひ申し上げます、この子をどうか御連れ歸り下さい、そして、この子が自然の速やかな發育の過程の中で、奧樣が不滿を訴へられる諸々の一時的な道徳的缺點《けつてん》を振り捨てて、それに代つて、健全で釣り合ひの取れた、美しく永續的な美點を發達させ始めるやうになるまで、どうかお待ち頂きたいのです』、とね」。

「またしても、頗《すこぶ》る哲學的だな」と、こちらは輕蔑《けいべつ》するやうに答へた――ただし、上邊《うはべ》の輕蔑は內面の不安に釣り合ふ程度のものだつたのかもしれない。「途轍もなく哲學的だよ、全く。だがな、教へてくれ――お前さんの類比とやらを續けるがな――二番目の齒が最初の齒の後に續いて生えたものである以上――實際、最初の齒から出て來た譯だが――さうなると、缺點も傳《つた》へられて仕舞ふ可能性は全然ないのか?」

「全くありません」。議論が優勢になるにつれて、謙遜の度合は減じて行つた。「二番目の齒は後から續いて出て來ますが、最初の齒からその儘《まま》生じる譯ではありません。後繼者《こうけい》ではありますが、實の息子ではないのです。最初の齒は林檎の花芽とは違ひます。林檎の花芽の場合、成長して來る果實の云はば父親であると同時に、果實そのものに一體化して仕舞ひますが、最初の齒の場合、それに續いて別個に獨立して生えて來る云はば齒の下生《したば》えによつて、自らが生えてゐる場所から外に押し出されて仕舞ひます――因《ちな》みに、この例は、意圖《いと》した以上に私の云ひたい事を示してくれてゐます。尤も、望んだ以上にといふ譯ではありませんが」。

「何を示してくれてゐるといふんだ?」　獨身男は確信の得られない樣子で、內なる不安を漂はせつつ、雷雲の如き險惡《けんあく》な表情でさう云つた。

「それが示してくれてゐるのはですね、どんな少年の場合にも、取分け質《たち》の惡い少年の場合には、『子供は大人の父親だ』といふ警句を無條件で適用するのは、少年への誹謗《ひばう》中傷となるだけでなく、甚だ懸け離れてゐる、と云ふ事、詰り私の――」

「――お前さんの類比からな」と、鼈《スツポン》よろしく噛《か》みつかんばかりにこちらは云つた。

「さうです」。

「しかし、類比なんぞで全うな議論が成り立つのか？　お前さんはこじつけの名人だよ」。

「こじつけですつて？」と、傷ついた表情で。

「さうさ。人が言葉のこじつけをやる處を、お前さんは觀念のこじつけをやるんだ」。

「これはしたり。誰であれ、そんな調子で喋る人、人間理性に信頼を置かない人、人間理性を輕蔑する人とは、何を議論しても無駄な事です。けれども、ね、檀那」、と様子を變へて、「申し上げさせて頂きたいのですが、類比の力に少しも動かされなかつたら、わざわざそれを輕蔑しようともなさらなかつたでせうね」。

「何とでも云へ」と、いかにも蔑《さげす》むやうな口調だ。「だが、教へてくれよ、お前さんのあの最後の類比の話は、職業斡旋所の仕事と一體全體《いつたいぜんたい》、何の關係があるんだ？」

「大ありですとも。私どもから大人の使用人を世話されてすぐに、返したいと申し出られるやうなお客様に返答する場合、かく云ふ類比の話が大いに役立つのです。お客様が返したいと思ふ理由は、使用人が雇はれてゐる間に何か不滿の原因を作つたからといふのではありません。何處《どこ》かの紳士がその使用人をずつと昔の子供の時分に使つてゐて、彼に纏《まつは》る何かしら芳《かんば》しからざる話をしたのを、お客様がたまたま耳にしたからといふだけの事に過ぎません。さういふ少しく潔癖に過ぎるお客様に對して、私どもは件《くだん》の使用人の手を摑《つか》み、お客様に丁重にお引き合はせして、から申し上げるのです、『奥様、もしくは檀那様、この大人の使用人に對して、事後法[十三]的な精神で非難し續けるのはおやめ頂きたいと存じます。奥様、もしくは檀那様、貴方方は蝶々が芋虫の時に犯した罪によつて、蝶々を罰しようなどとなされるでせうか？　生きとし生ける物は自然の成長の過程に於て、益々より良き存在へと絶えず再生を繰り返しながら、古き己れを何度も何度も埋葬して行くのではありますまいか？　奥様、もしくは檀那様、どうかこの大人の使用人を連れ歸つて下さいまし。かつて芋虫であつたかもしれませんが、今は蝶々なのです』、と云つた具合にね」。

「幾らでもこじつけるがいい。でもな、お前さんのその類比とやらのこじつけを是認したとしても、結局それが何だといふんだ？　芋虫と蝶々とが別々の生き物だとでも云ふのか？　蝶々は派手やかな衣裳を纏《まと》ふ芋虫でしかない。衣裳を剝《は》ぎ取つて仕舞へば、以前同様、芋虫とちつとも變らない、細長い紡錘《ばうすい》みたいな、ペテン師の身體《からだ》が現れ出るだけの事だ」。

「類比は何としても拒否されると。それなら、事實に基くお話を致しませう。ある特定の性格を有する若者が、それと全く相反する性格を有する大人にすつかり變化し得るといふ事を、貴方は否定していらつしやる。さて、それでは――さうです、かういふ事實があります。トラピスト修道院の創設者アボット・ド・ランス[十四]とイエズス會の創設者イグラチウス・ロヨラ[十五]といふ二人の人物の事をお考へ下さい。二人共に、少年時代にも、そしてまた成人になつてからも暫くは、頗る氣性が激しく向う見ずもいい處でした。處が、とどの詰りは、これら二人の隱者さながらの克己心の發現に、世界中が驚愕《きやうがく》する事になつたのです。因みに、私ども

十三　事後法：實行時には適法であつた行爲に對して、事後に刑事責任を問ふ事を定める法令。

十四　アボット・ド・ランス：ランスはノーマンディ地方のラ・トラープのシトー修道會修道院を改革し、嚴格な規律を確立して、トラピスト修道院の創設者と目されるやうになつた。　一六二六―一七〇〇

十五　イグナティウス・ロヨラ：スペインに生れて、イエズス會を創設した。　一四九一―一五五六

はこれら二人の例をよく引合ひに出して、身持ちの良くない若い給仕を性急に返したがるお客様に、から申し上げるのです。『奥様、もしくは檀那様――辛抱です、辛抱が肝腎です』とね。『奥様、もしくは檀那様、あなた様は、良質の葡萄酒が醱酵《はっかう》期間中に多少濁《にご》りを示したからといつて、樽《たる》から棄てて仕舞ふやうな眞似をなさいますか？　なさらないなら、この若い給仕を棄てるやうな事もなさらないで下さい。彼の中で今良質のものが醱酵してゐるのですから』。『でも、とんでもない放蕩《はうたう》者なんですよ』。『だからこそ、將來が嘱望《しよくばう》されるのです。放蕩者は聖者の原料なのですから』、とね」。

「いやはや全く、お喋りな奴だ――詰り、やけに口數《くちかず》が多いんだよ。喋つてばかりゐやがる」。

「謹んでお訊ね致しますが、偉大なる裁判官であれ、司教であれ、預言者であれ、お喋りでなくて、一體何者でありませうか？　彼らは喋りに喋つてゐます。喋るといふのは、教師の特有の仕事に他なりません。叡智《えいち》自體にしてからが、座談以外の何ものでありませうか？この世に於ける最高の叡智は、そしてそれを教へる者の語る最後の叡智は、文字通り嘘僞《うそいつは》りなく、[十六]食卓に於ける座談といふ形で示されたのではありませんか？」

「お前、おい、お前なあ」と、こちらはガタガタ音を立ててライフルを地面に叩き附けた。

「話題を變へませう。どうしても意見が合はないやうですから。で、檀那、[十七]聖アウグスティヌスについては、どうお考へで？」

「聖アウグスティヌスだ？　何で俺が、いやお前だつてさうだ、なんでそんな奴の事を知らなけりやならないんだ？　俺が思ふに、そんな仕事をやつてゐて、おまけにそんなぼろ上衣

十六　食卓に於ける座談：新約聖書の「最後の晩餐」への言及。「ヨハネ傳」一三―一七、「マタイ傳」二六・二〇―二九、「マルコ傳」一四・一七―二五、「ルカ傳」二二・一四―三八參照。

十七　聖アウグスティヌス：初期キリスト教の指導者。人間の原罪を強調し、生來の墮落を説く。三五四―四三〇

を著てゐる癖に、お前さん、實際の處《ところ》大した知識を持つてゐる譯ではないにしても、當然知るべき事、知る權利のある事、或は知つてゐると安全で便利な事、もしくは、人生を全うに過してゐれば間違ひなく知るに至る筈の事よりも、遙かに多くの事を知つてゐるやうだ。中世人がユダヤ人及びその持金に對して執《と》つた態度を、お前に對しても執るべきだと思ふ。お前の知識は取り上げなくてはならん、何となれば、その正しい使用法を知るだけの知識を持ち合はせてゐないのだからな、俺はずつとさう考へてゐた」。

「愉快な御方だ。でも、聖アウグスティヌスを少しは齧《かじ》つた事がおありのやうにお見受けしますが」。

「聖アウグスティヌスの原罪論は俺の教科書だ。だが、もう一度訊ねるが、どうやつてそんな突飛《とつぴ》な考へに耽る氣になつたり、そんな事をやる時間を見つけたりするんだ? 實際の話、お前さんの全てのお喋りは、それについて考へれば考へるほど、前例がまるで見つからないし、突飛としか思へない」。

「檀那、既に申し上げませんでしたか、私どもの斡旋所の基盤をなす極めて斬新な方法、嚴密に哲學的な方法が、私や私の同僚をして人間性の諸々の廣範《かうはん》な研究へと赴かしめてゐるのだと。それらの研究は常に、少年をも含む汎《あら》ゆる種類の立派な使用人を親切な紳士方、即ち私どもの御客様のために斡旋する事を目指してをります——しかしてそれらの研究は、汎《あら》ゆる圖書館の汎ゆる書物に於ても、汎ゆる國家の汎ゆる國民に於ても、等しく行はれて參つたものに他なりません。その事についても、まだ申し上げてゐなかつたとしたらお詫び致します。それはともかく、してみると聖アウグスティヌスを氣に入つてをられると？」

「大した天才だ！」

「幾つかの點《てん》に於ては、さうでした。しかし、聖アウグスティヌス自らが著作の中で、三十歳になる迄はとんでもない極道者《ごくだう》だつたと告白してゐるのはどうしてでせうか？」

「聖者が極道者だと？」

「聖者が、ではありません。聖者の無責任でちつぽけな先驅者《せんく》——詰り少年が、です」。

「少年はみんな惡黨だ、大人も同じだ」と、こちらはまたもや急に話を逸《そ》らして云つた、「俺の名はピッチだ。俺は一度云つた事は決して變へん」。

「おお、檀那、云はせて頂けるなら——この穩やかな夏の夕べに、野獸の毛皮に身を包んで、そんな異樣な風體《ふうてい》でをられるのを拜見すると、私はこんな結論を下さざるを得ません。卽ち、風體と同樣に恐しく猛々《たけだけ》しい貴方の心の習慣もまた、異樣な氣紛《きまぐ》れの產物でしかなく、自然界それ自體に於けると同じく、貴方の眞の魂の世界にも何ら根據《こんきよ》を有するものではないのだと」。

「さう、實は、今——實はだな」と、獨身男は何だかそはそはし出した。かかる好意的な人物評價を聞かされて、心中、動かされなくもなかつたのだ。「實は、正直、今、俺は思つてゐるんだ、あの三十五人の少年達に、少し嚴しくし過ぎたかもしれん、とな」。

「少しく穩やかになられたみたいで、嬉しく存じます。貴方の三十番目の少年の場合、物柔らかで優雅な物腰は如何にいかがはしいものであつたにせよ、人間の成熟の最も鞏固な特質を覆ひ隠す、云はば玉蜀黍《たうもろこし》の柔らかい殼《から》の如きものだつたのかもしれません。彼の場合は、玉蜀黍の穗だつたのかもしれませんが」。

「さうだ、さうだ、全くその通りだ」と、獨身男はこの新たな比喩を聞いて頭に閃《ひらめ》く事があつて、興奮して叫んだ。「さうだ、さうだよ、今、考へてみると、俺は五月に玉蜀黍をどんなにしよつちゆう暗い氣持で眺めた事か、こんなに元氣がなくて半分蟲《むし》に食はれた芽が、八月の丈夫で堂々たる莖に成長する事が出來るのだらうかと、そんな風に心配しながらな」。

「頗る立派な御感想です。そして、貴方は私どもの斡旋所が創始した類比の理論に従つて、その御感想を件《くだん》の三十番目の少年に適用し、その結果を見定めさへすればよいのです。貴方がかの三十番目の少年を馘《くび》にせず――少年の諸々の不愉快な缺點《けつてん》に我慢して、それらを畑で耕すやうに養つて、周りの土に鍬《くは》を入れてやつたりしてゐたら、どんなに素晴しい報いが得られた事でせうか。つひには聖アウグスティヌスさながらの馬丁《ばてい》を手に入れる事になつたかもしれません」。

「本當だ、本當にさうだな――いや全く、最初に考へてゐたみたいに、奴を牢屋送りにしなくてよかつたと思ふよ」。

「そんな事になつてゐたら、酷すぎる話です。假《かり》に彼が質《たち》の惡い奴だつたとしてもです。少年達のちよつとした惡德なんぞは、まだ不十分にしか仕込まれてゐない仔馬の無邪氣な足蹴りみたいなものでしかありません。美德を知らない少年達もゐるでせうが、それは彼らがフランス語を知らないのと全く同じ理由からでしかありません。大人ならばそれなりの處罰《しよばつ》を受ける犯罪を犯した少年達のために、年少者用の保護施設が親の慈悲心を基盤に設立されて、法律に従つて存在してをります。なぜでせうか？　それは、少年達が何をしようと、社會といふものは私どもの斡旋所と同じく、根底に於て少年達にキリスト教的な信頼の念を懐いてゐるからに他なりません。以上に申し上げたやうな事の全てを、私どもは御客様に對して申し上げる譯です」。

「どうやらお前のお客といふのは、お前が何をほざいてもちやんと耳を傾けてくれる連中なんだな」と、相手は以前の様子に逆戻りして云つた。「だがな、よしんば安い賃金で話を持ちかけられても、悧巧な雇ひ主なら、保護施設出身の若者は避けようとするのはどういふ譯だ？　改心した少年なんぞ、俺は御免蒙《かうむ》るぞ」。

「そのやうな少年を御世話する積りはございません。改心の必要など毛頭ない少年を御世話させて頂きたいのです。お笑ひにならないで下さい。百日咳や痲疹《はしか》は子供の病氣ですが、それに罹《かか》らない子供もゐるのと同様に、子供の惡徳から免れてゐる少年達もゐるのですから。いかにも、最優良な少年にも痲疹は傳染《でんせん》し得るし、惡德が傳染すると良き習慣も臺《だい》無しにされて仕舞ひます。ですが、健全なる肉體に健全なる精神を宿してゐる少年もちやんとゐるのでありまして――さういふ少年をこそ御世話したいのです。これまで貴方が、特別に質《たち》の惡い少年達に遭遇されてゐたといふのなら、今後は質の良い少年に出遭はれる見込みがそれだけかへつて大きいといふものです」。

「ある種、理に適《かな》つた話のやうには聞えるな――ちよつとだけどな。實際、お前さんは随分澤山の馬鹿げた事を、實に馬鹿げてゐて理屈に合はない事を喋つたけれども、俺ほど疑ぐり深くない人間が話を聞いたら、お前さんに對して、ひよつとしたらお前さんの斡旋所とやらに對しても、と云ひたいくらゐだが、條件附きながらある種の信頼の念を懷く事さへあるかもしれないな。處で、戯《たはむ》れに訊いてみるだけの事だがな、俺が、この俺がだ、さういふ條件附きの信頼の念を、ほんのちよつぴりとは云へ、心に懷いたとしたら、眞面目な處、お前さんはどんな少年を送つて寄越す事が出來るんだ？　そしてその場合、手數料は幾らになるんだ？」

「私どもの經營《けいえい》は」と、こちらは幾分尊大《そんだい》に答へた。相手が色々勿體《もつたい》をつけながらも、段々確信が弱まつて、轉向《てんかう》の氣配を示し始めたのにつれて、今や雄辯の熱を帶びて來たのだ。「私どもの經營は、同種の施設で通常行はれてゐる程度を越えて、細心の注意、知識の習得、及び勞力を伴ふ諸々の原則に基いて行はれてゐるものでありますから、かく云ふ哲學的職業斡旋所と致しましては、通常よりもやや多額の手數料をお願ひせざるを得ないのです。卽ち、前金で、三弗《ドル》頂戴致してをります。御世話出來る少年について申しますと、幸ひ、極めて有望な少年が一人、今、念頭にございます——實際、實にお誂《あつら》へ向きの少年です」。

「正直かい？」

「とつても正直です。何百萬弗預けても、間違ひはありますまい。少くとも、母親から提出された頭蓋骨相學圖の所見欄には、さう記されてをりました」。

「何歳だ？」

「きつかり十五歳です」。

「脊は高いか？　頑健か？」

「年齢からして、並外《なみはづ》れてさうだと、母親が申してをりました」。

「よく働くか？」

「働き蜂さながらに」。

獨身男は思ひ惱むやうな様子を見せた。到頭、隨分躊躇《ためら》ひながら、かう語つた。

「お前さん、正直な處、どう思ふかな——正直な處、だぜ——本當に正直な處——俺はその少年に對して、少しばかり、限られた——ほんの僅かの、條件附きの信頼の念を懷いてもいい、と？　正直な處、どうだい？」

「正直な處、それで結構だと思ひます」。

「健全な少年だな？　善良な少年だな？」

「あれ程の少年には出會つた事がありません」。

獨身男はまたもや思ひ惑ふ様子で考へ込み、然る後にかう云つた、「さてと、お前さんは少年について、そしてまた大人についても、かなり新しい見解を提示してくれた譯だ。今の處は、それらの見解について具體的に結論を下すのは止めて置く。けれども、純粹に科學的實驗《じつけん》のためといふ事で、その少年を試してみようと思ふ。そいつを天使だなどと思つてゐる譯ではないぞ。斷じてさうぢやない。でも、試してみよう。ほら、三弗だ。それから、これが俺の住所だ。二週間後の今日、俺の處に寄越してくれ。待て。そいつを送る旅費が必要だらう。さあ、これだ」と、幾分不承不承の面持ちで金を渡した。

「おお、これはどうも。旅費の事を失念してをりました」、こちらはさう云ふと、態度を改め、眞面目くさつた顏附で紙幣を握りつつ、「ねえ、檀那、私はね、心から喜んで支拂はれたお金、それどころか、進んで積極的に支拂はれたお金ぢやないと、決して受け取る氣にはならんのです。檀那がこの私に（この際少年の事は措くとして）完全かつ無條件の信頼の念を懷いてゐると仰有るか、それとも謹んでこのお金を返させて頂くか、どちらかにさせて下さい」。

「しまつて置け、いいから、しまつて置け！」

「有難うございます。信頼の念といふものは汎ゆる商取引になくてはならぬ基盤です。それが無ければ、人と人との間の取引は、國と國との間のそれと同樣、時計みたいにゼンマイが切れて止つて仕舞ふ。さて、そこで、もしも現在懷いてをられる御期待に背《そむ》いて、少年が結局の處、何やら多少好ましくない性格を示すやうな事があつたとしても、性急に解雇するやうな事はなさらないで頂きたい。辛抱あるのみ、信頼あるのみ、です。その手の一時的な惡德はやがて消えてなくなるし、健全で、鞏固《きやうこ》で、穩健で、永續的な美德に取つて代られるものですから。おや、あれは」と、岸邊に見える奇怪な恰好の斷崖に目をやりながら、「所謂《いはゆる》『惡魔の冗談』[十八]なる奇岩ですな。上陸のベルが間もなく鳴るでせう。カイロ[十九]の宿屋の主人のために連れて來た料理人を探しに行かなければ」。

十八　「惡魔の冗談」：ミシシッピー河とオハイオ河との合流地點附近に立ち竝ぶ奇形の巨岩の一つ。

十九　カイロ：ミシシッピー河とオハイオ河との合流地點にあるイリノイ州の都市。度々洪水に見舞はれ、次章冒頭に記されるやうに、頗る不衞生な狀態にあつたらしい。

第二十三章

カイロ一帯の地域を見て、またもや寒々しい發作に襲はれるミズーリの男の様子の裡に、自然の景觀の強力な影響がまざまざと看取される

カイロに於ては、老舗《しにせ》の「熱病及びマラリア」商會が今も未完の仕事を仕上げようとしてゐるし、かのクレオールの墓掘人たる「黄熱病」氏は——手に鋤《すき》と鶴嘴《つるはし》とを持つて今も奸智《かんち》を恣《ほしいまま》にしてゐる。また、氣難《きむづか》し屋の紳士たる「發疹チフス」氏は、死神、カルヴィン・エドスン[一]、及び三名の葬儀屋と連れ立ち濕地《しつち》帯を散歩して、毒氣のある空氣を嬉々として吸ひ込んでゐる。

蚊がぶんぶん飛び回り、螢が光を放つじめじめした黄昏《たそがれ》時の今、船は停泊してゐる。カイロだ。何人かの乗客を上陸させて、新來の乗客がやつて來るのを待つてゐるのだ。岸邊側の船の手摺に凭《もた》れながら、ミズーリの男は薄暗がりを通して汚らしい濕地帯を眺めてゐる。そして、そこに向つて己れの冷笑的な想念を聲《こゑ》に出して呟いてゐる。まるで犬儒派アピマンタス[二]の犬が骨をもぐもぐ嚙《か》んでゐるやうな様子だ。彼は例の眞鍮板を吊した男がこの不愉快極まる河岸地帯に上陸すると云つてゐたのを思ひ出して、他ならぬその理由だけで、男を怪しげな奴だと思ひ始める。知らずしてかがされたクロロフォルムの痲酔《ますい》から醒め始めた人間のやうに、彼は己れが、哲學の徒たるこの己れが、思はず知らず誑《たぶ》らかされて、哲學の徒どこ

一　カルヴィン・エドスン：既出。第十六章の注（三）參照。

二　アピマンタス：シェイクスピアの「アセンズのタイモン」に出る冷笑家。主人公タイモンの友人の哲學者。

ろか阿呆扱ひされたのだと、半ば悟るに至る。光と影との何たる變移《へんい》に、人間は影響されて仕舞ふものなのであらうか！　總《そう》じて何ゆゑ人間はしかく影響され易いのか、その不可解な謎について彼は考察に耽る。彼は御氣に入りの作家クロスボーンズ[三]と次の如き認識を共有してゐると考へる。卽ち、朝には元氣に起床して、實際、至つて元氣で、幸ひにも牡鹿のやうに威勢がよいのに、寢る前になると、何故か具合が惡くなつて仕舞ふ人間がゐるやうに——朝には賢い頭で起床して、他人の云ひなりになる事もなく、實際、嘘僞りなく、實に賢く、實にしつかり己れを持してゐるのに、夕暮時になると、やはり大氣の惡戯《いたづら》ゆゑに、窮地に追ひ詰められ、頓馬《とんま》同然になつて仕舞ふ人間がゐるものだ。健康と智慧とは等しく貴重なものだが、信頼さるべき不變の所有物としては、等しく當《あ》てにならぬものである。

それにしても、奴の打ち込んだ楔《くさび》は一體どこから忍び込んだのか？　哲學、知識、經驗——城の守り手たるこれら頼もしき騎士達は卑怯な裏切り者でしかなかつたのか？　いや、そんな事はない、が、彼等の知らぬ間に、敵は城の南側、卽ち溫柔なる南面を襲撃し、「猜疑心」といふ名の番人がそこで敵と取引をしたのだ。要するに、この俺の優し過ぎて、純眞過ぎて氣さく過ぎる性質が、俺自身を裏切つたのだ。これを良き戒《いまし》めとして、今後は他人との附き合ひに於て少しく氣難《きむづ》かしくならねばならぬ、さう彼は思ふ。

彼はかの愛想の良いお喋りの、巧妙な展開の有様についてとくと考へてみる。想像するに、かの眞鍮板を吊した男は話を巧妙に進展せしめ、巧みに附け込み、俺が人類一般に一貫して適用してゐる不信の一般法則を、かの男に對してのみは例外的に抛擲《はうてき》するやう何時の間にか

三　クロスボーンズ：人名にあらず、交叉する二本の大腿骨の圖形の事。「死の象徵」。

説得して仕舞つて、俺を虚假《こけ》扱ひした譯だ。彼はそんな風に考へてはみるが、しかしそんな遣り口がどんな風に自分に作用したのかも、ましてや、そんな事をやつた男の事もさつぱり理解出來ない。あいつがペテン師だとすると、金錢の爲といふよりは、寧《むし》ろああいふ事をやるのが好きでやつてゐるのでなくてはならない。二三弗《ドル》の端金《はしたがね》なんかが、あんな見事な手練手管の目指す目的だつたといふのか？　しかし、それにしても、奴の外見はなんと哀れむべき困窮ぶりを示してゐた事か。今や彼は混亂した記憶を辿《たど》りながら、襤褸《ぼろ》を纏《まと》つた[四]タレーランだの、貧窮に苦しむ[五]マキャヴェリだの、見窄《みすぼ》らしい身なりの[六]薔薇十字會員だのが――と云ふのも、男が何やらこれら全てを併はせ持つやうに思はれたからだが――眼前を通り過ぎて行く姿を心中に思ひ描いた。次に會つた時こそは論理的に打ち負かしてやりたいものだと、彼は苦々《にがにが》しく思ふ。類比の理論が思ひ出される。偏見を打破すべく用ゐられる場合には當《あて》にならない理論だが、胸中に潛む疑惑を強からしめるには説得力が無くもない理論だ。彼はかの人を惑はす男の斜めに裁斷《さいだん》された上衣の裾と、食へなさうな視線とを類比的に結び附けてみる。履《は》き古された長靴の踵《かがと》の滑《なだ》らかな傾斜から遠回しの暗示を得て、かの惡戲《いたづら》者の滑《なめ》らかな喋り方を類比的に比較檢討してみる。かの巧みに附け込む男の絡《から》みつくやうなおべつかの使ひ方は、地面を這ひ回るかのおべつか使ひの生き物のそれとそつくりではないか。

　そんな風な陰鬱な考へに耽つてゐると、突如、陽氣に肩を叩かれて我に歸《かへ》つた。邊《あた》りには芳《かぐは》しい紫煙が漂つてゐて、その中から天使さながらに甘やかな聲が聞えて來た。

「何をそんなに考へ込んでゐるんだね、君」。

四　**タレーラン**：シャルル・ド・タレーラン。フランスの政治家、外交官。外交的術策で名高い。一七五四―一八三八

五　**マキャヴェリ**：ニッコロ・マキャヴェリ。イタリアの政治家。政治に於ける道義を否定し、權謀術數を正當化した。一四六九―一五二七

六　**薔薇十字會員**：眞理の直感的把握を主張して、宗教的神秘主義を奉じる國際友愛團體の會員。

第二十四章

博愛主義者が人間嫌ひを改心させようと試みるが、やり込めるだけの結果に終る

「さはるな！」と、思はず知らず獨身男は、陰鬱な氣分を不機嫌な態度で隱蔽《いんぺい》しようとして叫んだ。

「さはるな、だつて？　そんな云ひ種《ぐさ》は僕等の市場[一]では通用しないよ。僕等の市場の麗《うるは》しい感覺を持つてゐる人間ならば、誰でも麗しい生地の毳《けば》をさはるのが好きなもんさ、殊に、麗しい人間がそれを身に著けてゐる時にはね」。

「で、その麗しい方々とやらの中の、お前さんは一體何者なんだ？　ブラジルから來たんぢやないか？　オホハシ鳥[二]の輩《やから》だな。汚らしい肉の上に麗しい羽毛をくつつけてゐる手合だ」。

オホハシ鳥に纏《まつは》るかかる粗野な發言は、十中八九、見知らぬ男が身に纏《まと》ふ、色取り取りの、何やら鳥の羽毛みたいな服裝に觸發《しよくはつ》されたものに違ひない。男は服飾の趣味に關して偏狹《へんけふ》ではなく、自由主義者であつたやうだ。その衣裳たるや、ありとある風變りで形式ばらぬ事の珍しくない自由なるミシシッピー河一帶に於てならばいざしらず、それ以外の場所に於ては、かの獨身男ほどに口喧《くちやかま》しくない觀察者から見ても、少しく常軌《じやうき》を逸《いつ》してゐるとしか思へなかつたらう。とは云へ、かの熊皮とアラヒグマの衣裳を纏《まと》ふ、獨身男自身の外見ほど迄には異常に見えなかつたかもしれない。要するに、見知らぬ男は色とりどりの横縞の入つた衣服を

一　僕らの市場：ジョン・バニヤン（一六二八—一六八八）の「天路歷程」（一六七八）の「虛榮の市」、及びホーソンの「天國鐵道」（一八四三）參照。

二　オホハシ鳥：熱帶南米產。巨大な嘴と美しい羽根を有する。

これ見よがしに著用してゐて、色彩はコチニール色[三]が支配的だつたが、様式に於てはスコットランド高地風の格子縞柄、アラビア風の外衣、フランス風の上衣の混和せる特徴を示してゐた。襞《ひだ》の附いた正面から花模様の入つたレガッタ織[四]の襯衣《シャツ》がちらりと覗き、他には、ゆつたりしたズック地の白いズボンが栗色の上靴を覆《おほ》ひ、鮮やかな紫色の洒落《しやれ》たスモーキング・キャップが頭に載つてゐる。見るからに、旅慣れた愉快な人間達の王者とも云ふべき人物だつた。何もかもが尋常ではなかつたが、不自然だとか馴染んでゐないとかいふ風に見えるものは何もなかつた。全てが氣樂に使ひ熟《こな》されてゐるといふ證據《しようこ》を示してゐて、最も使ひ慣れてゐないものでも使ひ慣れた手袋のやうにぴつたりと似合つてゐた。今しがた無愛想な肩の上に置かれたかの親しげな手は、船乗りなんかがよくやるやうに、だぶだぶの衣服を締めるインディアン風の腰紐と腹部との間に無造作に突つ込んであつて、もう一方の手は、火のついてゐるニュールンベルグ製のパイプの艶《つや》のある櫻材の長い柄を握つてゐた。パイプの大きな磁器の火皿の表面には、一つに結合された諸國家の、兜《かぶと》の前立《まへだて》や武具が繋《つな》ぎ合はされた模様が細密畫で描かれてゐた——何とも華美な装飾模様ではあつた。火皿には煙草の芳醇《はうじゆん》なエキスが微妙に染み込み、薔薇色のやうな赤味が表面に現れてゐたが、丁度それと同じやうに、内部に祕められた魂の如きものが男の頰に赤味を帯びて現れてゐた。しかし、薔薇色のパイプの火皿も、薔薇色の頰も、かの薔薇色ならざる男、獨身男には何の效き目もなかつた。再び進み始めた船の搖れがややをさまるのを待つて、彼はかう續けた。

「おい、よく聽けよ」と、相手の帽子と腰紐とを嘲《あざけ》るやうに見遣りながら、「あんた、シニョー[五]

三　コチニール色：メキシコ・中米など高湿地帯のサボテンに寄生する、エンジムシの雌から採る赤色の色素。

四　レガッタ織：丈夫な縞模様の綿の綾織布。

五　シニョール・マーゼッティ：ジョゼフ・マーゼッティ。一八四八、九年頃、ニューヨークの劇場で猿のパントマイムを演じた。？—一八六四

シニョール・マーゼッティの記事

ル・マーゼッティのアフリカのパントマイムを見た事があるかい？」

「いや――上手いのかね？」

「見事なもんさ。知性のある猿を演じるんだが、いかにもそれらしいんだ。不滅の魂を授けられた存在たる人間が、猿の魂の中に實に自然に入り込んで行くのさ。だが、あんたの尻尾は何處にある？　マーゼッティはパントマイムをやつてゐる時、堂々と尻尾を見せてゐるぞ。猿を演じてゐても、決して猫被《ねこかぶ》りではないからな」。


見知らぬ男は片方の腰で船の手摺に寄り掛り、横向きになつて愛想のよい態度を見せてゐた。右脚《あし》を前に出して左脚と上品に交差させ、眞上に向いた上靴の靴先を甲板の上にゆつたりと置いて、のんびりと大《おほ》らかな態度で、ゆつくりと緩《ゆる》やかにパイプを燻《くゆ》らせてゐた。自分が多少は世慣れた男で、それとは對蹠《たいせき》的で生眞面目なキリスト教徒と違つて、すぐに機嫌を損ねたりする人間ではないといふ事を示してゐた譯だ。そしてそれから、なほもパイプを燻らしながら相手に近寄り、今度はやや控へ目に態皮の肩にもう一度手を置いて、愛想が無くもないやうな感じで、かう云つた、「君の話し振りには、『事に當つては勇敢に（fortiter in re）』といふ教訓が十分生かされてゐる事については、公平な觀察者ならば殆ど異論を唱へはしないだらう。しかし、さういふ態度が、『態度に於ては柔和に（suaviter in modo）』といふ教訓によつて然るべく緩和されてゐるかとなると、疑はしいと云ふだらうと、僕は思ふがね、君」と、相手を眞つ向から見据ゑつつ、「君が禮儀を蔑《ないがし》ろにして僕の挨拶に應《おう》じたくなるやうな、どんな危害を僕が君に加へたといふのかね？」

「手を放せ」と、こちらはまたもや相手の親しげな手を拂《はら》ひのけながら、「あんたも、マーゼッティも、他のお喋りどもも、みんなチンパンジーそつくりに作られてゐるが、その偉大なるチンパンジーの名に於て訊ねたい、あんたは一體何者なんだ？」

「世界主義者、詰り普遍的人間さ。かかる存在として、どんなに狹隘《けふあい》な仕立屋にも教師にも自らを縛り附ける事なく、服飾に於ても心情に於ても、様々な風土の人々の諸々の美麗なる特質を統合してゐる。さうとも、僕はこの美麗なる地球を徒《いたづ》らに彷徨《さまよ》つてゐるんぢやない。友愛の感情、人と人とを融合させる感情を養ひ育ててゐるんだ。なんぴとも他人ではない。だから誰にもで話しかける。心が暖かくて、信じ易いから、誰かが愼重に近づいて來るのを待つてゐたりはしない。確かに、今の場合は、あんまり愉快な反應には出遭はなかつた。けれども、眞の世界市民たるものの原則は、依然として、惡には善を以て報いる事でなければならない。――ねえ、君、僕はどうしたら君の役に立てるんだい？」

「お喋りでめかし屋の、世界の旅人さんよ、月の山脈[六]にでも、とつとと行つて仕舞ふがいい。あんたも月の山の一つになればいいんだ。俺の前から消え失せろ！」

「してみると、人間の姿が君にはそんなにも不愉快なのかね？　ああ、僕は愚かかもしれない、でも、僕としては、人間が、そのあらゆる面が、好きなんだ。ポーランド風であれ、ムーア風であれ、ミクロネシア風であれ、ヤンキー風であれ、どんな風な料理となつて出されようと、人間といふ、この素晴しい料理は今も僕を喜ばせる。或は寧《むし》ろ、人間とは、僕がどんなに飲み比べをしても決して飽きる事のないワインだ。しかるが故に、僕は斷乎たる世界市

六　月の山脈：一九世紀、東アフリカのナイル河源流に存在すると考へられてゐた傳説上の山脈。

民、云はば[七]ロンドン港の地下貯藏庫のワイン鑑定人の如きもので、テヘランから[八]ナキトシュまで旅をして回つて、様々な民族を味はふんだ。あらゆる人間の銘柄を試して、人間といふ、この獨特の風味を有する生き物に絶えず舌鼓《したつづみ》を打つてゐるといふ譯さ。しかし、[九]アモンティラードーすら御氣に召さない絶對《ぜつたい》禁酒主義者の味覺だつてこの世には存在するのだから、最上級の品質の人間すら樂しみ味はふ事のない、絶對的な人間嫌ひの精神だつて存在して一向に不思議はないと僕は思ふ。失禮だが、ふと思ひついたんだけれど、君は孤獨な暮しをしてゐるんぢやないのかな」。

「孤獨な、だつて?」と、相手の明察にはつとして。

「さう。孤獨な生活をしてゐると、知らず知らず奇妙な習慣を身につけるものさ、——獨り言を云つたりとかね」。

「盗み聞きしたな、さうだろ?」

「人混みの中で獨り言を云つたら、立ち聞きされても仕方がない、立ち聞きしたからと云つて、責められないさ」。

「盗み聞きをしたんだ」。

「まあ、さういふ事にして置かう」。

「盗み聞きをしたと白狀するのか?」

「君がここで何やらぶつくさ呟いてゐた時、僕が通りかかつて、一言二言小耳に挾《はさ》んだ事はある。それから、さつき君が職業斡旋所の男と話してゐた事も、似たやうな偶然で、少しば

七　**ロンドン港の地下貯藏庫**：世界中のワインが貯藏してあつた。

八　**ナキトシュ**：ルイジアナ州の、州内最古の都市。ミシシッピー河支流のレッド河岸にある。

九　**アモンティラードー**：スペインのモンティラ産のシェリー酒。最高の美酒とされる。

かり耳にはしたさ。——それはともかく、あいつ、なかなか良識のある男ぢやないか。随分僕の思考のスタイルと似てゐるよ。僕の衣裳のスタイルとも似てゐたら、奴さんの爲にもいいんだけどね。優秀なる感覺を有する人間が、劣等なる衣裳の蔭に己が光を隱さねばならぬ姿を目にするのは、僕みたいに善良な心の持主にとつては悲しい事だ。——處で、耳に挾んだほんの僅かな言葉から、僕は心にかう呟いた、これこそは、人間蔑視《べつし》なる益體《やくたい》もない哲學を患ふ男だ、とね。この病氣は——失禮ながら——一般に隱遁生活と切り離す事の出來ない、不機嫌な心的狀態とまでは云はずとも、精神の一種の沈滯狀態から生じるものなんだ。だから、いいかい、他人と仲良く附き合つて、他人と同じやうに振舞つた方がいいのさ。樂しい思ひをする事に何處《どこ》までも逆らはうとするなんて、悲しい話だ。人生は假裝《かさう》して（en costume）樂しむピクニックだ。吾々はそれに參加して役目を引き受け、道化役だつてちやんと演じられる用意が出來てゐなければならない。悧巧ぶつて、面白くもない顏をして、地味な服を著て登場するなんていふのは、自分が不愉快になるだけだし、その場の目障《めざは》りにもなるばかりだ。酒壜の間に置かれた冷たい水差みたいなもんで、みんなが陽氣にしてゐるのに、一人だけ素面《しらふ》でゐるやうなものさ。駄目、駄目。そんな節制は何にもなりはしない。これも云はせて貰ひたい事だがね——ざつくばらんにさ（en confiance）——どんちやん騷ぎをやつたからと云つて、必ずしも飲んだくれる事になるとは限らないが、節制なるものは、あんまり度を超えると一種の酩酊《めいてい》狀態に陷りかねないもんでね。その手の節制の酩酊を治癒《ちゆ》するには、僕思ふに、角笛の形のデカンターの細い方の口から、ちびりちびりとワインを飲み始めてみるしか方法はない」。

「おい、あんた、ワイン商人や飲んだくれどもの、一體どこの組合から雇はれて、御說教を垂れてゐるんだ？」

「どうも、僕の云はんとする處がはつきり傳《つた》はらなかつたみたいだね。ちよつとした話をしたら、飲み込んで貰へるかもしれない。ゴーシェン[十]の立派な老婦人の話なんだがね、とても道德心の強い老婦人で、秋に子豚を太らせる爲に林檎を食べさせまいとしたくらゐなんだ。果物が醱酵《はつかう》して子豚の腦《なう》を刺激して、子豚が淫《みだ》らな欲望を起すやうになるのを氣遣《きづか》つたといふ譯さ。處で、雪の降らないクリスマスの時に――こいつは年寄りにとつては不吉な徵《しるし》だが――、この立派な老婦人が塞《ふさ》ぎ込んで衰弱して、寢込んで食欲もなくなり、親友達に會ふのも拒《こば》むやうになつて仕舞つた。夫君がとても心配して、醫者を呼びにやつた。醫者が診察して患者に二三質問をした後、夫を部屋の外に差し招いて、かう云つた。『牧師補佐役さん、奥さんに治つて貰ひたいかね？』『勿論ですとも』。『それなら、すぐに行つて、サンタ・クルー[十一]スのワインを一壜買つておいでなさい』。『サンタ・クルースですつて？　家内がサンタ・クルースを飲むんですか？』『飲むか、死ぬか、どちらかです』。『でも、どのくらゐ？』『飲めるだけ』。『でも、酔つ拂《ぱら》つて仕舞ふ！』『それが治療なんです』。醫者のやうな賢い人間の云ふ事には從はねばならない。大いに意に反する事だつたが、謹嚴《きんげん》な牧師補佐役は謹嚴ならざる治療薬を買ひ込み、同じく大いに良心に反する事だつたが、哀れな老婦人はそれを飲んだ。處が、さうする事によつて、間もなく彼女は健康と氣力、それに素晴しい食欲を恢復し、再

十　ゴーシェン：インディアナ州北部の町。熱烈な信心で有名な、メノ派キリスト教徒の集落があつた。

十一　サンタ・クルースのワイン：大西洋のポルトガル領マディラ諸島サンタ・クルース産の酒精強化ワイン。

び喜んで友人達に會ふやうになつた。そして、かかる經驗によつて乾燥無味なる節制の氷を打ち破り、爾來《じらい》、彼女のグラスにはいつもワインがたつぷり入つてゐたといふ話だ」。

この話は獨身男を驚かせて、興味を懷かせるに至つたが、納得に至らしめるには足りなかつた。

「あんたの喩《たと》へ話を正しく理解してゐるとすればだな」と、彼は以前の粗暴な態度をだいぶ改めて云つた、「その意味する處は、我々は生眞面目過ぎる人生觀を拋棄《はうき》しない限り、心から人生を樂しむ事は出來ない、といふ事だらう。しかし、生眞面目過ぎる物の見方は、餘りに酒浸《さけびた》りのそれよりは明らかに眞實に近いのだから、眞實が冷水で虚僞がトーケー酒[十二]だとした處で、眞實を虚僞より重んじる我輩としては、陶器の水差を手放さうとは思はない」。

「なるほど」と、相手は紫煙を螺旋《らせん》状にゆるゆると空に向けてくゆらしながら、「なるほど、高尚なるものが好きなんだ」。

「何だつて?」

「いや、何でもないさ! でも、君を退屈させる事になるかもしれないが、もう一つ、話をしよう。パイ屋の店の屋根裏部屋にあつた古い長靴の話なんだがね、何しろ太陽と天火との間に挾まれてゐたものだから、みつともなく縮んで、干からびて、捻《ねぢ》れて歪んで仕舞つたのさ。屋根裏部屋に置いてある、そんな風な古びた革の長靴を君も見た事があるんぢやないかい? とてもお高くとまつて、生眞面目で、孤獨で、哲學的で、嚴《いか》めしい古びた長靴といふ譯だ。しかし、僕としては、パイ屋の職人が下の階で使つてゐる、履き古した上履《うはばき》でありた

十二 トーケー酒：ハンガリーのトーケー産の葡萄酒。美酒とされる。

いと思ふね。パイ屋と云へば、僕は慎しやかなパイの方がこれ見よがしのケーキよりも好きだね。孤獨だつたり高尚だつたりする考へ方は、とんでもない間違ひだ。その點、人間は雄鷄みたいなものだと僕は思ふ。孤獨で高尚な止り木を好む雄鷄は、女房の尻に敷かれてゐる奴か、鬱《ふさ》ぎの蟲《むし》にやられてゐる奴かのどちらかさ」。

「侮辱する氣か！」と、明らかにむつとして、獨身男が叫んだ。

「誰を？　君をか、それとも人類をか？　人類が侮辱されるのを、座視《ざし》する積りはないんだな？　ほう、それなら、人類に對して何がしかの敬意を懷いてゐる譯だ」。

「自分自身に對しては懷いてゐる」と、前ほどは斷乎としない口調で、こちらは云つた。

「その君といふ人は人類に屬《ぞく》してゐるんぢやないのかい？　さあ、どうだい、君、人類を輕蔑するやうな振りをして、どんな自己矛楯に陷るものか、分らないかい？　僕のちよつとした策略に君は物の見事に引つ掛つたのさ。さあ、ほら、人類をもつと良く評價しなくちや。そして、心を新たにする第一歩として、孤獨な生活をやめるんだね。處で、君はひよつとして[十三]ツィンメルマンなんかを讀んでゐた時期があつたんぢやないのかい？　あの古臭い氣塞《きふさ》ぎ屋のツィンメルマンをさ。孤獨を論じたあいつの本は、自殺を論じた[十四]ヒュームの論文や、學問や知識を論じた[十五]ベーコンの本と同じくらゐ愚劣だよ。あいつの本は、それらと同じで、精神や肉體を導くよすがを書物に求めようとする讀者を裏切るものだ。似非《えせ》宗教のやうなものさ。君が奴らをどんなに偉い連中だと思つてゐても、奴らは誰一人として、精神の滿足の確たる法則を求める人間の切なる願望に應《こた》へてくれない、人間を超える存在への然るべき信賴

十三　ツィンメルマン：ヨハン・ツィンメルマン。スイスの醫者。四巻本の著書「孤獨」（一七八四年）がある。一七二八―一七九五

十四　ヒューム：デイヴィッド・ヒューム。スコットランドの哲學者、歴史家。死後、一七八四年に、論文「自殺について」が出版された。一七一一―一七七六

十五　ベーコン：既出。第九章の注（六）參照。

に基く喜ばしき友愛の精神に適ふものを何一つ提供してくれない。お粗末な阿呆ども、それどころかお粗末なペテン師どもだ、とつとと消え失せろ、と云ひたい」。

以上は實に眞劍な態度で語られたので、聽いてゐた者なら誰しも何がしかの感銘を受けずにはゐなかつたらう。他方、餘り氣の強くない反對意見の持主ならば、やや怖氣《おぢけ》づくやうな事にもなつたかもしれない。獨身男は暫し心の中で考へた後、かう答へた。「あんたに少しでも經驗があれば、ワインをちびちび飲むなどといふ御託《ごたく》をあんたがどんな意味に用ゐてゐようが、他の御託なるものの例にもれず、お粗末な御託でしかないといふ事が分るだらうよ。[十六]ラブレーの飲酒贊成の聖典も、[十七]マホメットの飲酒反對の聖典も、ちつとも信頼出來ないのと同じ事さ」。

「もういい」と、斷乎たる態度でパイプの灰を叩き落して、相手は云つた、「さつきから我々は喋りに喋り續けてゐるが、同じ場所に突つ立つてゐる儘《まま》だ。どうだい、一寸散歩してみないかい？ さあ、僕の腕を取つて、一周りしてみようぢやないか。今夜、最上甲板でダンスがあるさうだ。僕はスコットランドのジグ[十八]を踊つてみせる積りだ。僕が踊つてゐる間、僕の小錢がばらばらに落ちないやうに、しつかり預つてゐてくれ給へ。その後、君はライフルを置いて、水夫の角笛踊り[十九]をやつて、その熊の毛皮を脱ぎ捨てるのさ——君の懷中時計は僕が預つてゐてあげる。どうだい？」

この提案に對して、獨身男はまたもやアライグマさながらの元の已れに戻つた。

「おい」と、ライフルをどしんと床に叩きつけながら、「貴樣は三人目のペテン師ジェレミー[二十]

十六　**ラブレーの飲酒贊成の聖典**：フランスの作家フランソワ・ラブレー（既出。第十九章の註（十一）參照）の「ガルガンチュア物語（一五三四年）」は、葡萄酒を飲む事を贊美してゐる。

十七　**マホメットの飲酒反對の聖典**：マホメット教の經典「コーラン」は飲酒を禁じてゐる。

十八　**ジグ**：三拍子の急速度の曲に合はせて踊る活潑なダンス。

十九　**角笛踊り**：ホーン・パイプに合はせて踊る活潑なダンス。普通一人で踊るもので、水夫の間に流行した

二十　**ペテン師ジェレミー**：既出。第三章の註（七）參照。

か？」

「ペテン師ジェレミー？　預言者のジェレミー[二十一]とか、牧師のジェレミー・テイラー[二十二]なら聞いた事があるけどね。でも、君の云ふ別のジェレミーは知らないな」。

「あんたは奴の腹心かなんかだらう、違ふか？」。

「一體、誰の？　誰かの腹心になる値打もない人間だと自分を卑下《ひげ》してゐる譯ではないけれど、でも、君の云ふ事がさつぱり分らない」。

「あんたも奴らの一人だ。なぜか今日はとんでもない形而上學的なヤクザ者どもに出遭ふ日だ。次々にやつて來やがる。しかし、どうもあの藥草醫の詐欺師の奴が後からやつて來る詐欺師どもに、あんまり鋭さが目立たないやうに知恵をつけてやつてゐるらしいな」。

「藥草醫だつて？　誰だい、それは？」

「あんたみたいな奴さ——奴らの一人」。

「誰だつて？」　さう云ふと、こちらは長々とお喋りをして説明しようとでもするかのやうに、相手に近寄つて左手を廣《ひろ》げ、杖で子供の手を叩いて罰する時のやうに、パイプの柄で左手の掌《てのひら》を横ざまに叩きながら、から云つた、「僕を誤解してゐるよ。だから、誤解を解くために、ちよつとした議論をして、それから——」。

「いや、駄目だ。ちよつとした議論なんか、もう澤山だ。今日はちよつとした議論をやり過ぎた」。

「でも、考へてみてくれよ。君はこれを否定出來るかい——否定出來るならやつて貰ひたい

二十一　預言者のジェレミー：舊約聖書「エレミヤ記」の作者、預言者エレミヤの事。第九章の註（一）參照。
二十二　ジェレミー・テイラー：英國の司教。一六一三—一六七七

もんだがね――孤獨な生活者といふものは、見ず知らずの他人に對して遺憾千萬《せんばん》な誤解をしがちだといふ事を？」

「ああ、否定するともさ」と、こちらはまたもや衝動的に反應して、議論に引摺り込まんがための餌《えさ》に食ひついて云つた、「あんたなんか、忽《たちま》ち論破してやる。いいか、あんたは――」

「まあ、まあ、まあ、君」と、相手は垂直に立てた兩方の掌《てのひら》を二枚の盾のやうに突き出して、「そんなに責め立てないで貰ひたい。こちらが喋る機會もありやしない。君が何を云はうともだね、僕の云ふやうな人間交際の提案を疎《うと》んじるのは、實際、そもそも人間交際を疎んじようなどといふのは、無愛想な性格の證《あか》しだよ――冷たくて、愛情に缺《か》けてゐるのさ。人間交際を受け容れるといふのは、暖かくて、優しくて、實際、太陽のやうに明るい性格の證しなんだ」。

するると相手は再び興奮して來て、いかにも彼らしいひねくれた物の云ひ方で、實に思ひ遣りの無い言葉を用ゐて、世間を罵倒し始めた。耳も聞えぬ老耄《おいぼ》れの俗物どもは耳を聾《ろう》さんばかりの騷々しい世の中に何時までもしがみついてゐるし、痛風病みの大食ひどもは痛風を惹き起す食ひ物を貪《むさぼ》り食らふために脚《あし》を引摺つても出掛けて行くし、コルセットを著けた浮氣女はコルセットを著けた洒落男をワルツを踊りながら抱き締める、全てこれ私心なき人間交際のためだ。そして、何千もの連中が金を惜しげもなく使つて破産して、人間同士の樂しい交はりに對する純粹な愛情の裡に身を滅す――そこには、嫉妬も、競爭心も、その他諸々の麗しからざる動機も、これつぽつちもありはしないといふ譯さ。

「いやあ、しかしだね」、と、相手はパイプを振つて抗議の意を示しながら、「皮肉で來るといふのは、實に不當だ。皮肉にはどうにも我慢がならん。皮肉には何か惡魔的な處がある。皮肉だの、その親友たる諷刺だのから、神よ、僕を守り給へ」。

「正しく惡黨の祈りだな、正しく愚者の祈りでもある」と云つて、こちらはライフルの引金をかちりと鳴らした。

「正直に云へよ。ちと云ひ過ぎだつたと、白狀しなさいよ。でも、いやいや、君は本心で云つた譯ぢやないさ。とにかく、僕は許せるよ。ああ、君に分りさへしたらなあ、そんな風に厭世《えんせい》主義のライフルを弄《いぢく》り回してゐるよりも、この博愛主義のパイプをふかしてゐる方がどんなに愉快か、といふ事がさ。君の云ふ俗物、大食らひ、浮氣女の事だがね、勿論、さういふ連中の事だから、ちよつとした缺點《けつてん》は持つてゐるさ――持つてゐない人間がゐるかい？――でも、その誰一人として、人間交際を疎《うと》んじるといふ恐るべき罪のために非難される謂《いは》れはない。恐るべき罪と僕は云つた。何となれば、屢々《しばしば》それはそれ自體よりも遙かに忌《いま》はしいものを前提としてゐるからだ――良心の呵責がそれだ」。

「良心の呵責が人間同士を遠ざける事になると云ふのか？　御同胞たるカイン[二十三]が最初の人殺しをした後で、最初の都市の建設に赴《おもむ》いたのはどういふ譯だい？　どうして現代のカインは獨房《どくばう》に監禁されるのを何より恐れるんですかね？」

「君、興奮してゐるね。君が何と云はうとも、この僕は仲間の連中に周りにゐて貰はなくちやならない。しかも大勢――大勢の仲間にゐて貰はなくちやならないんだ」。

「掏摸《すり》も仲間が周りにゐるのを好むもんさ。ちえつ、間拔けめ！　目的もないのに人混みの

二十三　カイン：舊約聖書「創世記」に出る人物。アダムとイヴの長子で、弟のアベルを殺す。人類最初の殺人者とされる。

中に入つて行かうとする奴なんぞゐやしない。そして、多くの場合、その目的は掏摸《すり》のそれと同じだ――財布だよ」。

「君ねえ、どうしてそんな事が平氣で云へるのかね。羊が群居性を有するのと同様に、人間が社會性を有するのは全く自然の理法に適つてゐるといふのにさ。しかし、人間は社會性を持つ事で、銘々が自らの目的を持つといふ事は認め給へ。さうして、それを生きる根據《こんきょ》として、君自身も人と交はつてみたらどうかね、今、すぐにさ。さうしたら、もつと明朗な哲學が君の目的となるかもしれない。どうだい、一周りしてみようぢやないか」。

改めて彼は友好的な腕を差し出した。だが、獨身者はまたしても振り拂《はら》ひ、強い祈願の意を表するかのやうにライフルを高く翳《かざ》して、から叫んだ。「おお、高きに在《いま》す警官殿よ、どうか町に蔓延《はびこ》るならず者や穀物置場を食ひ荒す鼠共を捕まへて退治して下さいますやうに。而《しか》してまた、目下は人間置場たるこの船の中に、狡猾《かうくわつ》で、口先が上手くて、追從者の鼠がうろちよろしてゐるとするなら、汝、高きに在す鼠取り殿よ、そやつを引つ捕まへてこの手摺に釘附けにして下さいますやうに」。

「激越《げきえつ》にして高尚な物云ひだ！　君は根はトランプの切札みたいに立派な奴なんだな。そして切札のカードなんだつたら、スペードだらうがダイヤだらうが問題ぢやない。君は上等のワインだ、ただ、もうちよつとよく振つてやると、更に上等のワインになるんだがなあ。さあ、どうだい、これから一緒にニューオーリンズへ行つて、そこからロンドン行きの船に乗込まうぢやないか――僕はプリムローズ・ヒル[二十四]の近くで友人達と宿を取るし、君はコヴェン[二十五]

二十四　プリムローズ・ヒル：ロンドンはリージェント公園の北にあつて、殺人や決闘事件が多くて悪名高い地域。

二十五　コヴェント・ガーデン：ロンドン中央部にあつて、青物や草花の卸市場がある。

ト・ガーデンのピアザ[二十六]花市場に泊るといい――コヴェント・ガーデンのピアザ花市場だぜ。だつて――君はなかなか完全に宗旨を替へてくれさうもないだらうから、一つ訊きたいんだがね――、花市場で道化者として生きるやうになつたディオゲネス[二十七]は、タイモン[二十八]よりも、卽ちかの餘り賢明ならざるアテナイ人、荒寥《くわうれう》たる松林に隱れ潛んで案山子《かかし》同然の身の上となつた、かの無分別な紳士たるタイモン卿よりも、その氣質はよほど上等なものではなかつたのかい？」

「手を！」と云つて、獨身男は相手の手を握つた。

「おやおや、何と心の籠つた握手なんだ。してみると、我々は兄弟にならうといふ譯だね？」

「人間嫌ひの二人組がなれる程度にはな」、と云ふと、もう一度、とんでもない力を籠めて握りしめた。「現代人は人間嫌ひになる力も無いほど墮落して仕舞つたかと、俺は思つてゐた。それが間違ひだと分つて、嬉しいよ、尤も、たつた一つの例、それも變裝《へんさう》した奴の例でしかないけどな」。

相手は呆然《ばうぜん》として目を瞠《みは》つた。

「そんな顏をしても駄目さ。お前はディオゲネス、變裝したディオゲネスだ。さうよ――世界市民の假面を被るディオゲネスなのさ」。

傷《いた》ましく見えるほど前とは違つた形相《ぎやうさう》を呈しながら、相手はなほも暫く默念《もくねん》と佇んでゐたが、やうやく苦しげな口調でかう云つた、「何とも辛いものさ、かくも熱辯《ねつべん》を揮《ふる》つて、熱意の餘り多くを讓《ゆづ》り過ぎた結果、とんだ無駄骨もよい處、懸命に改宗させてやらうとした當《たう》の

二十六　ピアザ：コヴェント・ガーデンの北及び東側に位置するアーケード街。花市場。

二十七　ディオゲネス：古代ギリシャの犬儒學派哲學者。花市場で桶に入つて暮し、冷笑的人間觀を語つたと傳へられる。紀元前四一二？―三二三

二十八　タイモン：既出。第三章の註（六）參照。

相手の陣營に自分が屬《ぞく》してゐると思はれるとは！」　それからまた様子を變へると、「ふざけた態度で僕の意圖を別なものに變へて仕舞はうとするなんて、そんなイシュメイル[二十九]のやうな君の許へ、僕は人類の派遣した使者としてやつて來たんだ。人類は君の過《あやま》ちに對して惡意なんか懷いてゐないと心から確信してさ。そして、僕は君と人類との和解を圖《はか》らうとした。それなのに君は僕を誠實な使者と思ふどころか、けしからんスパイか何かのやうに思ふんだからな。ねえ、君」、さう云ふと、より尊大な態度でかう附け加へた、「君は一人の人間をかうやつて捉へ損なつたのだから、その經驗から、全ての人間を捉へ損なひかねないと知るべきだよ。後生だから」と云ひながら、兩手を相手の上に置いて、「信頼の念を持ちなさい。不信の念がどんなに君を欺いた事か。僕がディオゲネスだつて？　人間嫌ひを更に一歩先に進めて、人間を憎惡するより寧《むし》ろ輕蔑した男、それが僕だつて？　屍體《したい》になつた方がよつぽどましだ！」

　さう云ふと博愛主義者は、やつて來た時よりも餘程《よほど》不機嫌さうにその場を去つた。厭世《えんせい》家の方は困惑しつつ、自ら頗《すこぶ》る賢明なものと看做す孤獨の裡に取り殘された。

二十九　イシュメイル：舊約聖書「創世記」に出る人物。ユダヤ民族の祖アブラハムの息子。「イシュメイル」には、「追放人、世の憎まれ者、宿無し、社會の敵」などの意味がある。「創世記」一六・一一—一六參照。メルヴィルの「モービー・ディック」の語り手の名。

第二十五章

世界主義者が友人を作る

世界主義者が退散しようとしてゐると、一人の船客に出遭つた。初對面《しよたいめん》の男だつたが、西部人のざつくばらんな態度で、かう話し掛けて來た。「妙な人だね、君の友人は。僕自身、彼とちよつとした口爭ひをしてさ。あんなにひどく分析癖《ぶんせきへき》がなかつたら、結構面白いんだらうけど。何だか、イリノイ州のジョン・モアドック大佐について聞いた話を思ひ出したよ。ただ、君の友人は、心の底はそんなに好い人間だとは思はないがね」。

そこは船室の半圓形《はんゑんけい》の入口で、甲板から見えない處にあつて、頭上には周りをシェードで圍《かこ》はれたランプがぶら下つてをり、眞晝《まひる》の太陽のやうにまつすぐ下方を照らしてゐた。男はランプの下に立つてゐたから、その氣のある者ならば、男を詮索する絶好の機會と思つたらう。が、今、男に向けられた視線にはそんな無作法な氣配は全く無かつた。

男は背丈が高くもなければ太つてもをらず、低くもなければ痩《や》せてもをらず、あたかも精神の働きにぴつたり適合させるべく誂《あつら》へたかのやうな肉體《にくたい》を有してゐた。他の點《てん》では、容貌に於てよりも服裝に於て惠まれてゐた。そして、服裝についても、身體にぴつたり合つてゐるからといふよりも、仕立が見事だから魅力的なのだつた。布地の表面の毳《けば》が美しいものだつたのは云ふ迄もないが、どう見ても美しからざる皮膚の有樣とは不調和に見えた。それに、菫色のチョッキは、その黄昏《たそがれ》時の色彩をいかにも氣難しさうな顏面に反射してゐて、これまた頗る互ひに不似合ひだつた。

が、總《そう》じて云ふなら、人好きのする風采でなかつた、と云ふのは公正でなからう。實際、趣味を同じくする者にとつては、趣味にぴつたり合致しない譯ではない、といふのが疑ひのない處であつたらう。他方、趣味を同じくしない者達にとつては、少くとも奇妙なものとして興味の的にならざるを得なかつたらう。と云ふのも、いかにも潑溂《はつらつ》として親しみ易く、溫かみを感じさせる物腰を示してはゐたものの、それとは對照的に、何やらその埋め合はせでもするかのやうに、血色の乏しく寒々しげな分別臭さが物腰の背後に潛んでゐたからだ。不躾《ぶしつけ》な批評家ならば、丁度チョッキが彼の頰を染めてゐたのと同樣に、態《わざ》とらしく裝はれた物腰が彼を元氣に見せてゐるに過ぎない、と評したかも知れない。そしてまた同じく不躾な批評家ならば、男の齒は素晴らしく立派だが、餘りに立派過ぎて本物とは思へないとか、或は、本物と云ふには十分ではない、何故なら最上の義齒はより本物らしく見せるため少くとも二三の傷跡があるものだから、とか云つたであらう。だが、幸ひ、そんな批評家は今ここでこの見知らぬ男を觀察してはをらず、ゐるのは世界主義者だけだつた。彼は話しかけて來た相手にまづ無言で挨拶した後——挨拶の仕方がミズーリの男に話し掛けた時ほど快活でなく見えたとすれば、それは恐らく先程の出逢ひの悲しむべき結末の然らしむる處であつたらう——、「ジョン・モアドック大佐だつて」と、名前をぼんやり繰り返すと、「その姓には聞き覺えがある。ねえ、君」と、元氣になつて、「その人はイギリスのノーサンプシャーの、モアドック屋敷のモアドック家と何か關係があるのかね？」

「モアドック屋敷のモアドック家なんざ知らないね、バードック小屋のバードック家を知らないのとおんなじさ」と相手は答へた。なにやら己が財産を自力で拵へて來た男のやうな雰《ふん》圍氣《ゐき》を漂はせてゐる。「僕が知つてゐるのは、ただ、今は亡きジョン・モアドック大佐が生前は有名な人物で、族長ロキール[一]のやうな目をしてゐて、指は銃の引金みたいで、大山猫のやうに鋭敏な神經《しんけい》を持つてゐたといふ事だけさ。二つだけちよつと風變りな處があつたな——立ち上る時はいつもライフルを手にしてゐた事、それに、インディアンを蛇蠍《だかつ》の如くに忌《い》み嫌つてゐた事だ」。

「すると、君の云ふモアドックはミザンスロウプ（人間嫌ひ）邸のモアドック——森の人間のやうだね。その大佐、あんまり人當りの良い方ぢやなかつたらしいね」。

「人當りが良かつたかどうかはともかく、決してがさつな無骨者ぢやなかつた。絹みたいに艷々《つやつや》した顎髭を生やし、頭髪は卷毛で、インディアン以外には誰に向けても、まるで桃みたいに甘く潤《うるほ》ひたつぷりの態度を示したものだ。しかしインディアンとなると——今は亡きジョン・モアドック大佐、イリノイのインディアン憎惡者は、どんなにインディアンを憎んだ事か！」

「そんな話は聞いた事がない。インディアンを憎むだつて？　大佐にしても他の誰にしても、どうしてインディアンを憎まなくちやならないんだ？　この僕はインディアンに感嘆してゐる。僕がいつも耳にしてゐる處では、インディアンは原始的人種の最も優れた人種の一つで、

一　族長ロキール：エバン・キャメロン・オヴ・ロキール。スコットランド高地地方の族長。英國王のチャールズ一世、二世に抵抗した。一六二九—一七一九

多くの英雄的美質を具へてゐる。高貴な女のインディアンもゐるといふ話だ。ポカホンタス[二]の事を考へると、僕はインディアンを愛したくなる。それに、マソサイト[三]、ホープ山のフィリップ[四]、テカムセ[五]、レッド・ジャケット[六]、ローガン[七]といつた連中もね——みんな英雄だ。それから、五部族聯合《れんがふ》[八]にアロケーニア族[九]——英雄達の聯合體や共同體だ。たまげるね。インディアンを憎むだつて？　今は亡きジョン・モアドック大佐とやらは、心の中で道を踏み迷つてゐたに違ひない」。

「森の中ではかなり踏み迷つてゐたが、他の場所で道を踏み迷つたといふ話は聞かないな」。

「眞面目に云つてゐるのかい？　インディアンを憎む事を己れの特別の使命とするやうな奴がゐて、インディアン憎惡者などといふ特殊な呼び名まで作られたといふのかい？」

「正にさうさ」。

「これはまた、随分冷靜だな。——でも、實の處、僕はこのインディアン憎惡なるものについて、一寸知りたい氣持だ。そんなものがあるなんて、僕には殆ど信じられないがね。その尋常ならざる男の閲歴《えつれき》について、少し話を聞かせてくれないか？」

「喜んで」とこちらは云ふと、すぐに船室の入口から歩み出て、世界主義者に甲板上の近くの長椅子に坐るやう身振りで示した。「さ、ここに坐り給へ。僕は君の隣に坐るとしよう——ジョン・モアドック大佐の話が聞きたいと云ふんだね。僕が少年だつた頃の或る一日が鮮やかに記憶に殘つてゐる——その日、僕は大佐のライフル銃が牛の角の火藥入れと一緒に、ウォバッシュ[十]河の西岸にある小屋の中に吊してあるのを見た。僕は父と共に荒野を通つて西に向ふ長

二　**ポカホンタス**：本名マトアカ。インディアン酋長ポウハタンの娘。ヴァージニア州で英國人のジョン・スミス船長を命懸けで救つたと傳へられる。一五九五―一六一七

ポカホンタス

三　**マサソイト**：インディアンのワンパノアグ族酋長。ピルグリム・ファーザーズと平和條約を結び、プリマス植民地と友好關係を保つ。一五八〇―一六六一

四　**フィリップ**：マサソイトの息子。一六七五年にボストン彎植民地に總攻撃をかけ、「フィリップ王戰争」を起す。ホープ山を據點とした。一六二〇―一六七六頃

五　**テカムセ**：インディアンのショーニー族酋長。インディアン聯合を結成して白人に對抗しようとした。一七六八―一八一三

テカムセ

い旅をしてゐる處だつた。眞晝時に近かつたので、僕らはその小屋に立ち寄つて、鞍を外して馬に秣《まぐさ》をやらうとした。すると、小屋にゐた男がライフル銃を指差して、その持主の名前を云つてから、かう附け加へた。大佐は今二階の穀物置場で狼の毛皮の上に寝てゐるので、大聲で話してはいけない、何しろ大佐は一晩中狩りに出掛けてゐたのだから（インディアンを狩りにだよ）、眠りの邪魔をしては氣の毒だからね、と。僕らはかくも有名な人物に會つてみたいと思つて、姿を現すのを期待して二時間以上も待つたんだが、出て來なかつた。僕らは日歿《にちぼつ》前に次の小屋に辿り著く必要があつたので、望みが叶はぬ儘《まま》に到頭立ち去らざるを得なかつた。尤も、實を云へば、僕自身は全然望みが叶はなかつた譯ではなかつた。といふのも、父が馬達に水をやつてゐる間に、僕はこつそり小屋に戻り、梯子段を一二段登つて、撥《は》ね戸を上げて首を突込み、見回してみたんだ。二階の穀物置場はあまり明るくなかつたが、奥の隅の方に狼の毛皮のやうなものが見え、その上に、吹き寄せられた木の葉が堆積してゐるみたいな、何かの包みのやうなものが置いてあり、その片方の端《はし》に苔を丸めた球のやうなものがあつて、その上の方に枝分かれした鹿の角が掛けてあつた。近くで一匹の小栗鼠が木の實を入れる楓の容れ物から跳び出すと、尻尾で苔の球にちよつと觸《ふ》れて、壁の穴を通り抜け、キーキー云ひながら姿を消した。そんな風な森の生活の一齣《ひとこま》が僕の見た全てだ。モアドック大佐は見なかつた。ただ、奥の方に見えた、あの苔の球が大佐の巻毛の頭だつたとしたら、話は違つて來るけどね。僕は二階に登り切つて仕舞ふ事も出來たんだが、小屋の下にゐた男から警告されてゐたんでね。大佐は野宿の習慣があるから雷が鳴つても寝てゐられるが、や

六　**レッド・ジャケット**：インディアンのセネカ族酋長。英軍より赤色の上衣を貰ふ。一八一二年の英米の戰爭では米軍に味方する。一七五八―一八三〇

七　**ローガン**：インディアンのカイユーガ族酋長。オハイオ州で勇名を馳せる。一七二五―一七八〇

八　**五部族聯合**：米國東北部のイロクワ・インディアン五部族（モホーク、オネイダ、オノンダガ、カイユーガ、セネカ）の聯合體。相互扶助と平和の理想を目指して十六世紀に結成された。

九　**アロケーニア族**：南米チリーの三部族のインディアン。十八世紀にスペインの移民に勇敢に抵抗して、これを擊破。

十　**ウォバッシュ河**：インディアナ州とオハイオ州との州境をなす。オハイオ河に注ぐ最大の支流。

はり同じ理由から、どんなに静かな足音であつても、特に人間の足音だつたりすると、びつくりするぐらゐ素早く目を覺ますといふのさ」。

「失禮だが」と、聽いてゐる方は話し手の手首に輕く自分の手を置いて、「大佐はどうも疑ひ深い人間らしいね――信賴の念が乏しい、といふか、全然無い、といふか。ちと猜疑《さいぎ》心の強い人間だつたんぢやないかね？」

「全然違ふね。知識があり過ぎたのさ。誰をも疑つたりはしなかつたが、事、インディアンについてとなると、知識に缺《か》けてはゐなかつた。處で、話した通り、僕は大佐をしつかりと見た事は一度も無い、でも、他の誰にも負けないくらゐ、大佐については何やかや耳にしてゐる。特に、父の友人のジェイムズ・ホール[十一]判事から、大佐に關する話を何邊《なんべん》も聞いたからね。判事はその話を誰よりも巧みに語る事が出來たので、色々な會合に招かれて喋つてゐる裡に、實に整然たる話し方を身につけるやうになつて、ただの聽衆に向つてといふよりは、目に見えない筆記者に向つて喋つてゐるんぢやないか、とさへ思へるくらゐだつた。新聞記者のために喋つてゐるやうにも思へたな。實に見事なもんだつた。で、僕は判事と同じくらゐ見事な記憶力に惠まれてゐるから、いざとなつたら、大佐の話をする判事の役割を、一語一語、殆ど言葉通りに演じる事が出來ると思ふ」。

「ぜひ、さうして貰ひたい」と、世界主義者が喜んで云つた。

「ぢや、判事の哲學をも含めて、一切合財《いつさいがつさい》を話さうか？」

「その事についてだがね」と、こちらはパイプの火皿に煙草を詰める手を休めて、重々しげ

十一　ジェイムズ・ホール：イリノイ州の巡回裁判所判事。「インディアン憎惡」や「モアドック大佐」に纏る話は、ホールの著作「西部の歴史、生活、風俗に關する素描（一八三五年）」を典據としてゐる。一七九三―一八六八

にから應《おう》じた、「ある種の精神の持主にとつては、他の人間の哲學が示される事が望ましいかどうかは、かなりの程度、その人間が如何なる哲學の學派に屬《ぞく》してゐるかにかかつてゐる。判事はどんな[十二]學校・學派(school)、もしくは學問システムに屬してゐる人なんだい?」

「判事は讀み書きの術は知つてゐたが、學校教育は大して受けてゐなかつた。でも、どちらかと云ふと、自由學校(free school)システムに屬してゐたと云へるだらう。さうとも、眞の愛國者だつたから、判事は自由學派(free school)を強く支持してゐた」。

「哲學に於ける?　しからば、かく云ふ或る種の精神の持主たる僕としては、判事の愛國心には敬意を表するし、物語を語る能力についても、きつと見事なものなんだらうから、それは充分認めるとなると、哲學觀について意見を述べたりするのは差し控へた方が賢明なんだらうな。でも、僕はやかましい事を云ふ積りはない。さあ、續けてくれ給へ。哲學について語るかどうかは、どうぞ御隨意《ごずいい》に」。

「それなら、哲學の部分は殆ど飛ばす事にするけれど、ただ、手始めに、哲學的な流儀で、ある程度の實狀の偵察はやつて置くとしよう。事情を知らない人間には絶對に必要だと、判事はいつも考へてゐたからね。と云ふのも、インディアン憎惡はモアドック大佐の占有物といふ譯ではなく、何らかの形で、多かれ少かれ彼の屬《ぞく》する階層で廣《ひろ》く共有されてゐた强固な感情と云つて差支へないからだ。それに、インディアン憎惡は今も存在してゐるし、インディアンが存在する限りは明らかに存在し續けるだらう。さういふ次第で、インディアン憎惡を第一の主題として、そしてモアドック大佐なるインディアン憎惡者を次の主題として話を進

十二　**學校・學派(school)**:schoolは「學校」と「學派」との兩義を併せ持つ。かくて、free schoolは「自由學校」の意にも、「自由學派」の意にもなり得る。なほ、一八〇五年、アメリカでフリースクール協會が設立された。人道主義に基く授業料無償の學校であり、メルヴィルはこれも意識してゐたか。

める事にしよう」。

さう云ふと、見知らぬ男は椅子に腰を降ろして話を始めた——聽き手の方はゆつくり煙草をふかしながら、熱心に耳を傾けた。視線は甲板の方にぼんやり向けられた儘《まま》だつたが、右側の耳は話し手の方にしつかり向けられてゐたから、その言葉は一語一語空氣に邪魔されずに聞えて來た。聽覺を研《と》ぎ澄《す》ますべく視覺を休めてゐるやうな樣子にも見えた。どんなに丁寧な言葉でさへも、相手の話を十分咀嚼《そしやく》したいといふ思ひを雄辯に物語るかうした無言の態度ほど、相手を喜ばせて、相手への禮儀を顯著《けんちよ》に表現する事は不可能であつたらう。

第二十六章

野蠻人好きのルソー[一]ほど先入觀に囚はれない人物による、インディアン憎惡の形而上學

——さて、判事は何時もこんな言葉で話を始めた、「未開拓地の住人のインディアンへの憎惡が大きな話題となつてゐる。開拓の初期の頃には、その種の感情は容易《たやす》く説明し得るものと考へられてゐた。處が、インディアンによる强奪事件が、昔は頻繁に起つた地域で殆ど起らなくなつてゐるのに、それに比例してインディアン憎惡が減つてゐないといふ現實に、博愛主義者は驚いてゐる。未開拓地の住人が、あたかも陪審員が殺人犯を、獵師《れふし》が山猫を見るのと同じやうな眼で——即ち慈悲を以て接するのは賢明でなく、戰ひを止めるのは無駄であつて、處刑《しよけい》するしかない生き物として——インディアンを見てゐるのを、博愛主義者は訝《いぶか》しんでゐる」。

續けて判事はかう云つた、「いかにも奇異な話だから、說明を聞いても、誰もが充分に理解出來る事ではあるまい。とは云へ、誰であれ、出來るだけ理解を深めようとするならば、未開拓地の住人がどんな類の人間なのかを知る必要があるし、既に知つてゐるなら、それをしつかり心に留め置く必要がある。インディアンがどんな類の人間なのかについては、多くの人々が歷史や經驗から知つてゐる事だがね」。

「未開拓地の住人は、孤獨で、考へ深く、强くて、純眞な人間だ。衝動的で、原則に縛られ

一　野蠻人好きのルソー：ジャン・ジャック・ルソー。「高貴なる野蠻人」を、文明に汚染されてゐない人類の模範と考へた。一七一二—一七七六

ない人間と云つていい。ともかく、自分の意志を押し通さうとする連中だ。物事に關する他人の意見に従ふよりは、自分の目で見て、物事の本質それ自體を見極めようとする。窮地に立つても、助けてくれる者は殆どゐない。自分しか頼れる者はゐない。だから絶えず己れ自身に心を向けてゐなければならない。かくして、よしんば孤立する羽目に陷つたとしても、己れ自身の判斷を固守するといふやうな、強い自恃《じじ》の念が生れる譯だ。自分が間違ふ事が無いなどと思つてゐる譯ではない。間違ふ存在だといふ事は、曠野《くわうや》で何度も道を踏み迷つた經驗が證明してゐる。だが、丁度自然が[二]袋鼠《フクロネズミ》に獨特の賢《さか》しさを與《あた》へたやうに、自然は自分にもそれを與へたと考へてゐる。これら曠野を棲家《すみか》となす者達にとつては、教育によらぬ賢しさこそが最上の頼みの綱なのだ。賢しさが不十分でしかなく、それゆゑ袋鼠が過《あやま》つて罠にかかつたり、未開拓地の住民が欺き導かれて待ち伏せに遭つたりしても、結果は甘受せねばならない。が、それでも己れを責める事はない。袋鼠の場合と同じく、未開拓地の住人にとつては本能が諸々の處生訓《しよせいくん》よりも優位にある。袋鼠の場合と同じく、未開拓地の住人は專ら神の手になる大自然に生息する生き物の様相を呈してゐるが、本當の處、大自然が彼の心中に敬神の精神を育てる事は殆どない。少しく身を低くする事はあるとしても、跪《ひざまづ》いてライフルの狙ひを定めたり、火打ち石を拾ひ集めたりする場合と大して違ひはない。仲間とては殆ど無く、必然的に長期の孤獨が彼の運命といふ事になり、その試練に彼は耐へる――生易しい試練ではない。なぜなら、眞《ま》つ當《たう》に孤獨に耐へるといふ事は、恐らくは死ぬる事に次いで精神の剛毅を證《あか》す最も嚴しい試練であるからだ。だが、未開拓地の住人は單に孤獨を甘受して

二　**袋鼠**：米國産の鼠。捕へられると死んだ振りをする「賢しさ」を有する。

ゐるだけではない、少からざる場合に於て、孤獨を切望するのだ。十マイル先に人煙《じんえん》を見ると、彼はもつと人間から離れたい、もつと自然の奥深く入つて行きたいといふ氣持になる。それは彼が、人間はたとへどんな存在であらうとも宇宙の全てではないと、榮光、美、愛は必ずしも人間の占有物ではないと、人間がゐると鳥が脅かされて飛び去るやうに、人間の存在が鳥のやうな多くの自由な思念を追ひ拂《はら》つてゐるのだと、そんな風に感じてゐるからなのだらうか？　いづれにせよ、未開拓地の住人にはある種の美質が無い譯ではない。毛深き[三]オースンのやうに見えはしても、[四]シェトランドの海豹《アザラシ》と同樣の特質が彼にはある――剛毛の下に和《にこ》毛《げ》が隱されてゐるのだ」。

「野蠻人《やばんじん》と看做されるやうな處はあつたとしても、未開拓地の住人はアメリカにとつて、アジアに對するアレクサンダー大王の如き存在――勝ち進む文明の先頭に立つ指導者なのだ。國家が如何に富と力とを增さうとも、それは彼の踵《きびす》に接してやつて來るものではないのか？後續する者達のために道を切り開く者、安全を提供する者なのであつて、已れ自身のためには艱難辛苦《かんなんしんく》しか求めはしない。『出エジプト記』に於ける[五]モーゼ、もしくはガリアに於ける[六]ユリアヌス帝に比せられるこそふさはしい。帝は徒歩で、しかも兜《かぶと》で頭を覆《おほ》ふ事もせず、甲冑《かつちう》で鎧《よろ》はれた騎馬軍團の先頭に立ち、風雨を冒して連日行軍したといふ。移住者の大波がいかに夥《おびただ》しく押し寄せて來ても、未開拓地の住民は飲み込まれる事はない。波頭に立つポリネシア人よろしく、移住者の波の先頭に立つて進むのだ」。

「さういふ次第で、彼は生涯前進し續けるが、自然に對しては徹頭徹尾不變かつ同一の關係

三　オースン：中世フランスのロマンスに出る人物。幼い時に熊にさらはれて育てられたとされる。

四　シェトランド：北大西洋の群島で、スコットランドの北東一六〇キロの海上にある。

五　モーゼ：紀元前十三世紀のイスラエル民族の指導者。隷屬狀態にあつたイスラエルの民を導いて、エジプトより脱出させる。舊約聖書「出エジプト記」參照。

六　ユリアヌス帝：フラビウス・クラウディウス・ユリアヌス。ローマ皇帝。ガリア地方（現在のフランス、ベルギー）に進軍。「背教者ユリアヌス」の異名あり。三三一―三六三

を保ち續ける。豹《へう》やインディアンをも含む自然界の他の生き物に對しても同樣である。それゆゑ、世界平和會議[七]の理論は、取分けそれら二種類の生き物については正しいものなのかもしれないが、未開拓地の住人がそれらの生き物について何某《なにがし》かの實際的提案をなす資格はなほあるであらう」。

「未開拓地の住人として生れた子供は、今度は父親と同じ生活――人間關係と云へば專らインディアンと關係する生活――を送らねばならないので、親は子供に對して、インディアンがどんな存在で、インディアンからは何を期待せねばならないかといふ事について、傷つけるのを恐れて事實を手加減して云ふのではなく、極めて明確に告げるのが最善だと考へられてゐる。と云ふのも、インディアンを『フレンズ協會』[八]會員の如きものと看做すのはどんなに心の廣《ひろ》い態度とは云へても、それをインディアンに無知な子供に吹き込むのは――子供の將來の孤獨な道はインディアンの大地を通つて延々と續くのだ――との詰りは賢明でないのみならず、殘酷な事にもなり兼ねないからだ。少くとも、以上が未開拓地の教育の依據《いきよ》すべき原則のやうに思はれる。從つて、一般的に云つて、未開拓地の住人が弱年《じやくねん》時に知識を獲得したいと思へば、彼が彼の教師卽ち森の老いたる年代記作者から耳にするのは、專ら、インディアンの噓言《きよげん》、インディアンの竊盜、インディアンの二枚舌、インディアンの欺瞞と背信、インディアンの良心の缺如《けつじよ》、インディアンの殘忍、インディアンの惡魔的所業等々――野生の森に於ける話とは云つても、詰りは『ニューゲイト刑務所曆』[九]や『ヨーロッパ年鑑』[十]に記載されてゐるものと大差のない、天使的ならざる出來事に充ち滿ちた話といふ事になる。そ

七　**世界平和會議**：一八四三年、キリスト教精神による戰爭の廢止を目指して、第一回目の世界平和會議がロンドンで開催された。

八　**フレンズ協會**：クエーカー教徒の公稱。反戰平和主義を唱へるクエーカー教徒はインディアンを友人として受け入れた。

九　**「ニューゲート刑務所曆」**：イギリス聯合王國のあらゆる犯罪、裁判、處刑、その他に關する記錄。「ニューゲート」はロンドンにあつた刑務所の名。

十　**「ヨーロッパ年鑑」**：一七三九年から一七四四年までロンドンで發行された、國內外の珍しい、もしくは異常な出來事の記錄。

れらインディアンに纏《まつ》はる物語や傳承を、未開拓地の若者は徹底的に叩き込まれる。『[十一]木は小枝の時に曲げられたやうに曲つて育つ』と云ふ。インディアンへの嫌惡の情は未開拓地の住人の裡で、善惡の感覺、正邪の感覺と共に育つて行く。兄弟は愛さねばならず、インディアンは憎まねばならぬ、その二つを彼らは同時に學ぶのだ」。

さうして判事は云つたものだ、「以上が紛《まぎ》れもない事實なのであつて、人が道徳論をぶたうといふのなら、それらの事實に基いて、それらを見据ゑながら、ぶたねばならない。一つの種族が他の種族をそんな風に看做し、他種族全體への憎惡が良心に適ふものだと信じてゐるのは恐るべき事だ。實に恐るべき事だ。だが、驚くべき事だらうか？　庭に棲む或る種の昆蟲《こんちゆう》が綠色をしてゐるのと同樣の理由で或る人種は赤色をしてゐると人が信じて、その人種を憎んだりするのは果して驚くべき事だらうか？　何しろ、その名は邊境《へんきやう》では『死の象徵(memento mori)』なのであつて、あらゆる邪惡な觀點から描き出されてゐる人種なのだ。時には[十二]モーヤメンシングを根城にする奴ら同樣の馬泥棒、時にはニューヨークの無賴漢同樣の暗殺者、時にはかの[十三]オーストリア人同樣の契約破り、時には[十四]ウィリアム・パーマーの如き矢に毒を塗る毒殺者、時にはふざけた茶番の裁判で己が餌食《ゑじき》を慘刑《ざんけい》に處《しよ》して法を惡用する殺人者[十五]ジョージ・ジェフリズの徒輩、もしくはかのユダヤ人の如く親切な言葉で身體の弱つた異邦人を誑《たぶら》かし、待ち伏せて絞め殺し、それを己が守護神たる[十六]マニトウへの感謝の行爲と看做すやうな手合、それがインディアンといふ事になる」。

「が、以上は、インディアンを巡る眞實《しんじつ》といふよりは、寧ろ未開拓地の住人がインディアン

十一「木は小枝の時に……」：英國の詩人アレクサンダー・ポープ（一六八八—一七四四）の「道徳的隨筆」（一七三一—五）より。

十二　モーヤメンシング：ペンシルヴェニア州フィラデルフィア郡の監獄の名。

十三　オーストリア人同樣の契約破り：オーストリア政府は一八四八年に革命政府と約束を交すが、翌年、革命政府が弱體化するや、これを破つた。

十四　ウィリアム・パーマー：英國の醫者。保險金目當てに妻や弟を毒殺、その他友人、知人を次々に毒殺して國際的にセンセーションを巻起し、メルヴィルが「詐欺師」を執筆してゐた一八五六年、死刑判決が下されて處刑された。一八二四—一八五六

十五　ジョージ・ジェフリズ：英國王チャールズ二世、ジェイムズ二世統治下に於ける、殘忍で腐敗墮落した裁判官。三百人以上に死刑判決を下した。一六四八—一六八九

十六　マニトウ：米國北東部のカナダとの國境附近に居住するアルゴンキン・インディアンの崇める神。自然に偏在する善または惡の靈とされる。

について懐く印象の實例として提示してゐる譯だが――これに對して慈悲深い人間ならば、未開拓地の住人はインディアンを不當に扱つてゐると考へるかもしれない。確かに、インディアン自身はさう考へてゐる。しかも一致してさう考へてゐる。實際、インディアンは未開拓地の住人のインディアン觀に抗議してゐるのだ。そして、インディアンの中には、自分達が未開拓地の住人の反インディアン感情に本氣で報復する理由の一つは、自分達がかくも誹謗《ひばう》されてゐるといふ事實――誹謗されてゐると心から信じてゐるし、口に出してさう云ひもしてゐる――その事實への道義的怒りなのだと信じてゐる者もゐる。しかし、この點もしくは他の如何なる點に關しても、インディアンが他の者の證言を排除して自らのために證言する事が許さるべきか否か、それは最高法廷に委《ゆだ》ねらるべき問題であらう。いづれにせよ、インディアンは眞實キリスト教に改宗した場合（しかしさういふ例は餘り多くはない。尤も、部族全體が時に名目上改宗させられる事はある）、自分の種族が生來全面的に墮落してゐるといふやうな、信仰によつて啓發《けいはつ》された確信を隱さうとしないし、未開拓地の住人の最惡のインディアン觀が眞實からさして遠くないと認めさへする。他方、インディアンの美德とか、インディアンの慈愛の念とかの主張に最も頑强に固執する赤色人種の連中は、時にインディアンの中でも名うての馬泥棒だつたり、トマホークの使ひ手だつたりする。少くとも、そんな風に未開拓地の住人は證言する。そして、自分はインディアンの本性を知つてゐる（と彼は考へてゐる）ので、インディアンが森の中の戰ひで敵を欺くのと同じくらゐ效果的に、己れ自身を欺く事が出來る事についても知らない譯ではないと考へる。しかし、今しがた述べたインディアンの慈愛の念に關する主張と、その實踐《じつせん》との間には餘りにも極端な矛楯が存するやうに思はれるので、未開拓地の住人としては、トマホークを振り回す赤色人種が赤色人種の仁愛なる考へを持ち出す場合、それは、戰鬪や狩獵や一般的行爲に於て彼らが極めて有用だと考へるかの巧妙なる策略の、不可缺の一部を成すものと想定して、インディアンの矛楯を説明するしかないのである」。

處で判事は、未開拓地の住人の野蠻人への深い憎惡を更に説明するに當つて、先述した森の歴史や傳承がその種の憎惡にどんな刺激を與へてゐるかを考察してみると、幾分かの參考になるかもしれないと考へた。そしてそのために彼はライツ家とウィーバーズ家といふ、從兄弟同士の家族達の住む小さな居住地についてよく話した。元々はヴァージニア出身の七人の從兄弟達が作つたもので、彼等は家族と共に移住を繰り返した末に、かの「血塗られた大地」[十七]、ケンタッキーの南部開拓地附近に定住する事になつたのだつた。判事は云つてゐる、「彼らは屈強で、勇敢な男達だつた。しかし、當時の多くの開拓者達と異り、戰ひのための戰ひを好む連中ではなかつた。心を惹きつけて已まぬ肥沃な處女地の魅力に誘はれて、彼らは一歩一歩かの孤獨な休息地に近づいて行つたのだが、前進の途上、インディアンの危害から不思議なくらゐ免れてゐた。だが、森を伐採して家々を建てると、それまでは明るかつた盾の一面がやがて別の一面を暴露する事になつた。近くに住む小部族から何度も迫害を受け、遂には戰鬪を餘儀なくされ――迫害の果に作物や家畜を失ひ、戰鬪ではかけがいのない二人を亡くし、他の者も深手を負つた――、生き殘つた五名の從兄弟達は幾つかの重大な讓歩をし

十七「血塗られた大地」、ケンタッキー‥この地を舞臺に、インディアン諸部族同士で屢々展開された血腥い戰爭の歴史ゆゑに、かく呼ばれる。

て、酋長のモコモホクと一種の協定を交した——敵から散々嫌がらせを受けて生活の平安を確保出來ず、已む無くその氣にさせられて仕舞つたのだが、實際の處は、彼等はまづモコモホクの突然の態度の變化によつて氣持の變化を促され、然る後に協定を結ぶ氣になつたのだつた。と云ふのも、從來モコモホクは[十八]チェザーレ・ボルジアさながらの惡辣《あくらつ》な野蠻人と看做されてゐたのに、今や全く正反對の外觀を裝ひ、手斧を地中に埋めてパイプをふかし、永遠の友となる事を約束した。それも單に敵意を拋棄《はうき》するといふ意味の友人ではなく、心底打ち解けた友情を結ぶといふ、より積極的な意味の友人にならうといふのだ」。

「とは云へ、さういふ酋長の態度を見て、從兄弟達がかつての酋長の姿に完全に目をつぶつて仕舞つた譯ではない。それゆゑ、酋長の態度の變化に少からず影響を受けはしたものの、不信感はなほも殘つてゐたから、協約を交すに際して自分達の側の條項中に以下の一條を明記した。卽ち、インディアンのテントと彼等の小屋との間に友好的な訪問が交されるのは結構だが、さういふ機會があつたとしても、從兄弟達は五人揃つて酋長の居所に入る事は決してしない、といふのだ。その意圖する處をあからさまに口にする事は無かつたが、要するに、萬一酋長が友好的な外貌の下に害意を隱し、それを實行に移したとしても、損害が全體には及ばずして、五人中の何人かは家族や復讐のために生き殘る餘地が殘る、それを狙つたのだ。しかし、それにも拘らず、ある時モクモホクは頗る巧妙な策謀を廻らし、いかにも友好的な態度を見せて從兄弟達の信賴を勝ち得、熊肉料理の宴席に五人全員を招き、策略を弄して皆殺しにして仕舞つた。數年後、モクモホクに捕虜にされた誇り高い狩人が、五人と家族全員

十八　チェザーレ・ボルジア：イタリアの將軍、樞機卿。狡猾、背信、殘忍で惡名高い。マキャヴェリに策謀振りを稱贊される。一四七六—一五〇六

の白骨化した亡骸《なきがら》を前にして背信を詰《なじ》ると、モクモホクはいかにも蔑《さげす》むやうな口調でかう云つた、『背信だと？ この白の野郎めが！ 先に協定を破つて、五人雁首《がんくび》を揃へてのこのこやつて來たのは連中ぢやないか。モクモホクを信用して、先に協定を破つたのは奴らだらうが』、と」。

ここで判事は一呼吸置いて、片手を上げ、目をぎよろつかせて、莊重な聲で叫んだ、「止む事無き策略に流血の欲望。鋭敏にして天才的なだけに、酋長はなほの事殘虐だ」。

ここで暫し間を置いてから、判事は未開拓地の住人と質問者との間に交される架空の對話を次のやうに語り出した。

「しかし、全てのインディアンがモクモホクのやうな連中だつたのだらうか？――いや、全てがさうだ、といふ譯ではない。が、最も無害な連中の中にも、奴の萌芽《はうが》は潛んでゐるのかもしれん。インディアンの本性といふやつさ。『俺の中にはインディアンの血が流れてゐる』、といふのが、混血兒の脅し文句だ。――でも、優しいインディアンもゐるのではないか？――ゐる、が、優しいインディアンは大抵の場合怠け者だし、いはゆる單純な連中だ。いづれにせよ、まづ酋長にはなれない。インディアンの酋長は活動的で、賢いと看做される連中の中から選ばれる。ゆゑに、優しいインディアンは出世の見込みも小さいから、それに應じた影響力しか持つてゐない。それに、優しいインディアンが優しからざる命令に從ふ行動を强ひられる場合もある。だから、『優しからうが、優しからざらうが、インディアンには用心しろ』と、ダニエル・ブーン[十九]は云つたのだ。彼はインディアンに息子達を殺されてゐる。

十九ダニエル・ブーン：ケンタッキー及びミズーリ州の開拓者の一人で、アメリカ開拓時代の英雄。二人の息子をインディアンに殺された。一七三四―一八二〇

ダニエル・ブーン

——だが、未開拓地の住人たる君達は、皆が皆、何らかの形でインディアンの被害者なのか？——いいや。——では、少くとも君達の何人かは、何らかの形でインディアンによくして貰つた事はあるんだな？——その通りだ。しかし、自分だけがインディアンの亂暴《らんばう》を免《まぬが》れてゐるからと云つて、それで他の多くの者達のひどい經驗が帳消しになり、總じてインディアンの事をよく思はなければならないと考へるほど、自分だけを過大視したり、自己中心的になつたりする人間など我々の中には殆どゐないし、ゐたにしても、脇腹に矢を突き刺されたら、それ相應《さうおう》の疑念を懷く事にならざるを得まい。

で、「要するに」、と判事は云つた、「苟《いやしく》も我々が未開拓地の住人の話を信用するとするならば、その對インディアン感情を適切に受け止めるためには、それが彼自身の説明に基くものといふよりは、他人の説明に基くもの、もしくは彼自身と他人との雙方《さうはう》のそれに基くものと看做されなければならない。未開拓地の住人の知る家族で、その中の何人か、もしくはその親類の誰かが、インディアンによつて片端《かたは》にされたり、頭の皮を剝《は》がれたりしなかつた者は殆どゐない、といふのが眞實なのだ。となれば、一人もしくは二三人のインディアンが未開拓地の住人に友好的に振舞つたとしても、それが一體何になるか？　あの連中は俺を怖がつてゐるのだなと、未開拓地の住人は考へる。俺からライフルを取上げて、あいつらを刺激してみろ、一體何が起るか、分つたものぢやあるまい、とね。また、こんな風に考へる住人もゐるかもしれない。俺もインディアンも將來の事など今は分らない譯だが、さういふ事のためにインディアンの心の中でどんな無意識の準備が進行してゐるのか——病氣のために生體《せいたい》の內部で化學的過程が準備されるのと同じく、惡意のために精神の內部で一種の化學的過程が準備される、その有樣がどうして俺に分るだらうか」。

未開拓地の住人がそのやうな言葉を使つたと云ふのではない。ただ、住人の云はんとする處《ところ》を判事がそのやうに表現したといふまでの事だ。そして、ここで判事はこんな云ひ方をして、以上の話を締め括つた。「いはゆる『友好的なインディアン』といふのは、實に稀有《けう》な種類の生き物だ。全くさうなんだ。といふのも、敵となつた『友好的なインディアン』ほどにも恐るべき殘忍性を發揮する者はゐないからだ。臆病な友が獰猛《だうまう》無類《むるい》の敵と化するのだ」。「しかし、これまでの處、我々はインディアン憎惡の感情を一つの共同體の感情として、一般的な見地から考察して來た。未開拓地の住人が分ち持つさういふ共同體としての感情に個人的な感情が附加される時、第一級の（par excellence）インディアン憎惡者が形成される──そんなものが形成されるとしてだが──原材料が出來上る事になる」。

所謂《いはゆる》第一級のインディアン憎惡者を、判事は次のやうに定義した。「彼は赤ん坊の時、母乳と共に赤色人種への愛情をほんの僅かしか吸收する事がなく、青春期から大人になりかける頃、即ち感受性が未だ硬直化する以前の時期に、インディアンの手によつて非常な虐待を被《かうむ》るか、もしくは、實質的に殆ど同じ事だが、親戚か友人かが同種の經驗をする。彼を取り卷く周圍の自然は、孤獨と寂寥《せきれふ》の環境ゆゑに、それらの經驗について熟考すべく彼に求め且つ命じるから、彼はそれに從つて沈思熟考する事になる。そして遂には、彼の思考が非常な吸引力を發揮するに至り、あたかもばらばらに浮遊する蒸氣が四方から嵐雲に向つて集中するやうに、インディアンの無法行爲に關してばらばらに存在する諸々の思念がこの核心をなす思考に向つて集中して來て、それと同化し、かつまたそれを膨張させる事になる。擧句《あげく》に彼は大自然と語り合つて決心する。彼は一際《ひときは》猛烈なハンニバル[二十]となつて誓ひを立て、その誓ひの示す憎惡の念たるや、竜巻の如き物凄い吸引力を孕《はら》んでゐて、如何に遠方のインディアンとても到底無事でゐる事は出來ないほどだ。次いで彼は己が立場を鮮明にし、俗事の一切を片附ける。修道士となつたスペイン人さながらの嚴肅《げんしゆく》な態度で、親族に別れを告げる。或は、その訣別の行爲は、臨終の床に於けるやうな、より感銘深い決定的性格を帶びると云つた方がよいかもしれない。最後に彼は太古の森林に身を委《ゆだ》ねる。生ある限りそこで戰略を練《ね》り、孤獨に執念深く復讐の寢刃《ねたば》を研《と》ぎ、世に知られぬ祕めやかな計畫《けいくわく》を實行に移すのだ。常に物音を立てずに追跡し、冷靜沈著で忍耐强い。その存在は目に見えるものといふよりは氣配として感じられるといつた體《てい》のものだ。臭ひを嗅いで獲物を見つける——云はば革脚絆《きやはん》を巻いた復讐の女神ネメシスだ。開拓地で姿が見かけられる事は二度とあるまい。彼の證跡を示す何物かが偶然見つかつたりしたら、昔の仲間達の目に涙が浮ぶ事もあるかもしれない。だが、彼等は彼を探したり、呼び招いたりは決してしない。姿を現す筈の無い事を知つてゐるのだ。歳月は飛ぶやうに過ぎて行き、鬼百合は花開き、枯れ落ちる。赤ん坊は生れ、母親の腕の中で元氣よく飛び跳ねる。しかし、インディアン憎惡者は永遠の家に行つて仕舞つた[二十一]も同然で、『恐怖』が彼の墓碑銘なのだ」。

ここで判事は、心が動かされぬでもないやうな顔をして、またも口を噤《つぐ》んだが、まもな

二十　ハンニバル：カルタゴの名將。ピレネー山脈を越えてローマ帝國に攻め込む。九歳にして、常にローマの敵たらんと誓ふ。紀元前二四七—一八三

二十一　永遠の家に行つて仕舞つた：舊約聖書「傳道の書」一二・五に、「人永遠の家にいたらんとすれば」云々、とある。

く口を開いた。「嚴密に云つて、第一級のインディアン憎惡者の傳記は存在し得ない。疑ふ餘地も無い事だ。それはメカジキだの、他の深海の生物だの、或はもつと想像がつき難い事だが、亡靈《ばうれい》の傳記が存在し得ないのと同じ事だ。第一級のインディアン憎惡者の生涯は、海の藻屑《もくづ》と消えた蒸氣船の運命と同様の不可解な性質を有してゐる。疑ひもなく、何らかの事件が、恐るべき事件が起きた、さうに違ひないのだ。けれども、それを斷じてニュースにしてはならないとの命令を、自然の諸力は受け取つてゐるのだ」。

「だが、詮索好きな者には幸ひな事に、第二級のインディアン憎惡者といふ輩《やから》がゐて、その心は頭ほど頑《かたく》なではない。家庭生活の諸々の優しい誘惑は、追跡の苦行から時に彼の氣持を逸《そ》らさせる。時々變節《へんせつ》して俗世に還《かへ》る修道士といふ手合だ。また、船乘りみたいに、大抵は家を空けてゐるが、どこぞの緑豐かな避難の地に、忘れられぬ妻や家族を住まはせてゐるかもしれない。セネガルのカトリック改宗者のやうなもので、嚴しい斷食とか禁欲とかには耐へかねる、といふ譯だ」。

判事が持ち前の洞察力でいつも考へてゐた事がある。インディアン憎惡者が身を委《ゆだ》ねた凄じい孤獨は精神に甚だ强力に作用して、その誓ひを少からず緩和する結果を齎《もたら》したといふ。判事の擧《あ》げた幾つかの例によると、インディアン憎惡者は數箇月に及ぶ孤獨な偵察の後、突如熱病の發作の如きものに襲はれて、行手に立ち昇る煙の柱を眼にするや、インディアンのものと分つてゐても、闇雲《やみくも》に走り寄り、道に迷つた獵師《れふし》と名乘つてライフルを手渡し、インディアンの慈愛に縋《すが》りつき、愛情一杯に相手を抱擁《はうよう》して、暫く一緒に愉《たの》しく暮す特權を認めてはくれまいかと懇願するのだ。そのやうな狂熱の振舞が屢々《しばしば》どんな歸結を齎すか、それについてはインディアンなるものを最もよく知る者が最もよく知るだらう。總じて云へば、判事は正當かつ充分なる三十二もの理由をあげて、こんな風に主張した。第一級のインディアン憎惡者の仕事くらゐ、それを著實《ちやくじつ》に遂行すべく强烈な自制が必要とされるものはない。さういふ精神の持主が出現する確率は、最も多く見積つても、一世代に一人といつた處だらう、とね。

第二級のインディアン憎惡者に關して云ふならば、自らに許容した休暇のために、彼は人格の一貫性を維持し損つてゐる譯だが、正にその弱さあるがゆゑにこそ、我々はインディアン憎惡の完璧な姿を、不十分とは云へ、推測し得るのだといふ事を見落してはならない。

——「ちよつと待つた」と、ここで世界主義者が穩やかに語り手を遮《さへぎ》つた、「パイプを詰め直させて貰ひたい」。

それが終ると、相手は話を續けた——

第二十七章

或る疑はしき徳性の人物をめぐる話。が、そんな人物でも、自分はよき憎惡者を好むと語つた、かの有名な英國のモラリストの敬意には價《あたひ》するかもしれない

——以上の話は全て、件《くだん》の人物について語るための導入部に過ぎなかつたのだが、いよいよ當人《たうにん》について語る段になつて、判事は君と同じ大の愛煙家だつたので、一座の全員に葉巻を勸め、然る後、自らも新しい葉巻に火を點《つ》けると、立ち上つて、いとも嚴《おごそ》かな聲《こゑ》でから云つた、「諸君、ジョン・モアドック大佐の靈《れい》を偲《しの》んで、煙草を吸ふとしよう」。そして、立つた儘《まま》、深い沈默と更に深い回想とに耽りつつ、何服か煙草を吸つた後、再び席に坐つて、以下のやうに話し始めた。

「ジョン・モアドック大佐は第一級のインディアン憎惡者ではなかつたが、しかしさういふ連中に匹敵する程度に、赤色人種に對するある種の感情を懷いてゐた。そして、今しがた彼の靈を偲んで云つた言葉に充分價ひするほど、己れの感情を實行に移した」。

「ジョン・モアドックの母親は、三度結婚して、三度ともトマホークで夫を殺された女だつた。三代の夫はみな開拓者で、彼女は夫達と共に、常に邊境《へんきやう》地帶の、荒野から荒野へと彷徨《さまよ》ふ生活を送つてゐた。九人の子供を連れて、彼女は到頭、後にヴィンセンズ[二]と呼ばれる事になる小さな開拓地にやつて來て、そこで、イリノイの新開地に移住しようとしてゐる一行に

一　かの有名な英國のモラリスト：サミュエル・ジョンソン（一七〇九—一七八四）の事。英國文壇の大御所で、「ジョンソン博士」として有名。

二　ヴィンセンズ：インディアナ州の都市。州南西部のウォヴァッシュ河沿ひにある。

加はつた。當時、イリノイ東部に定住地は一つもなかつたが、西部のミシシッピー河岸地帯には、[三]キャスキャスキア河の河口附近にフランス人の住む小さな村落が幾つかあつた。それらの村々は如何にも汚れを知らぬ快適な處で、新たなるアルカディア[四]の地とも云ふべきだつたが、モアドック夫人一行はその近邊《きんぺん》に赴いて、その地の葡萄《ぶだう》の樹々の下に定住する積りだつた。一行は小舟に分乘してウォバシュ河から船出して、オハイオ河まで流れ下り、オハイオ河からミシシッピー河に入り、北上して目的地に向はうとした。ミシシッピー河の『グランド・タワー岩』と稱《しよう》される岩礁に至るまでは、旅は萬事順調だつた。そこで一行は上陸したが、流れの急な地點を迂回すべく小舟を引き摺つて進まねばならなかつた。そこに、待伏せしてゐたインディアンの一團が襲ひかかり、一行の殆ど全員が殺された。夫人と子供達も、ジョン一人を除いて、犧牲者となつた。ジョンは一行の二番目のグループに入つてゐて、約五十マイル離れた場所にゐた」。

「かうして家族の中の唯一の生き殘りとして世の中に取り殘された時、彼は丁度成人になりつつあつた。他の若者ならば、悲嘆にくれる服喪者になつたかもしれないが、彼は復讐者となつた。彼の神經は電線さながらだつた——敏感だが、鋼《はがね》みたいに強靱なのだ。頗る冷靜沈著で、顔が赤らむ事もなければ、青褪《あをざ》める事もなかつた。悲報が齎《もたら》された時、彼は河岸の栂《ツガ》の樹の下に坐つて、晩餐《ばんさん》の鹿肉を頬張《ほほば》つてゐた——悲報を聞くと、最初は驚いたが、食事を續けた。そしてゆつくりと愼重に、野生の肉と野蠻な報知とをもろともに咀嚼《そしやく》した。あたかもそれらを共に小腸内の淋巴《リンパ》液と化さしめて、己れを活氣づけ、己れの決意を強固たらしめ

三　キャスキャスキア河：イリノイ州中央部附近に流れを發して、五二〇マイル南西方向に進み、ミシシッピー河に合流する。

四　アルカディア：牧歌的な理想鄕。

ようとでもするかのやうに。食事の後、彼はインディアン憎惡者として蘇《よみがへ》つた。立ち上り、武器を取り、何人かの仲間を説き伏せて道連れにすると、下手人を發見すべくすぐさま出發した。とどの詰り、下手人は様々な部族から脱走した二十人の集團で、インディアンの間ですら無法者で、自分達で略奪隊を拵へてゐる連中であると判明した。が、その時は行動を起す好機が見出せなかつたので、彼は仲間を解散した。彼らに感謝し、いつかまた助けを乞ふ積りだと云つて、別れを告げた。その後一年以上もの間、荒野でただ一人掠奪隊の連中を見張つた。一度、好機到來と思へる時があつた――眞冬で、インディアン達は野營してゐて、それを暫く續ける様子に見えた――彼は仲間を再び召集して、仇敵《きうてき》に向つて進撃した。だが、敵は察知して、逃亡して仕舞つた。大慌《おほあわ》てで逃げ出したので、武器以外は全て置去りにして行つた。その冬の間に、似たやうな事が二度續いて起つた。翌年、四十日間彼に從ふと誓約した一隊を率《ひき》ゐて、下手人を探索した。到頭その時が來た。ミシシッピー河の河岸に於てだつた。隱れ場所に潛んでゐたモアドックと仲間達は、夕日が赤々と照らす中、カイン[五]の一團の姿を遙かにぼんやりと認めた。連中はより安全な場所を求めて、河の中流の密林の島に漕ぎ渡らうとしてゐたのだ。荒野に於けるモアドックの報復の氣魄《きはく》は、園[六]に呼ばはる聲《こゑ》のやうに、一團の恐怖心を常に刺激してゐた。モアドックら白人達は眞夜中まで待つて、武器を積んだ筏《いかだ》を引つ張りながら河を泳いで渡つた。島に上陸するや、モアドックは敵のカヌーのもやひ綱を切つて、自分達の筏と共に岸から流して仕舞つた。インディアン達にも逃げ道はないし、白人達にも勝利以外に安全な道はないと、腹を括《くく》つた譯だ。勝つたのは白人達だつた。

五　カイン：既出。第二十四章の注（二十三）參照。

六　園に呼ばはる聲：蛇に唆《そそのか》されて禁斷の木の實を食べたアダムとイヴは、エデンの園に神の呼ばはる聲を聞いて驚く。舊約聖書「創世記」三・八―一〇參照。

が、インディアンの中の三人は河に飛び込んで逃げ果《おほ》せた。モアドックの仲間は一人も失はれなかつた」。

「下手人の中三人が生き延びた。モアドックは彼等の名前と身體の特徴とを知つてゐた。三年の裡に、三人はモアドック自身の手で次々に斃《たふ》された。今や全員が死んだ。けれども、それで十分では無かつた。公言した譯ではなかつたが、インディアンを殺す事が彼の情熱となつてゐた。運動能力に於て彼に敵《かな》ふ者は殆どなかつた。射撃手としては無敵だつた。一騎打ちで負けた事はなかつた。森の大地の智慧に熟達した者が生き永らへ、未熟な者が滅んで行く、その智慧を完全に身につけ、敵を追跡するあらゆる技巧に習熟して、一度も敵に悟られる事なく數週間も、いや恐らくは數箇月間も、森に留まつた。一人でゐるインディアンが彼と出遭ふと、死ぬ事になつた。インディアンによる殺害の痕跡を見つけると、密かにその跡を追ひ、一擊たりとも加へるべく機會を狙つた。或は、その最中に彼自身が發見されると、實に巧妙に敵の手を逃れた」。

「何年も彼はさうして過した。やがてその地域と時代とに於ける通常の生活にある程度は復歸したが、ジョン・モアドックがインディアンを默らせる機會を見逃す事は決して無かつた、一般にはさう信じられてゐる。殺害の罪は犯し續ける一方、怠慢の罪を犯す事は決して無かつたといふ譯だ」。

だが、こんな風に考へるのは間違ひだと、判事はよく云つてゐたものだ、「この男が生れつき殘忍だつたとか、或は、人間を社會生活から遠ざけて仕舞ひがちな特質を、何の外的刺激も被《かうむ》らずに特別に所有してゐたといふ風に考へるのはね。それどころか、モアドックは典型的な自己矛楯の塊《かたま》りだつた。確かにそれは奇妙な事だが、同時に否定し難い事なのだ。詰り、殆ど全てのインディアン憎惡者は根底に優しい心を持つてをり、少くとも平均的な人間と較べれば、寧《むし》ろ寛大な心を持つてゐた。モアドックは定住地の生活に參加してゐて、その程度には人間的な感情を持たぬ譯ではなかつたといふのは確かな事だ。決して冷酷な夫ではなかつたし、冷酷な父親でもなかつた。屢々《しばしば》、長期間、家族から離れてゐたけれども、家族に必要な物を忘れずにゐて、それらをちやんと提供した。とても陽氣に振舞ふ事も出來たし、(個人的な手柄話を喋る事は決して無かつたが)面白い話もしたし、歌が實にうまかつた。思ひやりがあつて、躊躇《ちうちよ》なく隣人を助けようとした。善行も、報復も、人に隱れて行ふといふ評判だつた。一方、一般的な態度としては、時に無愛想な印象を與へたが――强烈で、悲劇的なまでに陰鬱な性格の、彼のやうな氣質の人間には珍しくない――インディアン以外の誰彼に對しても、禮儀正しく堂々と振舞はない事は無かつた。モカシンを履いた紳士だつた譯で、誰からも敬愛された。事實、以下に紹介する事柄が證《あか》してゐるやうに、彼ほどにも人氣のある人間はゐなかつた」。

「インディアン相手の鬪ひであれ何であれ、彼の勇敢は疑ふ餘地が無かつた。[七]一八一二年の戰爭の際にはレンジャー部隊將校として從軍し、立派な勳功を立てて除隊した。いかにも軍人らしい性格については、こんな逸話が遺されてゐる。[八]ハル將軍がデトロイトに於て不可解な降伏をして間もなくの頃、モアドック大佐はレンジャーの何人かの部下と共に、夜間、騎

七　**一八一二年の戰爭**：英米間の戰爭。一八一五年に終結。公海上の中立國の權益及び大西洋に於けるアメリカの進出等が原因。

八　**ハル將軍**：ウィリアム・ハル准將。一八一二年の戰爭の折、デトロイトに於て戰はずして英軍に降伏したため、後に軍法會議にかけられた。一七五三―一八二五

馬で、とある丸太小屋までやつて來た。そこで朝まで休息を取る積りだつた。馬の世話が濟んで夕食が終り、寢る場所が隊員に割當てられると、小屋の主人が大佐に自分の最上のベッドを指し示した。それは他の兵士に割當てられた地面に敷いてある類ではなく、四本の脚《あし》のついたベッドだつた。處が、大佐は部下を思ひやる氣持から、ベッドを獨り占めするのを斷つた。それどころか、使用する事すら斷つた。ベッドを使ふ氣にならせようとして、それは將官が寢《やす》んだ事のあるベッドですと主人が云つた。『それは誰ですか』と大佐が尋ねた。『ハル將軍です』。『さういふ事なら、氣を惡くしないで欲しいんだが』と、大佐は上衣の釦《ボタン》をかけながら云つた、『私は臆病者のベッドには寢ない、どんなに快適でもね』。さうして彼は勇者のベッド——地べたに敷いてある冷たい寢床——を選んだ」。

「一時期大佐はイリノイ准州議會の議員だつた事がある。そして州政府の設立に當つて、知事選に立候補するやう強く推されたが、出馬を強く拒み、固辭する理由を述べる事も拒んだ。が、彼をよく知る者達にとつては、理由が推測出來なくはなかつた。知事になつたら、職務上、インディアンとの友好條約の締結を餘儀なくされる可能性があつたが、彼には到底考へられぬ事だつた。それに、よしんばそんな事態が生じなかつたとしても、イリノイ州知事が時々議會の休會中に拔け出して、自らの行政管區內で數日に亙つて人間狩りに勤《いそ》しむなどといふのは、彼にはどう見ても不穩當《ふをんたう》としか思へなかつた。知事になるのはいかにも大きな名譽だが、モアドックはより大きな犧牲を拂《はら》はざるを得なくなる。二つを兩立させるのは不可能だつた。要するに、インディアン憎惡者として一貫するためには、野心のみならず野心の對象——世俗的な虚飾《きよしよく》及び榮光——をも共に斷念《だんねん》せねばならぬといふ事に、彼は氣づかずにはゐられなかつたのだ。そして、宗教がそれらを空虛《くうきよ》なるものとし、それらの抛棄を美德と見做すからには、その點に關する限り、インディアン憎惡といふものが他の點ではどの樣に看做されようとも、敬虔な感情たる力を全然有さないと斷ずるのは、必ずしも當《たう》を得た事ではないのかも知れない」、判事はさう結んだ。

ここで語り手は口を閉ざした。それから、苛々《いらいら》させる程長い時間坐つてゐた後、立ち上つて、亂《みだ》れたシャツの襟飾りを整へ、同時に、ズボンの皺《しわ》を直さうとでもするかのやうに、兩脚《りやうあし》を地面に向けて振り動かしてから、から締め括つた。「さあ、以上でお仕舞ひだ。僕自身の物語とか、僕の心の思ひではなく、他人の物語、他人の心の思ひについて語つた譯だ。で、君の友人の熊皮の男についてだが、もしも判事がここにゐたら、きつとから斷定するだらう、そいつは己れの情熱を餘《あま》りにも擴散《くわくさん》し過ぎて、深みの無いものにして仕舞つた、詰りはモアドック大佐の擴散版なのだとね」。

第二十八章

故ジョン・モアドック大佐に關する未解決の問題點

「思ひやり、思ひやりだよ！」と世界主義者が叫んだ。「思ひやり無くして健全な判斷はあり得ない。人が人を判斷する時、思ひやりとは、慈悲心から生じる贈物といふよりは、寧ろ人間のちよつとした謬《あやま》り易さに斟酌《しんしやく》を加へてやる事なのだ。我がエクセントリックな熊皮の友人は君が暗示してゐるやうな人物では全くない。君は彼を知らない。もしくは、不完全にしか知らない。外見に騙《だま》されたのだ。最初は僕ですら騙されかけた。でも、彼が何らかの不正に對する怒りのために正體を僅かに暴露した時、その瞬間を僕は捉へた。いいかね、彼の心を探り當てる幸運な機會を僕は捉へたんだ。そして、それが見るだに不氣味な貝殼の中に潜んでゐる、實にうまさうな牡蠣《かき》である事を知つたのさ。外見は見せかけに過ぎない。彼は己が善良を恥ぢて、物語によく出る奇妙な老いたる伯父達が甥達に示すやうな態度を人類に對して執つてゐる――いつもがみがみ云ひながら、實は掌中《しやうちゆう》の珠《たま》の如くに愛してゐる、といふ譯だ」。

「まあな、奴さんとは殆ど話をしてゐないしな。多分、僕が思つてゐるやうな男ではないのかもしれない。さう、恐らく、君が正しいのだらう」と見知らぬ男。

「それを聞いて嬉しいね。思ひやりといふものは、詩歌と同じく、その優美な性質のためのみにでも奨勵《しやうれい》されるべきものだね。處で、君は君の考へを捨てたのだから、物語の方も捨ててくれたら嬉しいんだがね。僕はあれを聽いて、驚いた、といふよりも遙かに強く、信じられない、といふ思ひに打たれた。僕から見れば、辻褄《つじつま》の合はない部分も幾つかある。憎惡の人だとするならば、ジョン・モアドックがどうして同時に愛の人でもあり得ようか？　彼の孤獨な戰ひはヘラクレスのそれのやうに作り話でしかないのか、それとも、それらの戰ひが眞實だつたとしても、優しさについて述べられた事は裝飾としての附け足しに過ぎないのか。要するに、僕の考へ方からすれば、モアドックのやうな人物がゐたとして、人間嫌ひか、さうでないか、そのどちらかでしかない。そして、彼の人間嫌ひは、人間の中の單一の種族のみに集中的に向けられたために、尚更強烈なものとなつたのだ。尤《もつと》も、自殺と同じく、人間憎惡はローマ人やギリシャ人に特有の情念――詰り異教的な情念のやうに思へるがね。けれども、ローマであれギリシャであれ、それらの年代史の中に、判事と君とが描き出したやうな、モアドック大佐の人間憎惡に匹敵するやうな事例を見出だす事は出來ない。總《そう》じてこのインディアン憎惡なるものについては、僕としてはジョンソン博士が所謂《いはゆる》[一]リスボン地震について語つた言葉を繰り返す事しか出來ない。『そんな話は信じられない』、とね」。

「信じられないと云つたのかね？　どうしてだい？　博士のつまらん偏見と衝突したからかね？」

「ジョンソン博士には何の偏見も無かつた。でも、ここにゐる誰かさんのやうに」と云ひながら、世界主義者は無邪氣な笑顏を見せて、「感じ易い處があつて、それが痛んだのさ」。

一　リスボン地震：一七五五年、ポルトガルのリスボンで起きた大地震。

「ジョンソン博士は善良なるキリスト教徒だつたんだね？」

「さうだ」。

「もしもキリスト教徒でなかつたとしたら」。

「その場合には、リスボン地震の事をすぐに信じただらうよ」。

「人間嫌ひでもあつたとしたら？」

「その場合には、邊《あた》り一面の煙や灰に隠されて行はれたらしい竊盗《せつたう》や殺人について、すぐに信じたらうね。當時の不信心な者達は、それらについても、それ以上に慘憺《さんたん》たる報告についても、忽《たちま》ち信じたものだ。さういふ次第で、信仰者といふものは通念に反して、ある種の事柄についてはかなり懷疑の精神を發揮するものだが、不信心者は輕信を輕蔑すると云ひながら、時には速やかに輕信に趨《はし》るものだ、それは紛れもない眞實ぢやないかね」と世界主義者。

「君は人間嫌ひと不信心とをごつちやにしてゐるやうだ」。

「そんな事は無い。それらは一體を成してゐる。なぜと云つて、人間嫌ひは宗教への不信と同じ根から生じてゐて、兩者は雙生兒だからだ。いいかい、同根なんだよ。なぜなら、唯物論者は別にして、無神論者といふのは、この宇宙に愛といふ支配原理を見出だす事のない、もしくは見出ださうとしない手合以外の何者であらうか。そして、人間嫌ひとは、人間の中に優しさといふ支配原理を見出だす事のない、もしくは見出ださうとしない手合以外の何ものであらうか？　さうだらう？　いづれの場合にも、信頼の不足にこそ罪惡は存してゐるのだ」。

「人間嫌ひといふのは、どんな感じなのかな？」

「それは、恐水病がどんな感じなのかと、僕に訊くやうなもんだ。分らんね。なつた事がないからな。でも、どんな感じであり得るかと、何度も考へてはみた。人間嫌ひは暖かさを感じる事が出來るのだらうか、さう自分に訊ねてみるんだ。安らぎを感じる事は出來るのだらうか？　自分自身と仲良くする事は出來るのだらうか？　煙草をふかしながら、考へに耽る事は出來るのだらうか？　孤獨でゐながら、どうやつて暮してゐるんだらう？　食欲のやうなものはあるんだらうか？　桃を食べて元氣になつたりするのだらうか？　シャンパンの泡をどんな目で見るのだらう？　夏はいいなあと思ふんだらうか？　長い冬には、どれだけぐつすり眠れるのだらうか？　どんな夢を見るんだらう？　眞夜中、雷鳴が轟《とどろ》いて、たつた獨りで目を覺した時、どんな風に感じて、何をするんだらうか？」

「君と同樣に」と見知らぬ男が云つた、「僕も人間嫌ひは理解出來ない。僕の經驗に從へば、人間は最高の愛に價《あた》ひする存在なのか、もしくは僕が幸運なのか、そのいづれかだ。僕は一度も人から不當な仕打を受けた事がない。あつたとしても、ごく僅かな程度でしかない。人を騙したり、陰口を云つたり、橫柄な態度を示したり、輕蔑したり、冷酷な態度を執つたり、といふやうな類の事は、人傳《ひとづ》てに聞いて知つてゐるだけだ。舊友《きういう》が陰險《いんけん》な肩越しに投げかける冷たい視線、恩惠を授けてやつた者による忘恩の所業、信賴してゐた友人の背信――それらは存在するのかもしれない。だが、それらについては、僕は人の言葉に賴るしかない。かくも立派に僕を運んで來てくれた橋の事を、賞贊しないでゐられようか？」

「賞讃しなかつたら、かくも價値ある橋への忘恩の振舞ひといふ事になる。人間は氣高い存在なんだ。皮肉屋の跳梁跋扈《てうりやうばつこ》するこんな御時世にあつて、人間に信頼を懐き、人間を果敢に辯護する人が見出だせるといふのは、嬉しくない事もない」。

「仰せの通り、僕はいつでも人間を辯護する。そればかりか、いつでも人間のために善き行ひをする覺悟がある」。

「君がすつかり氣に入つたよ」と、世界主義者が穩やかな口調で、それでゐて心から率直な氣持で云つて、「實際」、と附け加へた、「僕等の感情はこんなにも一致してゐるのだから、それを本に書きでもしたら、どちらの感情がどちらのものか、よほど優秀な批評家ぢやないと判別がつかないかもしれない」。

「僕等の心がかうして結ばれてゐるのだから」、と見知らぬ男が云つた、「手も互ひに結ばれて然るべきぢやないかね？」

「僕の手はいつだつて善に奉仕する」、世界主義者はさう云つて、まるで相手を善の化身《けしん》とでも思ふかのやうに、率直に自分の手を差し出した。

「處で」と、見知らぬ男は眞心こめて相手の手を握りながら、「君はここ西部の流儀を知つてゐるだらう。ちと品は惡いかもしれないが、心のこもつた流儀だ。詰り、新しい友人同士になつたら、一緒に酒を飲まなくちやいけないんだ。どうかね？」

「忝《かたじけ》ない。でも、御辭退しよう」。

「どうして？」

「實を云ふと、今日は隨分澤山《たくさん》の昔馴染みと出會つてね、みんな率直で氣持の好い連中だつた。で、僕は今の處はどうにかかうにか堪《こら》へてゐるんだが、本當は、長い航海の後に陸《をか》に上つた水夫みたいな心境なのさ。詰り、愛情の籠つた歡迎を受けて、心の受け止め方よりも頭のそれの方が追ひつかないものだから、日暮れ前だといふのに、もう酩酊《めいてい》してゐるやうな氣分なんだ」。

見知らぬ男は昔馴染みといふ言葉を聞いて、戀人に昔の附き合ひ相手の話を聞かされた嫉妬深い男みたいに、やや表情を曇らせた。しかし、氣を取り直して、「きつと何か強い奴を御馳走して貰つたんだらうね。でも、ワインなら——輕い飲み物のワインなら、大丈夫さ。さあ、この邊《へん》の小さな卓子《テーブル》にでも坐つて、輕いワインをちよいと樂しまうぢやないか。さあ、さあ」、と云ふと、荒海に響く霧笛よろしく、朗々たる聲で歌ひ出した。尤も、聲がもう少し甲高くなかつたならば、もつと親しみが籠つたのだらうが。

「ザンソヴァインで[二]赤く泡立つ、
うましき葡萄の酒を飲まうよ」

世界主義者は思ひ焦《こ》がれるやうな視線を相手に向け、ひどく心がひきつけられて動搖するやうな面持ちで佇《たたず》んでゐた。それから、降參したといふやうな表情になり、突如相手に歩み寄つて、かう云つた、「人魚の歌聲が船首像を搖さぶつたりする事があるのなら、榮光や黄

二 ザンソヴァインで……：英國詩人ジェイムズ・レイ・ハント（一七八四―一八五九）の作品「トスカーナ地方のバッカス」（一八二五）より。當時バイロン卿（一七八八―一八二四）に次ぐ大詩人として知られた。

金や女達の甘言《かんげん》が僕を搖さぶる事だつてあるだらう。でも、素敵な男が素敵な歌を歌ふと、僕の胴體《どうたい》は太い締め釘が拔かれたみたいにすつかり締りが無くなつて、磁氣の出る岩礁の傍を航行する船體さながら、默つて云ふなりになるしかなくなるんだ。分つたよ、ある種の心情を持つてゐると、毅然《きぜん》としてゐようとしても駄目なやうだ」。

第二十九章

氣の合ふ者同士

　ワイン、それもポートワインを註文して、二人は小さな卓子《テーブル》についた。來るべき樂しい一時《ひととき》を豫期《よき》するやうな、自《おの》づからなる沈默の時が續いた。見知らぬ男は近くにあるカウンターに視線を向け、白いエプロンをつけた赤ら顏の男が樂しさうに壜の埃《ほこり》を拂《はら》つたり、盆とグラスとを巧みに配列したりしてゐるのを見つめてゐた。と、突然の衝動に驅《か》られ、顏を連れの世界主義者の方に向けて云つた、「僕らの場合、一目惚れの友情と云へるんぢやないかね？」

「その通りだ」と、相手は滿足げな答へを穩やかに返して云つた、「そして、一目惚れの友情については、一目惚れの戀愛についてと同じやうな事が云へるかもしれない。唯一眞實で、唯一尊い結び附きだ。はつきりとお互ひの信頼を示してゐるものね。戀愛や友情に向つて進むのに、夜陰に乘《じよう》じて水深を測りつつ敵の港に向ふ不審船のやうに振舞ふ奴がゐるだらうか？」

「全くだ。追ひ風を受けて大膽《だいたん》に進むものだ。同感だよ。我々は實によく意見が一致する。處で、單なる形式だが、友人同士はお互ひの名前を知るべきだ。君の名前は？」と見知らぬ男。

「フランシス・グッドマン。でも、僕を好いてくれる連中はフランクと呼ぶ。君は？」

「チャールズ・アーノルド・ノーブル。でも、どうかチャーリーと呼んでくれ給へ」。

「さうしよう、チャーリー。大人になつても、若い頃と同様に、格式張らない友達附き合ひが續けられるくらゐ好ましい事はない。心がいつまでも若々しい事の證《あか》しだからね」。

「再び、全く同感だ。ほい、おいでなすつた！」

樂しげな給仕が樂しげな酒壜をコルクを拔いて持つて來た。普通の一クォート入りの酒壜だが、わざわざ樹皮製の小籠の中にすつぽりと納めてあつた。籠は山嵐の針で編み込まれてゐて、インディアン風に華やかな彩色が施されてゐる。それが目の前に置かれると、註文した見知らぬ男は好意的な關心を以てそれを見つめた。しかし、壜に貼られた見事な赤いラベルのP・Wといふ大文字の意味が分らない、或は分らない振りをしてゐるやうだつた。「P・Wね」と、樂しげな酒壜を困惑したやうな面持ちで見つめながら、やうやく彼が云つた、「P・Wとは何の事だらうか？」

「訝《いぶか》るやうな事ぢやないさ」と世界主義者が落著いて云つた、「それがポートワインの事ならば。ポートワインを註文したんぢやなかつたかい？」

「ああ、さうさう、さうだつた！」

「解き明すのに何の苦勞も要らない、ちよつとした謎もあるもんさ」と、相手は靜かに腳《あし》を組み合はせながら云つた。

この平凡な言葉を見知らぬ男は聞き逃したやうだつた。と云ふのも、壜に心を奪はれてゐて、やや黃ばんだ兩の手でそれを撫《な》で回してゐたからだ。それから、景氣附けの積りで妙に甲高い笑ひ聲を擧《あ》げると、から叫んだ、「いいワインだ、いいワインだ。これこそは特別の好感情の證しといふものぢやないかね?」 然る後、雙方《さうはう》のグラスになみなみとワインを注ぎ、一つを相手に押しやると、いかにも輕蔑に耐へないと云ふやうな表情を作つて、かう云つた、「災ひあれ、かの陰鬱なる懷疑論者どもよ、奴等の宣《のたま》ふ處によると、今日では生粋《きつすい》のワインを買ひ求めるのは不可能になり、販賣されてゐる大半は葡萄園産といふよりは實驗室《じつけん》の産物であつて、大方の酒場の主は顧客といふ最良の友を愛想よい態度で誑《たぶ》らかし、生命を狙ふ[一]ブランヴィリエーの徒輩だといふのだ」。

　聽いてゐた世界主義者の顏にふつと翳《かげ》が差した。塞《ふさ》ぎ込む體《てい》で二三分思ひに沈んだ後、彼は目を上げて云つた、「チャーリー、僕は久しくこんな風に思つてゐた、今日かくも多くの人々がワインと向き合ふ精神の在り方は、信頼の缺如《けつじよ》のこの上無き悲痛な一例だとね。これらのグラスを見給へ。このワインの中に毒が入つてゐるのではないかと怪しむやうな連中は、[二]ヘーベの頰を見て肺病の兆候を疑ふだらう。ワインの取扱業者や賣人への疑念について云ふならば、その種の疑念を懷くやうな手合は人間の心に極く限られた信頼の念しか懷く事が出來ないのだ。彼らからすると、人間の心の一つ一つがポートワインの壜の一本一本の如きものだといふ事になる。ここにあるポートワインぢやなくて、連中が思ひ浮べるポートワインの事だがね。何物にも、どんなに神聖な物にも信頼の念を懷く事のない、奇つ怪なる貶《けな》し屋だ。藥だらうが、聖餐《せいさん》のワインだらうが、奴らの目を逃れる事は出來ない。藥壜を持つ醫者も、聖餐の盃を持つ牧師も、共に、死にゆく者に如何様《いかさま》の强壯劑を知らずして與《あた》へてゐる連中だと、さう彼らは看做してゐるのだ」。

一　ブランヴィリエー：マリー・マデレーヌ・ブランヴィリエー。無邪氣を裝つて、父親や兄弟姉妹を次々に毒殺したフランスの女。一六三〇—一六七八

二　ヘーベ：ギリシャ神話の、春と若さの女神。

「恐ろしや！」

「實に恐ろしい事だ」と世界主義者が重々しく云つた。「これら疑ひ深い輩《やから》が信頼の念を危《き》殆《たい》に瀕《ひん》せしめてゐるのだ。もしもこのワインが」と、一杯に注がれたグラスを厳《おごそ》かに差し上げながら、「輝かしき將來を約束するこのワインがもしも眞實でないとするならば、それほどに輝かしい約束を持ち得ぬ人間がどうして眞實であり得ようか？　人間は眞實なのに、ワインが虚僞だとすると、陽氣で明朗な精神は何處《どこ》に逃れ行けばいいのか？　眞に陽氣な者達が、それと知らずして、卑劣かつ凶惡な藥液で互ひの健康を祝して乾杯してゐるとでもいふのか！」

「ひどすぎる！」

「あんまり酷すぎるから、眞實の筈が無いよ、チャーリー。そんな事は忘れよう。それはさうと、今は君が主人役なのに、僕のために乾杯してくれてゐないよ。待つてゐるんだがね」。

「すまん、すまん」と、見知らぬ男は半ば當惑《たうわく》げに、半ばこれ見よがしげにグラスを差し上げながら、「フランク、君のために心から乾杯する、本當だよ」と云つてワインを飲んだが、いかにも愼しやかな飲みつぷりだつた。しかも、ごく少量しか飲まなかつたのに、飲んだ後、それと意識せずして僅かに口許《くちもと》を歪《ゆが》めた。

「では、チャーリー、君に乾杯を返すとしよう。心を籠めて、そして僕が飲むこのワインと同じく、正直な心で」と、世界主義者は親愛の情を惜しみなく物腰に示しつつ、グラスを綺麗に飲み干すと、さも美味さうに舌鼓を打つた。周りにはつきり聞えるほどの音だつたが、不快に響くやうなものではなかつた。

「さつきの僞物のワインをめぐる云ひ種《ぐさ》についてだが」と、彼はグラスを靜かに下に置き、頭を後ろに傾け、溫かな目でワインをじつと見つめながら、「あれで多分一番不可解なのは、この大陸のワインの大半は僞物だと信じてゐても、それを飮み續ける連中はゐるぢやないか、といふ云ひ種だ。さういふ連中にとつては、ワインはとても素晴らしいものに思へるから、僞物でも全然無いよりはましだ、といふ事になるらしい。そして、禁酒を主張する者達から、そんな事を續けてゐると遲かれ早かれ健康を損ねる事になるぞなどと云はれても、連中はかう答へる、『そんな事、僕が知らないとでも思ふのかい？　しかし、悅樂《えつらく》なき健康なんて退屈極《きは》まる。それに、悅樂は、よしんば僞物の類であつても、それなりの代價は支拂はなくてはならない。僕は喜んで支拂ふ積りだ』、とね」。

「フランク、そんな手合は手に負へない飮んだくれに違ひないよ」。

「全くだ。尤も、そんな人間がゐるとしての話だけどね。僕はゐるなんて思はない。作り話さ。でも、この作り話から、天與《てんよ》の才氣があるといふよりは寧ろ相當《さうたう》な奇人ともいふべき人物が、作り話自體よりも突飛《とつぴ》な教訓を引き出すのを、昔、僕は耳にした事がある。奴さんの曰く、この作り話は、一つの喩《たと》へ話として、こんな事を物語つてゐるといふんだ。詰り、始末に負へぬほど人附合ひの良い性質の人間は、大半の人々が不實の心を持つてゐると信じてゐても、人々と親しく交際する事が出來る——人間交際はとても好ましいものに思へるから、僞物でも全然無いよりはましだ、といふ譯だ。そして、[三]ロシュフコーの信奉者達から、そんな態度

三　ロシュフコー：フランスの貴族で、文人。冷笑的、悲觀的な人生觀で知られる。メルヴィルは「ホーソンとその苔」に、ロシュフコーの言「我々は誰かの名聲を貶めるために、他の誰かの名聲を高からしめる」を引いてゐる。一六一三—一六八〇

ロシュフコー

を續けてゐると、遲かれ早かれ身の危險を招く事になるぞなどと云はれても、件《くだん》の人附合ひの良い人物はかう答へる、『そんな事、僕が知らないとでも思ふのかい？　しかし、人間交際無き安全無事なんて退屈極まる。それに、人間交際の愉《たの》しみは、よしんば僞物の類であつても、それなりの代價は支拂はなくてはならない。僕は喜んで支拂ふ積りだ』、とね」。

「實に奇つ怪な云ひ種だな」と、見知らぬ男は少しくもじもじしながら、探るやうな目つきで相手を見つめて云ふと、突然昂奮《かうふん》して、「實際、フランク、實に毒のある考へ方だ」と、叫んだ。思はず知らず、夫子《ふうし》自身が傷つけられたかのやうな顏をしてゐる。

「ある意味では、全く君の云ふ通りだ、いや、それどころでは無いかもしれん」と、世界主義者はいつも通りの穩やかな口調で答へた、「しかし、ある種のユーモアが含まれてゐるからね、寛容な精神の持主ならば、毒を大目に見る事になるかもしれない。實際、ユーモアといふやつは實に有難いもので、人間精神の生み出す最も悖德《はいとく》的な考へ方の裡にだつて、僅か九つでも氣の利いた冗談が見出されたら、それらが全ての悖德的な考へ方を、よしんばソドム[四]の人口ほど多からうとも償《つぐな》つて仕舞ふものだと、さう主張する寛容な哲學者もゐるくらゐでね。とにかく、ユーモアといふものは恩惠を齎《もたら》す何物かをその中に孕《はら》んでゐて――それが何なのかは知らないが――、强力な萬能藥、魔法の靈藥《れいやく》として作用するものなのだ――それを有難がる點に於ては、他の點では殆ど一致しなくても、大抵の人間が意見の一致を見る事になる――そしてユーモアは疑ひもなくこの世でそれなりに多くの善を施してゐるのだから、ユーモアのある人間、大きな聲で笑へる人間は――他の點ではどのやうに思はれるにせ

四　ソドム：古代パレスティナの都市。その腐敗墮落ゆゑに、ゴモラと共に業火に燒かれたとされる。舊約聖書「創世記」一九・二四參照。

よ――決して不人情な惡黨ではあり得ない、といふのがほぼ格言のやうに云ひ習はされてゐるのも、何ら不思議ではない譯さ」。

「わつ、はつ、はつ！」と、見知らぬ男が下の甲板にゐる蒼白い顔の子供の乞食を指差しながら、笑つた。その哀れつぽい感じは、巨大な長靴を履く子供の滑稽な様子によつて、云はば彩《いろど》りを添《そ》へられてゐた。明らかにどこかの煉瓦職人が廢棄した長靴で、乾燥してひびが入り、石灰によつて半ば腐食し、爪先の部分が樂器のバスーンみたいに筒状に反《そ》り返つてゐる。

「見ろよ、あれ――わつ、はつ、はつ！」

「確かに」と、相手は云つた。滑稽味は理解するが、今の場合、それに伴ふものに目を瞑《つぶ》つてゐる譯ではない、といふやうな穏やかな態度だ。「確かにね。それに、チャーリー、君は實に適切な時に、僕が云つた格言の例證となるやうな反應を示してくれたものだ。實際、さういふ效果を殊更に狙つてやつたとしても、これ以上にぴたりと決まる事はなかつたらう。だつて、君の笑ひ聲を聞いた者で、それが健全な肺と同じほどに健全な心から發してゐると思はない者がゐるだらうか？　いかにも、人間、微笑して、微笑をたたへながら、しかも惡黨たり得るとは云はれるが、笑つて、笑つて、笑ひながら、惡黨たり得るとは云はれない、さうだらう、チャーリー？」

「わつ、はつ、はつ！――さうだ、さうだ、さうだとも」。

「チャーリー、君の笑ひの爆發は、化學者の模型の火山が彼の講義の意味を具體的に示してくれるみたいに、僕の言葉の意味を十分に明らかにしてくれる。しかし、よく笑ふ者は惡黨

五　微笑して、微笑をたたへながら、しかも惡黨たり得る：シェイクスピアの「ハムレット」一・五・一〇七。福田恆存譯

ではあり得ないといふ格言を、よしんば經驗が正當と認めてくれなくても、なほかつ僕はその格言を信じねばならないと確信してゐる。といふのも、それは人々の間に行き渡つてゐる言葉であつて、明らかに人々の間で生れたものなのだから、どうしても眞實でなければならないからだ。なぜなら、人々の聲[六]は眞實の聲だからだ。さうは思はないかい?」

「勿論、さう思ふよ。もしも『眞實』が人々を通して語らないなら、決して語らない事になる。人がさう云ふのを僕は聞いた事がある」。

「正にその通りだ。でも、話が横道に逸《そ》れたやうだ。ユーモアを人の心の指標だとする世間一般の考へ方は、妙な事に、アリストテレスによつて裏附けられてゐるやうだ——彼の『政治學』に於てだつたと思ふ(ついでながら、この書は全體として如何に評價されるにせよ、部分部分に示される傾向を鑑《かんが》みるに、事前の警告なくして若者の手に渡されるべきものではない)——彼はかう云つてゐる、歴史上、愛される事の最も少い人々といふのは、ユーモアを嫌ふのみならず、憎んでゐたやうに思はれるし、しかもある場合には、惡ふざけに對するとんでもなく不人情な嗜好《しかう》を有してゐたやうだ、と。かのシチリアの氣紛れな暴君、ファラリス[七]について云つてゐたのだと憶えてゐる。奴さん、ある時、ある氣の毒な男を乘馬臺の上で打ち首にした。馬鹿笑ひをしたといふだけの理由だつた」。

「をかしなファラリス!」

「殘酷なファラリス!」

爆竹が破裂した後のやうに、ちよつとの間があつて、二人共、互ひの叫び聲の對照の妙に

六　**人々の聲は眞實の聲**:ラテン語の言葉に vox populi, vox Dei(人々の聲は神の聲)がある。

七　**ファラリス**:紀元前六世紀頃のシチリア島の僭王。牛の形の眞鍮の大釜で人間を茹《ゆ》で殺したと云はれる。

驚いたかのやうに卓子を見下ろし、對照の帶びる意味合ひについて（そんなものがあるとして）つらつら思ひをめぐらした。少くとも、そんな風に見えた。が、一人については、さうではなかつたのかもしれない。と云ふのも、世界主義者はやがて顏を上げると、かう云つたからだ。「ワインが僞物だと分つてゐても、それを飲む理由を尤もらしく並べ立てる變な飲んだくれどもの事をさつき我々は話したが、さういふ手合が引き出す滑稽かつ冷笑的な教訓の場合、それは確かに邪惡な思考とは云ふものの、ユーモアの裡に胚胎《はいたい》された一例とは云つてもよいだらう。さて今度は、邪惡の裡に胚胎された邪惡な思考の一例を君に示すとしよう。君はそれら二つの例を比較して、一方に於てはユーモアが棘《とげ》の鋭さを緩和してゐないか、他方に於てはユーモアの缺如《けつじよ》が棘の鋭さを自由に發揮させてゐないか、答へてみてほしい。以前僕は或る才子が、いいかい、ただの才子、不信心なパリつ子の才子だ、そいつが禁酒運動についてこんな事を語るのを耳にした事がある。けちん坊とならず者とが自分らの利益のために、眞つ先に禁酒運動に參加した、といふんだ。といふのも、パリつ子の云ふ處によると、けちん坊は、酒の代はりを提供もせずに酒の配給を制限する船主みたいに、禁酒運動によつて金を節約し、ならず者は、冴えた頭で働くために冷水ばかりを飲む賭博師やペテン師みたいに、禁酒運動によつて金を儲《まう》けた、といふんだ」。

「實に忌《いま》はしい考へ方だ！」と、見知らぬ男は感情を籠めて叫んだ。

「その通りだ」と、世界主義者は卓子に肘《ひぢ》をついて前屈《まへかが》みになり、人差指で相手に親しげな仕草をして、かう云つた、「その通りだとも、それに、僕が云つたやうに、鋭い棘《とげ》を感じないかい?」

「感じるとも。實に中傷的な考へ方だね、フランク!」

「ユーモアがまるで無いしね?」

「これつぽつちも!」

「それぢや、チャーリー」と、世界主義者は潤《うる》んだ目で相手を見つめながら、「飲まうぢやないか。君、あんまり酒が進んでゐないやうだが」。

「お、おう――さう、さう――いや、僕は酒で後《おく》れを取るやうな眞似は決してしない。本當さ。君の友人、かく云ふチャールス程の大酒飲みはどこを探したつてゐやしない」、さう云ふとこちらは酒杯を勢ひ込んでひつ摑《つか》みはしたものの、ただ指で弄《もてあそ》んだだけだつた。「處で、フランク」と彼は云つた。多分、自分から注意を逸《そ》らさせようとしてか、もしくはさうではなかつたか。「先日、僕はいい物を讀んだよ。實に見事なものでね。葡萄絞り機[八](press)を讃美する一文なんだが、とても氣に入つたものだから、二度讀んで暗記して仕舞つたくらゐだ。一種の詩と云つていいが、無韻《むゐん》詩が押韻《あふゐん》詩に對するのと同じやうな關係を、無韻詩に對して持つてゐる。リフレーンのついた形式ばらない歌のやうなものさ。暗唱してみようか?」

「新聞(press)を讚美するものなら、喜んで拝聽しよう」と、世界主義者は應じると、眞面目な口調でから續けた、「最近、一部に新聞を貶《おとしめ》る傾向が見られるから、尚更だ」。

「新聞を貶るだつて?」

「さうさ。陰氣な連中の中には、この偉大な發明も結局はブランデーと同じ道を辿る事にな

八　**葡萄絞り機(press)**:pressには、「葡萄絞り機」の意と「新聞」の意とがあり、見知らぬ男(チャーリー)は前者の意味で、世界主義者(フランク)は後者の意味で使つてゐる。次章冒頭の、チャーリーによるpress禮賛の辭に於ても、「葡萄絞り機」と「印刷機」(press)との兩義に使ひ分けられてゐる。

る、と主張する者もゐる。ブランデーは發見されるや、『生命の水（eau-de-vie）』といふフランス語の名稱が示唆するやうに、醫者達が萬能薬と信じた事もあつた——が、それは經驗が十分に證明するものではない、と今は考へられてゐるやうだ」。

「たまげたね、フランク。そんな風に新聞を貶《けな》す連中が本當にゐるのかい？　もつと聞きたいな。理由が知りたいもんだ」。

「理由なんぞ全然無いさ。主張はたんとあるがね。中でも連中が强調するのは、王の專制政治の下では、新聞は人民にとつて殆ど卽興詩人以外の何者でもなく、人民の專制政治の下では、新聞は餘りにも人民のジャック・ケイド[九]になりがちだ、といふ事だ。要するに、これら拗《す》ね者の賢者達は、新聞をコルト連發拳銃の觀點から見てゐるんだ。新聞とは、偶々《たまたま》拳銃を所有する者の揭げる大義名分に專ら奉仕する存在でしかないといふ譯さ。ペンが新聞といふ發明に進歩したのは、單發拳銃が連發拳銃に進歩したのとさしたる違ひはないと思つてゐる。インクの量や銃彈の數《かず》が增えたからとて、目的がより神聖なものになる譯ではない、といふ譯だ。彼らは『報道の自由』といふ言葉を『コルト連發拳銃の自由』と同程度にしか考へてゐない。だから、眞實や正義が新聞に希望を託するのは、コシュート[十]やマッツィーニ[十一]がコルト連發拳銃に希望を託するのとほぼ同程度に賢しい事でしかない、と主張する。實にけしからん考へ方だと思ふだらう。しかし、全ての眞の社會改革者は、そんな事を拔かす連中に反駁するのは沽券《こけん》にかかはると思つてゐる。さうぢやないかね？」

「その通りだ。だが、さ、續けてくれ。君の話が聞きたい」と云つて、見知らぬ男は阿《おもね》るや

九　ジャック・ケイド：英國の農夫。一四五〇年の「ケイドの叛亂」の頭目。シェイクスピアの「ヘンリー六世」第二部に出る。ここでは「大衆煽動者」の意。？—一四五〇

十　コシュート：オーストリアの支配から祖國を解放しようとしたハンガリーの革命家。一八〇二—一八九四

十一　マッツィーニ：革命によつて祖國の民主的統一を實現しようとしたイタリアの革命家。一八〇五—一八七二

うに相手のグラスを満たした。

「僕としては」と、大きく胸を張つて、世界主義者は言葉を繼《つ》いだ、「新聞は人民の卽興詩人でもなければ、ジャック・ケイドでもないと思ふ。人民に金で雇はれた馬鹿者でもなければ、人民のためにあくせく働く慢心した奴隷でもない。新聞に於ては、利益が義務に優先する事は斷じて無いと僕は思ふ。新聞は敵に包圍《はうゐ》されても飽く迄虚僞に抵抗し、串刺しにされてもなほかつ眞實を辯護せんとするものだ。新聞にニュースの俗惡な流布《るふ》者などといふ汚名を著せるなんてとんでもない、『知識の增進』の獨立不羈《どくりつふき》の傳道《でんだう》者——鐵血《てつけつ》の使徒パウロの輩《やから》だと僕は云ひたい。いいかい、パウロだよ。なんとなれば、新聞は知識のみならず、正義をも增進させるからだ。新聞の裡にはだね、チャーリー、太陽の裡にと同じく、慈愛の力と光との確乎たる原理が存してゐるのだ。惡魔的な新聞が使徒的な新聞と同時に出現したからといつて、それが新聞誹謗《ひばう》の理由にはならない。本物の太陽が[十二]幻日《げんじつ》と同時に出現したからとて、太陽誹謗《ひばう》の理由にならないのと同じ事だ。幻日が如何に不吉なものに見えようとも、太陽神アポロは日光を與《あた》へてくれる。一言で云へばだね、チャーリー、英國の君主は名目上[十三]『信仰の擁護者』といふ事になつてゐるが、新聞は實質上誤謬《ごびう》に對する眞理の、迷信に對する哲學の、虚僞に對する理論の、自然に對する機構の、そしてまた惡人に對する善人の、究極的勝利への確信の擁護者なのだ。以上が僕の見解だ。隨分長々と述べたかもしれないが、チャーリー、どうか勘辨《かんべん》して貰ひたい、なにしろ、僕にとつては冷淡かつ簡潔に語る事の出來ない問題なんだ。さて今度は新聞に對する君の讚辭が聞きたいね。きつと、僕なんかは恥ぢ入つ

十二　**幻日**：大氣中の浮遊物によつて生じる光現象。太陽そのものではないが、かなりはつきり光る幻の太陽。

十三　**信仰の擁護者**：ローマ法王レオ十世によつて、英國王ヘンリー八世に與へられた稱號。無論、英國がローマと決裂する以前の事。

て仕舞ふほど立派なものなんだろうね」。

「いかにも、人をして面目を恥ぢ入らしむる體《てい》のものさ」と、相手は微笑んで、「でもね、フランク、それでも聞いて貰はないと」。

「いよいよ開始する時には、ちやんと教へてくれ給へ」と世界主義者が云つた、「といふのも、公式の晩餐會で新聞に祝杯が捧げられる時には、僕はいつも起立して祝杯を飲み干す事にしてゐるんだ。だから、君が讚辭を呈してゐる間、僕は立つた儘でゐる事にしよう」。

「頗る結構。では、さあ、立ち上つてくれ給へ」。

世界主義者が云はれた通りにすると、見知らぬ男も同様に起立し、ルビー色のワイン壜を持ち上げて、口火を切つた。

第三十章

葡萄絞り機[一]（press）への詩的禮讃《らいさん》に始まり、それに觸發《しょくはつ》された會話が續く

「讃《ほ》むべきかな、ファウスト[二]の印刷機（press）ならで、ノア[三]の葡萄絞り機（press）こそは。眞の夜明けの魁《さきがけ》たるノアの眞の葡萄絞り機（press）を讃へ、崇《あが》めしめよ。讃むべきかな、黑き活字の印刷機（press）ならで、赤き葡萄絞り機（press）こそは。靈感の源たるノアの赤き葡萄絞り機（press）を讃へ、崇めしめよ。汝ら、ラインラント[四]とライン河の印刷工達よ、ワイン産地のマデイラ島[五]やミティレーネ島[六]に於て、喜ばしき知らせを足で踏んで搾《しぼ》り出す全ての者達と手をつなげ。——誰が人をして細かき活字に長々と留まらしめて、眼を赤くなさしめようか？——讃むべきかな、人をして薔薇色のワインに長々と留まらしめて、心を薔薇色たらしめるノアの赤き葡萄絞り機（press）こそは。——誰が無駄口を叩き、論爭を好まうか？　誰が故なくして人を傷つけようか？　讃むべきかな、友人同士を結び附け、敵同士を融和せしむる、ノアの心優しき葡萄絞り機（press）こそは。——誰が金で買收されようか？　誰がしがらみに縛られようか？——讃むべきかな、暴君のために噓言を吐かず、暴君をして眞實を語らしめる、ノアの自由なる葡萄絞り機(press)こそは。——されば、讃むべきかな、ノアの我らが眞率なる葡萄絞り機（press）こそは。されば我らをして讃へ、崇めしめよ、ノアの我らが勇敢なる葡萄絞り機（press）を。されば我らをして薔薇の花で飾り、圍《かこ》ましめよ、

一　**葡萄絞り機（press）への詩的禮讃**：前章注（八）參照。なほ、この禮贊の辭は聖書の表現の一形式の模倣でもある。舊約聖書「箴言」二三・二九―三二參照。

二　**ファウスト**：ヨハン・ファウスト。ドイツの印刷工。グーテンベルグの相棒。一四〇〇頃―一四六六

三　**ノア**：ノアの方舟のノア。葡萄酒を作って飲み、酩酊する。舊約聖書「創世記」九・二一に、ノア、「葡萄酒を飲て醉《よひ》天幕の中にありて裸になれり」、とある。

四　**ラインラント**：ドイツのライン河流域地帶。

五　**マデイラ島**：大西洋の、ポルトガル領の島。ワイン産地として有名。

六　**ミティレーネ島**：東エーゲ海の、ギリシ領の島。別名レスボス島。ワイン産地。

ノアの我らが大いなる葡萄絞り機（press）を。しかしてそれよりは、眞の苦しみも喜びも等しく人間に齎《もたら》す、諸々の知識が流れ出づればなり」。

「一杯食はされたよ」と、一緒に席に坐り直しながら、世界主義者が微笑んで云つた。「僕の無邪氣につけこんで、僕の情熱を抜け目なく弄《もてあそ》んだといふ譯だ。でも、氣にする事はないさ。君の非禮《ひれい》は、まあそれが非禮だつたとしての話だが、實に魅力的だつたし、僕としては再度非禮を働いてほしいと思ふくらゐなんだから。君の讃辭の中に、聊《いささ》か詩的になれない語句がある點については、詩人の制約無き特權の行使として、喜んで容認する事にする。全體として、頗る抒情詩的なスタイルの讃辭だつた――僕がいつも賞讃するスタイルだ、なにしろ、預言者めいた確信と信頼性とに溢れてゐるし、恐らくはそれこそが抒情詩の主たる要素なんだらう。それはさうと、ねえ、君」と、相手のグラスに目をやりながら、「抒情詩人の割には、随分久しく壜に手がのびないやうだね」。

「抒情詩と葡萄の樹よ、永遠なれ！」と、世界主義者の仄《ほの》めかしにはお構ひなく、見知らぬ男は有頂天になつて、もしくは有頂天の振りをして叫んだ。「葡萄の樹よ、葡萄の樹よ！　これこそはあらゆる草木の中で、最も優美にして最も恵み深きものではないのか？　そして、かかるものであるといふ事には、なにがしかの意味が――神聖なる意味があるのではないのか？　僕は葡萄の樹を、[七]カトーバ葡萄の樹を、僕の墓に絶對に植ゑさせてやる！」

「なかなか氣の利いた考へだ。でも、君のグラスだけど」。

「あ、さうね」と、僅かに啜《すす》つて、「でも、君、君はどうして飲まないんだい？」

七　カトーバ葡萄：米國產の薄赤色の葡萄。黒葡萄の亞種。「カトーバ」とは、南北カロライナ州を流れる河の名。

「忘れたみたいだね、チャーリー。今日はもう既にだいぶ聞《きこ》し召してゐると、さつき云つた筈だがね」。

「おいおい」と、相手は叫んだ。今度はかなり抒情的な氣分に浸つてゐて、世界主義者のくつろいだ社交的態度とは對照的と云へなくもない。「おいおい、上等の古いワイン——本物のこくのある古いワインはだな、どんなに飲んでも飲み過ぎるといふ事はないぞ。馬鹿を云ふもんぢやない！　飲め飲め」。

「それぢや、相手をしてくれ給へ」。

「勿論さ」と云つて、これみよがしに、もう一口啜《すす》つて——「どうだい、ひとつ葉巻をやらうぢやないか。そこのパイプは放つて置いて。パイプは一人でふかすのが一番だ。ちよつと、ウェイター、葉巻を頼む——ここで最上のやつをね」。

葉巻が持つて來られた。西部で作られる小さくて小奇麗な陶の容器に入れられてゐる。赤褐色の容器はインディアンが家庭用品として用ゐるもので、煙草の葉を澤山重ねた中に置いてある。扇形をした長い綠色の煙草の葉は風變りな重ね方がしてあつて、處々から容器の赤褐色が覗いてゐる。

容器には二つの附屬品が附いてゐて、やはり陶器で作られてゐたが、葉巻入れよりは小さく、共に球形をなしてゐた。一つは林檎の形をしてゐて、本物そつくりに赤と黄に光つてをり、天邊《てつぺん》に割れ目があつて、そこから空洞になつてゐる内部が見える。煙草の灰を入れるためのものだつた。もう一つは灰色をしてゐて、表面に襞《ひだ》があつて雀蜂の巣に似せて作られてゐた。燐寸《マッチ》入れだつた。

「さあ」と、見知らぬ男は葉巻入れを相手に押しやり、「一つやつてくれ給へ。火をつけてあげよう」と云つて、燐寸を取つた。葉巻の煙が立ち昇ると、「煙草が何より」と附け加へ、葉巻を吸ふ相手から陶の葉巻入れに視線を移しながら、「僕の墓を覆ふカトーバ葡萄の樹の傍には、ヴァージニア煙草の樹を植ゑさせる事にしよう」と云つた。

「最初のお墓の案もそれなりに良かつたけれど、もつと良い案になつたね——でも、君は吸はないんだね」と世界主義者。

「今、今ね——もう一度グラスに注がせてくれ。君、飲まないんだね」。

「有難う。でも、今はもう結構。君こそ注げよ」。

「今、今ね。君はどんどんやり給へ。僕の事なんか構はずにさ。處で、今、思つたんだけれど、餘りにお上品過ぎたり、狂信的なほど道徳的だつたりして、自分に煙草を禁じる奴といふのは、鐵《てつ》の靴を履く洒落《しゃれ》男だの、鐵の寢臺に寢る獨身男だの以上に、人生の安上りの快樂をひどく奪はれてゐるといふ事になるね。その一方、煙草がひどく吸ひたいのに吸へない奴について云ふと、そんな奴を見てゐると、博愛主義者としては涙を流さずにはゐられない、何しろ、奴さん、何度も何度も氣違ひみたいに葉巻に復歸しようとしても、胃の腑がいかれてゐるものだから愉《たの》しむ譯にゆかない、それでも、諦めて情けなく斷念する度毎に、見果てぬ甘美な快樂を夢見て、またもや猛烈な苦しみに驅《か》りやられるといふ始末——實に哀れな能無しだ！」

「同感だ」、と世界主義者がなほも落著いた社交的態度を示しながら云つた、「でも、君、吸はないんだね」。

「今、今ね、君はどんどん吸つてくれ。僕が今云つてゐたやうに——」

「でも、君も吸つたらどうかね——さあ。まさか、君、煙草をワインと一緒にやると、ワイン特有の性質を強め過ぎる事になるなどと——詰り、體質によつては自制心が奪はれる懸念があるなどと、そんな事を考へてゐる譯ぢやないよね？」

「そんな事を考へたら、仲の良い附き合ひを裏切る事になるだらうよ」と、こちらは少しむつとしたやうに否定して、「違ふ、違ひますよ。實を云ふとね、今、口の中にいやな味がするんだ。夕食の時にひどいシチューを食したもんでね。だから、なかなか消えないその後味をワインで洗ひ流して仕舞ふ迄は、煙草を吸ふ氣になれないのさ。でも、君は吸つてくれよ。それに、ワインを飲むのも忘れずに。處で、我々がここにかうやつてとても仲良く坐つてゐて、好きなだけ仲良く無駄口を叩いてゐると、純然たる對照の妙とも云ふべきか、君の附き合ひの良くない友人たる、例の熊皮の服の男の事が思ひ出されて來るね。あいつがこの場にゐさへしたら、同胞と愉快に飲み交したりしないために、どれだけ多くの眞の心の喜びを自らに否定してゐる事か、きつと分るだらうにな」。

「何だつて」と、言葉にゆるやかに力を込め、葉巻をゆつくり口から引き抜きながら、世界主義者が云つた、「その點については、既に蒙《もう》を啓《ひら》いて差し上げたと思つてゐたがね。我が變り者の友人を、もつと良く理解してくれたと思つてゐたよ」。

「いや、僕もさう思つてゐたさ。でも、ほら、第一印象が蘇《よみがへ》つて來るもんでね。實際、今になつて考へてみると、奴さんとちよつとした會話を交した際に、その口からたまたま洩れた言葉から、僕はこんな推測をしてゐるんだ。あの男は生れながらのミズーリ人ぢやなくて、何年か前に[八]アリゲニー山脈の向う側からこの西部にやつて來た、それも一儲けするためといふより人間世界から逃れるためにやつて來た、若き厭世《えんせい》家なんだとね。處で、些細な事柄が時に重大な結果を齎すなんて事もあるらしいから、あり得る事だと思ふんだが、奴の經歷を細かく調べてみたら、こんな事が分るかもしれないよ。詰り、奴が最初に間接的にせよ悲しむべき心の歪みを身につけるに至つたのは、少年の頃に、かの[九]ポローニアスのレアティーズへの忠告の件りを讀んで、嫌惡を覺えたのが切掛けだつたと云ふやうな事がね――あの忠告の利己主義的性格たるや、金儲けの方法を說く處世訓の類と殆ど甲乙《かふおつ》ないくらゐだ。ほら、ニューイングランドの小賣商人の机に時々貼り附けてあるぢやないか」。

「君ね、どうかお願ひだから」と、世界主義者が穩やかに抗議をするやうな風をしながら云つた、「せめて僕の前では、ピューリタンの末裔《まつえい》達を毀損《きそん》するやうな物云ひは愼《つつし》んでくれないかな」。

「いや實際、全くもつて、ピューリタン全盛の世の中さ！」と、見知らぬ男は苛立ちを示しながら叫んだ、「ピューリタンが何樣だと云ふのかね、アラバマ人の俺がどうして敬意を表さなくちやならないんだ？ 氣難しくて自惚《うぬぼ》れ屋で、老いぼれの[十]マルヴォーリオの手合ぢやないか、シェイクスピアが喜劇の中で思ふ存分笑ひのめしてゐる奴等だよ」。

八　**アリゲニー山脈**：米國東部のアパラチア山脈の一部。アリゲニー山脈を境にして、當時は東部と西部とを區別した。

九　**ポローニアスのレアティーズへの忠告**：シェイクスピアの「ハムレット」一・三・五四―八〇參照。老廷臣ポローニアスは息子レアティーズの旅立ちに際して、友人、金錢、服裝等々について頗る實際的な處世訓をぶつ。

十　**マルヴォーリオ**：シェイクスピの「十二夜」（一六〇二）の登場人物。第二幕三場一五二等、彼が「ピューリタン」だといふ事が屢々冗談の種とされる。

「ねえ、さつきポローニアスの事を云つてゐたけど、何を云はうとしてゐたんだい?」と、世界主義者は劣惡な精神の無作法に對して、優秀な精神の忍耐を證す物靜かな自制心を示しながら、「レアティーズへのポローニアスの忠告を、君はどう考へてゐるのかね?」

「噓つぱちで、有害で、誹謗中傷もいい處だ」と、家紋を辱《はづ》められて憤慨する男さながらの熱意を見せて、相手は叫んだ。「それに、父親が息子にあんな事を云ふなんて――途方もない話だ。あいつのやつてゐる事はかうなんだ。息子が外國に、それも生れて初めて外國に行かうとしてゐる。父親は何をなさんとするか? 神の御加護を祈るか? 息子の旅行鞄に有難い聖書を入れるか? 否。わが[十一]チェスターフィールド卿の臭氣芬々《ふんぷん》たる處世訓を、フランスの處世訓やイタリアの處世訓とごた混ぜにして、たつぷり詰め込んでやらうといふ譯なのさ」。

「違ふ、違ふ、それは酷だ、違ふよ、それは。だつて、就中《なかんづく》、ポローニアスはかう云つてゐるぢやないか――

「[十二]こいつはと思つた友だちは、
　鎖で縛りつけても手放すでないぞ」

　これがイタリアの處世訓と合致するかね?」

「するともさ、フランク。分らないかい? ワインの壜にコルク栓で蓋《ふた》をする奴は、確認濟

十一　チェスターフィールド：既出。第二十二章の註（九）參照。「社交的洗練」と「世俗的老獪」とを併せ持つのがチェスターフィールドの處世訓の特徴。

十二「こいつはと思つた友だちは……」：シェイクスピアの「ハムレット」一・三・六二―六三參照。福田恆存譯。

みの壜を大事にする。それと同じ原則に基いて、レアティーズは自分の友達――確認濟みの友達を大事にしなくちやいけないよ、と云つてゐるのさ。壜を何かに荒つぽくぶつけてみて、毀《こは》れないと、『よし、この壜を取つて置かう』とそいつは云ふ。何ゆゑに？　壜を愛してゐるからかい？　違ふね、特に利用價値があるからさ」。

「おい、おい！」と、いかにも嘆かはしいと訴へるみたいに、相手の方に身體を向けて、こちらは云つた、「そんな――そんな風な批判のやり方は――實際――實に――拙《まづ》いよ」。

「眞實が拙い、といふのかい、フランク？　君は誰に對しても頗る寛容だが、ポローニアスの辯舌の調子を考へて見ればいいんだよ。然らば、フランク、君に質問するとしよう。あの忠告の中に、高尙で英雄的で無私の努力を奬勵《しやうれい》するやうな何かが含まれてゐるかい？『汝[十三]の持てる全てを賣り拂つて貧しき者に施せ』といふやうな類がさ？　それにだ、他の部分を見ても、かの親父殿の心中の最たる願望は一體全體何であるか？　息子が自らのために高貴な精神を育《はぐく》む事か、それとも、息子が他人の高尙ならざる精神に警戒する事か？　煎《せん》じ詰めた處、敬神に背を向けて訓戒を垂れる輩だよ、フランク――敬虔な助言者どころではないよ、ポローニアスは。僕は憎むね。それに、老ポローニアスの助言に從つて人生を航海すれば、行手に暗礁の潜む風波の中を航海する羽目に陷る事はないなどと、君ら世故《せこ》に長《た》けた人達が云ひ張るのは、何とも聞くに耐へない次第だ」。

「いやいや――まさか誰もそんな事を云ひ張りはしないさ」と、世界主義者が捨て鉢な態度で、それでゐて物靜かに答へた。片腕を横樣に思ひ切り伸ばして卓上に置いてゐる。「まさ

十三　汝の持てる全てを賣り拂つて……：新約聖書「マタイ傳」一九・二一に、「なんぢ若《も》し全《まつた》からんと思はば、往きてなんぢの所有《もちもの》を賣りて貧しき者に施せ」、とある。

か誰もそんな事を云ひ張りはしないさ。だつて、ポローニアスの助言を君の云ふやうな意味に取つて、世故《せこ》に長《た》けた人間がそれを推奬するなどといふ事になると、人間性をめぐる麗《うるは》しからざる考へ方を多少なりとも是認する事にもなりかねないからね。でも、それはそれとして」と、困惑した様子を示しながら、「君の考へを聽いてゐると、隨分物の見方が變つて來て、ポローニアスとその助言に關する僕の從來の考へ方に何だか安住してゐられないやうな氣がして來たよ。率直に云つて、僕の落著いた心は實に巧妙にぐらつかされて仕舞つたといふ譯だ。だから、お互ひの間に全般的な意見の一致が存在しなかつたとしたら、かうして成熟した精神と深附き合ひをした結果、今や僕の未熟な精神はその惡影響の支配下に置かれつつある、なんて事を思はせられるくらゐでね。無論、共有してゐる根本原則については別だがね」。

「まさか、そんな」と、虚榮《きよえい》と謙遜、滿足と懸念との入り交つたやうな樣子で相手は叫んだ、「僕の知力なんて脆弱《ぜいじやく》なもんで、引網を放り投げて相手を引き寄せられる力なんて、とても持つてゐないよ。尤も、當節《たうせつ》の大學者と來た日には、弟子を拵へるよりも犧牲者を拵へる方を誇る輩がゐるといふ話だがね。でも、僕としては、そんな事をやれる力があつたとしても、やりたい氣持ちなんぞは持ち合はせてゐませんがね」。

「信じるよ、チャーリー。でも、繰り返しになるが、ポローニアスに關する君の言葉を聽いてゐて、なぜか僕の心はかき亂《みだ》されて仕舞つた。シェイクスピアがどんな積りでポローニアスにあんな事を云はせたのか、なんだか分らなくなつて仕舞つたんだ」。

「人々の目を開かせようとしたんだと云ふ者もゐる。でも、僕はさうは思はないがね」。

「人々の目を開かせる？」と、ゆつくり自分の目を見開きながら、鸚鵡《あうむ》返しに世界主義者が云つた。「一體、目を見開かなければならないやうな何があるといふのかね？　詰り、君の仄《ほの》めかしてゐるやうな、陋劣《ろうれつ》な意味でさ？」

「さうさな、人々の道徳心を腐敗させようとしたんだと云ふ者もゐるよ。また、シェイクスピアは明確な意圖なんぞは持ち合はせてゐなかつたが、事實上、人々の目を開かせて、道徳心を腐敗させる事を一擧《いつきよ》にやつてのけて仕舞つたんだと云ふ者もゐる。いづれも僕は拒否するがね」。

「そんな粗雜な說は、勿論君は拒否するさ。でも、白狀するが、自分の部屋でシェイクスピアを讀んでゐて、ある件《くだ》りに胸を打たれたりすると、僕は本を置いてから云ふんだ、『このシェイクスピアといふ男は、實に奇妙な人間だ』とね。時には好い加減なやうにも思へるし、いつも信頼出來るやうでもない。シェイクスピアには——何と云つたらよいのか？——隱れてゐる太陽のやうな趣がある、光を降り注いでくれると同時に、謎めかして仕舞ふやうな。そしてその隱れた太陽が一體何なのか、それについて時々考へる事があるんだが、それを口に出して云ふのは何だか憚《はばか》られるやうな氣がしてね」。

「それは眞實の光だと思ふかい？」と、見知らぬ男は滿足する氣持を隱しながら、相手のグラスを再び滿した。

「斷定的な質問には答へたくないな。思ふに、[十四]シェイクスピアは一種の神の如き存在でなくてはならないんだ。思慮深い精神の持主ならば、彼についてある種の考へを心に祕めてゐた

十四　シェイクスピアは一種の神の如き存在で……：メルヴィルのホーソン論「ホーソンとその苔」に、この箇所に關聯するメルヴィルのシェイクスピア觀が示されてゐる。

としても、それらを云はば永續的な被驗《ひけん》狀態に置いて、しつかり見極めようとするだらうと思ふ。ただ、口に出しても差支へない範圍に於てならば、憶測を試みるのは許される、といふ譯だ。また、シェイクスピア自身は崇拜されるべきであつて、糾彈《きうだん》されるべき存在ではない。しかし、謙虚な心でやるのならば、彼の登場人物達を少しく論《あげつら》つてみるのは構はない。例へば[十五]オートリカスだ。奴にはいつも困惑させられる。オートリカスをどう捉へたらよいのか？とても満ち足りてゐて、運がよくて、勝ち誇つてゐて、魅力的なまでに惡辣《あくらつ》な人生を送る惡黨《あくたう》だ。救貧院に入るほどに落ちぶれた有德なる人間ならば(そんな事態が考へ得るとして)、取つて代りたいとすら願ひかねないくらゐだらう。然るに、だね、オートリカスの口にする科白《せりふ》を考へて見給へ。雄鹿みたいに元氣よく舞臺の上に驅《か》けて來て、奴は叫ぶ、『おう』、とね。『おう』と笑つて、かう云ふんだ、『[十六]おう、正直といふ奴は何たる阿呆だ、而してその盟友たる信頼の念といふ奴は、實に間抜けな紳士殿だ』。これを考へて見給へ。信頼の念、卽ち人を信頼する心――この宇宙で最も神聖なるもの――がだね、間抜けな代物《しろもの》も良い處だとがなり立てられる始末だ。しかも奴の主張の正當性を證明すべく、惡黨どもが登場する場面がわざわざ拵《こしら》へられてゐるやうにも見えるんだ。いいかい、チャーリー、實際にさうだ、と云つてゐるんぢやない。とんでもないよ。さう見える、と云つてゐるんだ。さうなんだ、何だかオートリカスといふ奴は、他人の懷《ふところ》に助けを求めるのは他人の懷から盗み取るより儲けは少く、腕達者な惡黨の方がへまな乞食より儲けは多いと、そんな風に信じて行動してゐる貧乏なならず者のやうに思へる。で、さう信じてゐるがゆゑに、騙され易い頭の方が優しい心よ

十五　オートリカス：シェイクスピアの「冬物語」(一六一〇)の登場人物。機智に富み、明朗快活な男。裝飾品、小道具、衣類等々の行商をしてゐるが、實は惡黨。

十六　**おう、正直といふ奴は……實に間抜けな紳士殿だ**：シェイクスピアの「冬物語」四・四・六〇五―六〇七。

り數《かず》が多い、と奴は考へる譯だ。オートリカスは惡魔の手練《てだ》れの手先でありながら、天國の揃《そろ》ひの仕著せを纏《まと》ふかのやうに喜びに溢れてゐる。そんなにも邪惡で、そんなにも幸福な輩の性格と生涯とに困惑させられる時、僕の唯一の慰めはと云へば、かかる生き物は未だかつてそんなものを喚起した強力な想像力の裡にしか存在した例しが無い、といふ事實を想起する以外にない。けれども、奴は一個の生き物、生ける生き物なんだ。詩人のみが奴の生みの親だつたとしてもね。恐らくオートリカスは紙の上にインクで記された存在でしかないのに、血と肉とで作られた存在以上に、人類に強い影響を及ぼしてゐるんだらう。奴の影響は有益なもの足り得るだらうか？　いかにも、オートリカスにはユーモアがある。しかし、僕の信條に從へば、ユーモアは一般に救ひを齎《もたら》すものと考へられるべきなんだが、オートリカスの場合は例外だ。なぜと云つて、奴のユーモアといふのは、云はば奴の底意地の惡さを潤滑油のやうに滑り良くするものだからさ。オートリカスの豪膽《がうたん》不敵なる惡意はユーモアに乘せられて人間界に滑り込む。海賊船が旗をはためかせながら、潤滑油を塗つた進水臺を滑つて太平洋に乘り出して行くやうなものだ」。

「御同様に、僕もオートリカスを認めないよ」と、見知らぬ男が云つた。彼は相手の退屈な云ひ分を聽いてゐる間、耳を傾けるといふよりは、寧ろ相手の云ひ分を凌駕《りようが》するやうな獨創的な考へを練り上げようと、心の中で思考をめぐらしてゐるやうだつた。彼は云つた、「でも、オートリカスの舞臺での振舞が、結局は惡辣《あくらつ》なものだと云ふ事になつても、ポローニアスの性格ほど惡辣だとは、僕には到底思へない」。

「それは分らんね」と、世界主義者が素つ氣《そけ》なく、それでゐて不躾《ぶしつ》けにならないやうに答へて云つた。「なるほど、老いたる廷臣ポローニアスをめぐる君の見解を受け入れたとして、その上で彼とオートリカスとを比べてみて、どちらが好ましからざる印象を與《あた》へるかと問ふたならば、ポローニアスに軍配が上るのは認めよう。だつて、潤ひ豊かな惡黨は横隔膜をくすぐつて笑はせてくれるけれど、干乾びた俗物は脾臓《ひぞう》に皺《しわ》を寄らせて憂鬱を募《つの》らせるだけだものね」。

「しかし、ポローニアスは干乾びてはゐないよ」と、相手は興奮して云つた。「目がしよぼしよぼしてゐるもの。見給へ、あの汚らしい老いぼれの氣取り屋の、目をしよぼつかせていかにも賢さうにしてゐる有様を。奴の下劣な智慧なるものは、あの下劣なしよぼしよぼした目のせゐで猶さら下劣なものになつてゐる。いつもぺこぺこして、腰を屈めて、風見鷄よろしくの、耄碌《もうろく》爺の惡黨め、あんな手合が若者に男らしい教訓を與へるなんて出來るかい？　用心深く、慇懃《いんぎん》で、老耄《らうもう》もいいところ、いかにも年寄り臭い分別と、獨り善がりの腑抜《ふぬ》けぶりをさらけ出してゐるぢやないか！　勳章で飾られたあの老いぼれ犬めは、半身がすつかり痲痺してゐるのさ。しかも心の氣高さの方の半身がね。人としての魂なんて、これつぽつちも殘つてゐやしない。自然の自づからなる働きのおかげで、二本の脚《あし》の上に立つてゐられるだけの話だ。樹木の髓《ずい》の部分が無くなつて、樹皮だけが殘つてゐる老木のやうなもんさ。朽《くち》木を支へるだけのために、まだしつかりと上を向いて立つてはゐる、丁度それと同じで、老いたるポローニアスも、魂は死んでゐるのに身體だけは生き永らへてゐる、といふ次第」。

「おい、おい」と、世界主義者が眞面目になつて、殆ど不機嫌な顔附で云つた。「眞劍な態度を稱讃《しようさん》する點に於て、僕は人後に落ちない積りだ、が、さはさりながら、眞劍な態度にも限度があつて然るべきぢやないか。心優しい人間にしてみれば、激越な言葉は常に多少の苦痛を感じさせられるものだ。それに、ポローニアスは老人だよ――舞臺での彼を憶えてゐる限りはね――頭髮は雪のやうに白かつた。このやうな人物を取り扱ふ場合には――よしんば君がどんな風に考へるにしても――せめて言葉遣ひには氣をつけて然るべきだ、それが思ひやりといふものだらう。それに老年とは成熟の事なんだからね、[十七]『成熟は未熟に優る』といふ言葉を聞いた事がある」。

「しかし、老耄は未熟に優るもんか！」と、卓子《テーブル》の上に手を思ひ切り振り下ろして、見知らぬ男は叫んだ。

「お、これはまた」と、熱する相手に少しく驚きの目を向けながら、「この不運なるポローニアスに、隨分ひどく食つてかかるぢやないか――しかも、かつて存在した事もなければ、この先存在する事もない人物に對してさ。それに、キリスト教の見地に従へば」と、物思はしげに附け加へた、「この架空の人物に腹を立てる事も、生身の人間に腹を立てる事も、賢明でないといふ點では殆ど差はないと僕は思ふ。何に對してであれ、ひどく腹を立てるなんて事は狂氣の沙汰だよ」。

「さうかもしれないし、さうでないかもしれない」と、相手は多分やや癇癪《かんしやく》を起しながら、「でも、僕は今云つた事を變へようとは思はない。未熟は老耄より優つてゐると僕は云ひた

十八　成熟は未熟に優る：Better ripe than raw. シェイクスピアの「リア王」五・二・一一に、Ripeness is all.（人間、成熟が全てだ）といふ、メルヴィルの大層好んだ有名な臺詞がある。

い。然らば、そんな風に考へた場合、心配しなくてならない事は何かと云ふと、こんな事を考へてみるといいと思ふ。卽ち、人の心も洋梨も、良く熟したものについては同じ事が云へる、といふ事——あんまり長く光を浴びて表舞臺に殘つてゐるのは危險なのさ。ポローニアスはそれをやつた。有難い事にね、フランク、僕は若い。齒だつて全部しつかりしてゐる。そして、上等のワインの御蔭で今の健康が保てるならば、今のままでずつとゐられるだらうよ」。

「尤もだ」と、こちらは微笑みながら。「しかし、ワインの御蔭を蒙《かうむ》るためには、ワインを飲まなくちや。君は雄辯に隨分澤山《たくさん》喋つたね、チャーリー。でも、殆ど飲んでゐないし、その氣もないやうだ——注いだらどうだい」。

「あ、ああ、今ね」と、こちらは忙《せは》しなげに、上の空といつた樣子で、「僕の記憶が正しければ、確かポローニアスはから云つてゐたと思ふ、不幸な友人のために金を工面してやるなどといふやうな、輕率な眞似は斷じてやつてはならない、とね。『[十八]貸せば、金を失ひ、あはせて友をも失ふ』なんて、黴《かび》の生えた御託を竝《なら》べてゐたよね？　だが、酒壜だ。卓子《テーブル》にひつついちやつたのかな？　どんどん注ぎなさいよ、フランク。いいワインだ。確かに效いて來ましたよ。そして、僕は全身で老ポローニアスを——さう、このワインが僕をしてあの忌はしい齒無しの老いぼれ犬めに敵意を燃やさしめるんだ」。

　すると、世界主義者は葉卷を銜《くは》へながらゆつくりと酒壜を持ち上げ、ゆつくりと燈に近づけてじつくりと見た。八月の暑い盛りに、寒暖計で、氣溫がどのくらゐ低いかではなく、高いかを見てゐるやうな仕草だつた。然る後、煙をぷつと一吹きして、壜を下に置くと、から

十八　貸せば、金を失ひ、……：シェイクスピアの「ハムレット」一・三・七六。福田恆存譯。

云つた、「ところで、チャーリー、君がこの壜からしかワインを飮んでゐないとすると、その場合には――假りに、その場合には、としてだよ――もしも誰かが他の誰かを醉つ拂はせようと目論《もくろ》んで、その他の誰かが君みたいに酒に弱い奴だとしたら、その目論見は結構安くつく事になるんぢやないかな。どう思ふ、チャーリー？」

「そんなね、その假《か》りの話といふ奴はあんまり感心しないな」と、むつとしたやうな顏で見知らぬ男が云つた、「いいかい、自分の友人についてそんなふざけた假定の話をするなんて、穩やかぢやないよ、フランク」。

「おいおい、チャーリー、僕の假定の話といふのは特定の個人についてぢやなくて、一般論として云つたのさ。そんなに怒つちやいけないよ」。

「怒つてゐるとすれば、ワインのせゐだ。好きなだけ飮んだりすると、時々怒りつぽくなる事があるんだ、分つてるよ」。

「好きなだけ飮んでるだつて？　まだグラスの一杯分も空けてゐないぜ。僕なんか、君がうるさく勸めるもんだから、もう四杯か五杯目だよ。今朝、昔馴染みのために飮んだ分は勘定に入れないでさ。さ、飮めよ、飮み給へよ。飮まなくちやいかん」。

「ああ、君が喋つてる間に飮んでるさ」と、こちらは笑つて云つた。「君が氣附かないだけで、僕は僕の分は飮んでゐるんだ。一風變つた飮み方だけどね、いつも冷靜沈著な伯父が敎へてくれたのさ、人が氣附かない裡に盃を干してのけるんだ。君、注ぎ給へよ、僕のにもね。さうだ！　それからその吸ひ殘しの葉卷とはおさらばして、新しいやつに替へ給へ。友情よ、永久に！」と、再び芝居がかつた氣分になつて、「なあ、フランク、我々は人間ぢやないのかい？　詰りさ、我々は人たる生き物ぢやないのかい？　さうだらう、我々を産み出したものは、人間ぢやなかつたのかい？　僕は神かけて信ずる、この先、我々が生み出すものも人間なのだとね。さあ、友よ、注いだ、注いだ、たつぷりとね。紅玉の潮を立ち上らせて、紅玉の夢を膨《ふく》らませるんだ！　ほら、注ぎ給へよ！　陽氣に生を樂しまうよ。しかして、陽氣[十九]なる生（conviviality）とは何ぞや？　詰り、この言葉の云はんとする處は何ぞや？　共に生きるといふ事だ。しかし、蝙蝠《かうもり》だつて共に生きるが、陽氣に樂しむ蝙蝠なんて聞いた事があるかい？」

「聞いた事があつたとしても」と世界主義者が云つた、「まるで憶えてゐないね」。

「しかし、君にしても、他の誰にしても、どうして陽氣に樂しむ蝙蝠の事を聞いた事がないんだ？　理由は、蝙蝠といふ奴は、共生はしてゐても、思ひ遣りの氣持で共に生きてはゐないからさ。蝙蝠は優しい生き物ぢやない。でも、人間は違ふ。考へるだに愉快ぢやないか、人間の間で思ひ遣りの最高度の狀態を意味する『共に生きる（conviviality）』といふ言葉がだよ、それを補足する不可欠《ふかけつ》の意味合ひとして、酒壜を陽氣に祝福する意味合ひを含んでゐるなんてさ。さうさ、フランク、最も優れた意味で共に生きるためには、我々は共に飲まなければならないんだ。さればさ、ワインを愛さない手合、かの酒を飲まない奴らは心がやせ細つてゐて――絞りに絞られて使ひ古された洗濯用の青粉《あをこ》袋のやうなもんだ――、同胞を愛さない、といふのも怪しむに足らんぢやないか？　何たる輩だ、襤褸《ぼろ》家にでも連れて行つて、首を吊

十九　陽氣なる生（conviviality）：語源は、ラテン語の conviviaris（共に生きる）。

らせりやいいんだ――思ひ遣りと縁なき衆生めが！」

「おい、おい、陽氣に生を樂しまうといふのに、そんなに人を咎《とが》め立てしなくちやいけないのかい？　僕としてはのんびりと、頭に血を昇らせずに、陽氣なる生を樂しみたいもんだね。酒を飲まない人間に關してだけど、もちろん僕は生まれつき樂しい一杯を愛する方だが、それでも自分の性質を他人に押し附ける積りはない。だから、酒を飲まない人間を罵倒するのは止め給へ。飲んで樂しくなるのも、飲まないで素面《しらふ》でゐるのも、それはそれで結構な事だ。一方に偏《かたよ》るのはよくないよ」。

「まあね、僕が一方に偏つてゐるとしたら、それはワインのせゐだよ。いや全く、仰せの通り、ちと快適に聞こし召し過ぎた。ちよつとした事にもかつとなるのがいい證據《しようこ》だ。しかし、フランク、君は酒に強いんだね。飲み給へよ。ところで、思ひ遣りと云へば、近頃世間では隨分増大しつつあるやうぢやないかい？」

「その通りだ。大いに歡迎すべき事だね。博愛精神の増進をかくも證據立てる事實はない。昔の、博愛精神の稀薄だつた時代――圓形競技場や劍鬪士の時代――には、思ひ遣りといふものは、爐端《ろばた》と食卓の範圍内に殆ど限定されてゐたものだ。しかるに、我等の時代――株式會社と大衆酒場の時代――には、思ひ遣りは時代の貴重な特質をなしてゐる。昔のペルーの貴重な黄金のやうなものさ。そこでピサロ[二十]が目撃した處によると、黄金はインカ皇帝の冠にも、臺所の下働きのシチュー鍋にも使はれてゐたさうだ。さうなんだ、我等黄金の如くに光輝溢れる者達、我等現代人は、至る處に思ひ遣りを見出だす――眞晝の陽射の如くに隅々ま

二十　ピサロ：フランシスコ・ピサロ。スペインの探檢家。インカ帝國を征服する（一五二四―一五三二）。一四七一？―一五四一

で行き渡つてゐるのだ」。

「いかにも、その通り、またしても同感の至り。思ひ遣りはあらゆる分野や職業に浸透してゐる。思ひ遣りのある議員、思ひ遣りのある作家、思ひ遣りのある教師、思ひ遣りのある學者、思ひ遣りのある牧師、思ひ遣りのある外科醫、この調子ぢや、思ひ遣りのある絞首刑執行人なんて奴だつて出て來かねない」。

「その最後の職業の御仁についてだけどね」と世界主義者が云つた、「思ひ遣りの精神の増進の然らしむる處、そんな職業は無くて濟《す》むやうな世の中になると僕は信じる。殺人者がゐなくなれば――絞首刑執行人も要らなくなる。正に、全世界が思ひ遣りの精神に滿ち溢れた曉《あかつき》には、殺人者について語つても場違ひでしかないといふ事になる、キリスト教精神に滿ち溢れた世界に於て、罪びとについて語るのがふさはしくないのと同じ事さ」。

「その考へ方を押し進めると」、と見知らぬ男が云つた、「全ての恩惠には何らかの弊害《へいがい》が伴ふといふ事になる、そして――」

「ちよつと待つた」と世界主義者が云つた、「その言葉は希望に滿ちた信條とは申しかねるね、むしろ不用意な發言とみなした方がよささうだ」。

「でも、この言葉が正しいとすると、思ひ遣り精神が支配する將來の時代にぴたりと當て嵌《は》まる事になるよ、なぜつて、その時には、丁度多軸紡績機がやたらに普及して職工の身の上に起つたのと同じ事が、絞首刑執行人にも起る事になるからさ。仕事から放り出されて、かの惡名高きジャック・ケッチ《二十一》は何の仕事に手をつける事が出來たらうかね？　屠殺業《とさつ》かい？」

「そりや、ありさうな話かもしれないね、でも、状況が状況だから、さういふ選擇《せんたく》が適切か否か、それは疑問に思ふ者もゐるかもしれない。僕としては――小うるさい奴だと思つて欲しくないけど――こんな風に考へる。一度人間の不幸の最後の時間に立會ふ職業に從事した人間が、その職業が消滅したからといつて、今度は不幸な家畜の最後の時間に立會ふ職業に身を轉《てん》じるといふのは、人間本性の尊嚴に反する事なのではあるまいか。轉職するにしても、貴人の身の回りの世話をする從者になる、なんぞといふのはいいんぢやないかな――何しろ、手慣れた手附きで他人の身體を扱ふのが平生《へいぜい》の仕事みたいなものだつたし。取分け、身嗜《みだしな》みの仕上げとして、貴人のネクタイを最後に締めて差し上げる事を考へると、前に就《つ》いてゐた職業からして、これ以上の職業適格者はちよつとゐないと思ふよ」。

「眞面目に云つてゐるのかい？」と、平然たる樣子の相手に心底好奇心を唆《そそ》られて、見知らぬ男は云つた、「本當に、眞面目に云つてゐるのかい？」

「いつだつて眞面目でゐようと思つてゐる」と、世界主義者は穩やかながら眞劍な口調で答へて云つた。「しかし、思ひ遣りの精神の增進について云ふとだね、いづれそれは人間嫌ひのやうな厄介な問題についても、影響を及ぼす見込みが無いとは云へないと思ふ」。

「思ひ遣りのある人間嫌ひ、ですかい！　思ひ遣りのある絞首刑執行人についての話も、隨分無理な理屈だと思つたけれど。思ひ遣りのある人間嫌ひ、なんて、無愛想な博愛家にも負けず劣らず、突飛としか云ひやうがない」。

「實に」と、眞新しげな圓柱形の小さな灰落しに葉巻の灰を輕く落しながら、世界主義者は

二十一　ジャック・ケッチ：英國の首切り役人。一六八三年のラッセル卿、一六八五年のマンモス卿の斬首で惡名を馳せる。

云つた、「實に、君のあげた一對の例は、見事な對比をなしてゐるね」。

「おやおや、無愛想な博愛家なるものが存在するかのやうな口ぶりだね」。

「その通りさ。僕の奇矯《きけふ》な友人、詰り君の云ふ熊皮の男、彼がその一例だ。前に説明した通り、あの男は無愛想な外貌の下に、博愛家の心を潜ませてゐるのではあるまいか？　處で、思ひ遣りのある人間嫌ひの方だが、時代が進むにつれてさういふ連中が出現して來ると、無愛想な博愛家とは正反對の趣を呈する事になるだらう。連中は愛想の良い外貌の下に、人間嫌ひの心を潜ませる事になる。要するに、思ひ遣りのある人間嫌ひといふのは新手《あらて》の怪物といふ事になるが、元々の人間嫌ひの怪物と比べれば少からず改善がみられる。といふのも、かの哀れむべき狂へる老タイモンのやうに、澁面《じふめん》を作つたり他人に惡罵《あくば》を浴びせたりする代りに、ヴァイオリンを手にステップを踏んだり、世間を快く刺激して踊り出させたりするんだ。端的に云ふと、世界に於けるキリスト教精神の進展が、精神に於て改め得ない人々を態度に於ては和《やは》らげる事があるやうに、思ひ遣りの精神の進展に於ても、正に同様の結果が生じる譯だ。さういふ次第で、思ひ遣りの精神の御蔭で、人間嫌ひは粗野な物腰を矯正《けふせい》されて、洗練と寛容とを身に装《よそほ》ふ事になる——實際、思ひ遣りの行き渡る程度たるや實に大きいので、來たるべき世紀に於ける人間嫌ひは、頗る人氣を博する事にもなりかねないと思ふよ。それに比べると、語るも甚だ殘念な事ながら、現代の博愛家は頗る人氣に缺《か》けるやうだね、前に云つた我が奇矯なる友人が好い例だ」。

「さうさな」と、見知らぬ男は相手のかくも抽象的な議論に些か辟易《へきえき》して、大きな聲で云つた、「さうさな、來たるべき世紀がどうなるかはともかく、今の世紀に於てはだよ、何はともあれ人間たるもの、思ひ遣り深くなければならない、さもなければ、全く無價値だ。だからさ、注ぎなさい、注ぎ給へよ、而して、思ひ遣り深くあれかし！」

「精一杯頑張つてるよ」と、世界主義者はなほも穩やかに愛想よく云つた。「さつき、ピサロと黄金とペルーの事を話したよね、處で、きつと君も知つてゐる話だらうが、かのスペイン人が初めてアタウァルパ王[二十二]の寶物庫に入つて、夥《おびただ》しい數の黄金の器物が、あたかも醸造業者の作業場に轉《ころ》がる古い酒樽さながらに、右側にも左側にも無造作に積み上げられてゐるのを目の邊《あた》りにした時、かのさもしい男は不安の疼《うづ》きを、疑惑の疼きを胸に感じた。かくも豊かな富が果して眞實なりやと思つたんだな。彼は光輝く花壜を拳で叩いて回つた。しかし、それらは全て金、純金、良質な金、正眞正銘の金だつた。金細工師會舘に持つて行つたら、喜んで本物のお墨附きが貰へる類さ。丁度それと同じやうに、現代のさもしい精神の持主達は、自分自身が誠實な心を持ち合はせてゐないものだから、人類を信頼する事が無く、今や廣範《くわうはん》に見られる思ひ遣りの精神は僞物でしかないのではあるまいかと疑つてゐる始末だ。連中は小ピサロなのさ――人間の思ひ遣りの見事さや素晴らしさに度肝《どぎも》を抜かれて、それが信じられなくなつて仕舞つたといふ譯さ」。

「そんな不信の念には、君も僕もまるで無縁だ、我が思ひ遣り深き友よ」と、相手は熱つぽく叫んで云つた、「さあ、注ぎ給へ、注ぎ給へよ！」

「いやどうも、二人でずつと分業をやつてゐるみたいだね」と、世界主義者が微笑んで云つた、

二十二　アタウァルパ王：インカ帝國最後の皇帝。ピサロに殺害される。一五〇〇―一五三三。

「僕はほとんど飲む方ばかりを受け持つてゐて、君は專ら――人を思ひ遣る事に精を出してゐる。しかし君の場合、さういふ風にして多くの人々に働きかける能力が天性具はつてゐるんだ。そこでだ、友よ」と、世界主義者が妙に眞面目臭つて、何か重要でなくもなく、極めて個人的な關心に纏《まつは》る事柄を今から語らうする様子を明らかに示して云つた、「ワインは心を開かせるものだよね、そして――」

「その通り！」と相手は大喜びで叫んだ、「それは心をすつかり融《と》かしてくれる。心といふ心は氷に閉ざされてゐるんだ、ワインが融かしてくれるまではね。そして氷が融けると、その下で芽ぐんでゐたひ弱な草や可愛らしい草々が姿を表し、大切な祕密の一切が明らかになる、以前は雪の吹き溜まりの中に落された寶石みたいに隱れてゐて、春が來るまで冬の間中そこにある事も知られずにゐたんだけれどね」。

「正にそんな風にして、わが親愛なるチャーリーよ、僕の些細な祕密の一つが今や明かされる事になるんだ」。

「ほほう！」と、こちらは椅子を熱心に近寄せながら、「何だい、それは？」

「そんなに急《せ》くなよ、チャーリー。説明させてくれ給へ。知つての通り、勿論、僕は、自信たつぷりな生まれつきぢやない。總じて云へば、どちらかと云ふと、臆病なぐらゐに引込み思案な方だ。だから、今からの僕がそんな僕とは逆のやうに見えるとしたら、それは要するに、君がこれまでの會話の中でいつも思ひ遣りを示してくれたからだし、就中《なかんづく》、君が人間に對する高い評價を肯定しつつ、誰に對しても不實《ふじつ》ではあり得ない人間である事をそれとなく氣高く示してくれたからでもある。でも、何よりも大切な點としては、君はポローニアスの忠告の如何にも狹量《けふりやう》な臺詞《せりふ》にひどく憤慨したよね——詰り、詰りだね」と、非常な當惑《たうわく》を示しつつ、「僕の云ひたい事を何と表現したらいいか、さう、から云ふしかないかな、君はその全人格によつて、僕をして君の氣高さに拜跪《はいき》せしめるんだ、一言で云へば、君に信賴を、大きな信賴の念を懷かせるんだ」。

「分つた、分つたよ」と、こちらは強く關心を唆《そそ》られて、「何か大事な事を打ち明けたいんだね。ほら、云ひ給へ、何の事だい、フランク？　色戀沙汰《いろこひざた》かい？」

「違ふ、そんな事ぢやない」。

「ぢや、何なんだい、フランク？　云ひ給へよ——全面的に信賴してくれていいんだ。吐き出し給へ」。

「それぢや、吐き出すとしよう」と、世界主義者は云つた。「金に困つてゐる、ひどく困つてゐるんだ

第三十一章

オヴィディウス[一]を壓倒《あつたう》する體《てい》の、驚嘆すべき變身

「金に困つてゐる！」、見知らぬ男は、突如落し穴か噴火口が眼前に出現でもしたかのやうに、椅子をさつと後ろに引いた。

「さうなんだ」と、世界主義者は率直に肯定してから云つた、「五十弗《ドル》、君は貸してくれるだらう。もつと多くの金に困つてゐたらよかつたのに、と思ふくらゐだよ、專ら君のためにもね。だつて、さうなつたら、君は氣高い親切な心を一層明確に證明する事になるだらうし、ねえ、チャーリー」。

「親しげにチャーリーなんて呼ぶな」と、相手は急に立ち上つて叫ぶと、急いで長旅に出立しようとでもするかのやうに、上衣の鈕《ボタン》をかけた。

「おいおい、一體《いつたい》、どうしたんだい？」と、こちらは苦しげに相手を見上げて云つた。

「おいおいはやめてくれ！」と、相手は足を踏み出して云つた、「どこへでも失せやがれ！乞食野郎め、詐欺師野郎めが！――こんなに人を見損なつた事はないぞ」。

一　オヴィディウス：既出。第五章の註（八）參照。古代ローマの詩人。「變身譚」の作者。紀元前四三―紀元一八。

第三十二章

魔術と魔術師の時代は未だ終焉《しゆうえん》を迎へてゐない事を示す

以上の言葉を口にした、といふか、寧《むし》ろ蛇みたいにシューシューといふ音を立てて唸《うな》りながら、この愉快な連れは御伽噺《おとぎばなし》に描かれるやうな物凄い變身《へんしん》を遂げた。古き材料から新しき生き物が生れた。カドモス[一]が蛇と化したのだ。

世界主義者は立ち上つた。今までの感情の痕跡は消え失せてゐた。豹變《へうへん》した友人を束《つか》の間じつと見据ゑると、ポケットから十枚の五弗金貨を取り出し、身を屈《かが》め、友人の周りに一枚一枚圓周《ゑんしう》を成すやうに置いて行つた。それから、一歩後退りして、魔術師さながらの仕種《しぐさ》で、長い房飾りの附いたパイプを振つた。その奇妙な服装によつて仕草の效果が高められ、一振り毎に嚴《おごそ》かに呪文めいた言葉が呟かれた。

その間、魔法の環《わ》の中にゐた方は突然放心したやうに立ち盡《つく》し、すつかり魔法にかかつた者のあらゆる徴候を示した——頬は土氣《つちけ》色になり、姿勢は强《こは》ばり、視線は凍《こほ》りついてゐる。魔法の杖の指圖《さしづ》によつてといふよりも、床に置かれた十枚の護符によつて抗《あらが》ひやうもなく金縛りにされて仕舞つたのだ。

「戻れ、戻れ、元に戻るんだ、おお、我が舊《ふる》き友よ、そんな忌《いま》はしい化物の姿は放り捨てて、元の喜ばしい姿に戻るんだ、そして戻つた標《しるし》として、『我が親愛なるフランク』と云ひ給へ」。

一　カドモス：オヴィディウスの「變身譚」四・五六三—六〇二。フェニキア王の子で、テーベの都を建設したカドモスは、イリリアに退去した後、蛇に變身する事を祈つて叶へられる。

「我が親愛なるフランク」と、今や元に戻つた友人は叫び、環の中から嬉しげに足を踏み出し、落著きを取り戻し、失はれてゐた本來の己れを恢復すると、から云つた、「我が親愛なるフランクよ、君は何て愉快な奴なんだ。[二]まるで卵の中の黄身さながら、中身が一杯詰つた愉快の塊《かたまり》みたいだな。金に困つてゐるなんて馬鹿げた話を、どうして僕に云へたんだい？ でも、僕は面白い冗談が大好きだから、それを臺無《だいな》しにするなんて野暮《やぼ》はしないよ。勿論、僕は君に調子を合はせたのさ。君の期待通りに、僕の方から敢へて殘酷な態度を示してね。さあ、このちよいとした架空の仲違《なかたが》ひの後は、樂しい現實が一層樂しく思はれて來るといふもんだね。坐り直して、壜を空けて仕舞はうぢやないか」。

「喜んで」、と世界主義者は云ふと、魔術師みたいな態度を、身につけた時と同じくらゐ易々と振り捨てた。「さうだよ」と、彼は附け加へて、静かに金貨を拾ひ集め、チャリンと音を立ててポケットに戻して、「さうだよ、僕は時々愉快な奴になるんだ。處で、君の事だがね、チャーリー」と、優しく相手を見詰めながら、「冗談を臺無しにするやうな野暮を君はしなかつた、さう君は云つたが、全く本當だ。今の君みたいに、人の冗談にあんなに上手に助け舟を出してくれる奴なんて初めてだよ。チャーリー、君は僕よりも巧みに役割をこなした、迫眞《はくしん》の演技だつたよ」。

「實はね、僕は前に素人《しろうと》の演劇團にゐた事があるんだ。その御蔭だね。でも、さあ、注ぎ給へ、そして何か他の話をしようぢやないか」。

「さうさな」、と世界主義者は頷《うなづ》いて、腰を下ろし、くつろいだ態度でグラスを満たして云

二　まるで卵の中の黄身さながら、中身が一杯詰つた愉快の塊りみたいだな：full of fun as an egg of meat. シェイクスピアの「ロミオとジュリエット」(一五九五?) 三・一・二四に、Thy head is as full of quarrels as an egg is ful of meat. とある。「お前の頭の中には喧嘩が一杯詰つてゐるらしい、卵の中の黄身さながら」。福田恆存譯。

つた、「何を話さうかな?」

「おお、好きな話をなんでも」と、こちらはちよつと不安げに相手に合はせた。

「さうさな、チャールモントの話なんかどうだい?」

「チャールモント? そりや何者? 誰だい?」

「話してあげよう、チャーリー」と世界主義者は答へた。「紳士にして狂人の、チャールモントの話をね」。

第三十三章

どれほどの價値があるかはともかく、結局は有用性が證《あか》される事になるかも知れない章

しかし、チャールモントについてのかなり陰鬱な話をする前に、私の耳に聞えて來るある種の讀者の聲に對して、丁寧に答へて置かねばなるまい。卽ち、先行の各章、取分け種々の惡巫山戲《わるふざけ》を含む前章に對して、讀者がこんな聲を發してゐるやうに私には思はれるのだ。何と現實離れした話ではないか！　一體誰が、君の世界主義者のやうな服を著て行動したらうか？　そして一體誰が――と問ひ直す事も出來よう――アルルカン[一]さながらに身なりを裝《よそほ》つて、行動したらうか？

だが、慰みに小說を樂しむ者が、生活の現實にかくも嚴しく忠實たれと要求するのは奇怪である。自らが實生活に進んで距離を置いて、暫し違つた世界に目を轉《てん》じようといふ思ひがあればこそ、小說の類を手にしようとするものだからだ。然り、己れがうんざりしてゐる當《たう》のもののために騷ぎ立てるなどは、實際、奇怪としか云ひやうがない。何らかの理由で實生活に倦怠《けんたい》を覺える人間が、他の世界に關心を逸《そ》らさせようとする者に對して、倦怠を覺える當の現實に忠實たれと要求するなんて、全くをかしいのである。

また別の種類の讀者もゐて、さういふ讀者達に私は與《くみ》するものだ。彼等は坐つて芝居を樂しむのと同じ期待と感情とを以て、寛大な氣持で小說に向ふ。彼らは作家に期待してゐるの

一　アルルカン：イタリアの假面劇やイギリスのパントマイムの道化役。假面をつけ、派手な斑模様の服を著る。

だ、税關のカウンターの周りに群がるありふれた有象《うざう》無象《むざう》の姿だの、下宿屋の食卓に載る代り映《ば》えせぬ料理だのとは違ふ光景を作家が喚起してくれる事を、そしてまた、毎日毎日いつもと同じ街路でいつもと同じやうに出會ふお馴染みの人々とは違ふ作中人物を作家が創造してくれる事を。そして、人々は實人生では禮節に配慮して、芝居に許される無遠慮な態度で行動するのは許されないから、虚構の作品により多くの娯樂を求めるのみならず、實人生自體が示し得る以上の現實すらをも、心の底では求める事になる。かくして、彼らは新奇を欲するが、現實らしさをもまた欲する事になる。が、現實らしさと云つても、解放され、活氣づけられ、事實上變容《へんよう》を遂げた現實らしさだ。こんな風に考へて行くと、小説の作中人物は、芝居の登場人物と同樣、誰も實際には著ないやうな服を著、實際には喋らないやうに喋り、實際には振舞はないやうに振舞はねばならない。虚構の場合も宗教の場合と同じなのだ。別の世界を、それでゐて我々が結び附きを感じる世界を提示せねばならないのである。

さういふ次第で、善意の努力に對しては多少寛大であつて然るべきだとするならば、より存分に娯樂を樂しみたいとする讀者の暗々裡の願望（と作家が理解するもの）に、作品のあらゆる場面で奉仕しようとするに過ぎない或る種の作家に對しても、少しく自由裁量の餘地が認められて然るべきであらう。何しろ、さういふ讀者の眼前にアルルカンが斑模様《まだら》の衣裳を纏《まと》つて現れて、奇想天外な惡巫山戲《わるふざけ》をするなんて事は決してあり得ないのだから。

もう一言。自分が決して間違つてゐないとどんなに確信してゐても、あらゆる場合に己れの正當性を主張するのは無益な事だとは、誰でもが知つてゐる。けれども、人間にとつて仲間の是認は極めて貴重なものだから、[二]たとひ想像力による作品に向けられた想像上の非難でしかなくても、默つて甘んじるのは決して容易《たやす》い事ではない。さういふ人間的弱點《じやくてん》について、ここでどうして一言するかと云へば、熊皮の冷笑家に對する世界主義者の馬鹿に賑《にぎ》やかで愉快な態度と、飲み友達に對する穏和で落著いた態度との間に、何かしら不調和なものが感じられると思ふやうな讀者には、次々章（第三十五章）を參照して貰ひたいと思ふからだ。そこでは、次章に出る別の作中人物の帶びてゐる、やはり一見不調和と見える特徴について、一般的原則に基いて、控へ目な辯明《べんめい》が試みられてゐる。

二　たとひ想像力による作品に向けられた想像上の非難でしかなくても……：メルヴィルは特に「ピエール」（一八五二）への「非難」に甚く傷つけられた。

第三十四章

世界主義者が紳士にして狂人なる人物について物語る

チャールモントはフランス人の血を引く若い商人で、セントルイスに住んでゐた――知性に於て缺《か》くる處なく、かの本物の魅力的な親切心を、若い獨身者以外に完璧な形では見出し得ない親切心を有してゐた。それが優雅にして自由闊達《くわつたつ》な態度や機知に富んだ上質のユーモアと、時に見事に結び附いてゐた。勿論、誰からも賞讃されたし、人間のみに可能な愛し方で多くの人々から愛された。處が、二十九歳の時に、變化が生じた。一夜にして髪が白くなるやうに、一日にしてチャールモントは人好きのする人間から氣難しい人間に變つて仕舞つたんだ。知り合ひに會つても挨拶もせず通り過ぎて仕舞つたし、親しい友人に對しても、刺々《とげとげ》しく、遠慮會釋《ゑしやく》なく、險惡《けんあく》な顔附で、無視するやうな態度を執つた。

さういふ態度に憤慨して、侮蔑的な言葉を浴びせてやりたいと思つた者もゐたらうし、變化に衝擊を受けて友の身を心配し、無禮を寛大に見逃してやつて、どんな祕められた突然の悲しみが錯亂《さくらん》を齎《もたら》したのか、何とかして知りたいと願つた者もゐたらう。けれども、憤慨にも同情にも、チャールモントは等しく顔を背《そむ》けた。

程無くして、商人チャールモントの破産が新聞に公示され、多くの人々が驚いた。同日、彼が町を立ち退《の》いたと報じられたが、立ち退く前に、全財産を信頼し得る管財人に預けて、債權者の便宜を圖《はか》つて行つたといふ。

彼が何處《どこ》に消えて仕舞つたのか、誰にも分らなかつた。何の消息も摑《つか》めなかつたので、到頭、自ら命を斷《た》つたに違ひない、といふ推測がなされるに至つた——破産の數箇月前に彼の身に生じた變化の記憶に基く推測だつたのは間違ひない——何しろ、突如均衡を失した精神に歸せるしかないやうな變化だつたからね。

歳月が過ぎた。季節は春だつたが、何と、ある晴れた朝、チャールモントがセントルイスの珈琲店にぶらぶら歩いて入つて來た——陽氣で、禮儀正しく、優しげで、愛想良く、その服裝たるや、いかにも優雅で金目の品らしい感じだつた。生き永らへてゐただけではなく、再び元の彼に戻つてゐたのさ。昔馴染みに出會ふや、自分の方から眞つ先に近づいて行くので、相手も歩み寄らずにはゐられないほどだつた。偶然出會ふ機會をみつけられなかつた舊友《きういう》に對しては、直接訪問するか、名刺か言傳《ことづて》を殘して行くか、中には鷄肉とかワインの詰め合せを贈つたりもした。

世間といふものは、時に非情なまでに非寛容だとも云はれるが、チャールモントの場合にはさうでなかつた。彼みたいに戻つて來た者に對しては、愛情の甦《よみがへ》りを感じるんだ。世間が彼への關心を復活した事をよく示してゐるのが、人々のひそひそ話——破産後何年も經《た》つて、今のチャールモントの懷《ふところ》具合は一體どうなつてゐるんだらう、といふ類の、詮索《せんさく》好きなひそひそ話だつた。噂からはどんな話もでつち上げられるものだが、人々の至つた結論はからだつた。チャールモントはフランスのマルセイユで九年を過し、新規蒔《ま》き直しの資産を作り、それを携へて、改めて溫かい友情に心身を捧げる人間となつて戻つて來たといふのだ。

更に何年かが過ぎて、復歸した漂泊者は依然變らぬ姿を示してゐた、と云はうか、寧ろその諸々の高尚なる資質ゆゑに、世間の好評といふ元氣づけられる太陽の日差の下で、金色の玉蜀黍《たうもろこし》さながらにすくすくと成長してゐたのだ。が、それでも、人々が密かに怪訝《けげん》に思つてゐた事があつた。あの時、どう見ても今と變らぬ財産や友人や人氣に惠まれてゐたあの時、どうしてあんなに突然の變化が起きて仕舞つたのか。けれども、今はそれを問ひ質《ただ》すべきではないと、誰もが思つてゐた。

處が、彼の家での晩餐會の席上、一人を除いて他の全ての客が去つた時、舊知《きうち》の仲の居殘つた客が、かなり聞し召して憚《はばか》りを忘れたのか、機微な點に觸《ふ》れるやうな眞似をして、チャールモントに向つて、君の人生に於ける一つの謎を説明して貰へまいかと、思ひ切つて申し出た。うまく聞き出してやらうといふやうな感じではなく、友を思ふ眞情を物語るやうな態度だつた。陽氣だつたチャールモントの表情に、深い憂愁の影が廣《ひろ》がつた。彼は暫し物も云はず怯《おび》えたやうな顏で坐つてゐた。それから、ワインのたつぷり入つたデカンターを客の方に押しやると、聲を詰らせながら云つた、「いや、だめだ！　手間暇《てまひま》かけて世話をして、やつと花々が墓を美しく飾るやうになつたのに、祕密が知りたい一心で、もう一度墓を掘り起さうとする奴がゐるだらうか？――さあ、ワインを」、とね。二人のグラスが滿たされると、チャールモントは自分のグラスを取つて揭げながら、ゆつくりと附け加へた、「もしも將來、破産が眞近いと君が知り、自分は人間性を理解してゐると考へて、友情の事を思つて戰《をのの》き、自尊心の事を思つて戰いたとしよう。そして、友情を大切に思ふ氣持から、また自尊心が傷つくのを恐れる氣持から、世間の機先を制して自分が罪を引き受け、世間が罪に墮《お》ちないやうにしようと決心したとしたならば、今僕が夢に見る昔の僕が振舞つたのと同じやうに、君も振舞ふだらうし、昔の僕と同じやうに苦しむ事になるだらう。しかし、もしもその僕のやうに、全てが起つた後、君が再び多少とも幸福になれるとしたら、どんなに幸運で、有難い事だらうか」。

客は立ち去る時に、こんな風な事を強く感じた。チャールモントは財産の面でも精神の面でも、外面上は恢復したやうに見えたけれども、昔の病氣の痕跡は未だ殘つてゐて、友人達が彼の心の危ふい琴線に觸《ふ》れるのは好ましい事ではないのだ、と。

第三十五章

世界主義者が無邪氣なる本性を顯著に示す

「さて、チャールモントの話を君はどう思ふかね？」と、語り終つた方が穩やかに尋ねた。「頗る妙ちきりんな話だね」と、聽いてゐた方は答へたが、聽いてゐる間、あまり落著かない樣子だつた。「でも、本當の話なのかい？」

「勿論、違ふさ。物語を語らうとする者なら、誰もが目指す目的に從つて語つた話だ――詰り、面白がらせようとした譯さ。然るがゆゑに、妙ちきりんに思へたとすれば、その妙ちきりんであるといふ事が物語たる事の證しなのだ。それは實人生とのコントラストから成るもので、創意工夫であつて、端的に云ふなら、事實に對立するものとしての虛構なんだ。なぜつて云ふとね、チャーリー、自分自身に尋ねてみればいいのさ」、と親しげに相手の方に身體を傾けながら、「君自身の心に訊いてみ給へ、チャールモントは世間の機先を制しようといふ動機に基いて、己れを變へる行動に出たと云ふ譯だが――そんな動機はだよ、人間社會なるものの本質から云つて、假《かり》にも正當化され得るものだらうかね？　例へば君は友人に――氣持のいい友人なんかに――冷たい態度を見せるだらうか、その友人から一文無しだと不意に打ち明けられたりしてさ？」

「どうして君は僕にそんな質問が出來るのかね、フランク？　そんな意地の惡い眞似なんか、潔《いさぎよ》しとする筈ないぢやないか」、こちらはさう云ひながらも、幾分狼狽《らうばい》の様子を見せて立ち上がりつつ――「實はね、まだ早いけれど、もう退散しないと。頭がね」と、片手で頭を押へて、「なんだか嫌な感じがするんだ。この忌々《いまいま》しい紛《まが》ひ物の安酒のせゐでさ、そんなに飲んでもゐないのに、ひどい目に遭つちやつた」。

「この紛ひ物の安酒をそんなに飲んでもゐないだつて？　何だい、チャーリー、頭がどうかしてゐるよ。芳醇《はうじゆん》で時代物の、本物のポートワインをそんな風に云ふなんてさ。全くだ、もう君はさつさと退散して、一眠りした方がいい。さあ――謝る事なんてないよ――云ひ譯《わけ》御無用――行つた、行つた――ちやんと分つてゐるから。明日また會はう」。

第三十六章

世界主義者が神祕家に語りかけられ、その後、引き續いて、當然豫期《よき》される會話の遣取りとなる

何やらあたふたと飲み仲間が退散すると、見知らぬ男が近づいて來て、世界主義者に手を觸《ふ》れてから云つた、「今、あの男にまた會はうと云つたやうだね。氣をつけ給へ。二度とそんな事をしてはいけない」。

世界主義者は振り向いて、相手をしげしげと眺めた。碧眼《へきがん》で、頭髮は砂色、サクソン人らしい顏附で、年頃は四十五歲くらゐ、長身で、瘦《や》せぎすではあつたが、體格は立派だつた。控へ目な感じは殆ど無く、ピューリタン的な率直な禮節《れいせつ》と、農夫のものらしい威嚴とを兼ね備へてゐるやうに見えた。年齡は、全體的な風貌によりも、寧ろ沈著で思慮深さうな前額《まへびたひ》の方に、よりはつきり示されてゐるやうだつた。といふのも、全體的な風貌の方は、かの成熟の盛りの若々しさを示してゐて、それは習慣的な肉體の健康に特有のもので、生來の自然の賜物でもあつて、また恐らくは諸々の情念を道德的にも體質的にも等しく著實《ちやくじつ》に抑制した事の結果もしくは報償とも云ふべきものだつた。恰好がよくて、美しく、殆ど赤らんでゐる頰、冷え氣味の明け方に咲くクローヴァーの赤い花のやうに、ひんやりとしてゐながら瑞々《みづみづ》しい――冷たさによつて保たれた暖かさの色だ。この人物の全體的特徵は、何とも名狀し難い、冷徹な知性と神祕主義との奇妙な混淆《こんかう》とも云ふべきものであつて、さういふ點、ヤンキーの

行商人とタタールの僧侶との一種の混血兒みたいな感じがあつた。尤も、切羽《せつぱ》の際には、必ずや前者が後者を押しのけて主役を演じただらうが。

「失禮ですが」と云つて、世界主義者は立ち上り、勿體《もつたい》ぶつた様子でゆつくりとお辭儀をすると、かう續けた、「今しがた小生が親しくグラスを交してゐた人物をめぐる御意見に對して、純粋な満足感を以て歡迎する譯には參り兼ねます、が、他方、今回、專らどのやうな動機に基いて、さういふ御意見を懷かれるに至つたか、その點について過小評價する積りはございません。私の友人は夜の安息を求めて退散しましたが、その席はまだ溫かく、ワインもまだ多少殘つてゐます。どうぞ彼の席にお坐り下さい。そして、御一緒に一杯やりませう。さうすれば、彼について加へて何か不都合な御意見を仰有らうとしても、彼の暖かい思ひやりの心が幾分か貴方に傳《つた》はり、親切な持成《もてな》しの心が貴方の身體の中を巡つて流れる事にもなりませう――さうしませうよ」。

「實に美しい考へだ」と相手は云つて、華麗な服裝の世界主義者をまじまじと眺めた。まるで學者か美術家がフローレンスのピッティ城[一]に展示してある彫像でも眺めるやうな眼附だ。

「實に美しい」、さう繰り返すと、彼は心底からの關心を示してかう續けた、「私が間違つてゐなければ、君は實に美しい魂の持主であるに違ひない――愛と眞實とに充ち滿ちた魂だ。だつて、美のある處には、愛と眞實もなければならないからね」。

「喜ばしい信念です」と世界主義者は應じて、穩やかな様子で語り始めた。「實を云ひますとね、隨分昔に私はさういふ信念を懷くに至りました。さうです、美は根本に於て惡と相容

一　ピッティ城：イタリアのフローレンスにある城。一八八三年に博物館となり、メディチ家の美術コレクションが展示してある。

れないものだと、貴方やシラー[二]と共に、私は喜んで信じるものでありまして、然るがゆゑに、かの美しき生き物、がらがら蛇の裡に潜む慈愛にも信頼を懐くほどに、私、常軌を逸《いつ》する事も辞《じ》さないのであります。がらがら蛇が陽光の下でくねくねととぐろを解いて鎌首をもたげる時の、あのしなやかな頸《けい》部の動きと、黄褐色のつやつやとした複雑な縞模様、大平原にあの姿を見て、驚嘆しない者がゐるでせうか？」

　以上の言葉を語つた時、世界主義者はその言葉の精神の裡にすつかり入り込んで仕舞つたので——説明に熱心になる語り手は得てしてさうなりがちなものだが——無意識裡に身體をくねらせ、斜めに頭部をもたげて、見るからに己れの描き出した生き物その物のやうな姿になつた。その間、見知らぬ男は、見た處、驚く様子を殆ど示さずに世界主義者を見詰めてゐた。とは云へ、ある種神祕主義的な瞑想に耽り切つてゐる様子を示してはゐたが。やがて彼は云つた、「その毒蛇の美しさに魅せられた時、そいつの身になつてみたいと思ふ事は一度も無かつたかね？　蛇であるのはどんな風に感じるものだらうか？　草の中を誰にも知られずにするすると進む感じは、とか？　ちよつとでも觸《さは》つた相手に、咬みついて、殺す感じは、とか？　君の美しい肢體の全體が、死を齎《もたら》す一本の虹色の鞘《さや》に他ならない、と感じるのはどんなものだらうとか？　要するにだね、知識と、そして良心との重みを免れて、完璧に本能的で、非道徳的で、無責任な生き物の、呑氣で樂しい生活に一時《いつとき》でも浸《ひた》つてみたいと、そんな氣持になる事は無かつたかね？」

「そんな氣持は」と、世界主義者は動搖の色を表す事なく、かう答へた、「正直に申し上げて、

二　シラー：ヨハン・フリードリッヒ・フォン・シラー。ドイツの詩人、劇作家。ドイツ浪漫派を代表する、ゲーテの盟友。一七五九—一八〇五

私の意識に上る事は決してありませんでした。實際、普通の想像力の持主でそんな氣持を懐くなんて事は殆どあり得ないでせう。私の場合にしても、人並《な》みの水準をそんなに超えるとは思へませんしね」。

「でも、私の話を聽いた今はどうかね」と、見知らぬ男は子供みたいに知的好奇心を露《あら》はに示しながら、「そんな氣持にならないかね？」

「とてもとても。だつて、私、がらがら蛇に對して冷酷な偏見を懐いてゐるとは思ひませんが、さればとて、がらがら蛇になりたいなんて思ひませんよ。もしも、私が今がらがら蛇だつたとしたら、人間に對して親切に振舞ふなんて事はないでせう――人間は私を怖がるでせうし、さうなると私はとても孤獨で慘《みじ》めながらがら蛇になるでせう」。

「いかにも、人間は君を怖がるだらうね。どうしてか？　君のがらがら云ふ音、君の空《うつ》ろながらがら云ふ音のせゐさ――[三]『死のワルツ』の旋律に乗せて、ちつちやな干乾びた幾つかの頭蓋骨を纏《まと》めてがらがらと振り動かすやうな音だと、誰かが云つてゐたよ。ここにもう一つの美しい眞實が存在する。どんな生き物でも、他の生き物に對して有害な素質を有する場合、自然は實際その生き物にレッテルを貼るんだ。藥劑師が毒にレッテルを貼るのと同じやうなものさ。だから、がらがら蛇だの、他の有害なものによつて破滅させられる者は、自業自得といふ事になる。當然レッテルは尊重しなくちやならなかつたのだからね。さういふ次第で、聖書にもかの意義深い一節があるといふ譯だ、[四]『蛇に咬まれた蛇使ひを、一體誰が哀れむや？』とね」。

三　死のワルツ：夜に墓場から骸骨が現れ、人をダンスに誘つて死に至らしめるといふ中世よりの傳說、「死の舞踏」の事。

死の舞踏

四　蛇に咬まれた……：舊約聖書外典「集會の書」一二・一三參照。

「私が哀れむと致しませう」と、世界主義者が云つた、多分、幾分ぶつきら棒に。

「でも、かうは思はないかね」と、依然平然たる態度を維持しながら、「自然が非情である場合に人間が憐憫を催すといふのは、ちと差し出がましい事だとは思はないかね？」

「さういふ屁理屈の決著は、詭辯家《きべん》に委《ゆだ》ねませう。でも、同情は心が自ら決めるものです。しかし、ですね」と、眞劍味を強めながら、「今、はたと氣附いたのですが、あなたはつい先程、『無責任な生き物』と仰有つた。『無責任な』といふ言葉の、私には思ひがけない使ひ方でした。處で、私として望むらくは、寛容な精神に従つて、如何なる思索に對しても、それが誠實に追究されてゐる限り、決して仰天する事のないやうに最善を盡《つく》す積りでをりますが、事、今回に限つては、貴方の言葉遣ひに對して、心から懸念を覺えざるを得ないと申し上げなくてはなりません。と云ひますのも、宇宙に關する全うな見解といふものは、取りも直さず全うな信頼の念を生み出すのに相應《ふさは》しい見解であつて、私が間違つてゐなければ、それはかういふ事を教へてゐます。卽ち、萬物《ばんぶつ》は正しい支配の下にある以上、生きとし生けるものとして何らかの意味で責任の無いものは殆ど存在しない、といふ事を」。

「がらがら蛇も、責任ある存在かね？」と見知らぬ男が訊ねた。その青く澄んだ瞳から發せられる視線は超自然的なまでに冷たく輝いてゐたので、彼は感情を有する人間といふよりは、寧《むし》ろ半人半魚の抽象的存在のやうに思はれた。「がらがら蛇は責任ある存在なのかね？」

「さうだとは肯定しないとしても」と、世界主義者は未經驗《けいけん》な思索家といふ譯でもないやうな愼重な態度を示しつつ、答へて云つた、「否定もしようとは思ひません。しかし、がらがら蛇が責任ある存在だと我々が思ふとしても、その責任は貴方とか、私とか、民事裁判所とかに對するものではなく、超越的な何物かに對するものだといふ事は、私が申す迄もありません」。

彼が話し續けようとすると、見知らぬ男はそれを遮《さへぎ》らうとした。だが、世界主義者は相手の眼の中に反論を讀み取つて、それが言葉として發せられるのを待たずに直ちに抗辯して云つた、「あなたは私の假説《かせつ》に反對していらつしやる。確かに假説でしかありません、がらがら蛇の責任如何なんて、本來明白に證明し得るものぢやないですからね。でも、人間の責任といふ事についても、相當《さうたう》程度同じやうな事が云へやしませんか？　あなたのやうな反論の仕方だと、反論の無效を證明する、例の「背理法」[五]（reductio ad absurdum）の陷穽《かんせい》に嵌《はま》りかねませんよ。いはゆる議論倒れ、といふ奴です。ですが、もしも今」と、世界主義者は言葉を續けた。「がらがら蛇の有する危害を加へ得る能力についてとくと考へて頂けるならば（有害な生き物だとてがらがら蛇を咎《とが》めてゐるのではなく、さういふ潛在的能力を有してゐると私は申し上げてゐるに過ぎません）、貴方も御同意せざるを得ないのではありますまいか、卽ち、人間は法的な理由なくして同胞を殺す事は禁じられてゐるのに、がらがら蛇は氣紛れに腹を立てて他の生き物――人間をも含めて――を殺しても、責任を問はれない暗默の認可を得てゐると主張するのは、均衡の取れた宇宙觀とは云ひ難いといふ事に？――しかし」と、草臥《くたび》れたやうな様子で、「これは愉快な話ぢやありませんな。少くとも私には愉快ぢやない。うつかり話に熱が入つて仕舞ひました。後悔してゐます。どうかお坐りなさつて、ワインを召し上

五　**背理法**：ある命題の結論を否定すれば矛盾が生じる事を示して、その命題が正しい事を證明する方法。

つて下さい」。

「斬新《ざんしん》な考へ方だとは思ふさ」と、如何にも目下の相手に遜《へりくだ》つて理解を示してやる、といふやうな口調で見知らぬ男は應じた。知識を何よりも大事に思ふ以上、よしんば乞食の食卓に散らばる極く僅かのパン屑みたいな知識でも、我物として拾ひ上げるのに吝《やぶさ》かではない、そんな感じの態度だつた。「斬新な考へ方を稱贊《しようさん》する點に於て、僕は正しくアテナイ市民なんでね、それをさう唐突に打ち切つて仕舞ふのには、同意出來兼ねるね。で、がらがら蛇だが――」

「がらがら蛇の話はもう澤山です、どうかもう」と、困卻《こんきやく》した表情で、「きつぱり御斷《ことは》りします、この話はもう打ち切りませう。さあ、お坐り下さい、お願ひします。ワインを召し上つて下さい」。

「一緒に坐るやうにとのお誘ひだが、いかにも暖かいお持成しだ」と、今や話題の轉換を冷靜に受け入れながら、「親切な持成しといふのは、東洋に起源があると云はれてゐるし、アラビアの愉快で浪漫的な物語の主題をなしてもゐるし、それ自體實に浪漫的なものでもある――だから僕は親切な持成しの言葉を耳にすると、いつも愉快になるんだ。しかし、ワインに關してだが、僕はこの飲物にこの上なく敬意を懷いてゐて、飽《あ》き果てて仕舞ふ事を極めて恐れてゐるので、ワインへの僕の愛は永續的に試みざる狀態のままに留《とど》めて置く事にしてゐる。要するにだ、[六]ハーフェズの詩集からはそれこそたつぷりワインを飲み干すけれど、[七]グラスからはほんの啜《すす》る程も飲まないのさ」。

世界主義者は相手に穩やかな視線を投じた。相手は今や卓子《テーブル》の反對側に席を占め、プリズ

六　ハーフェズ：ムハマド・ハーフェズ。十四世紀ペルシャの抒情詩人。この章の「見知らぬ男」、後にマーク・ウィンサムと名乘る哲學者のモデルとされるR・W・エマソン（一八〇三―一八八二）は、ハーフェズの作品の幾つかをドイツ語譯から飜譯してをり、「ペルシャの詩」と題する隨筆も書いてゐる。一三二六―一三八九

七　グラスからはほんの啜る程も……：エマソンの「詩人」（一八四四）參照。

ムさながらに澄んで冷たく光り輝きながら坐つてゐた。ガラスみたいに綺麗な音を立てて鳴り響くのが聞えるやうだ。丁度その時、給仕が通り掛つたので、世界主義者が合圖をして呼び止め、氷水をコップに一杯持つて來るやうに頼んだ。「よく冷えた奴をね」と彼は云ふと、「處で」と云つて見知らぬ男の方に振り向いて、「よろしかつたら、『二度とあの男に會つてはいけない』と、最初に警告された譯を教へて頂けませんか？」

「あれが大抵の警告とは違つてゐてくれたらいいんだがね」と、相手は云つた、「大抵の警告といふやつは、事が起る前に注意を喚起するんぢやなくて、事が終つてから嘲笑の裡に齎《もたら》されるものだからね。でも、君を見てゐると分るんだ、君のペテン師の友人がどんな策謀を密かに懷いてゐたにせよ、それは未だ達成されてはゐない事がね。だつて、君はあの男に貼られたレッテルをちやんと讀み取つてゐるもの」。

「レッテルには何と書いてあつたか？『こは思ひ遣り深き男なり』、とありましたよ。ですから、貴方のレッテルの理論を、もしくは我が友への貴方の偏見を、貴方には抛棄《はうき》して頂かなくちやなりません。でも、伺ひたいのですが」と、再び眞面目な顔附になつて、「彼はどんな人間だと思ひますか？　彼は何者でせうか？」

「君は何者かね？　僕は何者かね？　誰かが何者であるかなんて、誰にも分りやしない。誰であれ、一個人の眞の姿を知るために、人生が提供するデータは極めて不十分で、丁度幾何學に於て、三角形の一邊《いつぺん》が與《あた》へられても、三角形の形が決定出來ないのと同じやうなものさ。」

「でも、その三角形の理論は、貴方のレッテルの理論と矛楯してはゐませんか？」

「その通りだよ。でも、だからどうだといふのかね？　[八]首尾一貫性なんて、どうでも良い事さ。哲學の世界に於ては、首尾一貫性は常にある一定の水準を保ち、人間の頭脳のあらゆる思考の中に維持されてゐる。しかし、自然なるものはほぼ山あり谷ありの起伏に富む世界なのだから、さうである以上、人間が自然の法則に從つて知識を増進し續けようとすれば、必ずやその道程に於て自然界の起伏に服さざるを得なくなるんぢやないのかね？　知識の進歩といふのは、丁度[九]エリー大運河の上を船で前進して行くやうなもので、運河の走る地理的狀況に應じて、水面の高さを變化させねばならない。水門が開いたり閉ぢたりして、水面に浮ぶ船は絶えず一貫性の無い上下動を繰り返す。それでも、常に前進して行くのだ。一方、全航程の中で最も退屈なのは、水夫の所謂《いはゆる》『長い同一平面』と呼ぶ部分で――淀《よど》んだ沼澤《せうたく》地を通る平らな水面が延々六十マイルも續くのさ」。

「一つの點で」と、これに答へて世界主義者が云つた、「多分、貴方の喩《たと》へは不適切です。だつて、そんなに苦勞して上つたり下つたりした後で、とどの詰りは、どれだけ高い平面に立つ事になるのですか？　それは目標とするに足るだけの高さの平面なのでせうか？　知識への尊敬の念を若い時分から敎へ込まれてをりますので、その一點についてだけでも、失敬ながら、貴方の類比のお説を肯《うけが》ふ譯には參りません。しかし、正直、貴方の魅力的なお話についつい引き込まれて、いつの間にやら話の要點から逸《そ》れて仕舞つてゐました。私の友人が誰であるか、もしくは何者であるか、それを確實には知り得ない、と仰有つたが、然らば、彼が何者であると、貴方は推測されますか？」

八　**首尾一貫性なんて、どうでも良い事さ**：エマソンの「自恃」（一八四一）に、「愚劣な首尾一貫性なんぞは、矮小な精神が化け出たものでしかない」といふ有名な言葉がある。

九　**エリー大運河**：ニューヨーク州中央部の都市オールバニーからエリー湖へ抜ける、全長三六三マイルの大運河。アメリカの東部と西部とを結ぶ。

エリー運河

「から推測するね、古代エジプト人の間で――――と稱《しよう》されてゐる者だよ」と、譯[十]の分らぬ言葉を用ゐてこちらは云つた。

「――――！　そりや一體《いつたい》何の事です？」

「――――とは、プロクロス[十一]がプラトンの神學をめぐる彼の第三の書に附した脚註《きやくちゆう》に於て、――――と定義してゐるものさ」と云つて、ギリシャ語の一文を口にしながら、見知らぬ男は答へた。

　世界主義者はグラスを眼の前に掲げ、透明な液體を透《す》かしてじつと見詰めながら、かう應じた。「プロクロスがそれをそんな風に定義して、近代人が理解し易いやうに、能ふる限り透明な光の下に提示してくれてゐる事を、私は輕々しく否定する積りはありません。けれども、私のやうな人間にも理解出來るやうな言葉でその定義を説明して下さつたら、御好意に感謝する次第です」。

「御好意と來たね！」と、こちらは冷ややかな眉をちよつとばかり持ち上げて、「結婚式の贈り物なら、御好意の標《しるし》として僕にも理解出來る。白いリボンで結ばれた奴さ、眞實の結婚の純潔の麗しき象徵だ。でも、その他の御好意とやらについては、僕の未だ知る處ではない。しかもだ、これは漠然たる印象だがね、君の今使つた御好意といふ言葉は、人から恩惠を施して貰つた事への、何やら卑屈で慘めつたらしい屈從《くつじゆう》の意味を含むやうな、不愉快な感じを受けるんだな」。

　この時、氷水の入つたコップが持つて來られ、世界主義者の指示に従つて、見知らぬ男の前

十　**譯の分らぬ言葉**：超絶主義（トランセンデンタリズム）に對する、當時の世間一般の受け止め方を示唆する。超絶主義の何たるかについては、後述の、本章の註（十四）を參照の事。

十一　**プロクロス**：古代ローマの新プラトン派の哲學者。「プラトンの神學」を著す。エマソンはプロクロスから大きな影響を受けたが、メルヴィルは「マーディ」（一八四九）に於てプロクロスをからかつてゐる。紀元四一一？―四八五

に置かれた。男はきちんと禮《れい》を云つた後で、一口飲むと、明らかに元氣づいた様子だつた――それが冷たいといふ事それ自體が――人によつてはさういふ場合があるものだが――男の氣質にとつては必ずしも適さぬものではなかつたのだ。

やがて彼はコップを下に置いて、珊瑚礁《さんごしやう》に附著した珊瑚の貝殼の様に口邊《こうへん》に附著した水滴を丁寧に拭《ぬぐ》ふと、世界主義者の方を向いて、この上なく沈著冷静で、自己抑制的で、實務的な口調でかう云つた、「僕は輪廻轉生《りんねてんせい》といふ事を信じてゐて、今の僕が何者であらうとも、かつての僕はストア派のアリアノス[十二]であつたと感じてゐる。そして、アリアノスならば今の僕と同様に、彼の生きてゐた頃に使はれてゐた、君の『御好意』に相當《さうたう》する言葉に當惑したらうと思ふんだ」。

「御好意を示して、説明して頂けませんか?」と、世界主義者が物柔らかに云つた。

「いいかね、君」と、口調にほんの僅かに嚴しさを示しながら、見知らぬ男は云つた、「僕は言葉の明晰《めいせき》を好む、何よりもね。だから、その事をしつかり心に留めて貰はないと、滿足に會話を交す事は難しくなると思ふよ」。

世界主義者は思ひに沈むやうな様子でしばし相手を見詰めてから、「私の聞いてゐる處では、迷路から抜け出す最善の方法は、來た道を辿り直してみる事ださうです。從つて、私の來た道を辿り直してみようと思ひますので、貴方にもついて來て頂きたい。詰り、あの地點にもう一度戻つてみようと云ふ譯です。どういふ理由で、警告なさつたのですか、私の友人に氣をつけろと?」

十二　アリアノス：フラビウス・アリアミウス・アリアノス。古代ギリシャの歴史家、哲學者。アレキサンダー大王傳の著者として有名。紀元九五―一七五

「では、簡潔、かつ明快に答へよう、その理由は、前にも云つたやうに、僕の推測する處では、あの男は古代エジプト人の間で――」

「おお、どうか」と、世界主義者は眞面目に相手を窘《たしな》めるやうな口調で、「おお、どうか、古代エジプト人の安らかな眠りの邪魔をしないで頂けませんか？　彼らの言葉や思考が一體我々にとつて何だといふのですか？　我々は自分の家も持たない、アラブの乞食だとでも云ふのでせうか、埃《ほこり》臭い地下納骨堂を勝手に棲家《すみか》にして、木乃伊《ミイラ》と一緒に暮さなければならないのでせうか？」

「ファラオの貧困この上無しの煉瓦《れんぐわ》職人ですら、たとひ襤褸《ぼろ》を纏《まと》つてゐても、上質のホランド綿布を纏ふ全ロシアの皇帝よりも、誇らかに横たはつてゐる」と、見知らぬ男は勿體《もつたい》ぶつた口調で云つた、「といふのも、死は、蟲《むし》けらの場合ですら、莊嚴《さうごん》なものだからだ。それに對して、生は、王侯の場合ですら、下劣なものだ。だから、木乃伊を貶《おとし》めるやうな事を云つてはならない。木乃伊に對する然るべき敬意の念を人類に教へる事は、私の使命の一つなのだ」。

　この時、運良く、これら譯《わけ》の分らぬ云ひ種《ぐさ》に待つたをかけるかのやうに、もしくは、寧ろ變化を與《あた》へるかのやうに、[十三]靈感《れいかん》に打たれたやうな顔貌の、痩せ衰へた男が近づいて來た――氣の觸《ふ》れた乞食で、熱烈で錯亂《さくらん》せる册子を自ら作り、賣り歩いて施しを求め、熱烈で錯亂せる主張の唱道者を以て自らを任じてゐた。襤褸を纏つてゐて汚らしかつたが、下卑《げび》た處は全く無かつた。品の無くもない物腰を生來身につけてゐたし、體格も華奢《きやしや》だつた。それに、日

十三　靈感に打たれたやうな顔貌の……E・A・ポオ（一八〇九―一八四九）に風貌等が似てゐるとされる。

に燒けてゐない廣《ひろ》い額に鴉《カラス》さながらの黑い卷毛が亂雜《らんざつ》に垂れ下がり、萎《しな》びた小さな果實のやうな顏面は一層濃い色合ひを帶びてゐて、それがまた品のある印象を强めてゐた。就中《なかんづく》印象的なのは、繪《ゑ》のやうに鮮やかなイタリア風の荒廢《くわうはい》と沒落との樣子であつて、そこに垣間見える極く微《ひそ》かな理性の閃《ひらめ》きが印象を更に强めてゐたが、その閃きは微かに過ぎて彼に永續的な幸福を齎《もたら》すに足るものではなかつた。だが、彼の錯亂せる榮光の夢が眞實か否かについて、時に彼を密かな疑惑で苦しめるには、恐らくは十分だつた。

世界主義者は差し出された小册子を受け取つて、ざつと眼をくれると、その何たるかが分つたと見えて、閉ぢてポケットに藏《しま》ひ、一瞬相手を見詰めてから、相手の方に身を屈め、一シリングを渡しながら、優しく思ひやりのある口調でから云つた、「友よ、濟《す》まないが、私は今忙しくてね、でも、君の書いたものを買はせて貰つたから、暇が出來たら必ず眞つ先に讀んで樂しませて貰ひますよ」。

ぼろぼろのシングルのフロックコートを著、貧乏たらしく釦《ボタン》を顎の下一杯までかけてゐる、この頭のいかれた男は世界主義者に一禮した。子爵の身分の者としても、不相應《さうおう》な禮儀作法ではなかつたらう。次いで無言で訴へるかのやうに、見知らぬ男の方に身體を向けた。處が、見知らぬ男は以前にも增して冷たいプリズムよろしく鎭座してゐた。しかも、今や以前の神祕家の表情に拔け目なきヤンキーの狡猾《かうくわつ》なそれが取つて代つて、風貌に氷柱《つらら》の如き冷たさを更に賦與《ふよ》するに至つた。彼は全身でから云つてゐた、「僕からは鐚《びた》一文出ないよ」。冷ややかに訴へを撥《は》ねつけられて、乞食男は自尊心を傷つけられた憤懣と、狂氣染みた侮蔑とを顏面に漲《みなぎ》らせ、それを相手に投げつけながら、立ち去つて行つた。

「おや、まあ」と、世界主義者は些か批難するやうな口調で云つた、「あの男には同情してやるべきでしたよ。何も共感しなかつたのですか？　この、彼の册子を見て御覽なさい、超十四絶主義そのものの調子で書かれてゐますけどね」。

「失禮だが」と、見知らぬ男は册子を突き返して云つた、「やくざ者を應援《おうえん》する氣なんかないんでね」。

「やくざ者ですつて？」

「いいかね、僕は彼奴の中に呪はれた理知の光が閃《ひら》くのを見たんだ――呪はれた、と僕は云ふ。なぜなら、狂人を裝ふ手合の內なる理知といふ奴は、惡黨根性そのものだからだ。彼奴は狡猾な浮浪人だよ。巧妙に狂人を裝つて、浮浪人の生活をしてゐるんだ。僕に見据ゑられて、彼奴が怯《ひる》んだのに氣附かなかつたかね？」

「まさかね」と、相手は驚いた樣子で長く息を吸ひ込みながら、「そんなに纖細《せんさい》なまでに疑ひ深い性質をお持ちとはね。怯んだと仰有る？　いかにもさうでしたよ、可愛さうに。だつて、あんなに冷たくあしらはれたんですもの。巧妙に狂人を裝つてゐると仰有いましたが、意地の惡い批評家ならば、この頃方々を講演して回つてゐる一二の賢人に對しても、同じやうな事を云ふかもしれませんよ。でも、それは私の與《あづか》り知らぬ事です。しかし、もう一度、これを最後に、先程申し上げた地點に戻りますが、どうして貴方は、私の友人に氣をつけろと、警告なさつたのですか？　その理由を伺へれば、我が友人に對する貴方の信頼の缺如《けつじょ》が、か

十四　**超絕主義**：十九世紀中葉、アメリカ東部で起つた思想・哲學運動。エマソンが最大の推進者で、人間及び自然の本來的な善性を強調し、內部に神性を宿すとする自己への信頼、即ち、「自恃」(Self-Reliance)の思想を基軸として、墮落した社會からの純粹な個人の獨立を鼓吹した。

の狂人に對する不信の念と同じく、共に等しく薄弱な根據《こんきよ》に基いてゐると證明する事になるでせうから、さうなれば私としても喜ばしい次第です。さあ、どうして警告なさつたのですか？　どうか仰有つて下さい、簡潔な言葉で、それも我々の母國語でね」。

「僕が君に警告した理由はだね――これは人から聞いた話だが――、彼奴がここの蒸氣船に乗る人々の間で、ミシシッピー河のペテン師[十五] (operator) と呼ばれる手合ぢやあるまいかと疑はれるからだ」。

「執刀醫《しつたうゐ》 (operator) ですつて？　手術をするんですか？　してみると、私の友人はインディアンの所謂《いはゆる》『大呪術師』の如きものなんですね？　手術をやり、下劑をかけ、餘分な血を拔いてやる譯だ」。

「どうやら君は」と、愉快な諧謔《かいぎやく》には體質的に鈍感らしい様子で、見知らぬ男は云つた、「所謂『大呪術師』について間違つた理解をしてゐるやうだ。インディアンの間で『大呪術師』といふのは、醫者といふよりは寧ろ、賢明な思慮分別ゆゑに大いなる尊敬を勝ち得てゐる人間の事を云ふのだ」。

「我が友は賢明ぢやないですか？　思慮分別のある人間ぢやないですか？　その『大呪術師』ぢやないですか？」

「違ふね。ペテン師 (operator)、ミシシッピー河のペテン師だ。胡散臭《うさんくさ》い人物だよ。さうだと云ふ事を、僕は殆ど疑はない。僕が初めて旅行を試みた、この西部の珍奇なあれこれを何でも教へてくれようとする人物がゐてね、その人物から教へて貰つたんだ。それに、もしも

十五　ペテン師 (operator)：operator には、「ペテン師」の意味の他に、「執刀醫」の意味がある。見知らぬ男は「ペテン師」の意味に用ゐたが、世界主義者は「執刀醫」の意味にとつて冗談を云つてゐる。

僕が間違つてゐなければ、君もこの一帯では異邦人だらう（それにしても、實際、この未知の宇宙に於て、我々が異邦人ぢやない場所があるだらうか?）、だから僕は警告したい氣になつたのさ、自由で信じ易い君のやうな人にとつて、危険以外の何者でもない連中には注意しないといけないからね。でも、繰り返して云ふけれど、少くともこれ迄は、彼奴が君に對して成功してゐない事を望みたいし、これから先もやはり成功しないで欲しいと思ふ」。

「御心配頂き、感謝します。ですが、私の友人が如何《いかが》はしい男だといふ、一貫して主張される假説に對しては、どうにも感謝致し兼ねます。いかにも、今日彼と初めて知合つたのですから、素性について殆ど知る處はありません。しかし、だからと云つて、彼のやうな性質の人間を信頼してはいけないといふ事にはならないやうに思ひます。それに、彼に關する貴方御自身の知識にしても、御説明を伺ひますと、それほど嚴密なものではないやうですから、彼についてこれ以上芳《かんば》しからざる御意見を仰有るのは、どうか御遠慮頂ければ有難く存じます。でも、ねえ、どうでせう」と、親しげできつぱりした態度を示して、「ここらで話題を變へませうよ」。

第三十七章

神祕家の師匠が實際家の弟子を紹介する

「話題も話し相手も、兩方共變へるとしよう」と、見知らぬ男が立ち上りながら答へて、甲板を散歩してゐた男が彼の方にやつて來るのを待つた。男は、丁度その時、甲板の突き當りに至つて身を飜《ひるがへ》して、こちらに引返して來る處だつた。

「エグバート!」と、見知らぬ男が呼びかけた。

エグバートは身なりのよい、商人風の顏附をした、三十歳くらゐの紳士で、目に立つほどに丁寧な態度で返事を返すと、すぐ傍近くにやつて來た。明らかに、對等の相手に示す態度といふよりも、信任厚い門下生が示すやうな態度だつた。

「これが」と、見知らぬ男はエグバートの手を摑《つか》み、世界主義者に引き合はせて云つた、「これがエグバート、弟子です。ぜひ近づきになつて貰ひたい。エグバートは僕の、詰りマーク・ウィンサムの原理を實地に適用した人類最初の人間だ――以前は實人生より書齋《しよさい》に適すると看做された原理だつたがね。エグバート」、彼はさう云つて弟子の方に向き直ると、師の讚《さん》辭《じ》にやや恐縮して謙遜を面に表す弟子に向つて、世界主義者に會釋《ゑしやく》しながら、「エグバート、こちらは、我々みんなと同樣、異邦人だ。エグバート、君にこの異邦人たる同胞と近づきになつて貰ひたい、腹を割つて話し合つて貰ひたい。取分け、この御仁が、僕の口にした言葉によつて、僕の哲學の正確な性質について好奇心を掻き立てられた事があつたとしたら、君ならばきつとそれを滿たして上げられるだらうと思ふ。エグバート、君の實際の活動を君が説明するならば、僕自身の單なる言葉による説明以上に、僕の理論に關して多くの人々を啓發《けいはつ》する事が出來る。實際、僕自身、自分自身を最もよく理解出來るのは、君を通じてなんだ。といふのも、あらゆる哲學には背面《はいめん》の部分とも云ふべきもの、詰り極めて重要な部分があつて、それらは人間の頭部の背面のやうに、鏡に映す事によつて、一番はつきりと見えるものだからだ。さて、エグバートよ、君はまるで鏡のやうに、君の生活の裡に、僕の哲學體系の重要な部分を映し出してくれてゐる。だから、君をよしとする者は、マーク・ウィンサムの哲學をよしとする者といふ事になる」。

以上の長廣舌《ちやうくわうぜつ》には、その云ひ回しに於て、或は自己滿足的に響く處もあつたかもしれないが、話し手の態度に自己滿足の痕跡は微塵《みぢん》も認められなかつた。彼は終始率直で、勿體《もつたい》ぶらず、威嚴があり、男性的だつた。云はば、教師と預言者とが、思想の傳達手段たる彼の單なる態度の裡に現れ出てゐるといふよりは、思想それ自體の裡により多く伏在《ふくざい》してゐるやうな感じだつた。

世界主義者は事態の新たな展開に少からず興味を覺えたと見えて、見知らぬ男にかう語りかけた、「貴方はある種の哲學について、それも多少神祕的とも思はれる哲學についてお話しになり、それと實際生活との關はりについて仰有つてをられます。そこでお訊ねしたいのですが、その哲學を學ぶと、世の中の經驗と和合するやうな人格の形成に向ふ事になるのでせうか？」

「なるね。その事がこの哲學の眞實性を證《あか》してゐる。なぜなら、どんな哲學でも、世間の習はしに反する働きをして、世間と相爭ふ人間を生み出す方向に向ふならば、そんな哲學は必然的に如何様《いかさま》であり夢想であるに過ぎないからだ」。

「ちと驚きましたな」と世界主義者が云つた、「だつて、時折貴方は深遠な思想を洩らされるし、プラトンの神學を論じる深遠な書物に言及したりもされてゐるのだから、もしも貴方が何らかの哲學の創始者であるとするならば、その哲學は必ずや難解なもので、實生活の比較的低俗な實用性などは遙かに超越してゐる體《てい》のものに相違ないと、そんな風に推測するのが極く自然な事のやうに思はれますがね」。

「僕に關して珍しくない誤解だね」と、相手は應じた。然る後、[一]大天使ラファエルのやうに柔和な様子で佇《たたず》みながら、かう續けた、「[二]メムノンの古き石像が今も燦然《さんぜん》たる響を發《はつ》して謎めいた文句を呟いてゐるとしても、それでもなほ、人間誰しもの會計簿《くわいけいぼ》に於ける損益《そんえき》の均衡こそが、人生の損益の謎を解くのさ。いいかね、君」と、物靜かに力を込めて、「人間がこの世に生れて來たのは、坐り込んで考へ込むためではない、徒《いたづ》らな屁理屈を捏《こ》ねて自ら混亂《こんらん》に陷るためでもない、氣を引き締めて働くためだ。朝の中に神祕はあり、夜の中に神祕はある。神祕の美は至る處にある。しかし、それでも、一つの明白な眞理は存在する、口腹《こうふく》と財布とは滿たされねばならない、といふ眞理だ。これまで君が僕の事を夢想家だと思つてゐたとしたら、認識を改め給へ。僕は一つの考へしか持たぬ偏狹《へんけふ》な人間でもない。僕の前の預言者達

一　**大天使ラファエル**：九天使中の第八位。天使長の一人。舊約聖書外典「トビト書」に詳しい。ジョン・ミルトンの「失樂園」にも登場する。

二　**メムノン像**：メムノンはエジプト王の子。トロイ戰爭に於てギリシャの英雄アキレウスに殺される。その石像が古代エジプトのテーベの近くにあつて、日の出と共に「謎」の雜音を發したといふ。メルヴィルは「ピエール」（第七の書）に於て、メムノンの生涯及びメムノン像に言及してゐる。

と同じ事だ。[三]セネカは高利貸しぢやなかつたかね？　[四]ベーコンは佞臣《ねいしん》ぢやなかつたかね？　[五]スウェーデンボルグは、片方の目は目に見えぬ世界を見詰めてゐたが、もう片方の目は儲け話を狙つてゐたんぢやなかつたかね？　僕に對して他にどんな評價が下されるにせよ、僕は實際的な知識の持主であり、世故《せこ》に長《た》けた人間なんだ。さういふ人間として理解して貰ひたい。そして、ここにゐる弟子についてだが」と云つて、弟子の方に振り向きながら、「もしも君がこのエグバートの裡に甘いユートピア思想だの、昨年の夕映《ゆふばえ》を懐《なつか》しがる體《てい》の懷古《くわいこ》趣味だのを見出ださうとしたならば、必ずや考へを改めさせられる事になる、それを思ふと僕は微笑まざるを得ない。僕が教へ込んだ諸々の教義ゆゑに、エグバートが癲狂《てんきやう》院にも救貧院にも追ひやられる事は無い。頑《かたく》なな信奉者をそんな羽目に陥らせる教義の類も多いがね。更に、だね」と、父親のやうな目つきで弟子を一瞥《いちべつ》しながら、「エグバートは我が弟子であり、我が詩人でもある。なんとならば、詩はインクと詩句とからなるものではなく、思想と行動とからなるものだからだ。さういふ詩の場合、有用な行動の裡に探し求めてみれば、詩は誰にでも何處《どこ》にでも見出だされる事になる。一言で云ふならば、ここにゐる弟子は成功せる若き商人であり、西インド諸島との交易に従事する實際的な詩人なのだ。さあ」と云つて、見知らぬ男はエグバートの手を世界主義者に委《ゆだ》ねると、「握手をし給へ、僕は失敬する」、さう云ふや、お辭儀もせずに師匠は立ち去つて行つた。

三　セネカ：既出。第九章の注（十五）參照。皇帝ネロに阿って巨富を積んだと傳へられる。

四　ベーコン：既出。第九章の注（六）參照。ベーコンは一六〇四年、國王の助言者となり、一六一八年、大法官となる。

五　スウェーデンボルグ：エマニュエル・スウェーデンボルグ。スウェーデンの科學者、神學者。スェーデンボルグの神秘主義の創始者。一六八八―一七七二

第三十八章

弟子が背筋を伸ばして、社交的遊戯の役割を果す事に同意する

師匠の面前では、弟子は己れの分を辨《わきま》へた人間として佇《たたず》んでゐた。顔には謙虚な表情を浮べ、目上を憚《はばか》つて遜《へりくだ》るやうな態度を示してゐた。處が、師匠の姿が見えなくなるや、速やかに背筋を伸ばして、眞つすぐに立つ姿勢を取つた。まるで、玩具の嗅《か》ぎ煙草入れから飛び出すびつくり人形みたいだつた。

前にも述べたやうに、彼は三十歳ほどの若い男だつた。顔附は、普段の時には好感も不快感も與《あた》へない、かの中立的な性格を示してゐたので、實際はどんな人間なのか、極めてはつきりしないやうに思はれた。身なりはきちんとしてゐて、奇抜だなどとは誹《そし》られない程度に、流行に従つてゐた。服装は全體的に見て、細部の差こそあれ、師匠のそれを範《はん》としてゐるやうだつた。しかし、概して云ふなら、超絶思想を奉じる類の門下生とは金輪際《こんりんざい》考へられぬ體《てい》の人物だつた。とは云へ、實際、鋭く尖《とが》つた鼻や綺麗に剃刀《かみそり》を當てられた顎の様子は中々暗示的であつて、もしも彼が神秘主義の教義と邂逅《かいこう》するやうな事があつたとしたら、ニューイングランド人特有の才覺を生かして、かくも利益と無縁な代物《しろもの》すら何かしら利益となるものに變へて仕舞ひかねないやうにも思はれた。

「さてと」と、今や空いた椅子にくつろいだ様子で腰掛けながら、エグバートは云つた、「マー

クの事を君はどう思ふ？　崇高な人物だよね？」

「友愛的な組織を構成する人間が誰だつて尊敬に價するといふ事は」と、世界主義者が答へた、「その組織を崇拝する誰しもが疑はない處だよ。しかし、より高き存在といふ觀點《くわんてん》から云ふと、さういふ存在に屢々《しばしば》適用される崇高といふ言葉が、混亂を生じる事なく人間にも適用し得るかとなると、それは人間が自ら判斷して決めなければならない。尤も、實際、肯定的な判斷が下されたとしても、僕は反對しないがね。けれども、かの哲學なるものについて、僕はもつと知りたいと思ふ、今の處は漠然としか理解してゐないからね。一番弟子たる君には、それを説明する資格があるやうだ。今から始めて貰へるかな？」

「いいとも」と、卓子にきちんと向いて相手は云つた、「何から話さうか？　基本的な信條がいいかな？」

「君が明快な説明に適してゐるのは、實際的な方面に於てといふ話だつたね。處で、話を聽いてゐると、君達のいはゆる基本的な信條なるものは、幾つかの點で多少曖昧だつたやうに思ふ。だから、どうだらう、まづ實生活に於けるありふれた事例を、僕が極く分り易く想定してみよう、そしてその上で、僕が知りたいと思ふ哲學の實際的な門下生たる君ならば、さういふ事例に際會《さいくわい》した場合、どんな風に振舞ふ事になるか、それを説明してくれる、といふ事にして貰ひたいんだがね」。

「實際的な提言だ。その事例の中身を聞きたいね」。

「事例だけぢやなくて、そこに登場する人物の事も云はないとね。こんな事例を想定しよう。

友人同士の二人がゐる、竹馬の友といふやつで、親友同士だ。一人が初めて金に困つて、もう一人に初めて借金を申し込む。もう一人の方は、懐《ふところ》具合から云つて、十分に借金に應じ得る力がある。で、登場するのは、君と僕とだ。君は借金を申し込まれた友人で――僕は申し込む方の友人だ。君は問題の哲學の門下生で――僕は極く普通の人間で、心地良く暖かい時には寒さを感じず、惡寒《をかん》を感じる時には身體が震へる、といふ程度の事が分る以上の哲學は持ち合はせてゐない。そこで、いいかね、君はしつかり想像力を働かせて、この想定された事例がまるで實際の事のやうに喋り、かつ振舞つて貰ひたい。繁雜《はんざつ》を避けるために、君は僕をフランクと呼んでくれ給へ。僕は君をチャーリーと呼ぶ事にしよう。いいかね？」

「勿論。始めてくれ」。

世界主義者は一瞬、間を置いてから、これから演じる役柄にふさはしい、思ひ惱むやうな眞劍な様子を示して、友人に想定した相手に話しかけた。

第三十九章

想定された友人同士[一]

「チャーリー、僕は君を信頼する積りだ」。

「君はいつだつてさうだよ、當然の事だ。で、何の話かね、フランク？」

「チャーリー、實は困つてゐるんだ――すぐにも金が要るんだよ」。

「それは拙《まづ》いね」。

「拙くなんかないさ、チャーリー、もしも君が百弗《ドル》貸してくれればね。こんな事、頼みたくはないよ、ただ、とても切迫してゐるんだ。それに、君と僕とは感じ方も考へ方もこんなに久しく分ち合つて來た仲だし（君から見れば同等に分ち合つてゐるとは云へないかもしれないけど）、だから、やはり同等でない懐《ふところ》具合ではあるけれど、財布を分ち合ふといふのは、僕達の友情を證明するまたとない機會になるんぢやないかな。どうかね、僕の願ひを聞いてくれないかね？」

「願ひ？　願ひを聞いてくれつて、一體何が云ひたいんだい？」

「おいおい、チャーリー、君はそんな云ひ方はしない人だつたぜ」。

「だつてさ、フランク、君の方こそ、そんな云ひ方をする人ぢやなかつたもの」。

「でも、金を貸してはくれないのかい？」

一　想定された友人同士：メルヴィルはこの章で超絶主義者の友人観を諷刺する。前々章から登場するエグバートのモデルとされるH・D・ソロー（一八一七―一八六二）の「コンコード川とメリメック川の一週間」（一八四九）の「水曜日」の章、「ウォールデン、森の生活」（一八五四）の「訪問者」の章、及び、本章でマーク・ウィンサムのものとして言及される、ソローの師たるエマソンの「友情論」等を参照の事。

H,D. ソロー

「だめだね、フランク」。

「どうして？」

「だつて、僕の主義が許さないもの。僕は施《ほどこ》しはする、でも、斷《だん》じて金は貸さない。勿論、僕の友人だと云ふ者ならば、施しを受けるなんてあり得よう筈はない。借金の交渉は商賣上の取引だ。僕は友人と商賣上の取引をする積りは毛頭ない。友人關係とは、社交的精神的次元に立脚《りつきやく》するものだ。そして僕は社交的精神的友人關係を頗る高く評價するから、それを金錢的な急場しのぎの算段に貶《おとし》めるやうな眞似は許せない。いかにも、いはゆる商賣友達といふものはあるし、僕だつて持つてゐる。商取引上の知合ひで、實に便利な連中だ。しかし、さういふ連中と眞の友人――社交的精神的友人――との間には、僕は赤ペンで線を引いて、截然《せつぜん》と峻別《しゆんべつ》してゐる。要するに、眞の友人は金の貸し借りとは何の關係もない。彼はそれを超越する魂を持つべきなのだ。借金といふのは、魂無き企業體たる銀行に一定の保證を約束し、一定の利息を支拂つて享受し得る體《てい》の、冷淡なる便宜でしかない」。

「冷淡なる便宜だつて？　それつて、互ひにぴつたり合ふ表現なのかい？」

「一人の年寄と一頭の雌牛とからなる、貧しい農夫の組み合はせのやうなものさ――ぴつたり合ひはしない、でも、目的に適つてはゐる。いいかい、フランク、利息を取つて金を貸すといふのは、信用貸しで金錢を賣るといふ事だ。信用貸しで物を賣るといふのは、便宜には違ひない。でも、友情はどこにある？　相場師でも無い限り、全《まつた》うな分別の持主ならば、利息の附く金を借りたりはしない、餓死でもしさうな程困窮してゐるのでもない限りはね。さて、そこでだ、僕が餓死しかけてゐる人間に、例へば一バレルの小麥粉分の金を貸して、一定の期日に一バレル半の小麥粉分の金を返濟するのを條件とした場合、何處《どこ》に友情が存在するんだい？　殊に、もしも更なる條件を課して、金を返せなかつた場合には、貸した一バレル分の元金と半バレル分の利息とを確保するため、その人間の心臟を競賣に出す、しかも家族を別れ別れにするのは殘酷だから、妻子の心臟をも添へて出す、なんて事になつたら、一體全體、何處に友情が？」

「分つたよ」と、相手は悲しげに身を震はせながら云つた、「でも、よしんばさういふ成行きになつたとしても、貸し手がそんな擧《きょ》に出るなんていふのは、人間性の名譽《めいよ》にかけて云はせて貰ひたいが、意圖《いと》的といふよりは、偶發《ぐうはつ》的な結果としてぢやないのかね？」

「しかし、フランク、偶發事の可能性は、適切な保證を確保すべく、前以て勘案《かんあん》されてゐない譯ぢやないんだよ」。

「けれども、チャーリー、まづ最初に金を貸すといふ事は、友人としての行爲ではなかつたのかい？」

「そして最後の結末としての競賣は、敵對者としての行爲だ。分らないかい？　友情の裡には敵意が潛んでゐるんだ、丁度、救濟《きうさい》の裡に破滅が潛んでゐるやうにね」。

「今日の僕はとても物分りが惡いに違いないよ、チャーリー、でも、正直、僕には分らないんだ。友よ、濟まないがね、君は問題の哲學に入り込んで行くにつれて、何だか深さが無くなつて行くやうな氣がするんだがね」。

「海の中に走り込んで行つた迂闊《うくわつ》な男が、海に向つてさう云つた。でも、『全く逆だよ、水に濡れた我が友よ』と海は答へて、男を溺れさせて仕舞つた」。

「チャーリー、その譬《たと》へ話は海に對して不當だよ、動物に對して不當なイソップの幾つかの譬話と同じだ。海はとても度量が大きいし、ちつぽけな奴を殺すなんて潔《いさぎよ》しとしない、ましてや嘲《あざけ》りながら殺すなんてやる筈がない。しかし、僕には理解出來ないな、友情の裡に潛む敵意とか、救濟の裡に潛む破滅とか、君は云ふけれどね」。

「フランク、ちやんと説明して上げよう。金に困つてゐる人間は、脱線した列車なんだ。利息を取つてそいつに金を貸す人間は、親切の標《しるし》に列車を元の線路に戻す手助けをする者だ。だが、然る後にだね、其奴は一切を精算すべく、そしてもうちよつと儲けるべく、三十マイル先の崖の近くにでも待機する手下に電信で合圖して、線路に交差して角材を置けと命じるやうな奴なんだ。もう一度云ふがね、君の所謂《いはゆる》金に困つてゐる人間にとつて、元金に利息を加へて金を貸す友人といふのは、懷《ふところ》に敵意を祕めた友人なんだ。だめ、だめ、利息なんか僕は眞つぴらだ。僕は利息を蔑《さげす》む」。

「それぢや、チャーリー、利息を取る必要はないよ。利息無しで金を貸してくれよ」。

「さうすると、今度は施《ほどこ》しといふ事になるね」。

「施しだつて？　借りた金を返しても？」

「さうさ、元金分を施すのぢやなくて、利息の分を施す事になるがね」。

「でも、ほとほと金に困つてゐるんだ。だから、施しでも構はない。相手が君なんだしね、ばないさ」。

チャーリー、喜んで利息の分の施しを受けますよ。友人同士なんだから、何ら恥ぢるには及

「さてさて、フランク、友情とは實に高尚なものなのに、どうしてそんな事が云へるのかね？心が痛むよ。だつて、困つた時には、兄弟より頼もしき他人もゐる、といふソロモンの苦《にが》い[二]思ひを僕は分ち持つてゐる譯ではないけれど、それでも我が崇高なる師匠には全面的に贊同したい。『友情論』に於て師匠は氣高くもかう述べた、自分が地上の便宜を求める時には、天上の友（卽ち社交上の知的な友）の許《もと》には行かない。否《いな》、自分の地上の便宜のためには、地上の友（卽ちより卑俗な商業友達）の許に行く、とね。續けて理由を師匠は實に明快に語つてゐる。曰く、どう教育しても他のために便宜を圖《はか》る以上に自らを高める事の不可能な、所謂《いはゆる》劣《れつ》位《ゐ》の存在が、そんな類の事ばかりをやりたがつてゐる時に、自らを低くして他のために便宜を圖るなどどうしても不可能な、所謂優《いう》位《ゐ》の存在が、そんな類の事をやれとの要求に苦しめられる──こんな事は不當だ、とね」。

「さういふ譯《わけ》なら、僕は君を天上の友ぢやなくて、地上の友と思ふ事にしよう」。

「さう來たか、參つたね。でも、さう望むのなら、已《や》むを得ない。我々は商賣友達といふ譯だ。商賣は商賣だ。君は借金の交渉をしたいんだよね。結構だ。證文はどうする？　月三パーセントの利息といふ事でどうだい？　擔保《たんぽ》はあるかい？」

「まさか、そんな形式的な手續きを、昔の學友に要求しようといふんぢやないだらうね──あんなにもしよつちゆう一緒に學園の木立の中を散策し、德行の美とか、親切な行爲の孕《はら》む

二　ソロモンの苦い思ひ：舊約聖書「箴言」一八・二四、二七・一〇參照。

品位とかについて論じ合つた相手にだよ――しかも極く僅かな金を貸してくれと頼んでゐるだけぢやないか。擔保だつて？　同じ學び舍で學んだ仲で、竹馬の友だといふ事、それこそが擔保ぢやないか」。

「濟《す》まんがね、フランク、同じ學び舍で學んだ仲だといふ事は、最低の擔保にしかならないし、竹馬の友だといふ事なんかは、擔保にも何もならないよ。僕らが今は商賣友達だといふ事を忘れてゐるね」。

「でも、チャーリー、君は君で忘れてゐる事があるよ、商賣友達として君に擔保を差し出すなんて、僕には出來る譯がないし、何しろひどく金に困つてゐるんだから、保證人だつて無理な話だ」。

「保證人も無理ならば、それぢや、金も貸せやしないよ」。

「となると、チャーリー、君の云ふどちらの種類の友人としても、君を說得する事が出來ないのだから、どうだらう、その二つを結び合はせて、兩方の性質を持つた友人として、お願ひする事は出來ないかな？」

「君は半人半馬のケンタウロスか？」

「とすると、君にどちらの種類の友と看做されるにせよ、とどの詰り、君の友人である事からどんな恩惠が得られるんだらう？」

「マーク・ウィンサムの哲學の裡にあるもので、實際的な弟子によつて實施に移される恩惠さ」。

「マーク・ウィンサムの哲學は僕に多大の恩恵を齎《もたら》すであらうと、附け加へて貰ひたいもんだ。いやはや全く」と、哀願するやうに相手の方に向き直つて、「友情とは一體全體何だらうかね、救ひを差し伸べる手でも、友を思ひ遣る心でもないとしたら！　困つてゐる人に自分の油と葡萄酒とを注いだ善き[三]サマリア人のやうに、財布を與《あた》へるのでなかつたとしたら！」

「おいおい、フランク、そんな子供つぽい事を云ふもんぢやないよ。涙で目が曇つてゐても、暗闇で道が見える奴なんかゐやしない。理想的な友情なるものは高尚に過ぎて、君には想像する事も出來ないのだとすると、君に對する僕の眞摯な友情に、君は値しないと思はなくちやならなくなる。それにだね、フランク、云はせて貰ふが、萬一《まんいち》今みたいな醜態をもう一度繰り返すやうな眞似をしたら、僕らの友情の基盤は深刻に搖らぐ事になるぞ。僕の信奉する哲學は、その最も嚴格な形に於ては、飽くまでも率直たるべしと教へてゐる。だから、今は持つて來いの機會だから、君が知らないやうに思へる幾つかの事實について、ここで腹藏《ふくざう》なく打ち明けさせて欲しい。僕らの友情は少年時代に遡《さかのぼ》るけれども、少くとも僕の側では、それが何の考へも無しに始まつたものとは思はないで貰ひたい。少年は小さな大人だと云はれてゐる。君といふ人を、友人として僕は選んだ譯だが、それは子供心にも、君に好ましい點を幾つか見出だしたからだ。大事だつたのは、君の行儀の良さ、品の好い服裝、御兩親の社會的地位や財産の評判だつた。要するに、僕は子供だつたが、大人の誰もがやるやうに、市場に行つて、痩せてゐないか、脂肪がちやんとついてゐるかを確認して、羊を選んだ譯なのだ。云ひ換へると、君はいつもポケットに銀貨を忍ばせてゐる生徒のやうに思へたのさ。ど

三　善きサマリア人：既出。第十六章の註（一）參照。

う轉《ころ》んでも、將來金に困つて援助を請ふ羽目に陥るやうな人間には見えなかつた。さういふ當時の印象通りに事は運ばなかつたとしても、それは運命の惡戯《いたづら》によるものでしかない、人間の期待といふものは、どんなに愼重であつても、過《あやま》つものだからね」。

「おう、そんな血も涙もない打ち明け話を聞かされるとは！」

「フランク、君の熱い血管に少しぐらゐ冷たい血が入つても、大した害にはなるまいさ。血も涙も無いだつて？　君がそんな事を云ふのは、僕の打ち明け話に抜け目の無い卑《いや》しい打算が含まれてゐるやうに思へるからだらう。でも、さうぢやない。今擧《あ》げた幾つかの點を考慮して君を選んだのは、專《もつぱ》ら、二人の結び附きの纖細な在り方が侵されないやうにするためなんだ。だつて――考へても見給へ――子供の頃に結ばれた纖細《せんさい》な友情にとつて、この上ない悲慘ぢやないかね、もしも友人が大人になつて、五弗《ドル》ぽつちぐらゐの金を借りるために、雨の夜に訪ねて來るなんて事になつたらさ。纖細な友情はそれに耐へられるだらうか？　それにまた、訪ねられた側の纖細な友情は、それが纖細な性質を保つてゐる限り、そんなものに耐へようとするだらうか？　ずぶ濡れになつて戸口に立つ友人に對して、心ならずもから云ふんぢやないだらうか、『この男に騙《だま》されたよ、詐欺にでも遭つたみたいにね。プラトニックな愛の仲なのに、愛の證《あか》しの行爲を求めるなんて、眞の友人と云へるかい？』とね」。

「それは正當な行爲だし、權利でもあるよ、何て殘酷なんだい、チャーリー！」

「何とでも云ふがいいさ、でも、君の云ふ所のそんな權利をあんまりうるさく主張すると、さつきそれとなく云つた友情の基盤を搖るがす事にもなりかねないから、よくよく氣をつけるんだね。だつて、結局の處、僕は子供の頃の友情に於て、貧弱な土地に美しい家を建てて仕舞つたやうだが、その家のために費やした非常な勞苦《らうく》と費用とは、とどの詰りは僕にとつて大切なものなんだからね。いやいや、君の友情といふ甘美な贈り物を、僕は失ふ積りはないんだよ、フランク。しかし、氣をつけ給へ」。

「何に氣をつけろと？　金に困る事の無いやうに、といふのかい？　おう、チャーリー、君は神様に對して、卽ち自らの上に安らいで在《いま》す存在に對して話をしてゐるんぢやないんだぜ、さうぢやなくて、人間に對して、卽ち、人たる者として、運命の波風に翻弄される存在に對して話をしてゐるんだ。人間といふものは、大波の谷底に沈められるか、波頭に乘せられて運ばれるかによつて、天に昇りもすれば、地獄に墮《お》ちもするんだ」。

「ちぇっ！　フランク、人間はそんな慘《みじ》めな存在ぢやないよ――宇宙を漂流する哀れな海藻《かいさう》なんかぢやないよ。人間には魂といふものがある。その氣になれば、運命の支配だの未來に待ち受ける不幸だのなんか乘り越えて仕舞ふさ。運命神に鞭打たれた犬ころみたいに、鼻聲《はなごゑ》で泣くんぢやないよ、フランク。さもないと、眞の友人の心に從つて、君を切つて捨てる事になるぞ」。

「もう切つて捨ててゐるよ、無慈悲なチャーリー、しかも骨の髓《ずい》まで切り込んでね。二人で木の實拾ひに行つた日々を思ひ出してくれないか、枝を絡ませた二本の木みたいに、腕を組み合はせて森を歩いた日々をさ――おう、チャーリー！」

「へん！　俺達は子供だつたのさ」。

「それなら、[四]エジプトの初子《うひご》達は幸運だつたといふ事になる、大人になつて凍《い》てつく寒氣に撃たれる前に、墓穴に冷たく横たはつてゐたのだから――ねえ、チャーリー？」

「おいおい、まるで女の子みたいだぜ」。

「頼む、助けてくれよ、チャーリー。助けが欲しいんだ！」

「助けてくれ？　友人ならばなほさらだが、助けを欲しがる人間には、何やら望ましからざる處がある。何處かに缺陥が、缺如が、要するに、何處かに足りないもの、恐しく足りないものがあるんだ」。

「その通りだよ、チャーリー――頼む、助けてくれ！」

「なんて馬鹿げた叫び聲を擧げるんだい、助けを求めて哀願するなんて事自體が、助けに價ひしない證據《しようこ》だ」。

「おう、そんな、君らしくない事ばかり云ふぢやないか、チャーリー。何處《どこ》かの腹話術師が君の喉《のど》を奪つて仕舞つたみたいだ。喋つてゐるのはマーク・ウィンサムで、チャーリーぢやない」。

「もしもさうなら、有難い事だ、マーク・ウィンサムの聲は僕の喉と相性《あひしやう》が惡くなくて、よく合つてゐるのだからね。かの卓越せる教師の哲學に人類全般が殆ど反應してゐないのだとしたら、それは人類が教育し得る資質を持ち合はせてゐないせゐといふよりも、不幸にもかの教師に適合し得るそれを持ち合はせてゐないせゐなんだ」。

「嬉しいね、人類を褒《ほ》めてくれて」と、フランクは力を込めて叫ぶと、から云つた、「思は

四　エジプトの初子達：舊約聖書「出エジプト記」一二・二九に、「爰《ここ》にエホバ夜半にエジプトの園の中の長子《うひご》たる者を（中略）盡く撃《うち》たまふ」、とある。

ず發《はつ》せられた言葉だから、なほさら眞實に近いと云へる。今後もずつと、君の云ふ通りの人類であつてほしいものだよ。そして實際さういふ事になるだらう。だつて、人類は自分がどんなに諸々の困難に陥り易いか、それゆゑどんなに助けが大事かといふ事を心の底で感じてゐるのだから、よしんば專《もつぱ》ら利己的な理由によるとしても、助けを世界から葬《はうむ》り去つて仕舞ふやうな哲學を是認する氣には中々なれないだらうからね。でも、チャーリー、チャーリー！昔の君のやうに喋つてくれよ、僕を助けると云つてくれ。もしも立場が逆だつたら、君は氣安く僕に金を貸してくれと頼むだらうし、それに劣らない氣安さで、僕は君に金を貸すだらうよ」。

「この僕が頼むだつて？　金を貸してくれと？　フランク、僕のこの手が、借りた金を受け取るなんて金輪際あり得ないよ、よしんば頼みもしないのに金を押し附けられたりしたとしてもね。チャイナ・アスターの身に起つた事が、僕には教訓になつてゐるのだらう」。五

「そりや、一體何の事だい？」

「月光で宮殿を作つたが、月が沈むと共に宮殿が消滅して仕舞つて、仰天《ぎやうてん》した男の物語とでも云はうかな。チャイナ・アスターの事を話して上げよう。ただ、自分自身の言葉で話せればいいんだが、殘念ながら、最初にその物語を話した奴の口振りにひどく影響されて仕舞つてね、僕が話すとどうしてもそいつの口調に引き摺られて仕舞ひさうになるんだ。その事を前以つて斷《ことは》つて置きたい、僕が涙脆《もろ》い奴だなどと思つて欲しくないんでね、物語の處々《ところどころ》に、話し手をそんな風に思はせる處があるのさ。實に困つたもんだ、一つの知性が、殊にこんな

些細な事柄に於て、少しも望みはしないのに、他の知性に己れを押し附けるかくも強い力を持ち得る、といふのはね。でも、それはそれとして、この話全體から引き出される主たる教訓は、僕が心から贊同するものだ、その事に僕は滿足してゐる。ともあれ、始めるとしよう」。

第四十章

チャイナ・アスターの物語が、その教訓は否定しないものの、語り口の精神は否定する者によつて、又聞きの話として語られる

チャイナ・アスターはマスキンガム河[一]の河口附近にあるマリエッタ[二]といふ町の若き蠟燭《らふそく》屋だつた——その職業たるや、夜の帳《とばり》の降りた地球の暗闇を通して、實際的にも比喩的にも、何某《なにがし》かの光明を投ぜんとする、かの天使の群の大なる營爲《えいゐ》と神祕の業《わざ》との手助けとなる、小なる下請けの生業《なりはひ》のやうにも思へよう。しかし、彼は自らの職業によつて殆ど金を稼げなかつた。哀れなるチャイナ・アスターとその家族は、日々の糧《かて》を獲得すべく奮闘した。その氣になれば、店から通りの全體を照らす事だつて出來たのだ。けれども、家族の心を豊かさの光で照らすのは、さう容易な事ではなかつた。

處で、偶々《たまたま》チャイナ・アスターにはオーキスといふ名の靴屋の友人がゐた。その職業たるや、物の實體《じつたい》との直接的接觸《せつしよく》に對して人知を防禦《ばうぎよ》する事で、頗《すこぶ》る有用な職業だ。そして、世の賢者達がどんな事を豫言《よげん》しようと、石が硬いもので、硬いものが人間の足を損傷する事がある限り、廢《すた》れる事など考へられない。この有用なる靴屋が、突如、寶籤《たからくじ》の特賞に當つて、作業場のベンチから應接間のソファへと出世する仕儀とは相成つた。今や靴屋はちよつとした富豪の如きものとなり、人知の面倒を見る仕事からは身を引いた。が、金持になつたからとて、

一　マスキンガム河：オハイオ州東北部に發し、南下してマリエッタでオハイオ河に合流する。

二　マリエッタ：オハイオ州の町。マスキンガム河とオハイオ河との合流地點にある。

オーキスが得意になつて人情を無くして仕舞つたといふのではない。そんな事は毛頭ない。といふのも、こんな事があつた。ある朝、オーキスは上等な衣服に身を包んで、蠟燭屋の店にぶらりと入つて來て、金の冠《かんむり》の杖で蠟燭を入れてある箱を樂しげに小突き回つてゐた――一方、哀れなチャイナ・アスターの方は、油で汚れた紙の帽子と革の前掛けといふ出で立ちで、一本の蠟燭を一ペニーの値段で貧しい蜜柑賣りの女に賣つてゐる處だつたが、女はいかにも氣前の良い顧客みたいに、恩著せがましい態度を落ち著き拂つて示しつつ、半分の大きさにした包み紙で蠟燭を丁寧に包裝するやうに要求した――客が立ち去ると、御機嫌なオーキスは樂しく箱を小突くのを止めて、かう云つた、「チャイナ・アスターよ、隨分儲けの乏しい商賣だね。元手が小さ過ぎるんだよ。この忌々《いまいま》しい獸脂《じうし》なんか捨てて仕舞つて、純良な鯨蠟《げいらふ》を世の中に提供しなくちやだめさ。いいかい、いい事を教へてやらう。元手を増やすために、一千弗《ドル》貸してやる。實際、君は金を儲けなくちやだめさ。坊やが今みたいに、靴も履かずによちよち歩いてゐるなんて、見たくないもの」。

「御親切には感謝するよ、オーキス」と、蠟燭屋は答へて云つた、「でも、惡く取らないで欲しいけれど、僕は鍛治屋の叔父の云つた言葉が忘れられないいんだ、叔父は、金を貸してやると云はれた時、斷《ことは》つてから云つたのさ、『よしんば自分の金槌《かなづち》が輕《かる》くても、それをせつせと使ふ方がいいんだ、隣人の金槌に餘分の重さがあるので、少し分けて貰つた分を自分の金槌に溶接して繋《つな》ぎ合はせて、重たくして使ふなんて事をするよりはね。だつて、貸した分を突然返せなんて云はれた時、溶接した處がうまく切り離せなくて、切り離したどちらかに重さが偏《かたよ》つたりなんかしかねないもの』、とね」。

「馬鹿な事云ふもんぢやないよ、チャイナ・アスター。馬鹿正直過ぎるといふもんだ。坊やは裸足でゐるぢやないか。それに、金持が貧乏人のために身を滅ぼしたりするものかね？友人が友人によつて損害が與《あた》へられたりするものかね？　チャイナ・アスター、君は今朝この獸脂の大樽《おほだる》の中に身を乘り出した時、その中に智慧を落つことして仕舞つたんぢやないのかね。しー！　默るんだ、もう聞きたくないよ。机はどこだい？　ああ、ここだ」、さう云ふや、オーキスはさつさと銀行小切手に書き込んで、無造作にそれを差し出しながら、「ほら、チャイナ・アスター、千弗《ドル》だよ、君がこれを一萬弗にした時——すぐにさうなるさ（だつて、經驗が、眞實にして唯一の知識たる經驗が、幸運は誰をも待ち受けてゐる事を教へてくれてゐるからね）——その時にだ、チャイナ・アスター、金を返してくれても、くれなくても、好きなやうにするがいい。でも、いづれにせよ、懸念する事は何一つない、僕が支拂ひを請求するなんて、金輪際《こんりんざい》ないからね」。

さて、惠み深き天の配劑《はいざい》の定め給ふ通り、飢ゑた人間にとつてパンは大いなる誘惑なのだから、パンが氣前よく差し出された時、先々返禮し得るかどうか不確かなのに受け取つたとしても、そんなに嚴しく咎《とが》められるべきではない。同樣に、貧しき人間にとつて差し出された金錢はやはり心を唆《そその》かされるものであり、受け取つたからとて彼を咎め得るとしても、せいぜい餓《う》ゑた人間について咎められる程度のものでしかない。要するに、これは往々にして起りがちな事だが、哀れな蠟燭屋の愚直なる道德心は、愚直ならざる必要性に屈して仕舞つたのだ。蠟燭屋は小切手を受け取り、差し當つては大切に仕舞つて置かうとすると、オーキスは金の冠の杖でまたもや小突き回りながら、かう云つた、「處で、チャイナ・アスター、大した事ぢやないんだが、ちよつとした借用證を書いてくれないかな、なに、大した事ぢやない、分るだろ」。そこでチャイナ・アスターは、請求あり次第支拂ふものとすると記した千弗の借用證を書いてオーキスに渡した。オーキスは手に取つてちらりと見るや、かう云つた、「へん、云つただらう、チャイナ・アスター、金輪際、請求なんかしないつて」。然る後、借用書を破り捨て、再び杖で蠟燭箱を小突きながら、あつさりとかう云つた、「支拂ひ期限を四年と書いてくれ」。そこでチャイナ・アスターは、支拂期限を四年とすると記した千弗の借用證をオーキスに渡した。「この事で君を困らせるやうな事は決してしないからね」とオーキスは云つて、借用證を財布に收めると、言葉を繼《つ》いで、「チャイナ・アスター、君はどうやつたらその金を一番うまく投資出來るか、それより他の事は考へないでいいんだよ。それから、僕の云つた鯨蠟《げいらふ》の話も忘れないでくれ給へ。そつちの方面に進むといい、さうしたら、僕の家の灯りは全部君の店から買つてやるよ」と、相手を元氣づかせる事を云つて、いつものやうに親切心を騷々《さうざう》しく示して立ち去つた。

　オーキスを見送つた場所に、チャイナ・アスターが佇《たたず》んでゐると、突然、二人の年配の友人が、手持ち無沙汰を紛らはさうとて、雜談をしに立寄つた。雜談が終ると、チャイナ・アスターは脂だらけの帽子と前掛け姿の儘《まま》、オーキスの後を走つて追ひかけ、かう云つた、「オーキス、君の親切は本當に有難いと思ふ、でも、小切手は返すから、借用證も返してほしい」。

「どこまで頑《かたく》ななんだい、呆れるよ、チャイナ・アスター」と、不快を隱しもせずに、オーキスは云つた。「小切手を受け取る氣はないよ」。

「それなら、道路の上に置いとくから、取つて行つて貰ふしかなささうだ」とチャイナ・アスターは云ふと、小石を一つ拾つて、歩道に置いた小切手の上に載せた。

「チャイナ・アスター」と、オーキスは探るやうな目で相手を見ながら、「つい今しがた、僕が出た後に君の店にやつて來て、愚かな忠告をした奴は一體どこの阿呆だい？ 僕を追ひかけてそんな愚劣な眞似をしろと、君に云つたんだらう。きつと子供達が、づけづけ爺さん、愼重爺さんと渾名《あだな》してゐる、あの二人の老耄《おいぼ》れの阿呆達だらう」。

「ああ、あの二人だよ、オーキス、でも、彼らの惡口は聞きたくないな」。

「一番《ひとつが》ひの、老耄れでよぼよぼの不平家どもだ。づけづけ爺さんは、女房ががみがみと口喧《やかま》しい女だつたもんだから、自分もづけづけとした口を利くやうになつちやつた。愼重爺さんは子供の頃に林檎の屋臺の賣子をやつてゐて身體を壞《こは》し、それつきり人生の臆病者になつちやつた。づけづけ爺さんがひねくれた古臭い格言を息を切らしながらがなり立て、愼重爺さんが杖に縋《すが》つて傍に立ち、白髮頭を振り振り、相棒の言葉の切れ目切れ目に相槌《あひづち》を打つ、あんなのを聞いてゐる時くらゐ、僕みたいな擦れつ枯らしの切れ者にとつて面白い氣晴らしはないよ」。

「オーキス、父の友人達の事を、どうしてそんなに惡《あ》し樣《ざま》に云へるんだい？」

「あの年寄りの不平家どもが、正直爺さんの友人だつたといふのなら、僕は友人なんて要らないね。親父さんの事をさう呼ばせて貰ふよ、みんなさう呼んでゐたからね。どうしてあの二人は年老いた親父さんを、町の世話になるやうな目に遭はせたんだい？　チャイナ・アスター、物知り屋のお袋からよく聞いたよ、あの二人の年寄りは、潔癖爺さん——子供達はさう呼んでゐたよね、今は死んで仕舞つたけれど、あの旋毛曲《つむじまが》りの年寄のクエーカー教徒——と一緒に、三人で親父さんの入つてゐた救貧院に行つて、ベッドを圍《かこ》んで、丁度エリパズ[三]、ビルダデ、ゾパルが哀れな一文無しのヨブに向つてやつたやうに、親父さんにやたらに話しかけたさうだ。さうだよ、づけづけ爺さん、愼重爺さん、潔癖爺さんの三人は、云ふならば、哀れな親父さんにとつての、ヨブを慰める三人の友人だつたんだ。友人と云ふのかい？　ぢや、君は誰を敵と呼ぶのか、知りたいもんだ。あいつらは散々不平を零《こぼ》したり詰《なじ》つたりして、かの哀れな正直爺さん、君の親父さんを苦しめて死に追ひやつたんだ」。

　これらの言葉を聞かされて、チャイナ・アスターは立派だつた父の悲しい最期を思ひ出し、涙を抑へる事が出來なかつた。それを見てオーキスが云つた、「おやおや、チャイナ・アスターよ、君はどうにも陰氣な男だね。どうして明るい人生觀を持たうとしないんだい？　明るい人生觀を持たなかつたら、商賣をやらうが何をやらうが、決して旨《うま》く行かないぜ。陰鬱な人生觀なんかを持つた日には、人間は破滅するしかない」、さう云つて、金の冠の杖で陽氣に相手をつつきながら、「さあ、どうしてなんだい？　どうして君は僕みたいに、明るく、未來に希望を持たうとしないんだい？　どうして信頼を懷からうとしないんだい、チャイナ・アスター？」

三　エリパズ、ビルダデ、ゾパル：舊約聖書「ヨブ記」二—三〇に登場する三人。ヨブの友人。突然災厄に襲はれたヨブを慰めにやつて來るが、ヨブの悲劇の本質を理解せず、むしろヨブの不信仰を咎めるが如き殘酷な眞似をする。

「本当に、分らないんだ」と、チャイナ・アスターは眞面目な顔で答へて云つた、「でも、僕は君みたいに、寶籤《たからくじ》で當てた譯ぢやないからね、多分、そんな事で君とは違ふのかもしれない」。

「馬鹿な！　寶籤の賞の事なんか何も知らなくても、僕は雲雀《ひばり》みたいに陽氣だつたよ。今とちつとも變りやしない。實際、明るい人生觀を持つといふのは、僕の終始變らない主義なんだ」。

　これを聞いて、チャイナ・アスターはオーキスに少しく嚴しい視線を投じた。と云ふのも、實《じつ》の處《ところ》、オーキスは幸運にも寶籤が當るまでは、鬱々《うつうつ》男なる渾名《あだな》で知られてゐて、以前はヒポコンデリー氣味も好い處で、まさかの時の災厄をくよくよと思ひ患ひ、備へのために僅かな稼ぎから二三弗《ドル》節約して貯へて置くほどだつたからだ。

「いいかい、チャイナ・アスター、聞き給へ」とオーキスは云ふと、小石の下の小切手を杖で指し示し、ポケットをぽんと叩いて、かう云つた、「君がさう云ふのなら、小切手はそこに置いとくがいいさ。でも、借用證を返す譯には行かないよ。實際、僕は君の眞の友人だと思つてゐるから、君の一時的な憂鬱症の發作なんぞに附き合つてはゐられないんだ。君は僕の友情の報酬を受け取らなければならない」、さう云ふや、オーキスは上衣の釦《ボタン》を掛け、小切手を殘して走り去つた。

　最初、チャイナ・アスターは小切手を破り捨てようと思つたが、小切手を振り出した人間の目の前でなければやるべきでないと考へ直し、暫し思ひに耽つてから小切手を拾ひ上げ、蠟燭店に重い足取で戻つて行つた。その日の仕事が終つたら、すぐにオーキスの許を訪ねて、眼前で小切手を破つてやらうと、強く心に決めてゐた。處が、チャイナ・アスターがオーキスの家を訪ねると、偶々《たまたま》主は外出してゐて、チャイナ・アスターは歸宅を待つて退屈な時間を空しく過した末に、小切手を持つた儘《まま》、家に戻らざるを得なかつた。それでも、一日の裡に小切手を處分する決意に變りはなかつた。彼は思つた、翌朝、日が昇るや再度オーキスの家に赴いて、寢込みを襲つて決著を附けてやらうと。といふのも、寶籤に當つてからのオーキスは、從來より陽氣になつたばかりでなく、幾分自墮落《じだらく》な生活を送るやうにもなつてゐたのだ。けれども、いかなる運命の惡戲《いたづら》か、その晩、チャイナ・アスターは夢を見た。天使の姿をした女が笑みを浮べ、豐饒《ほうぜう》の角《つの》の如きものを手に彼の頭上を浮遊して舞ひながら、大量の玉蜀黍《たうもろこし》の穀粒《こくつぶ》みたいに、小さな金貨を雨霰《あめあられ》と注いだのだ。「チャイナ・アスター、あたしは『明るい未來』です」と天使は云つた。「オーキスに云はれた通りにして、あとは結果を待てばいいのです」。さう云ふと、「明るい未來」は豐饒の角をもう一度振るつて、小さな金貨をもう一度雨霰と注ぎかけた。チャイナ・アスターは金貨の山に埋もれたみたいになつて、麥麹《むぎかうぢ》に埋もれた麹職人さながらに、その中を歩きまはつた。

　處で、誰もが知る通り、夢といふのは素晴らしいものだ――實際、あんまり素晴しいものだから、直接天に歸すべきものと主張して憚《はばか》らないものもゐるくらゐだ。そして、チャイナ・アスターは何事につけても愼重な考へ方をする人間だつたから、夢の事を考慮しても、オーキスに再度會ふ迄に少し間を置く方がよからうと考へた。その日の間中チャイナ・アスターは夢の事ばかりを考へて、その事で頭が一杯だつた。それゆゑ、づけづけ爺さんが正直爺さんの倅《せがれ》の事を氣に懸けて、いつもの傳《でん》で、夕食直前に店に立ち寄ると、チャイナ・アスターは夢の話を一切合財《いつさいがつさい》打ち明けて、かくも輝かしい天使が自分を欺《あざむ》く事が出來るとは思へないと語つた。實際、いとも熱つぽく捲《まく》し立てたものだから、彼は天使の事を人間の美しい博愛主義者と信じ込んでゐるやうにも思へるほどだつた。ともあれ、づけづけ爺さんはそんな風にチャイナ・アスターを理解して、いつものづけづけした口調でから云つた、「チャイナ・アスターよ、天使が夢の中に現れたと云ふんだな。さて、それは詰り、天使が現れる夢を君が見た、といふだけの事に過ぎんぢやないか？　今すぐ行くんだ、チャイナ・アスター、そして、前に忠告したやうに、小切手を返して仕舞ふんだ。吾が友愼重爺さんがここにゐたら、必ず同じ事を云ふだらうよ」。さう云ふや、づけづけ爺さんは愼重爺さんを探しに出掛けたが、見つからなかつたので、一人で蠟燭店に戻つて來ようとすると、チャイナ・アスターは遠くにその姿を認めて、久しく惱《なや》まされてゐる借金取りと見間違へ、大慌《おほあわ》てで店の扉を全部閉め切り、ノックの音の聞えない店の裏手に逃げ込んだ。

　この悲しむべき見間違ひの結果、問題を別の面から論じてくれる友人を失つて、チャイナ・アスターは夢の事につくづくと思ひをめぐらし、つひにはひどく心を動かされて、小切手を現金化する他に適切な道はない、と決するに至つた。そして、その金で蠟燭を作る鯨蠟《げいらふ》を大量に仕入れ、生涯に最初の金儲けをしようと目論《もくろ》んだのだ。實際、それがひいては、天使が約束してくれた夢のやうな幸運の土臺となるに違ひない、さう彼は信じた。

處で、その金を使ふに當つて、チャイナ・アスターはオーキスから利息については何も云はれてゐなかつたが、元金を返濟する迄は六箇月毎にきちんきちんと利息を支拂ふ決心をした。尤も、實際、法律上も慣習上も、借金に利息が生じるのは正當と看做されてゐたし、利息を支拂はなくてよいとは證文に何ら記載されてゐなかつた。オーキスがその事を念頭に置いてゐたかどうか、確かな事は云へないが、その事についてあれこれ考へようとしてゐる風にはどう見ても見えなかつた。

鯨蠟の事業はチャイナ・アスターの樂觀的な期待をむしろ裏切る結果となつた。それでも彼は一回目の六箇月分の利息はどうにか工面して支拂つた。事業の業績はその後も下降線を辿《たど》つたが、家族には新鮮な肉を我慢させ、更に辛い事だつたが、子供達の教育費をも切り詰めて、二回目の六箇月分の利息も何とか拂ひ切つた。誠實に生きても、またその逆の生き方をしても、程度の差こそあれ、時には何らかの代償を支拂はねばならぬものだと、チャイナ・アスターは心底苦い思ひを嚙《か》み締めざるを得なかつた。

その間、オーキスは醫者の忠告に從つてヨーロッパ旅行に行つてゐた。寶籤《たからくじ》に當つて後の事だが、偶々健康に幾分の不安がある事が分つたのだ。尤も、それ以前にも、脾臓《ひざう》の邊《あた》りにちよつとした痛みはあつたが、別に問題にする程でもなかつたし、他に身體の不調を示す症狀は何も無かつた。さう云ふ次第で、オーキスは外國にゐたから、チャイナ・アスターが利息を拂ふ積りでゐるのを知つたら多分強く反對したらうが、食ひ止める術《すべ》を持たなかつた。それに、チャイナ・アスターはオーキスの代理人に利息を支拂つたのだが、代理人は甚だ事務的な傾向の強い男だつたから、借金のために定期的に拂ひ込まれる利息を斷《ことは》るやうな事はしなかつた。

しかし、その事で再び代理人の手を煩《わづら》はせるやうな事にはならなかつた。といふのも、チャイナ・アスターは顧客に信用貸しを斷るやうな疑ひ深い男では無かつたので、三回目の事業の試みは貸し倒れとなり、回收不能の貸附金ばかりが殘つて、殆ど丸損に終つて仕舞つたのだ——蠟燭屋にとつては非常な打撃だ。づけづけ爺さんも愼重爺さんもこの機會を捉へて、借金なんかとは一切關はりを持つなとの忠告を無視した擧句《あげく》のこのざまだとて、散々嚴しい說教をしたものだ。「まさに豫測通りだ」と、づけづけ爺さんが古びたハンカチで大きな音を立てて鼻をかみながら云つた。「全くその通りだ」と、愼重爺さんが相槌《あひづち》を打つて、杖で床をとんと叩き、それから杖に寄りかかりながら、不吉な豫感《よかん》を物語るやうな、重々しい目附でチャイナ・アスターを見つめた。氣の毒に蠟燭屋は全く意氣消沈して仕舞つた。處が、突如、又しても夢の中に、明るい顏をして現れたのは、誰あらう、彼の明るい友、かの天使であつた。再び、豐饒《ほうぜう》の角が寶物《たからもの》を降り注ぎ、更なる寶物を約束した。夢の御蔭で蘇生する思ひがして、チャイナ・アスターはすつかり氣を取り直し、もう一度挑戰しようと決心した——それは、づけづけ爺さん及び例によつて爺さんを支持する友人の二人の忠告に逆らふ決意だつた。二人はあらましこんな風に忠告した。目下の處、お前さんの取り得る最上の道は、商賣を疊《たた》んで、出來得れば全ての債務を返濟《へんさい》して、一介の雇はれ職人として働く事だ。さうすれば、全《まつた》うに賃金を稼ぐ事が出來るし、今後は、自分より有能な人々に從ふ雇はれ人の立場以上に背伸びをしようといふやうな、一切の考へを振り捨てられるといふものだ。だつて、これ迄の生き方を見てゐると、お前さんが正直爺さんの正嫡《せいちやく》の息子であるのは紛《まぎ》れもない。誰もが知つてゐる通り、正直爺さんが商才を示した事などは皆無に等しかつた。實際、餘りに商才に乏しかつたので、正直爺さんは商賣なんかやる柄ぢやないと、多くの人々が云つてゐたくらゐだ。とまあ、そんな風に、づけづけ爺さんは遠慮會釋《ゑしやく》の無い忠告をチャイナ・アスターにぶつけ、愼重爺さんは何ら異論を差し挾《はさ》まなかつた。然るに、かの天使は夢の中で盛んに異論を唱へて、づけづけ爺さんの忠告にも拘らず、蠟燭屋の頭に全く異る考へを吹き込んだのであつた。

チャイナ・アスターは、蠟燭店を立て直すには何をなすべきかを考へた。オーキスが國內にゐたら、この難局に際して必ずや助けの手を差し伸べてくれたであらう。が、オーキスはゐなかつたので、他に當つてみるしかなかつた。そして、多くの異論もあるだらうが、この世の中では、苦境にある正直者が、味方になつて助けてくれる友人になほも巡り合ふ事は可能なのだ。チャイナ・アスターの場合が正にさうだつた。到頭彼は六百弗《ドル》の金を裕福な老いたる農夫から高利貸の通常の利率で借りる事に成功した。擔保《たんぽ》としては、妻及び彼自らが署名した祕密の證文《しようもん》を提供した。妻は製革業者の裕福な伯父を持つてゐて、いづれ財産を分與《ぶんよ》される約束を交してゐた。伯父は子供がをらず病身だつたのだ。で、證文には、チャイナ・アスターが返濟期日に借金の全額を返濟出來なかつた場合、妻が伯父から貰ふ財產の權利一切を、老農夫の高利貸が合法的に所有するものとする、と記された。實を云ふと、愼重な妻に證文に署名して貰ふために、チャイナ・アスターは大いに苦勞せざるを得なかつた。と云ふのも、妻は伯父から分與される財産を、夫が多少とも常に巻き込まれてゐた經濟的苦境を乘り切るための頼みの綱と看做してゐたし、しかもさういふ苦境から夫が自らを解き放つ望みは餘り無いと心中密かに考へてゐたからだ。妻が心でも頭でもチャイナ・アスターをどう評價してゐたか、それについては、夫の爲人《ひととなり》について尋ねられて彼女の發した短い言葉が、ある程度の示唆を與《あた》へてくれよう。彼女は決つてかう答へた、「チャイナ・アスターは良い良人です、でも、駄目な商賣人です！」實際、彼女は母方を通じて、づけづけ爺さんの血を引いてゐたのだ。チャイナ・アスターが用心して、老いたる農夫との取引がづけづけ爺さんと愼重爺さんの耳に入らないやうにしなかつたならば、十中八九、二人は何とかして取引を阻止すべく力を盡《つ》くしたに相違ない。

既にそれとなく述べたやうに、困つてゐるチャイナ・アスターにかの金貨が助けの手を差し伸べたのは、專らチャイナ・アスターの正直ゆゑにだつた。これははつきりさせて置かなくてはならない。と云ふのも、彼があの通りの人間でなかつたならば、金貸としてはこんな懸念を懷いたかもしれないからだ。卽ち、チャイナ・アスターが約定《やくぢやう》に從へなくなつた場合、誠意の無い態度を執るやうな事にも成りかねない、と——取分け、悲嘆に苛《さいな》まれて、妻の財産を危險にさらしたのを悔いる餘り、證文に對して背信的な行爲に走るかもしれないし、それどころか、一切が老農夫の所有に歸すると定めた祕密の擔保《たんぽ》や權利の主張が、法廷に持ち出された場合、どれだけ支持されるかは疑はしい、と仄《ほの》めかす事さへないとも限るまい、と。

ともあれ、以上から推測されるのは、チャイナ・アスターがあの通りの人間でなかつたならば、誰にも信用されなかつたらうし、從つて、高利貸に自分と妻との言質《げんち》を與《あた》へるやうな羽目に陥りもしなかつたらう、といふ事だ。然るに、最後に全てが明らかになつた時、だからその限りに於て蠟燭屋の正直は彼にとつて何の利益にもならなかつたと主張した人々は、その主張に於て、全ての善良な心の持主が慨嘆せざるを得ない事を、そしてまた、思慮深く言葉を選ぶ者ならば誰も決して認めようとしない事を、口にした事になるのである。

ついでに云つて置くが、老いたる農夫はチャイナ・アスターへの貸附の一部として三頭の萎《しな》びた雌牛と、久しく馬鼻疽《ばびそ》を患ふ一頭の痩馬《やせうま》を押し附けた。かなり高い値段が附けられてゐたが、この老いたる金貸には妙に偏《かたよ》つた考へがあつて、自分の農場で飼育した家畜は何であれ非常な價格を有すると思ひ込んでゐたのだ。しかし、それらの家畜を公開の競賣場で處分《しよぶん》するに當つて、チャイナ・アスターは隨分苦勞したし、大損せざるを得なかつた。そんな家畜に金をつぎ込む氣になる個人の買ひ手なんぞ、おいそれと見つかる筈も無かつたからだ。そして今や、チャイナ・アスターはあちこち奔走《ほんそう》して金を掻き集められるだけ掻き集め、早朝から深夜まで働き通し、やうやく新規蒔《ま》き直しの緒《ちよ》に就《つ》いて、その結果、相當な確信を持つて再び事業を擴張《くわくちやう》するに至つた。けれども、彼は二度と鯨蠟《げいらふ》には手を出さず、經驗に學んで、獸蠟《じうらふ》に復歸した。處が、大量の獸蠟を買ひ込んで蠟燭の製造に漕《こ》ぎ著けた頃に、獸蠟の價格が下落して、それと共に蠟燭の價格も下落して仕舞ひ、彼の一ポンド當りの蠟燭の價格では、獸蠟に支拂つた費用を辛うじて相殺《さうさい》する程度にしかならなかつた。一方、オーキスからの借金に生じる利息は、一年分が未拂ひだつたので增え續けてゐた。だが、チャイナ・アスターはその事よりも、老いたる農夫に支拂はねばならない利息の方を懸念してゐた。とは云へ、老農夫から借りた金はまだ殘つてゐて、暫く持ち堪《こた》へられさうなのを喜んでゐた。しかし、かの骨と皮ばかりの年寄は、痩せこけた白馬に跨《また》がり、一日か二日おきにはやつて來て、チャイナ・アスターをつけ回して困らせた。その馬たるや、古びた黴《かび》臭い鞍をつけ、古い萎《しな》びた生皮の鞭《むち》が當てられると、それに追ひ立てられてよろよろと歩き出すのだ。近所の者達は皆云つた、今や死神自らが青褪《あをざ》めた馬に乘つて、哀れなチャイナ・アスターを追ひかけて來たのだ、と。そして、正にそれに類する事態が生じた。程なくして、チャイナ・アスターは命に關はる程厄介な出來事に卷き込まれる事になつたのだ。

そんな折に、オーキスの消息が聞えて來た。彼は旅行から戻つて祕密裡に結婚し、ペンシルヴェニアで妻の親戚達に混つて奇妙な生活を送つてゐるらしかつた。取分け親戚達によつて、教會、と云はうか、寧ろ教會脱退者からなる半宗教的な宗派の組織に加入させられてゐた。更にまた、故郷のマリエッタに自ら足を運ぶ事なく、そこにある財產の幾分かを處分して、賣上金を自分の許に送るやうに代理人に指示してゐた。それから一年も經《へ》ずして、チャイナ・アスターはオーキスから一通の手紙を受け取つた。一年目の利息をきちんと支拂つてくれた事には深く感謝してゐる、が、遺憾ながら、目下、自分は利益として入る全金額を使用する必要に迫られてゐるため、次の六箇月分の利息を、勿論未拂ひ分の利息をも含めて支拂つて貰へると有難い、といふ文面だつた。チャイナ・アスターはこの手紙に驚いて、とい

四　青褪めた馬：新約聖書「ヨハネ默示錄」六・八に「視よ、青ざめたる馬あり、之に乘る者の名を死といひ」云々、とある。

ふよりも寧ろ恐慌《きようくわう》を來《きた》して、蒸氣船に飛び乘つてオーキスに會ひに行かうとさへ考へた。だが、思ひがけず、オーキス自身が突如マリエッタにやつて來たので、船賃の出費は免れた。この種の奇妙な移り氣の振舞ひは、最近のオーキスの特徴をなしてゐた。チャイナ・アスターは舊友《きういう》の到著を耳にするや、時を移さず會ひに行つた。オーキスは妙に古ぼけた服を著て、頬の血色は惡く、明らかに以前よりも陽氣でなく、溫かみにも缺《か》けてゐたので、チャイナ・アスターの驚きは募《つの》らざるを得なかつた。と云ふのも、かつてはオーキスが持ち前の活潑《くわつぱつ》な口振りで、自分（オーキス）を申し分なく幸せに、樂しく、優しい氣持ちにしてくれるのは、ヨーロッパへの旅行と、妻の存在と、自分の最奧の本質の自由なる發展以外にはないと宣言するのを、一度ならず耳にしてゐたからだ。

チャイナ・アスターが自分の云ひ分を述べると、見窄《みすぼ》らしい身なりの友人は暫く沈默してゐたが、それから何だか異樣な口調でかう云つた。うるさく催促する積りはないが、僕は實に切迫した狀況に置かれてゐるんだ。蠟燭店を抵當にして金を借りる事は出來ないだらうか？　君は正直者だし、きつと金持の友人もゐるだらう。蠟燭の賣上げをもつと伸ばす事は出來ないかい？　ちよつとそんな方向に市場を動かす事は出來ないかい？　蠟燭の賣上げの收入はとても大きいんだらうしさ。チャイナ・アスターはさう云はれて、オーキスが蠟燭製造業を大いに儲《まう》かる仕事と考へてゐるらしいと見て取ると、それが如何に間違ひかを痛感してゐたので、オーキスの蒙《もう》を啓《ひら》かうとした。しかし、實狀を理解させる事は出來なかつた――何しろオーキスはその方面の事には甚だ鈍感だつたし、同時に、まことに不思議としか云ひやうがないが、いかにも意氣消沈してゐたのだ。とどの詰り、オーキスは不愉快な話題から話を逸《そ》らして、人の心の定めなさと信じ難さなんぞといふ、宗教的見地からの、およそ豫期《よき》せぬ見解を語り出した。だが、チャイナ・アスターは、さういふ事は幾らか自分も經驗してゐたし、その通りだとも思つたから、友人の見解に異論を差し挾むやうな眞似はしなかつたが、それも詰りは、何にも増して、友への思ひ遣りのためだつた。やがてオーキスは無雜作《むざうさ》に立ち上ると、妻に手紙を書かなければと云つて、昔みたいに友の手を溫かく握り締めるやうな事もなく、さやうならと云つて退散した。

オーキスの變貌《へんぼう》ぶりがひどく氣に懸つて、チャイナ・アスターは心當りのある筋に熱心に問ひ合はせ、かく迄の激變を齎《もたら》すべく友人の身の上にどんな未聞《みもん》の出來事が起つたのかを突き止めようとした。そして到頭こんな事が分つた。旅行をして、結婚して、教會脱退者の宗派に參加した他に、オーキスは重度の消化不良を患ひ、ニューヨークの代理人の背任行爲によつて相當の財産を失つた。チャイナ・アスターが以上の事柄をづけづけ爺さんに話すと、かの世故《せこ》に長《た》けた老人は頭を振つてから云つた。自分の見通しが間違つてくれるのを望むが、オーキスをめぐる情報を繫《つな》ぎ合はせてみると、この先寛大な態度が示されるやうな好ましい兆候は見られない――殊に、[五]教會脱退者（come-outers）の宗派に參加した處なんかを見るとね、と云つて老人は不氣味な笑みを浮かべると、から附け加へた。だつて、自分の心の奥底にあるものが分つた時、人によつてはその事を口に出して云つたり (come out) しないで、なんとかして内に祕めて置かうとするものだし、實際、分別ある人間ならさうするものだから

五　教會脱退者（Come-Outers）……口に出して云つたり（come out）：come out（口に出して表現する）は、既成教會からの脱退（come out）を選んだ教會脱退者（Come-Outers）にかけてある。

ね。こんな風な面白からざる見通しに對して、愼重爺さんは例によつて相槌《あひづち》を打つた。

再び利息の支拂ひ日がやつて來た時、チャイナ・アスターは精一杯努力しても、約定の金額のほんの一部をオーキスの代理人に支拂ふ事しか出來なかつた。それも、子供達が人から貰つて貯めてゐた金（小さな貯金箱に貯めてあつた、光り輝く十セント銀貨や眞新しい二十五セント銀貨）や、妻や子供達の一番上等な衣服を質に入れて作つた金も、その中には含まれてゐた。その結果、一家は教會からも足が遠ざかる羽目となつた。加へて、例の老いたる金貸が今や手に負へない狀態になつて來たので、終にチャイナ・アスターは蠟燭店を抵當《ていたう》に入れて金を拵《こしら》へ、金貸に拂ふ利息だの、他の急を要する支拂ひだのに當てたりした。

オーキスに利息を支拂ふ次の期日がやつて來た時、もはや一ペニーも調達する事は出來なかつた。チャイナ・アスターはとても辛い氣持で、その旨《むね》をオーキスの代理人に告げた。一方、老金貸への債務の支拂ひ期日にも達したが、チャイナ・アスターには手の打ちやうも無かつた。然るに、天は正しき者にも正しからざる者にも等しく慈雨《じう》を注ぎ給ふ。老いたる農夫にも都合が惡くもない偶然のめぐり合はせで、例の製革業者の裕福な伯父が亡くなり、チャイナ・アスターの妻に割當てられた分の遺產が、老金貸の所有に歸する次第となつた。しかし、オーキスに利息を支拂ふ更に次の期日がやつて來た時、チャイナ・アスターは以前にも增して芳《かんば》しからざる狀況にあつた。諸々の窮境に加へて、病氣で衰弱してゐたのだ。チャイナ・アスターは病軀《びやうく》を引き摺りやつとの思ひでオーキスの代理人の許《もと》に向ひ、路上で會つて事情を說明した。代理人は嚴しい表情でかう云つた。當面《たうめん》は利息の支拂ひを催促する必要はないと、依頼人からは指示されてゐるが、借用證の期限が切れる頃にオーキスは巨額の負債を返濟《へんさい》しなければならないので、その頃までには元金に勿論未拂ひの利息をも加へて、確實に支拂つて貰はなければならない。それればかりではない、オーキスは相當の期間に亙《わた》つて利息の支拂ひの猶豫《いうよ》を認めた譯《わけ》だから、チャイナ・アスターは返禮《へんれい》として、未拂ひの利息に關しては、年毎の利息に利息をかける事に同意して貰ひたい。いかにもこれは法律で規定されてゐる事ではないが、助け合ふ友人同士の間では慣例となつてゐる事だ。

あたかもその時、づけづけ爺さんと愼重爺さんが街角を曲つて、代理人と別れたばかりのチャイナ・アスターと眞正面から衝突した。日射病のせゐか、偶然の衝突のせゐか、病氣で衰弱してゐたせゐか、それともこれら全てが一緒になつたせゐか、正確な事情は分らないが、チャイナ・アスターは路上に轉倒《てんたう》し、頭を强打して、抱へ上げられた時は既に意識を失つてゐた。それは七月のある日で、オハイオ州内陸部の眞夏の河岸地帶特有の、日差と熱氣との甚しい日であつた。チャイナ・アスターは戸板で自宅に擔《かつ》ぎ込まれた。數日間、意識朦朧《もうろう》たる狀態が續き、やがてその儘《まま》、ある日の眞夜中、誰にも氣づかれずに、彼の精神は到頭あの世へ彷徨《さまよ》ひ出て行つた。

づけづけ爺さんと愼重爺さんとは誰の葬式であれ參列しないといふ事はなく、實際、それこそが二人の主たる仕事と云つてよかつたが――この二人は心から弔意《てうい》を示す參列者に立ち交じり、昔の友人の倅《せがれ》の亡骸《なきがら》を守つて墓地までついて行つた。

その後の事についてくだくだしく語る必要はない。蠟燭《らふそく》店は債權者によつて賣卻《ばいきやく》され、オーキスは貸附金を一ペニーたりとも回收出來なかつた。哀れな寡婦《かふ》については、懲罰《ちようばつ》は慈悲によつて和《やは》らげられた。と云ふのも、彼女は一文無しになつたが、子供達は遺されてゐたからだ。然るに、彼女は懲罰の緩和《くわんわ》に思ひを致さず、彼女の云ふ處の運命の過酷、世間の酷薄《こくはく》に苛立ちを募《つの》らせ、怏々《あうあう》たる思ひに打ちひしがれて、程なくして貧窮の薄暗がりから、もつと暗い墓穴の暗部へと急行する事になつて仕舞つた。

だが、チャイナ・アスターが家族に齎《もたら》した窮境は、彼をめぐる世間の評價を明らかに曇らせたのみならず、死せる家長の廉潔《れんけつ》に對する世間の感覺をも曇らせたやうだつた。その點、世間は褒《ほ》められたものではなかつたし、そんな風に考へる者もないではなかつた。しかし、チャイナ・アスターの場合、世間は曇つた評價に覆《おほ》ひ隱された美點に暫くは鈍感のやうに見えはしたものの、とどの詰りは、敬意を盡《つ》くすべき處には常に然るべき敬意を盡くすといふ、世間によくある成行きに從ふ事になつた。と云ふのも、寡婦の死に際して、マリエッタの市民達はチャイナ・アスターへの敬意の標《しるし》として、また彼の高い德性への確信の表現として、遺兒達が成年に達する迄は町の賓客《ひんきやく》として遇するとの決議案を採擇《さいたく》したのだ。それは公共の組織によく見受けられるやうな言葉のみの敬意の表し方ではなかつた。決議案が採擇された當日、遺兒達は町の救貧院に正式に收容されたのだが、そこは彼らに先んじて町の賓客《ひんきやく》であつた、彼らの立派な祖父が最後の息を引き取つた場所だつた。

しかし、正直者の記憶に時に敬意が表される事はなくもないが、墓に記念碑が建てられるまでの事はないだらう。處が、蠟燭屋の場合は事情が違つた。づけづけ爺さんはかなり早い時期から粗末な平らな石を手に入れてゐて、それに刻む含蓄ある言葉をあれこれ思案してゐたのだが、そんな或る日、チャイナ・アスターの空つぽの財布の中に、碑文と思《おぼ》しき書附が見つかつた。恐らくは死の二三箇月前、屢々《しばしば》精神錯亂《さくらん》の如きものに襲はれてゐた頃、かの憂愁のどん底にあつた日々に書かれたものであつたらう。書附の裏側に記されたメモには、これを墓石の上に置いて欲しいと書いてあつた。づけづけ爺さんは時に自分自身憂鬱症の發作に襲はれる事があつたので――少くとも、多くの人々がさう云つた――、碑文に示された感情が理解出來なくはなかつた。が、言葉遣ひがちと冗長《じようちやう》過ぎると思つたので、愼重爺さんと相談した末、冗漫《じようまん》な部分は削除した上で、碑文を使ふ事にしようと心を決めた。そして、削除してみたら、それでもやや言葉數《かず》が多いやうに思へはしたが、死人といふものは人からとやかく云はれるばかりである以上、死人には自ら語らせるのがよい、取分け死人が誠實に語つてゐて、さうする事によつて有益な教訓を示してゐる場合には、とそんな風に考へて、言葉を切り詰めて拵《こしら》へた次の碑文を墓石の上に刻ませた。

「蠟燭屋チャイナ・アスターの遺體、
ここに眠る。
その生涯は、
賢者ソロモンの深遠なる哲理に示された、
聖書の眞理の實例であつた。

彼は信頼の念や、
明るく輝く人生觀に恣《ほしいまま》に身を委《ゆだ》ね、
對立する見解に耳傾けず、
それの齎《もたら》す忠告を受容れず、
良識に反する說得を鵜《う》呑《の》みにして、
身を滅ぼしたのだつた」。

この碑文は巷《ちまた》で物議を釀《かも》し、抵當《ていたう》を取つてチャイナ・アスターに金を貸した町の資本家——極めて陽氣な性質の男だ——によつてかなり手嚴しく批判された。また、チャイナ・アスターの記憶に敬意を表する動議を町の集會で最初に提出した男にとつても、これは不愉快なものだつた。實際、彼はこれをチャイナ・アスターへの一種の誹謗《ひばう》中傷と看做し、蠟燭屋自身の手になつたものとは信じないと云ひ張つて、づけづけ爺さんが勝手に拵《こしら》へたものだと非難した。碑文の內在的證據《しようこ》の指し示す處に從へば、かの老練の不平家以外の何びとが、こんな繰《く》り言を筆になし得ようかといふのだ——けれども、そんな事もあつたものの、墓石はその儘《まま》殘つた。勿論、あらゆる點に於てづけづけ爺さんは愼重爺さんの支持を得た。そして或る日、愼重爺さんは厚手の上衣に防寒用のゴム靴といふ出で立ちで墓地に赴き——日光の降り注ぐ朝だつたが、朝露がしつとりと降りてゐたので、地面は濕《しめ》つてゐるだらうと懸念したのだ——、杖にしつかり寄りかかり、鼻眼鏡をかけて墓石の前に長い間佇《たたず》んで、一字一字ゆつくりと碑文を判讀《はんどく》した。そして、後にづけづけ爺さんに町の通りで會ふと、杖で地面を強く叩いてから云つた、「君、あの碑文は大いに裨益《ひえき》すると思ふ。けれども、一つ短い文が足りないね」。これに對して、づけづけ爺さんが云つた、「もう遅《おそ》いよ、何しろ刻まれた一語一語は、ああいふ碑文の慣例に從つて配列されてゐるんだから、どこにも文を插入する餘地はないさ」。「それなら」と愼重爺さんが云つた、「追記として書き込めばいい」。さういふ次第で、づけづけ爺さんの承諾を得て、墓石の左隅のかなり下の方に、次の文言《もんごん》が刻まれた。

「一切の根源は、友情ゆゑの貸附金であつた」。

第四十一章

友人關係といふ想定が破綻《はたん》して

「どういふ積りで」と、フランクはなほも友人の役を演じてゐる積りで叫んだ、「そんな話をしたんだい？　斷《だん》じて認められない話だ。だつて、その話の教訓を受け容れて仕舞つたら、僕の最後の據《よ》り所への信頼の念の一切を、從つて、人生に於ける最後の勇氣をも、僕は奪はれて仕舞ふ事になる。だつて、チャイナ・アスターの、あの明るい人生觀といふのは、明朗なる信頼の念そのものぢやなかつたのかい？　勇敢な心を持ち續け、一所懸命働いて、いつも最善を望んでゐさへすれば、最後には萬事旨《ばんじうま》く行く、といふ信頼の念だよ。ねえ、チャーリー、そんな話をしたのが、僕に痛い思ひを、それもひどく痛い思ひをさせるためだつたとしたら、成功したよ。けれども、僕の最後の信頼の念を破壞するためだつたとしたら、有難い事に、君は失敗した」。

「信頼の念だつて？」と、チャーリーが叫んだ。彼の方でも、心のありつたけを込めて己れの役柄の求める精神に嵌《はま》り込まうとする樣子で、から續けた、「信頼の念が何の關係があるんだい？　話の教訓は、僕としても君にぜひ勸《すす》めたいと思ふ譯だが、要するにかういふ事さ、友人が友人を助けようなどといふのは、どちらにとつても愚かしい事でしかない、といふ事。さうだらうが、オーキスがチャイナ・アスターに金を貸した事が二人の仲違《なかたが》ひへの第一歩だつたぢやないか？　そしてその事が、オーキスの事實上の敵意を育てる事になつたぢやないか？　いいかい、フランク、眞の友人關係といふものは、他の尊い物と同じく、輕率に弄《もてあそ》んではいけないものなんだ。金の貸し借り以上に、友人關係を搔《か》き亂《みだ》すものがあるだらうか。お定まりのぶち毀《こは》し屋だよ。だつて、助ける側の人間がとどの詰りは債權者とならねばならない、といふやうな事態をどうやつたら避けられるかね？　債權者と友人と、この二つが一つになる事が可能だらうか？　否だね、最も和《なご》やかな關係にある場合でも、無理だ。と云ふのも、寛大な氣持から債務返濟の要求を差し控へるといふのは、友情ある債權者であるといふよりは、債權者であるのをやめる事に等しいからだ。でも、さういふ寛大な氣持を當てにするのは良くないだらう、この上なく善良な人間に對してでも、決して良い事ぢやない。なぜなら、この上なく善良な人間でも、この上なく惡辣《あくらつ》な人間の場合と同じく、生きとし生ける者として偶發事《ぐうはつじ》に左右されるからだ。旅行もするだらうし、結婚もするだらう、教會脱退者の團體《だんたい》とか、同じく好ましくない宗派や黨派《たう》に參加するかもしれない、人格をも多少は作り變へて仕舞ひさうな他の諸活動については云ふ迄もない。それに、別にさういつた事でなくたつて、食べ物の消化の事まで誰にも保證は出來ないよ、消化不良の影響は大きいぜ」。

「でも、チャーリー、ねえ、チャーリー――」

「いや、待ち給へ――僕の云ふ事が分らないやうなら、僕の話を無駄に聽いてゐたやうだね。今の僕は寛大で心の全うな人間のやうに思へるかもしれないが、これから先もさうだといふ保證はないよ。それに、僕の變り易い人間性のために、今後、僕がどんなに不確かな人間になるか分つたものぢやないのにさ。常識で考へてみても、そんな人間の爲すが儘《まま》になつてはいけない筈ぢやないかい、ねえ、フランク？ 考へても御覧よ、君が目前の必要のために、家屋敷《かやしき》を抵當《ていたう》にいれて友人から金を借りたいと思つたとしよう、だが、抵當が敵の手に渡らないと安心出來る理由の無い事を知つたとして、それでも借りようとするかい？ けれども、友だの敵だのといふ、これら二人の人間の違ひは、同一人に於ける現在と未來との違ひほどにも大きくはないんだ。なぜと云つて、どんな人間であれ、その心情や思想は、不變《ふへん》の性質や不變の意志の力によつて貫かれるやうなものではないからさ。永遠の正義や眞理に一致するやうに見える感情や意見だつて、それらが個人的信念となるのは、實は運命の女神が賽子《さいころ》を投じる際に肘《ひぢ》を偶然にちよつと動かした彈《はづ》みの結果といふ場合だつて、あり得ない事ではない。しかし、事のそもそもの原因なんかに首を突つ込むのは止めにして、また、あれこれの精神的習慣を齎《もたら》す偶然の要因についても素通《すどほ》りするとして、もう少し具體的に考へてみようか。もしも或る人間の經驗や讀書傾向が變化した場合、確信は變化しない儘《まま》でゐられるだらうか？ 特定の食べ物が特定の夢想を生み出す様に、特定の經驗や讀書は特定の感情や確信を生み出すものだ。僕は發展とか發展の法則とかいふ、例の御立派な戲言《たはごと》に耳を貸す積りはない。意見や感情の發展なんぞありはしない、それらを支配する時勢の發展があるだけだ。フランク、僕は無《む》駄口《だぐち》を叩いてゐると思ふだらう。でも、良心が僕に命じるんだ、僕がどんなに根本的な理由に基いて、こんな風に君を扱つてゐるか、それを君に示さなければならない、とね」。

「しかし、チャーリー、ねえ、チャーリー、随分變な考へ方ぢやないかい？　君の云つたやうに、人間は宇宙を漂ふ慘《みじ》めな雜草《ざつさう》なんかぢやないと、僕は考へてゐた。その氣になれば、人間は自らの意志を、方法を、思想を、心を、持つ事が出來る、とね。處が、今やまたしても君は全てをひつくり返して仕舞つた。餘《あま》りの一貫性の缺如《けつじよ》に、驚き呆れるしかない」。

「一貫性の缺如だつて？　へん、馬鹿馬鹿しい！」

「そら、また腹話術師が喋つてゐる」、とフランクは苦々しげに慨嘆《がいたん》して云つた。

再び腹話術師に言及されて、それが師匠への從順な態度に對する褒《ほ》め言葉にはなつたとしても、自らの獨創性を褒めた事にはならないと感じて、恐らくは氣分を害したのだらうが、弟子はそれを振り拂はうとして、大きな聲《こゑ》でから云つた、「いかにも、僕は晝《ひる》となく夜となく、倦《う》まず弛《たゆ》まず、師匠の崇高な書物の頁を捲《めく》つてゐる。でもね、フランク、君にとつては殘念な事だらうが、僕はどの頁を見ても、考へを改める必要を何一つ見出ださない。でも、それはそれとして、當面の問題については、チャイナ・アスターの經驗が頗る適切な教訓を與《あた》へてくれる、マーク・ウィンサムにも、或は僕にも與へられないやうな教訓をね」。

「そんな風には思へないな、チャーリー。だつて、僕はチャイナ・アスターぢやないし、彼のやうな立場にある譯でもない。チャイナ・アスターが借りた金は、商賣の擴張《くわくちやう》のためだつたけれど、僕が借りたいと思ふ金は、困窮の緩和のためだ」。

「フランク、君は立派な服を著てゐるし、頰が瘦《こ》けてゐる譯でもない。どうして困窮なんて云ふんだい、著る物も食べる物も無い狀態、それのみが眞の困窮だといふのにさ」。

「でも、チャーリー、僕は助けが必要なんだ、それも、とてもひどくね。だから、頼む、この際、僕が君の友人だつたといふ事は忘れてほしい。單なる一人の同胞として借金を申し込みたい、さういふ僕を、勿論、撥《は》ね附けたりはしないだらう」。

「そんな事はしないさ。では、帽子を脱いで、深々とお辭儀をして、ロンドンの街路の流儀で施しを乞ふがいい。さうしたら、無駄にあんな厚かましい乞食みたいになる事はないさ。でも、云はせて貰ふが、なんぴとも友人の帽子に小錢を投げ入れたりはしやしない。君が乞食になると云ふのなら、それなら、高貴なる友人關係の名譽《めいよ》のために、僕は赤の他人になるとしよう」。

「もう澤山《たくさん》だ」と、相手は立ち上つて叫ぶと、それまで演じてゐた役割を忌《いま》はしげに振り捨てるかのやうに、兩肩をぐいと反《そ》らした。「もう澤山。マーク・ウィンサムの哲學の實踐《じつせん》とやらには、もううんざりだ。理論的には戲言《たはごと》みたいだが、實際的には極めて實踐的な哲學になつてゐる、といふ譯だ。師匠自らが請《う》け合つた通りだよ。でも、それを學べば、世の中の諸々の經驗を積んだ場合と全く同じ人格の形成に至り得るといふのが、その哲學の健全の證《あか》しだと主張する時、師匠の云ふ事は眞理だと考へたとしたら、僕は人間としていかにも慘めな事になる。――從順なお弟子さんだよ！　なんでまたわざわざ額に皺《しわ》を寄せて、體內《たいない》の脂《あぶら》もランプの油も無駄に燃やさうなんてするんだい、心の奧底の氷によつて、ただ頭を冷やして置くだけのためにさ？　君の御立派な賢人が君に教へた事ぐらゐは、貧しく、老いて、衰弱して、心の萎縮した洒落《しやれ》者だつて、回らぬ舌で喋れた事だらうよ。お願ひだ、さつさと僕の前から消えてくれ、君の非人間的な哲學の最後の殘り滓《かす》まで、忘れずに持つて行くんだ。それから、ほら、この一シリングをくれてやるから、次の船著場に著いたら、少し燃料を買ひ求めて、君と君の哲學者との凍《こほ》りついた人間性を暖めてみるがいい」。

さう云ふと、世界主義者は見るからに輕蔑《けいべつ》の念を露《あら》はにして、踵《きびす》を巡らして立ち去つた。殘された方は、一體どの邊《あた》りで虚構の役割が脱ぎ捨てられて、どの邊りで本當の役割が、そんなものがあるとして、再び姿を現したのか、さつぱり分らずに途方に暮れた。そんなものがあるとして、と云つたのは、世界主義者の後ろ姿を見送つた時、相手の男の胸裡に次のよく知られた臺詞《せりふ》が、切迫した意味合ひを帶びて浮んで來たからである。

「[一]全世界が一つの舞臺、そこでは男女を問はぬ、人間はすべて役者に過ぎない、それぞれ出があり、引込みあり、しかも一人一人が生涯にいろいろな役を演じ分けるのだ」。

一「全世界が一つの舞臺……」：シェイクスピアの「お氣に召すまま」（一五九九）二・七・一三九―一四二參照。福田恆存譯。

第四十二章

前の場面にすぐ續いて、世界主義者が神の惠みへの祈りの言葉を口にしつつ、理髪店に入る

「床屋君に、神のみ惠みがありますやうに！」

處で、もう遲い時刻だつたので、それまでの十分間、床屋はたつた一人切りだつた。で、一人でゐるのはどうにも退屈だつたので、[一]スーター・ジョンとタム・オ・シャンターの二人と愉快にやらうと考へた。二人は[二]ソムヌスとモルフェウスとも呼ばれてゐて、とても良い奴らだつたが、一人はあまり賢くなく、もう一人は根つからの御調子者で、こいつの云ふ事を熱心に拜聽する者もゐるやうだけれど、賢明な人間ならば誰も決して信じようとはしないだらう。

要するに、この實直な床屋はランプの眩《まぶ》しい光に背を向けて、從つて入口にも背を向けて、所謂《いはゆる》うたた寝をしながら、腰掛けに坐つて夢を見てゐたのだ。そんな譯で、淸らかでなくもない口調で祈りの言葉が突然發せられたのを耳にするや、はつとして立ち上り、半ば夢から醒め、眼前を見つめたが、何も見えない。それもその筈、聲の主は彼の背後に立つてゐた。うたた寝やら、夢やら、狼狽やらのせゐで、床屋はその聲を何やら神祕的な啓示の如きものに思ひ、暫し口をぽかんと開け、眼前を見据ゑ、片腕を宙に伸ばして突つ立つてゐた。

「おいおい、床屋君、腕を伸ばして何をしてゐるんだい、[三]鹽《しほ》で小鳥を捕まへようとでもして

一　スーター・ジョンとタム・オ・シャンター：英國の詩人ロバート・バーンズ（一七五九―一七九六）の詩「タム・オ・シャンター」（一七九〇）に出る人物。二人は無二の親友。

二　ソムヌスとモルフェウス：ソムヌスはローマ神話で眠りの神、「モルフェウスはギリシャ神話で夢の神。

三　鹽で小鳥を捕まへよう……：鳥は尾に鹽《しほ》を振り掛けられると、一時的に飛べなくなつて、捕へ易くなるといふ迷信がかつて英米にあつた。

ゐるのかい？」

「あ、なあんだ！」と、こちらは幻滅して振り返つて云つた、「それぢや、ただの人間なんだ」。

「ただの人間だつて？　まるで、人間でしかないのが詰まらんみたいな云ひ種《ぐさ》だね。でも、僕が何者であるかについて、あんまり決めつけない方がいいよ。君は僕を『人間』と呼ぶ。丁度、人間の恰好をしてロト[四]の家を訪れた天使達を、町の者達がさう呼んだやうにね。或はまた、丁度、人間の恰好をして墓地[五]に出沒した惡魔共を、ユダヤの田舍者達がさう呼んだやうにね。だから、いいかい、床屋君、人間の恰好をしてゐるからといつて、その事から絶對《ぜつたい》的な結論を惹き出す事は出來ないのさ」。

「しかし、そんな云ひ種から、そんな身形《みなり》から、俺樣としても何らかの結論は下せるぜ」と、床屋は拔け目なく思考を運《めぐ》らし、落著きを取り戻して相手を眺めたが、二人切りでゐる事に心の底でやや不安を覺えなくもなかつた。相手は床屋の心中を去來《きよらい》する思ひを見拔いたらしく、今度はより本氣に、より眞面目になつて、しつかり聽いて貰ひたいとでも云ふかのやうに、「君が他にどんな結論を下すにせよ、僕の髭《ひげ》を上手に剃《そ》つてくれるといふ結論を下して貰ひたいもんだね」と云ひながら、頸《くび》に卷いたスカーフを緩《ゆる》めて、から續けた、「どうだい、床屋君、髭剃り[六]（shave）、うまくやつてのけられるかい？」

「あつし以上に腕利きのブローカー[七]（broker）はゐませんぜ、檀那《だんな》」と床屋が答へた。商賣上の手腕を問はれて、床屋は直觀的に客を商賣上の觀點《くわんてん》からのみ判斷しようとしたらしい。

「ブローカーだつて？　ブローカーと石鹼《せきけん》の泡と何の關係があるんだい？　ブローカーと云

四　ロトの家を訪れた天使達：舊約聖書「創世記」一九・一―三參照。
五　墓地に出沒した惡魔：新約聖書「マタイ傳」八・二八。「マルコ傳」五・二參照。
六　髭剃り（shave）：shave には、「ごまかし、詐取、騙り」の意味もある。床屋はわざとそちらの意味に解釋したので、床屋の次の「ブローカー」といふ言葉が引き出されて來る。
七　ブローカー（broker）：broker には、「仲買人、周旋業者、斡旋屋」の他に、「古物商」の意味があり、世界主義者は、「古物商」の意味に取つた。

つたら、紙や金屬《きんぞく》を扱ふ全《まつた》うな商賣人の事だと、いつも思つてゐたけどね」。

「へつ、へつ！」と、床屋はとぼけた顔で冗談を云ふ男と相手を看做して、忍び笑ひを漏らしながら、相手は客なのだからそれなりに尊重するのが得策と思ひ、「へつ、へつ！　檀那、ご存知のくせに。さあ、ここにお坐りなさい」と續けると、背凭《もた》れと肘《ひぢ》掛けとが高い位置にある、クッションのよく效いた大きな椅子に手を置いた。眞紅の覆《おほ》ひが掛けられた椅子は、床《ゆか》より高い壇の上に据《す》ゑられてゐたので、天蓋《てんがい》と紋章とが缺《か》けてゐなかつたら、玉座《ぎよくざ》のやうにさへ見えた事であつたらう。「さあ、どうぞ、檀那」。

「有難う」と云つてこちらは坐ると、かう續けた、「ところで、さつきのブローカーの事だがね、説明してくれよ。あれつ、おい、おい――ありや、何だい?」、さう云ふや、世界主義者は立ち上つて、天井から垂れ下る色とりどりの蠅《はへ》取り紙の間に、居酒屋の廣告《かうこく》のやうに搖れてゐる金色燦然《こんじきさんぜん》たる掲示を、手に持つ柄《え》の長いパイプで指し示した。『信用貸お斷《ことは》り』だつて?　信用貸を認めないとは、詰りは不信の念を意味する譯で、不信の念とは信頼の念の缺如《けつじよ》に他ならない。おい、床屋」と、興奮の體《てい》で床屋の方に振り向いて、「どんなひどい猜疑心のために、こんなけしからん考へを公言するに至つたんだ?　何ともはや！」と云つて、足を踏み鳴らしながら、「犬ころに向つて、お前を信頼してゐないと云ふだけでも、犬を侮辱した事になるんだ、ましてや、人間といふ高慢なる種族の顎髭《あごひげ》をひつつかんで、こんな風に愚弄《ぐろう》するとは、この上ない侮辱ぢやないか！　さうだらうが！　でも、少くとも君は勇敢だよ、アガメムノンさながらに勇敢に、[八]テルシテースの惡意の後押しをしようとしてゐるんだからな」。

八　テルシテース：ホメロスの「イーリアス」二・二一〇―二〇に出る人物。醜惡で惡口雜言の名人。ギリシャ軍總司令官のアガメムノーンを罵つて、オデュッセウスに懲らしめられる。

「檀那の仰有るやうな話は、あつしはどうも苦手でして」と、床屋は寧《むし》ろ残念さうに云つた。今やまたしても客には望みを失つた模様だが、元の不安が戻つて來なかつた譯でもないらしく、「どうも苦手でしてな」と、強い口調で繰り返した。

「でも、人間の鼻をつかむ、といふ習慣がだね、それが床屋たる君の習ひ性となつて、いつしか人間への侮蔑の念を育《はぐく》んだのではあるまいかと、遺憾ながら僕は懸念せざるを得ない。だつて、人間への尊敬の念と、終始人間の鼻をつかむといふ習慣とが、どうして共存し得るだらうか？　しかし、どうか教へてほしい、君の掲示の意味する處は、僕にも明確に分るんだが、何であんなものを出してゐるのか、その意圖《いと》が未だによく分らない。何でなんだい？」

「少しはあつしにも分るやうな話になつて來たやうで」と床屋は云つた。平明な話の內容に戻つて、安堵しなくもないやうな様子だ。「あの掲示は大いに役立ちましてな、儲けにもならん無駄な手間を隨分省いてくれるといふ譯で。いや、ほんと、あれを掲げる前には、時々、結構損をしたもんです」、さう云つて床屋は有難さうに、掲示にちらりと視線を送つた。

「しかし、その意圖だよ、何であんなものを？　君はそんな風に色々仰有るが、まさか、信賴の念は自分には無いと、そんな事を云ふ積りでゐるんぢやないよな？　いいかい、例へばだよ」と世界主義者は云つて、頸に卷いたスカーフをかなぐり捨て、シャツの襟を折り返し、玉座のやうな床屋の椅子に坐り直した。床屋がそれを見て、アルコール・ランプで熱してあつた銅の容器から熱湯をカップに無意識に注ぐと、世界主義者がかう續けた、「例へばだよ、もしも今僕が、『ねえ、床屋君、生憎《あいにく》今夜は小錢の持ち合せがないんだがね、でも、髭を剃つてくれたら、明日、間違ひなく拂《はら》はせて貰ふよ』――と云つたとしたら、君は僕を信用してくれるよね？　信頼の念を持つてくれるよね？」

「さう仰有るのが檀那でしたら」と、床屋は泡をかき回しながら、慇懃《いんぎん》に答へた、「さう仰有るのが檀那御自身でしたら、そんな質問にお答へなんかしませんよ。必要ないですもの」。

「さう、勿論さうだとも――さういふ見方をするならね。でも、假《か》りに訊いてゐるんだが――君は僕を信頼してくれるよね？」

「えつ――ええ、そりやもう」。

「ぢや、どうしてあんな掲示を出すんだい？」

「そりや、檀那、みんながみんな檀那のやうなお人ばかりぢやないですからなあ」と、床屋はやんわりと答へた。そして同時に、やんわりと議論を打ち切らうとでもするかのやうに、やんわりと石鹼の泡を客の顔に塗り始めた。客は抗《あらが》ふ氣持ちを身振りで示したが、それはただ床屋に次のやうに答へたいがためで、こんな言葉を口にした。

「みんながみんな僕のやうな人間ばかりぢやない。となると、僕は大抵の人間より善いか惡いかのどちらかでなければならない。惡い人間だ、なんて君が云ふ積りの筈はない、いやいや、床屋君、君がそんな事を云ふ筈はない。とすると、殘るのは、僕は大抵の人間より善い人間だと君が考へてゐる、といふ事になる。しかし、そんな事を信じるほど、僕は自惚《うぬぼ》れちやゐないさ。でもね、白狀するが、どんなに努力しても、僕は自惚れから完全に自由になる事は出來ない。それどころか、實の處、あけすけに云ふと、心の底ではそんな事を望んでゐるる譯でもない——この自惚れといふ奴はだな、床屋君、頗《すこぶ》る無害で、頗る有用、頗る快活で、頗る樂しくも愚かしい感情なんだ」。

「仰有る通りで、檀那。それに、實にお話しがお上手ですな。ですが、石鹼の泡が冷えて仕舞ひますがな、檀那」。

「冷たい泡の方がいいんだよ、床屋君、冷たい心よりはな。あの冷たい掲示はどういふ譯なんだ？　ああ、そりや不思議はないさ、君が云ひ逃れようとするのはね。何とも心の狹《せま》い掲示だと、心の底では感じてゐる譯だ。しかしだよ、床屋君、君の目に見入つてみると——僕より前に何度も見入つたに違ひないお袋さんの姿が、何故か見えて來るんだが——敢へて云はせて貰ふ、君は認めないかもしれないが、あの掲示の精神は君の性質とは相容れないものだ。だつて、いいかい、商賣の事はさて措《お》くとして、問題を抽象的に考へてみようぢやないか。詰りだね、一つの假定《かてい》の上に立つて考へてみるんだ。例へば、いいかい、君がある見知らぬ男を見たとしよう。顏はたまたまこちらを向いてゐないが、目に見える限り風采《ふうさい》は頗る立派だとしよう。さて、床屋君——僕は君の良心、君の慈悲心に訊ねてみたいのだが——道德的觀點から、君はその男にどんな印象を懷くだらうか？　明らかに全く見知らぬ男なのだから、それを理由に、そいつは惡黨《あくたう》だと、斷然《だんぜん》決めてかかるだらうか？」

「勿論、そんな事はしませんや、檀那。絕對に」と床屋は大聲《おほごゑ》で答へた。人間らしく憤慨したのだ。

「その顏を見たら、君は——」

「檀那、ちよつとお待ちを」と床屋が云つた、「顔は問題外です。見えない筈だつたでせう」。「忘れてゐたよ。それぢや、君は男の背中を見て、多分、全うな人間らしいと結論づける事になるんだな。詰り、正直な人間らしいとね、さうぢやないかい？」

「まあ、そんな處でせうかな、檀那」。

「さて、そこでだ――そんなにせつかちに刷毛《はけ》を使はないでくれないかな、床屋君――もしもだよ、その正直な男が、夜、この船のどこか暗い片隅の、顔がまだ見えない處で君に會つて、あと拂ひの信用貸で髭を剃つてくれと頼んだとしたら――さうしたらどうする？」

「信用しないで斷《ことは》るでせうな」。

「でも、正直な人間は信用しなくちやならんだらう？」

「そりや――そりや――さうですがな、檀那」。

「さうらみろ！　どうだい、分らないかい？」

「分るつて、何が？」と、狼狽《らうばい》した床屋がやや苛立つて訊ねた。

「だからさ、君は自己矛楯を犯してゐるんだよ、床屋君、さうだらう？」

「そんな事ないです」と、こちらは容易に屈しない。

「床屋君」と、世界主義者は眞面目な顔で、そして暫し思案した末に、かう續けた、「我ら人類に敵對する者達がよく云ふ事だが、不誠實こそは人間の最も普遍的にして根深い惡德――個人のであれ世界全體のであれ、眞の向上への永遠の障碍《しやうがい》ださうだ。床屋君、君はそんな頑《かたく》なな態度を示す事で、その種の誹謗《ひばう》中傷を裏附けるやうな事をやつてゐるんぢやないのかい？」

「馬鹿馬鹿しい！」と、床屋は我慢を忘れ、同時に敬意も忘れて叫んだ、「頑なだつて？」

それからカップの中で刷毛を騒々しく掻き回しながら、「一體、髭を剃るのかい、剃らないのかい？」

「床屋君、剃つて貰ふよ、喜んでね。でも、頼むから、そんな風に大聲を出さないでくれよ。だつてさ、いつもそんな調子で齒軋《はぎし》りして生活してゐたら、どんなに潤《うるほ》ひ無き人生を送る事になるか知れやしない」。

「あつしは潤ひのある生活をしてゐる、檀那や他の誰にも負けやしない」と、床屋は叫んだ。どうやら、相手の穩やかな氣性に宥《なだ》められるといふよりは、寧ろ苛立つてゐる樣子だ。

「よく見受けられる事だが、お前は幸せぢやないなんて云はれて反撥《はんぱつ》するのは、或る種の人間に特有の現象だ」と、客は憂《うれ》はしげに云つてから、半ばから獨りごちた、「そんな風に云はれても無關心な人間もゐるな、幸福なんてものは二義的な善、もしくは下等な恩惠でしかないと看做すからだが、これまた、別の種類の人間に等しく特有の現象だ。なあ、床屋君」と、邪氣《じゃき》の無い目で見上げながら、「どちらがより上等な人間だと思ふ？」

「その手の話は」と、未だ苛立ちがをさまらずに、床屋が叫んだ、「さつき申し上げたやうに、あつしは苦手なんです。もうすぐ店を閉めるんですがね。髭、剃るんですかい？」

「剃つてくれ。何をもたついてゐるんだい？」こちらはさう云つて、信じ切つた樣子で顏を差し出した。

髭剃りが始まり、沈默裡にそれが續いて、やがて石鹼の泡をもう少し塗り直すための用意をする必要が生じた――話を再開する機會が生じた譯で、客の方ではそれを逃しはしなかつた。

「床屋君」と、客は用心深く穩やかに、愼重に配慮しながら、云つた、「床屋君、暫く僕の云ふ事を辛抱して聽いてくれないか。頼むよ、怒らせたいなんて思つてゐない、本當さ。今、僕は、さつきの、顏がこちらに向いてなくて見えない假定の男の事を考へてゐたんだがね。君は僕の質問に對して、二つの相反する返答をして、世間の多くの人達と全く同じだといふ事――詰り、信頼の念を持つてゐて、そしてまた、持つてゐない――といふ事を示した譯だが、あの時受けた印象を僕はどうも吹つ切る事が出來ないんだ。そこで、訊きたいんだが、一人の良識ある人間が、片足を信頼の念の上に置き、もう一方の足を不信の念の上に置くといふ事は、良識ある態度と思ふかね？　どうだい、床屋君、どちらかを選ぶべきだとは思はないかね？　首尾一貫性を保つためには、『自分は全ての人間を信頼する』と云つて、あの掲示を下ろすか、『自分は全ての人間を疑ふ』と云つて、掲げた儘《まま》にして置くか、どちらかにすべきだとは思はないかね？」

以上の、丁重とまでは云はずとも冷靜な物言ひは、床屋に好印象を與《あた》へて態度を和《やは》らげさせずには措かなかつた。また、論點《ろんてん》が明瞭になつたので、考へ込ませる事にもなつた。當初、彼は水を取りに銅の水盤の方に向ふ積りだつたのだが、さうはせずに中途で足を止め、しばし間を置いてから、カップを手に持つた儘、かう云つた、「檀那、あつしを誤解しないでおくんなさいよ。あつしは全ての人間を疑ふなんて、云つてもゐないし、云ふ事も出來ないし、云はうとも思ひませんや。あつしが云ひたいのは、見知らぬ人間は信用出來ない、といふ事で、ですから、ほら、あれ」と、「信用貸お斷り」の揭示を指差した。

「しかし、いいかい、床屋君」と、相手は首肯《しゆこう》しかねる樣子だつたが、それでゐて床屋の氣分の變化にあんまり附け込まないやうに氣を遣ひながら、かう應じた、「いいかい、見知らぬ人間は信用出來ない、と云ふ事は、暗々裡に、人類は信用出來ない、と云つてゐるやうなものぢやないのかい？ だつて、人類の大半にとつて、個々人はどうしたつてお互ひに他人たらざるを得ないだらう？ さあ、さあ、床屋君よ」と勝ち誇りながら、「君は大半の人間が信頼に値ひしないと考へるタイモン[九]なんかぢやないさ。あの揭示なんか下ろし給へ。あんな事は、人間嫌ひのやる事だよ。タイモンが洞窟の上に突き立てた頭蓋骨の額に、木炭で書いた言葉と全く同じ類ぢやないか。下ろすんだよ、床屋君、今夜のうちにね。人間を信頼するんだ。この短い航行の間だけでも、人間を信頼する實驗《じつけん》を試みて見給へ。いいかね、僕は博愛主義者だ。だから、君が鐚《びた》一文も損をしないやうに、僕が保證してあげよう」。

床屋は素つ氣なく頭を振つて、かう答へた、「檀那、どうか御勘辨《かんべん》を。あつしには家族がありますんでね」。

九　タイモン：既出。第三章の註（六）參照。

第四十三章

誠に蠱惑《こわく》的な

「ぢや、檀那は博愛主義者といふ譯で」と、床屋はそれで腑《ふ》に落ちた、といふやうな表情で附け加へて、「なるほど、それで飲み込めました。博愛主義者といふのは、實に妙な方々ですな。あつしが御會ひしたのは、檀那で二人目ですよ。いや、實に妙な方々だ、博愛主義者つてのはね。さうだ、檀那」と、再び考へ込むやうな顔をして、カップの石鹼の泡を掻き混ぜながら、「檀那みたいな博愛主義者の方々つてのは、善とは何か、といふ事はよく分つてゐても、人間とは何か、といふ事はどうもよく分つてゐないんぢやないのかな」。然る後、あたかも檻《をり》の柵の後ろにゐる得體《えたい》の知れぬ生き物でも眺めるかのやうに、相手をじつと見つめると、「それぢや、檀那は博愛主義者でいらつしやる」。

「[一]僕は博愛主義者だ。そして人類を愛してゐる。そして、床屋君、君よりも僕は、人類を信頼してゐる」。

ここで床屋は、ふと己れの仕事を思ひ出し、カップにお湯を注ぎ足さうとしたが、さつき水を取りに水盤の處に行つた時、水盤をアルコール・ランプの上に戻して置かなかつたのに氣づいて、今、それをやつた。そして、再び湯が沸《わ》くのを待つ間に、お湯を沸かしてウィスキー・パンチを作らうとでもしてゐるかのやうに、打ち解けた態度になつて來て、物語に登

一　僕は博愛主義者だ。そして人間を愛してゐる：シェイクスピアの「アセンズのタイモン」四・三・五一に於て、タイモンは「私は人間嫌ひだ。そして人類を憎んでゐる」と語る。

場する陽氣な床屋よろしく、氣持ちの良い態度でよく喋るやうになつた。

「檀那」と、客の隣りの玉座みたいな椅子に腰を下ろしながら、床屋は云つた（店の床に置かれた壇の上には、床屋の守護聖人たる[二]ケルンの三人の王の御座さながらに、玉座が三つ竝《なら》んでゐた）、「檀那、檀那は人間を信頼してゐると仰有いましたな。あつしだつて、檀那みたいな信頼の念を持つだらうと思ひますよ、こんな商賣をやつてゐなければね、ただ、こんな商賣をやつてゐると、樂屋裏の現實が嫌でも見せつけられるもんですからな」。

「分らなくはない」と、悲しげな面持ちで客は云つた、「君とは違ふ生業《なりはひ》の人達から、同じやうな話を聞いた事がある――法律家、國會議員、編輯者、その他諸々からね。みんなそれぞれに、憂《うれ》はしげに、妙な自負心を示しながら云ひ張るのさ、こんな職業に就いてゐると、人間があるべき理想通りの存在ではないといふ確信に、どうしても導かれて行かざるを得ない、それが自分の職業の獨特にして顯著《けんちょ》な特質だといふんだ。もしもそれらの證言が悉《ことごと》く信頼出來るものだとしたら、互ひを確證し合つて、善良な人間の心に宿るある種の疑念を正當化する事になるだらうな。しかし、違ふ、違ふんだ。それは間違ひだ――全ては間違ひなんだ」。

「御尤も、いや全く御尤もです」と、床屋が同意した。

「それを聞いて嬉しいよ」と、こちらの顔がぱつと明るくなつた。

「早合點《はやがてん》しないで下さいよ、檀那」と、床屋が云つた、「法律家も、國會議員も、編輯者も、間違つてゐると考へる點では贊成します、でも、それはね、連中が職業上それぞれに人間を知る獨特の能力を持つと主張するから、間違つてゐると云ひたいだけの話です。いいですか

二　**ケルンの三人の王**：三人の王とは、キリスト降誕に際して訪れた東方の三博士の事。ドイツのケルンに三博士の遺骨があるとされてゐる。「床屋の守護聖人」については不明。

い、檀那、眞實はかうなんだ、現實と直《ぢ》かに接觸《せつしよく》させてくれるあらゆる商賣や職業はね、現實を知る手懸りを等しく與《あた》へてくれるものなんですよ」。

「どういふ事かね、正確な話？」

「ええつとね、檀那、あつし思ふに――ここ二十年ほど、折に觸《ふ》れて、頭の中で色々考へてゐた事なんですがね――人間を知るやうになると、人間について無知の儘《まま》ではゐられなくなると思ふんですよ。輕はずみな云ひ方はしてゐないと思ひますが――どうでせうな、檀那？」

「床屋君、なんだか哲人の御託宣みたいな云ひ方だな――漠然としてゐるよ、床屋君、漠然とな」。

「そりやね、檀那」と、床屋は幾分得意の體《てい》で、「床屋はいつだつて哲人と思はれて來ましたからな、でも、漠然としてゐるとは、納得しかねますな」。

「しかしだね、その君の云ふ處の、商賣の裡に獲得した靈妙《れいめう》なる知識なるものは、正確に云つて、一體どういふものなんだね？　實際、さつきもちよつと云つたやうに、君の商賣は仕事の性質から云つても、どうしても人間の鼻をつまむ必要がある譯だから、その點では因果なもの、頗る因果なものだといふ事は認めよう。それにも拘らずだよ、不屆きな考へに心が奪はれさうになつても、きちんと想像力を働かせて、ちやんと抵抗してゐなければならないんだ。でも、床屋君、僕が訊きたいのはかういふ事だ、君は人間の頭の外側を扱つてゐるだけなのに、それでどうして人間の心の內側に不信の念を懷くやうになつたのかね？」

「そりや、檀那、返事は一言で足りまさあ。だつて、毎日毎日、やれマカッサル香油だ、染毛劑だ、化粧品だ、附け口髭だ、鬘《かつら》だ、禿隱《はげかく》しの髢《かもじ》だ、なんてものばかりを使つてゐて、人間は全く見かけ通りのものだなどと、どうして信じてゐられますかい？　床屋といふのは、外から隱されたカーテンの後ろで、客の頭から薄くて艶《つや》の無い髮の毛を剃り落とし、鳶《とび》色の巻毛の鬘《かつら》を被《かぶ》せて、世の中に送り出す稼業《かげふ》なんですぜ、そんな事をやつてゐる時に、思慮深い床屋の頭の中をどんな思ひが掠《かす》めると思ひます？　カーテンの後ろで客は恥かしさうな様子をして、詮索好きな知り合ひに見つからないかと戰々兢々《せんせんきようきよう》もいい處、その同じ客が、衆人を誑《たぶら》かして樂しげに再び街に踏み出す時には、晴れ晴れしく確信に溢れた、挑戰的で誇らしげな態度を示す、それを見て、ぼさぼさ頭の正直者は、畏《かしこ》まつて道を譲る事になるといふ次第。何たる對照！　ああ、檀那、眞實は勇敢だ、といふ事を云ふ人もゐますが、あつしが床屋商賣から教はつたのは、眞實は時に羊みたいに臆病だといふ事でしてね。嘘が、檀那、大膽《だいたん》な嘘こそが、勇猛なる獅子なんですよ！」

「ひねくれた教訓だね、床屋君。随分ひねくれてゐるよ。どうかね、こんな風に考へてみたら。愼しみ深い男を眞つ裸で街頭に放り出したら、恥づかしく思ふんぢやないかね？　その男を家の中に迎へ入れて服を著せてやつたら、自信を恢復するんぢやないかね？　僕の云ふ事は間違つてゐるかい？　さて、全體に於て眞ならば、部分に於てもそれ相應に眞なのだ。禿頭は裸體に相當し、鬘は衣服に相當する。自分の裸體が頭頂部に於て衆目に晒《さら》される可能性に不安を感じる事、そしてそこが覆《おほ》ひ隱されると知つて安堵《あんど》を覺える事――これらの感情は、禿頭の人間にとつて恥づべきものであるどころか、實を云へば、自分自身及び同胞達への然るべき敬意の念の存在を明確に證明するものなのだ。それから、嘘の誤魔化《ごまか》しといふ事に關してだが、君の說に從ふと、立派なお城の立派な屋根も、誤魔化しと呼んで差し支へない事になる。だつて、立派な鬘と同樣に、それもまたお城の頭頂部への人工的な覆《おほ》ひといふ事になるし、衆目から見たら、お城全體を飾り立てるものといふ事になる——君をやり込めて仕舞つたね、床屋君、困らせて仕舞つたね」。

「失禮ながら」と床屋は云つた、「あつしはそんな風には思ひませんね。誰も上衣だの屋根だのを、自分の一部分として誤魔化さうなんて思ひやしませんよ。でも、禿頭の男は、自分のものでもない髮の毛を、自分のものであるかのやうに誤魔化さうとするんです」。

「自分のものぢやないだつて？　その男が公明正大に髮の毛を買つたのならば、元々その髮の毛が生えてゐた頭部がいかに異を唱へようとも、法律は男の所有權を守つてくれるだらうよ。でも、床屋君、君は自分の云つてゐる事など信じてゐまい。ほんの冗談の積りで云つてゐるんだ。自分でさんざん惡口を云つてゐるペテン行爲に、甘んじて從事してゐる人間のやうには、僕には到底思へないもの」。

「悲しいかな、檀那、あつしは食つて行かなきやならないんでね」。

「己れの信じる處に從つて、良心に背《そむ》く事なく、食つて行く事は出來んのかね？　何か他の職業に就くとかだね」。

「そんな事したつて、大してよくなる譯もありませんさ」。

「それぢや、床屋君、君はどんな商賣も職業も、ある面では大した違ひはない、と考へてゐるのかい？　破滅的だよ、實際」と云ひながら、片手を振り上げて、「云ひ様もないほど、恐ろしいよ、床屋の商賣といふものがさ、そんな結論に導かれざるを得ないものだとするならばね。床屋君」と、激しい感情を滲《にじ》ませなくもないやうな目で相手を見つめながら、「君は邪教《じやけう》を信じる者といふよりは、寧ろ邪道に導かれた者のやうに、僕には思へる。されば、正道に導かせて貰ひたい。人間性への信頼の念を恢復させて貰ひたい。それも、君に人間性への疑念を齎《もたら》した、他ならぬ床屋といふ商賣を通じてだね」。

「詰り、檀那は試しにあの掲示を下ろさせてみようといふ譯ですかい」と床屋は云つて、手に持つ刷毛《はけ》で再び掲示を指し示しながら、「でも、あれまあ、かうやつて坐り込んでお喋りなんかしてゐるうちに、お湯が吹きこぼれてまさあ」。

　さう云ふと、床屋はとかく人が己れのけちな策略が成功したと思つて見せる、嬉しげで、狡猾《かうくわつ》さうで、氣分の良ささうな顔つきをして、銅の水盤の處に急いで向ふや、ビールを注いだばかりのジョッキみたいに、湯を注いだカップを掻き回して白い泡を立て始めた。

　一方、客の方では、幾らでも喜んで議論を續けたいと思つてゐたが、抜け目の無い床屋は存分に刷毛を揮《ふる》つて客の顔に泡を塗りたくつて泡の山を積み重ねたので、客の顔は泡立つ大波の波頭さながらの有様となつたから、泡の下で口を利かうなどとするのは、海で溺れかけた牧師が筏の上の同胞たる罪人達に訓戒を垂れようとするのと同様、およそ無駄な事だつた。口を閉ぢるより他に、爲す術はなかつたのだ。が、無論、さうして瞑想に耽つてゐる時間が、何ら活用されなかつた譯ではない。と云ふのも、髭剃りが終つて泡の跡が綺麗に拭《ぬぐ》ひ去られると、世界主義者は立ち上り、更にさつぱりしようと顔と兩手とを洗ひ、服裝の全體を整へてから、奇妙に見える程にも以前とは違つた態度で床屋に話し掛け出したからだ。その態度について正確に説明するのは難しい。魔術師さながらの態度であつたと仄《ほの》めかして云ふしかない。寓話などに描かれる、自然界の或る種の生き物が有してゐるといふ態度に似てゐなくもないやうな、優しげな態度であつて、それは相手を説き伏せて仕舞ふやうな蠱惑《こわく》的な力——餌食《ゑじき》となる相手が本氣で嫌がり、實際、眞劍に抵抗しても、云ふならばそのひたと見据ゑた丸い眼で金縛《かなしば》りにして仕舞ふやうな力——を祕めてゐた。床屋との一件に決著をつけたのは、正にそれと似てゐなくもないやうな態度であつた。と云ふのも、とどの詰り、一切の議論も説諭《せつゆ》も效を奏しはしなかつたものの、それでも現下の航行が續く間は、二人のいはゆる人間を信頼する實驗なるものを試みてみようといふ事に、床屋は同意するやう説得されて仕舞つたからだ。なるほど、床屋は自由な主體としての自らの名譽を守るべく、自分が同意したのは偏《ひと》へに實驗の斬新ゆゑにだと聲を大にして主張したし、また、前に相手が申し出た時と同樣、損害の結果が生じた場合の保證が欲しいと要求もした。しかしそれでも、人間を信頼してみるとの言質《げんち》を床屋が與《あた》へたといふ事實は殘つた。そんな事をする積りはないと、少くとも無條件にする事は無いと、以前には云つてゐた事だつた。しかもなほ、今度は更に自らの名譽を守るべく、最後の條件として、二人の同意は書面にして置くべきだと、取分け保證に關してさうして置くべきだと主張した。相手は何ら異議を唱へなかつた。ペンとインキと紙とが用意された。そして、世界主義者は公證人さながらの重々しい態度で腰を下ろした。が、ペンを手に取る前に、例の掲示を見上げてから云つた、「床屋君、まづはあの掲示を下ろしてくれ給へ――あの、タイモンの掲示だよ、下ろしてくれ」。

この件は合意中に含まれてゐたので、掲示は指示通り下ろされた――幾分、不承不承の體《てい》ではあつたが――そして、先々の事を考へて、抽斗《ひきだし》に丁寧に納められた。

「さて、それぢや、書く事にしよう」、と世界主義者は云つて、姿勢を正した。が、「やれやれ」と溜息をついて、「僕は法律家みたいな仕事には向いてゐない。なあ、床屋君よ、僕は慣れてゐないんだ、これは名譽心なんてどうでもよくて、約束事で人を縛りつけるばかりの仕事だものね。奇つ怪な話だよ、床屋君」と云つて、白紙の紙を取り上げながら、「こんな薄つぺらい紙が强靭この上なしの太繩《ふとなは》になるんだからね。それも穢《けが》らはしい太繩にだよ、床屋君」と云つて立ち上り、「書面にして置く積りはない。そんなものは、我々二人の名譽を傷つける事にしかならない。僕は君の云ふ事を信じる。だから、君も僕の云ふ事を信じてほしい」。

「さうは仰有つても、檀那の記憶力が必ず當てになるとは限りませんからな。書面にして置いた方が檀那のためにも宜しいんですよ。ほら、忘れないために、メモとして控へて置く譯で」。

「ああ、なるほど！　さうだね、記憶の助けにもなるといふ譯だね、床屋君？　君の記憶力もちと頼りなささうだし。ああ、床屋君よ！　我々人間といふものは、なんて悧巧なんだらう、そしてお互ひのちよつとした感情の機微《きび》をなんて優しく思ひやるものなんだらう、さうぢやないかい？　我々が親切で思ひやりのある同胞であり、お互ひに響き合ふ感情を持つ者同士だといふ事を、これ以上に證明する事實があるだらうか——どうだい、床屋君？　ともあれ、仕事にかからう。ええつと。君の名前は？」

「ウィリアム・クリームです、檀那」。

しばし考へてから、世界主義者は書き始めた。そして、幾らか訂正を加へた後、姿勢を戻して、大きな聲で以下のやうに讀みあげた。

契約書

博愛主義者にして世界市民たるフランシス・グッドマン
ミシシッピー河の蒸氣船フィデール號《がう》の床屋たるウィリアム・クリーム

本契約により、前者は以下の事に同意する。卽ち、現下の航行が終了する迄の間に、後者が床屋として人間を信頼する事より生じ得る恐れある損害の全てに對して、前者は保證するものとする。但し、當該《たうがい》期間中、後者は『信用貸お斷《ことは》り』の掲示を出してはならず、また、床屋の仕事の遂行に際して、掲示以外のいかなる手段によつても、信用貸を求める客の希望を阻《はば》むが如き、いかなる暗示もしくは通告をも行つてはならない。それどころか、あらゆる適切かつ妥當《だたう》な言葉、仕種《しぐさ》、物腰、表情によつて、全ての客に對して、就中《なかんづく》見知らぬ客に對して、完璧な信頼の念を示さねばならない。さもなくば、本契約は無效となるものとする。

本契約は、一八某々年四月一日午後十一時四十五分、蒸氣船フィデール號上のウィリアム・クリームの理髮店に於て、誠意をもつて取り交はされたものである。

「さあ、こんなもんだな、床屋君、これでいいかい?」

「結構でさあ」と床屋は云つた、「あとは署名して貰へれば」。

二人の署名が濟《す》むと、誰が文書を保管すべきかといふ問題を床屋が提起した。しかし、その點については、床屋が自ら解決した。二人揃つて船長の處に行つて、文書をその手に預ければいい、といふのだ――それが安全な方策だと床屋が思つたのは、船長は當然ながら公平な立場にゐる人間だし、その上、この件の性質上、信頼を破つて何の得になる事もあり得ないからであつた。以上の床屋の提案に、世界主義者は多少の驚きと關心とを以て耳を傾けた。

「しかし、床屋君」と、彼は云つた、「それは正しい考へとは思へないな。僕は船長を心から信頼してゐる。人間だといふ、單にそれだけの理由でね。でも、船長は僕らの問題に關與《くわんよ》すべきぢやない。と云ふのは、床屋君、君は僕を信頼してゐないとしても、僕は君を信頼してゐるからだ。さあ、この契約書を藏《しま》つて置き給へ」、客は大きな度量を示して、さう云つた。

「承知しました」、と床屋は云つた、「それぢや、あとは、あつしが現生《げんなま》でお金を頂く、といふ事だけで」。

この種の言葉、卽ち人の懷中に對する強い要求に類する言葉には、驚く程多くの表現がある譯だが、その中のどんな言葉でも口にしたら、相手の顏には多かれ少かれ顯著《けんちょ》な效果が現れるもので、大概の場合は忽ち表情が曇つて仕舞ふ――人によつては、顏を歪《ゆが》めたり、引きつらせたりして、見るだに悲慘な樣相を呈する場合もあるし、また人によつては、それに加ふるに、呆然《ばうぜん》として蒼白となり、死なんばかりの驚愕を曝《さら》け出す場合もある――然るに、床屋の要求ほど出し抜けで豫期せぬものはあり得なかつたにも拘らず、世界主義者の顔にはそれらのどんな徴候も現れなかつた。

「現金でお金をくれ、と云ふのかね、床屋君。話の關聯《くわんれん》が分らないんだがね?」

「結構密接な關聯がありまさあ」、と些かぶつきら棒に床屋が云つた、「昔、優しい聲の男がやつて來ましてね、あつしの十三番目の從兄弟《いとこ》に當るとか云つて、信用貸で髭を剃つてくれと云ふんですが、あれと比べれば、ずつと密接ですよ」。

「なるほど、で、どう答へたんだい?」

「かう答へましたよ、『毎度あり、檀那。でも、話の關聯がちつとも分りません』、とね」。

「優しい聲をした人間に、どうしてそんな優しからざる返答が出來たのかね?」

「それはですね、眞理《まこと》の書の中のシラク[三]の息子の言葉を思ひ出したからなんで。『敵なる者[四]はその唇もて優しく語る』。そこで、あつしは、そんな場合にシラクの息子が忠告してくれてゐる通りに、『我[五]はその者の多くの言葉を信じず』、といふ言葉に從つたといふ譯で」。

「何だつて、床屋君、そんな捻《ひね》くれた事が眞理の書に書いてあるといふのかい? 眞理の書といふのは、勿論、聖書の事だらう?」

「仰有る通りで。同じやうな事がもつともつと澤山《たくさん》書いてありますよ。『箴言[六]』を讀んで御覽なさい」。

「それは妙だな、床屋君、君の引用した文句になんぞ、これまで出遭つた例しがない。今夜

三 **シラクの息子**：紀元前二世紀頃のヘブライの預言者。經外典「集會の書」の作者。

四 **敵なる者は……**：舊約聖書外典「集會の書」一二・一六參照。

五 **我はその者の……**：舊約聖書外典「集會の書」一三・一一參照。

六 **「箴言」**：舊約聖書中の一書。「ダビデの子イスラエルの王」ソロモンの言とされる。

寝る前に、聖書を調べてみよう。今日、船室の卓子の上にあるのを見たからね。でも、君ね、いいかい、店に來る客に對して、そんな風に眞理の書を引用なんかしてはいけないよ。だつて、そんな事をしたら、我々の契約に暗に違反する事になるもの。でも、暫くはそんな事はしないと、約束してくれたんだから、僕がどんなに嬉しく思つてゐるか、君には分るまいよ」。

「分りませんよ、檀那。現生を頂けない限りはね」。

「また現金の話かい！　一體、君は何が云ひたいんだ？」

「だつて、この契約書によると、檀那は何らかの[七]（certain）損害に對しては保證すると約束しておいでですよ、そして――」。

「確實な（certain）、だつて？　君に損害が出るといふ事は、そんなに間違ひなく確實な事なのかい？」

「おやおや、そんな風に取られちやあ困ります。そんな積りで云つたんぢやありません。あつしは、何らかの損害、と云つたんです。いいですかい、『何らかの』、ですぜ。卽ち、何らかの損害。そこでですね、檀那、檀那が保證すると、紙に書いたり口で云つたりしただけぢや、何の役にも立ちはしませんや、やつぱり、前以てあつしの手に、充分なだけの保證金を握らせて貰ふんぢやなくちやあ」。

「なるほど、具體的な保證が欲しいといふ譯だ」。

「さやうで。お安くしときますぜ、五十弗《ドル》ではいかがで」。

「さてさて、端《はな》からなんといふ話だい？　床屋君、君は一定期間は人間を信用すると、卽ち

七　なんらかの（certain）損害：certain には、「なんらかの」の他に、「確實な」の意味があり、世界主義者は後者の意味に取った。

人間に信頼の念を懷くと約束して置きながら、その第一歩として、君が約束を結んだ當の人間への不信の念を暗に示すにも等しい要求をしてゐるんだぞ。とは云へ、五十弗なんて端金《はしたがね》、喜んで進呈したい處だが、生憎《あひにく》今は小錢しか持ち合はせがない」。

「でも、旅行鞄の中にはあるんでせう?」

「あるともさ。しかし、いいかい——要するにだよ、床屋君、君は言行が矛楯しちやいけない。駄目だ駄目だ、今はお金を上げないよ。僕等の契約の一番奥深い精神を破らせるやうな眞似をしたくないからね。ぢや、お休み、また會はう」。

「お待ちを、檀那」——何やら口ごもりながら——「お忘れのものが」。

「ハンカチかい?——手袋? いや、忘れ物はないよ。おやすみ」。

「お待ちを、檀那——お代を——髭剃り代を」。

「あ、すつかり忘れてゐた。でも、今、ここで拂ふ譯にはゆかない。契約書を見て見給へ。君は信用しなくちやいけないんだ。ふん! 損害が出る事になつても、君は保證されてゐるんだ。お休み、床屋君」。

さう云ふと、世界主義者はゆつくりと立ち去つた。殘された床屋は、當惑の面持ちで後ろ姿を見つめてゐた。

何も無ければ何の力も働きやうがない、といふのは、自然科學の世界でも魔術の世界でも等しく眞實である。それゆゑ、床屋は程なく我に返つて落著きを取り戻した。多分その最初の徴候として、彼は抽斗《ひきだし》から例の掲示を取り出して、元の場所に戻した。一方、契約書に關しては、引裂いて仕舞つた。そんな事が平氣でやれるやうな氣になつたのは、契約書を作つた人物に再び會ふやうな事にはどう考へてもなるまいといふ印象を懷いたためだ。その印象が確かな根據《こんきょ》に基いてゐたか否かは明らかでない。けれども、後日、床屋は友人達にその夜の奇怪な體驗《たいけん》を話す際に、いつもかの風變りな客の事を――或る種の東インド人を蛇使ひと呼ぶやうに――人間使ひと呼んだが、友人達は皆一致して客の事を「頗る獨創的」な人物と考へた。

第四十四章

前章末尾に記された「頗る獨創的」なる言葉が本章の論述の主題となる。本章を飛ばさずに讀む讀者は多少の注目を拂ふだらう

「頗る獨創的」――思ふに、この言葉は、老人や博識家や大旅行の經驗者よりは、若者や無學者や旅行經驗に乏しい者などがより頻繁に使用するやうだ。明らかに、獨創性を感受する感覺は幼兒が最高度に所有し、諸科學の體系を極め盡《つく》した者が最低度に所有する。

小説に於ける獨創的な作中人物について云ふと、奇特な讀者ならばさういふ作中人物に出逢へた日を嬉しく思つて、忘れ得ぬ記念日とするであらう。なるほど、一篇の作品中に四十人から六十人もの獨創的な作中人物を創り出せる作者がゐると、時に話に聞く事はある。可能な事なのかもしれない。しかし、それらの作中人物がハムレットやドン・キホーテやミルトンの惡魔[一]が獨創的だといふやうな意味で獨創的だと云へる事はまづあり得ない。それは詰り、それらが十全に獨創的では全然無いといふ事だ。目新しかつたり、風變りだつたり、印象的だつたり、魅惑的だつたり、もしくはそれらの四つの特色を兼ね備へてゐたり、それだけの事でしかない。

大抵の場合、それらは所謂《いはゆる》奇人變人の類である。だが、さればとて、獨創的といふ譯ではない、奇妙な天才と稱される人間がそれなりに變つてゐても、獨創的でないのと同斷である。

一　ミルトンの惡魔：ミルトンの「失樂園」の主人公の一人。

だが、作中人物が獨創的であるとするならば、それらは何處《どこ》からやつて來るのだらうか？もしくは、小説家はさういふ作中人物を何處で見出だすのだらうか？

そもそも小説家は作中人物を何處で見出だすものなのか？　無論、大抵の場合は、町の中でだ。大きな町は何處も一種の人間品評會の場であつて、小説家は、丁度農場主が家畜を求めて家畜品評會に足を運ぶやうに、作中人物を求めて町に赴く。だが、もはや家畜品評會には新種の四足動物なんぞ見出だすべくもないのと同様、人間品評會にも新種の作中人物——詰り、獨創的な作中人物——なんぞはまづ見當らないのだ。それが頗る稀少だといふ事は、こんな事を考へてみても分るであらう。卽ち、風變りなだけの作中人物は、云はば風變りなだけの外的形態を示すに過ぎないが、獨創的な作中人物といふものは、それが眞正のものならば、獨創的な内的衝動を内に含むものなのだ。

詰る處、この種の虛構の人物の何たるかを適切に想像してみるならば、それは虛構の世界の驚異的存在といふ事にならう。丁度現實の歴史上に出現する、新たなる立法者、革命的な哲學者、新たなる宗教の創始者の如き存在に等しいと云つてよからう。

作品に登場して、漠然と獨創的だと評される作中人物のほぼ全てに、極めて地域的、もしくは時代的に限定される性格が強く認められる。さういふ事情であつてみれば、これ迄獨創性について述べて來た原則に鑑《かんが》みて、それらの作中人物を獨創的だとする主張は斥《しりぞ》けられざるを得まい。

更にまた、思ふに、虛構の人物が獨創的だと世間一般から判定される場合、その人物の特徴はほぼ個人的なもの――一個人に限定されるものだ。かかる作中人物は自らの特性を周圍に放射する事はないが、それに對して、本質的に獨創的な作中人物は回轉《くわいてん》するドラモンド灯[二]の如きもので、自ら發する光線を周邊《しうへん》全體に注ぐのだ――それによりあらゆるものが照し出され、あらゆるものがそれに向つて動き出す事となる（ハムレットの場合が正にさうだ）。その結果、さういふ作中人物についての十分な觀念が形成されると、「創世記」に於て天地開闢《かいびやく》の後に生じたのと同様の効果が讀者の胸中に生み出される事になる。

　一つの軌道には一つの惑星しか存在し得ないのと全く同じ理由で、一つの作品にはただ一人の獨創的作中人物しか存在し得ない。二人になると葛藤が生じて混沌狀態を呈しかねない。さういふ風に考へると、一つの作品に二人以上の獨創的作中人物が存在するなどと云ふのは、實は獨創的作中人物が全然存在してゐないと云ふに等しい。だが、目新しく、異様で、人目を引いて、奇妙で、エクセントリックな作中人物、あらゆる種類の面白くてためになる作中人物について云ふならば、優れた作品はそのやうな作中人物で溢れてゐる。それらを生み出すためには、作者は取り分け多くのものを見、多くのものを見透《すか》さなければならない。けれども、ただ一人の獨創的作中人物を生み出すためには、作家はよほどの幸運に惠まれてゐなければならないのである。

　小說に於けるこの種の現象と、それ以外の一切の現象との間には、一つだけ共通點があるやうに見える。卽ち、作り手の想像力を生みの親とはなし得ない、といふ事だ――動物學に於けると同様、文學に於ても、全ての生命は卵子から生れる、といふのが眞實なのだ。

二　**ドラモンド灯**：スコットランドの發明家トマス・ドラモンド（一七九七―一八四〇）の發明した灯。石灰に酸水素炎を當てて白光を發する。一八二九年に灯臺に利用された。

床屋の友人達の用ゐた「頗る獨創的」なる言葉の不適切な所以を説明したいと頑張つてゐる裡に、思はず知らず、退屈な、恐らくは煙みたいに朦朧《もうろう》たる駄辯《だべん》を弄《ろう》するに至つて仕舞つたらしい。然りとすれば、かかる煙の何より有效な活用法は、能ふる限り體裁《ていさい》よく煙に紛《まぎ》れて退散して、本來の物語に復歸する事であらう。

第四十五章

世界主義者が深刻味を募らせる

紳士用船室の中央で、天井から吊された瓦斯《ガス》ランプが燃えてゐる。ランプの磨り硝子《ガラス》製の笠には全面に趣向が凝らされ、四隅[一]に角《つの》の立つ祭壇から炎が立ち上る光景と、白衣を纏《まと》つて頭部に光輪を戴く男の姿とが、透かし模様で交互に彫られてゐる。瓦斯ランプの光は、雪のやうに白く丸い大理石――ランプの直下に据ゑられた大卓子《テーブル》の石盤――を眩《まばゆ》いばかりに照らした後、次第に輝きを減じながら、漣《さざなみ》のやうに四方に擴散《くわくさん》して行つた。

天井のあちこちに、不毛の惑星よろしく他のランプがぶら下がつてゐた。適切に配置されてはゐたものの、どれも今は光を放つてゐない。燃料が盡きて仕舞つたか、寝棚の占據者《せんきよ》達が光を邪魔だと思つたか、物を見るよりは眠りたいと思つたかして、消して仕舞つたのだ。

中央の瓦斯ランプにしても、船長の命令が傳はつてゐなかつたならば、近くの寝棚に寝てゐた强情な船客が消して仕舞つてゐたかもしれない。船長は船室係に、晝間《ひるま》の天然の光が差し込んで御役御免となるまでは、ランプは點《つ》けた儘《まま》にして置くやうにと命じたのだが、この船室係は、同じ職業に携はる多くの者同様、時に多少あけすけに物を云ふ氣味があつて、件《くだん》の强情者の態度が癇《かん》に障《さは》つたものだから、こんな風に窘《たしな》めた。船室が暗闇の中に取り残された時に生じかねない悲しむべき情況を忘れてはならないし、のみならず、他人同士が大勢集

一　四隅に角の立つ祭壇：舊約聖書「出エジプト記」二七・一―二參照。

まる場所で部屋を暗くしてくれと騒ぎ立てるやうな振舞ひは、控へ目に云つても、穏やかならざるものではあるまいか、と。かくして、中央のランプ――多くの中の最後の生き残り――は燃え續けたが、寝棚にゐる者達の中には心中に祝福する者もゐれば、呪ふ者もゐた。

　卓上の本を照す、この孤獨なランプの下に、孤獨に寝ずの番をする清潔で顔立ちの整つた老人が坐つてゐた。頭髪は大理石みたいに眞つ白で、「ルカ傳」に記された、善き人シメオン[二]を想起させるやうな容貌だつた。シメオンは終に信仰の師の姿を目の邊りにして、師を祝して安らかに逝《い》つたといふ。冬にも青々としてゐる植物のやうに如何にも健康さうな顔附とか、今年の夏だけでなく過去何年にも亙り日に焼けて深く染み込んだ黄褐色の兩手の皮膚の色とかから見て、老人は愼しい活動の人生の後、田野から爐邊《ろべ》へと幸せな引退を遂げた裕福な農夫のやうに見えた――七十歳に至つても、十五歳の時と變らぬ若々しい心を持ち、孤絶して生きる方が廣《ひろ》く知識を得るよりも大きな惠みとなり、世間を知らぬがゆゑに、世間に汚されずして遂に天國に送られる人々の一人だ。あたかもロンドンの宿に泊つた田舎者が、觀光客として宿の外にまるで踏み出さうともせず、霧の巷《ちまた》に踏み迷ひもしなければ、泥に汚れもせずして、遂にはロンドンを立ち去つて仕舞ふやうなものだ。

　花嫁の部屋に輕やかな足取りで入つて來る花婿よろしく、床屋の店から好い香りを漂はせて、また、その陽氣な表情で夜の闇の中に朝の雰圍氣みたいなものを振り撒《ま》きながら、世界主義者が入つて來た。が、老人を見て、讀書に心を奪はれてゐる様子に氣づくと、少しく己れを制して、大人しく歩を進め、卓子《テーブル》の反對側に腰を降ろし、一言も物を云はなかつた。し

二　善き人シメオン：新約聖書「ルカ傳」二・二五―三五參照。

かし、何かを期待して待ち受けてゐるやうな表情だつた。

「失禮だが」と、老人は一瞬怪訝《けげん》さうに相手を見上げた後、から云つた、「失禮だが、人が我々を見たら、ここは珈琲店で、今は戰時中で、私は重大ニュースの載る新聞を持つてゐて、それが一部しかないので、あんたはそこに坐つて私を一心に見詰めてゐる、そんな風に思ふでせうな」。

「さうすると、實際に良いニュースが載つてゐる譯ですな――この上なしの素晴しいニュースといふやつが」。

「素晴し過ぎて眞實ではあり得ない」と、カーテンで閉ざされた寢棚の一つから聲がした。

「あれ」、と世界主義者が云つた、「誰かが寢言を云つてゐる」。

「さう」と老人が云つた、「そしてあんた――あんたも夢を見ながら喋つてゐるみたいだ。あんた、どうしてニュースだの何だのと云ふのかね、お分りでせうが、ここに持つてゐるのは本ですよ――聖書の本で、新聞なんかぢやないのに?」

「分つてゐます。讀み終へられたら――決してせかす積りはありません――お貸し頂ければ有難い。この船に置いてあるものですよね――協會から贈呈されて」。

「おう、どうぞ、どうぞ」。

「いえいえ、お邪魔する積りは全然なかつたんです。ただ、お待ちしてゐる理由を説明しようとして、事實を申しただけで――それだけの事です。どうぞ、續けてお讀み下さい。さうでないと、私が困ります」。

この丁重な態度は效果が無くも無かつた。老人は眼鏡を外し、讀んでゐた章が今終つた處だと云つて、氣持ちよく聖書を讓ると、こちらも氣持ちよく感謝して受け取つた。そして數分間讀んでゐたが、集中した表情が深刻なそれに變り、次いで或る種の苦痛の表情に變ると、世界主義者はゆつくりと聖書を卓上に置き、老人に顔を向け、穩やかな好奇の面持ちで相手を見詰めてゐた老人に、かう云つた、「老いたる友よ、私の疑惑を——心を掻《か》き亂《みだ》す疑惑を、解き明して頂けませうか？」

「疑惑と仰有るが」と、老人は表情を改めて、「疑惑と仰有るが、人がそれを懐いたとして、解き明せるのは人ではない、といふ類の疑惑もあります」。

「いかにも。でも、私の疑惑といふのは、かういふものです。私は人間を高く評價してゐます。人間を愛してゐます。人間を信頼してゐます。處が、ほんの三十分前、私は何と云はれたか？ こんな事が書いてあるよ、なんて云はれたんです——[三]『我はその者の多くの言葉を信じず——敵なる者はその脣もて優しく語る』——それに、これと同じやうな意味の言葉がどつさり見つかるよ、全てこの本の中に、とね。考へもつかぬ事でした。そこで、ここに自分で見つけに來たんです。さうしたら、どうでせう？ 今引いた言葉だけでなく、云はれた通り、同じ趣旨の言葉がもつと見つかつたんです。例へば、かうです。[四]『多くの言葉もて彼は汝を試さん。汝に微笑み、汝に巧みに語り、汝は何を欲するやと云はん。已れに利すると見れば、汝を利用せん。汝を搾《しぼ》り盡しても悔ゆる事無からん。しかと見て心せよ。かくの如く聞かば、眠りより醒めよ』。」

三　我はその者の……：既出。第四十三章の註（四）、（五）參照。

四　多くの言葉もて……：舊約聖書外典「集會の書」一三・一一、六、四、五、一三より、それぞれ引用したものを集めてある。

「誰だ、詐欺師の事を語つてゐるのは?」といふ聲がまたしても寢棚から聞えて來た。

「眠つてゐて目醒めてゐるんですね、きつと」と、世界主義者が驚いて目を瞠《みは》りながら云つた。

「さつきと聲が同じだ。寢ぼけてゐるんでせうが、變つた人だ。どの寢棚の人でせうかね?」

「そんな人の事は、どうでもよろしい」と、老人が案じ顏で云つた。「が、伺ひたいのだが、あんたは、今、確かに、この本から拾ひ讀みなさつたんですな?」

「さうです」と、相手は表情を變へて、「心が痛むし、苦々しい限りです、人間を信頼する者、博愛主義者の私にとつてはね」。

「なんですと」と、老人は動搖しながら、「まさか、あんたが讀み上げた言葉が本當にこの本に書いてあると? わしは子供の頃から、七十年間といふもの、ずつと聖書を讀んで來たが、そんな言葉を目にした記憶が無い。ちよつと見せて下さらんか」、さう云つて眞劍な顏をして立ち上り、卓子を回つて相手の側にやつて來た。

「ほら、ここに――ここにも――ここにも」――と頁を捲《めく》りながら、世界主義者は章句を一つ一つ指さした。「ほらね――『イエスの智慧、シラクの息子』[五]の處に、全て出てゐます」。

「ああ!」と、晴れやかな顏になつて老人が叫び、「分つたぞ。ほら、御覽なさい」と云つて、本の頁を前後に捲り、舊約聖書が一方の側に、新約聖書が他方の側に來るやうに卓上に置き、中央にある部分を指で垂直に摘み上げて、「ほらね、この右側の全部も眞實だし、左側の全部も眞實だが、わしが摘んでゐるこの部分は、全部聖書外典といふ譯さ」。

「聖書外典?」

五 「イエスの智慧、シラクの息子」:舊約聖書外典「集會の書」の別名。

「さう。はつきり此處《ここ》に書いてあります」、さう云つて、老人はその活字を指差した。「では、この言葉は何を語つてゐるのか？　事實上、『聖書の正典とは認められない』と云つてゐる。さういふ類を、大學の先生方は外典といふ譯です。この言葉自體は、わしは說教壇で語られるのを聞いたのだが、典據《てんきょ》の定かでないものの謂《い》ひです。ですから、あんたの不安な思ひがこの外典の記述から齎《もたら》されてゐるのだとしたら」、さう云つて老人はまたもや中央の部分を摘み上げて、「それでしたら、もう氣にされる事はない、だつて、聖書外典（Apocrypha）なのですからな」。

「默示録[六]（Apocalypse）がどうしたつて？」と、ここで三度目に、寝棚から聲がした。

「今度は幻覺でも見てゐるんですかな？」と世界主義者は云つて、再び聲のした方に目をやつた。「しかし、御老體」と言葉を繼《つ》いで、「聖書外典の事を思ひ出させて頂いて、どんなに感謝してゐる事か。外典の類だといふのをまるで失念してをりました。實際、何もかも一緒くたに綴《と》ぢられて仕舞ふと、時に頭が混亂して仕舞ふ。正典に屬《ぞく》さないものは別個に綴ぢられるべきですよ。考へてみると、我々のためにシラクの書の全體を正典から除外してくれた學識ある博士達は、實に良い事をしてくれた。だつて、人間への信頼を破壞すべくかくも綿密に考へ拔かれたものを、私は讀んだ例しがありません。シラクの息子はこんな事まで云つてゐます――つい今しがた見たのですがね――『汝[七]の友等に用心すべし』、といふのです。よろしいか、汝の上邊《うはべ》だけの友等、僞善的な友等、僞りの友等に用心すべし、といふのぢやなくて、ただ汝の友等、汝の眞の友等に用心すべしといふのです――云ふなれば、この

六　默示録（Apocalypse）：新約聖書「ヨハネの默示錄」の事。老人の云ふ「聖書外典（Apocrypha）」と默示錄 Apocalypse とを、寝棚の男が取り違へた。

七　汝の友等に……：舊約聖書外典「集會の書」六・一三參照。

世の最も眞實の友人ですら絶對的に信頼されるべきではない、といふのです。[八]ロシュフコーにしたつて、これだけの事が云へるでせうか？　ロシュフコーの人間觀が、マキャヴェリのそれと同様、このシラクの息子から學んだものだつたとしても、怪しむに足りないと思ひます。そしてそんなものを智慧と――シラクの息子の智慧と呼ぶなんて！　實に、智慧だなんてね！　智慧とはどんなにか醜惡な代物《しろもの》に違ひない！　私は云ひたい、血を凍《こほ》らせるやうな智慧よりも、寧《むし》ろ頬《ほほ》に笑窪《ゑくぼ》をつくらせるやうな愚昧《ぐまい》がほしい。でも、いやいや、そんなものは智慧なんかぢやない。仰有る通り、外典でしかないのだから。不信を教へるものをどうして信頼出來るでせうか？」

「いいか、こら」と、ここで前と同じ聲が、やや嘲弄《てうろう》の調子を減らして叫んだ。「お前ら二人が眠る事も知らない程に阿呆だとしても、賢い人間の安眠の邪魔をするんぢやない。何が智慧かを知りたいんだつたら、お前らの寢床の毛布の下にでも探しに行つてみるがいい」。

「智慧だつて？」と、訛《なま》りのある別の聲が叫んだ、「二羽の家鴨がさつきからがあがあと、それが智慧かい？　さつさと寢んかい、この氣違ひどもが。智慧なんてものに關《かか》はり合つて、痛い目を見るんぢやないぞ」。

「聲を低めないといけませんな」と老人が云つた、「善良な方々に迷惑をかけて仕舞つたやうです」。

「折角の智慧が誰かの迷惑になるやうなら、殘念な事です」と、相手が云つた、「仰有るやうに、聲を低めませう。話を續けますが、物事を私のやうに考へたとして、あんなにも不信の念に

八　ロシュフコー：既出。第二十九章の註（三）参照。ロシュフコーは、「友人の不幸は嬉しいものだ」等々、冷笑的な多くの格言で知られる。

満ちた章句を讀んで、不安に陷つた私に驚かれますか？」

「いや、別に驚きはしません」と老人は云つて、から附け加へた、「仰有る處を見ると、わしと相似た考へ方をしてをられるやうだ――被造物たる人間に不信の念を懷くのは、造物主自體への不信に等しい、さうあんたは考へてゐる譯だ。おや、わが若き友よ、どうしたね？お前さんがうろつくには、隨分遲い時間だよ。わしに何か用事でも？」

から問はれたのは、薄汚れて黃ばんだ、古いぼろぼろのリネンの上衣を纏《まと》ふ一人の少年だつた。甲板から入り込んで柔らかい絨毯《じゆうたん》の上を裸足で步いて來たので、足音が聞えなかつたのだ。少年の赤いフランネルのシャツもやはりぼろぼろで、ぼろ布の端がすべて尖つてひらひらと舞ひ、黃色い上衣のぼろと一緒になつて、宗教裁判の犧牲者の衣服に描かれた炎さながら、燃え上る炎みたいに少年の身を包んでゐた。顏面もまた垢《あか》がこびり附いてつやつやと黑光りしてゐて、そこからリンボクの實さながらの黑い兩眼が煌《きら》めいてゐた。あたかも掘り出したばかりの石炭のきらきらとした煌めきのやうだつた。少年は子供の物賣りで、旅客に便利品を提供する――御上品なフランス語で云ふならば marchand（小賣商）――だつた。寢場所は宛《あて》がはれてゐなかつたので、船內をさ迷つてゐる裡に、ガラスの扉越しに船室の二人の姿を眼にして、遲い時刻ではあるが、小錢を稼ぐのに遲過ぎるほどの時刻でもあるまいと考へたのだ。

彼の持ち運んでゐる賣物の中に、一つ妙な物があつた――マホガニー製の扉のミニチュアで、蝶番《てふつがひ》で木枠に取り附けられてをり、やがて明らかになる一點を除いて、扉としての體裁《ていさい》がちやんと整つてゐた。少年はこの小さな扉を意味有りげに老人の前に掲げた。老人は暫し見つめてから、かう云つた、「子供よ、汝の玩具と共に、汝の道を行くがよい」。

「おやまあ、そんな事を云ふとはね、歳を取つて賢くなんかなりたくないもんさ」と、少年が垢だらけの顔で笑ふと、豹《へう》のやうな齒が剝《む》き出しになつた。[九]ムリーリョの繪に描かれた、野生の乞食少年の齒さながらだつた。

「惡魔どもが笑つてゐるな？」と、例の訛りのある聲が寢棚から聞えて來た。「一體全體、智慧の何が笑ふほどをかしいつてか？　とつとと寢やがれ、惡魔どもめ。消え失せろ？」

「ほら見てごらん、お前があの人の安眠の邪魔をしたんだ」と、老人が少年に云つた、「もう笑ふんぢやないぞ」。

「いやいや」と世界主義者が云つた、「どうか、そんな事は云はないで。折惡《をりあ》しく大きな聲で笑つたりすると、この世では戲《たは》け扱ひされて虐《しひた》げられるものだなんて、この子に思はせてはいけません」。

「では」と、老人が少年に云つた、「とにかく、もつと小聲で喋らないとな」。

「ああ、さう仰有つた方が間違ひがないでせう」と世界主義者が云つた、「でも、君ね、こちらの御老體に何か云ひかけてゐたんぢやないのかい？　何だつたんだい？」

「ああ」、と少年は落著いた態度でミニチュアの扉を開けたり閉ぢたりしながら、聲を低めて云つた、「こんな事さ。先月、シンシナティの博覽會で玩具の賣店を出したんだけれど、おいら、澤山のお年寄に玩具のガラガラを賣つたんだ」。

九　ムリーリョ：スペインの畫家。聖書の他に、スペインの街路の乞食や子供の繪を多く描いた。一六一八—一六八二

ムリーリョの繪

「不思議ぢやないさ」と老人が云つた、「わしも小さい孫達のために、そんな物をよく買つたりするもんだ」。

「でも、買つてくれたのは、獨り者のお年寄りばかりだつたよ」。

老人は暫し子供を見つめた後、世界主義者にから囁《ささや》いた、「をかしな子ですよ、こいつは。ちよつと阿呆ぢやないかな？　智慧が足りないとか？」

「足りないさ」と少年が云つた、「足りてゐたら、こんな襤褸《ぼろ》を著てゐないよ」。

「なんと、子供よ、隨分耳が良いんだな！」と老人が叫んだ。

「もつと耳が惡かつたら、おいらの惡口なんか聞えないんだがな」、と少年が云つた。

「だいぶ悧巧さうだね、君は」と世界主義者が云つた、「君のその智慧を賣つて、上衣でも買つたらどうだい？」

「それだよ」と少年が云つた、「それが今日おいらがやつた事だよ。で、おいらの智慧につけた値段で、この上衣を買つたんだ。處で、いい賣り物があるんだけどね。いや、この扉が賣りたい譯ぢやないよ。これは、まあ、見本として持つて歩いてゐるだけ。ねえ、ちよつとこれ見て」、さう云ふと、扉を卓の上に立てて、「このちつちやな扉がお爺さんの一等船室の扉だとするよ、さて」と云つて扉を開け、「夜にはそこから中に入つて、後ろ手に扉を閉める――こんな風に。さあ、これで安心だね？」

「さうだらうな」と老人が云つた。

「勿論、安心だよ、君」と世界主義者が云つた。

「すつかり安心だと。いいよね。で、例へば、夜中の午前二時頃、やはらかな手をした紳士がやはらかな足取りでやつて來て、ここの把手《とつて》を動かしてみる――こんな風にね。このやはらかな手をした紳士は忍び足で入つて來る。すると、さあ、大變！　お金はどうなつた？」

「分つた、分つた」と老人が云つた、「その御立派な紳士は、御立派な泥棒だつたといふ譯だ。そして、お前さんのちつちやな扉には、泥棒よけの錠前がついてゐないといふんだな」、さう云ひながら、老人は前よりも注意深く扉に眼を凝《こ》らした。

「さあ、さあ」と、子供は再び白い歯を覗かせながら、「さあ、さあ、あんたらおじさん達の中には、勿論色んな事を知つてゐる人達がゐるさ。でも、ここに凄い發明品があるんだよ」と云ふと、頗る單純ながら精巧な、小さな鐵製《てつせい》の裝置を取り出して、小さな扉の內側に取り附けると、扉は閂《かんぬき》を掛けられたみたいにがつちりと締つた。「ほら、この通り」と、子供は腕を一杯に伸ばし、如何にも感歎するやうに扉を抱へ持つて、かう云つた、「ほらね、この通り。やはらかな手をした紳士がやはらかな足取りでやつて來て、この小さな扉の把手を動かしてみても、平氣なもんさ。柔らかな手みたいに脳が軟らかくなつて仕舞ふまで、把手を散々つぱら動かしても、開きやしない。安くしとくよ、旅行者用の專賣特許の錠前、たつたの二十五セントでござい」。

「こいつは驚いた」と老人が叫んだ、「活字の宣傳もかなはんな。分つた、一つ貰はう。早速、今夜から使つてみよう」。

　子供は小錢を小袋に納める老銀行員のやうな沈著な態度で、世界主義者の方に向き直つて云つた、「一つ、いかが?」

「折角だがね、君、僕は鍛冶屋の作るやうなさういふ物は、決して使はないんだ」。

「そんな事を云ふ人に限つて、鍛冶屋を一番働かせるもんさ」と少年は云つて、世界主義者にウィンクをした。何やら、分つてゐるぞ、とでも云ひたげなウィンクだつたが、彼の年頃の少年にしては、ちよつと珍しくなくもない仕種《しぐさ》だつた。しかし、老人は氣づかなかつたし、それが向けられた當《たう》の相手にしてからが、どう見ても氣づいた氣配は無かつた。

「さて、處で」と、少年が再び老人に云つた、「今夜は旅行者用の錠前がかかつてゐる譯だし、これですつかり安心だと思ふだらうね?」

「さう思ふさ」。

「でも、窓はどうだらうか?」

「ええつ、窓だと。ちつとも考へなかつた。何とかしなければならんな」。

「窓なんか心配要らないよ」と少年が云つた、「それに、本當云ふと、旅行者用の錠前なんかも要らないんだ(買つて貰つて惡い事をしたとは思はないけどさ)、おいらの持つてゐる取つて置きの物を一つ買つてくれたらね」、さう云つてズボン吊りのやうなものの束を取り出し、老人の眼の前にぶら下げて、「胴巻財布でござい、たつたの五十セント」。

「胴巻財布? 聞いた事もないな」。

「一種の札入れだよ」と少年が云つた、「ただ、もつと安全だけどね。旅行には持つて來いだよ」。

「ああ、札入れか。それにしても、妙な札入れだな。札入れにしては随分ひよろ長くて細つぽいんぢやないか？」

「腰に巻くんだよ、服の内側にね」と少年が云つた。「扉が開いてゐようが、錠がかけられてゐようが、ぱつちり眼を開いて突つ立つてゐようが、椅子に坐つてぐつすり眠り込んでゐようが、胴巻財布さへあつたら、まづ盗まれつこない」。

「分つた、分つた。胴巻財布から盗むのは面倒だらうて。それに、今日聞いた話だが、ミシシッピー河は掏摸《すり》どもの天下だといふし。幾らで賣つてゐるんだい？」

「たつたの五十セント」。

「貰はう。ほらよ！」

「毎度あり。それから、プレゼントがあるんだ」、少年はさう云つて、紙を束ねたものを懐中から引き出すと、その一枚を老人の前に投げて寄越した。老人が見ると、「贋金《にせがね》[十]の見破り方」と書いてあつた。

「凄く役に立つよ」と少年が云つた。「七十五セント分の買物をしてくれた御客には、必ず上げる事にしてゐるんだ。これ以上のプレゼントはないよ。胴巻財布、おじさんにも賣つてあげようか？」、さう云つて、今度は世界主義者の方を向いた。

「折角だけど、さういふ類のものは決して使はないんだ。お金はポケットにばらで入れて持ち歩くもんでね」。

「ばらで誑《たぶら》かすのも、悪くないね」と少年が云つた、「贋金つぽく見えても、本物つて譯だ。


十「贋金の見破り方」：當時、多くの類書が數多く刊行された。

『贋金の見破り方』は要らないんだね。それとも、そんな事は先刻ご承知つて譯かい?」

「おいおい、君」と、老人が幾分心配げに云つた、「こんなに夜更かししちやいけないよ、頭に良くないからな。さあ、もう行つて、寝なさい」。

「枕に出來るやうな誰かさんの頭があつたら、寝に行くんだけどね」と少年が云つた、「でも、船の板は硬いからね、分るだらう」。

「行きなさい――ほらほら、さつさと行くんだ」。

「さうださうだ――ほいほい」と、少年は老人の言葉をふざけて眞似ると、暇乞《いとまご》ひに、花模様を編み込んだ絨毯を頑丈さうな片足で後ろ向きに擦《こす》つた。まるで五月の牧場で惡戯《いたづら》な子牛が角のやうに硬い蹄《ひづめ》を後ろ向きに蹴るのにも似てゐた。それから、帽子を勢ひよく振り――この帽子も、纏《まと》つてゐる襤褸《ぼろ》同様、不景氣な時勢のしからしむる處と云ふべく、彼の經驗にふさはしくない、とは云へぬとしても、年齢にはふさはしくない代物《しろもの》で、誰か大人の捨てたビーヴァー帽[十一]だつたが――、向きを變へ、若きカフィル人[十二]のやうな雰圍氣を漂はせつつ、立ち去つて行つた。

「妙な子供だ」と、少年を眼で追ひながら老人が云つた、「母親はどんな人なんだらう、子供の夜更かしを知つてゐるのかしらん?」

「きつと」と世界主義者が云つた、「知らんでせう。それはともかく、憶えておいでですか、あなた、何か仰有つてゐましたよね。あの子がミニチュアの扉を持つて割り込んで來た時」。

「さうでしたな、――ええつと」と云つて、その間、自分の買つた物の事は忘れて仕舞つて、

十一　ビーヴァー帽:ビーヴァーの革で作られた山高帽子。シルク・ハット。
十二　カフィル人:既出。第六章の註(四)を参照。

「はて、何だつたかかな？　何を云つてゐたのかな？　あんた、憶えてゐなさるかな？」

「完全には憶えてゐませんが、でも、私が間違つてゐなければ、こんな風な事だつたかも。自分は神の被造物に不信の念を懐きたくはない、なぜなら、造物主に不信の念を懐くにも等しい事になるからだ、と」。

「ああ、そんな事でしたな」と老人は云つて、自分の買物に反射的に空《うつ》ろな視線を向けた。

「處で、あなたは今夜、胴巻財布にお金を入れるお積りですか？」

「當然、ぢやないかね」と、ちよつとびくつとして老人が云つた、「用心するのに遅すぎる事はない。『掏摸《すり》に御注意』といふ貼紙が船内至る處に貼つてあるし」。

「さうですね。シラクの息子とか、他の病的な皮肉屋の連中でせう、そんな事をやつたのは。でも、私は違ふ意味で伺つたのです。胴巻財布をお使ひになる積りでゐるのなら、御手傳ひをさせて戴けませんか。二人で協力したら、しつかりやれると思ひますよ」。

「えつ、いやいやいや！」と老人は狼狽を隠せない様子で、「いやいや、あんたに迷惑なんか懸けたくない」と、そはそはしながら胴巻財布を疊《たた》んで、「それに、人様の眼の前で、胴巻財布を身につけるなんて無作法な眞似はしたくないし。でも、今思ひついたんだが」と云つて、一息つくと、チョッキのポケットの奥の方から小さな札束を取り出して、から續けた、「ここに、昨日セントルイスで貰つた二枚の紙幣がある。勿論本物です。でも、ちよつと暇潰《ひまつぶ》しに、この『贋金の見破り方』を利用して、調べてみようかと思ふんだがね。有難や、こんなプレゼントをくれるとは。みんなの恩人ですな、あの子は！」

老人は「贋金の見破り方」を自分の眞正面の卓上に置くと、二人の罪人の襟首をつかんで法廷に引つ立てて行く廷吏さながらの面持ちで、その向うに二枚の紙幣を竝《なら》べた。取り調べが始まり、それが暫く續いた。かなり綿密かつ愼重な調査となり、老人の右手の人差指は證據《しようこ》を探し求め特定しては、法律家さながらの效能を發揮しつつ、あちこちと動き回つた。

老人を暫く見詰めた後、世界主義者は格式ばつた聲で云つた、「さて、いかがですかな？陪審長殿。有罪か、無罪か？――無罪でせうな？」

「分らん、分らんのだ」と困惑の體《てい》で老人が云つた、「判定しなければならない特徴があり過ぎて、譯が分らなくなつて仕舞ふ。ほら、この紙幣だが」と、一枚に手を觸《ふ》れて、「これはヴィックスバーグ信用保險銀行の三弗《ドル》紙幣のやうだ。で、『贋金の見破り方』によると――」

「でも、どうして『見破り方』の云ふ事なんか氣にするのです？『信用保險』のお墨附きでせうが！　それ以上に何が欲しいと云ふんですか？」

「いや、別に何も。しかし、『見破り方』によると、他にも五十もの注意點を擧《あ》げてゐるんだが、例へば、もしも本物のお札だとすると、波打つ小さな斑點《はんてん》があちこちにあつて、その部分は紙が厚くなつてゐるらしい。そして、觸《さは》ると絹のやうな手觸りがするが、それは赤い絹のハンカチの纖維が製絲業者の大樽の中でかき混ぜられて出來たもので――紙は銀行の註文で作られたものだといふ」。

「なるほど、で、そのお札は――」

「ま、お待ちを。しかし、からう附け加へられてゐる。その特徴は必ずしも當てにはならない。

本物の紙幣の中にはひどく使ひ古されて、赤い斑點が摺り消されて仕舞つてゐるものもある、となる。このわしの紙幣の場合がさうです――ほら、隨分古いものでせう――さもなければ、これは贋札《にせさつ》か、或は――よく見えんぞ――或は――ああ、困つた――どう考へたらよいのか、分らなくなつて仕舞つた」。

「その『贋金の見破り方』のせゐで、隨分御苦勞なさつてゐるやうで。でも、噓ぢやない、そのお札は本物です。そんなに疑ぐり深くなつてはいけません。やはりいつも考へてゐる通りだ。この頃の信頼の缺如《けつじよ》の甚《はなは》しさは、受附のフロントやカウンターでよく見かける、これら『贋金の見破り方』の類のせゐに違ひない。こんなものに唆《そその》かされて、本物のお札が信じられなくなつて仕舞ふのです。捨てて御仕舞ひなさい、そんなものは。厄介《やくかい》な目に會ふだけですよ」。

「いや、慥《たしか》に厄介だが、わしは持つて置かうと思ふ。――ちよつと待つた、ここに別の注意點が書いてある。もしもお札が本物ならば、四隅の一つに、飾り模樣に混つて、顯微鏡でないと見えないくらゐの、とても小さな鵞鳥《がてう》の繪《ゑ》が描いてなければならない、と。そして、更に用心が施されてあつて、その氣になつて注視するのでないと、それは擴大鏡《くわくだいきやう》で見ても判別出來ない。例の樹木の線畫《せんぐわ》の中に隱された、ナポレオンのシルエットのやうなものだ、さう書いてある。さあて、どんなに目を凝《こ》らして見てみても、わしには鵞鳥が見えんぞ」。

「鵞鳥が見えないですつて？　はてな、私には見えますよ。しかも名高い鵞鳥[十三]ですよ。ほら、ここに」（と云つて手を伸ばし、飾り模樣の中の一點を指さした）。

十三　名高い鵞鳥：英語で「鵞鳥を追ひかける」とは、「無駄な追求」を意味する。

「見えませんな――困つたな――わしには鵞鳥が見えない。ちやんとした鵞鳥ですかな？」

「完璧な鵞鳥です。美しい鵞鳥です」。

「ああ、困つた。わしには見えない」。

「それぢや、そんな『見破り方』なんか捨てて御仕舞ひなさい、目を惡くするだけの事です。無駄骨を折つても仕方無いぢやありませんか？　捨てて御仕舞ひなさい、そんなものは」。

「いや。期待したほど結構なものではないやうだが、もう一枚のお札の方も調べてみないと」。

「お好きなやうに。でも、これ以上お附き合ひする氣にはとてもなれませんので、御勘辨《かんべん》頂きます」。

かくして、老人が再び惡戰苦闘して點檢《てんけん》に取り掛かると、世界主義者は作業の妨げにならないやうに、讀書を再開した。つひに、老人が見込み無しと見て作業を諦め、手が空いた、と見るや、世界主義者は目の前に置かれた書物について、老人に向つて、何やら深刻な興味を唆《そそ》るやうな事を云つた。そしてその裡に益々深刻な顔附になり、眼前の大部の本をゆつくりひつくり返して表表紙を上に向けると、本を船に獻呈《けんてい》した協會の名前が記された、ひどく色褪《あ》せた金色の文字をやつとの事で判讀して、かう云つた、「はてさて、公けの場所にかういふ本が置かれてゐるといふのは、誰だつて結構な事だと思ふに違ひありませんが、それでも聊《いささ》か不滿があります。この本を御覽なさい。外側を見れば、荷物置場の古びた旅行鞄のやうに損耗《そんもう》が甚だしいが、内側と來たら、百合の蕾《つぼみ》の芯《しん》みたいに眞つ白です」。

「いかにも、いかにも」と、初めてその事に氣づかされて、老人は悲しげに應じた。

「これに限つた事ではありません」と、世界主義者が續けた、「遊覽船やホテルのやうな公けの場所に置かれた聖書を隨分目にしましたがね。全てがこんな風でした。外側は使ひ古されてゐて、內側は眞新しいのです。いかにもこの事實は、內なる新鮮といふものは、外側がどんなに古びてゐても、眞實の最上の證據《しようこ》だといふ事をよく象徵してゐます。でも、さればとて、旅行者一般の心の中の、聖書への尊敬の念を、然るべくよく物語つてゐる事にはなりません。或は間違つてゐるかもしれない、でも、旅行者がこの本にもつと多くの信賴を寄せるならば、こんな風な有樣にはならないだらうと思ふのです」。

老人は「贋金の見破り方」の上に屈み込んでゐた時とは打つて變つた顏附になつて、相手の發言について思ひに耽りながら、暫くの間坐つてゐた。そして、到頭、恍惚とした表情でかう語つた、「けれども、旅行者一般といふ人達こそは、なんぴとにも增して、この書物の裡に告げられてゐる、我々を守護する精神を信賴せねばならない」。

「御尤も、御尤もです」と、考へ深げに相手は同意した。

「そして、その信賴は心底からのものであつて、かつまた喜びを伴ふものであらう」と、老人は顏を輝やかせつつ言葉を繼《つ》いだ、「何となれば、この涙の谷を彷徨《さまよ》ふ我々が、自らを守る事が叶《かな》はぬ時に、我々を守る力を有してをられると共に喜んで守つて下さるかの大いなる力を信じて、激しい驚きに縮み上る必要もなければ、恐るべき危險に身を固くする必要もないと、何時如何なる時にも感じるのは、我々の義務でもあるし、それに劣らず、大いなる喜びでもあるからだ」。

世界主義者は何やら呼應する精神を呼び醒され、相手の方に身を傾けると、悲しげにかう云つた、「これは旅行者が互ひに滅多に口にしない話題ですが、あなたには申し上げたい、同じやうな安心感を私も共有してゐる次第です、とね。私は隨分世界中を歩きまはつて來たし、今もそれを續けてゐます。それにも拘らず、この國に於ては、取り分けこの地域に於ては、蒸氣船や鐵道に關して人を幾分不安にさせる類の話が語られてゐるにも拘らず、私は陸上と水上とを問はず、時に刹那的に動搖させられる事はあつたにしても、深刻な不安に陷つた事は無いと云つてよろしいでせう。何となれば、あなたと同樣、[十四]守護天使よりなる『安全保障委員會』の存在を信じてゐるからです。この委員會は至る處で沈默裡に開催され、目には見えないが巡察に勵《はげ》んでをり、我々がぐつすり眠り込んでゐる時に最も警戒を強め、その巡察路は町にも森にも、街路にも河川にも行き渡つてゐるのです。要するに、私は[十五]『エホヴァは汝の依り賴むもの』といふ教へを決して忘れる事が無いのです。かかる信賴の念を持ち合はせない旅行者は、如何に哀れむべき不安の念に苦しまねばならぬ事でせうか。或は、如何に空しく、近視眼的に、自らの面倒を見なければならない事でせうか」。

「正に仰有る通りだ」と、老人が低い聲で云つた。

「こんな章があります」と、相手が再び本を手に取つてから續けた、「御異議がなければ、讀み上げて差し上げたいと思ひます。でも、このランプ、太陽みたいに明るいランプの筈なのに、なんだか燃え方が弱くなつて來ましたよ」。

「本當にさうだ、本當にさうだ」、と樣子が變つて、老人は云つた、「おやまあ、隨分遲くな

十四　**守護天使よりなる「安全保障委員會」**：舊教では、守護天使達が個人、社會、國家を守つてくれると考へ、天使達の集團を「安全保障委員會」と稱する。

十五　**「ヱホヴァは汝の依り賴むもの」**：舊約聖書「箴言」三・二六に、「ヱホヴァは汝の倚《より》賴むものにして」云々、とある。

つた。寝なきやならん、寝なきゃな！　ええつと」、と云つて立ち上り、何やら物足りぬげに四邊を見回し、初めは腰掛けと長椅子に、次いで絨毯《じゆうたん》の上に目をやつて、「ええつと、ええつと――何か忘れてはゐないかな――忘れては？　何だかぼんやりと憶えてゐるんだがな。倅《せがれ》がな――用心深い男なんだが――今朝、ほんの今朝の事だが、出發する時に慥《たし》か何か云つたんだ。何かに氣をつけるやうに、といつたやうな事だつたな――寝室に引き取る前に、何かに、と。何の事だつたかな？　何か安全に關する事だつた。ああ、なんてひどい記憶力だ！」

「ひとつ當てさせてみて下さい。救命具の事では？」

「それそれ。わしの一等船室に救命具を持つて行くのを忘れないやうにと、さう云つてゐた。船が提供してくれるとも云つてゐたな。でも、どこにあるんだらう？　見當らんな。どんな恰好をしてゐるのかな？」

「こんな恰好だと思ひますよ、きつと」と世界主義者は云つて、座部の下にブリキの丸い筒のついた腰掛[十六]（stool）を持ち上げた。「さう、これが救命具だと思ひます。優れものですよ。尤も、自分で使つた事は無いので、かういふ類のものについて、大して知つた振りをする積りはありませんが」。

「ええつ、本當に、まさか！　誰が思ひつくかね？　それが救命具？　紛れもなく、わしが坐つてゐた寝室用便器（stool）ぢやないかね」。

「さうです。これでお分りでせう、人の命といふものは、自分自身では氣をつけてゐなくても、誰かが氣をつけてくれてゐるものなのです。實際、もしもこの船が暗礁に衝突して、暗

十六　**腰掛（stool）**：背の無い腰掛の意味のstoolには、「寝室用便器」の意味もあつて、メルヴィルは「腰掛」と「便器」とをかけてゐる。詰りは、「便器」が「救命具」といふ事になる。

闇の中で沈沒するやうな事態に陷つたとしても、この手の腰掛があなたを浮き上らせてくれる事でせう。あなたは御自分の部屋に一つほしいと思つておいでなのだから、どうぞこれをお持ち下さい」、世界主義者はさう云つて、寝室用便器の腰掛を老人に手渡した。「これ、お薦め出來ると思ひますよ、このブリキの部分は」と云つて、そこを拳《こぶし》でとんとん叩いて、「申し分ないです――中は空つぽのやうだし」。

「でも、本當に申し分無いかね?」さう云ふと老人は不安げに眼鏡をかけ、いとも綿密にその部分を調べて――「はんだ附けは問題ないでせうな? しつかりくつついてゐるんでせうな?」

「さう思ひますよ。尤も、實際、さつきも申しました通り、この類のものを私自身は使ひませんのでね。それでも、難破でもした時には、折れて先の尖つた船材なんぞには頼らずに、その腰掛にこそ信頼を寄せる事が出來ると思ひますよ、神樣が特別に授けて下さつたものとしてね」。

「それぢや、おやすみ、おやすみ。神樣が我々二人を共に守つて下さるやうに」。

「きつと守つて下さいますよ」、と世界主義者は云つて、胴巻財布を手に持ち救命具を脇の下に抱へて立つ老人を、同情を込めて眺めた。「きつと守つて下さいます。だつて、あなたも私も、人間にも神樣の御心にも、等しく信頼を懐いてゐるのですから。でも、おやまあ、ここにゐたら眞つ暗闇の中に取り殘されて仕舞ひますよ。うへつ! それに、なんてひどい臭ひだ」。「ああ、行き方がわからん」と、老人が自分の前方を見つめながら叫んだ、「わしの部屋にはどう行つたらいいんだ？」

「私は夜目《よめ》が效くから、教へて差し上げませう。でも、その前に、皆さんの肺の健康に良くないから、まづこのランプを消させて下さい」。

次の瞬間、かすかに燃えてゐたランプが消え、それと共に、四隅に角《つの》の立つ祭壇からかすかに立ち上る炎と、白衣を纏ふ男の額を廻るかすかな光輪も消えた。續く暗闇の中で、世界主義者は優しく老人を導いた。何か更なる假面芝居の物語がこれに續く事になるであらう。

解説

一

一八五七年、メルヴィルは最後の長篇小説「詐欺師—假面芝居の物語—」を上梓するが、その後の三十四年間、七十二歳で生涯を終へる迄は詩作を專らとし、遺作「ビリー・バッド」を唯一の例外として、もはや小說執筆に手を染める事は無かつた。一八五一年の「モービー・ディック」に對する世間の冷評、翌年の「ピエール」に對する酷評を受けて、「バートルビー」、「エンカンタダス」、「ベニト・セレノ」等中短篇小說の佳篇のみならず、「イズリエル・ポッター」と「詐欺師」といふ二つの長篇小說を書き上げもするが、世評が恢復する事は殆ど無く、詩作に轉じた頃には處女作「タイピー」の成功で獲得した人氣作家の地位はほぼ完全に失はれてゐた。「メルヴィル詩選集」（一九七〇年）を編んだロバート・ペン・ウォーレンは、その「序文」にかう書いてゐる。

メルヴィルの詩を完全に理解しようといふのなら、彼の作家としての敗北を背景として考へてみなければならない。作家としての敗北ゆゑに、彼は失意と世間の拒絕とに苦悶せざるを得なかつたのみならず、それが因《もと》で健康を損《そこな》ひ、視力に障碍《しやうがい》を來たし、更には、事業に挫折して追ひ詰められ狂死を遂げた父親の悲運を思つて、明らかに發狂の恐怖に戰《をのの》いた。かつて「ピエール」に描いたかの時に、彼は際會《さいくわい》してゐたのだ。卽ち、「世に忘れられて窮乏する人間を、世間は犬畜生と、人ならざるものと看做すものだと思ひ知らされる」かの時に。それどころか、「何處迄もちつぽけで慘めな彼の姿を、神々も蔑むものだとつくづく思ひ知らされる」、更に苛酷なかの時に。しかし、我々は同時にまた、メルヴィルが敗北と對峙した不屈の剛毅なる精神や、より一層不屈とも云へる、時に覗かせる明朗なる精神をも背景として、彼の詩を考へねばならない。といふのも、彼はこれまた「ピエール」に表明された一つの考へ方を決して手放しはしなかつたからだ。それによれば、人間の精神は完全な拒絶の時を知つて初めて、「世間の殼を破つて生れ」、「獨立して立つ」事を學ぶに至るといふのである。

ウォーレンの指摘する二點は、無論、メルヴィルの詩についてのみ云へるのではない。人の世の不合理、人間の悲慘に對する獨特の鋭い感性は、彼の悲劇的人生觀の根底を成してゐたし、また、世間の自明の理を徹底的に疑ふ自由にして獨立不羈の精神こそは、正に彼の眞骨頂を成してゐた。メルヴィルは「モービー・ディック」の題辭に、「その天才への稱讚の標《しるし》として、ナサニエル・ホーソンに本書を捧ぐ」と記したが、ウォーレンがやはり同じ「序文」に書いてゐる通り、メルヴィルはホーソンを「人生の悲劇的問題に對する一切の安直な解決を拒絶する勇氣の持主」と認めたからこそ、生涯敬愛して已まなかつた。が、實はメルヴィル自身、寧ろホーソン以上に、「人生の悲劇的問題に對する一切の安直な解決を拒絶する勇氣の持主」に他ならなかつた。そしてさういふメルヴィルの本質をホーソンがよく見拔いてゐた事は、次に引く日記の記述が證してゐる。

「詐欺師」を完成すると、メルヴィルは健康を恢復すべく歐州及び中東への旅行に赴くが、その途次、英國リヴァプールに立ち寄つて、その地で領事をしてゐたホーソンと久方ぶりに再會する。その折のメルヴィルの樣子について、一八五六年十一月の日記にホーソンはかう記した。

地の粗い外衣を纏ひ、控へめで重々しい獨特の態度を示すメルヴィルは、以前とほぼ變らない樣子に見えた（以前より、やや顔色が青白く、恐らくはやや悲しげだつたが）……メルヴィルは最近、體調が優れなかつた。神經症的な病氣に心身を蝕《むしば》まれてゐたのだ。そして、それは疑ひなく、文學の仕事に一心不亂に打ち込み過ぎたせゐだつた。しかも、近年はさしたる成功を見なかつたし、彼の書くものが病的な精神狀態を呈するやうになつて久しいのだ……（水曜日に）我々は長時間の散歩をし、（激しく冷たい風を避けて）砂丘の窪地に腰を降ろして、葉卷をふかした。メルヴィルは例によつて、神意と來世とについて、人知の及ばぬあらゆる事柄について論じ始め、「靈魂は滅びる事になるでせう、自分はさう心に決めました」と私に告げた。だが、それでもなほ、さういふ豫期に安んじてはゐないやうだつた。そして、明確な確信を摑む迄は、決して安んじる事はあるまいと思ふ。彼が如何に執拗にこだはるか、それは不思議なくらゐだ――私が彼と知り合つてから、そして多分それよりずつと以前から、執拗にこだはり續けてゐる――我々が坐つてゐた砂丘同樣に荒涼として單調な、それら不毛の荒地の上を往つたり來たりして彷徨ひ續けてゐるのだ。彼は信じる事も出來なければ、己が不信に安んじる事も出來ない。餘りに正直で勇敢なので、信と不信との、どちらの道も試みてみない譯には行かないのだ。彼が宗教的人間だつたとしたならば、誰よりも眞に宗教的で、崇敬の念に滿ち溢れた人間の一人となつてゐた事だらう。彼は品性頗る高潔であり、我々の大抵の誰よりも不滅に價ひする人間だ。

この有名な記述は、エリザベス・フォースターが指摘してゐるやうに、「詐欺師」執筆當時のメルヴィルの「精神狀態の他人による記録としては最上のもの」で、「メルヴィルの精神と感情とを理解するのに最もふさはしい人物」の手になるものであつた。メルヴィルはホーソンに「詐欺師」の原稿を渡し、ロンドンの出版社との交渉を委ねてイギリスを去るが、ホーソンの目に映じた通り、メルヴィルは敗北感に心身を打ち拉《ひし》がれ、深刻な懷疑主義的傾向を強めながらも、「信じる事も出來なければ、己が不信に安んじる事も出來ない」己れに對して「餘りに正直で勇敢な」男だつたから、安直な解答の得られぬ「不毛の荒地」に於ける精神の彷徨を執拗に續けつつ、「詐欺師」を書いた。そこには、「マーディ」に於けるタジや、「モービー・ディック」に於けるエイハブや、「ピエール」に於けるピエールの如き、激しく直向きに理想を追求する人物達の姿はもはや見られる事はない。かつてメルヴィルは「モービー・ディック」の語り手イシュメイルをして、「生氣を失つて癩者のごとくわれらの前に横たはる」この「無神」の宇宙は、「一場の巨大な冗談ではあるまいか」と語らしめた。また、「詐欺師」を完成して二三箇月後、イスラエルを旅行中、知り合つた或るユダヤ系アメリカ人の現實離れしたシオニズムの夢想について思ひを運《めぐ》らし、「一切は半ば憂鬱にして、半ば滑稽――他の全ての世界と同じ事だ」と日記に書いた。フォースターの云ふやうに、「生氣」を喪失した「一場の巨大な冗談」としての、「半ば憂鬱にして、半ば滑稽」な人の世の有様、それこそはメルヴィルの描いた「詐欺師」の世界と云へよう。

二

「詐欺師」はミシシッピー河を航行する蒸氣船「フィデール」號を舞臺として、十九世紀は某年の四月一日、卽ち所謂「萬愚祭」の一日の拂曉《ふつげう》から深更《しんかう》迄の間に、八つの假面を被る「摩訶不思議」な詐欺師と船客達との間に交はされる無數の會話によつて專ら構成されてゐる作品である。第二十二章で「頸から眞鍮板を垂らした男」（これも詐欺師の假面の一つで、七番目の假面）が語るやうに、作中人物達が「喋りに喋つて」をり、しかも話題は頗る多岐に亙り、多くの逸話が盛り込まれてゐるのみならず、信賴の念の大事を說く八名の人物が次々に登場して船客達の信賴の念の眞實性を試みる、といふ一點を除けば、讀者の興味を唆るやうな劇的なプロットが存在する譯ではない。それゆゑ、刊行當初は、「最後から讀んでも構はない」などと酷評されたくらゐ、雜多な會話の雜然たる寄せ集めの如くに看做されさへしたが、二十世紀の半ば邊りから評價の氣運が大きく變り、「モービー・ディック」に次ぐメルヴィルの傑作長編小說との評價も珍しくなくなつた。例へばブルース・

フランクリンは、「メルヴィルの最も完璧に近」く、「最も野心的」で、「最も恐るべき」で、「最も困惑させる作品」と評し、R・W・B・ルイスは、「讀者を瞞着すべく最も緻密に構成された」作品と評した。ルイスは云ふ、「詐欺師」は無論決して讀み易くはないが、二度三度と讀み返してみると、その細心にして巧妙な絡繰りを見拔く樂しみが味はへるやうになる作品だ、と。飜譯するとは何度も讀み返す事だから、私もメルヴィルの韜晦《たうくわい》の苦心の跡に氣附く樂しみを一再ならず味はつたが、メルヴィルがさまで苦心の努力を拂つたのには、無論、それだけの深刻な理由があつた。

第二十一章で重要な作中人物の一人、ミズーリの獨身男のピッチは云ふ、「眞實といふものは、健全な朝食として咀嚼《そしやく》する者もゐるが、一般には榮養のあり過ぎる重たい夕食となるものだ。重たい夕食を夜晩《おそ》くなつてから食べると、きつと惡夢を見るものだ」。作者が素面《すめん》を覗かせてゐる科白である。それを知ると「惡夢」に苦しまされる體《てい》の危險な「眞實」といふものが、この世には確實に存在するとメルヴィルは信じた。しかし、それを「健全な朝食として咀嚼」し得る者の數は寥々《れうれう》たるものである。この世は「平均人」の天下だからだ。かつてメルヴィルは有名なホーソン論「ホーソンとその苔」（一八五〇年）にかう書いた、「シェイクスピアがハムレット、タイモン、リア、そしてイアーゴーの如き暗い登場人物の口を通して巧みに語り、それとなく仄《ほの》めかすのは、恐しいばかりの眞實としか我々には思へぬ事どもなので、誰であれ善良な人間が、きちんとした顏附で、そんな事を口にしたり、暗示したりするだけで、狂氣にも等しいと看做されかねない」。「詐欺師」にはシェイクスピアへの言及が頻發するが、もとより偶然ではない。「ホーソンとその苔」の言葉を借りれば、メルヴィルはシェイクスピアから「眞實を語る偉大なる技法」を學んだのだ。卽ち、「惡夢」を齎すが如き「恐しいばかりの眞實」を、狂人の癡《し》れ言として唾棄される事なく、如何にして「巧みに語り、それとなく仄めかす」べきか、それこそは世間の拒絕に深傷《ふかで》を負つたメルヴィルが、他の如何なる作品にも增して「詐欺師」に於て大いに腐心《ふしん》した事だつた。フォースターは書いてゐる。

恐らくメルヴィルはから思つたのだ。彼の見解とアメリカの支配的確信の殆どとの間には頗る深刻な對立があつて、それゆゑ己れを理解させようと努めるのは危險な事、もしくは絶望的な事でしかないが、それにも拘らず、自分は己が確信を何處迄も執拗に語らねばならない、と。

メルヴィルには自國「アメリカの支配的確信の殆ど」が、どう見ても「物事を深く考へない人達」（「ホーソンとその苔」）の淺薄なる謬見としか思へなかつた。「詐欺師」の二年前の作「ベニト・セレノ」に於て、主人公のスペイン人ベニト・セレノは彼の眞の姿を土壇場まで見誤る極樂蜻蛉のアメリカ人デラノ船長にから語る、「人間の置かれてゐる狀況の底の底にあるものを何も知らずに、人の行爲を判斷しようとすると、どんな立派な人間でも、かく迄も過つのです」。デラノ船長は樂天的でお人好しなアメリカ人一般と云つてよい。メルヴィルは云ひたかつた、同胞達よ、君達は「人間の置かれてゐる狀況の底の底にあるもの」、卽ち人間性の普遍的本質に根ざす「恐しいばかりの眞實」に、どうしてかくも無頓着でゐられるのか、と。「ベニト・セレノ」はアメリカの「支配的確信」の最たるものの一つ、性善說的人間觀に對するメルヴィルの痛烈この上ない批判だが、ルイスの云ふやうに、「詐欺師」もまた、アメリカ人たる「我々の知的怠慢、我々の思考習慣、我々の諸々の傾向性に對する頗る巧妙な攻擊」に他ならない。

三

「詐欺師」は第一章から第二十三章までの前半と、第二十四章から最後の第四十五章までの後半とに大別する事が出來る。前半では詐欺師は七つの假面を被り、後半では「世界主義者」なる一つの假面を被つて行動する。まづは前半だが、冒頭、

第一章に於て、作品全體の主題は明確に奏でられる。日の出の頃、白い毛皮の帽子を被りクリーム色の衣服を纏つた聾啞《ろうあ》の異邦人が蒸氣船に乘り込んで、新約聖書「コリント人への前の書」に語られる、「人の惡を念《おも》は」ぬ限りなく寛容で忍耐強い信頼の念に基く永遠の「愛」の理想を石板に書いて示しつつ、船客達の間をゆつくりと歩いて回る。その態度は「仔羊」の如く飽迄も柔和で、天眞爛漫で、押し附けがましさなんぞは微塵も感じられない。だが、それを見て船客達は驚き、中には、間抜けと見て嘲笑するばかりか、腹を立ててこづいたり、パンチをくらはしたりする者さへゐる。然るに、船の床屋が店を開いて、「信用貸お斷はり」(NO TRUST) といふ隨分押し附けがましい掲示板を掲げても、船客達は「蔑みも驚きも、ましてや憤りなんぞも感じさせられ」る事無く、ましてや、「この文句を記した者を間抜けと看做すやうな様子は全く無かつた」のであつた。云ふ迄もなく、NO TRUST には、「一切信用(信賴)すべからず」の意味もある。異邦人は人間を何處迄も信賴すべしと云ひ、床屋は信用すべからずと云ふ。異邦人の石板と床屋の掲示板とは對蹠的な人間觀の象徵なのだ。そして、「愛」と「信頼」との大事を說く異邦人は嘲られて手荒な仕打を受け、人間不信を說く床屋の世間智は怪しまれるどころか、尊重される。第十四章に、「重要かつ主要な點に於て、人間性は千年前も今日もちつとも變つてゐない」、「唯一變化し得るのは人間性の表現の仕方に於てであつて、その本質ではない」とあるが、メルヴィルが十九世紀アメリカに見たのは、隣人愛を說いて磔《はりつけ》にされたイエスの昔以來、「本質」が「ちつとも變つてゐない」人間性の救ひ難い現實であつた。そしてさういふ現實の在るが儘を、「仔羊」の如きイエスの似姿の假面を被る詐欺師が自づからにして暴露する。「この多くの假面 (mask) を持つ男はとどの詰りは大いなる暴露者 (unmasker) だ」とルイスの云ふゆゑんだが、それは第三章に登場する二番目の假面の男、黑人ギニーの場合も同樣である。

蒸氣船の甲板上で、兩足の惡い老いたる黑人がいざりながら陽氣にタンバリンを鳴らして船客の關心と同情とを惹き、小錢をせがんで這ひずりまはつてゐる裡に、やがて船客達の慈悲を求めて「犬ころ」よろしくの異樣に卑屈な行動に出る。群がる船客達の前で、頭を後ろに反らし、あたかも動物園の象が放り込まれた林檎を捉へようとする時みたいに、口をあんぐりと開けたのだ。すると、船客達は黑人の口を標的及び財布として、奇妙な銅貨投げ競争をやり出した。續いてかうある。

黑人は口で見事に銅貨を受け止める度に、それを祝つてタンバリンで調子外れの音を鳴らした。施しの對象になるといふのは辛いものだが、さういふ辛い試練の下でも愉快な態度を示さねばならぬと思ふのは、一層辛いものであるに相違ない。だが、黑人の祕められた感情がどんなものであつたにせよ、彼はそれをぐつと堪へて、銅貨を受け止める度に口内に溜め込んだ。その間殆ど笑みを絶やす事が無かつたが、一度か二度、顏をひきつらせた。いたづら好きな慈善家の投げた銅貨が、惡い事に、黑人の齒の近くに當つたのだ。しかも投げた銅貨が實は釦《ボタン》であつたといふ事實が、その場の不愉快な印象を更に募《つの》らせる結果となつた。

弱者を弄《もてあそ》んで嗜虐《しぎやく》的な快感を樂しむ、この種の殘酷な欲望が人間には確かにある。哀れで卑屈な「犬ころ」の如き黑人の姿は、第一章の「仔羊」の如き聾啞の異邦人の場合と同樣、人間の內なる「暗黑(blackness)」を明るみに引き摺り出す誘因なのだ。かうして、冒頭の三つの章に於て、「愛」に反し、「信賴」に反する人間的な餘りに人間的な忌《いま》はしい現實がまざまざと暴き出された譯である。

然るに、あたかもさういふ現實がまるで存在しないかの如くに、作品前半の第四章以降に於て、詐欺師は次々に五つの假面を被つて登場し、アメリカの諸々の「支配的確信」への信賴の念の大事を盛んに說いて倦む事がない。フォースターに從へば、「神を信賴せよ」、「自然を信賴せよ」、「人間を信賴せよ」が彼らの主たる御託宣である。第六章に於て「灰色の服の男」(四番目の假面)は云ふ、「いや、全く、我々は不信の聲に對しては耳を閉ざさねばならない。その反對の聲に對してのみ、耳を開いて置くべきです」。では、彼の云ふ「不信」に對する「反對の聲」とは如何なるものか。この男は慈善事業の大規模な計畫を立て、全人類から一人づつ一弗の寄附を募《つの》る事にすれば、一年に八億弗の金が集まると計算し、それを慈善事業の資金に用ゐて世界に祝福を齎したいと熱辯を揮ふ。

「かの血に塗《まみ》れた浪費、戰爭の事を考へてみてご覧なさい。かうして筋道を立てて説明しても己れの所業を改める事無く、世界に災厄ではなく祝福を齎すための餘分なお金を捧げる事すらやらない程に、人類は愚劣で邪惡な存在なのでせうか？八億弗ですよ！　それをこれからわざわざ拵へる必要はないのです。既に持合はせてゐるのですから。それをただ、惡から善の方向へと向きを變へてやりさへすればよいのです。（中略）ともあれ、人類は狂つてをらず、私の計畫は實行可能なのだといふ事だけは、どうしてもお認め頂かなくては。なぜと云つて、善であれ惡であれ、我が身にはね返つて來る事が火を見るよりも明らかな時、狂人でもなくて一體誰が、惡よりも寧ろ善を選び取らうとしないでせうか」。（第七章）

これを要するに、理性に從ひ、「惡よりも寧ろ善を選び取」りたがる筈の、「狂人」ならざる人間性を信頼せよ、と「灰色の服の男」は云ふのである。然るに、「詐欺師」が世に出て僅か四年後に、他ならぬアメリカに於て、骨肉相食《は》み血で血を洗ふ内戰、南北戰爭が勃發し、第一次世界大戰以前では世界戰爭史上最大の六十二萬人もしくはそれ以上とも云はれる戰死者を出した。そしてその後も、二十一世紀の今日に至る迄、人類はどれだけの「血に塗れた浪費」を繰り返して來たか。人間への「不信の聲」に幾ら「耳を閉ざ」しても、非理性的で、「愚劣で邪惡」な人間性の現實は昔も今も嚴として存在する。二〇一七年、現代アメリカを代表する作家フィリップ・ロスは「ニューヨーカー」誌のインタヴューに答へて、「暗澹たる程にペシミスティックで、大膽不敵な迄に創意工夫に富む」メルヴィルの「詐欺師」は、「今日こそ讀まれるべき作品だ」

と語つた。ロスは主として、「アメリカ・ファースト」を唱へるポピュリズム的風潮に誑《たぶら》かされ飜弄される今日のアメリカの現實を念頭にそれを云つたのだが、「灰色の服の男」の戰爭に纏る綺麗事の辯舌もまた、「詐欺師」といふ作品の現代的意義を證して餘りあるものと云へよう。

序でにもう一つ、この百六十六年前の作品が少しも古びてゐない所以を如實に示す例を、作品の後半からも引いて置かう。第二十九章に於て、「世界主義者」（第八番目の假面）は新聞を辯護し禮贊して、知り合つた船客のチャーリーにかう語る。

「新聞に於ては、利益が義務に優先する事は斷じて無いと僕は思ふ。新聞は敵に包圍されても飽く迄虛僞に抵抗し、串刺しにされてもなほかつ眞實を辯護せんとするものだ。新聞にニュースの俗惡な流布者などといふ汚名を着せるなんてとんでもない。「知識の增進」の獨立不羈の傳道者——鐵血の使徒パウロの輩だと僕は云ひたい。いいかい、パウロだよ。何となれば、新聞は知識のみならず、正義をも增進させるからだ。新聞の裡にはだね、チャーリー、太陽の裡にと同じく、慈愛の力と光との確固たる原理が存してゐるのだ。惡魔的な新聞が使徒的な新聞と同時に出現したからといつて、それが新聞誹謗《ひぼう》の理由にはならない。本物の太陽が幻日《げんじつ》と同時に出現したからとて、太陽誹謗の理由にならないのと同じ事だ」。

何とも御大層な新聞禮贊の辯であつて、こんな事を云はれたら、全うな新聞人ならば昔も今も誰もが顏を赧《あか》める事であらうが、十九世紀中葉のデモクラシーのアメリカには、「利益を義務に優先」し、「虛僞に抵抗」せず、「眞實を辯護」せず、「ニュースの俗惡な流布者」に成り下がり、「知識のみならず、正義をも增進させ」るべく努めようとしない新聞は決して少からず、その手の「惡魔的新聞」の跳梁跋扈《てうりやうばつこ》をメルヴィルは甚だ苦々しく思ひ、かくも痛烈な諷刺の矢を放つたのであつた。一世紀半以上もの昔の外國《とつくに》の現實でしかないなどと、どうして云へようか。

理性的存在としての人間の理想も、知識と正義とを増進する「使徒的な新聞」の理想も、何れもアメリカの「支配的確信」から發してをり、詐欺師はそれらの美しい理想を信じよと倦まず弛まず說いて已まない。第五章に於ては、「喪章を着けた男」（第三番目の假面）がタキトゥスやトゥキジデス等悲觀的人生觀で知られる古典的著述家達を盡く扱き下ろし、「愛と信賴の念を搔き立ててくれるやうな、晴朗にして活力を齎す本を讀むべき」だと大學二年生の男に強く勸めるし、第七章に於ては、「灰色の服の男」が「プロメテウス式安樂椅子」なる自らの發明品を宣傳して、科學技術の進步の萬能性を熱心に辯じ立てる。

彼は云ふ。

「私のプロメテウス式安樂椅子は、あらゆる部分に繼ぎ手と蝶番《てふつがひ》と緩衝バネとが使つてあるので、彈力性があつて伸縮自在、ちよつと觸つただけでも頗る柔軟に反應します。ですから、その限りなく自由に形態を變へる背凭《もた》れ、座部、足置き、腕置きの上に、疲れ切つた肉體、苦しみ苛《さいな》まれた肉體、それどころか、苦しみ苛まれた良心さへも、と附け加へたいくらゐですが、それらをその上に休めさへすれば、ともかくも安らぎを見出だせるに相違ありません。かくの如き椅子の存在を出來得る限り世に知らしめる事が、苦しめる人類への責務と信じて、なけなしの財產を搔き集め、椅子を携へて、私は萬國博覽會に赴いたのです」。

「苦しみ苛まれた良心さへも、と附け加へたいくらゐですが」と一應斷つてはゐるものの、十九世紀後半の西洋の、世を擧げて科學萬能を謳歌した風潮を考へると、「灰色の服の男」の本音が科學技術の進步による道德的問題の解決を目指す方向に向けられてゐるのは疑ひない。けれども、「科學は進步するが、道德は進步しない」とパスカルは云つた。そしてまたメルヴィルも、先にも引いたやうに、「重要かつ主要な點に於て、人間性は千年前も今日もちつとも變つてゐない」と堅く信じた。現に、宇宙開發競爭が盛んに展開されつつある二十一世紀の今も、地球上から戰爭の無くなる氣配は皆無だし、人間は道德的存在であり續ける限り、未來永劫、「苦しみ苛まれた良心」から免れる事は出來ない。メルヴィルの描く假面の詐欺師は、さういふ解決不可能な問題をあたかも解決可能であるかの如くに吹聽して已まないのである。世人をして人間の悲劇的現實に目を蔽はしめて、ゴーリキーの云ふ「愚者の蜜」による思考停止を促す手合であつて、「無用の醫師」の空しい處方箋を罵倒した、メルヴィルの愛讀書たる舊約聖書「ヨブ記」のヨブの昔以來、洋の東西を問はず、いつの世にも、世に持て囃される徒輩ではあるまいか。

四

一八五七年九月、メルヴィルは親しい知人宛の手紙に於て、半年前に上梓した「詐欺師」に言及した後、「目下、講演の題目を何にしたらよいか頭を惱ませてゐます」が、「『知的道德的完成に向けての日每の進步』なんぞ、いかがなものでせうか」と書いた。いかにも皮肉な題目であつて、メルヴィルが「詐欺師」に多く描いたのは、「知的道德的完成に向けての日每の進步」なんぞといふ美しい御題目が全くのお笑ひ草にしかならない、救ひ難く絕望的な人間の現實であつた。その種の嗤ふべく憎むべき現實がグロテスクな迄に極端な形で示されるのが、第十一章、第十五章、第二十章、及び第二十一章に描かれる、何處迄も强欲で愚鈍な老いたる吝嗇漢《りんしよくかん》の滑稽極まる姿である。彼は病ひのために甲板下の薄暗い移民用の粗末な部屋で裸の板の上に横たはり、「生命と金錢とに必死にしがみついて」ゐる。續けてかうある。

尤も、生命は出口を求めて喘《あへ》いでゐたし、金錢についても、老人はひどい苦悶に苛まれてゐた。死の手もしくは惡辣な掏摸《すり》の手によつて、それらが失はれて仕舞ふのではないかと怖れ戰いてゐたからだ。肺臟も財布も、共にこの先どれほど保ち得るかは甚だ覺束ない次第であつたが、それら二つのもの以外について老人は何も知る事がなく、また求めようとする氣もなかつた。と云ふのも、彼の精神は土塊《つちくれ》以上に高められた事は一度たりとも無かつたし、今や殆ど朽ち果てようとしてもゐたからだ。實際、彼が物事に對して懷く不信の念たるや大變なもので、所有してゐる羊皮紙の債券にすらも信を置かず、時間の侵食から少しでも守るべく、しつかり丸めて、ブランデーに漬けた桃みたいに、アルコールを入れた錫の罐の中に保存してゐた。（第十一章）

更に、第十五章には、より具體的に老人のグロテスクな容姿が描かれる。

吝嗇漢は瘦せこけた老人で、鹽漬けの鱈のやうな身體をしてゐて、すぐにも燃え上つて仕舞ひさうなほど乾燥して干からびてゐた。頭は阿呆が木の瘤から下手糞に削り取つたやうな形をしてゐて、禿鷹みたいな恰好の鼻と顎との間に平らで薄つぺらい唇が挾まれてゐた。その表情はけちん坊と間抜けとの間を——時に應じて往つたり來たりしつつ——飛び交つてゐたが、こちらの言葉には何の反應も示さなかつた。目は閉ぢられてをり、片方の頰を、頭の下に丸めて置かれた古びたモールスキンの衣服の上に載せてゐた。まるで汚らしい雪の土堤の上に捨てられた萎びた林檎のやうだつた。

「土塊以上に高められた事が一度たりとも無」く、「けちん坊と間抜けとの間」を往來するしか能のない、この瘦せこけて干からびた老人が、投資話を勸める詐欺師（灰色の服の男）にまんまと騙されて、虎の子の金を預けて仕舞つた擧句の果に、不安に驅られて慌てふためく有樣が滑稽極まる筆致で描かれてをり、思はず吹き出さざるを得なくなる場面も少からず、

「バートルビー」の大きな魅力の一つたる「喜劇的性格」（マッコール）なども想起させられるし、何よりも「一切は半ば憂鬱にして、半ば滑稽」な世界の現實を强烈に印象附けられる譯だが、この老いたる吝嗇漢が不安に驅られて寝床を飛び出し、甲板をよろめきながら彷徨《さまよ》ひ歩き、草臥《くたび》れて手摺りに凭れてゐると、その姿を藥草醫（第六番目の假面）が認めて、「手摺りになんか凭れてゐないで、私の腕をお取りなさい」と誘ひ掛ける場面が第二十一章にある。

老人は云はれた通りにした。二人が竝んで立つた。同胞としての信頼を示しつつ、老いたる吝嗇漢が藥草醫に凭れかかる樣子は、あたかもシャム雙生兒の力劣れる一方が他方にいつも寄りかかるのにも似てゐた。

藥草醫は「自然への信頼」の大事を唱へて、天然自然の藥草から作つたといふ「萬能鎭痛精力强壯恢復劑」なる怪しげな藥を賣り歩いてゐる詐欺師なのだが、强欲な老いたる吝嗇漢がこの詐欺師に「シャム雙生兒」の如くに寄りかかる姿はいかにも象徵的である。綺麗事の辯舌に附け込まれて食ひ物にされる强欲、即ち强欲と綺麗事との二人連れの世の在り樣をさながらに傳へてゐるからに他ならない。

だが、老いたる吝嗇漢の强欲ばかりが、「知的道德的完成」なんぞといふ言辭を餘りに空しく響かせるのではない。第十二章には、「リア王」の邪惡な長女ゴネリルの名を持つインディアン女が夫を非常な不幸に陷れる異樣な逸話が紹介されるが、この章の冒頭にはから書かれてゐる。

その不幸な男は途轍もなく邪惡な性質の女を妻としたやうであつた。さういふ邪惡な輩を前にすると、空想的に人類を愛する者達としては、次の如き諸々の疑念に導かれかねまい。即ち、人間の形態を有する事が果してあらゆる場合に人間たる所以を決定的に證し立てる事なのか。もしくは、人間の形態なるものは時として當てにならぬし取るにも足らぬ一種の假の宿りではあるまいか。更には、「惡を憎む者は人間をも憎む」とのかのトラセアの言（トラセア自身がかくも善良な人間だつた事を考へると、不可解な言と云ふしかないが）を斷乎粉碎するためには、善人以外はなんぴとも人間でないとするのが、人間の自己防衛のためにも、理に適つた警句とされるのではあるまいか、等々。

トラセアとは古代ローマの元老院議員で、皇帝ネロの惡德を彈劾して處刑された男であつて、さういふ高德の善人が「惡を憎む者は人間をも憎む」などといふ、人間を全否定するかの如き言辭を弄するのはいかにも「不可解」だが、それはさて措き、「人間の形態」を有するだけの人でなしが、卽ち、老いたる吝嗇漢の阿呆ぶりについて述べた場合と同樣に、「知的道德的完成に向けての日每の進步」なんぞといふ美辭麗句が全くの冗談にしかならない惡黨が、この世には確實に存在するのではあるまいかと、「空想的に人類を愛する者達」にここでメルヴィルは辛辣に問ひかけてゐるのである。

五

以上、作品の前半は、詐欺師の掲げる諸々の處方箋にも拘らず、その虛僞が、「空想」性が、暴露される仕組になつてゐる事が知れよう。しかも前半には、詐欺師の噓と騙される手合の愚昧とを銳く剔抉する人物達が次々に登場する。講演の皮肉な題目に思ひを運《めぐら》してゐたメルヴィル自身の本音が託された人物群と云つてもよい。例へば、第三章に出る、木の義足をつけた、「目附が銳く氣難しい顏附の蹇《あしなへ》の男」がさうである。彼は黑人ギニーに同情する船客達のお人好しぶりを冷笑して云ふ、今やこの世に眞實の「愛の心」なんぞは存在せず、世は「まやかしの愛の心」の天下であつて、船客達に慈悲を乞ふてまはるギニーにしても、「人を騙すためいざりになつて、身體中を黒く塗りたくつてゐるだけ」の白人のペテン師でしかない、それしきの事も見抜けぬ船客達は「阿呆どもに、阿呆の親玉に、阿呆の船、お前らはそれだ！」と。

更に、第十七章に於て、先述の藥草醫が例の萬能藥を船客達に宣傳して、「この世のどんな痛みをも確實に治してくれます」と宣つてゐると、樫の木の杖を持ち、足取りの重い、黄ばんで暗鬱な顔色の、傷病兵の様な身なりの子連れの大男が傍らから大聲で横槍を入れる、「どんな痛みをも治す」とお前は云ふのか？　次は續く大男と藥草醫との遣り取りである。

「感覺を痲痺させるのか？」
「決して、この藥の小さからざる長所は、阿片劑ではない、といふ事です。感覺を殺す事なく、痛みを殺すのです」。
「嘘を云ふな！　感覺を痲痺させなければ和《やは》らげられない痛みもあるし、死なねば治らぬ痛みもあるんだ」。

さう云つて大男は口を噤《つぐ》むが、藥草醫が大男の言葉を意に介さず、なほも件《くだん》の萬能藥の效果を吹聴してゐると、突如脇腹に一撃をくらひ、すんでの處で轉倒しさうになる。

大男の仕業だつた。癇癪持ちのやうな青黒い顔に、狂的なヒポコンデリーの症狀を露はに示しながら、彼は叫んだ——
「人の心の機微につけこむ、罰當りな詐欺師め！　蛇め！」
これに加へて、彼はもつと叫ばうとしたが、餘りに激昂して叶はなかつた。そこで、もう何も云はず、ついて來てゐた子供の手を引つ張つて、身體を大きく搖さぶりながら船室を出て行つた。

「モービー・ディック」の讀者ならば直ぐに思ひ浮べるであらうが、主人公のエイハブ船長は片脚に鯨骨の義足をつけてゐる。木の義足の男も、樫の木の杖を持つて足取りの重い大男も、反樂觀主義の徒にして悲劇的人物たるエイハブの系譜に屬してをり、メルヴィルは二人に足の障碍を與へてその事を暗示してゐるのだ。そして、例へば、やはり第三章に於て、「慈悲は慈悲、眞實は眞實だ」、「外見は外見、事實は事實だ」と叫ぶ木の義足の男の冷徹な言辭は、作者自身のそれと云つてよいし、「死なねば治らぬ痛みもある」との大男の悲痛な科白は、この世に一切の安直な解決を求めなかつた、いかにも悲劇的作家メルヴィルらしい深刻な宿命觀の吐露に他ならない。それに何より、「人の心の機微につけこむ、罰當りな詐欺師め！蛇め！」と激昂して叫ぶ大男の背後には、自國アメリカを蝕《むしば》む「知的怠慢」や「思考習慣」や「諸々の傾向性」への、そしてそれらを食ひ物にする欺瞞的風潮への、メルヴィル自身の激烈な怒りが潛んでゐる。

けれども、木の義足の男も、大男も、一見かなり否定的な印象を與へる人物として描かれてゐるのは興味深い。木の義足の男は、突然「どこぞの税關を馘《くび》にでもなつ」て、「何もかも、誰も彼も、憎み且つ疑」ふに至り、「政府や人類に復讐してやらずに措くものかと心に決めたやうな」憎まれ役として描かれてゐるし、大男も「狂的なヒコポンデリー」患者なのであつて、要するにメルヴィルはそれら否定的人物の陰に己れを韜晦《たうくわい》して、アメリカの「支配的確信」にどうしても肯《がへ》んじ得ぬ本心を誰憚からずに語つたのだ。シェイクスピアが教へてくれたやうに、そしてまた、晩年のメルヴィルが愛讀したショーペンハウエルが云つたやうに、危險な「眞理は姿を隱さねばならぬ」からに他ならない。

そして、作品前半の最後の部分、第二十一章から第二十三章にかけて、メルヴィルはまたもやエイハブの系譜に連なる人物を登場させて、人間の「知的道德的完成」なる美しい理想と全く對立する人間觀を提示する。先にもちよつと觸れた、ミズーリの獨身男ピッチがさうであつて、彼が第二十一章に初めて姿を現す時は毳《けば》立つジャケットを纏ひ、アライグマの皮の帽子を被り、風采が「何處か熊に似てゐて」、二連發銃を携へてをり、「狩獵とライフル銃とに負けず劣らず、哲學と書物にも精通して」ゐる男とされるのだが、エイハブもまた、「何處か熊に似てゐて」、「大學に入つた事もある」男であつた。

ピッチは第二十一章では藥草醫の自然に對する盲目的な信頼の念を批判して、自然が人間に齎す災厄を强調し、第二十二章と第二十三章では、「頸から眞鍮板を垂らした男」の性善說的人間觀を扱《こ》き下ろす。「眞鍮板の男」が、どんな少年にも「知的道德的完成」の可能性が潛んでゐると主張すると、ピッチは「聖アウグスティヌスの原罪論は俺の教科書だ」と嘯《うそぶ》いて、「白色人種も黃色人種も變りやしない。子供の本性の中にありとある種の惡黨根性が潛んでゐるのは驚くばかりだ」と云ひ募《つの》り、世に「子供は大人の父親」と云ふ以上、「全ての少年が惡黨なのだから、全ての大人も右に同じ、といふ事になる」が、人の世の「事態の成り行きから判斷すると、惡魔は人間を作つた御方よりも遙かに人間を理解してゐたやうだ」と結んで、「眞鍮板の男」を仰天させる。周知の如く、「子供は大人の父親」といふのはロマン派詩人ワーズワースの詩の中の有名な一句だが、ピッチはこれを逆手に取つて、ルソーに發する「子供の無垢」といふが如きロマン主義的信念とは全く對蹠《たいせき》的な人間觀を展開する。無垢どころか、惡黨である全ての子供が「大人の父親」であるのなら、「全ての大人も右に同じ」く惡黨といふ事にならざるを得ず、それが惡魔の知悉してゐた古來變らぬ人間性の現實ではないかと云ふ譯だが、このピッチの背後には、人間の本性の墮落を飽迄も强調して已まなかつたアウグティヌスや、「人の心の計るところはその幼き時よりして惡し」との「創世記」のヱホヴァの言葉を「天路歷程」に引いたバニヤンや、バニヤンに子供の時分から親しんで、「優しい少年」に子供達の惡鬼さながらの蠻行を衝擊的に描き出したホーソン等々、性惡說的人間觀の强力な傳統が控へてゐる。それゆゑ、ピッチは「眞鍮板の男」に云ふ、「お前のお喋りは何から何まで、濡れる帆と、滑らかな海面と、背後から吹いて來るのどかな風に過ぎない。俺の云つてゐる話とは、それこそ正反對もいい處だ」。卽ち、感傷的で微溫的な太平樂に過ぎない、といふのである。

かうして、作品前半の全體に亙つて、その種の太平樂の「お喋り」とは「正反對」の、メルヴィルの本質たる「究極的眞理のための危険で破滅的な迄の探求」(ウォーレン) の抉《ゑぐ》り出す「海の世界」の現實が、我々讀者に繰り返し突き附けられる事となる。「ホーソンとその苔」に云ふ、この世に於ける「暗闇の暗黒」(Blackness of Darkness) の存在を、メルヴィルの暗鬱なペシミズムを、我々は嫌でも感知せざるを得ない。然るに、第三章に於て、木の義足の男についてメソジスト派の牧師はかう云つた、「御覧なさい。一本足でよろめいて去つて行くあの男を。いかにも一面的な人間觀を象徴してゐる」。そしてまた、後半の始まる第二十四章には、ピッチの人間不信を首肯しない重要な人物が登場する。「色とりどりの横縞の入つた衣服をこれ見よがしに着用して」、「見るからに、旅慣れた愉快な人間達の王者とも云ふべき人物」で、自ら「世界主義者」と名乗る、最後の、第八番目の假面を被る詐欺師である。彼は例によつて人間への信頼の念の大事を說いてピッチと議論を戰はせ、最後にピッチから、「お前はディオゲネス、變装したディオゲネスだ」、お前の「世界市民の假面」なんぞは嘘の皮だ、と罵倒されるや激怒して、「僕がディオゲネスだつて? 人間嫌ひを更に一歩先に進めて、人間を憎惡するより寧ろ輕蔑した男、それが僕だつて? 屍體になつた方がよつぽどましだ!」と云ひ放ち、ピッチをいたく困惑させるのである。ディオゲネスとは古代ローマの頗る冷笑的な哲學者であつて、メルヴィルは確かに樂天的な人間觀の假借無き批判者だつたが、さればとて人間蔑視や人間否定に安んじる冷笑家では斷じて無かつた。「ピエール」に於けるプリンリモンのシニシズムの冷酷をメルヴィルは強く憎んだし、「ビリー・バッド」に於ける老デンマーク人のシニックな處世術をも決して肯定しなかつた。詰り彼にとつて「屍體」ならざる血の通つた人間とは「一面的な人間觀」で律し得る體のものでは毛頭無く、「世界主義者」の怒りは正に二元論者メルヴィル自身の怒りに他ならなかつたのである。

七

困惑するピッチを置き去りにして「世界主義者」が立ち去らうとしてゐると、一人の見知らぬ男が近づいて來て、「人間不信」のピッチを見てゐたら「インディアン憎惡者」のジョン・モアドック大佐について聞いた話を思ひ出したと云つて、第二十五章より第二十七章迄の三章に亙つてその話を紹介する。メルヴィルが作品の前半に於て「愛」や「信頼」に反する人間性の現實を假借なく描いた事は既に述べた通りだが、後半の始めに置かれたこれらの三章に於ては、個人をして「愛の心」とは正反對の方向に赴かしめる、一つの社會の宿命的條件に鋭い考察が加へられてをり、大男をして「死なねば治らぬ痛みもある」と叫ばしめた、いかにもメルヴィルらしい深刻な宿命觀を別の角度から知る事が出來るので、以下、少しく詳細に紹介しようと思ふ。

見知らぬ男の話はジェイムズ・ホール判事なる人物から何度も親しく聞いた話を忠實に纏めたものといふ體裁になつてゐる。ホールは一八三五年に「西部の歴史、生活、風俗に關する素描」なる書物を著した實在の人物で、實はメルヴィルはこの書物の記述をかなり改變して見知らぬ男の話を拵へ上げてゐるのだが、今はその問題には立ち入らず、「インディアン憎惡」なる情念の據つて來たる所以、及びその根深さに關するホールの見解とされるものに焦點を絞る事とする。まづホールは常にかう話を切り出したといふ。

「未開拓地の住人のインディアンへの憎惡が大きな話題となつてゐる。開拓の初期の頃には、その種の感情は容易《たやす》く説明し得るものと考へられてゐた。處が、インディアンによる强奪事件が、昔は頻繁に起つた地域で殆ど起らなくなつてゐるのに、それに比例してインディアン憎惡が減つてゐないといふ現實に、博愛主義者は驚いてゐる。未開拓地の住人が、あたかも陪審員が殺人犯を、獵師が山猫を見るのと同じやうな眼で——即ち慈悲を以て接するのは賢明でなく、戰ひを止めるのは無駄であつて、處刑するしかない生き物として——インディアンを見てゐるのを、博愛主義者は訝《いぶか》しんでゐる」。

もはや「インディアン憎惡」が生れるやうな情況ではない筈なのに、それが無くならないのは何故か。「博愛主義者」は驚き訝しむばかりだが、その種の一見不可解な現象を理解するには、まづは「未開拓地の住人がどんな類の人間なのかを知」らねばならないとホールは云ふ。

「未開拓地の住人は、孤獨で、考へ深く、強くて、純眞な人間だ。衝動的で、原則に縛られない人間と云つていい。ともかく、自分の意志を押し通さうとする連中だ。物事に關する他人の意見に從ふよりは、自分の目で見て、物事の本質それ自體を見極めようとする。窮地に立つても、助けてくれる者は殆どゐない。自分しか頼れる者はゐない。だから絶えず己れ自身に心を向けてゐなければならない。かくして、よしんば孤立する羽目に陷つたとしても、己れ自身の判斷を固守するといふやうな、強い自恃の念が生れる譯だ」。

「個人主義」(individualism)といふ言葉が肯定的な意味で用ひられるやうになつたのは十九世紀アメリカに於てであつたし、評論家ジョージ・ウィルによると、二十一世紀の今なほ、アメリカは「宗教的起源を有し、國家による統制に斷乎反對する、骨髓に徹した個人主義」の傳統が脈々と生き續けてゐる國なのである。絶對者と單獨で向き合ふプロテスタンティズムの信仰の在り方も、西部の開拓者の孤獨で誇り高い生き方も、アメリカの「骨髓に徹した個人主義」の傳統を育てる肥沃な土壤であつたに相違ないが、「詐欺師」に於ても言及される西部の英雄ダニエル・ブーンを筆頭として、さういふ傳統の一翼を擔ふ開拓者達が、世々代々、大自然の中でインディアンと對峙しつつ古來の生き方を繼承して來たのだ。それゆゑ、ホールは云ふ。

「未開拓地の住人として生れた子供は、今度は父親と同じ生活――人間關係と云へば專らインディアンと關係する生活――を送らねばならないので、親は子供に對して、インディアンがどんな存在で、インディアンからは何を期待せねばならないかといふ事について、傷つけるのを怖れて事實を手加減して云ふのではなく、極めて明確に告げるのが最善だと考へられてゐる。と云ふのも、インディアンを『フレンズ協會』の如きものと看做すのはどんなに心の寬い態度とは云へても、それをインディアンに無知な子供に吹き込むのは――子供の將來の孤獨な道はインディアンの大地を通つて延々と續くのだ――とどの詰りは賢明でないのみならず、殘酷な事にもなり兼ねないからだ」。

「フレンズ協會」とはクエーカー教徒の公稱で、反戰平和主義を唱へるクエーカー教徒はインディアンを友人として受け入れた事で知られるが、未開拓地の住人は「事實を手加減して云ふのは」寧ろ子供に「殘酷な事にもなり兼ねない」と信じたから、「インディアンの噓言、インディアンの窃盜、インディアンの二枚舌、インディアンの欺瞞と背信、インディアンの殘忍」等々、專ら「天使的ならざる出來事に充ち滿ちた話」を子供達に徹底的に叩き込まざるを得なかつた。かうして、「木は小枝の時に曲げられたやうに曲つて育つ」とのアレグサンダー・ポープの言にある通り、子供の時分から「インディアンへの嫌惡の情は未開拓地の住人の裡で、善惡の感情、正邪の感情と共に育つて行」き、「兄弟は愛さねばならず、インディアンは憎まねばならぬ。その二つを同時に學ぶ」次第となつた。そして、青春期から大人になりかける頃、インディアンの手によつて自ら非常な虐待を被るか、親戚か友人かが同種の經驗をしたりすると、彼らは大自然の中の「孤獨と寂寥の環境」の下、それらの經驗について獨り沈思默考し、つひには「大自然と語り合つて決心する」に至るのだ、今後は飽迄も「インディアン憎惡者」として生涯を全うせねばならないと。取分け「第一級のインディアン憎惡者」に至つては、「一際猛烈なハンニバルとなつて誓ひを立て、その誓ひの示す憎惡の念たるや、竜巻の如き物凄い吸引力を孕んでゐて、如何に遠方のインディアンとても到底無事でゐる事は出來ないほどだ」、さうホールは云ふ。

ピレネー山脈を越えてローマ帝國に攻め込んだカルタゴの名將ハンニバルは、弱冠九歳にしてローマの敵たらんと固く心に誓つたといふ。ホールは「インディアン憎惡者」について「革脚絆を巻いた復讐の女神ネメシス」とも呼んでゐるが、いづれにせよ、大自然の下でインディアンと孤獨に眞劍に對峙する社會の傳統なくして、インディアンに對する激しく根深い「憎惡の念」が生れる筈も無かつたのだ。ホールの結論はかうである。

「以上が紛れもない事實なのであつて、人が道徳論をぶたうといふのなら、それらの事實に基いて、それらを見据ゑながら、ぶたねばならない。一つの種族が他の種族をそんな風に看做し、他種族全體への憎惡が良心に適ふものだと信じてゐるのは恐るべき事だ。實に恐るべき事だ。だが、驚くべき事だらうか？」

無論、ここでメルヴィルはホールの口を借りて己れを語つてゐるのである。未開拓地の住人の「インディアン憎惡」の感情が外部から見れば如何に忌はしく野蠻なものに思へても、如何なる人間も過去の歴史や生れた土地の條件に縛られて生きてゐる。「人間は全て相續人だ」と古代ギリシャ人は信じたが、二十一世紀の今も、「人間は全て相續人」なのである。そして、アメリカ西部の未開拓地の住人は「インディアン憎惡」を「相續」した。「實に恐るべき事だ。だが、驚くべき事だらうか？」とホールは云ふ。如何なる社會にも長きに亙つて培はれた「通念」があり、「常識」があり、「偏見」があり、「自明の理」がある。未開拓地の社會にしても同じ事で、誰であれ、眞摯に歴史を省み己れ自身を省みれば、ちつとも「驚くべき事」ではないではないか。然るに、とかく人は自ら「相續人」でしかない己れ自身の宿命的現實を等閑視して、即ち己れ自身の「紛れもない事實」を閑卻して、他に對して「道德論をぶたう」とする。その種の獨善ほどメルヴィルと無緣なものはなかつた。

八年前の作「マーディ」に於ても、全く同じ論法が用ひられてゐる。そこでメルヴィルは十九世紀中葉のアメリカの現實を寓意的に描き出し、南部に於ける奴隷制の恐るべき非人間性を剔抉する一方、北部の過激な奴隷制廢止論には同調せず、奴隷制を憎惡する餘り闇雲に南部を糾彈する北部の姿勢の獨善性をも批判して、自らの代辯者たるババランジャなる人物に次のやうに語らせた。因みに、メルヴィルはニューヨーク出身の北部人である。

> 北部よ、非難を止めて、冷靜に南部を判斷せよ。一つの社會として、南部人が責任を負ふやうになる以前から、奴隷制は社會の只中に植ゑ込まれてゐたのであり、さういふものは根が深い。（中略）遠くにゐて非難の聲をあげるのは容易い事だ。肺臟がある限り、誰だつて批判者にはなれる。星の位置が惡い、といふ事くらゐ誰だつて云へるだらうし、盲人は太陽も盲目だと云ふだらう。（中略）土地が人間を決定する。人間は生れる前に、ここに生れたいとか、あそこに生れたいとか、自ら決める事は許されてゐない。南部人はかういふ制度と共に育つて來たのだ。

正に、「土地が人間を決定する」。「人間は全て相續人だ」と云つても同じ事だ。文中、「南部人」を「西部の開拓者」に、「奴隷制」を「インディアン憎惡」に置き替へても、論旨はほぼ無理無く通るであらう。これを要するに、北部人、南部人、西部人の別無く、人間は全て宿命的現實の奴隷でしかない、といふ事であつて、まづはさういふ「紛れもない事實」をしかと見据ゑる事なく、「博愛主義者」が如何に御立派な「道德論」をぶつた處で、全ては机上の空論でしかないではないか、とメルヴィルは云ひたいのだ。そして、云ふ迄もなく、アメリカの「支配的確信の殆ど」は、メルヴィルにしてみれば、正にその種の空論以外の何物でもなかつた。
さて、以上がホールの話の前半で、後半は、「インディアン憎惡者」の典型的な例として、ジョン・モアドック大佐なる人物の生涯が具體的に説明されるが、ここではただ、モアドックが青春期に母親と兄弟達とをインディアンに慘殺されて復讐鬼となり、本來は「根底に優しい心を持つ」よき夫、よき父、よき隣人、よき軍人であつたにも拘らず、生涯に亙つてインディアン殺害の情熱を何よりも優先させた男とだけ云つて置く。卽ち、彼の「土地」は、「愛の心」をではなく、「憎惡」をこそ何にも増して强烈に育んだのであつた。

八

第三十六章に於て、「世界主義者」はマーク・ウィンサムと名乘る中年の哲學者の船客と出會ふ。それ以降、第四十一章に至る迄、ウィンサム及びその弟子のエグバートと「世界主義者」との遣り取りが專ら描かれる事となるのだが、「冷徹な知性と神祕主義との奇妙な混淆ともいふべき」特色を有すると説明されるウィンサムは、所謂超絶主義哲學を代表する哲學者ラルフ・ウォルドウ・エマソンの諷刺畫と云はれる。超絶主義とは、極々かいつまんで云ふと、十九世紀中葉にアメリカ東部で起つた哲學運動であり、人間及び自然の本來的な善性を强調し、內部に神性を宿すとする自己への信頼、卽ち「自恃」(Self-Reliane)の思想を基軸として、墮落した社會からの純粹な個人の獨立を鼓吹するものであつたが、さういふ樂觀的で高尙な哲學の代表者エマソンをモデルとするウィンサムについて、メルヴィルが常に「プリズムさながらに澄んで冷たく輝く男として、卽ち「愛の心」を知らぬ冷酷非情な男として一貫して描いてゐるのは頗る興味深い。例へば、「世界主義者」とウィンサムとが議論を戰はせてゐると、痩せ衰へた乞食のやうな身なりの男が近附いて來る。「熱烈で錯亂せる册子を自ら作り、それを賣り歩いて施しを求めてゐる」男だつたが、物腰は上品で、下卑た印象は全く無かつた（E・A・ポオの風貌を模してゐるとも云はれる）。「世界主義者」は差し出された册子を受け取り、ざつと目をくれると、一シリングを渡しながら、「優しく思ひやりのある口調」で云つた、「友よ、濟まないが、私は今忙しくてね。でも、君の書いたものを買はせて貰つたから、暇が出來たら必ず眞つ先に讀んで樂しませて貰ひますよ」。男は一禮して、今度はウィンサムの方に身體を向けた。

處が、見知らぬ男（ウィンサム）は以前にも増して冷たいプリズムよろしく鎭座してゐた。しかも、今や以前の神祕家の表情に抜け目なきヤンキーの狡猾なそれが取つて代つて、風貌に氷柱の如き冷たさを更に賦與するに至つた。彼は全身でから云つてゐた。「僕からは鐚《ビタ》一文出ないよ」。冷ややかに訴へを撥ねつけられて、乞食男は自尊心を傷つけられた憤懣と、狂氣染みた侮蔑とを顏面に漲《みなぎ》らせ、それを相手に投げつけながら、立ち去つて行つた。

ウィンサムの冷たい振舞ひを「世界主義者」が穩やかに窘《たしな》めると、ウィンサムは云ふ、「やくざ者を應援する氣なんかないんでね」。ウィンサムについては、他にもエマソンら超絶主義者の特徴とされる衒學趣味や東洋趣味や抽象性や非明晰性が諷されてゐるが、それらよりも何よりもメルヴィルが問題としたのは、その非人間的な迄の「氷柱の如き冷たさ」、と彼に感じられた特質であつた。ウィンサムには「やくざ者」卽ち社會の弱者や敗北者は輕蔑の對象でしかなかつたかに見える。さういふ非情な態度は一體何に起因してゐるのか。端的に云ふなら、メルヴィルはその原因はウィンサム卽ちエマソンの哲學それ自體の本質の裡にあると見た。

エマソンをメルヴィルがどう理解したか、それは、メルヴィルが所藏の「エマソン隨想集」に記した書き込みからも窺ふ事が出來る。例へば、メルヴィルはエマソンの「分別」と題する文章の一節、「人々を信頼せよ、さすれば人々は君に對して誠實であらう」に印を附し、頁の餘白に、「この言葉に從つて生きる哀れな者を、神よ助け給へ」と書き込んだ。エマソンの底拔けの性善説はメルヴィルにとつて嗤ふべきものでしかなかつたのだ。また、やはり「分別」の中に、「家畜追ひ、船乘りは、それ（嵐）と一日中格鬪するが、彼の身體は六月の日差の下に於けると同樣、雨氷の下に於ても活潑な鼓動を搏《う》つて、健康を新たにする」とあるのに對して、メルヴィルは「ケープ・ホーンを平水夫として乘り切つた事のある者にとつて、これはまた何たる戲言《たはごと》か」と書き込んだ。南米大陸南端の「ケープ・ホーン」は航海の恐るべき難所で、激しい寒氣と凄じい暴風とは多くの船を難破せしめた。それゆゑ「ケープ・ホーン」はメルヴィルにとつて、人生の最惡の事態の一つの象徴でもあつたのであり、かかる難所を捕鯨船の平水夫として自ら乘り切る經驗をした彼にとつて、エマソンの樂天的な言辭が「戲言」としか思へなかつたのも不思議は無いが、以上の二つの例からだけでも、二人が人間と自然との捉へ方に於て、如何に異質な精神の持主同士であつたかが知れよう。けれども、コーネル・ウェストが指摘してゐるやうに、メルヴィルが「詐欺師」に於てエマソンに何よりも強く反撥したのは、エマソンの所謂「自恃」（Self-Reliance）の思想に對してであつた。エマソンは「自恃」の大事を説いて、人たるものは他の如何なる權威にも形式にも恃《たの》まずして、只管自己の内なる聖なる魂にのみ恃むべきだと主張する。人間神化にも通じ得る、如何にも英雄的な思想であつて、さういふ英雄的なエマソンはメルヴィル自身の中にも明らかに存在した。エイハブは「誰にも俺を支配させはしない、太陽が俺を侮辱したら、太陽にでも討ちかかる俺だ」と叫ぶではないか。だが、エマソンの「自恃」の思想は、ウェストの云ふやうに、本質的に「人々が心の底から他に助けを求める事を許さぬ哲學」なのであつて、「この考へ方に從へば、人間は生きて行く上で十分に自律的であり、自己充足的だ」といふ事にならざるを得ないが、果して人間はそれほど迄に強い存在であり得るのか。エイハブは最後に破滅するではないか。それは詐り、「人間は生きて行く上で十分に自律的であり、自己充足的」ではなく、やはりウェストの云ふやうに、人間が「他に助けを求める」聲は「眞實のものであり、不可避のものであり、それに對する應答は不可缺なものだ」と、卽ち、運命の不合理に苦しみ神の應答を求めたヨブの訴への如きはいつの世にも眞實なものたらざるを得ないと、メルヴィルが信じてゐたといふ事に他ならない。

さういふメルヴィルの考へ方は、「詐欺師」の第三十八章以降に於て、「世界主義者」とウィンサムの愛弟子エグバートとの間に展開される、友情と金錢の貸し借りとをめぐる遣り取りの中に如實に示されてゐる。ウィンサムは自らの哲學をよりよく理解して貰ふべく、それを實生活に於て見事に實踐してゐるといふエグバートを「世界主義者」に紹介して、自らは立ち去る。「世界主義者」は自らをフランクと呼び、エグバートはチャーリーと呼んで、それぞれが借金を切實に求める友人と頑なに拒む友人との役割を演じて、ウィンサム（エマソン）哲學の本質を明らかならしめんとするのだが、問題は、チャーリーがなぜ竹馬の友と想定されるフランクにすら金を貸す事を飽く迄も頑なに拒むのか、である。チャーリーは云ふ、商賣上の便宜的友人關係ならばいざしらず、眞の精神上の高尚なる友人關係は、何處迄も自らを恃む者同士のそれでなければならず、他を恃むなんぞといふ、高尚な自己を貶めるが如き行爲は、「高貴なる友人關係の名譽のために」も一切許されてはならないのだ、と。卽ち、「自恃」の思想の赴く處、高尚なる自己を守る事こそが至上の美德となるのであつて、それは必然的に、ウェストの云つたやうに、人間が「他に助けを求める事を許さぬ哲學」とならざるを得ない。それゆゑ、チャーリーは、親友から借金して破滅した男チャイナ・アスターの悲慘な生涯を例證として物語つて、助けを求めるフランクの懇願を撥ね附ける。するとフランクは云ふ、「おゝ、チャーリー、君は神樣に對して、卽ち自らの上に安らいで在《いま》す存在に對して話をしてゐるんぢやないぜ、さうぢやなくて、人間に對して、卽ち、人たる者として、運命の波風に翻弄される存在に對して話をしてゐるんだ。人間といふものは、大波の谷底に沈められるか、波頭に乘せられて運ばれるかによつて、天に昇りもすれば、地獄に墮ちもするんだ」。しかし、さう云はれても、チャーリーは何處迄も非情な態度を變へようとしない。すると到頭フランクは激怒して云ひ放つ、「お願ひだ、さつさと僕の前から消えてくれ、君の非人間的な哲學の最後の殘り滓《かす》まで、忘れずに持つて行くんだ。それから、ほら、この一シリングをくれてやるから、次の船着場に着いたら、少し燃料を買ひ求めて、君と君の哲學との凍りついた人間性を暖めてみるがいい」。さう云ふと、フランク卽ち「世界主義者」は「見るからに輕蔑の念を露はにして、踵を巡らして立ち去」るのであつて、これを要するに、メルヴィルにとつて、近代ヒューマニズムの一方の極致たる「自恃」の思想は、高尚なる自己といふ砦の中に立て籠る事を專らとして、他への「愛の心」を育むどころか、寧ろ冷然と否定するものでしかなかつたのである。因みに、ロバート・ペン・ウォーレンは名著「南北戰爭の遺産」(一九六一年)に於て超絶主義を評して、「全き孤絶の目も眩《くら》むやうな純粹な光の中の、全き抽象としての人間、唯一者のみを友として、無限大の力にまで高められたナルシシズム」と書いてゐる。

九

夜も晩くなつて、「世界主義者」は船の理髪店にやつて來る。第一章に紹介された、「信用貸お斷り」の掲示板を掲げた例の床屋の店である。そして、この掲示板をめぐる「世界主義者」と床屋との皮肉で滑稽な應酬が、第四十二、四十三章で描かれるのだが、「世界主義者」は飽迄も「博愛主義」の見地から物を云ひ、床屋は處世智のそれから物を云ふ、その甚しいギャップから皮肉な滑稽味が釀し出される事になる。例へば、こんな具合である。

「ぢや、檀那は博愛主義者といふ譯で」と、床屋はそれで腑に落ちた、といふやうな表情で附け加へた、「なるほど、それで飮み込めました。博愛主義者といふのは、實に妙な方々ですな。あつしが御會ひしたのは、檀那で二人目ですよ。いや、實に妙な方々だ、博愛主義者つてのはね。さうだ、檀那」と、再び考へ込むやうな顔をして、カップの石鹼の泡を搔き混ぜながら、「檀那みたいな博愛主義者の方々つてのは、善とは何か、といふ事はよく分つてゐても、人間とは何か、といふ事はどうもよく分つてゐないんぢやないのかな」。然る後、あたかも檻の柵の後ろにゐる得體の知れない生き物でも眺めるかのやうに、相手をじつと見つめると、「それぢや、檀那は博愛主義者でいらつしやる」。

「僕は博愛主義者だ。そして人類を愛してゐる。そして、床屋君、君よりも僕は、人類を信賴してゐる」。

「人間とは何か」、といふ事が自分にはよく分つてゐると確信してゐるから、自分は「信用貸お斷はり」の掲示板を掲げてゐるのだと床屋は云ふ。「世界主義者」は、その種の人間不信は許容出來ないとて、掲示板を降ろすやう頻りに說得に努めるが、床屋は、こんな商賣をしてゐたら、人間不信に陷るのは當然だと云ふ。

「だつて、毎日毎日、やれマカッサル香油だ、染毛劑だ、化粧品だ、附け口髭だ、鬘《かつら》だ、禿げ隱しの髢《かもじ》だ、なんてものばかりを使つてゐて、人間は全く見かけ通りのものだなどと、どうして信じてゐられますか？　床屋といふのは、外から隱されたカーテンの後ろで、客の頭から薄くて艷の無い髮の毛を剃り落とし、鳶色の巻毛の鬘を被せて、世の中に送り出す稼業なんですぜ、そんな事をやつてゐる時に、思慮深い床屋の頭の中をどんな思ひが掠《かす》めると思ひます？　カーテンの後ろで客は恥かしさうな様子をして、詮索好きな知り合ひに見つからないかと戰々兢々もいい處、その同じ客が、衆人を誑かして樂しげに再び街に踏み出す時には、晴れ晴れしく確信に溢れた、挑戰的で誇らしげな態度を示す、それを見て、ぼさぼさ頭の正直者は、畏《かしこ》まつて道を讓る事になるといふ次第。何たる對照！　ああ、檀那、眞實は勇敢だ、といふ事を云ふ人もゐますが、あつしが床屋商賣から敎はつたのは、眞實は時に羊みたいに臆病だといふ事でしてね。噓が、檀那、大膽な嘘こそが、勇敢なる獅子なんですよ！」

メルヴィルは「眞實」を語る「勇敢なる獅子」たらんとして「モービー・ディック」や「ピエール」を書いて、世間の猛烈な拒絶に遭つた。さういふメルヴィルの苦い思ひが床屋の言葉からは透けて見えるが、「世界主義者」が床屋のそんな「ひねくれた教訓」は認められないし、君は「自分でさんざん惡口を云つてゐるペテン行爲に、甘んじて從事してゐる人間のやうには」思へないがね、と云ふと、床屋は、「悲しいかな、檀那、あつしは食つて行かなきやならないんでね」と、何處迄も處世智を優先する主張を繰り返し、「眞理《まこと》の書」卽ち聖書の「シラクの息子の言葉」の中に、「敵なるものはその唇もて優しく語る」が、「我はその者の多くの言葉を信じず」と、人間不信を敎へる一節があるではありませんか、と抗辯する。そして、とどの詰り、兩者の議論は全く嚙み合はぬ儘、「世界主義者」は立ち去り、床屋は應酬の彈《はづ》みで一旦は降ろした揭示板を元に戻す。第一章に提示された人間信賴と人間不信との對立の主題は、何らの解決も見られぬ儘、ここに再び繰り返された譯である。

十

最終章の第四十五章、船客達が寢靜まる夜更けになつて、「世界主義者」は紳士用船室にやつて來る。天井から吊された瓦斯ランプが直下の大テーブルを照してゐる。新約聖書「ルカ傳」に記された信仰の人「善き人シメオン」を思はせる白髮で氣品ある老人が、船室に備へてある聖書に獨り讀み耽つてゐる。「世界主義者」は老人から聖書を借りて、床屋の云つた「シラクの息子の言葉」の人間不信を敎へる章句を探してみると、同趣旨の章句が更に見つかる。「世界主義者」が苦り切つて、その旨を老人に告げると、老人は動搖する。七十年間聖書を讀んで來たが、そんな章句は目にした事が無いといふのだ。そこで、老人が自ら確かめてみると、「シラクの息子の言葉」はこの備へ附けの聖書に一緒に綴ぢられてはゐるが、正典とは認められぬ「外典」の類でしかない事が判明する。「世界主義者」は安堵して、ロシュフコーやマキャヴェリさながらの人間不信を教へるものだとて「シラクの息子の言葉」を難じ、老人が「被造物たる人間に不信の念を懷くのは、造物主自體への不信に等しい」と云つて頷いてゐると、突然、ぼろの衣服を纏つた裸足の少年が近附いて來る。物賣りの少年で、泥棒よけの錠前と掏摸防止の胴巻財布とを二人に賣り込む。老人は直ちに買ひ求め、「世界主義者」は斷はる。おまけだとて、「贋金の見破り方」なる册子を老人に渡して少年が立ち去ると、老人は册子に從つて懷中の紙幣の眞贋を確かめるのに躍起となる。一方、「世界主義者」は備へ附けの聖書の「外側は使ひ古されてゐて、内側は眞新しい」有様を見て、旅行者一般の聖書への信頼の念の缺如を歎く。それを聞くや老人は「恍惚とした表情」を浮かべ、「我々を守護する精神」、「かの大いなる力への信頼」こそ何よりも大事だと「顏を輝かせつつ」宣つて、「世界主義者」と共感し合つてゐる裡に、瓦斯ランプの灯りが弱くなつて室内が暗くなる。老人は自分の一等船室に寢に戻らうとして、用心のために船の提供する救命具を探すが見つけられずにゐると、「世界主義者」が「座部の下にブリキの丸い筒のついた腰掛」を見せて、それが救命具だといふ。寢室用便器としても兼用される代物であつた。かうして、薄暗闇の中、便器兼救命具を抱へながら老人が自室に戻らうとすると、船室に寢てゐる「皆さんの肺の健康に良くないから」とて、「世界主義者」がかすかに燃えてゐたランプを消す。ランプの磨硝子製の笠に刻まれた、「四隅に角の立つ祭壇からかすかに立ち上る炎と、白衣を纏ふ男の額を廻るかすかな光輪」も消える。眞つ暗闇の中、「世界主義者」は優しく老人を導く。作品はかう結ばれてゐる。「何か更なる假面芝居の物語がこれに續く事になるであらう」。

便器兼救命具を抱へて眞つ暗闇の中を歩む老人の姿は、老人の正體を實に雄辯に物語っている。新約聖書「マタイ傳」

二十三章に、「禍害《わざはひ》なるかな、僞善なる學者、パリサイ人よ、汝らは白く塗りたる墓に似たり、外は美しく見ゆれども内は死人の骨とさまざまの穢《けがれ》とにて滿つ。斯くの如く汝らも外は人に正しく見ゆれども、内は僞善と不法とにて滿つるなり」とあるが、外側は「善き人シメオン」の如くに見える白髮で氣品ある老人の內側は、「白く塗りたる墓」よろしく、人間不信の念に滿ちて腐臭を放つてゐたのである。そして、老人の云ふ、「かの大いなる力への信頼」、卽ち造物主への信仰を象徵する、「四隅に角の立つ祭壇からかすかに立ち上る炎と、白衣を纏ふ男の額を廻るかすかな光輪」も消え、「無神」の暗闇の支配する世界となつて、作品は終る。「暗澹たる程にペシミスティック」とロスの評したゆゑんである。

だが、最後の、「何か更なる假面芝居の物語がこれに續く事になるであらう」とは如何なる意味か。作品はここで完結してはをらず、續篇の執筆をメルヴィルが考へてゐたと取るのは正しくあるまい。ルイスの云ふやうに、「詐欺師」ほどにも「完璧な結末に至つた作品の名を擧げるのは困難」なくらゐであつて、「續く事になる」と云はれるのは「作品の事ではなく、作品の描いてゐる假面芝居の事だ」と取るのが正鵠を射てゐよう。なぜなら、人の世が續く限り、未來永劫、人間の內なる「暗闇の暗黑」(Blackness of Darkness)は確實に存在し續けるが、同時にまた、人間が人間である限り、暗黑に呑み込まれるだけのただの「土塊《つちくれ》」でありたくないと冀ふ人間も存在して、さういふ中から、眞實の「大いなる暴露者(unmasker)」が出で來たつて、自國民の「知的怠慢」、「思考習慣」、「諸々の傾向性」を攻擊せんとするに至る可能性を否定する事は決して出來ないからである。メルヴィルは何處迄も强靭な二元論者であつた。

最後に、さういふメルヴィルの考へ方を端的に表現する「世界主義者」の言葉を紹介しよう。第四十二章、「世界主義者」が「神の惠みへの祈りの言葉を口にしつつ」理髮店に入つて來る。居眠りをしてゐた床屋はその言葉を「何やら神祕的な啓示の如きものに思」つて呆然とするが、「世界主義者」の姿を見て我に返り、「あ、なあんだ!」、「ただの人間なんだ」と云ふと、「世界主義者」が云ひ返す。

「ただの人間だつて？　まるで、人間でしかないのが詰まらんみたいな云ひ種だね。でも、僕が何者であるかについて、あんまり決めつけない方がいいよ。君は僕を『人間』と呼ぶ。丁度、人間の恰好をしてロトの家を訪れた天使達を、町の者達がさう呼んだやうにね。或はまた、丁度、人間の恰好をして墓地に出沒した惡魔共を、ユダヤの田舎者達がさう呼んだやうにね。だから、いいかい、床屋君、人間の恰好をしてゐるからといつて、その事から絶對的な結論を惹き出す事は出來ないのさ」。

人間の中には「天使」がゐて、「惡魔」がゐる。いづれも人間の眞實であつて、いづれか一方に「決めつけて」、矛楯の塊りたる人間について「絶對的な結論」を下してはならぬとメルヴィルは信じた。「詐欺師」はさういふ彼の思考のダイナミズムを如實に示す作品であつて、「詐欺師」の後も、三十四年間の詩作を經て遺作「ビリー・バッド」に至る迄、人間の眞實を追究せんとするメルヴィルの格鬪は止む事が無く、「人間でしかないのが詰まらんみたいな云ひ種」を彼は斷じて認めなかつた。ウォーレン、ルイス、及びクリアンス・ブルックスの共篇による「アメリカ文學——創りし者と創られし物——」にかうある。

死を迎へる日に至る迄も、メルヴィルは人たる者の最大の課題——卽ち、物事に關する眞實を傳へる言葉を探し出し、練り上げるといふ課題——に、何ものにも增して魅せられ續けた。

令和五年十一月　　　　譯者

Melville's *The Confidence-Man*

詐欺師

2023年12月初版第一刷發行

著者　ハーマン・メルヴィル
譯者　留守晴夫

發行所　圭書房　〒981-3225 仙臺市泉區福岡字岳山7-89
電話 022-379-0323　FAX 022-774-1925
URL :haruorusu.web.fc2.com/
Email :oizaka@yahoo.co.jp
裝幀・本文組　葉yo

ISBN978-4-9904811-7-9

圭書房の本

ビリー・バッド　ハーマン・メルヴィル著　留守晴夫譯

「こんな素晴しい物語は讀んだ事がない。ああ、こんな作品が書ければよかつた」と、死期を眞近に控へたトマス・マンをして叫ばしめた、アメリカ最大の作家ハーマン・メルヴィル最後の傑作。

好評既刊　定價　千五百七十五圓（税込）

バートルビー／ベニト・セレノ　ハーマン・メルヴィル著　留守晴夫譯

大作「モービー・ディック」の作者メルヴィルは、優れた中短篇小説の書き手でもあつた。ニューヨークの若き代書人の謎めいた生涯を通して、神無き虚無の世界に於ける人たる者としての生き方を追究した「バートルビー」、黒人奴隷に乘つ取られたスペインの奴隷運搬船を舞臺に、いつの世にも變らぬ人間性の深淵を剔抉して、樂天的な人間觀を痛烈に批判した「ベニト・セレノ」。メルヴィルの代表的中篇小説二篇の新譯。

好評既刊　定價　千五百七十五圓（税込）

南北戰爭の遺產　ロバート・ペン・ウォーレン著　留守晴夫譯

今から約半世紀前の千九百六十一年、アメリカは南北戰爭勃發百周年に沸いたが、その喧噪の中から生れた「最も理知的な評言」と評されるのが、二十世紀アメリカ文學を代表する一人、ロバート・ペン・ウォーレンによる「南北戰爭の遺產」である。小册ながら、南北戰爭が今日のアメリカを形作つた所以、今なほアメリカ人の心を強く惹きつけて已まぬ理由、戰爭や歴史や文化の普遍的本質等々について、教へられる處の頗る多い名著である。詳細な解說、豐富な寫眞と圖版、年表や索引を附して、讀者の便宜を圖つた。

好評既刊　定價　千九百四十四圓（税込）

松原正全集　第一回配本／第一巻「この世が舞臺　增補版」　解說＝大島一彥

私は人生の諸問題に關する卽效性のある忠告といふものを信じない。それらはいづれも「愚者の蜜」だからである。けれども、吾々は駄本だけではなく名著をも讀む。では名著を讀む事にはいかなる效用があるのだらうか。大風呂敷は廣げまい。「愚者の蜜」に騙されなくなるといふ事である。「古典」とか「名著」とか稱せられる作品は、天才や賢人の眞劍な思索の結晶であり、それとじつくり附合へば、吾々はこの世に充滿してゐる噓八百を見拔けるやうになる。それは素晴しい事ではないか。（「プロローグ」より）

好評既刊　定價　二千八百三十五圓（税込）